新典社研究叢書298

増補 太平記と古活字版の時代

小秋元段 著

新典社刊行

はじめに

日本の近世文化の爛熟は「出版」によって支えられていた。古く奈良時代の「百万塔陀羅尼」に溯る日本の出版史は、室町期にいたるまで概ね寺社の文化圏における営為とされ、印出される対象も経典・仏書などを中心としてきた。そうした中、文禄年間（一五九二〜九六）における活字印刷の導入は、出版活動の広がりに大きく貢献した。

この技術の淵源を朝鮮活字本に見るか、キリシタン版に見るか議論の分かれるところだが、後陽成天皇による慶長二年（一五九七）の勅版『錦繡段』『勧学文』の刊記には、この技法は朝鮮のものに倣ったと記される。これにさきだち、後陽成は文祿二年に『古文孝経』を出版せしめたと記録されるが、原本は知られない。しかし、後陽成の出版熱が相当なものだったことは、現存本や古記録より十分窺える。

これと並行して、徳川家康も出版事業を旺盛に展開した。その初期のものは伏見版と称される。伏見円光寺に招かれた足利学校第九代庠主閑室元佶が、慶長四年（一五九九）以降、家康より賜った木活字で『孔子家語』『六韜』『三略』『貞観政要』『周易』等を開版した。さらに京都の医師五十川了庵も家康の命を受け、慶長十年（一六〇五）に『吾妻鏡』を刊行している。

活字印刷の技術は為政者だけに独占されていたわけではなかった。豊臣秀次の侍医小瀬甫庵は文祿五年（一五九六）に『標題徐状元補注蒙求』を、同年、如庵宗乾なる人物も『証類本草序例』を刊行している。民間の出版活動は京都の嵯峨において最も盛んで、慶長八年（一六〇三）よりやや前、角倉素庵はここで『史記』を刊行した。この時期、嵯峨では平仮名本の国書の出版も試みられていたらしく、謡本や舞の本、『徒然草』や『平家物語』が刊行され、慶長十年以降、「観世流謡本」や『伊勢物語』に代表される美装本、所謂「嵯峨本」が誕生する。

このようにしてはじまった日本の活字出版は、以後寛永年間（一六二四～四四）まで盛行した。そして、活字印刷以前の技法である整版による印刷が商業出版として広く用いられるようになり、活字による出版は圧されていくのである。この間の活字出版物を我々は「古活字版」「古活字本」と呼ぶ。便宜的には慶安（一六四八～五二）頃までの活字本が古活字本と称され、以後の近世木活字本と区分される。

本書がとりあげるのは、この近世初頭の五十年に及ぶ古活字版の時代である。それを『太平記』の出版を基軸に論及するのがねらいである。では、なぜ『太平記』を基軸に据えるのか。ひとつには『太平記』の初刊が慶長七年（一六〇二）に溯れ、古活字本の国書で最も早期に出版されたことが理由としてあげられる。慶長七年版『太平記』は五十川了庵により開版され、翌慶長八年にも同書が刊行されている。『太平記』刊行にともなう底本の入手、本文校訂、刊行を可能にした人的環境を追究することにより、古活字本出版の最初期の実態と背景を明らかにすることができるのではないか。そして、了庵の出版活動は、嵯峨本を刊行した角倉一門の出版事業の一環として位置づけられる。当時の角倉家は上層町衆の筆頭で、医学・儒学・文芸をはじめとする様々な学芸の拠点でもあった。かかる新興階級の好学が、学問の開放を実現する出版事業と密接に結びついている点も見過ごせないのだが、それはともかく、了庵らの活動をこうした文化圏の動向の中で理解することは、何よりも重要だと思われる。

そして第二の理由は、『太平記』が古活字版の時代の中で多数の版を重ねたことにある。『太平記』には全部で十五種の古活字版があり、これは同一作品が持つ版種の数としては最も多い部類に入る。しかも、その初刊は慶長七年で、最後の版は慶安三年（一六五〇）のものである。つまり、『太平記』は古活字版の時代を通して刊行されつづけた。その版種の分類、先後関係の認定は古活字版の世界を究明する上で、必須の基礎作業となるだろう。早くこの分野では川瀬一馬氏が『古活字版之研究』（安田文庫、一九三七年。増補版、A・B・A・J、一九六七年）を著し、総合的かつ網羅的な調査を行っている。同書はあらゆる古活字版の研究にとって必読の文献といえるが、今後要求されるのは、個々の作品を対象に調査を深めることである。川瀬氏以後出現した伝本の考究に加え、さらに氏の調査結果を再検討することが、後進の研究者に課せられた役割だといえよう。こうした作業を行うにあたり、多くの版種を擁する『太平記』は格好の材料なのである。

こうした視点で以下、『太平記』と古活字版の時代を探求していく。まずは各章の概要をあらかじめ述べておこう。

本書は、

第一部　古活字版『太平記』の成立

第二部　古活字版『太平記』の周辺

第三部　古活字版『太平記』『太平記鈔』『太平記音義』書誌解題稿

の三部からなる。第一部は古活字版『太平記』の成立と諸版の展開を追ったものである。川瀬一馬氏『古活字版之研究』は、古活字版『太平記』の祖である慶長七年五十川了庵所刊本の究明にはじまり、以後刊行された十四種の古活字本の分類整理を行っている。第一部では川瀬氏の成果によりつつも、その所説の再検討を行い、古活字版『太平記』の全容を解明する。まず、第一章「五十川了庵の『太平記』刊行―慶長七年刊古活字本を中心に―」では、五十川了庵による慶長七年刊本の刊行経緯に迫りたい。ここでは慶長七年刊本の本文調査にもとづき、その本文が梵舜本によっていることを明らかにする。そして、刊行者五十川了庵が梵舜の甥盛方院浄慶に養われていたことに注目し、梵舜と了庵の間には書物を貸与する関係が存在したことを指摘する。また、了庵は角倉一門の吉田宗恂の姪と結婚していることから、彼の『太平記』開版には角倉家の影響や協力が想定されることも指摘する。第二章「流布本『太平記』の成立」では、了庵所刊の慶長七年刊本と慶長八年刊本の本文整定について考察する。『太平記』の諸本研究において、「流布本」とは慶長八年刊本にはじまる諸本のことをさす。流布本の本文の成立は梵舜本から慶長七年刊本へ、慶長七年刊本から慶長八年刊本へという二つの階梯を押さえることにより、はじめて的確にとらえることができる。ここでは慶長七年刊本・八年刊本の本文を検討し、それぞれに西源院本系・神宮徴古館本系・南都本系等複数の系統の本文が増補に用いられていることを指摘し、了庵には二度の『太平記』刊行を通じて、本文を整備・集成しようとする強い意図があったことを論じる。つづく第三章「慶長七年刊古活字本の本文をめぐって」では、第一章・第二章で紹介しきれなかった慶長七年刊本の本文の特徴を詳細に指摘する。第四章「日性の『太平記』研究と出版」では、五十川了庵につづいて『太平記』の出版を手がけた要法寺日性について論じる。日性は慶長期に様々な古活字本を開版し、それらは要法寺版として知られている。ここでは慶長十年（一六〇五）に刊行された要法寺版『太平記』をとりあげる。日性は『太平記』の注釈書『太平記鈔』の撰者でもあり、要法寺版『太平記』の本文を検討していくと、注釈作業の成果が本文にも反映されていることに気がつく。こうしたところから、彼の注釈活動は本文刊行と不可分の営みであったことを指摘する。また、従来日性所刊本とは認定されてこなかった慶長十五年刊古活字本も、要法寺版や『太平記鈔』と密接な関係を持つことから、これも日性の刊行書と推定し、彼の出版活動の実態を明らかにしていく。第五章「古活字版『太平記』の諸版について」では、現在確認し得る十五種の古活字版『太平記』の本文を検討し、それぞれの先後関係を究明して諸版の系統分類を試みる。

第二部では、古活字版『太平記』の考察を通じて窺える、近世初期の出版と文芸に関わる諸問題を論じる。まず第一章「近世初期における『太平記』の享受と出版―五十川了庵と林羅山を中心に―」では、五十川了庵の人間関係についてさらに追究する。彼の本業は医師であり、角倉一門の吉田宗恂に師事したことが知られている。当時、吉田宗恂や宗恂の甥角倉素庵のもとには、儒学・医学を学ぶ多くの門人がおり、嵯峨に集う彼らは新興の学問階級を形成しつつあった。林羅山もそれに関わる一人で、彼らが催した所謂「慶長八年の公開講義」では、『太平記』もテキストの一つとしてとりあげられていた。了庵の『太平記』刊行は嵯峨におけるこうした学問動向を無視して理解することはできない。本章ではこの点に注目し、当時『太平記』の刊行が担った意味を論じ、享受史の一端を明らかにする。第二章「五十川氏をめぐる一資料」、第三章「内閣文庫本『太平記』と林羅山」は第一章の補論的性格を持つ。第二章では了庵以後の五十川氏の動向を森田良見編『名家由緒伝』に探り、第三章では羅山所持の『太平記』の問題について考察する。第四章・第五章では『太平記』からやや離れ、嵯峨における出版と文芸の問題を論じたい。まず、第四章「嵯峨本『史記』の書誌的考察」では、角倉素庵が刊行した『史記』をとりあげる。素庵の刊行物としては美装本としての「嵯峨本」が有名だが、これらは慶長十年代に入ってから世に現れる。しかし、それ以前に『史記』は開版されていた。ここでは現存する嵯峨本『史記』の書誌上の考察を行い、その上で所謂嵯峨本が誕生する以前に、嵯峨の地で多様な出版活動が展開されていたことを論究する。第五章「『徒然草寿命院抄』と『本草序例』注釈―序段を中心に―」では、角倉家とゆかり深い医師、寿命院秦宗巴をとりあげる。宗巴は『徒然草』注釈書の嚆矢とされる『徒然草寿命院抄』を撰述しており、その浩瀚な内容は後世の『徒然草』享受に多大な影響を与えた。また、『徒然草』冒頭「つれ〴〵なるままに、日くらしすゞりにむかひて」の一文を「序」と称し、以下の各章段に段数を施したのも宗巴の創意とされる。ここでは彼が冒頭の一文を「序」と名づけた点に着目し、こうした『徒然草』解釈の新機軸は、当時医家の間で盛んに講釈された本草書『本草序例』における「序」の解釈に淵源を持つのではないかと考察する。宗巴の『徒然草』研究は、嵯峨に集った医家の学問動向と無縁ではなかったのである。このように第四章・第五章では『太平記』と離れた問題を扱っているが、そもそも古活字版『太平記』の刊行は嵯峨の地と深い関わりを持っていた。同じようにこの時期の出版と文芸は、何らかのかたちで嵯峨との関わりを持っていたのである。出版・文芸・医学・儒学が様々に交錯する慶長期の嵯峨の位相を明らかにしておくことは不可欠と考え、ここでは二章を割いた。最後の第六章「杉田良庵玄与の軍記物語刊行をめぐる一、二の問題」では、整版本『太平記』の祖である元和八年刊本を刊行した杉田良庵玄与の活動の一端を紹介する。既に元和末年に入ると『太平記』は整版本として刊行され、広く享受される。ここでは寛永期の熾烈な『太平記』出版競争や、『平家物語』や『太平記』に存する杉田の奥附の問題を論じたい。

最後に第三部では、古活字版『太平記』『太平記鈔』『太平記音義』の書誌解題を載せ、これまでの論述を資料面で補強する。ここでは古活字版『太平記』『太平記鈔』『太平記音義』について版種ごとに伝本を配列し、各本の書誌的特徴を記述する。

およそ以上のような点から、出版を中心とした近世初期文化の一様相を窺おうとするのが、本書のめざすところである。

〔附記〕

本書における『太平記』諸本の引用は、拙著『太平記・梅松論の研究』（汲古書院、二〇〇五年）と同じ方法による。同書三三頁を参照されたい。

また、本書で引用する主要な古活字版の本文は、つぎのものによる。

慶長七年刊本　石川武美記念図書館（旧お茶の水図書館）成簣堂文庫蔵本

慶長八年刊本　早稲田大学図書館蔵本

慶長十年刊本　慶應義塾大学図書館蔵本
慶長十五年刊本　慶應義塾大学附属研究所斯道文庫蔵本
太平記鈔・太平記音義　同右

増補版の刊行にあたり

増補版の刊行にあたり、初版以後に発表した論考を三篇収録することとした。即ち、第二部第七章「古活字版の淵源をめぐる諸問題—所謂キリシタン版起源説を中心に—」、第八章「要法寺版をめぐる覚書」、第九章「『吾妻鏡』刊本小考」がそれである。

また、初版刊行以後に得た知見については、各章の末尾に〔補注〕〔補記〕を設け、その内容を記述した。〔補注〕は本文中の要語・事象に対して新たに加えた注であり、〔補記〕は本文とはかかわらず新たに得た知見を加えたものである。なお、〔附記〕とあるものは、初版時から存在するものなので、区別されたい。

そのほか、本版では初版からの字句の修正を若干行った。

目　次

第二部　古活字版『太平記』の周辺

第一部　古活字版『太平記』の成立

第一章　五十川了庵の『太平記』刊行
――慶長七年刊古活字本を中心に――

一　はじめに

室町期、様々に流動した『太平記』の本文は、慶長八年刊古活字本の出現を以て、一応の確定を見たといえる。流布本『太平記』とはこの慶長八年刊本を祖とする古活字本、整版本、またそれに類する本文を持つ写本群の総称である。

慶長八年刊本の刊行者五十川了庵は、京都で医を業とする傍ら、幾種かの古活字本の開版を行ったことでも知られている。例えば、石川武美記念図書館（旧お茶の水図書館）成簣堂文庫には無刊記の古活字本『太平記』が一本儲蔵されるが、これはその了庵が慶長八年（一六〇三）の前年、慶長七年に刊行したものと考えられている。該本は慶長八年刊本と同一の活字を使用し、毎半葉十二行でありながら、巻一「序」のみ半葉九行で大型活字を用いるほか、巻十八の一巻を上下に分けるなど、書誌的な面だけでも慶長八年刊本と多少の異なりを示している。

この成簣堂文庫の無刊記古活字本が、慶長七年に五十川了庵によって刊行されたものであることを明らかにしたの

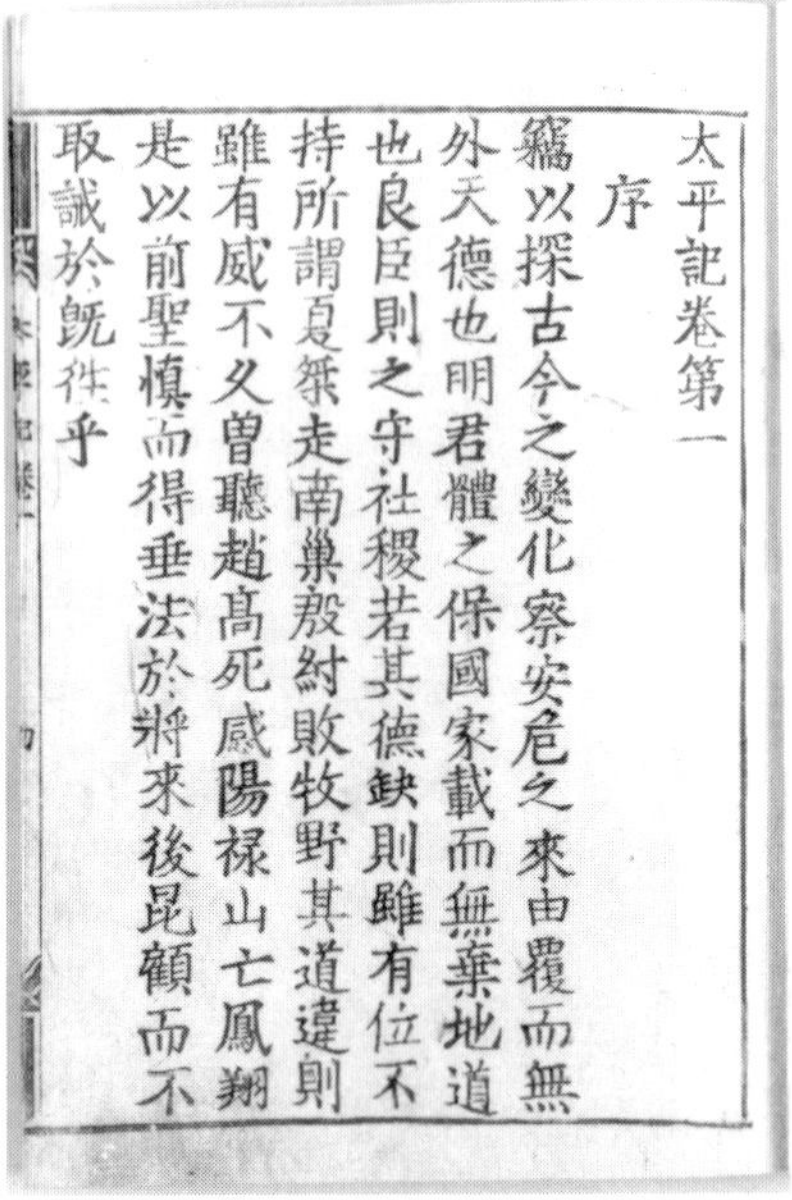
太平記巻第一
序
竊以探古今之變化察安危之來由覆而無
外天德也明君體之保國家載而無棄地道
也良臣則之守社稷若其德缺則雖有位不
持所謂夏桀走南巣殷紂敗牧野其道違則
雖有威不久曾聽趙高死咸陽禄山亡鳳翔
是以前聖慎而得垂法於將來後昆顧而不
取誡於既往乎

慶長七年刊古活字本『太平記』序
（石川武美記念図書館成簣堂文庫蔵）

は、川瀬一馬氏である。(1) 川瀬氏は林鵞峰撰文の「老医五十川了庵春意碑ノ銘」（『鵞峰先生林学士文集』巻六十七所収）に、

慶長六年了庵従テ二細川興元ニ一赴ク二豊州小倉ニ一、羅山作テレ詩餞スレ行ニ、数月ニシテ而旋ルレ洛ニ、明年壬寅了庵初テ刻シ二太平記ヲ於梓ニ一便ス二於世俗ニ一、事聞フ二於　幕府ニ一、癸卯　東照大神君使テ下了庵ヲ一新タニ二彫ラ中東鑑ヲ上、而シテ許シテ僦ス二官本ヲ一、歴テレ年ヲ功成テ以テ献スレ之ヲ、(2)

とあるのをとりあげ、了庵が慶長七年に『太平記』を開版したこと、慶長八年（癸卯）に徳川家康より『吾妻鏡』の刊行を命ぜられ、事に当たったことを指摘した。このうち、慶長十年刊の『吾妻鏡』の一部の伝本には、巻首「新刊吾妻鏡目録」の末に「冨春堂　新刊」との刊記が残されている。よって、了庵は「冨春堂」と号していたと推測され、慶長八年刊『太平記』にも「慶長癸卯季春既望冨春堂　新刊」との刊記があることから、同本も了庵によって刊行されたことが判明する。そして、これと同一の活字で刷印された成簣堂文庫本も、了庵の所刊であることがわかるのである。殊に成簣堂文庫本は慶長八年刊本に比べて版式が不統一であったり、活字の摩耗が少ないとされる。こうした点から成簣堂文庫本は慶長八年刊本に先行し、「碑銘」にいう了庵の慶長七年開版本に該当すると川瀬氏は説いたのである。

　このように同一刊行者によって、時を隔てず印行された二種の『太平記』ではあるが、その本文に少なからぬ異同のあることも早くから知られていた。後藤丹治氏・釜田喜三郎氏執筆の日本古典文学大系『太平記』一（岩波書店、

一九六〇年）の「解説」には、

　流布本は本来、慶長古活字本を代表とする。これより先に、鵞峯文集所載の了庵碑銘に所謂慶長七年五十川了庵刊かと推定される無刊記の片仮名交り十二行古活字本（川瀬一馬氏「安田文庫古版書目」書誌学、昭和八年五（九カ）月号）があるが、これは厳正な意味の流布本とは称しがたく、毛利家本・西源院本・天正本等の異文を含み、特に毛利家本に近似し、その異文を省いて流布本に近接する形態を持つので、整版本と比較すると一々の字句について相違甚しく指摘するのに煩わしいから、底本として採用しなかった。

との言が見えており、流布本本文に対する慶長七年刊本の特異性が指摘されている。そして、その本文は傍線部のごとく、数種の伝本の異文を含み、特に毛利家本に近似すると評された。だが、このあと見るように、慶長七年刊本の本文は毛利家本ではなく、梵舜本にその殆どをよっていると考えるべきである。梵舜本は早く亀田純一郎氏によって「流布本の前形態を示す」伝本との指摘がなされて以来[3]、流布本の前段階に位置する本文を持つ伝本と認識されてきた。しかし、慶長七年刊本が梵舜本によったと見るなら、梵舜本から流布本へ向けた本文流動の実相は、梵舜本から慶長七年刊本へ、慶長七年刊本から慶長八年刊本へ、という二つの階梯を想定してこそ、初めて十全に理解できることになる。

本章では慶長七年刊本を中心に、その本文と刊行事情の二つの側面を明らかにすることにより、流布本『太平記』成立の一端を窺見していきたい。

二　慶長七年刊本の本文

まず、形態上の問題を持つ巻十八のあり方から検討する。本巻は一冊の装訂。丁附も一巻通してなされているが、

その本文は前述のとおり、上下に区分されている。(4)章段名により編成を示せば、

上　先帝芳野潜幸事
伝法院事
瓜生挙旗事
金崎後攻事
瓜生判官老母事
程嬰杵臼事
金崎城落并一宮御自害其外官軍腹切事
春宮還御事

下　一宮御息所事
東宮還幸事
比叡山開闢事

となる。本巻は、京都花山院に幽閉されていた後醍醐天皇の吉野逃走から、南朝軍の一拠点越前国金崎城が攻防の末陥落するまでを中心に描く巻で、後半には金崎で自害した一宮尊良親王の恋愛譚、玄恵法印による比叡山開闢説話などが附されている。慶長七年刊本では歴史叙述の中心となる「先帝芳野潜幸事」から「春宮還御事」までが上としてまとめられ、傍系説話的な内容を持つ「一宮御息所事」以下の章段が下としてまとめられている。このような形態は他に梵舜本が持つのみであるから、これは両者の関係の深さをよく示す例として認めてよいだろう。

つぎに各巻の章段区分について。『太平記』諸本では、各巻の章段の分け方と章段名にはかなりの異同が存在する。

しかし、慶長七年刊本の場合、殆どの巻で章段の分け方と章段名が梵舜本のそれに一致している。ちなみに梵舜本は、元来幾種かの写本を取り合わせて成った本と思しく、諸巻に比して頻繁に章段を分ける巻が散見され、統一を欠くところがある。巻十六・三十・三十五・三十八などがその典型で、そうした特徴も慶長七年刊本にはそのまま継承されている。試みに、巻三十五の章段名を引いてみよう。

慶長七年刊本	梵舜本
新将軍帰洛事	新将軍帰洛事
擬討仁木義長事	仁木義長可討談合事
京勢重南方発向事	京勢重南方発向事
南方発向人々上洛事	南方発向人々上洛事
新将軍落谷堂給事	新将軍落谷堂給事
仁木義長京落事	仁木義長京落事
南方勢蜂起所々城落事	南方勢蜂起所々城落事
落書事	落書事
政道雑談事付西明寺禅門修行事	政道雑談事西明寺禅門修行事遁世者
最勝園寺修行事	最勝園寺修行事遁世者
青砥左衛門事	青砥左衛門事遁世者
周大王事	周大王事儒者
楊貴妃事	楊貴妃事儒者

瑠璃太子事僧
梨軍支
尾張小河東池田事并仁木三郎江州合戦事

瑠璃太子事
梨軍支事
尾張小河東池田事

右のとおり、慶長七年刊本の章段名は梵舜本にほぼ同じである。本巻は慶長七年刊本で三十三丁という比較的短い巻であるが、梵舜本・慶長七年刊本はともに十六もの章段を立てて細かく分割している。しかし、神宮徴古館本などでは、

諸大名擬討仁木事
諸大名重向天王寺事付仁木没落事
南方蜂起事付畠山下向事
山名中国発向事
北野詣人世上雑談事
土岐佐々木与仁木方軍事

と六章段に分けるのみで、管見の諸本は流布本を含め、これに傾向を同じくする。中でも神宮徴古館本が所謂「北野通夜物語」を「北野詣人世上雑談事」の一段に収めるのに対し、梵舜本・慶長七年刊本は「政道雑談事付西明寺禅門修行事」から「梨軍支事」まで話柄ごとに章段を立て、全部で六章段に分割している。このように慶長七年刊本は、いくぶん未整理な梵舜本の章段区分をほぼ全巻にわたって踏襲しており、慶長七年刊本が梵舜本によったであろうことを強く推測させるのである。

なお、慶長八年刊本では七年刊本の章段名の改訂が進み、章段数も減らす方向で改編が行われている。後述するよ

うに、五十川了庵には二度目の『太平記』刊行の際、慶長七年刊本の本文を整序する意図があったらしく、章段の立て方に見られる梵舜本の面影は、慶長八年刊本では一新され、窺うことができない。

慶長七年刊本と梵舜本の一致は巻次や章段の区分だけではなく、本文全体に及ぶものである。結論をさきにいえば、慶長七年刊本の本文は、巻十九から巻二十一までを除くすべての巻で梵舜本を基盤としており、部分的に西源院本系・神宮徴古館本系・南都本系の本文、稀に天正本系の本文による増補を受けて成立している。本文全体の考証については第三章「慶長七年刊古活字本の本文をめぐって」に譲るが、ここでは諸本間の異同の最も大きい巻の一つとされる巻二十七(5)を通して、慶長七年刊本と梵舜本の関係を確認したい。

巻二十七は足利尊氏の弟直義と尊氏の執事高師直が対立し、師直がクーデターを起こして直義を排斥するという、観応擾乱の発端部を描く巻である。それを描くに先立ち、本巻では天下の動乱を予兆する天変地異や四条河原の田楽桟敷倒壊の記事、羽黒山伏雲景が愛宕山の太郎坊から予言を聞く「雲景未来記事」などを配している。このあたりに諸本の異同は最も集中するのだが、まずは以下に慶長七年刊本の本文を摘記する。

清水寺炎上事付田楽事

A　貞和五年正月ノ比ヨリ、犯星、客星無隙現シケレハ、……

B　同二月二十六日夜半許ニ、将軍塚慘シク鳴動シテ、……明ル二十七日午刻ニ、清水坂ヨリ俄ニ失火出来テ、清水寺ノ本尊、阿弥陀悉《(堂カ)》、楼門、舞台、鎮守マテ、一宇モ不残炎滅ス、……

C　今年多ノ不思議打続ク中ニ、洛中ニ田楽ヲ翫フ事法ニ過タリ、大樹是ヲ被興事又無類、サレハ万サ人手足ヲ空ニシテ、朝夕是カ為ニ婬費ナス、（以下、田楽桟敷倒壊のこと、延暦寺長講見物のこと）

雲景未来記事

D ……雲景重テ申ケルハ、サテハ早乱悪ノ世ニテ下上ニ逆ヒ、師直、師泰我儘ニシスマシテ、天下ヲ持ツヘキ歟ト問ヘハ、イヤサハ又可有如何、末世濁乱ノ義ニテ、下先勝テ上ヲ可犯、サレ共又上ヲ犯咎難遁ケレハ、下又其咎ニ可伏、其故ハ将軍兄弟モ可奉敬一人君主ヲ軽シ給ヘハ、執事其外家人等モ又武将ヲ軽シ候、是因果ノ道理也、サレハ地口天心ヲ呑ト云変アレハ、何ニモ下刻上ノ謂ニテ師直先可勝、自是天下大ニ乱テ父子兄弟怨讐ヲ結ヒ、政道聊モ有マシケレハ、世上モ無左右難静トソ申ケル、……

E 誠ニ今度桟敷ノ儀、神明御眸ヲ被廻ケルニヤ、彼桟敷崩テ人共多ク死ケル事ハ六月十一日也、其次ノ日、終日終夜大雨降車軸、……

F 同六月三日、八幡ノ御殿辰刻ヨリ酉時マテ鳴動ス、……又同六月十日ヨリ、太白、辰星、歳星、斗、四季司宿、曜宿、三星合打続キシカハ、……又潤六月五日戌刻、巽方ヨリ電光耀キ出テ、両方ノ光寄合テ、如戦ニ砕ケ散テハ寄合テ、……

このように慶長七年刊本では、A・Bの凶兆を伝える記事、Cの四条河原田楽桟敷倒壊の記事、「雲景未来記事」とそれに付随するE・Fの天変の記事の順で語られる。このうちAの記事は神田本・神宮徴古館本・西源院本・吉川家本・米沢本などの諸本になく、「雲景未来記事」の一段も諸本により大きな異同がある。まず、神宮徴古館本・南都本は本段を欠き、神田本・西源院本は本段を巻末に配している。慶長七年刊本に同形態なのは吉川家本・米沢本・毛利家本・前田家本・梵舜本・流布本などといった乙類本諸本であるが、慶長七年刊本の詞章と一致するのは梵舜本と流布本のみで、吉川家本ほかの諸本とは大きく異なる。慶長七年刊本では例えばDの一節、山伏雲景の問いかけに対する太郎坊の予言は、「何ニモ下刻上ノ謂ニテ師直先可勝」というように、師直が直義を失脚させて権力を掌握する段階を言いあてる。これは巻二十七後半で展開する歴史叙述を念頭に置いた発言である。これに対して吉川家本等

のＤに相当する詞章は神田本や西源院本にほぼ同じで、その一節を引けば、

末世濫悪ノ機ニテ先下勝テ上ヲ犯ス、サレトモ上ヲ犯ス過《トカ》厳ク、是ヨリ当代公家武家忽変化シテ大逆有ヘシト申ハ、サテ武家ノ代尽テ君天下ヲ我任ニ保タセ給ヘキカト問ヘハ、其ハイサ知ス、今日明日武運モ尽ヘキ時分ナラネハ、南帝ノ御治世何トカ有ンスラン、大篇《(変カ)》ハ如何ニモ此中ニ有ヘキト申ケルヲ、……

となっている。太郎坊は「当代公家武家忽変化シテ大逆有ヘシ」「南帝ノ御治世何トカ有ンスラン」といっているように、観応擾乱のあと、正平一統による南朝軍の一時的な京都奪回とその失敗までを見通している。これは巻三十一・三十二あたりまでを範囲に収めた未来予見であるといえよう。梵舜本・慶長七年刊本と吉川家本以下の記事が詞章の上で根本的に異なることは明白で、慶長七年刊本が梵舜本に依拠したことは動くまいと思われる。

なお、慶長八年刊本以下の流布本は、慶長七年刊本の詞章を踏襲しつつも、記事配列を微妙に改編している。慶長七年刊本の「雲景未来記事」の末尾にあった天変記事のうち、Ｅの田楽桟敷倒壊翌日の大雨の記事を桟敷倒壊を描くＣの直後に、また天変について伝えるＦの記事を同じく凶兆について述べるＡ・Ｂのあとに移している。類似する記事を一ヶ所に集約し、本文を整序する志向が働いたものと見ておきたい。

三　慶長七年刊本の底本

前節の事例から、慶長七年刊本が基本的に梵舜本の本文に一致し、慶長八年刊本と比べ梵舜本的色彩を強くとどめていることが理解できよう。では、五十川了庵が刊行の際に用いた底本は、実際どのようなものであったのだろうか。現存の梵舜本が用いられたのか、それとも同様の本文を持つ別の本が用いられたのかが問題となるところだが、これも結論からさきにいえば、ほかならぬ現存の梵舜本が底本に採択されたものと考えられる。そのことは梵舜本が持つ

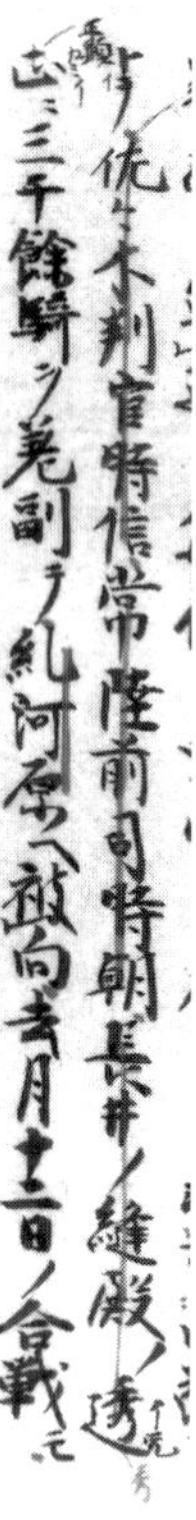

図2　図1
梵舜本巻十六より
（前田育徳会
尊経閣文庫蔵）

特異な表記や誤写などを、慶長七年刊本がそのまま引き継いで刻している箇所が多く見られるところから推測できる。以下にその顕著な例をとりあげてみよう。

巻八、十九オ「佐佐木判官時信、常陸前司時朝、長井縫殿秀正ニ三千余騎ヲ差副テ」という一節の「長井縫殿秀正」という人名表記。神田本・西源院本は「長井縫殿」、神宮徴古館本は「長井縫殿助正顕」、南都本は「長井縫殿頭正顕」、米沢本・天正本は「長井縫殿正」、吉川家本は「長井縫殿正秀正」にそれぞれ作り、慶長七年刊本に一致するものはない。梵舜本には「長井ノ縫殿ノ透《イ无》秀／正《正顕イ／カミイ》」とあって、「透」字の右傍に「イ无」と墨筆で細書し、さらにその下に朱筆で「秀」と書き入れている(6)（図1参照。「秀」の一字は欄脚に書き入れられており、古典文庫の影印〈第二巻一七五頁〉ではカットされている）。つまり、慶長七年刊本は梵舜本の「透」の校字「秀」と次行の「正」をとり、「長井縫殿秀正」としたと考えられる。こうした本文の作り方は、現存の梵舜本が底本になっていない限り生まれようがない。

巻十六、二十二ウ「進テハ懸破リ、引下テハ討死ヲシ、十八ヨリ阿弥陀カ宿ノ辺マテ、十八度マテ戦テ落ケル間」という一節。傍線部の「十八」は地名らしいのだが、このままでは不明である。これは片仮名で「ナハ」とあるのがよく、吉川家本は「縄ヨリ」、前田家本は「那波ヨリ」と、それぞれ漢字をあてている。梵舜本では「ナハヨリ」と片仮名表記するのだが、ともすればこれが「十八」と誤読されかねない書風となっている（図2）。本巻の書写者（奥書によれば太田民部丞壹清）は漢字「十」の第二画を左払いにする傾向があり、図2のとおり「十八度マテ」の「十」と比べれば、「ナ」と「十」は時として混同される可能性もあったことが想像される。こう考えれば慶長七年刊本で、地名「ナハ」が「十八」と誤刻された事情は理解しやすい。

慶長七年刊本の誤刻が、実は梵舜本の誤写を引き継いだものであるという例も複数見られる。例えば、巻二十三、十三オ「元《(旡カ)》常迅速ナル理、貴キモ賤キモ皆石ニ成ヌル哀サヲ」の「石ニ」は「古ニ」がよく、巻二十四、二十八ウ「諸大夫ニハ千秋駿河左衛門大夫、皇野刑部少輔」の「皇野」は「星野」とあるべきところ。巻二十六、二十二オ「タエ窳無クシテ、磨クニ光冷々タリ」の「タエ」は「ハタエ（膚）」の誤脱で、同じく二十四ウ「是ヲ宮殿ニカクルニ、夜十二衛ヲ耀カセハ」の「十二衛」は「十二街」の誤りである。巻二十七、二十六ウ「内弁ハ洞院太政大臣公資公トソ聞ヘシ」の「公資」は「公賢」が正しく、巻二十九、五ウ「五ニ目ヲ眠テ、吾是ニ懸合テ勝負ヲセント云者モナカリケル処ニ」の「眠テ」は「賦テ」がよい。これらはすべて慶長七年刊本が梵舜本の誤写を引き継いだものである。また、慶長七年刊本は底本に極めて忠実に刻字することもあったようで、例えば巻二十九、十三ウ「浦上七郎兵衛行景、同五郎左衛門景劊」の「劊」字は異体字にも見えない。諸本「景嗣」（神宮徴古館本・南都本）または「景副」（玄玖本）とあるところ、梵舜本は「景副」と、これも異体字にも見えない字に作っている。慶長七年刊本の右の一字は、これをかく彫刻したことに由来するものと思われる。

このように慶長七年刊本には、梵舜本の特殊な表記や誤写などが多く反映されている。これらの表記や誤写が梵舜本にすべて同一という写本が存在したとは考えがたいから、やはり慶長七年刊本の底本に採択されたのは、現存の梵舜本であったと認めるべきだろう。

四　五十川了庵と梵舜

梵舜本『太平記』の書写者梵舜は神祇管領長上吉田兼右の子で、徳川家康に重用された神道家、また古典研究家として著名である。生涯に書写した典籍は夥しい数にのぼるが、その中でこの『太平記』は天正十四年（一五八六）に梵舜ほか数名の手で書写されたものである。

さて、従来指摘されることはなかったが、梵舜と五十川了庵の二人は元来深い関係で結ばれていた。まずは、了庵の唯一の伝記である「老医五十川了庵春意碑ノ銘」（以下「碑銘」と略す）を引く(7)。

了庵、諱ハ春昌、一ノ名ハ宗知、後改ム二春意一ト、其ノ先出ツレ自リ二宇多源氏佐佐木ノ之族一、（中略）浄鑑カ子ヲ曰フ二了任一ト、娶テ二津田氏ノ女一ヲ、産メリ二四男二女一ヲ、了庵ハ者其ノ第三ナリ也、以テ二天正七(元カ)年癸酉十月二十五日一ヲ生ル二於洛ノ四条坊門ノ宅一ニ、了任以テ二天正己卯ノ年一ヲ没ス、歳四十二、時ニ了庵僅カニ七歳、津田氏鞠育シテ以テ至ル二成長一ニ、[1]八歳ニシテ養ハル二於世医盛方院紹継一ニ、既ニシテ而寓スルコト二東山ノ泉涌寺一ニ七八年、出テレ寺ヲ従テ二紹継一ニ習フ二医術一ヲ、復就テ二内田黙庵一ニ学フ、黙庵カ妻ハ大医一溪道三ノ姉ナリ也、故ニ了庵時往テ見ユ二一溪一ニ、一溪ハ者当時医家ノ巨擘ナリ也、[2]了庵二十六歳娶ル二増田宗為カ娘一ヲ、是レ意安宗恂カ姪女ナリ也、是ヲ以テ了庵受ク二業ヲ於意安之門一ニ、意安ハ以テ二鴻術一ヲ顕ル二於世一ニ者ナリ也、了庵与二我カ先考羅山子一同シ二里閈一ヲ、其齢長セルコト二羅山一ニ十歳、交際殊ニ渥シ、羅山子未タ二弱冠一ナラ初テ講ス二論語集註一ヲ、了庵常ニ与リ聞ク焉、[3]羅山欲シテレ見ント二惺窩先生一ニ、先ツ与二田玄之一通ス二簡牘一ヲ、了庵為リ二之カ价一、（以下、「一　はじめに」所引本文につづく）

右のとおり、了庵は天正元年（一五七三）、宇多源氏佐々木氏の出の五十川了任の三男として、京都の四条坊門に生まれた。父は了庵七歳のときに没するが、傍線部1のように、彼は八歳で医師盛方院紹継に養われて泉涌寺に寄寓し、のちに浄慶について医術を学んだ（以下、図3参照）。

盛方院とは鎌倉末頃の医師坂九仏を祖とする医家坂氏の支流で、九仏の孫士仏の四男（猶子という）浄快にはじまる一流をいう。坂氏の本流を上池院と呼ぶのに対し、こちらは盛方院を号し、浄勝の代に外戚吉田氏の姓を冒して吉田氏とも称している。「碑銘」に見える盛方院紹継とは盛方院浄忠の子、宮内卿法印浄慶をさすものと考えられる。

図3　五十川了庵関係系図

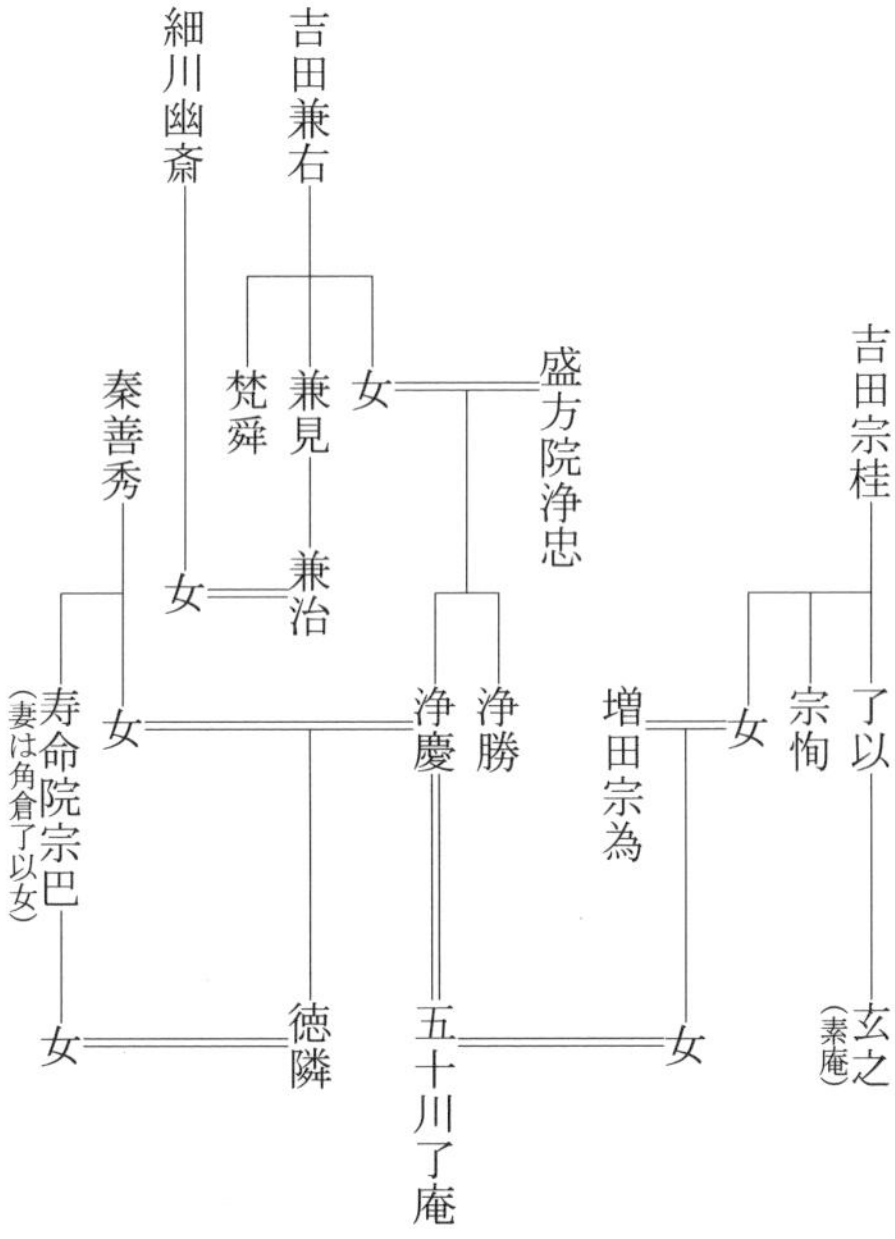

浄慶は天正十二年（一五八四）、兄浄勝の死により家督を相続しているから、天正八年に了庵を養い、七、八年後に彼に医術を教えたという人物に該当するのは、浄慶を措いてほかにない。浄慶は後陽成天皇に進薬し、文禄元年（一五九二）には豊臣秀吉により名護屋陣に召され、のちに江戸幕府医官に列した当代一流の医師である[8]。さらにこの浄慶は『寛政重修諸家譜』によれば、母を吉田兼右の女とするという。つまり、浄慶の父浄忠は兼右女を妻とし、浄勝・浄慶の二子を儲けたのである。兼右は前述したように梵舜の父であるから、梵舜から見て浄慶は甥ということになる。五十川了庵と梵舜との関係は、了庵の養父盛方院浄慶を介在させることにより、想外に近かったといえるだろう。

この浄慶と梵舜との関係は系譜の上だけにとどまるものではない。両者には緊密な交流のあったことが、梵舜の日記『舜旧記』に窺える。『舜旧記』には天正十三年二月十五日条に「盛方院浄慶へ、為茶湯会ニ罷」[9]とあるのをはじめ、両者の頻繁な行き来のさまが書きとめられている。例えば、慶長二年（一五九七）十二月十三日条には「盛方院為見舞泉涌寺へ罷也」と見えるが、このとき浄慶が泉涌寺にいたということは、浄慶に養われた了庵が、当初この寺に暮らしたという「碑銘」の記事を想起させて興味深い。さらに、ここで注目したいのは慶長二年五月二十六日の、

盛方院ヨリ源平盛衰記一冊、石田治部少輔誂本也、

という一条である。石田三成から『源平盛衰記』の書写を依頼された梵舜が、そのうちの一冊の書写を浄慶に乞い、この日、それが届いたというのである。ちなみにこの『源平盛衰記』をめぐっては、同年十二月十一日条に全巻書写を祝う振舞がなされたことが記され、同十六日条に原本を近衛殿に返上したことが見えている。(10)

このように浄慶が梵舜の典籍書写の作業に関与することもあった点は、十分注意されてよい。この一事から類推すれば、両者には学芸上の交渉もあり、時として書物の自由な往来もあったことが想像されるのである。こうした背景を考えてみると、了庵が『太平記』開版にあたり用いた梵舜本は、浄慶を介して入手したものと考えるのが最もふさわしいように思われる。

五　五十川了庵と古活字本文化

「碑銘」によれば、了庵は内田黙庵・一溪道三（曲直瀬道三）らにも医を学び、前掲傍線部2のとおり、二十六歳で増田宗為の女を妻としている。彼女は「意安宗恂」、つまり当時著名な医師であった吉田宗恂の姪にあたり、これにより了庵は宗恂の門に入ったという。宗恂は医師吉田宗桂の子で、京都の豪商角倉了以は彼の兄にあたる。了以の子素庵（玄之、字子元）は嵯峨本の刊行を手がけ、古活字本文化の原動力となった人物である。(11)つまり、了庵はこの近世初期出版史上の巨人に親近し得る立場にあったことになる。事実、前掲傍線部3によれば、林羅山が藤原惺窩の面識を得るにあたり、まず惺窩の弟子である田玄之、即ち角倉素庵に書簡を送ったとき、羅山と素庵を仲介したのが了庵だったとされている。このときのことは堀杏庵撰『吉田子元行状』にも、

同甲辰（慶長九年）、遊了庵家、始会羅浮子、評論朱陸同異、及大学綱領義、答問如響、淄澠未判、……(12)

と見えており、素庵は了庵邸において羅山と初めて面会したのであった。素庵の学的環境に了庵が連なっていたことがわかるであろう。

近世初期の開版事業には角倉素庵のみならず、その叔父吉田宗恂も深く携わっていたらしい。(13) 既に知られた資料ではあるが、『言経卿記』慶長三年（一五九八）の記事には、宗恂と古活字本の関連を窺わせる記事が見受けられる。その二月二十一日条には、

医師意庵へ罷向了、大学・中庸・孟子注本新作一字ハン也、令所望也、内々約束也、阿茶丸へ則遣了、(14)

とあって、この日、山科言経は宗恂のもとへ出向き、『大学』『中庸』『孟子』の注本「一字ハン（版）」（古活字版のこと）を息阿茶丸のために購求している。また、四月二十二日には興正寺昭玄のために右の三本を寿命院宗巴のもとで求め、五月十三日に昭玄分の代金銀子十二匁を宗巴を介して宗恂に支払い、阿茶丸分の代金については同日、直接宗恂宅に赴き支払っている。『大学』以下の刊行に宗恂が関与していたことは疑いない。

また、了庵の慶長七年刊『太平記』は冒頭にも触れたように、巻一の序文のみ大型活字を使用している。この活字は川瀬一馬氏・森上修氏によって、「如庵宗乾」なる人物が文禄五年（一五九六）に刊行した『証類備用本草序例』や慶長四年（一五九九）に刊行した『元亨釈書』で用いた活字を襲用したもので、慶長九年（一六〇四）には同じ如庵宗乾所刊の『徒然草寿命院抄』にも用いられていることが明らかにされている。(15) 如庵宗乾なる人物は未詳ではあるが、森上氏はあらゆる状況証拠に照らし、これを吉田宗恂に比定している。この推測が正しければ、宗恂にも幾種かの古活字本刊行の実績があり、その活字は一部了庵にも使用されていたことになる。〔補注〕

このように当時の出版事業の中心的存在であった角倉素庵や吉田宗恂に、了庵が妻増田氏女を介して親昵していたことは注目に値する。了庵による諸書の刊行も、恐らく素庵・宗恂といった存在を抜きにしては考えられないだろう。

近年、高木浩明氏は下村時房刊行の『平家物語』が、角倉素庵を中心とする嵯峨本の工房で制作されたことを強く示唆している。(16) 素庵らの事業は多くの刊行当事者を傘下に置く、多層的なものであったようだ。了庵の場合、嵯峨本の制作環境にどの程度包摂されるのか検討する必要はあるだろうが、活字の貸与をはじめとする技術的な面や、ことによると『太平記』のような大部な書を刊行するための資金的な面で、素庵・宗恂の助力を仰いだことも十分推測される。

六　むすび

慶長八年刊本にはじまる流布本『太平記』は、梵舜本を基盤とする慶長七年刊本の本文を改修して成立した。その慶長七年刊本の底本は刊行者五十川了庵との「縁」を頼りに梵舜架蔵本が採択された。そして、了庵の『太平記』開版は角倉素庵や吉田宗恂の影響下になされていることも確認できた。『太平記』の初めての刊行、そして流布本『太平記』の誕生とは、まさに了庵の人脈の結晶のごときものであった。このことは一方で、古活字本文化の揺籃期の様相を具体的に示す事例として、注目できるのではなかろうか。

注

（1）川瀬一馬氏『増補古活字版之研究』上、第二編第四章第三節二「伏見版の刊行」（A・B・A・J、一九六七年。初版、安田文庫、一九三七年）。
（2）内閣文庫蔵元祿二年刊本による。
（3）亀田純一郎氏、岩波講座日本文学『太平記』（岩波書店、一九三二年）。
（4）二十オ「春宮還御事」の末に尾題「太平記巻第十八上之終」を据え、二十一オに「太平記巻第十八下」の内題を立て、「一宮御息所事」がつづく。

（5）鈴木登美惠氏「太平記「雲景未来記事」の詞章について」（『軍記と語り物』第一号、一九六一年）、「太平記の本文改訂の過程―問題点巻二十七の考察―」（『国語と国文学』一九六四年六月号）参照。

（6）主として墨筆の校字は天正二十年の校合の際のもの、朱筆の校字は文祿三年の校合の際のものと推定される。本書第一部第二章「流布本『太平記』の成立」参照。

（7）このほか了庵の伝は『東照宮御実紀』附録巻二十二、『披沙揀金』巻十九、『皇国名医伝』巻上等に見られるが、いずれも「碑銘」をもとにしたものである。

（8）盛方院流、また浄慶については『寛政重修諸家譜』のほか、服部敏良氏『室町安土桃山時代医学史の研究』第六章「著名医家の略伝」（吉川弘文館、一九七一年）、京都府医師会医学史編纂室編『京都の医学史』第三篇第八章「坂流医学」（思文閣出版、一九八〇年）等参照。

（9）史料纂集『舜旧記』第一（続群書類従完成会、一九七〇年）による。

（10）他に十月一日条、十二月十八日条に関連記事がある。なお、梵舜の『源平盛衰記』書写については高橋貞一氏が「梵舜本太平記解題」（『太平記　梵舜本』一、古典文庫、一九六五年）、「陽明文庫の軍記物語」（『陽明叢書国書篇月報』第一〇号、一九七七年）でも触れている。

（11）赤井達郎氏「嵯峨本」（『光悦』第一法規出版、一九六四年）、横田信義氏「嵯峨本出版とその周辺」（『東北福祉大学論叢』第一五巻、一九七六年）、林屋辰三郎氏『角倉素庵』（朝日新聞社、一九七八年）等参照。

（12）慶應義塾大学北里記念医学図書館富士川文庫蔵本による。

（13）下浦康邦氏、近畿和算ゼミナール報告集第三輯『吉田・角倉家の研究』所収「吉田宗恂における日本数学の生成」（一九九九年）等参照。

（14）大日本古記録『言経卿記』八（岩波書店、一九七三年）による。

（15）川瀬一馬氏注（1）前掲書、森上修氏「初期古活字版の印行者について―嵯峨の角倉（吉田）素庵をめぐって―」（『ビブリア』第一〇〇号、一九九三年）。

（16）高木浩明氏「下村本『平家物語』と制作環境をめぐって」（『二松学舎大学人文論叢』第五八輯、一九九七年）。

〔補注〕

近年、宮川真弥氏は、如庵宗乾が北村季吟などに『源氏物語』講釈を行った箕形如庵であることを明らかにした（「伝北村季吟筆『源語秘訣』と箕形如庵宗乾」『語文』第一〇四輯、二〇一五年）。これにより、如庵宗乾を吉田宗恂の号と見る考えは成り立たないこととなった。

第二章　流布本『太平記』の成立

一　はじめに

流布本『太平記』は、京都の医師五十川了庵が慶長八年（一六〇三）に刊行した古活字本を祖とする。それ以降に刊行された古活字本や整版本には、記事の多少の増補を行うものが例外的にあるものの、[1]それらは基本的には慶長八年刊古活字本の本文を踏襲している。

わが国の古典作品は近世初期、古活字本として印行されるに及び、本文を「固定化」させたものが少なくない。これらの作品はそれまで、書写伝流の過程において本文の変化を生み出し、複数の異本を派生させてきた。『太平記』の場合も同様で、慶長八年刊本の本文は神田本・神宮徴古館本・西源院本などの古態本に対して大きな距離を持ち、室町期における本文流動の果てに流布本が成立したことを窺わせる。

さて、流布本『太平記』の本文に対して、梵舜本がその「前段階」に位置することはよく知られている。[2]しかし、両者の関係を実証し、梵舜本から流布本にいたる本文流動の実相を明確にとらえるためには、慶長七年刊古活字本の存在を抜きにすることはできない。慶長七年刊本は慶長八年刊本と同様、五十川了庵の手によって刊行された。その本文は慶長八年刊本に比して梵舜本により近接しており、梵舜本と流布本をつなぐ位置に立っている。既に前章において説いたように、慶長七年刊本は現存の梵舜本を底本に採用してこれを基底とし、数系統の本文による増補を行って成立したものである。了庵は天正七年（一五七九）に七歳で父了任と死別し、以後医師盛方院浄慶によって養育された。そして、養父浄慶は母を梵舜の姉妹（吉田兼右女）とするから、梵舜の甥にあたる存在であった。梵舜と浄慶の親密な交流のさまは梵舜の日記『舜旧記』に窺え、例えば梵舜が石田三成から『源平盛衰記』の書写を依頼されたとき、浄慶は梵舜のために一巻を分担書写している（慶長二年五月二十六日条）。二人の間には書物の往来も時として行われたことが十分に想定され、了庵も浄慶を介した梵舜との「縁」により、『太平記』開版にあたり梵舜所持本を底本に採択したものと思われる。

一方、慶長八年刊本はこの慶長七年刊本を底本とし、さらに若干の増補改訂を行ったものである。従って、従来漠然と考えられていた「梵舜本から流布本へ」という流布本成立の概念は、「梵舜本から慶長七年刊本へ」と、「慶長七年刊本から慶長八年刊本へ」という二つの階梯を考えることにより、明確に跡づけることが可能となる。本章では梵舜本から慶長七年刊本へ、そして慶長七年刊本から慶長八年刊本へと展開する際、その本文がいかに増補改訂されていったのかを具体的に検討し、流布本『太平記』の本文形成過程を概観していきたい。

二　梵舜本

まずはじめに、慶長七年刊本の底本となった梵舜本の本文について略述しておこう。

梵舜本『太平記』は四十巻四十冊、前田育徳会尊経閣文庫に儲蔵され、影印が古典文庫に九冊で収められている

（高橋貞一氏解説。一九六五年～六七年）。天正十四年（一五八六）に梵舜ほか数名の手によって書写されたもので、書写奥書が巻六など七つの巻に残されている。その日付としては巻六の「天正十四　年卯月廿二日ニ写之」とあるのが最も早く、巻四十の「天正十四丙戌年六月十日」とあるのが最も遅い。天正十四年の夏とその前後に書写されたものとおよその推測がつく。そして、この書写奥書のほかに二種類の本奥書が存している。一つは巻三十九のみに残された宝徳元年（一四四九）八月の年紀を持つ長文のもので、但馬介日下部宗頼なる人物[3]が細河右馬頭（持賢）より『太平記』を借り、十五日のうちに数名で書写を終えた旨が記される。もう一つは、例えば巻一に「本云長享二年七月書之」のごとく書されるもので、同種の奥書が巻一のほか巻三・五・六・九・十三・十四・十六―十九・二十一―二十四・二十六―二十九・三十一―三十三・三十五・三十六・三十八―四十の計二十七巻に残されている。このうち最も早いのが巻一の長享二年（一四八八）七月のもので、最も遅いのが巻二十七の延徳元年（一四八九）十二月十二日のものである。つまり、梵舜本の本文は巻三十九に関しては宝徳元年まで溯れ、他の巻も同時期か、または遅くとも長享・延徳まで確実に溯れる古い素性を持つものなのである。

しかし、その本文形態は必ずしも古形を保っているわけではない。梵舜本は甲類本が欠巻とする巻二十二を有し、甲類本の巻二十六・二十七に相当する巻を三分割してこれを巻二十五・二十六・二十七にあてており、鈴木登美恵氏の四分類法による乙類本に属する。[4]つまり梵舜本は古態をとどめる甲類本に対し、増補改訂を経た後出の本文を伝えているのである。例えば、巻七「船上臨幸事」には布志名義綱が塩冶判官に捕らわれる記事が存し（第二冊一二〇頁）、巻十一では甲類本が巻末に置く「金剛山寄手等被誅事」が章段としては前から三番目、即ち「筑紫合戦事」の前に移されている。また、巻十二「神泉苑事」の後半には『高野大師行状図画』による増補が見られ（第三冊一六七～一六九頁）、巻二十一「塩冶判官讒死事」の一段は諸本に類を見ない本文と記事構成である。巻二十七の本文は神田本・西源院本に類する本文と天正本に類する本文との混合形態で、巻三十二は全体として永和本（巻三十二相当部のみを伝える古態の零本）のごとき本文を基盤としながら、「鬼丸鬼切事」には鬼丸・鬼切両剣の由来を西源院本系より増補している（第八冊九六・九七・一〇〇・一〇一頁）[5]。このほか梵舜本の本文を特徴づける箇所は枚挙に遑ないほど存するが[6]、それらの多くが宝徳本や乙類本の前田家本・毛利家本などと重なるものであったり、巻二十七や巻三十二に見られるような複数系統の本文の混合化したものにあたる。こうしたことから、梵舜本の本文は後出本としての性格を強く持っているといえるのである。

そして、銘記しておかなければならないのは、梵舜本の巻八・十・十四・十八・二十二—二十四・三十三・三十五の九巻は天正本系にもとづく本文をとる巻となっていることである。このうち巻八と十を除くすべての巻に長享の奥書があることから、それ以前の段階でこれら九巻が何らかの事情で脱落し、天正本系の本により補配されたことがわかる。その結果、梵舜本では巻二十一に諸本同様「法勝寺炎上事」を持ちながら、巻二十三を天正本系によったため、そこにも同記事を重出させることになった（天正本系では編年順を意識して、「法勝寺炎上事」を巻二十三に配置）。また、これは天正本系との関係によるものではないが、梵舜本ではもともと巻十五を「賀茂神主改補事」で終え、巻十六を「江田大館両人播州下向事」からはじめている。従ってここには、その間にあるべき「棟堅奉入将軍事」「少弐菊池合戦事付宗応上司事」「多々良浜合戦事付高駿河守異見事」の三章段が脱落しているのである（もっとも梵舜はそのことに気がついたようで、天正二十年〈一五九二〉にこの三章段の記事を追写し、巻十五の末に加えている）[7]。このように本来の梵舜本が巻十五と巻十六の間に脱落を持ったのは、諸本によって両巻の区分が異なることによっている。つまり、その区分は甲類本と乙類本とで異なり、甲類本は「賀茂神主改補事」の三章段あと「多々良浜合戦事付高駿河守異見事」までを巻十五とする。これに対して乙類本は「賀茂神主改補事」までを巻十五、「棟堅奉入将軍事」からを巻十六としている。ということは、梵舜本は祖本の段階で巻十五を乙類本と同型の本に、巻十六を甲類本と同型の本によったため、「棟堅奉入将軍事」以下三章段を欠いたと考えられるのである。これなども、梵舜本がもともと複数の系統の本文を取り合わせて成立したことを示す例といえるだろう。従って、梵舜本は全体に整った本文を伝えているとはいいがたく、この点は梵舜本の延長線上に成立する流布本の本文を手にするとき、最も留意しなければならないところとなってくる。

なお、梵舜本には全巻に墨筆と朱筆で詳細な校異が書き入れられている。巻末の識語によれば、梵舜は天正十五年（一五八七）、同二十年（一五九二）、文禄三年（一五九四）の三度にわたり朱点校合を行ったようである。このうち天正十五年の識語は巻十三に「天正十五年五月十七日重而以余本加朱点了」と墨書されるほか、巻二十五に見えるのみであるから、この折は朱点を施しただけの可能性がある。また、これが当該巻のみを対象としたものなのか、全巻に及ぶものであったのかも不明である。一方、天正二十年の識語は巻二をはじめ全部で十巻に、「重而朱点又脇小書以或本是付畢／天正壬辰廿年三月吉日　梵舜（花押）」（巻二）のごとく墨書されるもので、恐らくこの折はほぼ全巻にわたる校合が行われたものと思われる。本文に墨筆で示された校異は天正二十年の校合によるものと考えられ、例えば巻二、一オ（第一冊四七頁）の「供奉ノ行粧、路次ノ行列ヲ被レ定、三公九卿相従ヒ、百司千官列ヲ引ク」とあるくだりには、右傍に、

　佐々木備中守廷尉《テイイ》ニ成テ橋ヲ渡シ、四十八ヶ所ノ篝甲冑ヲ帯シ辻々ヲ堅ム　イ

とあり、これが南都本系の独自記事に一致することから、南都本系統の本が対校本に用いられたことがわかる。[8] 校異は本文右傍に小書されるだけでなく、長文に及ぶ場合には巻末にその章段の全文が記される。巻十四巻末に記された「将軍入洛事親光討死事」をはじめ、巻二十一の「蛮夷僭上事」の後半の記事、巻二十五の「自伊勢進宝剣事」など

は南都本系の本文に一致し、これらが天正二十年の校合の際に記されたことは疑いを入れない。また、巻十五の巻末に本来欠いていた三章段を写したのもこのときで、これも本文上、南都本系に一致する。

つぎに文祿三年の識語であるが、こちらも巻末に「右朱点以梅谷和尚本重而写了／文祿三甲午年三月十七日　梵舜（花押）」（巻二）のごとく朱書されるもので、全部で三十二巻に残されている。ただし、巻四十の識語だけは墨書で、

右朱点前南禅元保和尚以自筆本写了、先年天正十四歳比／四十冊全部遂書功者也／文祿三甲午年五月十一日　梵舜（花押）　四十二オ

とあり、この記述から対校本とされたのが、南禅寺二百四十六世梅谷元保の自筆本であったことがわかる。元保は文祿二年（一五九三）六月八日に寂しているから、梵舜はその旧蔵本を譲り受けたか、借りたかしたのだろう。[9]本文に朱筆で示された校異がこの際書き入れられたものと思われ、前回の校合のときと同様、長文の異文は巻末に墨書されている。この梅谷元保自筆本の本文は、現存本でいえば神宮文庫本[10]に酷似のもので、梵舜本巻二十四巻末に記された「日野勧修寺意見事」のうち、摩羯陀国の僧の故事と「天竜寺供養之落書」と題する七言絶句、巻二十八巻末に記された「在登卿被逢夭死事」「土岐周済房謀叛事」とそれにつづく注などは、神宮文庫本にあるものに一致する。

三　慶長七年刊古活字本

石川武美記念図書館成簣堂文庫に蔵される無刊記古活字本の一本が、五十川了庵が慶長八年刊本の刊行に先立ち、その前年に刊行した『太平記』だと考えられている。このことを初めて明らかにしたのは川瀬一馬氏で、[11]氏は林鵞峰撰文の「老医五十川了庵春意碑ノ銘」（『鵞峰先生林学士文集』巻六十七所収）に、

慶長六年了庵従二テ細川興元一ニ赴二ク豊州小倉一ニ、羅山作レテ詩餞レス行ニ、数月ニシテ而旋レル洛ニ、明年壬寅了庵初テ刻二シ太平記ヲ於

梓ニ一便ス二於世俗ニ一、事聞フ二於　幕府ニ一、癸卯　東照大神君使テ三了庵ヲ一新タニ彫ラ中東鑑ヲ上、而シテ許シテ戯ス二官本ヲ一、歴テレ年ヲ功成テ

以テ献スレ之ヲ[12]、

とあるのを指摘し、了庵が慶長七年に『太平記』を開版し、翌八年（癸卯）に徳川家康から『吾妻鏡』の刊行を命ぜられ、のちにこれを刊行したという伝のあることを紹介した。一方、成簣堂文庫蔵『太平記』と同一活字を用いるものに、「慶長癸卯季春既望　冨春堂　新刊」の刊記を有する『太平記』（慶長八年刊本）と、慶長十年三月の西笑承兌の跋文と「冨春堂　新刊」の刊記（巻首「新刊吾妻鏡目録」の末に見える）を有する『吾妻鏡』が存在する。これらを踏まえ川瀬氏は、成簣堂文庫の無刊記古活字本『太平記』が了庵によって慶長七年に刊行された『太平記』であること、冨春堂の刊記を有する『吾妻鏡』が了庵が刊行に携わった所謂伏見版であること、『吾妻鏡』とともに慶長八年版の『太平記』の刊記に見える「冨春堂」の堂号が了庵のものであること、などを明らかにした。

ちなみに管見の史料にも慶長七年の段階で、古活字本の『太平記』が巷間に流布していたことを証するものがある。それは『鹿苑日録』の慶長七年十一月四日条で、そこには、

……松勝右向予曰。太平記之点無之。予ニ点之ヨト云。無異儀領之。本書四十巻。印本四十巻。合八十巻。予僕ニ擔頭帰去。……[13]

という記事がある。この日、記主である鶴峰宗松は松勝右（松田勝右衛門政行。もと前田玄以の臣。慶長五年、家康の臣となり、京都にあって加藤正次・板倉勝重を補佐。二千石）の邸に出向き、政行より無訓の『太平記』に訓点を施すよう依頼されている。これが古活字本であったことはいうまでもなく、宗松は「本書四十巻」（訓点のある写本のことであろう）と「印本四十巻」を持ち帰っている。そして、同年十一月三十日条には、

自朝未明ニ赴松勝右。太平記朱点出来故持参。則対顔。四十冊相渡。同（印脱カ）本四十冊渡。合八十冊分渡。

と見え、二十日余で作業を終えた宗松はこの日、写本・刊本の『太平記』を政行に返している。この史料により、了庵の『太平記』刊行がこの年の十一月以前であったことが知られるのである。

　このように成簣堂文庫本が了庵によって慶長七年に刊行されたものだとすると、その本文は慶長八年刊本の成立を考える上で大きな意味を持ってくる。しかし、慶長七年刊本の本文をめぐっては、長らく等閑に付されてきた感がある。慶長八年刊本を底本とする日本古典文学大系『太平記』（岩波書店、一九六〇年〜六二年）は、その第一・二冊の頭注で古活字諸版との校異をしばしば示し、その中には慶長七年刊本のものも見えている。校注者後藤丹治氏・釜田喜三郎氏は、作業の上で慶長八年刊本と七年刊本との校合を綿密に行っていたものと推察されるが、その成果は残念ながらまとまったかたちでは著されなかった。ただ、第一冊冒頭の「解説」の中で、

> 流布本は本来、慶長古活字本を代表とする。これより先に、鷲峯文集所載の了庵碑銘に所謂慶長七年五十川了庵刊かと推定される無刊記の片仮名交り十二行古活字本（川瀬一馬氏「安田文庫古版書目」書誌学、昭和八年五（九カ）月号）があるが、これは厳正な意味の流布本とは称しがたく、毛利家本・西源院本・天正本等の異文を含み、特に毛利家本に近似し、その異文を省いて流布本に近接する形態を持つので、整版本と比較すると一々の字句について相違甚しく指摘するのに煩わしいから、底本として採用しなかった。

との言及があり、慶長七年刊本の本文が厳密には流布本と異なること、またその本文が毛利家本・西源院本・天正本の異文を含み、中でも毛利家本に近似することなどが指摘された。

　しかし、慶長七年刊本の本文が流布本と異なることは確かだが、それは毛利家本に近似するのではなく、梵舜本に最も近いのである。本文全体の検討は第三章「慶長七年刊古活字本の本文をめぐって」で行うが、例えば慶長七年刊本は巻十一「金剛山寄手等被誅事」を「筑紫合戦事」の前に置き（この点は毛利家本も同じ）、巻十八を上下に分割し

て「先帝芳野潜幸事」から「春宮還御事」までを上、「一宮御息所事」から「比叡山開闢事」までを下とし、梵舜本と一致する。また、巻二十七は天正本の影響を受けた梵舜本の本文に等しく、慶長八年刊本になると記事配列の改編が行われる。一方、巻三十二は「神南合戦事」で終え、つづく「京軍事」「八幡御詫宣事」を巻三十三とし（諸本は「八幡御詫宣事」までを巻三十二とする）、同様に巻三十六は「道誓落鎌倉事」で終え、つづく「清氏正儀寄京都事」「新将軍京落事」「南方官軍落都事」を巻三十七に入れている（諸本は「南方官軍落都事」までを巻三十六とする）。こうした区分も梵舜本に一致しており、この特徴はさらに慶長八年刊本以下の流布本へと受け継がれていく。また、梵舜本では比較的細かく章段分けが行われており、殊に巻十六・三十・三十五・三十八などでは、一章段が諸本に比べて大幅に短くなっている。こうした点でも慶長七年刊本は梵舜本の形態をほぼ全面的に踏襲している。ほかにも、慶長七年刊本において一見誤植と思われる字句が、実は梵舜本の誤写をそのまま引き継いだものであることや、了庵が養父盛方院浄慶を介して梵舜に親昵し得たことなどから、慶長七年刊本の底本は現存の梵舜本そのものであったと考えられるのである。これらの点は既に前章で述べた。それでは以下に慶長七年刊本の本文が、梵舜本にどのような手を加えて成立したのかを中心に見ていき、梵舜本から流布本への展開の跡を辿ることにしよう。

まずはじめに、慶長七年刊本では巻十九から巻二十一までを除くすべての巻で、梵舜本を基底とすることが明らかである。巻十九から巻二十一までは南都本系の本文を基底としている。梵舜本による巻のうち、巻三・五・七・八・十一――十三・十五・十七・二十二・二十五―二十八・三十・三十四・三十六・三十七・三十九・四十などでは、目立った改編は行われていない。一方、梵舜本の本文に対して増補改訂が行われた主要な箇所は以下のとおりである。

1　巻二　「長崎新左衛門尉意見事」のうち、阿新が佐渡に下るくだりを西源院本系により詳細にする（十三オ）。「俊基朝臣関東下向事」「俊基被誅事并助光事」にも西源院本系の混入が見られる。

2　巻四　「笠置囚人死罪流刑事」に源具行の最期、[14] 殿法印良忠の捕縛を伝える記事（二オ～四オ）を、「一宮并妙法院二品親王御事」に尊良親王の配所、土佐国畑の有様を伝える記事（九オ）を西源院本系により増補。

3　巻九　「足利殿御上洛事」に、足利高氏が源家の白旗を北条高時より賜る記事を神宮徴古館本系もしくは南都本系により増補（三ウ）。

4　巻十　「三浦大多和合戦意見事」末尾に、六波羅滅亡の早馬到来の記事を玄玖本系（神宮徴古館本は欠）、もしくは南都本系により増補（十ウ）。その他、本巻には玄玖本系もしくは南都本系の詞章の混入が随所に見られる。

5　巻十四　「箱根竹下合戦事」の途中「義助是ヲ見給テ、死タル人ノ蘇生シタル様ニ悦テ、今一涯ノ勇ミヲ成シ」（二十ウ～二十一オ）までが梵舜本を基底とする。以後の本文は神宮徴古館本系による。梵舜本によった部分でも、「矢矧鷺坂手超河原闘事」の佐々木道誉降参の記事（十四オ）や「箱根竹下合戦事」の十六騎党の奮戦の記事（十八オ）などは、神宮徴古館本系によっている。

6　巻十六　巻頭「将軍筑紫御開事」から「高駿河守引例事」まで（梵舜本が本来欠いていた部分）は、梵舜本巻十五末に補写された本文とは異なり、現存諸本とは一致を見ぬ本文となっている。吉川家本としばしば一致し、「多々良浜合戦事」の大高伊予守の記事は西源院本系による増補か（四ウ）。「西国蜂起官軍進発事」からは梵舜本を基底とする。

7　巻十八　「比叡山開闢事」に、山王二十一社に関する記事を西源院本系により増補（四十一ウ～四十三オ）。

8　巻二十三　梵舜本に重出の「法勝寺炎上事」はとらない。
9　巻二十三　「上皇八幡宮御願書事」末尾に、梵舜本が欠く「吉野殿方ヲ引人」の評言を増補し、諸本と同形態にする（十二ウ）。
10　巻二十四　「天龍寺建立并供養事」冒頭に、梵舜本が欠く武家批判の記事を増補し、諸本と同形態にする（三ウ～四オ）。
11　巻二十四　「日野勧修寺異見事」に、摩竭陀国の僧の故事を梵舜本巻末に補写された本文により増補（十ウ～十一ウ）。
12　巻二十九　梵舜本が簡略な「越後守自石見引返事」を神宮徴古館本系の本文に改め、諸本と同形態にする（十ウ～十三オ）。「慧源禅巷与吉野殿御合体後京攻事」末尾に「桃井ヲ引者」の評言（三オ）を、「師直師泰出家事」に薬師寺詠歌の記事（二十五ウ）を神宮徴古館本系により増補。
13　巻三十五　梵舜本が簡略な「擬討仁木義長事」末尾を西源院本により改め、諸本と同形態にする（二ウ～三オ）。「政道雑談事付西明寺禅門修行事」に問民苦使・日蔵上人・北条泰時の故事を西源院本系により増補（十二オ～十六ウ）。
14　巻三十八　「西長尾軍事」のうち真壁孫四郎の奮戦の記事を、南都本系により陶山三郎・伊賀掃部助の記事に改める（十八オ）。

この一覧より、慶長七年刊本の本文が甲類本に属する西源院本系・神宮徴古館本系・南都本系の異文を多く摂取していることがわかる。例えば、1の巻二「長崎新左衛門尉意見事」のうち、阿新が佐渡に下る条は、此資朝ノ子息国光ノ中納言、其比ハ阿新殿トテ未十三歳ニテヲハシケルカ、父資朝卿召人ニナラレシヨリ、仁和寺辺ニ隠レテ居給ケルカ、父誅セラレ給ヘキ由ヲ聞テ、今ハ何事ニカ命ヲ惜ムヘキ、父ト共ニ斬レテ冥途ノ旅ノ伴ヲモシ、又最後ノ御有様ヲモ見奉ルヘシト思立テ、母ニ御暇ヲソ請レケル、母御頻ニ諫テ、一日路二日路ノ国ニテモナシ、佐土トヤランハ嶋国ニテ、万里カ奥ニアムナルニ、甲斐甲斐シキ若党ノ一人モツレスシテ、只独リ尋下ランニ、行著マテモアルマシ、道ニテ思ノ外ナル事アテ命ヲ失カ、又人ヲ売リ買所ナレハ、売レテ人ノ僕ト成テ、習ハヌ業ニ仕ン時ハ、何ニ嘆キ悲トモ叶マシ、其トキノクヤシサヲハ何トシ給ヘキ、父ヲモ見ス母ニモ離レテ、身ヲ徒ニ成シ給ン事コソウタテケレ、資朝卿ニコソ別タリトモ、其ニカクテマシマセハ、資朝ノ忘形見トモ成リ、且ハ又閑ル事アラハ、父ノ跡ヲモ継キ、父ノ菩提ヲモ訪奉ルヘシト、憑シクコソ覚ヘ侍ト、カキクトキ止給ケレハ、（以下略）

とあって、傍線部以下、母の諫めを最も詳細に語る西源院本の詞章に同じである。本章段、西源院本は以後も独自の記事を持つが、慶長七年刊本は右に引いた母の諫めのくだりから、阿新が佐渡に下着するまで（「自本間カ舘ニ致テ中門ノ前ニソ立タリケル、境節僧ノ有ケルカ立出テ」あたりまで）を西源院本系によっており、以後は梵舜本と同じ本文に戻っている。ちなみに慶長八年刊本はこの条、

……母御頻ニ諫テ、佐渡トヤランハ人モ通ハヌ怖シキ嶋トコソ聞レ、日数ヲ経ル道ナレハイカントシテカ下ヘキ、其上汝ニサヘ離テハ、一日片時モ命存ヘシトモ覚ヘスト、泣悲テ止ケレハ、ヨシヤ伴ヒ行人ナクハ、何ナル淵瀬ニモ身ヲ投テ死ナント申ケル間、……（十三ウ。第一冊七二～七三頁）

とあって、簡略な詞章に変わっている。これは神宮徴古館本系や南都本系に同じ本文で、慶長八年刊本は南都本系により、慶長七年刊本の長大な異文を改修したものと思われる（後述）。このほか、慶長七年刊本が西源院本系により

増補したことが明らかな箇所は、前掲一覧のうち、２・６・７・13等である。

これに対して、３・４などの事例は神宮徴古館本系、もしくは南都本系によって増補されたものである。この両系統では、神宮徴古館本系が古態を示し、南都本系はそれより後出の本文を持つが、両者の関係は極めて近しく、多くの部分で共通の本文を持っている。[15] しかし、例えば５の巻十四「矢矧鷺坂手超河原闘事」の佐々木道誉降参の条は、

佐々木佐渡判官入道太刀打シテ痛手数タ所ニ負フ、舎弟五郎左衛門ハ手超ニテ討レシカハ、世ノ中サテトヤ思ケン、降参シテ義貞ノ前陣ニ打ケルカ、後ノ箱根ノ合戦ノ時、又将軍ヘソ参ケル、

とあって、増補部である傍線部の詞章（梵舜本は「憑ム方ナク成テ箱根マテコソ引タリケレ」とのみある。道誉に配慮した天正本系の本文そのまま）は神宮徴古館本のものに一致し、「今ハサテトヤ思ケン……」とする南都本系諸本とは微妙に異なる。また、梵舜本を基底としない同巻後半部「将軍御進発大渡山崎等合戦事」のうち「供御ノ瀬、セヽカ瀬二箇所ニ大木ヲ数千本流シ懸ケテ」（三十ウ）の一節、「主上都落山門臨幸事」のうち「車馬東西ニ馳違フ、蔵物財宝ヲ上下ヘ持運フ」（三十八ウ）の一節に相当する詞章は、ともに南都本系にはないことから、本巻に関与したのは神宮徴古館本系の本文であると思われる。これと同様のことが12の巻二十九についてもいえ、これらの巻では南都本系の関わりは想定できない。しかし、14の巻三十八「西長尾軍事」には、

其鋒ニ廻ル者、或ハ馬ト共ニ尻居ニ打居、或ハ甲ノ鉢ヲ胸板マテ被破付、深泥死骸ニ地ヲ易タリ、爰ニ備中国ノ住人陶山三郎ト備前国ノ住人伊賀掃部助ト二騎、田ノ中ナル細道ヲシツ〳〵ト引ケルヲ、相模守追付テ切ント諸鐙ヲ合セテ責ラレケル処ニ、陶山カ中間ソハナル溝ニヲリ立テ、相模守ノ乗給ヘル鬼鹿毛カ草脇ヲソ突タリケル、

と、傍線部のように南都本系の独自記事が混入している。神宮徴古館本や梵舜本では陶山三郎・伊賀掃部助の名はなく、代わりに陶山孫四郎が相模守（細川清氏）を見つけ、長槍で鬼鹿毛の草脇を突いたとなっている。よって、ここ

では南都本系の影響を受けたと見てよいだろう。また、前述のように、巻十九から巻二十一までは南都本系の本文を基底とするから、この点からも慶長七年刊本の本文の成立に南都本系の本文が関わっていたことが確認できる。

以上のように、慶長七年刊本には神宮徴古館本系と南都本系の極めて近い二系統の本文が利用されていることがわかった。では、この現象をどう理解すべきだろうか。例えば、慶長七年刊本の成立に関わったのは、神宮徴古館本系と南都本系の中間形態の本文を持つ一つの本だったのか、あるいは巻ごとに神宮徴古館本系と南都本系の本文が混合した本だったのか、可能性は様々に考えられる。しかし、ここで用いられたのは、神宮徴古館本系と南都本系の別々の本であったと結論づけておくのが、さしあたり妥当なようである。それは、神宮徴古館本系によった慶長七年刊本の巻二十九「越後守自石見引返事」の本文（前掲一覧12参照）が、慶長八年刊本になると南都本系の本文によって増補改訂されるという事例が見られるからだ。例えば、本章段中の、

……矢一筋射違ルホトコソアレ、大勢ノ中ヘ懸入テ責ケレトモ、△須臾ニ変化シ万方ニ相当レハ、……（十一ウ）

という一節の△部には、慶長八年刊本になると、「魚鱗鶴翼ノ陣、旌旗電撃ノ光」（十二オ、第三冊一一三頁）という詞章が増補される。また、慶長七年刊本の「長谷寺ト一原八郎左衛門」（十二オ。神宮徴古館本「長谷寺与一、原八郎左衛門」八六五頁）という読解に苦しむ人名表記は、慶長八年刊本では「長谷與一、原八郎左衛門」（十二ウ。第三冊一一三頁）と訂されている。これらはいずれも南都本系の本文に一致するから、慶長八年刊本は南都本系により増訂を施したものと見られる。本来神宮徴古館本系にもとづいた本文が、のちに南都本系により改められるということは、了庵が両方の系統の本を手にしていたことを意味しよう。恐らく双方の系統が了庵の座右に備えられ、二度の『太平記』刊行にあたり利用されたものと思われる。

このように慶長七年刊本には西源院本系・神宮徴古館本系・南都本系の三系統の本文が増補に用いられたのである

が、他に天正本系による増補の可能性も考えられる。巻十九は全体に南都本系によった巻であるが、巻末「青野原合戦事付囊沙背水事」にある北畠顕家の青野原合戦以後の動静を伝える記事（二十二オ〜）は、天正本系が持つほかは他に類を見ない。慶長七年刊本の段階で増補した可能性が高いものの、依拠した南都本系の本文に既に存した可能性も否定し切れず（ただし、現存の南都本系諸本にそうした形態の伝本はない）、なお追尋すべきである。また、11の巻二十四「日野勧修寺異見事」には摩羯陀国の僧の故事が載る。この記事は神宮文庫本・天理本、天正本系の教運本に存し、梵舜本の巻末にも天正二十年の校合の際、神宮文庫本に類する梅谷元保自筆本にあったものが写されている。[16] 慶長七年刊本の本文はこの梵舜本に補写されたものに最も近く、これを取り入れたものと考えられる。

以上、慶長七年刊本が梵舜本に対し、どのように増補改訂を行ったかを見てきた。西源院本系・神宮徴古館本系・南都本系のほか、天正本系の本文まで混合している可能性があることから、了庵は開版にあたり複数の系統の本を座右にしていたことがわかる。[17] その増補のさまは見てきたように積極的であったことが知られるが、了庵の増補方針とはどのようなものだったのか。それは梵舜本には見えない他本の記事を収集し、本文を詳細なものに集成しようとするものであったことは―極めて自明なもののいいながら―まずいえるだろう。同時に9・10・12・13では、梵舜本が簡略で諸本に対して孤立した箇所が、他本を用いて補われ、諸本と同形態に復元されている。こうした事例から、了庵は諸本通有の本文形態を尊重していたことが窺える。少なくとも了庵は『太平記』開版にあたり、座右の諸本を丹念に読み比べていたようである。勿論、慶長七年刊本は梵舜本になく、他本にある記事のすべてを拾い得たわけではない。しかし、ここでは梵舜本の不備を補い、さらに諸本の記事を集成していく了庵の方針を認識しておくことが重要である。なぜならば、その姿勢が了庵による二度目の『太平記』刊行にも受け継がれるからである。

四　慶長八年刊古活字本

慶長八年刊本は東洋文庫・鎌田共済会郷土博物館・早稲田大学図書館・栗田文庫[18]等に所蔵される。その本文は慶長七年刊本を底本とし、さらに増補改訂が加えられたものである。そのうち最も顕著な違いは本文中の章段の立て方と章段名にあるといえる。先述のとおり、梵舜本は本文中に細かく章段を立てる巻が多く、複数の巻で本文の分量に対して過剰ともいえる章段分けを行っていた。そして、慶長七年刊本は梵舜本に手を加えず、この章段区分を概ね継承してきた。これに対して、慶長八年刊本は章段分けの頻度を減らし、他の諸本の形態に近づけている。例えば、巻一では、

慶長七年刊古活字本

序
後醍醐天皇御治世事付武家繁盛事
御即位事
関所停止之事
立后事
三位殿御局御事
儲王事
中宮御産御祈之事
俊基偽籠居事

慶長八年刊古活字本

序
後醍醐天皇御治世事付武家繁盛事
関所停止事
立后事付三位殿御局事
儲王御事
中宮御産御祈之事付俊基偽籠居事

無礼講事	無礼講事付玄恵文談事
昌黎文集事	
頼員回忠之事	頼員回忠事
資朝俊基関東下向事付御告文事	資朝俊基関東下向事付御告文事

のごとくで、慶長七年刊本では序を含め全部で十三に区分された章段が、慶長八年刊本では九段に減っている。慶長八年刊本の「無礼講事付玄恵文談事」などの新たな章段名は南都本系によるもので、章段区分や章段名の改編が、他本を睨みつつ行われたことが推測される。ちなみに改編の甚しい巻としては、巻十七（25章段→14章段）、巻二十三（7章段→3章段）、巻二十四（10章段→5章段）、巻三十（20章段→8章段）、巻三十五（16章段→5章段）、巻三十六（14章段→7章段）、巻三十八（18章段→8章段）などがあげられる。章段区分や章段名の改編は、記事内容に大きく関わる問題ではないが、慶長七年刊本と八年刊本とが異なる印象を与える大きな要素となっている。

一方、本文上の増補改訂で、主要な箇所は以下のとおりである。

1　巻一

「儲王御事」において後醍醐天皇の四皇子の略歴を、慶長七年刊本は一宮尊良親王、二宮静尊法親王、三宮尊雲法親王、四宮尊澄法親王の順で記すが（六オ～七オ）、これを一宮尊良親王、二宮尊澄法親王、三宮尊雲法親王、四宮静尊法親王の順に改める（六オ～七オ。第一冊四〇～四一頁）。慶長七年刊本は梵舜本の特殊な配列にもとづくが、慶長八年刊本は諸本と同形態となる。[19]

2　巻二

「長崎新左衛門尉意見事付阿新事」の阿新が佐渡に下るくだりで、慶長七年刊本は西源院本系により詳細な詞章をとっていたが、これを南都本系により簡略化（十三ウ～十四オ。第一冊七二～七三頁）。

本巻、他に「南都北嶺行幸事」「俊基朝臣再関東下向事」などにも南都本系の増補・混入が見られる。

3　巻四　「一宮并妙法院二品親王御事」中の尊良親王の配所、土佐国畑の有様を伝える記事（慶長七年刊本が西源院本系によって増補したもの）のうち、後半の詞章を削除（九オ。第一冊一三四頁相当部[20]）。

4　巻十一　慶長七年刊本が「筑紫合戦事」の前に置く「金剛山寄手等被誅事付佐介貞俊事」を巻末に移す。これにより甲類本諸本と同形態になる。

5　巻十三　「藤房卿遁世事」に、万里小路藤房の詳細な行粧記事を南都本系により増補（七オ〜ウ。第二冊一八頁）。

6　巻十六　「小山田太郎高家刈青麦事」の一段を、梵舜本巻末に補写された本文により増補（三十七ウ〜三十七補入ウ。第二冊一六二〜一六三頁）。

7　巻十八　慶長七年刊本は本巻を上下に分割していたが、これを廃す。

8　巻二十二　「義助被参芳野事并隆資卿物語事」の隆資の物語のうち、慶長七年刊本に欠けていた秦穆公の故事を増補し、諸本と同形態にする（十オ〜ウ。第二冊三七五頁[21]）。

9　巻二十七　「雲景未来記事」の末にあった天変関連の記事群を分割し、「天下妖恠事付清水寺炎上事」の末（一ウ。第三冊五四〜五五頁）と「田楽事付長講見物事」の末（五ウ〜六オ。同五八〜五九頁）に移す。同類の記事、関連する記事を集約的に配列する。

10　巻三十三　「八幡御託宣事」の末に、慶長七年刊本が欠く三首の落首を増補し、甲類本と同形態とする（八ウ〜九オ。第三冊二四七〜二四八頁。詞章は神宮徴古館本・南都本のものに近い）。

11　巻三十三　「新田左兵衛佐義興自害事」のうち、「有為無常ノ世ノ習……努々人ハ加様ノ思ノ外ナル事ヲ好ミ翔フ事有ヘカラス」の評言を西源院本系により増補（三十四オ～ウ。第三冊二七三頁）。

12　巻三十四　「宰相中将殿賜将軍宣旨事」に佐々木氏の功績を伝える記事（一ウ～二ウ。第三冊二七六～二七七頁）、「紀州龍門山軍事」に塩冶六郎討死の記事（十一ウ。同二八六～二八七頁）、祢津小次郎自讃の記事（十二オ。同二八七頁）を西源院本系により増補。他に「銀嵩軍事付曹娥精衛事」「吉野御廟神霊事付諸軍勢還京都事」などにも西源院本系による増補が見られる。

13　巻三十六　「清氏叛逆事付相模守子息元服事」に細川清氏の八幡願書の記事を西源院本系もしくは神宮徴古館本系、南都本系により増補（十九オ～ウ。第三冊三六〇頁）。

14　巻三十七　「畠山入道々誓謀叛事付楊国忠事」のうち、方士と面会した楊貴妃のさまを述べる「含情凝睇謝君主……蓬莱宮中日月長トナン恨給ヒテ」の一節を「長恨歌」により増補（二十六オ。第三冊三九五頁）。なお、方士の名を「道士楊幽通」とするのも独自の特徴（二十五オ。同三九四頁注一一参照）。

右のとおり、慶長八年刊本の本文は慶長七年刊本を基底に西源院本系・南都本系を中心に用いて、底本にはない記事を増補するというかたちで成立している。これは慶長七年刊本における本文形成のあり方に似るといえる。

2の巻二「長崎新左衛門尉意見事付阿新事」の事例は前節にも示したが、西源院本系により増補された慶長七年刊本の詞章が簡略になったもので、神宮徴古館本系や南都本系のものと同じになっている。ただし、この巻では例えば巻頭「南都北嶺行幸事」の、

元徳二年二月四日、行事ノ弁別当万里小路中納言藤房卿ヲ召レテ、来月八日東大寺興福寺行幸有ヘシ、早供奉ノ

輩ニ触仰スヘシト仰出サレケレハ、藤房古ヲ尋、例ヲ考テ供奉ノ行粧路次ノ行列ヲ定ラル、佐々木備中守廷尉ニ成テ橋ヲ渡シ、四十八箇所篝甲冑ヲ帯シ辻々ヲ堅ム、（一オ。第一冊五八頁）

とある一節で、傍線部に南都本系の独自の詞章の混入が認められるから、本巻に直接影響を与えたのは南都本系のものであったと考えられよう。また、5の巻十三「藤房卿遁世事」は、

藤房モ時ノ大理ニテ坐スル上、今ハ是ヲ限ノ供奉ト被思ケレハ、御供ノ官人悉目ヲ驚ス程ニ出立レタリ、看督長十六人、冠ノ老懸ニ袖単白クシタル薄紅ノ袍ニ白袴ヲ着シ、イチヒハハキニ乱レ緒ヲハイテ列ヲヒク、（中略）馬副四人カチ冠ニ猪ノ皮ノ尻鞘ノ太刀佩テ左右ニソヒ、カヒ副ノ侍二人ヲハ烏帽子ニ花田ノツチ絹ヲ重テ、袖単ヲ出シタル水干著タル舎人ノ雑色四人、（以下略）

と、石清水行幸の際の万里小路藤房の行粧を伝える記事が詳細である。これは西源院本系と南都本系に見られる増補記事だが、右の本文の傍線部には南都本系の諸本と共通の脱文が存在する。西源院本にはここに「布衣ニ上タヽリシテ右ニ副、其跡ニハウハ」（三三〇頁）の一節があることから、慶長八年刊本は本条を南都本系によって増補したことがわかる。

西源院本系による増補は後半に多く、11・12などの事例は西源院本系にしか見えない独自記事を増補したもので、13の記事も詞章的には西源院本のものが最も近い。西源院本系が慶長七年刊本同様、本文形成に大きく与っていたことが窺える。また、6の巻十六「小山田太郎高家刈青麦事」の増補についても一言しておかなければならない。本章段は前田家本・毛利家本・書陵部本・中京大学本・中西達治氏蔵本が有するほか、梵舜本の巻末にも校合時に写されたものが伝わっている。[22] しかし、梵舜が用いた対校本と同系統の南都本系諸本や神宮文庫本に本章段はない。恐らく対校本となったのは、このいずれかの系統で、巻十六に「小山田太郎高家刈青麦事」を持つ一本であったと想像され

図１　東洋文庫蔵本

図２　早稲田大学図書館蔵本

る。慶長八年刊本の本文は梵舜本巻末に写されたものと同一と認められ、了庵はこれより取り込んだものと考えられる（毛利家本・書陵部本には小異あり、前田家本のはやや頽落した本文である）。

このとき注目しなければならないのは、本章段を含む丁の丁附である。本章段は「新田殿湊河合戦事」のあと、三十七丁ウの五行目よりはじまるが、つぎの丁の版心中縫の丁附は東洋文庫蔵本が空格（図1）、他本はいずれも「卅七次補入」と墨書している（図2。栗田文庫蔵本のみ未見）。そして、補入された丁の裏の六行目までが本章段の記事で、七行目からは「聖主又臨幸山門事」がはじまり、つぎの丁の丁附は「卅八」と刻されている。つまり、本巻が当初摺刷されたときには「小山田太郎高家刈青麦事」はまだなく、三十七丁ウには「新田殿湊河合戦事」につづいて「聖主又臨幸山門事」が配されていたのだろう。しかし、その後了庵は梵舜本巻末の「小山田太郎高家刈青麦事」の一段を取り込むことに方針を転じ、三十七丁の版を改め、さらに一丁を追加して本章段を取り込んだものと推測される[23]。了庵の本文集成への強い意欲を垣間見ることができるのではあるまいか。

以上、慶長七年刊本から八年刊本への変化の概略を見てきた。そのあり方は梵舜本から慶長七年刊本へ展開するときと同じで、底本とした慶長七年刊本と西源院本系や南都本系などの本を見比べ、ときには欠を補い、ときには異文を取り込み、記事の整備と集成を図るものであった。また、章段区分を改め、梵舜本・慶長七年刊本の独特の臭を除く方向へ傾いたのも、諸本に通有の形態を意識したからであろう。慶長七年の『太平記』開版の際の了庵の方針は、ここに発展的に継承されたというべきである。

五　むすび

慶長七年刊本が梵舜本を底本に、慶長八年刊本が七年刊本を底本にして、それぞれ複数の写本との対校を行い、異文の集成を不断に試みてきたことがわかった。五十川了庵には二度の『太平記』刊行を通して、「定本」を追求し提供する意図があったものと思われる。勿論、そうして誕生した本文が良質だとは必ずしもいえない。だが、以後の刊本が慶長八年刊本の本文を踏襲したことには、それなりの必然性があったと考えてもよいのではなかろうか。それにしても、ここまで『太平記』にこだわった了庵とは、いかなる人物だったのか。

この点は第二部第一章「近世初期における『太平記』の享受と出版—五十川了庵と林羅山を中心に—」で詳しく論じる予定なので、見通しだけを簡単に述べておく。了庵は京都で医道の修業に励み、細川興元や松平忠輝に仕えた医師である。当時貴顕に近侍する医師には文芸の方面の素養も必要とされていた。彼らは「お伽衆」とも認識され、かかる「お伽の医師」による文芸活動が近世初頭において極めて重要な意味を持っていたことが、近年、福田安典氏によって明らかにされてきた。[24] また、『貞徳文集』七月二十一日状に、お伽衆にふさわしい人材として「太平記東鑑等仮名交之草子読ム者」[25]があげられていることは、夙に知られている。『太平記』や『吾妻鏡』の刊行に携わり、両者の本文に通暁した了庵は、当時のお伽衆の一典型を示しているといってよい。一方、『戴恩記』下には林永喜の邸で松永貞徳と林羅山・永喜が和歌について語っていたところに、了庵が一花堂乗阿や遠藤宗務などとともに同席していたことを示す記事がある。遠藤宗務は、慶長八年に羅山や貞徳が公開講義を行った際、『太平記』の講釈をした人物である。この時期、羅山を中心とする新進の学者たちの間では『太平記』に関心が寄せられていた。了庵の『太平記』刊行が、こうした気運と無関係であったとは考えられない。了庵が『太平記』の本文の整定に注いだ熱意は、彼の「お伽の医師」としての属性と、彼を取りまく学的環境を念頭に置くと理解しやすくなるのではあるまいか。

注

（1）例えば、慶長十五年刊古活字本には天正本系の記事の混入が若干見られる。本書第一部第四章「日性の『太平記』研究と出版」参照。

（2）亀田純一郎氏、岩波講座日本文学『太平記』（岩波書店、一九三二年）、高橋貞一氏『太平記諸本の研究』（思文閣出版、一九八〇年。初出、『京都市立西京高等学校研究紀要』第三輯、一九五三年）。

（3）日下部姓の八木宗頼。但馬守。山名氏の被官で、但馬国養父郡八木庄を本貫とし、和歌にも秀でた。系譜は内閣文庫蔵『寛永諸家系図伝（真名本）』第二十七冊「日下部・朝倉・八木」所収のものが詳しい。参考文献として八鹿町教育委員会編『史跡八木城跡』（一九九四年）、片岡秀樹氏「『一条殿御会源氏国名百韻』の詠者八木宗頼について」（『ぐんしょ』再刊第三九号、一九九八年）があることを、渡邊大門氏よりお教えいただいた。また、細川持賢については、覚一本『平家物語』の龍門文庫本の奥書に名が見える。

（4）鈴木登美惠氏「玄玖本太平記解題」（『玄玖本太平記』五、勉誠社、一九七五年）。

（5）鈴木登美惠氏「太平記の本文改訂の過程―問題点巻二十七の考察―」（『国語と国文学』一九六四年六月号）、「太平記諸本の先後関係―永和本相当部分（巻三十二）の考察―」（『文学・語学』第四〇号、一九六六年）参照。

（6）小秋元段『太平記・梅松論の研究』第三部第四章「梵舜本の性格と中世「太平記読み」」（汲古書院、二〇〇五年）参照。

（7）巻十五奥書に「重而以類本朱点脇小書付幷又奥此目録ヨリ書入／棟堅奉入将軍事先之写本ニ無之故書／天正廿年五月三日　梵舜（花押）」。

（8）南都本は巻五まで欠。本章では巻五までは同系統の筑波大学本・相承院本・内閣文庫本・簗田本を参看した。

（9）長坂成行氏「太平記の伝本に関する基礎的報告」（『軍記研究ノート』第五号、一九七五年）参照。

(10) 神宮文庫本は梵舜本系統の一本。天理本が兄弟関係にある伝本だが、巻一・六・八・九・十・十五・二十一・二十四・二十八・三十五等は神宮文庫本と異なる。

(11) 川瀬一馬氏『増補古活字版之研究』上、第二編第四章第三節二「伏見版の刊行」(A・B・A・J、一九六七年。初版、安田文庫、一九三七年)。

(12) 内閣文庫蔵元禄二年刊本による。

(13)『鹿苑日録』第四巻(続群書類従完成会、一九六一年)による。

(14) 西源院本には具行辞世の歌「消カヽル露ノ命ノハテハ見ツサテ吾妻ノ末ソユカシキ」があるが、慶長七年刊本にはない。神宮徴古館本系・南都本系にもないが、慶長七年刊本の本文は他の微細な点で西源院本に一致する例が多く、慶長七年刊本がよったのは具行辞世歌が増補される以前の西源院本系の本文だったか。本書第一部第三章「慶長七年刊古活字本の本文をめぐって」参照。

(15) 小秋元段注(6)前掲書第二部第三章「南都本『太平記』本文考」参照。

(16) 従来「義輝本」と呼ばれてきた本。蔵書印が「義輝」と読まれたことによる称であるが、「教運」と読むのが正しい。なお、筆者は以前、これを「義運本」と呼ぶべきであると提唱したが(注(6)前掲書等)、その後の調査により当該印の読みは「教運」が適切であるとの判断に達した。よって、本書では「教運本」と称する。小秋元段「国文学研究資料館所蔵資料を利用した諸本研究のあり方と課題—『太平記』を例として—」(『調査研究報告』第二七号、二〇〇七年)参照。

(17) なお、念のため補足すれば、慶長七年刊本には西源院本系・神宮徴古館本系・南都本系・天正本系の四系統の本文が混入しているわけだが、これは必ずしも了庵が座右にした対校本が四本あったことを意味するものではない。極端なことをいえば、西源院本系と神宮徴古館本系、さらに天正本系の対校本は混態の一本であった可能性も否定できない。ただ、西源院本系の影響を受けた慶長七年刊本の巻二が、慶長八年刊本になると南都本の影響を受けることや、神宮徴古館本系と南都本系との対校が別々の本によってなされたことなどを考えると、対校本は南都本系の一本とその他の一本以上の、少なくとも二本以上あったことが推測できる。

(18) 栗田文庫本は巻十一・十二のみ古活字別版を補配。高木浩明氏のご教示による。

(19) 詞章の面でも慶長七年刊本と差がある。本書第一部第三章「慶長七年刊古活字本の本文をめぐって」参照。

(20) 本書第一部第三章「慶長七年刊古活字本の本文をめぐって」参照。

(21) それゆえ末尾に「……理ヲ尽テ宣ラレケレハ、サシモ大才ノ実世卿、言ナクシテソ立レケル、何ソ古ノ維盛ヲ入道相国賞セシニ同セン哉ト被申シカハ、実世卿言ハ無シテ被退出ケリ」のごとき詞章の重複（傍線部）が見られる。

(22) 松井本にも存するが、これはのちに流布本によって書写し、綴じ込んだものである。本章段のみ筆跡と紙質が異なる。

(23) 三十八オは「聖主又臨幸山門事」の途中からはじまっており、改版を最低限にとどめるべくそこにうまく本文をつなげるには、三十七丁および三十七丁次の補入丁で二行文の節約が必要であった。これは「小山田太郎高家刈青麦事」が一丁と二行分を要したためである。それゆえ、この両丁では詞章の節略が行われた。例えば三十七オの「新田殿湊河合戦事」の一節は「其有様譬ハ四天王須弥ノ四方ニ居シテ同時ニ放ツ矢ヲ捷疾鬼走廻テ、未其矢ノ大海ニ不落著前ニ四ノ矢ヲ取テ返ランモ角ヤト覚許也」のごとくで、慶長七年刊本には△部に順に「多聞持国増長広目ノ」「ト云鬼カ」「早サ」（三十六ウ〜三十七オ）が入る。

(24) 福田安典氏「武田科学振興財団杏雨書屋蔵『今大路家諸目録』について—お伽の医師の蔵書—」（『芸能史研究』第一二九号、一九九五年）。

(25) 往来物大系第二十一巻（大空社、一九九三年）による。

＊本稿では便宜上、梵舜本には古典文庫本、慶長八年刊本には日本古典文学大系本の冊数・頁数を明記した。

第三章　慶長七年刊古活字本の本文をめぐって

一　はじめに

石川武美記念図書館成簣堂文庫所蔵の無刊記古活字本『太平記』は、慶長七年（一六〇二）に京都の医師五十川了庵によって刊行されたものと認められている。[1]流布本『太平記』の嚆矢たる慶長八年刊本に先立っての印行であること、本文が慶長八年刊本と少なからず異なること、また同版の『太平記』が他に殆ど知られていないことなどから、その価値は頗る高いといえる。

既に筆者は慶長七年刊本の成立と本文をめぐって、第一章「五十川了庵の『太平記』刊行―慶長七年刊古活字本を中心に―」や第二章「流布本『太平記』の成立」で論じてきた。しかし、そこでは慶長七年刊本の本文のうち特徴的な一部の箇所を俎上にするにとどまり、本文の全般的な調査報告を載せることができなかった。よって、両論考の補完に充てるべく、ここに慶長七年刊本の本文を巻ごとに検討し、その特徴を「覚書」風に記すことにしたい。

二　書誌

既述のとおり、本書をめぐっては川瀬一馬氏が詳細な書誌学的研究を行っている[1]。書誌事項に関しても『成簣堂文庫善本書目』(民友社、一九三二年)、『新修成簣堂文庫善本書目』(お茶の水図書館、一九九二年)に示されているが、まずは筆者自身の調査をもとに、ここに書誌を示す。

石川武美記念図書館成簣堂文庫蔵　太平記　四十巻〔慶長七年〕刊(〔京・五十川了庵〕)古活字本　大二十冊
後補水色表紙(二六・四×一九・〇糎)、左肩双辺刷枠題簽に「太平記　壹之弐(—卅九之四拾)」と書し、「竹田文庫」の朱印捺さる。各冊後補遊紙一丁(ただし、第十三冊〈巻二十五・二十六〉のみ二丁)を附し、第一冊遊紙に「明治三十七年臘月念六夕　蘇峰愛玩」との墨書あり。各巻目録一丁を附す。内題「太平記巻第一(—巻第四十)」。四周単辺(二二・七×一六・五糎)無界。漢字片仮名交。巻一第一丁表(「太平記巻第一／序」の丁)のみ九行十七字にて大型活字使用、以後十二行二十一字内外。版心、粗黒口双花口魚尾、中縫に「太平記巻一(—巻十)丁附」「太平記十一(—四十)丁附」。尾題「太平記巻第一(—巻第四十)終」。ただし、巻十八のみ上下に分かち、上の尾題「太平記巻第十八上之終」、下の内題「太平記巻第十八下」とする。各冊末に後補遊紙一丁を附す(第九冊〈巻十七・十八〉のみなし)。印記「紫川館／竹田氏／圖書記」「獨逸學協／會學校／圖書之印」のほか、「徳富／猪弌郎／之章」「須愛護／蘇峰／嘱」「蘇峰／清賞」等の徳富蘇峰の蔵書印計十五種捺さる。

本書には二種類の活字が使用されている。一つは巻一の「序」にのみ用いられている大型活字で、一つはそれ以外に用いられている活字である。川瀬氏や森上修氏が指摘するように、前者は『証類備用本草序例』（文祿五年〈一五九六〉）、『元亨釈書』（慶長四年〈一五九九〉）、『徒然草寿命院抄』（慶長九年〈一六〇四〉）といった、如庵宗乾所刊本に使用されている。(2) 後者は「冨春堂」（了庵の号と考えられる）の刊記を持つ慶長八年刊『太平記』、慶長十年跋刊『吾妻鏡』に襲用されている。また、武田科学振興財団杏雨書屋所蔵慶長七年刊『脈語』も「慶長壬寅冬日南至冨春堂　新刊」との刊記を持ち、了庵の手によって刊行されたことがわかるが、これにも一部同一の活字が用いられている。(3) 刊記によれば、『脈語』は慶長七年十一月冬至の日（同年は十日）の刊行ということになるが、既に『鹿苑日録』の同年十一月四日条に慶長七年版と思われる古活字本『太平記』の享受例が認められることから、『太平記』以後の刊行物であると考えられる。

三　本文の検討

以下、巻ごとに本文の特徴を検討していく。

巻一。梵舜本によった巻と思われるが、所々独自の詞章が見られる。まず、「序」は、

竊以採古今之変化、察安危之来由、覆而無外天徳也、（一オ）

とはじまる。神田本以下の諸本は「蒙竊採古今之変化……」とはじまるから、これは他に類例を見ない形である。同じく「蒙竊」ではじまらない『銘肝腑集鈔』(4) 所引の序文も、「夫採テ天地之正理一ヲ、察《ミルニ》安危之所ヲ由《ヨル》一、覆テ無キハ外一、玄象之徳也」とあって、これと異なる。「後醍醐天皇御治世事付武家繁盛事」のうち、鎌倉幕府の歴代執権をあげる条は、

其ヨリ後、相模守時房、武蔵守泰時、修理亮時氏、△相模守時頼、左馬権頭時宗、相模守貞時相続テ七代、政武家

ヨリ出テ、徳窮民ヲ撫スルニ足レリ、（二オ）

と、引用文以前に出る「前ノ陸奥守義時」を加え、七人の名を載せる。しかし、ここで「相模守時房」の名をあげるのは慶長七年刊本のほか、『参考太平記』所引の金勝院本だけである。(5) 一方、梵舜本・宝徳本等を除く諸本は△部に「武蔵守経時」の名を載せており、これに対して梵舜本等では義時を加えても執権の名を六人しかあげていない。これだとのちの「相続テ七代」という表現と矛盾するため、慶長七年刊本は梵舜本の形態に対して「相模守時房」の名を加えたものと思われる。つぎに「儲王事」に記される後醍醐天皇の四皇子の経歴は、一宮尊良親王、二宮静尊法親王、三宮尊雲法親王、四宮尊澄法親王の順であげられ、諸本が尊良、尊澄、尊雲、静尊の順にあげるのと配列を異にする。これは梵舜本・毛利家本に一致する特徴で、慶長七年刊本が梵舜本の影響下にあることを端的に示している。

ただし、尊雲に関する詞章は、

君御位ヲハ此宮ニ社ト思食シタリシカトモ、治世ハ大覚寺殿ノ方ト持明院殿ノ方ト代ル代ル持セ給ヘシト、後嵯峨院ノ御時ヨリ被定シカハ、今度ノ春宮ヲハ持明院殿ノ御方ニ立進セラル、天下ノ事小大トナク関東ノ計トシテ、後二条ノ院第二ノ御子ヲ春宮ニ立テ奉シカハ、御元服ノ儀ヲ改ラレ、梨本ノ門跡ニ御入室有テ、承鎮親王ノ御門弟ニ成セ給ヒニケリ、（六ウ）

とあって、諸本と共通の本文（点線部）と梵舜本の独自本文（傍線部。毛利家本にもある）との混合形態をなす。これは『桑華書志』および『南朝実録資料』から知られる一条兼良校合本に一致する形態でもある。(6) しかし、これだと春宮に立った皇子に「持明院殿ノ御方」（量仁親王）と「後二条ノ院第二ノ御子」（邦良親王）の二人を重複してあげることになり、矛盾が生じる。慶長七年刊本は本文の安易な混淆を行ったというべきであろう。ちなみに慶長八年刊本の本章段は、記事配列、詞章ともに慶長七年刊本と異なり、神宮徴古館本等の諸本に同じである。以上、本巻は梵舜本をもとに本文を構成したものと考えられるが、独自に詞章を加えたり、他本の本文を混入させるなどして独自色を示していることがわかる。

巻二。西源院本が独自の本文を多く持つ巻である。該本には「両三上人関東下向事」に波羅奈国の僧の記事がなく、「阿新殿事」でも独自本文が多いなどの特徴がある。慶長七年刊本は梵舜本をもとにするが、この西源院本系の本文を所々混淆させている。まず、「俊基朝臣関東下向事」のうち、所謂俊基東下りの条は、

落花ノ雪ニ道迷フ、片野ノ春ノ桜カリ、紅葉ノ錦ヲ著テ帰ル、嵐ノ山ノ秋ノ暮、一夜ヲ明ス程タニモ、旅宿トナレハ物ウキニ、恩愛ノ[1]契リ[2]浅カラヌ、古キ住家ヲ立出テ、互ニ悲ム妻子ヲハ、行末モ知ス思置キ、[3]住慣シ九重ノ帝都ヲハ、[4]今ヲ限ト帰リ見テ、思ハヌ旅ニ出給フ、心ノ中ソ哀ナル、[5]嵐ノ風ニ関越テ、打出ノ[6]浜ヨリ見渡セハ、塩ナラヌ海ニ焦レ行ク、身ヲ浮舟ノ浮沈ミ、駒モ轟ト踏ナラス、勢多ノ長橋[7]打渡リ、[8]行合人ニ近江路ヤ、[9]野路ノ野ニ鳴鶴タニモ、子ヲ思フカト哀也、（八ウ）

とあって、梵舜本とは傍線を附した部分に違いがある。即ち、梵舜本では傍線部1は「道」、傍線部2は「浅カラサル、故郷ノ」と簡略、傍線部3は「年久ク住慣シ」、傍線部4は「是」、傍線部5は「逢坂越テハ」、傍線部6は「澳ヲ遙ニ」、傍線部7は「打過テ」、傍線部8は「行違人ニ」、傍線部9は「世ヲハウネ野ニ」となっている。この前後、慶長七年刊本の本文は梵舜本をもとにしたとは認めがたく、概ね西源院本に一致することから、西源院本系の本文によったと推測される。例えば、傍線部1・2は諸本それぞれ異同がある中、西源院本の「恩愛之契リ浅カラヌ、故郷之棲家ヲ出テ、互ニ悲キ妻子ヲハ」とあるのに最も近く、傍線部5は西源院本・神田本と一致する。ただ、傍線部9は西源院本に「世ヲ宇禰之野ニ鳴ク鶴タニモ」とあって異なり、神田本が慶長七年刊本の本文と一致する。慶長七年刊本に影響を与えた西源院本系の本文は、現存の西源院本とすべて同一というわけではなかったと考えるべきだろう。

つぎの「長崎新左衛門尉意見事」の一段では、阿新が佐渡に赴く条に諸本の異同が多く、慶長七年刊本は西源院本系の本文によったことが明らかである。この点は前章でとりあげたので引文しないが、慶長七年刊本は「母御頻ニ諫テ、一日路二日路ノ国ニテモナシ、佐土トヤランハ嶋国ニテ、万里カ奥ニアムナルニ」（十三オ）から「自本間カ舘ニ致テ中門ノ前ニソ立タリケル、境節僧ノ有ケルカ立出テ」（十四オ）あたりまで、阿新に対する母の口説きを最も詳細に語る西源院本系によっている。前述のように、本章段の西源院本の記事は諸本に対して独自色の強い形態をとるが、慶長七年刊本が西源院本系によるのはこの条だけで、以後は梵舜本の本文に一致する。なお、慶長八年刊本では本章段の西源院本によった部分は、南都本系統の本文によって改修され、簡略な形態になっている。つづく「俊基被誅事并助光事」にも西源院本系の本文の混入が認められる。試みに冒頭を掲げれば、

俊基朝臣ハ殊更ニ謀叛ノ張本ナレハ、遠国ニ流スマテモ有ヘカラス、近日ニ鎌倉中ニテ斬奉ルヘシトソ定メラレタル、此人多年ノ所願有テ、法華経ヲ六百部自ラ読誦シ奉ルヘキカ、今二百部残リケルヲ、六百部ニ満ルマテノ命ヲ被相待候テ、其後トモカクモ被成候ヘト頻ニ所望アリケレハ、ケニモ其程ノ大願ヲ果サセ奉ラサランモ罪也トテ、今二百部ノ終ル程、僅ノ日数ヲ待暮ス、命ノホトコソ哀ナレ、此朝臣ノ多年召仕ケル青侍ニ後藤左衛門尉助光ト云者アリ、（十九オ〜ウ）

とあって、点線部の詞章が西源院本系によった部分である。これに対して傍線部が梵舜本による部分で、むしろ西源院本系によった部分の方が多く、そこに梵舜本の本文を混入させた観さえある。同様に章段末尾は、

助光ハラハラト泪ヲコホシテ、ハヤ斬レサセ給ニ候、是コソ今ハノキハノ御返事ニテ候ヘトテ、鬢ノ髪ト消息トヲ差アケテ、声モヲシマス泣ケレハ、北ノ方ハ形見ノ文ト白骨ヲ見給テ、内ヘモ入給ハス緑《ママ》ニ倒伏シ、消入リ給ヌト驚ク程ニ見ヘ給フ、理ナルカナ、一樹ノ陰ニ宿リ、一河ノ流ヲ汲程モ、知レス知ラヌ人ニタニ、別トナレハ

名残ヲ借習《ママ》ナルニ、況ヤ連理ノ契不浅シテ十年余リニ成リヌルニ、夢ヨリ外ハ又モ相見ヌ此世ノ外ノ別ト聞テ、絶入リ悲ミ給フソ理リナル、四十九日ト申ニ、形ノ如ノ仏事営テ、北ノ方様ヲカヘ、コキ墨染ニ身ヲヤツシ、柴ノ扉ノ明クレハ、亡夫ノ菩提ヲソ訪ヒ給ケル、助光モ髻切テ永ク高野山ニ閉籠テ、偏ニ亡君ノ後生菩提ヲソ訪奉ケル、夫婦ノ契、君臣ノ儀、無跡マテモ留テ、哀ナリシ事共也、（二十一オ〜ウ）

とあって、西源院本系の本文（点線部）と梵舜本の本文（傍線部）とがつぎはぎの状態となって、一つの本文が構成されている。ただ、慶長七年刊本が西源院本系の影響を受けるのはこの三章段に限られており、他の章段は基本的に梵舜本に一致している。西源院本系の本文を混入させることにより、慶長七年刊本はどのような効果を期待したのだろうか。阿新の母の口説きの箇所についてはより詳細な本文に依拠しようとする意図が窺えようが、他の二章段についてその意図を明らかにすることは現時点では難しい。

巻三。梵舜本によった巻と認められる。

巻四。本巻の本文形態は源具行最期・殿法印良忠捕縛の二記事を持つ西源院本・神宮徴古館本・筑波大学本（南都本系）等の甲類本、これを巻末に配置する天正本（丙類本）、これを持たない梵舜本等の乙類本の三種に大別される。また、甲類本のうち西源院本は神宮徴古館本・筑波大学本に比べ、記事配列上の差が大きい。慶長七年刊本は基本的には梵舜本によるが、上記二記事を西源院本系によって増補している。ただ、具行最期の記事のうち、彼の辞世の頌の条は、

角テ日已ニ暮ケレハ、御輿サシ寄テ乗セ奉リ、海道ヨリ西ナル山キハニ松ノ一村アル下ニ、御輿ヲ舁居ヘタレハ、敷皮ノ上ニ居直セ給ヒテ、又硯ヲ取寄セ、閑閑ト辞世ノ頌ヲソ被書ケル、

逍遙生死四十二年　山河一革天地洞然

六月十九日某ト書テ、筆ヲ抛テ手ヲ叉、座ヲナヲシ給フトソ見ヘシ、田児六郎左衛門尉後ヘ廻ルカト思ヘハ、御首ハ前ニソ落ニケル、哀ト云モ疎ナリ、（二ウ〜三オ）

とあって、西源院本が頌のあとにあげる「消カヽル露ノ命ノハテハ見ツサテ吾妻ノ末ソユカシキ」の一首がなく、西源院本と異なる。しかし、本記事の詞章の微細な点を総合的に見ていくと、慶長七年刊本の本文は西源院本に最も近いといえる。例えば、前掲の記事のうち傍線部は神宮徴古館本と玄玖本にはない。また、前掲条につづく記事の、

入道泣泣其[1]遺骸ヲ烟トナシ、様様ノ作善テソ菩提ヲ奉祈[2]ケル、糸惜哉、此卿ハ先帝師宮ト申奉リシ比ヨリ近侍シテ、朝夕ノ拝公[3]不怠、昼夜[4]ノ勤厚異于他、サレハ次第ニ昇進モ△君ノ恩寵モ深カリキ、今カク失給ヌト叡聞ニ達セハ、イカハカリ哀ニモ思食レンスラント覚ヘタリ、（三オ）

とあるあたり、西源院本では傍線部1の「其」字がなく、傍線部2も「弔」に作るものの、神宮徴古館本・玄玖本・筑波大学本は傍線部3を「拝礼」とし、傍線部4を「夙夜」、△部には「滞らす」を入れ、それぞれ慶長七年刊本・西源院本と異なっている。慶長七年刊本の記事は完全に西源院本に合致するわけではないが、次例からもわかるように本巻には西源院本系の関与が明らかである。よって、慶長七年刊本に影響を与えたのは西源院本系ではあるが、現存本とは若干異なる本（具行の辞世歌が増補される前の段階の本か）であったと想像される。つぎに「一宮并妙法院二品親王御事」では、一宮尊良親王流謫の記事を、

一宮ハタユタフ波ニ漕レ行、身ヲ浮舟ニマカセツツ、土佐ノ畑へ赴カセ給ヘハ、有井三郎左衛門尉カ舘ノ傍ニ一室ヲ搆テ置奉ル、彼畑ト申ハ、南ハ山ノ傍ニテ高ク、北ハ海辺ニテ下レリ、松ノ下露扉ニカカリテイトト御袖ノ泪ヲソヱ、礒打浪ノ音、御枕ノ下ニ聞ヘテ、是ノミ通フ故郷ノ夢路モ遠ク成《ママ》ニケリ、前朝御帰洛ノ御祈ノ為ニヤ有ケン、又済渡利生ノ結縁トヤ思召ケン、御着岸ノ其日ヨリ、毎日三時ノ護魔ヲ千日カ間ソ修セラレケル、妙法

院ハ是ヨリ引別テ備前国マテハ陸地ヲ経テ、児嶋ノ吹上ヨリ舩ニ召テ、讃岐ノ詫間ニ著セ給フ、（九オ）

と語り、傍線部・二重線部のように親王の土佐での暮らしに言及する。この記事は西源院本独自のもので、他本には見られない。慶長七年刊本が西源院本系によって増補を行ったことは明らかである。なお、このうち二重線を附した「前朝御帰洛ノ御祈ノ為ニヤ有ケン」以下の部分は、慶長八年刊本では削除されている。もともと西源院本では二重線部は傍線部とは別に、二宮妙法院の配流記事のあとに置かれており、千日の護摩を焚いたのは二宮のこととなっている。だが、慶長七年刊本は傍線部につづいて二重線部を増補したため、これを一宮尊良親王の行為としている。慶長八年刊本はこのことを考慮して、削除を行ったのだろう。しかし、慶長十年刊本以降ではこの一節が「復活」する。諸版の本文生成の複雑さが垣間見られ、興味深い点である。(7)

巻五。梵舜本によった巻と認められる。

巻六。概ね梵舜本によるが、微細な箇所で他系統の詞章の混入が認められる。いくつか例をあげれば、

・然間、和泉・河内ノ早馬敷並ヲ打、楠已ニ京都ヘ責上ル由告ケレハ、洛中ノ騒動不斜、武士東西ニ馳散リテ、[1]貴賤上下周章事キハマリナシ、（四オ）

・[2]京童ノ僻ナレハ、此落書ヲ哥ニ作テ歌ヒ、或ハ語伝テ笑弄ヒケル間、隅田・高橋面目ヲ失ヒ、且ハ出仕ヲ逗メ虚病シテソ居タリケル、（六オ〜ウ）

・就中仲時罷上シ後、重テ御上洛ノ事ハ、[3]凶徒若蜂起セハ、御向ヒ有テ静謐候ヘトノ為ナリ、今ノ如ンハ敗軍ノ兵ヲ駈集テ何度ムケテ候トモ、ハカハカシキ合戦シツ共不覚候、且ハ天下ノ一大事此時ニテ候ヘハ、御向候テ御退治候ヘカシト宣ヒケレハ、（六ウ〜七オ）

・惣テ大和・河内・紀伊国ニアリトアル所ノ山山浦浦ニ、篝ヲ焼ヌ所ハ無リケリ、[4]其勢幾万騎カアルラント、推量

レテヲヒタタシ、如此スル事両三夜ニ及ヒ、次第ニ相近付ケハ、弥東西南北四維上下ニ充満シテ、闇夜ニ昼ヲ易タリ、（九ウ）

・赤松次郎入道円心トテ弓矢取テ無双ノ勇士アリ、5モトヨリ其心闊如トシテ、人ノ下風ニ立ン事ヲ思ハサリケレハ、此時絶タルヲ継、廃タルヲ興シテ、名ヲ顕シ忠ヲ抽ハヤト思ケルニ、（十二オ〜ウ）

のごとくである。傍線部1、梵舜本は「貴賤山野ニ逃隠レケリ」とあって若干異なり、慶長七年刊本は西源院本・神宮徴古館本・南都本等に同じである。傍線部2は梵舜本に「京童ノ事ナレハ、此歌ヲ早歌田楽節ニ歌ヒ笑ヒケル間」とあって差があり、傍線部3も梵舜本には「偏ニ凶徒退治ノ為也、今ノ如ク敗軍ヲ指向候ハンニハ、何度モハカ〲シキ合戦シツ共不覚候」とあって微妙に異り、慶長七年刊本の本文は西源院本・神宮徴古館本・南都本等の形態に一致する。傍線部4・5については、梵舜本に対応する詞章がなく、慶長七年刊本は他本によって増補を行ったものと思われる。このように慶長七年刊本の本文は概ね梵舜本をもとにするものの、極めて微細な範囲で他本の本文によっている。なお、本巻に影響を与えた他本の本文系統は特定できず、慶長七年刊本には全般的に西源院本・神宮徴古館本・南都本の各系統の本文との交渉が考えられるから、これらの中のいずれかによったのであろう。

巻七。梵舜本によった巻と認められる。

巻八。梵舜本は天正本に一致する。慶長七年刊本は概ね梵舜本によるが、「谷堂炎上事」のうち、

捷疾鬼ト云鬼神、潜ニ双林ノ下ニ近付テ、御牙ヲ一ツ引缺テ是ヲ取ル、四衆ノ仏弟子驚見テ、是ヲ留メントシ給ヒケルニ、片時カ間ニ四万由旬ヲ飛越テ、須弥ノ半ハ四王天へ逃上ル、韋駄天追攻奪取是ヲ得テ、其後漢士《ママ》ノ道宣律師ニ被与、（三十ウ）

とある一節の傍線部は、西源院本系によっている。梵舜本は「……四衆ノ仏弟子驚見テ、是ヲ留メントシ給ヒ。天へ

逃上リ、韋駄天ニ是ヲ献ル、……」とあって、捷疾鬼が仏牙を奪って四天王へ逃れたこと、さらにそれを韋駄天に奪い返されたことが出てこない。それゆえ、慶長七年刊本は西源院本系によって記事を改めたものと思われる。なお、梵舜本には「是ヲ留メントシ給ヒ」の下に補入記号があり、左傍に小字で「四万由旬ヲ飛超テ、須弥ノ四王天ニ逃ノホル、韋駄天爰ニ有テ是ヲ奪テ　イ」と注記がなされている。墨筆の注記で、天正二十年に梵舜が南都本系の伝本により施したものと知られるが、(8) 慶長七年刊本がこうした異本注記を生かして増訂を行うのではなく、わざわざ西源院本系の本を利用した点は注意される。梵舜本には少なくとも二系統の本による詳細な異本注記が残されているが、慶長七年刊本がこれを用いて増補改編を行った例は少ないのである。

巻九。概ね梵舜本によるが、神宮徴古館本系もしくは南都本系による記事の増補が行われている。「足利殿御上洛事」のうち、足利高氏が北条高時より源家白旗を賜る記事がそれで、

相模入道是ニ不審ヲ散シテ喜悦ノ思ヲ成シ、高氏ヲ招請有テ様様賞翫共有シニ、御先祖累代ノ白旌アリ、是ハ八幡殿ヨリ代代ノ家督ニ伝テ被執重宝ニテ候ケルヲ、故頼朝卿ノ後室二位ノ禅尼相伝シテ、当家ニ今マテ所持候也、希代ノ重宝ト申ナカラ、於他家ニ無其詮候歟、是ヲ今度ノ餞送ニ進シ候也、此旌ヲササセテ凶徒ヲ忩キ御退治候ヘトテ、錦ノ袋ニ入ナカラ自ラ是ヲマイラセラル、其外則乗替ノ御為トテ、飼タル馬ニ白鞍置テ十疋、白幅輪ノ鎧十領被引タリケリ、(三ウ)

と、傍線部が増補されている。この部分、梵舜本は「相模入道是ニ不審ヲ散シテ喜悦ノ思ヲ成、則乗替ノ御為トテ、飼タル馬ニ白鞍置テ十疋、白幅輪ノ鎧十領被引タリケリ」とあるのみである。神田本・西源院本も同様にこの記事を持たず、神宮徴古館本・南都本がこれを有することから、慶長七年刊本は神宮徴古館本・南都本いずれかの系統の本によって補ったものと思われる。

巻十。梵舜本は天正本に一致し、細部にわたるまで詞章が等しい。慶長七年刊本は概ね梵舜本によるが、玄玖本系（本巻、神宮徴古館本は欠）もしくは南都本系による記事の増補が行われている。「三浦大多和合戦意見事」の末尾には、六波羅滅亡を知らせる早馬到来の記事、

カカル処ニ六波羅没落シテ、近江ノ番場ニテ悉ク自害ノヨシ告来ケレハ、只今大敵ト戦中ニ此事ヲキイテ、大火ヲ打消テアキレハテタル事限ナシ、（中略）然トイヘトモ此大敵ヲ退テコソ、京都ヘモ討手ヲ上サンスレトテ、先鎌倉ノ軍評定ヲソセラレケル、此事敵ニシラセシトセシカトモ、何ニモ隠アルヘキコトナラネハ、ヤカテ聞ヘテ哀潤色ヤト悦ヒ勇マヌ者ハナシ、（十一オ）

がある。本記事は神田本・西源院本・梵舜本等になく、玄玖本・南都本等に見られるものである。本巻、玄玖本・南都本は酷似の本文を有しており、慶長七年刊本に影響を与えたのは両者のうち、どちらの系統であったのか詳らかにしない。このほか、本巻にはこの両系統と同一の本文の混入が随所に見られる。いくつか例をあげる。

・[1]足利治部大輔高氏敵ニ成給ヌル事、道遠ケレハ飛脚未到来、鎌倉ニハ曽テ其沙汰モ無リケル、斯ル処ニ元弘三年五月二日夜半ニ足利治部大輔高氏ノ二男千寿王殿大蔵谷ヲ落テ、行方不知成給ケリ、（一オ）

・スハヤ敵ヨト目ニ懸テ見レハ、敵ニテ非スシテ越後国ノ一族ニ里見、鳥山、田中、大井田、羽川ノ人人ニテソ坐シケル、義貞[2]大ニ悦テ、馬ヲ扣テ宣ケルハ、此事兼テヨリ其企ハアリナカラ、昨日今日トハ存セサリツルニ、俄ニ思立事ノ候ヒツル間、告申マテナカリシニ、何トシテ存セラレケルト問給ヒケレハ、大井田遠江守鞍壷ニ畏テ被申ケルハ、（四オ）

・伝奉ル、日本開闢ノ主伊勢天照太神ハ、本地ヲ大日ノ尊像ニ隠シ、垂路ヲ滄海ノ龍神ニ呈シ給ヘリト、吾君其苗裔トシテ、逆臣ノ為ニ西海ノ浪ニ漂給フ、義貞今臣タル道ヲ尽ン為ニ、[3]斧鉞ヲ把テ敵陣ニ臨ム、其志偏ニ王化ヲ

資ケ奉テ、蒼生ヲ令安トナリ、（十五ウ～十六オ）

・懸ル処ニ[4]浜ノ手破テ、源氏已ニ若宮小路マテ攻入タリト騒キケレハ、相模入道嶋津ヲ呼寄テ、自酌ヲ取テ酒ヲ進メ、三度傾ケル時、三間ノ馬屋ニ被立タリケル関東無双ノ名馬白浪ト云ケルニ、白鞍置テソ被引ケル、（十七オ）

・……摂津宮内大輔高親、同左近太夫将監親貞、[5]名越一族三十四人、塩田、赤橋、常葉、佐介ノ人人四十六人、捴シテ其門葉タル人二百八十三人、我先ニト腹切テ、屋形ニ火ヲ懸タレハ、猛炎昌ニ燃上リ、黒烟天ヲ掠タリ、（三十六オ）

傍線部1は本巻の巻頭部分である。梵舜本は傍線部のあとの「元弘三年五月二日夜半ニ」から記事をはじめるが、慶長七年刊本では傍線部のごとく玄玖本・南都本等の冒頭表現を冠せている。傍線部2相当部、梵舜本は「此事兼テヨリ其企アラハコソ、人モ可《シト》レ知不思議ノ思ヲ成ナカラ、義貞大ニ悦テ馬ヲ磬テ宣ケルハ、当家ノ大事此時ニ出来テ、已ニ一期ノ浮沈也、サレハ面々ニモ申マテノ時剋モ无テ候ツルニ、何ニトシテ是マテ早ク御入ソト問給ケレハ」と聊か詳細である。慶長七年刊本ではこれを排して、玄玖本系もしくは南都本系の本文によっている。傍線部3・4の事例は、梵舜本に傍線部に相当する詞章がなく、玄玖本系もしくは南都本系によった例。傍線部5は巻末付近の記事で、梵舜本は「此人々ヲ始トシテ以上百卅余人、捴シテ其門葉タル人三百八十余人」と簡略である。玄玖本・南都本等が同様の詞章をとることから、慶長七年刊本はこれらによったものと思われる。こうした特徴がある一方で、慶長七年刊本にはもととなった梵舜本の詞章を節略した箇所も見られる。これも二、三の例を示す。

・サテコソ十八日ノ晩程ニ、洲崎一番ニ破レテ、義貞ノ官軍ハ山内マテハ入ニケリ、△1懸処ニ本間山城左衛門ハ多年大仏奥州貞直ノ恩顧ノ者ニテ、殊更近習シケルカ、（十四ウ）

・為基泪ヲ推拭ヒ、サ候ハハ急キ冥途ノ旅ヲ御急候へ、死出ノ山路ニテハ待進セ候ハント云捨テ、大勢ノ中へ懸入ケル、心ノ中コソ哀ナレ、△2去程ニ相順兵共モ僅ニ二十余騎ニ成シカハ、敵三千余騎ノ真中ニ取籠テ、短兵急ニ拉カントス、（十九オ～ウ）

・嗚呼、此日何ナル日ソヤ、元弘三年五月二十一日ト申ニ、九代ノ繁昌一時ニ滅亡シテ、源氏多年ノ蓄懐一朝ニ開ル事ヲ得タリ、△3（三十六ウ）

△部1には梵舜本に「誠ニ人ノ身ニ於テ可レ有事ノ有マシキ振舞哉トテ、義貞モ其猛キ眼ニ泪ヲ浮ヘ、ソヽロニ感シ給ケル」の一節があり、△部2には「父ノ入道モサコソ別モ名残惜クハ思ケメトモ、人ノ親ノ子ヲ諫ル習ナレハ、戦場ニ於テ未練ナル由ヲ互ニ人ニ見ヘシトスレハ、落ル泪ヲ押ヘツヽ、加様ニ申ケルコソヤサシケレト、感セヌ者モ无リケリ」と長文の一節が入る。△部3は巻末部分にあたり、梵舜本ではさらに「驕レル者ハ不レ久理リニ、天地モ不二助給一ト云ナカラ、目前ノ悲ヲ見ル人々、皆泪ヲソ流シケル」と記事がつづく。前述のように、本巻の梵舜本の本文は天正本と同一であり、これら節略の対象となった梵舜本の本文は、天正本が独自に付加した文末の感動表現である[9]場合が多い。慶長七年刊本が梵舜本によりつつもこうした表現を削除したのは、これらの表現が、参看した玄玖本系もしくは南都本系の本文になかったためだろう。本文増補の面でも節略の面でも、本巻の本文が綿密な対校を経て形成されていることが窺える。

巻十一。梵舜本によった巻である。「金剛山寄手等被誅事」が「正成参兵庫事付還幸事」と「筑紫合戦事」の間にある。これは梵舜本の形態を引き継ぐもので、他に宝徳本[10]・毛利家本が同形態である。「金剛山寄手等被誅事」の位置については、甲類本諸本・流布本・天正本等が巻末に置き、吉川家本・米沢本・前田家本が「正成参兵庫事付還幸事」の前に置くなど、諸本に異同がある。

巻十二。梵舜本によった巻と認められる。

巻十三。梵舜本によった巻である。従って、「藤房卿遁世事」のうち、石清水行幸に供奉する藤房の行粧記事は、

藤房モ時ノ大理ニテ坐スル上、今ハ是ヲ限リノ供奉ト被思ケレハ、華ヲ着、鈴ヲ著タル大童子四人、雑色下部二十人、例ヨリモ殊ニ爽カニ出立セテ、警蹕ノ声高ラカニ、傍ヲ払テ被供奉タリ、（六ウ・七オ）

とあって、梵舜本同様簡略なままである。慶長八年刊本では、これを南都本系により増補し、官人以下の装束を詳述する。なお、同章段の末尾に梵舜本は「私記ニ加レ之」として「黄檗引導」の故事を二字下げで引くが、慶長七年刊本には引き継がれない。

巻十四。梵舜本は天正本に一致する。両本には諸本と大差があり、「箱根竹下合戦事」中に山名時氏の合戦譚を独自に持ち、「将軍入洛事付親光討死事」の結城親光討死の記事を簡略にするなどの特徴がある。慶長七年刊本は「箱根竹下合戦事」の途中「義助是ヲ見給テ、死タル人ノ蘇生シタル様ニ悦テ、今一涯ノ勇ミヲ成シ」（二十ウ～二十一オ）までを梵舜本により、以後を神宮徴古館本系によるという特殊な形態をとる。梵舜本・天正本が諸本と多くの異同を持つため、これを基底とすることを嫌ったのだろう。本巻、神宮徴古館本系と南都本系は殆ど同じ本文を持つが、慶長七年刊本の二十一丁以後の記事のうち、

・供御ノ瀬、セヽカ瀬、二箇所ニ大木ヲ数千本流シ懸ケテ、大綱ヲハリ、乱クヒヲ打テ、引懸々々ツナキタレハ、何ナル河伯ノ水神也共、上ヲモ游キ、下ヲモ潜難シ、（三十ウ）

・山崎、大渡ノ陣破レヌト聞ケレハ、京中ノ貴賤上下、俄ニ出来タル事ノ様ニ、周章フタメキ倒レ迷テ、車馬東西ニ馳違フ、蔵物財宝ヲ上下ヘ持運フ、（三十八オ～ウ）

などの条の傍線部は、いずれも神宮徴古館本に一致する。これらの詞章は南都本系にはないことから、本巻の後半部は神宮徴古館本系によったものと認められる。一方、梵舜本によった前半部の本文にも神宮徴古館本系による影響が

散見される。例えば、「矢矧鷺坂手超河原闘事」のうち、佐々木道誉降参の条では、梵舜本が、

佐々木佐渡判官入道自太刀打シテ、痛手数タ所ニ負フ、舎弟五郎左衛門ハ手超ニテ討レシカハ、憑ム方ナク成テ、箱根マテコソ引タリケレ、

とするところを、慶長七年刊本は、

佐々木佐渡判官入道太刀打シテ、痛手数タ所ニ負フ、舎弟五郎左衛門ハ手超ニテ討レシカハ、世ノ中サテトヤ思ケン、降参シテ義貞ノ前陣ニ打ケルカ、後ノ筥根ノ合戦ノ時、又将軍ヘソ参ケル、(十四オ)

と改めている(傍線部)。梵舜本は佐々木氏に配慮した天正本系の本文と同じだが、慶長七年刊本はこの部分、敵味方を巧みに渡り歩く道誉の振舞を描く諸本共通の形態に復したのである。恐らく神宮徴古館本系の本文に倣ったのだろう。また、「箱根竹下合戦事」には道場坊助注記祐覚に率いられた児武者の合戦の記事のつぎに、義貞配下の十六騎党の記事がある。梵舜本や天正本はこの記事を持たず、箱根合戦の最後の場面で十六騎党の面々の名をあげるだけの特殊な形態をとるから、ここでも慶長七年刊本は神宮徴古館本系により増補を行い、諸本通有の形態に復している。

巻十五。梵舜本によった巻であるが、巻十六との区分に関して問題がある。そもそも巻十五と十六の区分には諸本に異同があり、まず甲類本は「高駿河守引例事」までを巻十五とし、巻十六を「西国蜂起官軍進発事」からはじめる。一方、吉川家本・米沢本・毛利家本などの乙類本や天正本は、巻十五を「高駿河守引例事」の四章段前「賀茂神主改補事」で終え、巻十六をつぎの「将軍筑紫御開事」からはじめる。しかし、乙類本に属する梵舜本はもともと巻十五を「賀茂神主改補事」で終えながら、巻十六を「西国蜂起官軍進発事」からはじめている。つまり、梵舜本は「賀茂神主改補事」と「西国蜂起官軍進発事」の間にあるべき四章段、即ち「将軍筑紫御開事」「少弐与菊池合戦事」「多々良浜合戦事」「高駿河守引例事」の記事を欠落させているのである。これは梵舜本の祖本が、巻十五に甲類本と同形

態の本を、巻十六に乙類本と同形態の本を取り合わせて成ったため生じたものと思われる。もっとも梵舜は校合作業の過程でこのことに気づいており、巻十五の末に欠落した四章段の記事を新たに書写し、合綴している。同巻の末には、

重而以類本朱点脇小書付幷又奥此目録ヨリ書入棟堅奉入将軍事先之写本ニ無之故書

天正廿年五月三日　　梵舜（花押）

との識語があって、天正二十年の校合の際に梵舜が「棟堅奉入将軍事」（慶長七年刊本の「将軍筑紫御開事」に相当）以下の記事を書写して補ったことが知られる。梵舜は自らの本に大規模な校合作業を二度行っているが、天正二十年の校合に用いた本は、現存本でいえば南都本とほぼ同一の本文を持つものである。巻十五の末に補われた記事も南都本系の本文である。こうした作業により梵舜本は外形的には甲類本と同じ巻次区分になったのであるが、これが梵舜本本来の姿でないことはいうまでもない。さて、慶長七年刊本は巻を「賀茂神主改補事」で終え、「将軍筑紫御開事」以下を巻十六に回している。巻十五は本文的には梵舜本と同一であるのだが、巻の区分という点では補訂後の梵舜本の形をとらないのである。

巻十六。五章段目の「西国蜂起官軍進発事」以降は概ね梵舜本によっている。しかし、本来の梵舜本が欠いていた巻頭の四章段、「将軍筑紫御開事」「少弐与菊池合戦事」「多々良浜合戦事」「高駿河守引例事」はいかなる本に依拠したか不明である。前述のように、梵舜本のこの部分は南都本系によって後補されたものだが、慶長七年刊本の本文はこれに合致しない。むしろ西源院本や神田本などの古態本により近いといえる。例えば、「多々良浜合戦事」には西源院本の独自記事である大高伊予守の記事がある。また、諸本に異同の多い多々良浜での合戦の条は、

爰ニ曽我左衛門、白石彦太郎、八木岡五郎、三人共ニ馬物具モ無テ、真前ニ進タリケルカ、見之、白石立向テ、[1]

馬ヨリ引落サント、手モト近ク寄副ケレハ、敵太刀ヲ捨テ、腰刀ヲ抜ント、[2]一反リ反リケルカ、真倒ニ成テ落ニケリ、白石此ヲ起モ立ス、推ヘテ首ヲハ掻テケリ、[3]馬ヲハ曽我走寄テ打乗リ、鎧ヲハ八木岡剝取テ著タリケリ、白石カ高名ニ二人得利、軈三人共ニ敵ノ中ヘ打入レハ、[4]仁木、細川以下御方討スナ、連ヤトテ、大勢ノ中ヘ懸入テ、乱合テソ闘ケル、仁木越後守ハ近付敵五騎切テ落シ、六騎ニ手負セテ、猶敵ノ中ニ有乍、ノリタル太刀ヲ蹈直シテハ戦ヒ、推直シテハ切合ヒ、命ヲ限トソ見ヘタリケル、（五オ〜ウ）

とある。例えば、玄玖本（神宮徴古館本は欠）は傍線部4以下の部分で、仁木義長の活躍を描く記事が長文となっており、南都本や天正本も詞章は異なるものの、この形態を踏襲している。これに対して、慶長七年刊本や西源院本・神田本はともにこの点が簡略である。しかし、慶長七年刊本の本文は完全に西源院本・神田本に合致するわけではない。西源院本・神田本は傍線部1に相当する箇所が、「此敵ニ走向テ飛テ懸ル、白岩カ太刀影ニ馬驚テ、弓手ヘキレタル所ヲ得タリ賢シト、鎧ノ鼻ヲソ帰シタリケル、白岩余リニ」と詳細である。同様に傍線部2は「ユヒタルハルビヤ延タリケン、鞍ト共ニ」、傍線部3は「其馬離レテ、浪打キハニ立タリケルヲ、曽我左衛門走ヨリ、我物顔ニ取テ乗ル、鎧ハ未タ死骸ニ止テ、白砂ノ上ニ有ケルヲ、八木岡五郎タウサキノ緒ヲ引切テ、倒ニハギテゾキタリケル」、傍線部4は「仁木右京大夫、山名伊豆守、完戸安芸四郎、岡部三郎左衛門宗縄、饗庭六郎」とあり、それぞれ詳細な詞章となっている。慶長七年刊本が西源院本・神田本のごとき本文を節略したとも考えられるが、傍線部3は吉川家本が「馬ヲハ曽我取テ乗、鎧ヲハ八木岡剝着タリケリ」とあって慶長七年刊本に近く、傍線部4は慶長七年刊本と吉川家本がともに同じ詞章であるから、事情は単純でない。ただし吉川家本は、例えば最初の白石（白岩）の活躍を「白岩走向テ敵ヲ馬ヨリ刎落サセ、起シモ不立推ヘテ首ヲカキ落ス」とだけ記すほか、この章段の詞章が全体に簡略で、慶長七年刊本の直接の基盤になったとは認めがたい。これらを踏まえれば、巻十六冒頭の四章段は西源院本・神田本のごとき古態本によった可能性が高いものの、その本文は現存本とは若干異なり、部分的に吉川家本などとも重なるものであったと見ておくのが適切だろう。ほかにも巻頭「将軍筑紫御開事」は、

建武三年二月八日、尊氏卿兵庫ヲ落給ヒシマテハ、相従フ兵僅七千余騎有シカ共、備前児嶋ニ著給ケル時、京都ヨリ討手馳下ラハ、三石辺ニテ支ヨトテ、尾張左衛門佐氏頼ヲ田井、飽浦、松田、内藤ニ付テ留ラレ、細川卿律師定禅、同刑部大輔義敦ヲハ東国ノ事心元無トテ返サル、其外ノ勢共ハ各暇申テ、己カ国々ニ留リケル間、今ハ高、上杉、仁木、畠山、吉良、石塔ノ人々、武蔵、相模勢ノ外ハ相順兵モ無リケリ、（二オ）

とあって、吉川家本に大略一致する。細川定禅・義敦（誤り。正しくは佐竹氏）が東国へ下向したという傍線部の一節は、尊氏が細川卿律師定禅・同刑部少輔（頼春）に四国の勢を付け、讃岐に下したという諸本の記事と、玄玖本・南都本等にある「佐竹刑部大輔義敦ヲハ、東国ノ事心元ナク覚レハ、忩キ馳下テ義兵ヲ揚ケ、身方ノ機ヲ失ハヌ様ニ相計ヘシトテ、是ヲ返サレ」との記事を混淆したものである。慶長七年刊本では細川定禅と佐竹義敦が兄弟のごとく混同されており、しかも定禅が東国へ下ったというのも史実としてふさわしくない。さて、「西国蜂起官軍進発事」以下の記事は概ね梵舜本によるが、他本による増補も僅かながら認められる。以下にその例をあげる。

・サラハ、夜ヲ日ニ継テ上洛ヲ急クヘシ、[1]但九州ヲ混ラ打捨テハ叶マシトテ、仁木四郎次郎義長ヲ大将トシテ、大友、少弐両人ヲ留置キ、四月二十六日ニ太宰府ヲ立テ、（十六ウ）

・[2]去四月六日ニ、法皇ハ持明院殿ニテ崩御ナリシカハ、後伏見院トソ申ケル、彼崩御已然ニ下シ院宣ナリ、将軍ハ厳島ノ奉弊《ママ》事終テ、同五日厳嶋ヲ立給ヘハ、（十七オ）

・合戦ハ兎テモ角テモ始終ノ勝コソ肝要ニテ候ヘハ、能々遠慮ヲ被廻テ、公議ヲ可被定ニテ候ト申ケレハ、[3]誠ニ軍旅ノ事ハ兵ニ譲ラレヨト、諸卿僉議有ケルニ、[4]坊門宰相清忠申サレケルハ、正成カ申所モ其謂有トイヘトモ、征

罰ノ為ニ差下サレタル節度使、未タ戦ヒヲ不成前ニ帝都ヲ捨テ、一年ノ内ニ二度マテ臨幸ナラン事、且ハ帝位ノ軽キニ似タリ、（二十五オ〜ウ）

・義貞朝臣誠ニ顔色トケテ、通夜物語ニ数盃ノ興ヲソ添ラレケル、[5]後ニ思合スレハ、是ヲ正成カ最後ナリケルト、哀ナリシコト也、（二十七ウ）

・イサヽラハ、同ク生ヲ替テ此本懐ヲ達セント契テ、兄弟共ニ差違テ、同枕ニ臥ニケリ、[6]橋本八郎正員、宇佐美河内守正安、神宮寺太郎兵衛正師、和田五郎正隆、同太郎成隆ヲ始トシテ、宗トノ一族十六人、相随兵五十余人、思々ニ並居テ、一度ニ腹ヲソ切タリケル、（三十四オ）

・湊川ニテ討レシ楠判官カ首ヲハ、三日六条川原ニ懸ラレタリ、[7]去ヌル春モアラヌ首ヲカケタリシカハ、是モ又サコソ有ラメト云者多カリケリ、疑ハ人ニヨリテソ残リケルマサシケナルハ楠カ頸、ト札ニカキテソ立タリケル、

（四十二ウ）

右の記事のうち、傍線部が他本により増補された箇所である。傍線部5・6を除くすべての例は、神宮徴古館本系による増補と思われる。即ち、傍線部1は神田本・神宮徴古館本等に一致し、南都本には「仁木越后守」「大友、少弐両人ヲ筑紫ニ残サレテ」と小異が見られる。西源院本には傍線部に相当する詞章がない。傍線部2は神宮徴古館本・南都本・西源院本等に存し、神田本には見られない。傍線部3・4は神田本・神宮徴古館本・南都本等に存し、西源院本にはない。また、傍線部4に相当する部分、梵舜本には坊門清忠の名はなく、「……諸卿僉議有テ、重テ被仰ケルハ……」とあって、以下の発言が後醍醐天皇のものとなっている。傍線部7は大多数の伝本に見られるが、南都本には「ト狂歌ヲ札ニ書テソ立タリケル」と小異がある。一方、傍線部5は神田本・神宮徴古館本・南都本等にあり、西源院本にはない。ただし、神宮徴古館本・南都本は傍線部に相当する条が、「さては義貞の武功も其耳處外に被処

さる条、勇なきに非とそ宣ける、後に思合れは、是を正成か最後なりけると哀なりし事共なり」と長文で、慶長七年刊本は詞章的には神田本とほぼ一致する。また、傍線部6は神田本・吉川家本に見られる独特の詞章である。西源院本には相当する詞章がなく、神宮徴古館本・南都本は「橋本八郎正員、宇佐美、神宮寺を始として、宗徒一族十六人、相随ふ兵五十余人、思々に並居て一度に腹をそ切たりける」と簡略である。巻十六の前半四章段が吉川家本的要素を持った古態本を基底としたことを想起すれば、そうした系統の本によって増補された箇所と考えられる。

巻十七。梵舜本によった巻と認められる。

巻十八。梵舜本によった巻である。二十オの「春宮還御事」の記事のあとに尾題「太平記巻十八上之終」を据え、二十一オに「太平記巻第十八下」との内題を置き、「一宮御息所事」をはじめる。これは梵舜本の形態をそのまま引き継ぐものである。梵舜本の本巻の本文は天正本に一致するが、天正本では巻を上下に分けることはしない。なお、慶長七年刊本の「比叡山開闢事」には、山王二十一社に関する長大な記事が増補されている。これは西源院本系によったものである。

巻十九。本巻から巻二十一までは梵舜本にはよらず、南都本系の本文を基底とする。例えば、巻頭「光厳院殿重祚御事」は、

建武三年六月十日、光厳院太上天皇重祚ノ御位ニ即セ給フ、抑此君ハ故相模入道宗鑒カ亡シ時、御位ニ即進セタリシカ、三年ノ内ニ天下反覆シテ、宗鑒ホロヒハテシカハ、其例イカヽアルヘカラント、諸人異議多カリケレ共、（一オ）

とはじまる。冒頭、梵舜本は「建武四年」としており、また傍線部は脱文となっている。南都本・神宮徴古館本は「光厳院」を「光明院」に作る以外は、慶長七年刊本と同じである（慶長七年刊本は梵舜本等によって、「光明院」を「光

厳院」に改めたのだろう)。「金崎東宮并将軍宮御隠事」のうち、

夫人間ノ習、一日一夜ヲ経ル間ニ八億四千念アリ、一念悪ヲ発セハ、一生ノ悪身ヲ得、十念悪ヲ発セハ、十生悪身ヲ受ク、乃至千億ノ念モ又尓也トイヘリ、カクノ如ク一日ノ悪念ノ報受尽サン事猶難シ、況一生ノ間ノ悪業ヲヤ、悲哉、未来無窮ノ生死、出離何レノ時ソ、冨貴栄花ノ人ニ於テ、猶此苦ヲ遁ス、(八オ)

という一節の傍線部は南都本に見られる記事で、神宮徴古館本・西源院本・梵舜本等にはない。また、同章段の末には、

カクツラクアタリ給ヘル直義朝臣ノ行末、イカナラント思ハヌ人モナカリケルカ、果シテ毒害セラレ給フ事コソ不思議ナレ、(九オ)

と、南都本同様の評言がある。慶長七年刊本の本文は詞章全体を通して南都本に等しいが、巻末「青野原軍事付嚢沙背水事」のうち、「顕家卿南都ニ著テ、且ク汗馬ノ足ヲ休テ、諸卒ニ向テ、合戦ノ異見ヲ問給ヒケレハ」(二十二オ)以下、北畠顕家討死に関する長文の記事は南都本系にない。これは天正本系に見えるのみで、慶長七年刊本は天正本系により増補したものか。あるいは慶長七年刊本が踏まえた南都本系の本文が、顕家討死の記事を含む、現存本の形態と異なるものであった可能性も考えられるが、詳細は不明である。

巻二十。南都本系によった巻である。「義貞重黒丸合戦事付平泉寺調伏法事」で引用される斯波高経の御教書の末には、

建武四年七月二十七日　　尾張守

平泉寺衆徒御中(十一オ)

と日付・署名・宛所が記されている。これらの記載は西源院本・神宮徴古館本・梵舜本等になく、南都本の特徴に一

致する。「義貞夢想事付諸葛孔明事」のうちの諸葛孔明の故事は南都本に詞章の増補が著しく、慶長七年刊本もこれに同じである。一、二の例を示せば、

・一豆ノ食ヲ得テモ、衆ト共ニ分テ食シ、一樽ノ酒ヲ得テモ、流レニ濺テ士ト均ク飲ス、士卒未炊大将食セス、官軍雨露ニヌルヽ時ハ、大将油幕ヲ張ラス、楽ハ諸侯ノ後ニ楽ミ、愁ハ万人ノ先ニ愁フ、（十三オ）

・士卒ノ嘲ヲモカヘリミス、弥陣ヲ遠ク取テ、徒ニ数月ヲソ送リケル、士卒トモ是ヲ聞テ、如何ナル良医ト云共、アハヒ四十里ヲ阻テ、暗ニ敵ノ脉ヲ取知ル事ヤアルヘキ、只孔明カ臥龍ノ勢ヲキヽヲチシテ、カヽル誑言ヲハ云人也ト、掌ヲ拍テワラヒアヘリ、（十三ウ〜十四オ）

などの一節で、傍線部のごとき詞章を有するのは南都本系に一致する。他の諸本には傍線部の詞章は見られない。巻末にも「是併ラ地蔵菩薩ノ善巧方便」（三十ウ）以下の評言があり、これも南都本に一致する。

巻二十一。南都本系によった巻である。「塩冶判官讒死事」は神宮徴古館本・南都本をはじめとする諸本に対して、西源院本・梵舜本・天正本がそれぞれ独自の記事構成と詞章を持つ。慶長七年刊本は南都本に大略一致し、例えば諸本によって異同のある末尾の文言は、

サシモ忠有テ咎無リツル塩冶判官、一朝ニ讒言セラレテ、百年ノ命ヲ失ツル事ノ哀サヨ、只晋ノ石季倫カ緑珠カ故ニ亡サレテ、金谷ノ花ト散ハテシモ、カクヤト云ヌ人ハナシ、師直悪行積テ無程失ニケリ、利人者天必福之、賊人者天必禍之ト云ル事、真ナル哉ト覚ヘタリ、（二十八オ〜ウ）

とあり、南都本に同じである。神宮徴古館本には傍線部に相当する詞章がない。ただし、「塩冶判官讒死事」のうち、塩冶判官妻を追う桃井直常と太平出雲守の動向について記す一節には、

直常モ太平モ宿所ヘハ帰ス、中間ヲ一人帰シテ、乗替ノ馬、物具ヲハ路ヘ追付ケヨト下知シテ、丹波路ヲ追テソ

下リケル、（中略）サテハ幾程モ延シ、ヲクレ馳ノ勢共ヲ待ツレントテ、其夜ハ波々伯部ノ宿ニ暫ク逗留シ給ヘハ、子息左衛門佐、小林民部丞、同左京亮以下、侍共取物モ取アヘス二百五十余騎、落人ノ跡ヲ問々、夜昼ノ境ヒナク追懸タリ、（二十二ウ〜二十三オ）

と、丹波路を下った彼らが、波々伯部で「子息左衛門佐」らを待ち受け、追撃をつづけたという記事がある。この部分には傍線部に梵舜本の本文の混入が認められる。しかし、梵舜本ではこのくだり、塩冶判官を討つために山名時氏が主従七騎で追跡し、傍線部にあるように、その夜、波々伯部で子息左衛門佐（師義。初名師氏）や被官の小林ら二百五十余騎を待ち受け、その後、同道していた桃井と三草山で別れ、山陽道へ向かったという本文をとる。このように本来、左衛門佐も小林も山名方の武者とするのが正しい。一方、梵舜本以外の諸本では、山名時氏は桃井・太平とは別に波々伯部へは回らず、直接山陽道を下り、子息左衛門佐や小林らもこの手にあったとされる。これに対して慶長七年刊本は、桃井・太平の記事に右の傍線部を加えたのである。その結果、左衛門佐や小林は桃井あるいは太平方の人物という設定になってしまった。慶長七年刊本は記事を詳細にするつもりで、考証も十分しないまま梵舜本の傍線部を増補したのであろう。

巻二十二。梵舜本によった巻である。また、梵舜本は天正本に一致している。

巻二十三。梵舜本によった巻である。また、梵舜本は天正本に一致する。ただし、慶長七年刊本は「上皇八幡宮御願書事」の末尾で梵舜本・天正本にない「又傍ニ吉野殿方ヲ引人ハ」（十二ウ）以下の評言を増補し、諸本の形態に復している。また、梵舜本と天正本には「法勝寺炎上事」が「上皇八幡宮御願書事」のつぎにあるが、慶長七年刊本では本章段を諸本同様巻二十一に配しており、巻二十三には載せない（梵舜本は巻二十一と巻二十三に重出させている）。

なお、「自伊予国霊剣註進事」のうち、

此外保元、平治ニ討レシ者共、治承・養和ノ争ニ滅シ源平両家ノ輩、近比元弘、建武ニ亡ヒシ兵共、人ニ知レ、名ヲ顕ス程ノ者ハ、皆甲冑ヲ帯シ、弓箭ヲ携ヘテ、（六ウ）

とある一節の傍線部は梵舜本等にない。これは今川家本・吉川家本に見られる詞章である。また、巻末にも、

サレハ其比武家ハ前覆ニ怖レ、公家ノ人ハ前科ニヲノヽク有様、末代ノ逸興トモ云ツヘシ、（十七ウ）

と梵舜本等に見えない評言がある（慶長八年刊本になると削除される）。これも今川家本・吉川家本のほか、神田本に見られる特殊な詞章である。吉川家本の詞章との一致例は巻十六にも見られたが、慶長七年刊本の増補に用いられた一本が部分的に吉川家本のごとき詞章を備えていたことを窺せる。

巻二十四。梵舜本は天正本に一致する。慶長七年刊本は概ね梵舜本によるが、「天龍寺建立并供養事」の冒頭「武家ノ輩ラ如此諸国ヲ押領スル事モ、軍用ヲ支ン為ナラハ、セメテハ無力折節ナレハ、心ヲヤル方モ有ヘキニ」（三ウ）から、「而ヲ愚ニシテ道ヲ知人無リシカハ、天下ノ罪ヲ身ニ帰シテ、己ヲ責ル心ヲ弁ヘサリケルニヤ」（四オ）までは他本によっている。この部分は梵舜本・天正本になく、慶長七年刊本は他本により補い、諸本の形態に復したのである。また、「日野勧修寺異見事」のうち、「凡有心人ハ信物化物ヲミシト可思、其故ハ戒行モ缺、内証モ不明ハ、所得ノ施物、罪業ニ非ト云事ナシ」（十ウ）から、摩羯陀国の僧の故事を含む「朝廷ノ衰微、嘆テ有余」（十一ウ）までの記事が増補されている。この記事を持つのは教運本・神宮文庫本・天理本のみで、他に梵舜本の巻末にも文禄三年の校合時に書き入れられたものがある。このとき梵舜が対校本として用いたのは南禅寺梅谷元保の旧蔵本で、現存本でいえば神宮文庫本と同系の本である。慶長七年刊本の本文は詞章・用字ともに梵舜本の書入や神宮文庫本に酷似するから、梵舜本の書入によったものと思われる。教運本の本文とは用字に大差がある。

巻二十五。梵舜本によった巻と認められる。

巻二十六。梵舜本によった巻と認められる。

巻二十七。梵舜本によった巻である。「雲景未来記事」の末尾には、

誠ニ今度桟敷ノ儀、神明御眸ヲ被廻ケルニヤ、彼桟敷崩テ人共多ク死ケル事ハ、六月十一日也、其次ノ日、終日終夜大雨降車軸、洪水流磐石、昨日ノ河原ノ死人汚穢不浄ヲ洗流シ、十四日ノ祇園神幸ノ路ヲハ清メケル、天龍八部悉霊神ノ威ヲ助ケテ、清浄ノ法雨ヲ灌キケル、難有カリシ様也、（十二ウ）

という記事があり、これにつづき、八幡鳴動、天文異変、電光の怪異の記事がある。これも梵舜本に一致し、慶長八年刊本になると、これらの記事が「天下妖恠事付清水寺炎上事」と「田楽事付長講見物事」の段末に分けて入れられる。

巻二十八。梵舜本によった巻と認められる。

巻二十九。概ね梵舜本によるが、神宮徴古館本による増補も認められる。まず、「慧源禅巷与吉野殿御合体後京責事」の末尾に、「又桃井ヲ引者ハ」（三オ）以下の評言が増補されている。本記事は西源院本・梵舜本・天正本等になく、神宮徴古館本・南都本等にある。本巻の他の事例に鑑みれば、ここは神宮徴古館本系による増補と考えられる。「越後守自石見引返事」の一段は、梵舜本が極めて簡略な本文を持つが（僅か半丁にも満たない）、慶長七年刊本は神宮徴古館本により、諸本と同様の形態に復している。その詞章の一部を以下に示す。

道口カ郎等落重テ、陶山カヒシキノ板ヲ畳上、ノホリサマニ三刀指タリケレハ、道口、土屋ハ助テ、陶山ハ命ヲ留タリ、陶山カ一族郎等是ヲ見テ[1]、何ノ為ニ命ヲ惜ムヘキトテ、長谷寺ト一原八郎左衛門[2]、小池新兵衛以下ノ一族若党共、大勢ノ中ヘ破テハ入〳〵、一足モ引ス、皆切死ニコソ死ニケレ、（十二オ）

これは神宮徴古館本にほぼ一致し、南都本では傍線部1に相当する箇所が、「サラテタニ義ヲ金石ニ比シ、命ヲ塵芥

ニ類セル陶山カ一族共ナレハ」とあって違いがある。傍線部2は本来人名表記であったと考えられるが、このままでは理解が難しい。神宮徴古館本では「長谷寺与一、原八郎左衛門」とあって、慶長七年刊本はこれを読み僻めたものと思われる。南都本は「長谷ノ与一、原八郎左衛門」とあって理解しやすい。「師直師泰出家事」の末尾、薬師寺遁世の記事にも神宮徴古館本系による増補が見られる。

シカシ、憂世ヲ捨テ、此人ノ後生ヲ訪ハンニハト、俄ニ思定テ、

トレハウシトラネハ人ノ数ナラス捨ヘキ物ハ弓矢ナリケリ

加様ニ詠シツヽ、自髻押キリテ、墨染ニ身ヲ替テ、高野山ヘソ上リケル、三間茅屋、千株松風、コトニ人間ノ外ノ天地也ケリト、心モスミ身モ安ク覚ヘケレハ、

高野山憂世ノ夢モ覚ヌヘシソノ暁ヲ松ノ嵐ニ

ト読テ、暫シハ閑居幽隠ノ人トソ成タリケル、仏種ハ縁ヨリ起ル事ナレハ、カヤウノ次ヲ以テ、浮世ヲ思捨タルハ、ヤサシク優ナル様ナレ共、越後中太カ義仲ヲ諫カネテ、自害ヲシタリシニハ、無下ニ劣テソ覚タル、（二十五ウ）

右のうち、傍線部が梵舜本になく、神宮徴古館本系によった部分である。梵舜本には薬師寺の歌が「高野山」の一首しかなく、話末の評文もない。南都本では△部に「弃恩入無為、真実報恩者ナレハ、自他ノ為然ルヘシト、笑テホムル人モ有ケリ」と、評がさらにつづく。これは神宮徴古館本にはないから、慶長七年刊本が増補に用いたのは神宮徴古館本系の本文であったと考えてよいだろう。

巻三十。梵舜本によった巻と認められる。

巻三十一。梵舜本によった巻と認められる。

巻三十二。梵舜本によった巻と認められる。

巻三十三。梵舜本は天正本に一致する。慶長七年刊本は梵舜本によっており、従って「八幡御託宣事」の末尾には三首の落首がない。慶長八年刊本になると他本によって増補される。

巻三十四。梵舜本によった巻で、「宰相中将殿賜将軍宣旨事」の末尾には、佐々木京極家の忠誠を記す記事はない。慶長八年刊本になると西源院本系によって増補される。

巻三十五。概ね梵舜本によるが、西源院本系による増補が随所に見られる。まず、「擬討仁木義長事」のうち、「細河相模守ハ今度南方ノ合戦ノ時、仁木右京大夫、三河ノ星野、行明等カ、守護ノ手ニ属セスシテ、相模守ノ手ニ付タル事ヲ忿テ」（二オ）から、「佐渡判官入道ハ我身ニ取テ、仁木ニ差タル宿意ハナケレ共、余ニ傍若無人ナル振舞ヲ、狼藉ナリト目ニカケヽルトキ也」（二ウ）までの詞章を増補している。梵舜本と天正本にはこの長文の記事がないため、慶長七年刊本はこれを増補し、諸本と同様の形態に復したのである。諸本の所謂「北野通夜物語事」は、慶長七年刊本では「政道雑談事付西明寺禅門修行事」から「梨軍支事」までの七章段に分けられている。ここでは本朝・震旦・天竺の故事が順に語られ、特に本朝の故事において諸本に記事の出入りが見られる。まず、神田本は北条時頼のこと、青砥左衛門のことの二話から構成され、三国の物語を二話ずつ語っていくのが「北野通夜物語事」の祖型であったことを窺わせる。(11) 西源院本は北条時頼の記事の前に問民苦使のこと、日蔵上人のこと、北条泰時のことを増補する。神宮徴古館本・南都本も同様で、これらはさらに北条時頼の廻国記事のあとに、北条貞時の廻国譚を付加する。一方、梵舜本と天正本は北条時頼のこと、北条貞時のこと、青砥左衛門のことの三話より構成され、神田本についで簡略である。これに対して慶長七年刊本は、北条時頼の記事の前に問民苦使のこと、日蔵上人のこと、北条泰時のことを増補している。つまり、梵舜本を基底に西源院本系・神宮徴古館本系・南都本系のいずれかにより増補を行ったのであ

る。ただし、慶長七年刊本の増補部分の詞章を見るに、

・吏ノ不善ハ国王ニ帰ス、君良臣ヲ不撰、貪利輩ヲ用レハ、暴虎ヲ恣ニシテ、百姓ヲシヘタケリ、（十二オ）

・又銕ノ牙アル犬来テ、罪人ノ脳ヲ破噉ヘリ、獄卒眼ヲ怒シテ、声ヲ振事雷ノ如シ、狼虎罪人ノ肉ヲ裂、利剣足ノ踏所ナシ、其中ニ焼炭ノ如ナル罪人有、（十二ウ）

とあって、西源院本に同じであることがわかる。まず、傍線部1は神宮徴古館本・南都本に相当する詞章がない。傍線部2も神宮徴古館本・南都本には相当する詞章がなく、代わりに△部に「此所利剣足の所踏なきに」が入り、順を異にする。本巻の増補に用いられたのは西源院本系であると認められよう。これ以外にも、例えば「青砥左衛門事」の、

是ハ只一ノ直ナル猿カ、九ノ鼻缺猿ニ笑レテ、迯去ケルニ不異、又仏神領ニ天役課役ヲ懸テ、神慮ニ背カン事ヲ不痛、又寺道場ニ懸要脚、僧物施料ヲ貪事ヲ業トス、是併上方御存知ナシトイヘ共、セメ一人ニ帰スル謂モアルカ、角テハ抑世ノ治ルト云事ノ候ヘキカ、（二十一ウ）

という一節の傍線部や、「瑠璃太子事」のうちの「仏説ノ所述ヲ見ルニ増一阿含経ニ」という経典名の増補などに、西源院本系からの影響が窺える。

巻三十六。梵舜本によった巻と認められる。

巻三十七。梵舜本によった巻と認められる。

巻三十八。梵舜本は天正本に一致する。慶長七年刊本は概ね梵舜本によるが、「西長尾軍事」のうち、細川頼之方の武者が敵将細川清氏と戦う場面の一部のみ、南都本系の本文に置き換えられている。即ち、

爰ニ備中国ノ住人陶山三郎ト、備前国ノ住人伊賀掃部助ト二騎、田ノ中ナル細道ヲシツ〳〵ト引ケルヲ、相摸守追付テ切ント、諸鎧ヲ合セテ責ラレケル処ニ、陶山カ中間、ソハナル溝ニヲリ立テ、相摸守ノ乗給ヘル、鬼鹿毛

カ草脇ヲソ突タリケル、（十八オ）

という一節の傍線部である。梵舜本では、

爰ニ備中国ノ住人真壁孫四郎、是コソ相模殿ヨト見タリケレハ、縦身ヲ千千ニ砕カル共、敵ノ大将ニ寄合テコソ死ナメト思ケレハ、馳寄セテ、懸違ヘ様ニ長鑓ノ柄ヲ取延テ、放突ニ相模守ノ乗給ヘル、鬼鹿毛カ草脇ヲソ突タリケル、

とあって、相模守（清氏）の馬を突いたのは真壁孫四郎ということになっており、記事内容も大いに異なる。神宮徴古館本・西源院本・天正本等もこれに同じである。南都本はこの前後、他本とかなり異なる本文を持つが、慶長七年刊本が取り込んだのは、前掲本文の傍線部のみである。その結果、真壁の活躍は「陶山カ中間」のものに置きかわる。だが、それ以後の本文で、「真壁又馳寄セ」のような一節を残してしまっており、改訂部分と対応しないところもある。梵舜本では真壁が清氏に馳せ寄り乗馬を突き、さらに「又」清氏に馳せ寄るので意味が通るが、慶長七年刊本では真壁が最初に馳せ寄せた部分を、陶山らの記事に改めているので、「又」という語が浮いてしまうのである。

巻三十九。梵舜本によった巻と認められる。

巻四十。梵舜本によった巻と認められる。

四　むすび

以上、慶長七年刊古活字本『太平記』の本文を概観してきた。

慶長七年刊本が梵舜本の本文をほぼそのまま継承した巻は、巻三・五・七・八・十一―十三・十五・十七・二十二・二十五―二十八・三十―三十四・三十六・三十七・三十九・四十などである。巻十九から巻二十一までが南都本系を

基底にするのを除けば、その他の巻でも概ね梵舜本を基底としている。これらの巻では部分的に西源院本系・神宮徴古館本系・南都本系の影響が認められ、西源院本系と関わる巻に巻二・四・十八・三十五、神宮徴古館本系と関わる巻に巻十四・二十九、南都本系と関わる巻に巻三十八があげられた。また、巻九・十においても神宮徴古館本系・南都本系いずれかの関与が確実である。そのほか、巻十九の末尾には天正本系の独自記事が窺われ、巻二十四には梵舜本に書き入れられた梅谷元保旧蔵本の記事が増補されている。このように慶長七年刊本の本文は、複数系統の本文が積極的に取り込まれて成立した。ただし、増補に用いられた本文系統の数だけ五十川了庵のもとに異本が備えられていたかは不明で、これらの中には取り合わせ本があった可能性も考えられる。また、これらの本がすべて完本だったという保証もない。

五十川了庵の本文整定作業は、基底となる梵舜本と複数の写本を対校し、梵舜本にはない他本の記事を増補するかたちで進められた。つまり、異文を集成し、詳細な本文を志向するものであったといえるだろう。また、諸本にあって梵舜本に欠けている記事は、慶長七年刊本において多くの場合補われ、諸本と同様の形態に復元された。諸本に通有の形態を重視する姿勢も備えていたことが窺えよう。このように了庵が『太平記』の刊行にあたり、最も意を注いだのは本文の集成と整備という点であった。手近な本文をそのまま版にするのではなく、「定本」を追求する意識のもと刊行がなされたと見ることができる。この方針は慶長八年刊本にも踏襲され、さらなる本文の集成と整備が図られることになる。所謂流布本『太平記』の誕生であり、以後刊行される『太平記』は概ねこの本文系統によることになる。了庵が慶長七年と八年に、時をおかず二種の『太平記』を刊行した背景には、活字印本『太平記』に対する需要の問題もさることながら、了庵自身の本文に対するこだわりもあったとすべきではなかろうか。

注

(1) 川瀬一馬氏『増補古活字版之研究』上、第二編第四章第三節二「伏見版の刊行」(A・B・A・J、一九六七年。初版、安田文庫、一九三七年)。

(2) 川瀬一馬氏注(1)前掲書、森上修氏「初期古活字版の印行者について―嵯峨の角倉(吉田)素庵をめぐって―」(『ビブリア』第一〇〇号、一九九三年)。

(3)『脈語』は明の呉崑が万暦十四年(一五八六)に撰した脈学の書。杏雨書屋本の書誌を示す。

武田科学振興財団杏雨書屋蔵　脈語　二巻　明呉崑撰　慶長七年刊(〔京・五十川了庵〕)古活字本　大二冊(貴五〇〇)

後補花菱文様表紙(二六・六×一九・四糎)、左肩打付書「脉語　全」、右下朱書にて「全」。遊紙一丁。萬暦丙戌上元日「鶴皐山人小傳」二丁、「脉語目録」四丁を附す。内題「脉語巻之上(下)/徽歙澄塘鶴皐山人呉崑述」。四周双辺(二一・七×一五・三糎)有界十行十九字。版心、粗黒口、双花口魚尾、中縫に「脉語上(下)丁附」。本文、上十四丁、下二十四丁。尾題「脉語巻之上(下)」。刊記「慶長壬寅冬日南至　冨春堂　新刊」。全巻朱引、朱点、朱墨訓点・訓仮名のほか、上層に注記あり。印記「杏雨/書屋」のほか、「恭」かと思われる陽刻円形朱印あり。

室町末の脈学重視の気運により脈学関係の古活字版の医書は多く、『脈語』にはほかに慶長十三年版・元和五年版等がある。なお、杏雨書屋本の存在を知り得たのは、小曽戸洋氏・岡信之氏・栗原萬理子氏「和刻本漢籍医書総合年表」(『日本医史学雑誌』第三六巻四号、一九九〇年)の学恩による。また、北里研究所附属東洋医学総合研究所医史文献研究室、小曽戸洋氏・真柳誠氏編『和刻漢籍医書集成』第一〇輯所収「『医方考』『脈語』解題」(エンタプライズ、一九九〇年)参照。なお、杏雨書屋本と同版本が近時、国文学研究資料館に収蔵された。

(4) 高野辰之氏『古文学踏査』所収「太平記作成年代考」(大岡山書店、一九三四年。初出、『史学雑誌』一九三〇年二月号)。

(5)『参考太平記』に「金勝院本載二時房高時一為二九代一」とある。時房とともに高時の名もあげ、慶長七年刊本のあり方とは異なるから、直接の影響関係はないと考えたい。

(6) この点、鈴木登美惠氏よりご教示を賜った。なお、一条兼良校合本においては四皇子の配列も、慶長七年刊本・梵舜本と一致する。鈴木氏「太平記の成立と本文流動に関する諸問題―兼良校合本太平記をめぐって―」(『軍記と語り物』第七号、一九七〇年)参照。

(7) 巻四の異同をめぐっては、鈴木登美惠氏「太平記巻四の考察」(『国文』第一五号、一九六一年)参照。

(8) 梵舜本の異本注記については、本書第一部第二章「流布本『太平記』の成立」参照。

(9) 天正本がこうした表現を多く持つことは、長坂成行氏「天正本太平記の性格」(『奈良大学紀要』第七号、一九七八年)参照。

(10) 長坂成行氏「宝徳本『太平記』復元考―河村秀穎校合本による―」(『奈良大学紀要』第一四号、一九八五年)による。

(11) 鈴木登美惠氏「古態の太平記の性格―本文改訂の面からの考察―」(『軍記と語り物』第九号、一九七二年)、増田欣氏『中世文藝比較文学論考』第一章第五節3(2)「北野通夜物語の構造と思想」(汲古書院、二〇〇二年)参照。なお、長坂成行氏は「龍門文庫蔵『太平記』覚書」(『青須我波良』第三二号、一九八六年)において別の考察をされている。

第四章　日性の『太平記』研究と出版

一　はじめに

要法寺の本地院日性（世雄坊、円智。慶長十九年〈一六一四〉寂、六十一歳）は、室町末から江戸初期の学芸を考える上で忘れてはならない人物である。日性は日蓮宗要法寺の十五世。身延山をはじめ足利学校、建仁寺などで内外典を学んだ学僧で、『柿葉』六巻のほか今日伝存する著作も多い。後陽成院の勅により、参内・院参して外典講釈すること数度に及び、寺内でも貴顕を前に内外の講釈をすることがあった。[1] また、豊臣秀次による『謡抄』の編纂に際しては、注釈者の一人として『平家物語』に関わる部分の出典注釈を行ったことが伊藤正義氏によって指摘されており、[2] 慶長五年（一六〇〇）初刊と見られる『重撰倭漢皇統編年合運図』（日性自撰の歴史年表）からは、彼の関心の所在が奈辺にあったのかが窺える。そして、本章の課題に則すなら、『要法寺文書』中の日性の伝や『要法寺回答書』の著述目録に、彼が「太平記抄八冊」を撰述刊行したと記される点に注意を払いたい。

当時、古典の注釈活動と出版の関係は密接であった。そして、その中で『太平記鈔』は慶長十五年（一六一〇）に刊行されたと推定される。こうした状況の背景にはテキスト自体の盛んな刊行状況があったことはいうまでもなく、慶長期に限っても古活字版『太平記』は、

慶長七年
慶長八年
慶長十年
慶長十二年
慶長十四年（漢字平仮名交）
慶長十五年

の各年に出版されている。他に慶長期の印行と推定される無刊記本も最低二種あるから、『太平記』はこの時期、最も多く版を重ねた作品の代表であったといっても過言ではない。

『太平記』は慶長七年（一六〇二）、五十川了庵によってはじめて開版された。慶長七年刊本は無刊記だが、刊者・刊年のことは早くより明らかにされている。(3) つづく慶長八年刊本は七年刊本に増補・修正が施され、同じ五十川了庵によって刊行されたものである。以後刊行される『太平記』の本文はこれと大きな異同がないことから、同本は流布本の祖と位置づけられている。つぎの慶長十年刊本は「要法寺版」として知られるものである。使用された活字から、当時出版事業を盛んに行っていた要法寺における刊刻と推定され、日性の主導のもと刊行された本と認められる。また、慶長十五年刊本は刊記に「春枝」なる印行者名が刻され、従来は要法寺版とは認定されてこなかった。しかし、追々説明するように本版は、日性が慶長十年刊本を増補・整備して刊行せしめたものと考えられる。つまり、慶長期の古活字本『太平記』のうち、日性は二種の刊行に携わっていたのである。『太平記』刊行の問題を考えるためにも、

また日性の伝記を考えるためにも、この意味は重いとすべきだろう。

さて、これまでの『太平記』の本文研究では、古活字の諸版が持つ本文流動についてはあまり論及されてこなかった。それは慶長八年刊本以後の古活字本・整版本が、流布本として一括して認識されてきたためである。だが、古活字本の場合、前版を忠実に翻刻することによって生まれた本もあるにはあるが、一方で活字を自在に組んで成るため、増補や校訂により本文に微妙な差が生まれる余地もあった。この点に注目し、本章では慶長十年刊本と十五年刊本の本文を中心に検討していく。そして、そのことは日性の『太平記』『太平記鈔』の刊行事業全体を考えることにつながるだろう。これまでは日性と慶長十五年版『太平記』の刊行は結びつけて考えられることはなかった。しかし、『太平記』の慶長十年刊本と十五年刊本、そして『太平記鈔』の三者には緊密な関連があり、これらを関わらせて考察することにより、日性の『太平記』刊行と注釈活動の全体像はより明らかになるのである。

二　慶長十年刊本

前述のように、慶長十年刊本は要法寺版と称されるが、刊記には「慶長十年乙巳九月上旬日」とあるのみで、要法寺の名が刻されるわけではない。しかし、使用された真名活字が『法華経伝記』（慶長五年刊）・『重撰倭漢皇統編年合運図』（「慶長五年」初刊）・『沙石集』（慶長十年刊）・直江版『文選』（慶長十二年刊）など、要法寺内で日性により刊行された諸書に用いられたものと同種であることから、要法寺版と認定されている。(4)

その本文は慶長八年刊本を底本にしたもので、同本の本文から大きく逸脱するものではない。(5)だが、完全に同じかというとそうでもなく、慶長七年刊本による補訂を受けているところが所々認められる。まずはそのことを明確に示す例を見ていこう。

巻四「一宮并妙法院二品親王御事」のうち、一宮尊良親王の土佐配流の条は、

一宮ハタユタフ波ニ漕レ行、身ヲ浮舟ニ任セツヽ、土佐ノ畑ヘ赴カセ給ヘハ、有井三郎左衛門尉カ舘ノ傍ニ一室ヲ搆テ置奉ル、彼畑ト申ハ南ハ山ノ傍ニテ高ク、北ハ海辺ニテ下レリ、松ノ下露扉ニ懸リテ、イトヽ御袖ノ泪ヲ添、礒打波ノ音、御枕ノ下ニ聞ヘテ、是ノミ通フ故郷ノ夢路モ遠ク成ニケリ、前朝御帰洛ノ御祈ノ為ニヤ有ケン、又済渡利生ノ結縁トヤ思召ケン、御著岸ノ其日ヨリ、毎日三時ノ護魔《ママ》ヲ千日カ間ソ修セラレケル、（九オ）

とあり、配所の有様と一宮による千日護摩の修法の記事を持つ。これは慶長七年刊本に同じ形態である。前章でも触れたように、本条の傍線部および二重線部はもともと西源院本系の独自異文で、それを慶長七年刊本が増補した箇所である。しかし、西源院本では千日の護摩は「第二宮」（妙法院宮尊澄法親王）が修したものとなっており、慶長七年刊本は増補の方法に錯誤があり、これを一宮の記事としてしまった。慶長八年刊本はこの点を考慮して二重線部の削除を行ったのであるが、慶長十年刊本はこの詞章を回復したのである。慶長七年刊本との間に字句の相違はなく、ここは七年刊本からの補訂箇所と認めてよいだろう。

また、巻十六「新田殿湊河合戦事」のうち、義貞奮戦の条は、

義貞ハ薄金ト云甲ニ、鬼切、鬼丸トテ多田満仲ヨリ伝ハリタル源氏重代ノ太刀ヲ二振帯レタリケルヲ、左右ノ手ニ抜持テ、[1]サカル矢ヲハ飛越、[2]アカル矢ニハサシウツフキ、真中ヲ指テ射ル矢ヲハ、二振ノ太刀ヲ相交ヘテ、十六マテソ切テ落サレケル、其有様譬ヘハ[3]多聞、持国、増長、広目ノ四天、須弥ノ四方ニ居シテ、同時ニ放ツ矢ヲ捷疾鬼[4]ト云鬼カ走廻テ、未其矢ノ大海ニ不落著前ニ、四ノ矢ヲ取テ返ルランモ角ヤト覚ル許也、（三十五ウ〜三十六オ）

とある。傍線部1と2は慶長八年刊本が「上ル矢ヲハ飛越、下ル矢ニハ差伏キ」（三十七オ）と誤るのを正したもの。

慶長七年刊本では「サカル矢ヲハ飛越、アカル矢ニハサシウツフキ」（三十六ウ）とあり、慶長十年刊本はこれに従ったのだろう。傍線部3は慶長八年刊本では「四天王」とあるのみで、傍線部4については、これに相当する詞章がない。これらの点は第二章「流布本『太平記』の成立」の注(23)で述べたように、慶長八年刊本の巻十六は、摺刷された直後に「小山田太郎高家刈青麦事」の一段を追加するため、その前丁にあたる第三十七丁の本文を一部節略して刷り直したのであった。その節略箇所がまさに傍線部3・4にあたっており、慶長十年刊本はこれらの詞章を節略前のものに復したのである。義貞奮戦のさまを捷疾鬼が四箭を拾うことに喩える「其有様譬ヘハ」以下の一節は、梵舜本にはじまる異文である。[6] 古態本以下大多数の写本にはなく、慶長十年刊本が慶長七年刊本によって補訂を行ったことは間違いない。

　このように慶長七年刊本を用いて、底本たる慶長八年刊本の持つ長文の脱落を補った例が、ほかにも巻十「新田義貞謀叛事付天狗催越後勢事」（四オ〜ウ）、巻二十二「義助被参芳野事并隆資物語事」（九ウ）、巻三十五「南方蜂起事付畠山関東下向事」（十オ）に認められる。慶長十年刊本において本文に大きく手が加わるのはこうした箇所に限られ、また、その際に利用されるのが慶長七年刊本だけであることも特徴である。慶長十年刊本には本文を増補し、詳細化する志向はなく、この点はのちに見ていく慶長十五年刊本と傾向を異にする。

　慶長十年刊本ではこれ以外にも、慶長八年刊本との字句レベルでの異同が散見される。ただし、その中には慶長七年刊本を参酌したと思われるものが多い。任意に巻三の異同をとりあげれば、

・屛風ヲ立タル如クナル岩石重テ、古松枝ヲ垂、蒼苔露[1]滑ナリ、（十オ）
・如何ニモシテ夜ノ内ニ金剛山[2]ノ方ヘト御心許ヲ被尽ケレトモ、（十二ウ）
・兎角シテ夜昼三日ニ大和[3]ノ多賀郡ナル有王山ノ麓マテ落サセ給テケリ、（十二ウ）

の各条、慶長八年刊本では傍線部１「路」、２「赤坂城」、３「山城」とあって違いがある。しかし、慶長七年刊本は十年刊本に同じであるから、慶長十年刊本の詞章は七年刊本に従って改められたものと推測される。そして、こうした例が全巻に遍在していることから推すと、慶長十年刊本は七年刊本との校異を丹念に書き入れた八年刊本を底本に翻刻されたのではないかと考えられる。

勿論、慶長十年刊本と八年刊本の異同のすべてが、七年刊本との対校によって生まれたわけではない。用字・送仮名・助詞等の微細な点に、慶長十年刊本が独自の訂正を加えている箇所も見受けられる。その中で注目したいのは、日性独自の『太平記』研究の成果がもとになって補訂が加えられている箇所である。

まず、巻五「持明院殿御即位事」のうち、梶井二品親王に関する記事。慶長十年刊本は、

中ニモ梶井二品法親王尊胤ハ天台座主ニ成ヤ給テ、大塔、梨本ノ両門跡ヲ幷セテ御管領有シカハ、（一オ）

と、諸本ではじめて「梶井二品法親王」のあとに「尊胤」の諱を加えている。そもそも登場人物の名を詳細に記すことは、諸本の異同によく見られるものである。だが、ここで敢えて注目するのは、『太平記鈔』巻五に、

一梶井ノ二品法親王尊胤　後伏見院ノ御子也、光厳院、光明院両帝ノ御弟也、

と、尊胤に関する注記が見えるからである。日性は注釈の過程で、ここに登場する梶井二品法親王（『太平記鈔』は慶長七年刊本を底本とする。後述）に施注するため、『本朝皇胤紹運録』の類を繙いたことであろう。当然、その際、彼の諱も確認できたはずである。つまり、慶長十年刊本における「梶井二品法親王尊胤」というささやかな増補は、日性の注釈活動を背景になされたものと考えられるのではないか。ちなみに『太平記鈔』は一般に慶長十五年の成立とされるが、後述するように、編纂のための注釈活動は慶長七年以後早い時期から進められ、慶長十五年以前には一旦の完結を見ていた。それが慶長十年以前のことであったのかは未詳だが、少なくとも当時、日性のもとには相当量の注

釈の集積があったものと思われる。

もう少し例をあげてみよう。巻十二「広有射怪鳥事」では、古代中国の弓の名人、羿の故事が、

　即諸卿相議シテ曰、異国ノ昔、堯ノ代ニ十ノ日出タリシヲ、羿ト云ケル者承テ、九ノ日ヲ射落セリ、（二十二オ〜ウ）

と語られる。慶長十年刊本の記すところでは、現れたのが「十ノ日」で、射落とされたのが「九ノ日」である。ところが、それ以前の諸本では現れたのが「九ノ日」、射落とされたのが「八ノ日」（慶長八年刊本による）とあって、数が異なる。一方、『太平記鈔』巻十二には、

　一堯ノ代ニ九ノ日出　淮南子曰、堯時十日並出、草木焦枯、堯命羿仰中其九、烏《ママ》皆死堕羽翼、

とあって、慶長十年刊本の記述に対応する。日性は羿の故事を注するにあたり、典拠の「淮南子」（ただし、引用は『淮南子』そのものとは異なり、『芸文類聚』や『太平御覧』所引のものに近い。『太平記鈔』にかかる孫引き多し。『太平記賢愚抄』も同）を参観し、知識を得ていた。それにもとづき、慶長十年刊本の詞章に訂正を加えたのだろう。

巻二十六「芳野炎上事」も同様である。本章段では日蔵上人の冥界訪問の説話が引かれるが、その冒頭は、

　抑此北野天神ノ社壇ト申ハ、天慶四年八月朔日ニ笙ノ岩屋ノ日蔵上人頓死シ給タリシヲ、（十七オ）

とあり、記事の年紀を「天慶四年」としている。これに対して、西源院本・梵舜本・天正本・慶長七年刊本等は「延喜十三年」、神宮徴古館本・南都本・慶長八年刊本等は「承平四年」、神田本は「延喜十三年」とし、右傍に「承平四年」と細書するなど、それぞれ異なりを見せている。一方、『太平記鈔』には、

　一延喜十三年　誤ナリ、当年ヨリ後十八年ヲ過テ延長八年ニ崩御ナリシニ、如何ントシテ当年冥途ニテ値ヒ申スヘキヤ、去ホトニ、上人ノ冥途ニ往クコトハ天慶四年ナリ、（中略）天慶四年八月ニ金峯山ニ入リ、三七日無言断

食シテ、密法ヲ行ハレケル、（中略）具ニハ元亨釈書第九巻ニアリ、亦広クハ扶桑記第廿五巻ニ見ヘタリ、

とある。ここで「延喜十三年」と立項するのは、『太平記鈔』が慶長七年刊本を底本とするためである。しかし、それでは醍醐帝はまだ在世中で、冥土で日蔵と会えるはずがないと矛盾を衝き、天慶四年が正しいと説いている。末尾に『元亨釈書』『扶桑記』の名を引くが、両書とも当然ながらこの事件を天慶四年のこととする。『太平記鈔』の注記はある程度長文で、『太平記』の所説に詳細な考証を加えたものである。慶長十年刊本における年紀の補訂は、こうした考証の産物ということができよう。

同じ巻二十六の「執事兄弟奢侈事」中の、

只是魏ノ禰衡カ鸚鵡洲ノ土ニ埋マレシ昔ノ悲ニ相似タリ、（二十一ウ）

という一節の「禰衡」の名も、同様に改められたものである。この部分、慶長七年刊本は「祢子瑕」、慶長八年刊本は「弥子瑕」とするが、(7)『太平記鈔』は、

一魏彌子瑕　大ニ誤レリ、禰正平ト云ヘシ、文選第十三鸚鵡賦題注云、范曄後漢書曰、禰衡字正平々原人也、

（下略）

と「彌子瑕」を誤りだとして、『文選』の注を引き「禰衡字正平」が正しいと説く。『太平記』諸本では僅かに神田本が「祢衡」とし（右傍に「祢子瑕イ」と細書）、『太平記賢愚抄』も『文選』の注を引く。『太平記鈔』の注には『太平記賢愚抄』の影響も想定されるが、いずれにせよ注釈で得た知識が慶長十年刊本の本文に反映される点は、これまでの例と同じである。

巻二十八「慧源禅巷南方合体事付漢楚合戦事」の事例は少々説明を要する。この中の漢楚合戦説話の後半で、漢高祖と項羽が広武に対陣し、高祖が十の罪をあげて項羽を責める話がある。即ち、

爰ニ漢皇惟幕ノ中ヨリ出テ、項王ヲセメテ宣ケルハ、夫項王自義無シテ天罰ヲ招ク事、其罪非一、始項羽ト与ニ命ヲ懐王ニ受シ時、先入テ関中ヲ定メタラン者ヲ王トセント云キ、然ヲ項羽忽ニ約ヲ背テ、我ヲ蜀漢ニ主タラシム、其罪一、（十八ウ）

と、高祖は項羽の罪をあげていく。この部分、『太平記』の記事は『史記』『漢書』に即しているのだが、両書では十あげられている項羽の罪が、『太平記』の諸本ではなぜか、懐王を江南に殺害したという九番目の罪までしかあげられていない。しかし、慶長十年刊本では、

……懐王彭城ニ移シテ、韓王ノ地ヲ奪、幷セテ梁楚ニ王トシテ自天下ヲ預リ聞ク、其罪八、項羽人ヲシテ陰ニ懐王ヲ江南ニ殺セリ、其罪九、此罪ハ天下ノ指所、道路目ヲ以テニクム者也、大逆無道ノ甚シキ事、天豈公ヲ誅刑セサランヤ、其罪十、何ソイタツカワシク、項羽ト独身ニシテ戦フ事ヲ致サン、（十九オ）

と傍線部を増補し、九つ目の罪の後、「此罪ハ天下ノ指所、道路目ヲ以テニクム者也、大逆無道ノ甚シキ事、天豈公ヲ誅刑セサランヤ」という事項を独自に十番目の罪に作っている。諸本の不備は『太平記鈔』も指摘している。

一此九ノ罪　高祖本紀云、夫為人臣而弑其主、殺已降、為政不平、主約不信、天下所不容大逆無道罪十也云云、私云、今何ノ故ソ、九罪ヲ挙テ一ヲ残スヤ、殊ニ此一箇条ニハ三ノ義ヲ含メリ、主ヲ殺ト、政ノ定メナキト、主君ノ前ニテ金諾セルヲ忘ルトナリ、肝心ノ条箇ヲ残スコトイカン、

『太平記』が九つの罪をあげ一つを残すことを指摘し、十番目の罪を「高祖本紀」から引用し、これを三つの義を含む肝心の条箇だと述べている。しかし、日性は「高祖本紀」を引いて十番目の罪をあげておきながら、慶長十年刊本の本文ではそれに即した改訂をしなかった。「此罪ハ天下ノ指所、道路目ヲ以テニクム者也、大逆無道ノ甚シキ事、天豈公ヲ誅刑セサランヤ」というもとからある本文の一節に、巧みに「其罪十」と入れることにより、十番目の罪を

仕立てたのである。いかにも安易な訂正法というべきかもしれないが、オリジナルの本文を過度にいじるまいとする志向が働いたものと思われる。

以上、慶長十年刊本の本文のうち、注釈作業を背景に補訂された例の一端を示した。その殆どが故事説話の類で、信頼しうる文献と照応させながら本文を訂していく日性の学究的な姿勢が窺えよう。このことを考えると、巻一「儲王御事」の末尾に後醍醐天皇の皇子に関する考証が、低一字でつぎのように記される事情も理解できる。

私曰、見於近来之本、儲王伯叔多失緒矣、今不足改之、且挙糸《ママ》図以示之、第一尊良親王、中務卿、母贈従三位為子、権大納言為世女、於金崎城御自害、次世良、親王二字略之、母参議実俊女也、三恒良、母准后、四成良、母同前、五義良、鎮守府将軍、母同前、於南朝称帝号後村上、六護良、兵部卿、母民部卿三位也、大納言師親女、大塔門主、号尊雲、於関東被誅、七静尊、母同世良、聖護院門主、後改忠尊、八尊澄、母同尊良、妙法院門主、配流讃州、

此外皇子九人、皇女十九人、不備書、（七オ）

本章段では後醍醐天皇の皇子の紹介が、一宮尊良親王、二宮尊澄法親王、三宮尊雲法親王（護良親王）、四宮静尊法親王の順でなされている。後醍醐天皇には一説に三十七人の皇子女がいたともいわれ、その多くは兄弟の順も不明である。『太平記』があげる四人の皇子の順も諸系図に照らせば差異があり、日性はそれを不審とし、かかる注記を載せたものと思われる。その内容は『本朝皇胤紹運録』（無刊記本）に大略一致する。『紹運録』の記載は皇子の排行に後代的な整序が加えられてはいるものの、当時最も信ずるに足る説として行われていたものと思われる。なお、『太平記鈔』巻一にも、

一私曰、多ノ本ヲ見ルニ、儲王ノ次第相違セリ、故此中ニ或ハ第一宮、或ハ第二等云ヘトモ悉シカラス、故竊ニ帝王系図ヲ以テ一二ノ次第ヲ載ス、若シ相違ノコトアラハ、重テ尋申スヘシ、

とあり、以下に慶長十年刊本に引いたものと同様の注記をつづけている。ここでも注釈における問題意識と慶長十年刊本の本文整定の連続性を窺うことができる。なお、ここには「多ノ本ヲ見ルニ、儲王ノ次第相違セリ」とあるように、日性は『太平記』の諸本に皇子の順をめぐる異同があることを知っていた。日性が見た諸本については不明だが、慶長十年刊本には「見於近来之本、儲王伯叔多失緒矣」とあって、「近来之本」に誤伝のあることを指摘している。これは底本とした慶長八年刊本のほか、本条に大きな異同を持つ慶長七年刊本をさすものと思われる。(8)

三　慶長十五年刊本

慶長十五年刊本は要法寺版と活字を異にし、これまで要法寺版と認定されることはなかった。また、刊記「慶長十五暦庚戌二月上旬日　春枝開版」に見える「春枝」なる人物も、要法寺とどのような関係を持っていたのか不明である。春枝の事績としては、慶長十一年の刊記を有する『四体千字文』（整版本。国立国会図書館・東京大学総合図書館等蔵）を刊行したことが知られるのみである。

かつて川瀬一馬氏は一具で伝わる安田文庫蔵（慶應義塾大学附属研究所斯道文庫現蔵）慶長十五年刊本と『太平記鈔』『太平記音義』が同活字・同装訂であることを指摘し、両者の刊行が同時になされたことを説いた。(9) 筆者も川瀬氏の説を支持するものであるが、念のため附言すれば、斯道文庫本を閲するに、その表紙は『太平記』が茶色空押麻の葉蓮華唐草文様、『太平記鈔』『太平記音義』が茶色空押雷文繋蓮華唐草文様と若干異なる。しかし、『太平記鈔』『太平記音義』に用いられた雷文繋蓮華唐草文様表紙と同種の表紙は、天理図書館蔵（存二冊）・京都府立総合資料館蔵（無刊記双辺甲種本に補配された一冊）・架蔵（存一冊）の慶長十五年版『太平記』に用いられており、両種の表紙が『太平記』と『太平記鈔』『太平記音義』に共用されていたことがわかる。従って、慶長十五年版『太平記』と『太平記鈔』

『太平記音義』は同時期に同じ工房で制作されたと見て差し支えない。

ところで、次節に詳述するように、『太平記鈔』は慶長七年刊本を底本として慶長十五年以前に一旦成立していた。しかし、慶長十五年刊本とともに刊行するにあたり、一部再編集されたようだ。というのも、慶長十五年版『太平記』には記事の増補や詞章の異同が多く、『太平記鈔』の内容もこれに対応させる必要があったからである。この再編作業にあたったのも日性本人であったと思われるが、かかる作業が慶長十五年刊本の刊行と並んで進められたということは、日性が慶長十五年刊本の本文について早くより熟知していたことを物語る。だとすれば、慶長十五年刊本の本文整定作業を行ったのも日性自身であったと考えるのが一番自然ではなかろうか。慶長十五年刊本はこれまで要法寺版とは認定されてこなかったが、実質的な刊行者は日性であって、春枝はその下にあって刊行の事に当たった工匠などではなかったか。

さて、以下に慶長十五年刊本の本文の特徴について述べていく。慶長十五年刊本は底本を慶長十年刊本に求めるが、一方で天正本系の異文を随所に増補した異色の本文を持つ。慶長八年刊本以後のすべての刊本を流布本として同一視できない所以である。慶長十五年刊本が天正本系の影響を受けていることは、既に釜田喜三郎氏(10)・長坂成行氏(11)に簡潔な指摘がある。また、山森青硯氏による金沢泉丘高等学校蔵本の解題(12)は、慶長十五年刊本の異文を複数箇所とりあげて詳述した大変貴重なものであるが、その異文の出所に触れていないのは惜しまれる。筆者も慶長十年刊本と十五年刊本を比校することにより、慶長十五年刊本の本文全般に天正本系による増補が施されていることを確認した。ここでは煩を厭わずすべての例を掲げ、古活字版『太平記』研究のための一資料に備えたく思う。

巻三　「桜山自害事」のあとに「楠搆金剛山城由緒事」の一段を増補（二十一ウ～二十二ウ）。諸本は「桜山自害

巻四

事」で巻を終えるが、神宮徴古館本系・天正本系は本章段を持つ。

五ヶ所ある。「先帝遷幸事」中の「先帝ヲ隠岐国へ遷シ奉ル、主上御車ニ召レケルカ、御涙ノ中ニカクハカリ、／終ニカク沈ミハツヘキ程ナラハ上ナキ身トハ何生レケン」（十ウ～十一オ。傍線部が増補部分、以下同）、「警固ノ武士モ諸共ニ、皆鎧ノ袖ヲソヌラシケル、中ニモ佐々木判官入道ハ、去ヌル正中元年三月廿三日、石清水ノ行幸ノ時、橋渡使ニテ有シカハ、思召出テ、道誉ヲ召サレテ、／知ヘスル道コソアラス成ヌトモ淀ノ渡ハ忘シモセシ／ト仰下サレケルニコソ、道誉頭ヲ地ニ付テ、涙ノ袖ヲ押ツヽ、且ク御前ニ臥沈ミケル、鳥羽殿ヨリ御車ヲ被留テ、御輿ニ被召ケル」（十一オ～ウ）、「天子行在ノ外マテモ、定テ擁護ノ御眸リヲソ廻サル覧ト、憑敷コソ思召ケレ、其日、摂津国小屋ノ宿ニ著セ給ニケリ、蘆カリ葺ル軒フリテ、共ニ傾ク月ノ夜、ホノカニ見ヘテヲカシカリシカハ、主上御覧有テ、／命アレハ小屋ノ軒半ノ月モミツ又イカナラン行末ノ宿」（十一ウ）、「備後三郎高徳事付呉越軍事」中の「金殿挿雲四辺三百里カ間、山河ヲ枕ノ下ニ直下程ナル一ノ楼台ヲソ造リ給ケル、此ヲ姑蘇台ト名付テ、雲ノ甍、霞ノ軒、天ニ聳ユ、此楼ノ上ハ九重也、其重々ニヲイテモ、西施ト宴セシ夢ノ中ニ、輿ヲ催サン為ナリキ」（二十三オ）、「忠臣諫ヲ納レ共、呉王曽テ不用給、タトヘハ殷ノ紂ニ三人ノ賢人アリ、（以下、箕子・微子・比干の故事約七行）殷ノ世、湯王ヨリ始テ四百余歳也ケルヲ、遂ニ紂王ノ時ニ至テ、三賢ノ諫ヲモ聞給ハスシテ、亡国家失宗廟給シカハ、余ニ諫カネテ、ヨシヤ身ヲ殺シテ、危キヲ助ケントヤ思ケン」（二十三ウ～二十四オ）。

巻九

三ヶ所ある。「足利殿打越大江山事」中の「憑ム木下ニ雨ノタマラヌ心地シテ、心細ク思ハレケル、越前国足利尾張孫三郎高経ノ長男幸鶴丸、旗ヲ挙テ義兵ヲ起スト聞ヘシカハ、南方、西国、北陸道、穏カナル心モナシ、是ニ就テモ今迄著纏ヒタル兵共モ、又サコソハアラメト、心ノ被置ヌ人モナシ」（八オ）、「越後守仲時已下自害事」中の「先帝第五ノ宮、御遁世ノ体ニテ伊吹ノ麓ニ忍テ御座有ケルヲ大将ニ取奉テ、野村、熊谷、堀部、河坂、箕浦ノ一族トモ馳集テ、錦ノ御旗ヲ差挙ケ」（二十四オ〜ウ）、「越後守仲時篠原ノ宿ヲ立テ、仙蹕ヲ重山ノ深キニ促シ奉ル、都ヲ出シ名残、夜部ノ夢ノ心地シテ、隔ル空ヲ帰ミテ、末ハト問ハ梓弓、山鏡ト答レトモ、立寄陰モ無マヽニ、野路ノ風吹シホル儀部ノ森ノ打過テ、ナレヌ旅ネノ床ノ山、見ヘキ夢モイサヤ川、小野ノ細道草分テ、人目ヲ今ハ忍坂、ノホレハクタル東路ヤ、番場ノ宿ニソ著給ケル」（二十四ウ）。

巻十一

三ヶ所ある。「書写山行幸事付新田注進事」中の「恩賞ハ各望ニ可任ト叡感有テ、禁門ノ警固ニ奉侍セラレケリ、同日暮程ニ河野入道、土居、得能、伊予国ノ勢ヲ卒シテ、大船三百余艘ニテ参著ス」（六ウ）、「筑紫合戦事」中の「元弘三年三月十三日ノ卯刻ニ、僅ニ百五十騎ニテ阿曽ノ宮ニ詣テ、胡簶ノ表矢一ツ奉ルトテ、／武士ノ上矢ノ鏑一スチニ思フ心ハ神ソシルラン」（九オ）と、「金剛山寄手等被誅事付佐介貞俊事」の末尾に工藤左衛門入道詠歌の記事約十六行（二十二オ〜ウ）を増補。

巻十二

二ヶ所ある。「千種殿并文観僧正奢侈事付解脱上人事」のつぎに「神明御事」の一段を増補（二十ウ〜二十一ウ）。本章段は天正本系のうち教運本が有し、ほかに毛利家本・梵舜本（巻末）・西源院本（巻三十三巻末書入）等に見える。本巻、ほかに「兵部卿親王流刑事付驪姫事」中の「今為遁其死他国へ行テ、是コソ父ヲ殺ントテ鴆毒ヲ与ヘタリシ大逆不孝ノ者ヨト、見ル人コトニ悪レテ生テハ何ノ顔カアラン、凡鴆毒ハ経宿ヲ不成云リ、已ニ其胙ヲ送テハ、三日ヲ過セリ、サレハ陳謝スルニ拠ナキニアラネトモ、豈身ノ咎ヲ遁レテ、父ノ恩寵フカキ後母ヲ失ハンヤ」（三十一ウ〜三十二オ）にも増補あり。

巻十三　五ヶ所ある。「藤房卿遁世事」中の「大内山ノ月影モ、涙ニ陰リテ幽ナリ、去共心ツヨク陣頭ヨリ車ヲハ宿所ヘ返シ遣シ」（七ウ）、「宣房卿泣々車ヲ飛シテ岩蔵ヘ尋行給ケル時、藤房ノ歌アリ、／何事ノ浦山シサニ帰ルヘキ世ニアルトテモ厭コソセメ」（七ウ～八オ）、「宣房卿恋慕ノ涙ニ咽ンテ、空ク帰リ給ヒケリ、此人終ニ散聖ノ道人ト成テ、侃山主トソ申ケル、草鞋跟底ニ踏月、桂枝《ママ》頭辺ニ担雲ヲ、江湖遍参シ給シカ、何ナル前世ノ宿業ニカ有ケン、土州下向ノ船中ニテ、風波ノ難ニ侵サレ、帰泉シ給ケルトソ承ル」（八ウ）。また、同章段の「其夜ノ夢想ニ黄衣著タル神人、榊ノ枝ニ立文ヲ著テ資通卿ノ前ニ差置タリ」（八ウ）という一節のうち、「資通卿」の名は本来「宣房卿」とあるべきだが、天正本系によったがために誤る。「足利殿東国下向事付時行滅亡事」中、「吉良兵衛佐満貞」（二十四オ）に「満貞」の名を加えるのも天正本系によったもの。

巻十九　「青野原軍事付嚢沙背水事」中の「抑古ヨリ今ニ至マテ、勇士猛将ノ陣ヲ取テ敵ヲ待ニハ、後ハ山ニヨリ、前ハ水ヲ境フ事ニテコソアルニ、今大河ヲ後ニ当テ、陣ヲ取ラレケル事ハ心得スト申者多カリケリ、佐々木佐渡判官入道道誉聞モアヘス申サレケルハ、是又一ノ兵法ナルヘシ」（十八ウ）。

巻二十一　「先帝崩御事」中の「葬礼ノ御事、兼テ遺勅有シカハ、御終焉ノ御形ヲ改メス、山鳩色ノ御衣ニ御冠ヲメサセ、後鳥羽院ヨリ御伝アリケル三菊ト云霊剣ヲ玉体ニ添テ、棺槨ヲ厚シ、御座ヲ正シテ、吉野山ノ麓、蔵王堂ノ艮ナル林ノ奥ニ塔ノ尾ト云所ニ、円丘ヲ高ク築テ、北向ニ奉葬」（七オ）。

巻二十七　「田楽事付長講見物事」中の二首の落首の後に「又四条川原ニ札ヲ立テ、／去年ハ軍今年ハ桟敷打死ノ処ハ同シ四条ナリケリ／ト此比此落書共ヲ翫ヌハ無リケリ」と増補。

巻二十九　「宮方京攻事」冒頭の「観応元年ノ末ニ天地又変化ノ時ヤ至リケン、吉野殿ト慧源禅閤ト暫時ノ智謀事成シカハ」（一オ）。

巻三十

「直義追罰宣旨御使事付鴨社鳴動事」中の「同八月廿九日、将軍鏡ノ宿ヲ打立テ、坂田、忍坂ヲ過テ、湯鋤野、高月河原ニ陣ヲトル、去程ニ高倉入道左兵衛督、石塔、畠山、桃井三人ヲ大将トシテ、各二万余騎ノ勢ヲ差副、同九月七日、近江国へ打出、浅井、伊香ニ打散テ、八相山ニ陣ヲ取ル」（七ウ～八オ）。

天正本は『太平記』の諸本中、最も特異な本文を持つ伝本として知られている。その本文は歴史的事実の増補、編年体意識にもとづく記事の改訂、佐々木京極氏ほか有力守護大名の関係記事の増補、悲劇的場面・後日譚・和歌関係記事の増補などを柱に、古態本本文を全面的にリライトしたものである(13)。山森氏は前記解題において、慶長十五年刊本の異文が和歌を含む挿話的記事を中心としており、主人公の心情や苦衷を強調する性格を持つことを指摘している。確かに和歌関係の記事の増補は多く、巻三に三例、巻十一に二例、巻十三に一例、巻二十七に一例（ただし落首）があり、その傾向は首肯できる。巻九に道行文の増補があるのも、この類例と認められよう。上記の例は山森氏が述べるように哀調を含んだものであり、その面からいえば、和歌こそないが巻十三の万里小路藤房の後日譚も共通の性格を持っている。

これによって慶長十五年刊本の増補方針の一端を指摘することはできるが、一方で説話的記事を増補するものに巻三の「楠搆金剛山城由緒事」、巻四の箕子・微子・比干の故事、巻十二の「神明御事」などがある。また、特定の氏族に関する増補記事に巻九（斯波氏）、巻十九（佐々木京極氏）の記事などがあり、さらに編年体意識を含む異文に巻二十九の例がある。こうして見てくると、慶長十五年刊本の増補方針を一言で言い表すことは難しい。そもそも天正本系にはこれ以外にも異文は多く、歴史事項にせよ、説話にせよ、哀話にせよ、読者の関心を惹きそうな記事はほかにもあったはずである。その中からなぜ上記の記事が抜き出されたのか、編集に対する定見は見いだしがたい。しかし、こうしたことは室町期の写本類に見られる一般的傾向でもあり、当時は書写の際、底本（あるいは通行本）とは異なる本文を作ろうとする意識が一面では強く持たれていた。そうした意識は刊本にも引き継がれ、梵舜本と慶長七年刊本の関係、慶長七年刊本と八年刊本の関係にも見られるものであった。慶長十五年刊本のみがひとり特異というわけではないのだ。

ところで、天正本系の諸本には天正本・教運本・野尻本（巻三十以前）・龍谷大学本（巻十二までの零本）がある。慶長十五年刊本はより厳密にいうならば、巻十二の「神明御事」が天正本になく教運本に存することから、教運本に類する本によったという方が相応しい。このとき注目されるのが、流布本系の『太平記』は「剣巻」を持つのが普通だが、有刊記の古活字本で「剣巻」を附すのはこの慶長十五年刊本が最初だということである。現存の慶長十五年刊本の多くは「総目録」と「剣巻」を合わせた一冊を附している（「総目録」のみの本もある）。『太平記』の場合、古写本では松井本や学習院大学本などに「剣巻」が存するほか、天正本系のうち教運本にも附されている（静嘉堂文庫に巻四十とともに「松井別本」として蔵される）。つまり、慶長十五年刊本の「剣巻」は教運本のごとき本によって増補されたもので、それは慶長十五年刊本における一連の増補の過程で付け加えられたものと考えられる。ちなみに教運本と慶長十五年刊本の「剣巻」の間に大きな異同はない。「剣巻」を附すという『太平記』刊本の特色の源は、この慶長十五年刊本に求められるといってよいだろう。

これまでは本文の増補という点に注目してきた。つづいて校訂という面から慶長十五年刊本を見ていきたい。前節では触れなかったが、慶長十年刊本には日性の入念な校訂姿勢を認めることができる一方、実は本文全体に三十箇所以上の脱文が存在するのである（これらの中には、慶長八年刊本の脱文を引き継いだものもある）。それらの大半は目移りによるもので、恐らく排植時に生じた誤りかと思われる。そして、慶長十五年刊本ではこうした誤脱が丹念に補訂されているのが、もう一つの大きな特色なのである。

一、二の例をあげてみよう。

・長年カ一族名和七郎ト云ケル者、武勇ノ謀有ケレハ、白布五百端有ケルヲ旗ニコシラヘテ、松ノ葉ヲ焼テ、煙ニフスヘ、近国ノ武士共ノ家々ノ文ヲ書テ、（巻七、二十一オ）

・六波羅ニハ敵ヲ西ニ待ケル故ニ、三条ヨリ九条マテ、大宮面ニ屛ヲ塗リ、櫓ヲ掻テ射手ヲ上テ、小路々々ニ兵ヲ千騎二千騎扣ヘサセテ、（巻八、二十三ウ〜二十四オ）

文中の傍線部が慶長十年刊本が脱していて、慶長十五年刊本が補った詞章である。補われた部分は慶長七年刊本・八年刊本の詞章に一致しており、校訂は慶長十年刊本をもとに先行する古活字版と校合しながら進められたことがわかる。これ以外の補訂例も概ね慶長七年刊本・八年刊本と詞章上一致するが、慶長七年刊本のみに一致する例が少なくないことから、実際に対校に用いられたのは慶長七年刊本であったのだろう。その例をあげておく。

・但北天竺ノ境、大雪山ノ北ニ無熱池ト云池ノ善女龍王、独守敏ヨリ上位ノ菩薩ニテ御座ケル間、不随守敏請無熱池ノ中ニソ御座ケル、大師定ヨリ出テ、（巻十二、二十五オ〜ウ）

・同七日、備後ノ鞆ニ著給ヘハ、備後、備中、出雲、石見、伯耆ノ勢、六千余騎ニテ馳参ル、（巻十六、十五ウ）

傍線部は慶長十年刊本だけでなく、八年刊本でも脱落している。これらは慶長八年刊本にはじまる脱文で、慶長七年刊本の詞章は十五年刊本と同じである。

脱文の補訂を中心とした校訂方針は慶長十年刊本にも窺えた。慶長十五年刊本でそれが顕著であったのは、慶長十年刊本に脱文が多かったからである。恐らく日性は慶長十年に上梓された『太平記』を見て、脱文の多さに驚き、不満を持ったのであろう。そして、直ちに慶長十年刊本の校訂を行い、つぎなる刊行を企てたのではなかったか。そのとき校訂を厳密にする一方で、新味を出すために行ったのが天正本系による増補であった。慶長十五年刊本の刊行経緯をわかりやすくまとめればこのようになる。

四　『太平記鈔』

日性の『太平記』刊行が、彼自身の注釈活動と深く連動していることは見てきたとおりである。最後に『太平記鈔』の成立と刊行の経緯について考えていきたい。『太平記鈔』は『太平記』中の要語・人名・説話等に関する注釈書である。『太平記』の注釈書としては『太平記聞書』（室町末期成）・『太平記賢愚抄』（奥書によれば天文十二年〈一五四三〉成。慶長十二年初刊）が先行するが、内容の浩瀚さでは『太平記鈔』の方が数段優れている。

『太平記鈔』の著者を日性とすることに疑いを挟む研究者は今日少ないであろう。しかし、『太平記鈔』には日性の撰であることを証する文言はない。『要法寺文書』の類が『太平記鈔』を日性の撰述書として著録し、川瀬一馬氏が高木文庫本（関西大学図書館現蔵）の巻首に「世雄坊日雅述記」（氏は「日雅」を日性の別号または誤伝か、とする）という識語のあることを紹介しているのが、(14) 僅かな徴証である。そのような中、本章第二節で述べた慶長十年刊本と『太平記鈔』との対応関係は、『太平記鈔』の撰者を日性とすることの有力な証左となるだろう。〔補注〕

前述のように、『太平記鈔』の初刊は慶長十五年刊本の刊行と同時期かと考えられる。装訂の共通性のほかにも、『太平記鈔』巻三十一の「闘諍堅固」の項に「天文二十年カ第二千五百年ニアタレリ、夫ヨリ已来タ慶長十五年マテハ五十九年ニ成ルナリ」との記述があるのは、このことを裏づける。(15) なお、このとき刊行された本は川瀬氏により第一種本と称されている。(16)

さて、『太平記鈔』の成立を考えるには、何よりも日性が依拠した『太平記』の本文を特定することが必要である。そして、その作業を通して従前の慶長十五年成立説を再検討する必要もあるだろう。既に『太平記鈔』の依拠本文に関して、釜田喜三郎氏が「その注釈の対象となつた本文は、筆者の研究によれば慶長七年（？）古活字本の系統であると同時に慶長十五年古活字本の出版に備えたものと察せられる」と述べているのは、蓋し卓見である。[17]これは「研究史物語」と題された概説的な文章の一節で、内容の性格上、その論拠が詳述されていないのは残念である。『太平記鈔』の記事に即して依拠本文を考えることにより、釜田氏の説を跡づけることはできないだろうか。

釜田氏も推測し、本章でもしばしば言及したように、『太平記鈔』は当初慶長七年刊本をもとに編纂された。慶長七年刊本は底本とした梵舜本の特色を色濃く残し、慶長八年刊本以下との異同も少なくない。その点、慶長七年刊本はやや孤立した位置にあるのだが、『太平記鈔』の内容はこうした慶長七年刊本の本文にしばしば符合を見せている。以下に『太平記鈔』が慶長七年刊本によったことを明確に示す例をあげてみよう。

まず、『太平記鈔』巻十一は六十七項目を立てている。三十七番目には「洋々トシテ耳ニ盈」をあげ、つぎに「小水ノ魚」「三衣」「一鉢」……とつづき、四十六番目に「天道ノ盈テルヲ缺」をあて、以下「義ヲ金石ニ類」「専諸荊卿」……とつづく。これは「金剛山寄手等被誅事」の一段を「正成参兵庫事付還幸事」と「筑紫合戦事」の間に置く慶長七年刊本の記事配列に対応するもので、「小水ノ魚」から「天道ノ盈テルヲ缺」までが「金剛山寄手等被誅事」中の語句に関する注である。慶長八年刊本等では本段は巻十一の巻末に置かれているから、『太平記鈔』の順序に対応しない。類似の例が巻二十七にもある。巻二十七は全部で四十四項目。その十七番目「力ヲ以テ可争」につづく「太白」「辰星」「歳星」「餓莩満巷」「天文博士」の五項目は、慶長七年刊本の「雲景未来記事」の末にある天文変異の記事に出る語である。この記事は慶長八年刊本になると巻二十七の巻頭章段「天下妖恠事付清水寺炎上事」の末に移されるから、もし『太平記鈔』が慶長八年刊本以後の本に依拠したのなら、当該の語は二番目の「将軍塚」のあとに来なければならない。

注を施された語彙を見ても同様のことがいえる。例えば、巻十五には、

一御蔵　ヲンカクレ、但日本紀ニハ死ノ字ヲヨミタリ、蔵ハアテ字ナルヘシ、（下略）

とあり、これは慶長七年刊本の「……未夕母后ノ御膝ノ上ヲ離サセ給ハテ、忽ニ御蔵有ケリ」（四オ）に対応する。慶長八年刊本等では「御蔵」を「御隠」に作る。巻二十一には、

一神地山　地ノ字ヲ路ニ改ムヘキ乎、（下略）

とあり、慶長七年刊本の「神地山ノ花二タヒ開ル春ヲ待」（六ウ）とあるのに対応する。慶長八年刊本等は「神路山」に作る。同巻の、

一惘龍　惘ハ失意貌ト注セリ、ホルヽトヨム、韻会ニハ通シテ作罔トアリ、是則罔々然無知ト注ス、龍ノ字ハ不審ナリ、聾ノ字ナルヘキカ、

も、慶長七年刊本の「先帝崩御ノ御事ヲ承テ惘龍タル事」（十一オ）とあるのに対応し、慶長八年刊本等は「惘然」に作る。巻二十二では「立将兵法」という項目を立てて注を載せるが、これは慶長七年刊本の「立将兵法事」（九オ）という章段名に用いられた語に施注したものである。慶長八年刊本以下では章段区分の改訂により、本章段が「義助被参芳野事幷隆資卿物語事」に含まれるため、「立将兵法事」という章段名は消えてしまう。巻二十四では「率川」「大原野祭」と施注し、つづいて「イサカハ」と立項し、

一イサカハ　此四ノ字ハ今剰ルソ、

とある。これは慶長七年刊本が年中行事記事の中で「翌日率川祭、上ノ卯日大原野祭、イサカハ、京官ノ除目」（一

ウ）と、率川祭《いざかわ》を重出する誤りを指摘したものである。慶長八年刊本等には「イサカハ」の語は出ない。つづいて巻二十八の、

一穀水為之不流　穀ノ字ハ非ナリ、本紀七云、多穀漢卒十余万人、皆入睢水、々々為之不流、睢ノ音ハ雖ト付タリ、

は、慶長七年刊本の「楚則漢ノ兵十余万人ヲ生虜テ、穀水ノ淵ニソ沈メケル、穀水為之不流」（十八ウ）について述べたもので、慶長八年刊本等は「睢水」となっている。巻三十七の、

一南内　南苑ト云ヘシ、又唐ニ南内ト云コト別ニ子細アリ、

一臨卭ノ方士ト云者　方士ハ人ノ名ニハアラス、蜀国ノ臨卭県ノ楊通幽ト云者ヲサシテ方士トシタソ、（下略）

の二項目も、慶長七年刊本の「西宮南内ニ多秘草」「爰ニ臨卭ノ方士ト云者」（ともに二十四オ）によるもので、慶長八年刊本等はそれぞれ「南苑」「臨卭ノ道士楊通幽」とするから対応しない。

これらの例を見ていくと、『太平記鈔』が慶長七年刊本のみを底本にしたかとも思われるが、それと矛盾する箇所も存在する。例えば、巻二の冒頭には「廷尉ニ成テ橋ヲ渡ス」という句を立項するが、これは慶長八年刊本以下にある「佐々木備中守廷尉ニ成テ橋ヲ渡シ、四十八箇所篝、甲冑ヲ帯シ辻々ヲ堅ム」（一オ）という一節をもとにする。また、巻六には「陳勝カ蒼頭ニシテ大澤ニ起」という故事を立項するが、これも刊本では慶長八年刊本以下の諸本にある「只秦ノ世已ニ傾ントセシ弊ニ乗テ、楚ノ陳勝カ異蒼頭ニシテ大澤ニ起リシニ異ナラス」（十二ウ）という一節に対応するものである。いずれも慶長七年刊本には対応する詞章が存在しない。

つまり、『太平記鈔』は慶長七年刊本一つを底本にしたのではなく、別にもう一本を参看して注を施したのである。そして、その一本が慶長十五年刊本（厳密にいうなら、その刊行のために準備されていた本）であったと思われる。とい

うのも、『太平記鈔』には慶長十五年刊本の増補記事に対応する注が、僅かながら存するからである。まず、巻三の終わりには「役ノ優婆塞」「孔雀明王ノ神呪」「彼神ヲ縛シ谷ノ底ヘソ投入」の三項目を立てるが、これらは慶長十五年刊本が天正本系より増補した「楠構金剛山城由緒事」の中に出る語句である。巻四には「楼台ヲ造ル此ヲ姑蘇台ト名ク」という句を立項するが、これも慶長十五年刊本の増補文「……一ノ楼台ヲソ造リ給ケル、此ヲ姑蘇台ト名付テ、雲ノ甍、霞ノ軒、天ニ聳ユ、此楼ノ上ハ九重也……」に対応する注である。また、巻十三の「散聖ノ道人」の項も同様で、慶長十五年刊本の藤房遁世記事のうちの「此人終ニ散聖ノ道人ト成テ、侃山主トソ申ケル」という増補文に応じたものである。

これらのことを考え合わせれば、『太平記鈔』は当初慶長七年刊本を底本として成立し、のちに慶長十五年刊本の本文に対応させるため見直しが行われ、記述の一部が改められたと見ることができる。『太平記鈔』の成立は慶長十五年と説かれてきたが、もとになる部分はそれより前に成っていたのである。恐らく日性は慶長七年刊本を手にしてすぐ注釈を開始し、慶長十五年刊本の刊行に合わせて『太平記鈔』を今日見る体裁に整えたのだろう。

五　むすび

日性による『太平記』刊行の経緯をまとめればつぎのようになろう。

慶長七年、五十川了庵が『太平記』を刊行したことは日性に大きな影響を与え、彼はその直後に慶長七年刊本をもとにした注釈活動を開始した。了庵は翌慶長八年にも『太平記』を刊行しているが、これらの流れを受け、日性も慶長十年に要法寺において『太平記』を刊行した。そこでは底本に慶長八年刊本を用いたが、慶長七年刊本を座右にした校訂も怠らず、さらに進展しつつあった注釈作業の成果をも本文に反映させた。慶長十五年、日性は再び『太平記』

を刊行する。この再度の刊行について、本章では日性の慶長十年刊本への不満ということを理由にあげたが、それでなくともこの時期、読書人の『太平記』に対する需めは高まる一方であった。慶長十五年刊本において日性は誤脱のないよう細心の注意を払い、同時に天正本系の教運本のごとき本を用いて増補を行い、従前の版に対する新しさを打ち出した。古活字版の勃興による『太平記』ブームが注釈書の刊行を促すのは当然の成り行きで、慶長十五年刊本の刊行と同時に『太平記鈔』も刊行された。そして、慶長十五年版『太平記』には刊記に春枝なる刊行者名を残すが、彼はこの際の刊行当事者であって、より高次の刊行者の地位にあったのは日性であったと考えられる。

なお、最後に臆測を述べれば、このとき日性が他者に刊行を委嘱した事情は、要法寺版（殊に『重撰倭漢皇統編年合運図』や『太平記』『文選』等に用いられた同種活字による出版）の全盛期が慶長十二年頃までであることと関連するのではなかろうか。慶長後年の要法寺古活字版もあるにはあるが、刊行点数も僅かだし、活字も別種のものである。[18] この時期になると、日性の刊行事業は主に下請けによって担われるようになったのではないか。この点についてはさらに手掛りを求め、考察を深めたい。

注

（1）『大日本史料』第十二編之十三、慶長十九年二月二十六日条参照。また、新村出氏『新村出全集』第八巻「典籍叢談」所収「要法寺版の研究」（筑摩書房、一九七二年。初出、『図書館雑誌』一九二〇年四月号）参照。

（2）伊藤正義氏「謡抄考（上）」（『文学』一九七七年十一月号）。

（3）川瀬一馬氏『増補古活字版之研究』上、二二一～二二五頁（A・B・A・J、一九六七年。初版、安田文庫、一九三七年）参照。

（4）川瀬一馬氏注（3）前掲書二六四頁、長澤規矩也氏『図解和漢印刷史《解説篇》』（汲古書院、一九七六年）等参照。

（5）日本古典文学大系『太平記』一（岩波書店、一九六〇年）の「解説」のうち、釜田喜三郎氏執筆部分には古活字本の本文の概要を述べた部分があり、貴重である。ただし、慶長十年刊本は、「底本（慶長八年刊本のこと。小秋元注）の字句の異同をそのまま保ちながらも、また異文を減じて漸次整版本に近づく」と評されるが、「異文を減じて」とするのは不審。
（6）小秋元段『太平記・梅松論の研究』第三部第四章「梵舜本の性格と中世「太平記読み」」（汲古書院、二〇〇五年）参照。
（7）日本古典文学大系『太平記』三、補注巻二十六の十五（岩波書店、一九六二年）参照。なお、「弥子瑕」は『韓非子』説難篇や『平治物語』巻上「信頼・信西不快の事」等に出る。
（8）本書第一部第三章「慶長七年刊古活字本の本文をめぐって」参照。
（9）川瀬一馬氏注（3）前掲書二七七頁・五四三頁・五四六頁。
（10）釜田喜三郎氏注（5）前掲解説。
（11）長坂成行氏『『太平記』諸本研究の現在」（『軍記と語り物』第三三号、一九九七年）。
（12）金沢泉丘高等学校編『金沢泉丘高等学校善本解題目録』（一九八一年）所収。
（13）鈴木登美恵氏「天正本太平記の考察」（『中世文学』第一二号、一九六七年）、長坂成行氏「天正本太平記の性格」（『奈良大学紀要』第七号、一九七八年）参照。
（14）川瀬一馬氏注（3）前掲書二七六頁・五四六頁。
（15）亀田純一郎氏「太平記・増鏡研究史」（『国語と国文学』一九三五年十月号）、増田欣氏『『太平記』の比較文学的研究』序章第二節一「出典研究史の概観」（角川書店、一九七六年）参照。
（16）川瀬一馬氏注（3）前掲書五四六頁。
（17）釜田喜三郎氏「研究史物語」（日本古典鑑賞講座第十二巻『太平記・曾我物語・義経記』角川書店、一九六〇年）。
（18）川瀬一馬氏注（3）前掲書二五五頁〜二七七頁参照。

〔補注〕

野上潤一氏は、日性の著作である『御書註』『和漢皇統編年合運図』と『太平記鈔』との間に一致する記述があることなどを指摘し、内部徴証からも『太平記鈔』の編者を日性とすることに差し支えないとしている（「内部徴証による『太平記鈔』日性編者説の再検討―『太平記鈔』生成の一端と法華宗僧の学問の一隅をめぐって―」『国語国文』二〇一〇年八月号）。

第五章　古活字版『太平記』の諸版について

一　版種について

文祿年間にはじまり、寛永年間まで盛行した古活字版の歴史の中で、『太平記』は早くより、しかも多くの版を重ねた作品として知られている。『太平記』は全四十巻に及ぶ大部の書である。かかる書が僅か四、五十年の間に繰り返し印出せられたことは、まさに日本文化史上の一偉観を呈している。その歴史的意義、就中、出版史・文学史上の意義を明らかにするためには、何よりも古活字諸版の全体像を把握することが必要だろう。

川瀬一馬氏の『増補古活字版之研究』（A・B・A・J、一九六七年）には、古活字版の『太平記』が全部で十五種著録されている。いまそれを一覧にすれば、つぎのようになる。

(一)　慶長七年刊本
(二)　慶長八年刊本
(三)　慶長十年刊本

（四）慶長十二年刊本
（五）慶長十五年刊本
（六）慶長中刊本
（七）慶元中刊本
（八）元和二年刊本
（九）寛永中附訓刊本（乱版）
（一〇）慶長十四年刊本（平仮名本）
（一一）寛永元年刊本（平仮名本）
（一二）慶安三年刊本（平仮名本）
（一三）元和寛永中刊本（陽明文庫・慶應義塾図書館蔵）
（一四）元和寛永中刊本（龍門文庫蔵）
（一五）元和寛永中刊本（布施巻太郎氏蔵慶長十五年刊本補配の一本）

筆者は目下、川瀬氏のこの分類に導かれ、各種の目録を頼りに、現存する古活字版『太平記』の調査をしつつある。川瀬氏の広汎な調査を前に、それを大きく超える発見はないのだが、これまでに新たに二種の古活字版を見いだした。また、川瀬氏のあげる（一三）（一四）の元和寛永中刊本は、原本披見の結果、同版であることを確認した。(1)また、（一五）の元和寛永中刊本も実際には慶長十五年刊本と判断されたので、現時点で古活字版『太平記』の版種は、川瀬分類の二種を減じ、新たに二種を加えた十五種ということになる。いまだ不十分な調査ではあるが、これらを私に分類するとつぎのようになる（主な所蔵機関も記す）。

片仮名本

① 慶長七年刊本　成簣
② 慶長八年刊本　早大・東洋・鎌田・栗田
③ 慶長十年刊本　大東急・慶大・成簣・尊経・大谷大
④ 慶長十二年刊本　国会・広島大
⑤ 慶長十五年刊本　大東急・斯道・尊経・宮書・成簣・中之島・天理・筑波大・河野・立命館・布施
⑥ 元和二年刊本　龍門・天理・東大・内閣・東北大
⑦ 無刊記双辺甲種本　都立中央・天理・青学大
⑧ 無刊記双辺乙種本　大東急・中京大
⑨ 無刊記双辺丙種本　国文研
⑩ 無刊記双辺丁種本　架蔵（零本）
⑪ 無刊記単辺本（慶長十二年以前刊本）　龍門・斯道・陽明
⑫ 乱版　天理

平仮名本

⑬ 慶長十四年刊本　内閣・岩瀬
⑭ 寛永元年刊本　京大・九大・成簣・中京大・国文研
⑮ 慶安三年刊本　大東急・高知県立図・宮書

無刊記本については推定による刊行時期ではなく、版式（主に匡郭の形状）によって分類した。川瀬氏の分類との対応を記せば、(六)慶長中刊本は⑦無刊記双辺甲種本に、(七)慶元中刊本は⑧無刊記双辺乙種本に、(一三)(一四)の元和寛永中刊本は⑫無刊記単辺本(慶長十二年以前刊本)にそれぞれあたる。また、⑨無刊記双辺丁種本は、今回新たに加わる伝本である。以下、本章ではこれら諸版の系統分類を試みる。特に諸版の本文異同から、それぞれの先後関係を明らかにすることにより、系統化を進めてみることとする。

二　慶長七年刊本・八年刊本・十年刊本・十五年刊本

標記の諸版については、既にその本文の成立や特徴を述べてきた。しかし、これらは古活字版『太平記』の初期の伝本であり、後出の諸版に与えた影響も大きいので、まずはその概要を確認しておきたい。

慶長七年刊本は『太平記』最初の古活字版で、五十川了庵によって刊行された。完本としては成簣堂文庫蔵本のみが知られる。本書に刊記はないが、川瀬一馬氏は林鵞峰撰文の「老医五十川了庵春意碑ノ銘」(『鵞峰先生林学士文集』巻六十七所収)に了庵が慶長七年に『太平記』を開版したと記されていることや、本書が慶長八年了庵所刊の『太平記』と同活字を用い、しかも版式がこれより古いことなどをあげ、本書を慶長七年五十川了庵所刊本と認定した。その本文は概ね梵舜本によっており、一部、神宮徴古館本系・南都本系・西源院本系等、複数の系統の異文を増補することにより成立している。

慶長八年刊本は五十川了庵によって二度目に刊行された『太平記』である。「慶長癸卯季春既望　冨春堂　新刊」との刊記を持ち、この冨春堂の号が了庵のものと考えられている。本文は慶長七年刊本を基底とするものの、南都本系・西源院本系の写本によって増補改訂がなされており、前版とは趣を異にする。了庵は単に先行する本文を踏襲して『太平記』を開版したのではなく、複数の本との校合を行い、異文を集成し、本文の整定に意を払ったのである。

そして、本文の大幅な流動はこの慶長八年刊本を以て終わり、これよりあとの古活字本・整版本はすべてこの系統の本文をとることから、本版は一般に流布本の祖と位置づけられている。

慶長十年刊本は要法寺版である。刊記には「慶長十年乙巳九月上旬日」とあるのみで、要法寺における刊刻を明示することはないが、他の要法寺版に使用された活字が襲用されていることから、要法寺版と認定されている。本版の本文は慶長八年刊本を基底とするが、刊行者日性による校訂の手が加えられている。日性は刊行に先立ち、慶長八年刊本の本文を慶長七年刊本と校合しており、その上で慶長十年刊本の本文の整定を行っている。その結果、慶長八年刊本の誤脱が補訂された箇所が少なくない。そのうち、ある程度長文のものはつぎの五例である。

巻四「一宮并妙法院二品親王御事」

彼畑ト申ハ南ハ山ノ傍ニテ高ク、北ハ海辺ニテ下レリ、松ノ下露扉ニ懸リテ、イトヽ御袖ノ泪ヲ添、礒打波ノ音、御枕ノ下ニ聞ヘテ、是ノミ通フ故郷ノ夢路モ遠ク成ニケリ、前朝御帰洛ノ御祈ノ為ニヤ有ケン、又済渡利生ノ結縁トヤ思召ケン、御著岸ノ其日ヨリ、毎日三時ノ護魔《ママ》ヲ千日カ間ソ修セラレケル、（九オ）

巻十「新田義貞謀叛事付天狗催越後勢事」

境ヲ隔タル者ハ、皆明日ノ程ニソ参著候ハンスラン、他国ヘ御出候ハヽ、且ク彼勢ヲ御待候ヘカシト被申ケレハ、義貞コハ何ニ、告知セタル事モナキニ、何者ノ加様ニ謂ケルヤラン、何様是ハ八幡大菩薩ノ我等ニ力ヲ付サセ給ハン為ノ御使ナルヘシ、後ニ是ヲ案スルニ、天狗ノ所行ニテヤ有ケン、去程ニ越後ノ一族達、面面ニ馬ヨリ下テ、各対面色代シテ、人馬ノ息ヲ継セ給ケル処ニ、（四オ～ウ）

巻十六「新田殿湊河合戦事」

其有様譬ヘハ多聞、持国、増長、広目ノ四天、須弥ノ四方ニ居シテ、同時ニ放ツ矢ヲ捷疾鬼ト云鬼カ走廻テ、

末其矢ノ大海ニ不落著前ニ、四ノ矢ヲ取テ返ルランモ角ヤト覚ル許也、（三十五ウ〜三十六オ）

巻二十二「義助被参芳野事并隆資物語事」

臣既受命専斧鉞之威、臣不敢生還、願君亦垂一言之命於臣、君不許臣、臣敢将、君許之、乃辞而行、（九オ〜ウ）

巻三十五「南方蜂起事付畠山関東下向事」

都ニ不慮ノ軍出来テ、仁木右京大夫宮方ニナリ、和田楠又打出タリト聞ヘケレハ、伊豆守驪機ニ乗テ、其勢三千余騎ヲ卒シ、二手ニ分テ因幡、美作両国ノ間ニ勢ヲ分テソ置タリケル、（十オ）

右のうち、傍線部が慶長八年刊本になく、慶長十年刊本において補われた詞章である。巻二十二・巻三十五の一節は慶長八年刊本の目移りによる脱文を補ったもの。巻四の一節は、慶長八年刊本が独自の考証の結果削除した詞章を復元したもの。巻十の一節はやはり慶長八年刊本にない記事を補ったものである。この一節、慶長八年刊本は本文整定の際に参看した神宮徴古館本系・南都本系の写本に従い、慶長七年刊本に存在した傍線部の詞章を省略した。しかし、慶長十年刊本は慶長七年刊本に従って詞章の復元を行ったのである。また、巻十六の一節は、慶長八年刊本が特異な理由から詞章の節略を余儀なくされたくだり[3]を、慶長七年刊本をもとに復元したものである。このように、右の傍線部の詞章はいずれも慶長七年刊本に存在し、慶長十年刊本と詞章の上での矛盾もない。こうした事例でさらに微細なものは、なお多数をあげることができるのだが、いまは省略に従う。このほか、慶長十年刊本の注目すべき特徴は、当時日性が進めていた『太平記』研究の成果が、本文にも反映されている点である。慶長十年刊本の本文には年紀や人名あるいは故事の内容に、考証による訂正が加えられた例が散見される。該当する記事のすべてが、日性撰『太平記鈔』にとりあげられた項目と対応することから、注釈活動を通して得た知見が本文の補訂に与ったことがわかる。

慶長十五年刊本は特異な本文を有する。本版は日性所刊の慶長十年刊本を基底とするが、天正本系の教運本に見える異文と同じ記事が所々増補されている。本版は刊記に「慶長十五暦庚戌二月上旬日　春枝開版」とあり、春枝なる人物によって開版されたことがわかる。この人物の伝は未詳で、慶長十一年に『四体千字文』（整版本）を刊行したことが知られるのみである。だが、川瀬氏も指摘するように、慶長十五年刊本は日性の『太平記鈔』と同時に刊行されたと推測される。しかも、『太平記鈔』の本文は当初慶長七年刊本を底本に編まれたものが、最終的には慶長十五年刊本の本文に対応するよう随所に増訂が施されている。この事実は、日性が慶長十五年刊本の刊行以前に同本の本文の増訂箇所について知悉していたことを、さらにいえば、慶長十五年刊本の本文を整定したのは日性本人であった蓋然性が極めて高いことを意味するだろう。慶長十五年刊本は日性の強い影響下に刊行されたものと思われ、本書第一部第四章「日性の『太平記』研究と出版」では刊行者を日性、その委託を受け、実際に印行した者が春枝ではなかったかと結論づけた。

元和二年刊本は慶長十五年刊本の系統に属する。刊記は「時丙辰歳次元和二孟秋上旬日」とあるのみで、刊行者は未詳である。本文は慶長十五年刊本と同一で、字詰めもほぼ同一となるよう配慮されている。活字は慶長十五年刊本のものと別種であるが、これとよく似たやや縦長の端正なものを使用している。慶長十五年刊本を模して刊刻されたものと考えられる。

三　慶長十二年刊本

以下、その他の諸版について考察を加えていきたい。

前述のように、慶長十年刊本の本文は慶長八年刊本を底本とするものの、慶長七年刊本との対校と独自の考証を経

表1　慶長十年刊本以降の諸版の脱文について

巻	丁	本文	慶長十二年刊本	慶長十五年刊本	元和二年刊本	無刊記双辺甲種本	無刊記双辺乙種本	無刊記双辺丙種本	無刊記双辺丁種本	無刊記単辺本	乱版	慶長十四年刊本	寛永元年刊本	慶安三年刊本
巻七	三オ	龍頭ノ冑ノ緒ヲシメ、（**白檀磨ノ臑当ニ**）三尺五寸ノ小長刀ヲ脇ニ挟ミ、	×	○	○	×	×	○	×	×	×	×	×	×
	二十二オ	長年カ一族名和七郎ト云ケル者、（**武勇ノ謀有ケレハ、白布五百端有ケルヲ、旗ニコシラヘ**）、松ノ葉ヲ焼テ煙ニフスヘ、	×	○	○	○	○	○	○	○	○	×	○	○
巻八	二十五オ	六波羅ニハ敵ヲ西ニ待チケル故（**ニ、三条ヨリ九条マテ大宮面ニ屏ヲ塗リ、櫓ヲ掻テ射手**）ヲ上テ、小路小路ニ兵ヲ千騎二千騎扣ヘサセテ、	○	○	○	○	○	○	○	○	○	○	○	○
巻九	一ウ	足利殿ハ反逆ノ企、已ニ心中ニ被思定テケレハ、（**中々異儀ニ不及、不日ニ上洛可仕トソ被返答ケル**）、則夜ヲ日ニ継テ打立ケルニ、	×	○	○	○	○	○	○	○	○	○	○	○
巻十四	三十四ウ	面僅ニ一尺計アル橋桁ノ上ヲ、歩シテハ矢ニ違（**フ様モナカリケルニ、上ル矢ニハ指覆、下ル矢ヲハ跳越**）ヘ、弓手ノ矢ニハ右ノ橋桁ニ飛移リ、	×	○	○	×	×	×	△	×	×	×	×	×
巻十七	三十三ウ	義貞存知仕ラヌ由ヲ申候（**ツル間、伝説ノ誤カト存テ候ヘハ、事ノ儀式早誠ニテ候**）ケル、抑義貞カ不義何事ニテ候ヘハ、	×	○	○	○	○	○	○	○	○	×	○	○
巻十八	十四ウ	此大功併程嬰カ（**謀ヨリ出シカハ、趙王是ヲ賞シテ大禄ヲ与ヘントセラル、程嬰**）是ヲ不請、	×	○	○	○	○	○	○	○	○	×	○	○
	三十三オ	身ヲ捨舟ノ浮沈ミ、塩瀬ニ回ル泡ノ消ナン（**事コソ悲ケレ、サレハ龍神モヱナラヌ中ヲヤ被去ケン**）、風俄ニ吹分テ、	×	○	○	○	○	○	○	○	○	×	○	○
巻二十一	十八オ	何トシテカク共申出ヘキソト（**思ナカラ、事ノ外ニ叶フマシキ由ヲイハヽ**）、	×	○	○	○	○	○	○	○	○	○	○	○

		命ヲモ失レ）思ノ外ノ目ニモヤ合ンスラント恐シケレハ、												
	二十七ウ	御台御供申候ツル（**人々ハ、播磨ノ陰山ト申所ニテ、敵ニ追付レテ候ツル**）間、御台ヲモ公達ヲモ皆差殺シ進テ、	×	○	○	○	○	○	○	○	○	×	○	○
巻二十三	三オ	黒雲ノ中ニ電光時々シテ、（**只今猿楽スル舞台ノ上ニ、差覆ヒタル森ノ梢ニソ止リケル**）、見物衆ミナ肝ヲ冷ス処ニ、	×	○	○	○	○	○	○	○	○	×	○	○
巻二十九	二十五ウ	カヤウニ次ヲ以テ浮世ヲ思捨タルハ、ヤサシク優ナル様ナレ共、（**越後中太力義仲ヲ諌カネテ、自害ヲシタリシニハ**）無下ニ劣リテソ覚タル、	×	○	○	○	○	○	○	○	○	×	○	○
巻三十	七オ	車ノ右ニ乗セテ帰給フ、則（**武成王ト仰テ、文王是ヲ**）師トシ仕フル事不疎、	×	○	○	○	○	○	○	○	○	×	○	○
巻三十一	六ウ	閏二月二十日ノ辰尅ニ武蔵（**野ノ小手差原ヘ打臨ミ給フ、一方ノ大将ニハ新田武蔵**）守義宗五万余騎、	×	○	○	○	○	○	○	○	○	×	○	○
	十六ウ	見知人有テ、ソコニ紛テ近付（**武者ハ長尾弾正ト根津小次郎トニテ候ハ、近付**）テタハカラルナト呼リケレハ、	×	○	○	○	○	○	○	○	○	×	○	○
巻三十二	三オ	近衛殿ノ小坂殿、為世卿ノ和歌所、（**大覚寺御山庄**）、三条大納言棲馴シ毘沙門堂、	×	×	×	×	×	×	×	×	×	×	×	×
巻三十五	十六オ	所領ヲモ持タル人ニハ約束ノ本物ヲ還サセ、自我方添利分慥ニ（**返シ遣サレケリ、貧者ニハ皆免シテ我領内ノ米ニテソ、主ニハ慥ニ**）被返ケル、	×	○	○	○	○	○	○	○	○	×	○	○
	十九ウ	イツモ燧袋ニ入テ持タル銭ヲ十文取ハツシテ、滑河ヘソ（**落シ入タリケルヲ、少事ノ物ナレハ、ヨシサテモアレカシトテコソ**）行過ヘカリシカ、	×	○	○	○	○	○	○	○	○	×	○	○
	二十ウ	物ノ定相ナキ喩ニモ、如夢幻泡影如露亦如電トコソ（**金剛経**〈慶長十五年刊本「仏説」〉**ニモ説レテ候ヘハ、若某カ首ヲ刎ヨト云夢ヲ**）被御覧候ハヽ、	×	○	○	○	○	○	○	○	○	○	○	○
	二十一ウ	天下ヲ覆ヘサン事モ、守文ノ道モ叶マシキ程ヲ至極見透シテ、（**サラハ道広ク成テ、遁世ヲモ仕ラハヤト存シテ**）、京ヘ罷出テ候、	×	○	○	○	○	○	○	○	○	×	○	○

※慶長十年刊本は（　）内の詞章を脱している。（　）内の本文は慶長八年刊本により示した。

て成り立っている。これを指標として慶長十年刊本以後の諸版を見ると、諸版には概ね同本の特徴が継承されていることがわかる。つまり、慶長十年刊本以後の古活字版は、直接間接の別はあるにせよ、慶長十年刊本から派生したものといえるのである。従って、これ以後の諸版の本文は極めて緊密な関係にあり、異同もごく稀で、用字や送仮名等の微細な部分にいたるまで類似している。諸版の先後関係を究明することが困難な所以だが、そうした中、これらを分類する一つの目安になるのが、慶長十年刊本に存在する脱文を引き継ぐか否かという点である。

慶長十年刊本には日性による入念な校訂の跡が窺える一方、排植時に生じたと思われる脱文も多く存在する。その数は二十箇所に近い。これらの脱文の有無によって、後続の諸版を大きく分類することが可能なのである。まずは前掲の表1を参照されたい。これは慶長十年刊本の脱文箇所を掲げ、その箇所に関する諸版の本文の状態を示したものである。×印は慶長十年刊本同様脱文のあることを、〇印はそれを補ったことを表す。

これによると諸版は三つのグループに大別できる。一は慶長十年刊本の本文を比較的忠実に踏襲している諸版で、慶長十二年刊本・慶長十四年刊本が該当する。二は脱文を丹念に補ったグループで、無刊記双辺甲種本・乙種本・丙種本・丁種本・無刊記単辺本（慶長十二年以前刊本）・乱版・寛永元年刊本・慶安三年刊本がこれに属する。三は慶長十五年刊本・元和二年刊本で、慶長十年刊本の脱文を補う性格は第二のグループと同じだが、補訂された箇所には微妙な違いがある。既に第四章「日性の『太平記』研究と出版」で述べたように、慶長十五年刊本は慶長七年刊本を以て慶長十年刊本の脱文を補う性格を持っている。これは第二のグループの補訂とは直接関わらないものなので、ここでは両者を区別しておく。

さて、第一のグループに属する慶長十二年刊本は古活字版『太平記』中、唯一の有界本で、版式上注目される。しかし、その本文は慶長十年刊本のものをほぼ無批判に踏襲したものにすぎず、差異も全くないといってよいほどである。表1からわかるように、慶長十年刊本の脱文は殆どが目移りによって生じたもので、本文に脱落があってもよほど注意深く読まなければ気がつかないものばかりである。こうした中、慶長十二年刊本で巻八、二十五オの脱文が補われているのは、この部分の文意の断絶があまりにも明らかであったためだろう。要するに、慶長十二年刊本が本文に手を加えるのは、こうした箇所に限定されるのである。

四　無刊記双辺甲種本

無刊記双辺甲種本・乙種本・丙種本・丁種本・無刊記単辺本（慶長十二年以前刊本）・乱版は前節にあげた第二のグループに属する。即ち、慶長十年刊本の脱文を補訂した一群である。いずれも無刊記ではあるが、このグループの祖は双辺甲種本と考えられる。後述するように、これを翻印した単辺本は慶長十二年以前の刊行であることから、双辺甲種本の刊行はそれ以前ということになる。これに従えば、双辺甲種本は慶長十年（慶長十年刊本の刊行は同年の九月）から十二年の間に刊行されたことになる。だが、それでは三者の刊行時期があまりにも近接し過ぎているようにも思われるので、ここでは慶長十年刊本と双辺甲種本の先後関係から検証することにしよう。

第二節に述べたとおり、慶長十年刊本には慶長七年刊本との対校により、底本たる慶長八年刊本を大幅に補った箇所が五つあった。双辺甲種本ではこのうち四例が慶長十年刊本と同じだが、巻十の一節のみ、

境ヲ隔タル者ハ、皆明日ノ程ニソ参著候ハンスラン、他国へ御出候ハヽ、且ク彼勢ヲ御待候ヘカシト被申テ、馬ヨリ下テ、各対面色代シテ、人馬ノ息ヲ継セ給ケル処ニ、（四オ）

とあって、慶長十年刊本と一致しない。慶長十年刊本には「御待候ヘカシト被申」につづいて、△部に長文の詞章があったのに対し、双辺甲種本はちょうど慶長八年刊本と同様の簡略な本文をとっているのである（表2参照）。

表2　巻十「新田義貞謀叛事付天狗催越後勢事」の一節の有無
○＝有　×＝無

慶長七年刊本	○
慶長八年刊本	×
慶長十年刊本	○
慶長十二年刊本	○
慶長十五年刊本	○
元和二年刊本	○
無刊記双辺甲種本	×
無刊記双辺乙種本	×
無刊記双辺丙種本	○
無刊記双辺丁種本	×
無刊記単辺本	×
乱版	×
慶長十四年刊本	○
寛永元年刊本	○
慶安三年刊本	○

では、こうした現象をどのように理解することができようか。考えられるのは二つの可能性である。第一に、双辺甲種本が慶長十年刊本を底本にしつつも、巻十の当該箇所については、慶長八年刊本に倣って本文を簡略なものにしたという可能性。つまり、双辺甲種本は慶長十年刊本を底本とするが、慶長八年刊本との対校を行い、本文を改めたと考えるのである。そして第二は、双辺甲種本の本文を慶長八年刊本と慶長十年刊本との中間的形態と見なし、双辺甲種本は慶長八年刊本を底本として生まれ、さらにそれを底本にして増訂を行ったのが、慶長十年刊本であったとする考え方である。

ここで表1に見える双辺甲種本の脱文について注目したい。慶長十年刊本にある脱文の殆どは双辺甲種本には存在しないが、僅かに三箇所のみ慶長十年刊本と共通の脱文が存在する。このうち巻十四の例は、慶長十年刊本が目移りによって生んだ脱文である。しかし、巻七、三オの例は単なる誤脱としては片づけられない。実は慶長七年刊本にも「白檀磨ノ臑当ニ」という詞章は存在せず、慶長十年刊本にこの一節がないのは、慶長七年刊本との対校の結果削除されたものと推測されるのである。前述のとおり、慶長十年刊本には慶長七年刊本の影響が強く及ぼされている。また、日性は『太平記鈔』編纂に際し、慶長七年刊本を底本にしていたし、日性が本文を整定したと思われる慶長十五年刊本も慶長七年刊本との校訂を経て誕生した。このように慶長七年刊本との関係は、日性所刊本たる慶長十年刊本により強く認めることができるのである。だとすれば、巻七、三オの脱落は慶長十年刊本においてさきに現れ、それが双辺甲種本に受け継がれたと見るべきだろう。

　巻三十二、五オの例も同様である。ここについては慶長十年刊本の本文を前後を含めて引用してみる。

先内裏、馬場殿、准后ノ御所、式部卿親王ノ常磐井殿、兵部卿宮ノ二条ノ御所、宣陽門女院[1]ノ御旧宅、城南離宮ノ鳥羽殿、荒テ久シキ[2]伏見殿、十楽院、梨本、青蓮院、妙法院ノ白河殿、大覚寺ノ御旧迹[3]、洞院左府ノ亭宅、大炊御門内府ノ亭、吉田内府ノ北白河、近衛殿ノ小坂殿、為世卿ノ和歌所、△三条大納言棲馴シ毘沙門堂、（三オ）

慶長八年刊本が△部に「大覚寺御山庄」という一節を持つことは、表1に示した。慶長七年刊本にはこの一節がないことから、慶長十年刊本は慶長七年刊本の本文を尊重し、かつ、その前の「大覚寺ノ御旧迹」（傍線部3）との重複を避けるため、「大覚寺御山庄」を削除したものと考えられる。また、この部分、慶長八年刊本は傍線部1を「宣光門女院」、傍線部2を「竹田ニ近キ」に作っている。慶長七年刊本はこれと異なり、慶長十年刊本に同じであるから、慶長十年刊本は慶長七年刊本に従って詞章を改めたのだろう。そして、双辺甲種本等ではこれらがすべて慶長十年刊本に一致しているから、双辺甲種本は慶長十年刊本の本文を受け継いだものと判断される。こうした事例から慶長十年刊本は双辺甲種本に先行することが推測でき、はじめにあげた双辺甲種本の巻十、四オの事例は慶長八年刊本を用いた校訂によるものと推測されるのである。これら諸版の影響関係は聊か輻輳しており、これを図示すると図1のごとくになる。

図1　慶長七年刊本から双辺甲種本までの諸本の関係

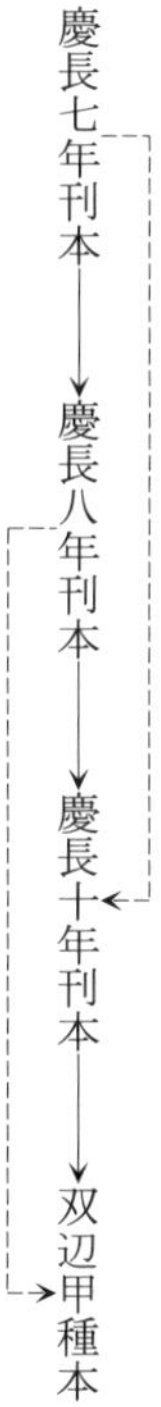

実線は底本とした関係を示し、点線は校訂の際参照した関係を示す。

五　無刊記単辺本（慶長十二年以前刊本）・無刊記双辺乙種本・丙種本・丁種本・乱版

これらの諸版は双辺甲種本から派生したものである。

まず、単辺本は川瀬一馬氏によって元和寛永の頃の刊と指摘されたが、龍門文庫蔵本の第二十冊後見返に「慶長十二年／圭亮愛」との墨識語があることから、慶長十二年以前の刊であることがわかる。[4] 本文は双辺甲種本と殆ど一致するものの、同本が仮名表記する箇所をしばしば漢字に改めている。例えば、双辺甲種本の「止ラレテ」は「被止テ」、「達セサル」は「不達」のごとく漢文的表記に改められ、「コト」「トモ」「マテ」等の仮名表記は「事」「迄」「共」のごとく漢字に改められていることが多い。これらは丁数節約のための作為と考えられ、単辺本が双辺甲種本の後出本であることを示唆している。両者の丁数を比較すると、単辺本の各巻の丁数は双辺甲種本の丁数より一、二丁ずつ少なくなっている。また、両者の匡郭はそれぞれ単辺・双辺と異なっており、印面より受ける印象は大分異なる。しかし、両者に用いられた活字は同種のものと認められ（ただし、すべての活字が同種かは未詳）、恐らく双辺甲種本と単辺本は同一の刊行者によって、時をおかず刊行されたものと推測される。慶長十年刊本の刊行以後短期間のうちに、双辺甲種本と単辺本が相次いで刊行された事情も、こう考えれば納得できるだろう。なお、本版はそれ以前の古活字本と巻一冒頭の形式を異にする。即ち、巻頭に目録一丁を附すうち、単辺本は表丁に巻一目録を、裏丁に「太平記巻第一／序」と題して序文を配している。しかも、本文の第一丁の首も「太平記巻第一／〇後醍醐天皇御治世事付武家繁盛事」と題しているから、結果として内題を重複させているのである。

双辺乙種本は双辺甲種本を底本に、詞章・用字も改めず翻印したものである。本版の一丁毎の字詰めは双辺甲種本と同様であることが多く、違いのある丁でもその差は殆どの場合、一、二字程度である。また、活字や版式も双辺甲種本に似せようとした跡が窺える。しかし、活字の彫刻に稚拙さが残り、それがまた愛すべき風合いを醸し出しているのも特徴である。

双辺丙種本も双辺甲種本の系統に属する本文を持つ。ただし、巻一冒頭の体式が無刊記単辺本に同じなので、双辺甲種本系の中でも直接には無刊記単辺本によっているのではないかと思われる。しかし、本版では僅かながら記事の増補が行われている。その箇所を列挙すれば、

巻九「足利殿打越大江山事」

憑ム木ノ下ニ雨ノタマラヌ心地シテ、心細ク思ハレケル、越前国足利尾張孫三郎高経ノ長男幸鶴丸、旗ヲ挙テ義兵ヲ起スト聞ヘシカハ、南方、西国、北六道、穂カナル心モナシ、是ニ就テモ今マテ著纏ヒタル兵共モ、又サコソハアラメト、心ノ被置ヌ人モナシ、（七ウ）

巻九「越後守仲時已下自害事」

先帝第五ノ宮、御遁世ノ体ニテ伊吹ノ麓ニ忍テ御坐有ケルヲ大将ニ取奉テ、野村、熊谷、堀部、河坂、箕浦ノ一族トモ馳集テ、錦ノ御旗ヲ差アケ、（二十三オ）

巻十一「書写山行幸事付新田注進事」

恩賞ハ各望ニ可任ト叡感有テ、禁門ノ警固ニ奉侍セラレケリ、同日ノ暮程ニ河野入道、土居、得能、伊予国ノ勢ヲ卒シテ、大船三百余艘ニテ参著ス、（六オ）

巻十三「足利殿東国下向事付時行滅亡事」

時日ヲ不回関東ヘ被下向ケリ、吉良兵衛佐満貞ヲ先立テ、我身ハ五日引サカリテ進発シ給ケリ、（二十二ウ）

巻二十七「田楽事付長講見物事」

二首の落首の後に「又四条河原ニ札ヲ立テ、／去年ハ軍今年ハ桟敷打死ノ処ハ同シ四条ナリケリ／ト此比此落書共ヲ翫ヌハ無リケリ」を増補し、落首を一首加える（四オ）。

巻二十九「宮方京攻事」

観応元年ノ末ニ天地又変化ノ時ヤ至リケン、吉野殿ト慧源禅閤ト暫時ノ智謀事成シカハ、（一オ）

巻三十「直義追罰宣旨御使事付鴨社鳴動事」

同八月廿九日、将軍鏡ノ宿ヲ打立テ、坂田、忍坂ヲ過テ、湯鋤野、高月河原ニ陣ヲトル、去程ニ高倉入道左兵衛督、石塔、畠山、桃井三人ヲ大将トシテ、各二万余騎ノ勢ヲ差副、同九月七日、近江国へ打出、浅井、伊香ニ打散テ、八相山ニ陣ヲ取ル、（七ウ）

のごとくで、傍線部が増補箇所である。これら増補された詞章の典拠は、いずれも天正本系の異文に求められる。だが、これらの詞章は天正本系の影響を受けた慶長十五年刊本・元和二年刊本にも存在することから、実際にはこの二本のうちのどちらかを利用したものと考えられる。また、表1に示したように、巻七、三オは慶長八年刊本・十五年刊本・元和二年刊本同様、「白檀磨ノ臑当ニ」の一節を有している。ここも慶長十五年刊本または元和二年刊本によったのだろう。このほか、巻十「新田義貞謀叛事付天狗催越後勢事」のうち、双辺甲種本系が慶長八年刊本に従い、簡略な本文をとる一節は、

境ヲ隔タル者ハ、皆明日ノ程ニソ参著候ハンスラン、他国へ御出候ハヽ、且ク彼勢ヲ御待候ヘカシト被申ケレハ、義貞コハ何ニ、告知セタル事モナキニ、何者ノ加様ニ謂ケルヤラン、何様是ハ八幡大菩薩ノ我等ニ力ヲ付サセ給ハン為ノ御使ナルヘシ、後ニ是ヲ案スルニ、天狗ノ所行ニテヤ有ケン、去程ニ越後ノ一族達、面々ニ馬ヨリ下テ、各対面色代シテ、人馬ノ息ヲ継セ給ケル処ニ、（四オ）

とあって、双辺甲種本が持たない傍線部の詞章を復元させている。この部分も慶長十五年刊本・元和二年刊本に同様の詞章が存在するから、これらによったものと見て間違いあるまい。

双辺丁種本も双辺甲種本の系統の本文を持つ。完本は平成十三年度東京古典会古典籍展観大入札会にて一見した一本（五六八番）のみで、〔補注〕他は零本である（ソウル大学校中央図書館蔵慶長十五年刊古活字本に補配の巻三・四、栗田文庫蔵慶長八年刊古活字本に補配の巻十一・十二、慶應義塾大学附属研究所斯道文庫蔵慶長十五年刊古活字本に補配の巻十七・十八、巻三十一・三十二・三十九・四十のみ存の架蔵本）。本版巻一巻頭の形式は無刊記単辺本や双辺丙種本に似ており、巻頭目録の裏丁にやはり序文を配している。ただし、内題の置かれるべき第一行は空白となっており、二行目に「序」と題するのみである。一方、本文の第一丁の首は「太平記巻第一／〇後醍醐天皇御治世事付武家繁盛事」とあり、結果として内題の重複は避けられている。本文は倉卒な調査ゆえ正確は期しがたいが、概ね双辺甲種本の特徴に一致すると見てよい。巻一冒頭の形式に注目すれば、本版も直接には無刊記単辺本をもとにして翻印されたものと思われる。なお、前記双辺丙種本の増補記事のうち、巻二十七・二十九・三十の三箇所が本版にも存在する。これらは双辺丙種本を参看した上で増補されたものではなかろうか。

乱版は元和八年刊整版本を覆刻した部分と、同本を底本にして活字を組んだ部分とからなる。元和八年刊本は双辺甲種本の覆刻本であるから、(5)乱版の本文も双辺甲種本のものと同じということになる。ちなみに、乱版の古活字相当部をさらに元和八年刊本により覆刻し、乱版の整版部と合わせてすべて整版で刊行したのが寛永八年刊本である。従って、乱版は元和八年以後、寛永八年以前の刊行ということになる。

六　平仮名本

平仮名古活字版の『太平記』には、慶長十四年刊本・寛永元年刊本・慶安三年刊本の三種がある。

慶長十四年刊本は巻末に存庵なる人物の跋文を附し、その末尾に「才雲刊之」との刊記を持つ。漢字平仮名交で、一部の漢字には振仮名が附されている。川瀬一馬氏によれば、古活字本中かかる附訓活字の使用は本版によって初めて試みられたものという。さて、本版は第三節で述べたように、慶長十年刊本・慶長十二年刊本と同系の本文を持つ（ただし、いずれが底本であったかは未詳）。慶長十年刊本の脱文が補訂されることは殆どないが、同本の巻八、二十五オのほか、巻九、一ウ、巻二十一、十八オ、巻三十五、二十ウに存在した脱文が補われている。慶長十四年刊本の本文にも多少の校訂が加えられていたようだ。

寛永元年刊本は「于時寛永元年南呂下旬　開版之」との刊記を有する。平仮名本として初めて総目録を附すが、剣巻は附載されない。また、本版では慶長十四年刊本同様、附訓活字が使用されている。しかし、本文は慶長十四年刊本によらない。表1のとおり、寛永元年刊本では慶長十年刊本に存する脱文の補訂状況が、すべて双辺甲種本の系統と一致する。これは寛永元年刊本が慶長十四年刊本によったのではなく、双辺甲種本の系統本を底本としたことを意味しよう。表1以外の微細な異同を見ても、寛永元年刊本は慶長十四年刊本とは一致せず、双辺甲種本等と一致する本文を持っている。ただし、巻十「新田義貞むほん事付てんぐ催越後勢事」のうちの一節は、

さかひをへたてたるものは、みな明日の程にぞ参着候はんずらん、他国へ御出候はゝしばらくかのせいを御待候へかしと申されければ、義貞こはいかにつけしらせたる事もなきに、何ものゝか様にいひけるやらん、何さまこれは八幡大ほさつの我等にちからをつけさせたまはんための御使なるへし、後にこれをあんするに、てんぐの所

行にてや有けん、去程にゐちごの一族たち面々に馬よりおりて、各たいめんしきだいして、人馬のいきをつがせ給ひける処に、（六オ〜ウ）

とあって、双辺甲種本が持たない傍線部の詞章を有する。既に見てきたように、この一節は慶長七年刊本に存したものが慶長八年刊本において省略され、それが慶長十年刊本で復活し、双辺甲種本において再び省略されたものである（表2参照）。寛永元年刊本がこれを有することは、同本が双辺甲種本系統の本を底本としながらも、独自の校訂を行っていたことを示している。校訂に用いられた本がどのようなものであったかは未詳だが、あるいは同じ平仮名本である慶長十四年刊本だった可能性もある。ちなみに上記一節の詞章は、慶長十四年刊本のものと矛盾しない。

慶安三年刊本は「慶安《きやうあん》三年庚寅《かのへとら》五月吉日　荒木利兵衛開」の刊記を有する。大東急記念文庫蔵本・高知県立図書館蔵本などが完本として伝わっている。これらは総目録・剣巻一冊を附し、本版だけが剣巻を持つ平仮名古活字本であることがわかる。本文は概ね寛永元年刊本と同一で、巻十「新田義貞謀叛の事付天狗催二越後勢一事」の一節も寛永元年刊本に一致する。本版も附訓活字を使用し、川瀬氏によれば、その活字は寛永元年刊本のものを襲用したという。このことは、本版が寛永元年刊本を翻印したものであることの証左となるだろう。また、本版では片仮名附訓の真名活字が混用されているが、これも川瀬氏によって、慶安二年荒木利兵衛開版の『鴉鷺合戦物語』に使用されたものとの指摘がなされている。

七　むすび

以上、古活字版『太平記』の全体を見渡し、諸版の系統分類・先後関係について考察してきた。これを踏まえて古活字諸版の系統を示すと図2のようになる。

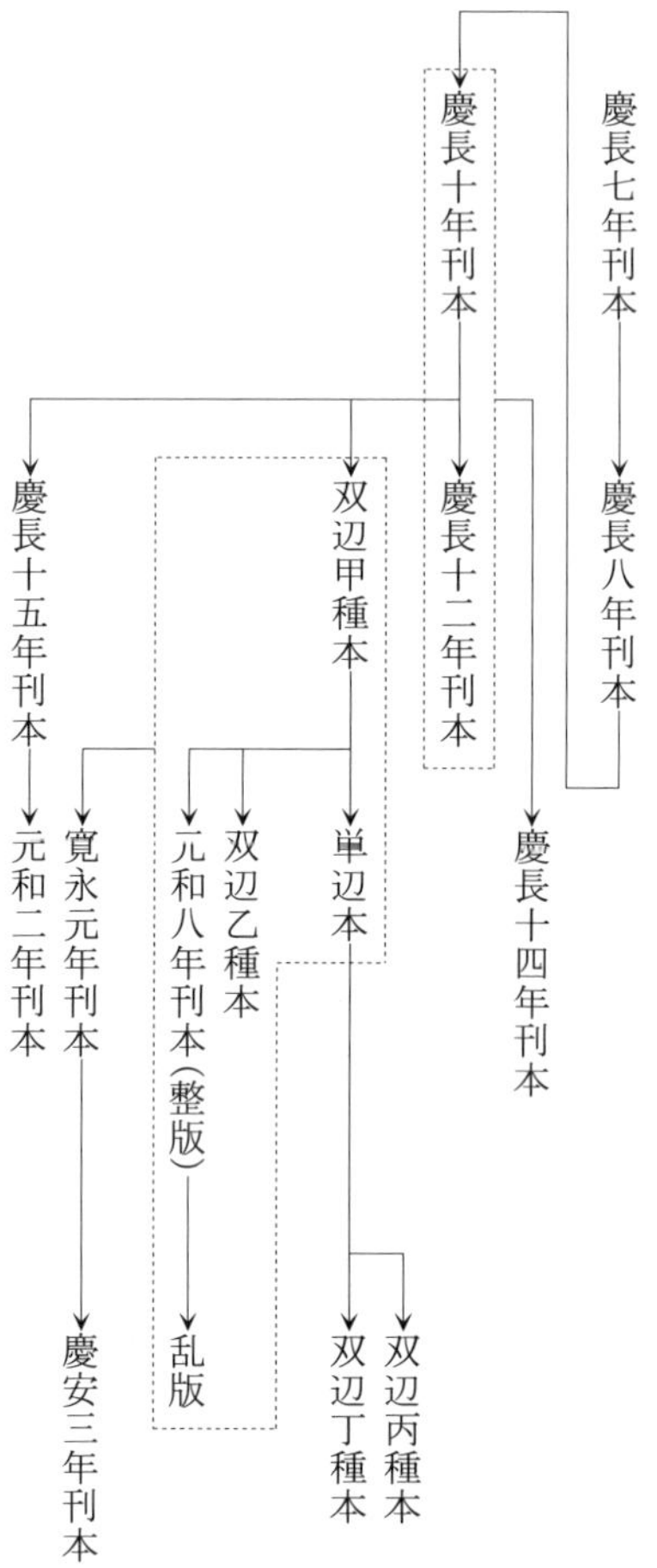

図２　古活字版『太平記』諸版の系統図

※底本の判明しない本については、その可能性のある複数の本を点線で囲い、そこから矢印を附した。

古活字版『太平記』は五十川了庵によって刊行された慶長七年刊本・慶長八年刊本を初めとする。そして、要法寺日性が慶長八年刊本に校訂を加えて慶長十年刊本を刊行するに及び、以後の古活字版はここから分派する。その中で最も影響力を持ったのは双辺甲種本で、同本は慶長十年刊本の誤脱を訂正し、比較的整った本文を持ち、さらに複数の刊本を派生させる。『太平記』整版本の祖である元和八年刊本も双辺甲種本の覆刻本であるから、このテキストの系譜は近世を席巻した整版本の『太平記』へと受け継がれていく。

ただし、古活字版『太平記』における本文の継承は、「A本からB本へ」というように単純に図式化するだけではとらえきれない。慶長十年刊本は慶長八年刊本を底本にするものの、慶長七年刊本が増訂に利用された。同様に双辺甲種本には慶長八年刊本が校訂に用いられ、双辺丙種本には慶長十五年刊本乃至元和二年刊本が本文増補に用いられている。また、慶長十四年刊本や寛永元年刊本においても本文整定の際、他本の参看が行われた。その他の本においても、微細な事例まで検討すれば、他本を用いた校訂の跡が検出されるかもしれない。古活字版『太平記』の本文は、前版を機械的に翻印して成り立つものばかりではなかったのである。

最後に諸本の刊行時期の問題に一言すれば、古活字版『太平記』の刊行が最も盛んだったのは、慶長十年から十五年の間といえるのではなかろうか。この時期に刊行された有刊記本が四種あるほか、慶長十年から十二年の間には双辺甲種本と単辺本の二種が踵を接するようにして刊行された。この短期間にこれだけ同一の作品が刊行された例は、他にあまり見ないであろう。その後の古活字版『太平記』の刊行状況は有刊記本が少ないため判然としないが、恐らく元和八年刊整版本の刊行後は衰えていったものと思われる。ただ、平仮名本がなお刊行されつづけたのは、平仮名整版本の『太平記』がまだ世に生まれていなかったことと、平仮名本に装飾的・趣味的な価値が認められていたことによるのではなかったか。京都大学附属図書館・九州大学附属図書館の寛永元年刊本は丹表紙の上製本で、大東急記念文庫・高知県立図書館の慶安三年刊本は縹色表紙に金泥草花文様丹色題簽を中央に押す、嫁入本のごとき装訂である。これらはまさに古活字版『太平記』の掉尾を飾るにふさわしい本といってよい。こうした需要に支えられながら、古活字版の『太平記』は慶安まで命脈を保つことになったのである。

注

（1）『増補古活字版之研究』下・図録編（A・B・A・J、一九六七年）の第九四六図は龍門文庫蔵元和寛永中刊本とされるが、正しくは同文庫蔵元和二年刊本の書影であるため、注意を要する。

（2）本書第一部第三章「慶長七年刊古活字本の本文をめぐって」参照。

（3）本書第一部第二章「流布本『太平記』の成立」参照。
（4）小秋元段「龍門文庫の無刊記古活字本『太平記』について」（『日本古典文学会会報』第一三三号、二〇〇一年）参照。
（5）日東寺慶治氏「太平記整版の研究」（『太平記とその周辺』新典社、一九九四年）参照。

〔補注〕

平成十三年度東京古典会古典籍展観大入札会に出品された無刊記双辺丁種本は、その後、法政大学文学部日本文学科の蔵に帰した。本書第三部第一章〔補記〕参照。

第二部　古活字版『太平記』の周辺

第一章　近世初期における『太平記』の享受と出版
―― 五十川了庵と林羅山を中心に ――

一　はじめに

慶長年間、京都において古活字本の出版に精力を注いだ人物の一人に五十川了庵（天正元年〈一五七三〉〜寛文元年〈一六六一〉）がいる。彼の号、冨春堂の名が刊記に残された本として、慶長七年（一六〇二）刊『脈語』、同八年刊『太平記』、同十年跋刊の伏見版『吾妻鏡』がある。また、無刊記ではあるものの、石川武美記念図書館成簣堂文庫に蔵される古活字版『太平記』は、了庵により慶長七年に刊行されたものと認められている。(1) 了庵が開版した『太平記』についてはこれまで屢説したところであるが、行論の都合上まずはその概要を再説したい。

まず、慶長七年刊本の本文は梵舜本を基底とし、西源院本系・神宮徴古館本系・南都本系・天正本系の本文を増補したものである。了庵は天正七年（一五七九）、七歳の時に父を喪い、八歳より医師盛方院浄慶に養育された。浄慶の母は吉田兼右の女で、梵舜の姉妹にあたる人物である。つまり、梵舜にとって浄慶は甥にあたった。慶長七年刊本の本文の大部分が梵舜本によったのは、了庵が養父浄慶を介して、梵舜所持の『太平記』を借りたことによるものと推測される。つぎに、慶長八年刊本の本文は慶長七年刊本を基底とし、やはり西源院本系・南都本系などの本文によって増補されている。以後刊行される『太平記』は慶長八年刊本とほぼ同じ本文を持っており、これら流布本と慶長七年刊本との間には少なからぬ異同が存在した。なお、医家に育ち、自身も長じて医師となった了庵が諸書の版を開き得たのは、二十六歳で娶った妻が、嵯峨本の出版で知られる角倉家の血を引く女性であったことに由来する（二九頁図3参照）。その縁で了庵は角倉了以の弟で、当時著名な医師であった吉田宗恂に師事することとなり、了以の子の素庵とも親交を深めることができたのである。素庵と宗恂が近世初期の古活字本出版に深く関与していたことは贅言を要すまい。

そもそも梵舜本は祖本が取り合わせ本であって、例えば巻により章段の立て方（章段名や章段を改める頻度）などに統一を欠くところがある。慶長七年刊本は梵舜本のこうした不統一を継承しているが、慶長八年刊本では全面的な改訂が施されている。了庵にはより整序された本文を提供する意図があったのだろう。また、慶長七年刊本の本文には西源院本系ほか複数の系統の異文が増補されており、さらに慶長八年刊本の本文にも同種の系統からの異文が増補されている。了庵は二度とも複数の本との対校作業を行い、本文の整定を進めたのである。特に慶長八年刊本の刊行の際には、七年刊本に漏れた対校諸本の異文を改めて取り込んでいる。即ち、そこには異文を集成し、定本を作ろうとする意図が認められよう。本文の整序と集成という二つの営為は、出版という事業と不可分に結びつくものであった。慶長七年に『太平記』を刊行した了庵が、その翌年に再び『太平記』を刊行したことは、定本を追求する彼の姿勢を反映するものだったといってよい。

では、この五十川了庵とはどのような人物だったのだろうか。彼の学問や人間関係はどの程度まで明らかにすることができるのか。本章では了庵の学的環境を探り、彼の『太平記』の刊行に向けた熱意の源泉を探っていきたい。そして、それと関連して慶長年間の前半に、彼と親好の厚かった林羅山の『太平記』受容の特色を窺い、近世初頭の『太平記』享受の様相をも瞥見するつもりである。

二　「お伽の医師」として

了庵の本業は医師である。林鵞峰撰文の「老医五十川了庵春意碑ノ銘」（『鵞峰先生林学士文集』巻六十七所収。以下「碑銘」と略す）には、その修業歴がつぎのように記される。

八歳ニシテ養二ハル於世医盛方院紹継一ニ、既ニシテ而寓二スルコト東山ノ泉涌寺一ニ七八年、出レテ寺ヲ従二テ紹継一ニ習二フ医術一ヲ、復就二テ内田黙庵一ニ学フ、黙庵カ妻ハ大医一溪道三ノ姉ナリ也、故ニ了庵時往テ見二ユ一溪一ニ、一溪ハ者当時医家ノ巨擘ナリ也、了庵二十六歳娶二ル増田宗為カ娘一ヲ、是レ意安宗恂カ姪女ナリ也、是ヲ以テ了庵受二ク業ヲ於意安之門一ニ、意安ハ以二テ鴻術一ヲ顕二ル於世一ニ者ナリ也、(2)

ここにいう盛方院紹継とは坂流医学の一派、盛方院流の正統を嗣ぐ浄慶のことである。彼は後陽成天皇に進薬し、豊臣秀吉・徳川家康にも仕えた名医である。了庵は幼くしてこの浄慶に養われ、のちに医術の手ほどきを受け、さらに内田黙庵・一溪道三（曲直瀬道三）・吉田宗恂の門に学んだ。黙庵については伝を詳らかにしないが、道三・宗恂はまさに当代を代表する医師である。

医師として自立した了庵は、大名家に二度仕官している。「碑銘」によれば、

慶長六年了庵従二テ細川興元一ニ赴二ク豊州小倉一ニ、羅山作レテ詩餞レス行ニ、数月ニシテ而旋レル洛ニ、

とあって、慶長六年（一六〇一）に細川興元に従い、豊前小倉に赴いたという。興元は幽斎の子で、忠興の弟にあたる。梵舜の吉田家と幽斎とが姻戚関係にあることを想起すれば、(3)了庵の仕官には浄慶や吉田家が関与した可能性も考えられる。だが、最初の仕官は「数月ニシテ而旋レル洛ニ」とあるように、僅か数カ月で終止符を打つ。同年末に興元が忠

興と隙を生じ、小倉を出奔するという事件が起こったからである。(4) 帰洛後、了庵は出版活動に没頭するのであるが、「碑銘」には、

明年壬寅了庵初テ刻二シ太平記ヲ於梓一ニ便二ス於世俗一ニ、事聞二フ於　幕府一ニ、癸卯　東照大神君使三テ了庵一ヲ新タニ彫中ラ東鑑上ヲ、而シテ許シテ僦二ス　官本一ヲ、歴レテ年ヲ功成テ以テ献レス之ヲ、甲辰　神君有テレ命使三テ了庵一ヲ往二テ信州河中嶋一ニ仕中ヘ羽林忠輝上ニ、羽林ハ者

神君ノ之龍種ナリ也、

とあって、慶長九年（甲辰）に徳川家康より、六男松平忠輝に仕官することを命じられた。家康は了庵の慶長七年版『太平記』の刊行を聞くに及び、彼に『吾妻鏡』の開版を命じたのである。忠輝への仕官はその褒賞としての性格もあったのだろう。ただし、伏見版『吾妻鏡』は慶長十年三月から五月の間に成ったものと認められるから、(5) 実際に了庵が川中島に下向したのは慶長十年のことであったのかもしれない。

細川興元や松平忠輝への仕官が、了庵の医師としての経歴・力量によるものであったことはいうまでもない。だが、それだけでなかったことは、忠輝への仕官の経緯がよく示している。家康が『吾妻鏡』を嗜翫したことは『東照宮御実記』附録巻二十二に「和書にては延喜式。東鑑。建武式目などをいつも御覧ぜられ(6)」と記され、「東鑑。盛衰記等を校正仰付られし事どもゝ有しなり」と見えていることからも、よく知られている。家康は同書を政務の亀鏡と位置づけ、珍重していた。だとすれば、家康が了庵に忠輝への仕官を命じた背景には、『吾妻鏡』の開版を褒すると同時に、『吾妻鏡』に通じた了庵を愛息忠輝に扈従させることによって、忠輝の政事の顧問的役割を担わせる意図があったと見られる。

大名高家に近侍する所謂「お伽衆」を医師が務めることはしばしばあった。(7) そして、近年の福田安典氏の研究により、こうした「お伽の医師」の文芸活動が近世初頭、看過しがたい意味を持っていたことがわかってきた。(8) そもそも、

医師として主君に仕えるだけでなく、ときには主君の談話の相手を務め、政事への助言を求められることもあった彼らには、文芸や学問に対する相応の素養が必要とされたようだ。従って、当時の医師において医学と漢学・文芸等との兼学は普通であった。松永貞徳が編んだ往来物『貞徳文集』のうち、四月七日状はそうした事情をよく物語っている。

　這医者驢庵、延寿院、盛法印等受二ケ教訓一ヲ、学寮五年宛相詰メ、医学巧者、療治名誉、京都暦々無レク隠レ被レ存候、其ノ上外典講尺大概相済シタル由ニ候、先利口弁説才幹成ル事、誰にも負ケ申間鋪候、奉公之望候間、高知行被レ遣御伽ニ可レク被二召シ置一候、(9)

これは医師の仕官にあたりしたためられた推薦状の例文である。医師として治療に優れているだけでなく、「外典講釈」を済ませ、「利口弁説」なる者が、「御伽」のために高禄で取り立てられたという当時の事情が伝わってくる。冒頭に出てくる驢庵は半井氏。延寿院は曲直瀬玄朔のことで、道三の養女を妻とし、曲直瀬家を嗣いで二代目道三を名乗った人物。盛法印は盛方院浄慶、あるいは跡を継いだ浄珍・浄元あたりを想定できようか。いずれも実在の医道の大家である。もとより本状は創作によるものではあるが、こうした当代一流の医師の「学寮」は、単に医学を学ぶ場であっただけでなく、学芸を広く研鑽する場でもあったのである。

さて、このあと見るように、了庵は和漢の学にも通じていた。浄慶・道三・宗恂など第一級の医師のもとに学んだ了庵は、医術の面でも、また学芸の面でも「お伽の医師」たるにふさわしい素質を身につけていたはずである。そして、ここで思い出したいのは、お伽衆の素養を伝えるあまりにも有名な資料、『貞徳文集』の七月二十一日状である。(10)

　……仍伽之者一両人抱ヘ置キ度候、謡鞁ノ方存シタル者歟、又者湾《セセリクス》シ医師、八卦占仕者歟、或ハ太平記、東鑑等仮名交之草子読ム者歟、或ハ禅僧落チ坊歟、嘉様之媚者仁而、然モ不レ賤シカラ人御尋出候而御馳走頼申候、文面はお伽衆一人を召し抱えるために紹介を乞うものである。お伽衆には謡・鼓のできる者、ちょっとした治療をこなせる医者、八卦占いのできる者、禅僧くずれの者などと並んで、『太平記』『吾妻鏡』などを読む者が珍重されたという。医道と『太平記』『吾妻鏡』とはその点で結びつきやすかったのであり、さしずめこの両作品を開版した了庵などは、その本文に通暁した究竟の「お伽の医師」だったことになる。彼の『太平記』刊行事業が、はじめから仕官を目あてにしたものであったかはわからない。しかし、多くの作品の中から『太平記』をとりあげ、二度にわたって刊行したことには、彼の「お伽の医師」としての属性が関与しているのではないかということを、まずは指摘してよいだろう。

勿論、医師が『太平記』と関わるのは了庵が最初ではない。加美宏氏が詳論するように、室町末期から近世初期にかけて山科言経や永田徳本といった人物は、医療の合間に『太平記』を読んだと記録されている。[11]また、近時若尾政希氏が伝を明らかにした岡山藩医横井養元は、『太平記秘伝理尽鈔』の伝授を受けた本格的な「太平記読み」の「お伽の医師」であり、同時に藩政の枢要に位置した人物でもあった。[12]了庵のように『太平記』の知識を以て君側に侍し、施政の諮問に答えた「お伽の医師」の存在は、この時代決して珍しいものではなかったのである。

三　「儒学医学の若き人々」とともに

「お伽の医師」として活躍した了庵の学問は、当時の京都における新興階級の学問興隆の風によって磨かれたものでもあった。例えば、彼と親密な交際があり、『太平記』の刊行事業も後援したかと考えられる角倉素庵は、こうした好学の上層町衆の典型である。

また、了庵が素庵などよりは世代の若い林羅山を中心としたグループと厚い親好を結んでいたことは、彼の『太平な記事がある。

記』刊行を考える上で、あわせて注目される。松永貞徳の『戴恩記』には、了庵と羅山らの交友を伝えるつぎのよう

若《キ》時は思慮なきものにて、人の嘲りをも恐れず。有時永喜の亭にて、丸が云やう、「太刀刀の目利は、本阿弥・木也など、鍛冶にあらざれども、国所銘まではづさず、よく云あつる物なれば、和歌もよく心を付侍らば、作者の名を見しらん物とて、この比いろ〳〵に吟じくらぶれども、或は西行のやうに慈鎮もあそばされ、或は俊成卿のやうに家隆卿もよみ給ひ、一様になければ是に見わけがたし。時代の遠近は少づゝ覚有やうなり」と語り申せしかば、「是はめづらかなる事哉。さらば心みん」とて、道春と永喜と両人内へ入、しばらく有て、丸が覚えざる歌ども十余首書付て、もて出られたり。則披見して、少も擬疑せず、これは古歌、是は新歌と、尽《ク》申あて侍し。其座に一花堂・宗務法橋・五十川了庵などゐられし。もし見そんじ侍らば、一期の恥に及べき事なり。此道の冥加有て、天然仕合よく侍し。今思へばあやうき事なり。後生の若輩、ゆめ〳〵かやうのたはぶれ事し給ふべからず。自称がましき事、こゝにしるすも汗顔ながら、後悔ゆへの懺悔としるべし。(13)

右の一件は羅山の弟、永喜（信澄）の邸における出来事を語ったものである。和歌の新旧が話題に上り、羅山兄弟から新旧を言いあてるよう歌を示された貞徳は、悉くこれを言いあてて面目を施したという。その座にいた人々として、一花堂・宗務法橋・五十川了庵の名をあげるのは、証人を明記しておこうとする意図からか。ともかくも、この記事によって我々は、了庵の交友圏に林羅山・永喜兄弟、松永貞徳・一花堂乗阿・遠藤宗務など錚々たる顔ぶれがあったことを知るのである。

この記事については、既に小高敏郎氏が『近世初期文壇の研究』寛永期第三章「一花堂乗阿・切臨の学統」（明治書院、一九六四年）において注意を払っているが、『太平記』の享受史研究の場で触れられることはなかったようだ。

まずはこの会合が催された時期を限定してみよう。了庵は前述のように慶長十年（一六〇五）までには川中島に下向しているから、慶長十年以前の出来事であったことは間違いない。ちなみに羅山も慶長十二年には家康に召し抱えられ、暫くは京都と駿府を往復する生活を送ることになる。そして、この座に顔を覗かせている羅山・貞徳・宗務の三人は、のちに詳しく見るように、慶長八年の公開講義で講釈を行ったメンバーである。この会合が催された時期も慶長八年の前後に自ずと収斂されるのではないだろうか。

さて、羅山と了庵との親好は深く、「碑銘」には「了庵与ニ我カ先考羅山子一同ニシ里閈一ヲ、其ノ齢長ニセルコト羅山一ニ十歳、交際殊ニ渥シ」とあって、羅山の実家が了庵宅の近くに位置していたことから、二人は早くから交流を重ねていたことがわかる。了庵は四条坊門の人で（碑銘）、羅山の実家は四条坊門と錦小路の間の四条新町にあった（羅山先生年譜）。了庵は羅山より十歳年長で、貞徳（元亀二年〈一五七一〉生）などとともに、まだ少壮の学徒であった羅山の後見的立場にあったものと思われる。貞徳も了庵とは因縁浅からぬ仲だったようだ。二人の交流を直接伝える史料は乏しいが、慶長十七年（一六一二）に生まれた了庵の第三子梅庵は[14]、貞徳およびその子尺五の門に学んだ可能性がある。[15] このほか、了庵と乗阿・宗務との関係は未詳である。乗阿は前記小高氏論考によれば、武田信虎の子で時宗の僧となり、晩年には七条道場金光寺に住したという。連歌のほか、『伊勢物語』『源氏物語』などの古典研究に名を残し、また、八坂流『平家物語』の一本、奥村本の書写者でもある。[16] 田中善信氏によれば、羅山は慶長九年から十二年の間に乗阿の『源氏物語』講釈を聴聞したと考えられ、羅山・永喜と乗阿との間で『源氏物語』の注釈をめぐる著名な論争が交わされるのは、慶長十三年正月よりあとのことだという。[17] 宗務は了庵と同じく医者で、元和八年（一六二二）以前に江戸に下っている。羅山と親しく、羅山は宗務のために「六芸栝説」（『羅山林先生文集』巻二十八）を作り、「和ニス本庵宗務鶏旦倭歌一」（『羅山林先生詩集』巻十五）、「宗務失ニフ令愛一ヲ挽詞」（同巻四十）などの詩も贈っている。また、慶長八年の公開講義の折、宗務が『太平記』を講じたことはよく知られている。以上のように了庵の交友圏にあった人々は、儒学・和歌・連歌・古典研究に秀でた存在であった。彼らと同席するからには、了庵の儒学・和学に対する学識も浅くはなかったはずである。若くから第一級の医師のもとで医術や学芸の研鑽に励んだ了庵は、貞徳や羅山といった同世代またはそれ以下の気鋭の士と交わることにより、自らの素養を一層深めていったことだろう。

さて、羅山や貞徳が催した所謂慶長八年の公開講義は、わが国の学問史上極めて重視される出来事であった。旧来の学問が持つ師資相承・秘伝主義の殻を破り、多数の聴衆を相手に注釈・口伝を披瀝したことは、この企ての最も画期的であり、また波紋を呼ぶところでもあった。その経緯は『戴恩記』に詳しい。

此入道殿（中院通勝）には、王代記・年代記のよみやう、亦《タ》二十一代集の真字仮字の序、幷歌の中、不審の事ども数ヶ条、又つれ〴〵草の御講尺を、聴聞仕りたりき。其後道春初而論語の新註をよみ、宗務太平記をよみ、丸にも歌書をよめと、下京の友達どもすゝめしにより、なにの思案もなく、百人一首・つれ〴〵草を、人の発起もなきに、群集のなかにて、大事の名目などをよみちらし侍りけるを、きこしめしつけさせ、陰にて御にくみ有けるとかや。

このとき羅山は新注の『論語』を、貞徳は『百人一首』『徒然草』の秘伝を、宗務は『太平記』を講釈したという。

「羅山先生年譜」慶長八年の条には、

先生二十一歳、聚メ二徒弟ヲ一開キレ筵ヲ講ス二論語集註ヲ一、来リ聞ク者ノ満ツレ席ニ、……

と見えている。また、『戴恩記』とほぼ同内容の事柄が、貞徳の『なぐさみ草』の跋文につぎのように記されている。

其比今の道春法印いまた林又三郎信勝とて若年なりしか、稽古のため新註の四書を講談つかまつりてみはやと申されしまゝ、いとよろしかるへき事なりと申侍し、遠藤宗務法橋は太平記講談せらる、其比儒学医学の若き人

〵、丸にも言つれ〳〵草をよみてきかせよと所望せられしかとも、ふかくいなみて過し侍りしに、信勝の父叔父また宗務の祖父なと、若きものともはかり講尺つかまつれは、なにとやらん心もとなきまゝ、是非御読なされてたへとみつからか隔なき友垣をかたらひそゝのかされしゆへ、是非に及はすしてよみ侍し、これつれ〳〵草の講尺のはしめにて侍ると世に申きと云々、

貞徳の『徒然草』講釈は、「儒学医学」の若き学究の懇請によるものであった。事実、講師の羅山は儒学の新進の学徒で、宗務は医学に携わる者であった。既に小高敏郎氏は当時儒と医が非常に近いものであったことを指摘しており、ここにいう「医学の若き人々」とは吉田宗恂門下の若い医学生であったろうと推測している(18)。

また、このとき『太平記』が講釈の対象とされたことも注目される。『論語』や『百人一首』『徒然草』が講じられた学問的なその場の性格を考慮すれば、宗務の『太平記』講釈が本文の素読みや『太平記秘伝理尽鈔』などによる講釈であったとは想像しにくい。「注釈を中心とした学術的講釈であった」とする小高道子氏の説が首肯されよう(19)。ところで、了庵は公開講義を主催したメンバーと親しかっただけでなく、彼自身も実際にその講筵に列していた。「碑銘」には了庵と羅山の交友が述べられたあと、つづいて、

羅山子未㆓タ弱冠㆒ナラ初テ講㆓ス論語集註㆒ヲ、了庵常ニ与リ聞ク焉、

と記されている。了庵が羅山の慶長八年の『論語』講義を聴聞していたことは確かで、だとすればセットで行われた宗務の『太平記』講釈をも聴聞していたはずである。

慶長七年と八年の了庵による『太平記』刊行と宗務の『太平記』講釈との間に、因果関係があるのかは不明である。『太平記』が既に慶長七年に出版されていることを踏まえれば、宗務の講釈は明らかにあとのことであり、了庵の『太平記』出版を背景に講釈が行われたということができる。しかし、両者の関係をこのように一方向的にとらえる

ことは果たして適切だろうか。例えば、宗務は慶長八年にはじめて、何の準備もなく『太平記』を講じたわけではあるまい。そこにいたるまでには相応の時間を費やし、研究（注釈）を積み重ねたはずである。その過程で、了庵をはじめ、羅山や貞徳らも『太平記』に対する関心を深めていったと見ることもできる。そう考えれば、了庵の出版と宗務の注釈活動の先後関係は、軽々に判断できるものではなくなってくる。了庵を取り巻くグループの中で『太平記』に対する関心が高まり、そうした影響のもとで了庵は『太平記』を刊行し、宗務は講釈を行ったと解釈することが、当面のところ穏当なのではあるまいか。

「儒学医学の若き人々」が『太平記』に関心を寄せ、やがて出版と講釈が連動するかのように行われたという流れは、享受史上少なからぬ意味を持っている。当時、『古今集』『伊勢物語』『源氏物語』等に対する知識人の関心は前代同様高いものがあったが、近世初期、新たな価値が与えられ、急速に重視されるようになった古典に『徒然草』がある。それを象徴するのが寿命院宗巴や羅山・貞徳らの撰じた注釈書の存在だろう。宗巴は曲直瀬道三に学び、角倉・盛方院とも姻戚関係を持ち、豊臣秀次・徳川家康に出仕もした典型的な「お伽の医師」である。学問や文芸の世界におけるこうした新たな担い手が『徒然草』の価値を宣揚することにより、近世の爆発的な『徒然草』享受の方向性は定まったといってよい[20]。儒・医に携わる人々が『太平記』を講釈し出版したことも、新たな古典の発掘という意味で、これと似た側面を持つのではなかろうか。勿論、『太平記』をめぐっては室町期の享受例は豊富で、人々を前にして「読む」伝統も公開講義以前から存在した。また、歴史・政道の書として、戦国大名の間では価値の高い書とも見なされてきた。しかし、『太平記』が近世初期、「儒学医学の若き人々」の間で学問対象として再評価され、講釈と出版があわせて行われたということは、このあとつづく『太平記』の飛躍的な流行と無関係だったとは思えない。無論、『太平記』の場合、『太平記秘伝理尽鈔』という異形を生みだし、これがまた独自の浸透を見せるのではあるが、ここでは『徒然草』同様、『太平記』が近世において最も親しまれた古典のひとつとなった起点に、慶長期の「儒学医学の若き人々」の学問動向があることを強調したいのである。

四　林羅山の『太平記』享受

林羅山ら公開講義を主催した人々やその講筵に連なった人々は、この時期、『太平記』への関心を深めつつあったものと思われる。そのことを、ここでは羅山を例に窺ってみたい。

『太平記』の影響下にある羅山の作品として最も代表的なものに、「藤原藤房ノ伝」「楠正成ノ伝」（ともに『羅山林先生文集』巻三十八所収）がある。羅山は藤房と正成の二人をとりあげ、「建武ニ有二リ忠一焉」といっており（「楠正成ノ伝」）、こうした評価から『太平記』の中よりとりわけこの二人を選び、伝を記したのだろう。「藤原藤房ノ伝」は冒頭に、

孔子対二テ魯ノ定公一ニ曰ク、君使レフニ臣ヲ以レテシ礼ヲ、臣事レフニ君ニ以レテス忠ヲ、孟子対二テ斉ノ宣王一ニ曰ク、王勿レレ変二スルコト乎色一ヲ、臣不三ス敢テ不二ンハ以レテ正キヲ対一ヘ、異姓ノ之卿君有レルトキハ過チ則諫ム、反覆シテ之而不レルトキハ聴カ則去ル、今果シテ有二ル其ノ人一乎、藤原藤房有レリ焉、[21]

と、『論語』八佾篇の句を引用して礼と忠を重んじた君臣の関係を説き、『孟子』万章下篇の句により、君に誤りあるときは諫め、繰り返し諫言が容れられない場合は国を去る卿の姿勢について述べている。これを受け、伝の内容は藤房が笠置落城に際して後醍醐天皇に従って逃亡したこと（『太平記』巻三相当）からはじまるものの、中心はやはり建武新政時、後醍醐天皇への諫言が容れられず遁世したこと（巻十三相当）に置かれている。ただし、全体は『太平記』の内容を漢文化したもので、『太平記』によりつつ諫臣藤房の像を再構成したものといってよいだろう。

「楠正成ノ伝」は長大な作品だが、「藤原藤房ノ伝」と同様に『太平記』を下敷きとしている。こちらは巻三の正成登

場の場面から巻十六の湊川における自害の場面まで、生涯の事績が『太平記』から均質に抜き出され、叙述されている。ただ、「楠正成ノ伝」には『太平記』以外の文献からの影響や、羅山自身による創作が僅かながら見いだせる。まず、笠置の行宮にあった後醍醐天皇が、南の枝の繁茂した常盤木の夢を見る場面は、

時《ニ》帝仮寐《ス》、夢《ラク》紫宸殿前《ノ》大樹下衆人多《ク》成《ス》二行列《ヲ》一、如《シ》二所謂《ル》天街槐衙《ノ》一也、其《ノ》南《ニ》指《セル》枝茂《ク》葉蔓《ル》樹間南《ニ》嚮《テ》敷《ク》二重篋席《ヲ》一、

とある。傍線部に相当する部分、『太平記』は「南へ向タル上座ニ御座ノ畳ヲ高ク敷テ」とするが、ここは『書経』顧命篇の「牖《ノ》間《ニ》、南嚮《ニ》敷《キ》二重篋席《ヲ》一、黼《ニス》レ純《ヲ》」という句を踏まえたものと思われる。つづいて後醍醐天皇は夢の内容を藤房に告げ、藤房はその意味するところをつぎのように答える。

帝覚《テ》自《ラ》以為《ク》吉《ナリト》、因《テ》召《テ》二藤納言藤房《ヲ》一、以《テ》告《ク》焉、藤房跪《テ》而言《テ》曰《ク》、是吉夢《ナリ》也、雖《トモ》下古《ノ》之商《ノ》高宗自《リ》レ天賚《フノ》二良弼《ヲ》一之応《ト》上、未《タ》能《ハ》レ過《クルコト》也、是天《ノ》所四以《ノ》示《ス》三陛下再《ヒ》践《ムコトヲ》二南面《ノ》之阼《ヲ》一者《ナリ》也、敬《シテヤ》レ之《ヲ》哉、

後醍醐天皇が夢の内容を藤房に語るという設定は、『太平記』諸本に見られず、羅山の創作かと思われる。「是天《ノ》所四以《ノ》示《ス》三陛下再《ヒ》践《ムコトヲ》二南面《ノ》之阼《ヲ》一者《ナリ》也」という藤房の解釈は、『太平記』では後醍醐天皇自身が行っている。藤房の卓越した能力をこのようなかたちで示したのだろう。また、藤房が天皇の夢を判断して、天が良弼を授けようとする兆しと答え、正成の出現を予言する役回りを担うのは、藤房と正成の二人を「建武の二忠」と称揚する羅山の特別な認識に発する創作と見てよい。なお、ここでいう商の高宗が天より良弼を賜る故事というのは、『書経』説命上篇に「茲《ノ》故《ニ》弗《レ》言《ハ》、恭黙《シテ》思《ヒ》レ道《ヲ》、夢《ニ》帝賚《フ》二予《ニ》良弼《ヲ》一」とあるのが該当しよう。「楠正成《ノ》伝」も殆どは『太平記』を抜き出して漢文化したものだが、このように若干の創作も交えているのである。

「藤原藤房《ノ》伝」「楠正成《ノ》伝」は林鵞峰らの補記するところによれば、ともに慶長九年（一六〇四）冬の作とのこと

である。ところで、羅山は八歳のとき、永田徳本が『太平記』を読むのを傍らで聞き、その本文を暗誦したという逸話（「羅山先生年譜」天正十八年〈一五九〇〉条）を残している。加味宏氏は「藤原藤房ノ伝」「楠正成ノ伝」の成立をめぐって、この徳本による『太平記』講読の影響を重視している。(22)確かに少年期におけるかかる体験は羅山に大きな影響を与えたことだろう。しかし、ここで伝を著したのが慶長九年であることに注目するならば、羅山にこれらの作品を執筆させた直接の原動力は、慶長八年の宗務の講釈やこの前後、羅山周辺で高まっていた『太平記』愛好の風潮であったといえそうだ。

羅山が「藤原藤房ノ伝」「楠正成ノ伝」を作るにあたり、『太平記』をほぼそのままのかたちで用いたことはやはり特徴とすべきである。『太平記』の記述には、史実からの乖離や創作が多く含まれていることはいうまでもない。しかし、羅山にとって『太平記』は、よるべき歴史史料の一つとして扱われていたのである。寛永十九年（一六四二）に羅山と四男読耕斎が著した「豊臣秀吉譜」は、『太閤記』に材を仰ぎながら、それを史書風に仕立て直した作品だと長谷川泰志氏は指摘しているが、(23)藤房・正成の伝の姿はこれとよく似ている。

さらに羅山は晩年に撰んだ「本朝武将小伝」（『羅山林先生文集』巻三十九所収）の中で、「楠正行」の伝を、

正行ハ正成カ子ナリ也、不レ忘二レ正成カ之遺訓一ヲ、常ニ挟二ミ勤王ノ之志一ヲ、含二ム復讎ノ之憤一リヲ、貞和ノ之末起二シテ義兵一ヲ窺二京師一ヲ、先ツ与二ト赤松氏一連戦皆勝ツ、撃二チ破ル京兵ヲ于藤井寺一ニ、京軍又屢く来リ攻ム、正行毎レ二戦フ有レ利、尊氏又使ムレシテ諸将ヲ南ニ侵一サ、正行夜潜レメテ軍ヲ入レル京ニ、急ニ襲レテ之ヲ放レツ火ヲ、尊氏直義殆ント危シ、単身ニシテ僅カニ逃ル、尊氏ノ妻為二メニ乱兵一ノ所レル殺サ、

正行在レコト洛ニ数十日、兵威孔タ熾ンナリ、……

と記している。正行の伝は藤井寺合戦と安倍野合戦の間に京都を奇襲し、数十日洛中を支配したという、史実に見えない右のごとき事績を中心に叙述されている。このとき、尊氏・直義が単身逃れ、尊氏の妻が殺されたというのも荒

唐無稽な話であるが、実はこれらはすべて『太平記秘伝理尽鈔』巻二十五に依拠している。『理尽鈔』の内容の多くが創作によるものであることは今日よく知られている。そうした中、羅山が実際に『理尽鈔』の所伝をどこまで信用していたのかはわからない。しかし、羅山が『太平記』のフィクション性にあまりこだわらず藤房・正成の伝を作ったのと同様に、『理尽鈔』を歴史叙述の材と仰ぐことにも抵抗感を持っていなかったのは確かである。人物伝の世界で求められたのは、その人物の倫理性や規範性、あるいは臣下・武将としての華々しい活躍などといった事柄だったのであり、史料としての精確さなどは別次元の問題であったのだろう。さらに、加美氏も指摘するように、息子の鵞峰は『本朝通鑑』において、『理尽鈔』に日記や古記録につぐ高い資料的価値を認め、活用している。[24]『本朝通鑑』に窺える林家史学のあり方は、見てきたような羅山の姿勢が拡大継承されたものといってよいだろう。彰考館が編纂した『参考太平記』が、「太平記評判、大全等、竝不レ足レ論、故不レ取」（凡例）として『理尽鈔』の類を排除したことと好対照をなすといわれる所以である。

五　五十川梅庵と林鵞峰

以上、古活字本『太平記』の刊行者五十川了庵とその周辺について見てきた。最後に了庵の三男梅庵と林鵞峰の交友関係に触れ、稿を終えたい。聊か唐突な話題かもしれないが、了庵と羅山の親しい間柄が、この二人の関係にも投影されていると思われるからだ。

了庵は元和元年（一六一五）に主君松平忠輝の改易に遭い、京都に戻っている。以後、仕官の志を持たず生涯を送り、寛文元年（一六六一）に八十九歳で没した。了庵の死に際して、鵞峰は道専・梅庵の兄弟に挽詩を贈り（『鵞峰先生林学士詩集』巻四十六所収）、彼らのために「碑銘」も撰文した。この前後、京都と江戸に別れて暮らす梅庵と鵞峰に頻繁な交流があったとは認められないが、寛文八年（一六六八）の二月から三月の間には鵞峰の『国史館日録』に梅庵の名がたびたび現れる。梅庵が加賀の前田家への仕官を運動するべく、江戸に下向したからである。二月十八日、梅庵は鵞峰の忍岡の邸を訪れて上京の目的を語り、周旋を依頼する。鵞峰はこうした運動を内心喜ばなかったが、父の代からの誼みからこれを聞き入れ、翌日、加賀藩の奥村和豊（蒙窩）に梅庵の件を談じている。梅庵は鵞峰のもとをしばしば訪れ、ときには「本朝之事数件」を尋ねることもあった。彼は懐より小冊子を出し、聞いたことを筆記するという態で、鵞峰はこれを「猶有古体之風」と褒め、昨今の学生の軽佻浮薄を嘆じている（三月十一日条）。鵞峰にとって梅庵は旧友ではあるが、門生に准じて接している。しかし、彼を敬うがため、自ら梅庵の滞在先を訪ねることもあった。その折、居所があまりにも狭いことに驚き、

彼本洛之一医、不貧、頃年用度漸乏、故為求仕官初来、其旅舎矮屈可憐、

と記している（三月十三日条）。結局、仕官の話は実現せず、梅庵は三月十七日に暇乞いに訪れている。ただ、このとき梅庵は仕官できなかったものの、代わって梅庵の子剛伯がこの年の七月に前田家に召し抱えられた。剛伯は加賀で前田綱紀に謁し、そのまま江戸へ出て朱舜水の門に入った。これは舜水門の奥村和豊の配慮によるものである（八月六日条）。なお、つづく第二章「五十川氏をめぐる一資料」でも触れるように、剛伯は元禄年中、子の贋金事件に座して禁固ののち、能登曲邑に流されたという。憐れむべき晩年であった。

一方、梅庵は寛文十年（一六七〇）に、新たに京都所司代になった永井尚庸への仕官が決まった（四月十四日条）。禄高は二百石である[26]。尚庸は『本朝通鑑』編纂時の若年寄で、編纂の奉行を務めた人物である。鵞峰とは少年時代より師弟の関係にあり、極めて親密な間柄であった（寛文五年九月十六日条）。尚庸の転任が決まるや、剛伯は鵞峰と議し、梅庵の仕官に向けて動いたのである（寛文十年三月八日条ほか）。この年の九月十三日夜、梅庵は京に赴任した尚

庸に侍し、絶句律詩各一篇を賦し、鵞峰に和を求めている（十月四日条。『鵞峰先生林学士詩集』巻八十七）。父了庵と同様、梅庵が「お伽の医師」としての性格を持っていたことはいうまでもない。

鵞峰が江戸に下ったのは寛永十一年（一六三四）、十七歳の折である。若年にして別れた鵞峰と梅庵だが、洛中の一医として逼塞していた梅庵の仕官に鵞峰が尽力したのは、羅山と了庵の代に築かれた両家の深いつながりがあったからである。

注

（1）川瀬一馬氏『増補古活字版之研究』上、第二編第四章第三節二「伏見版の刊行」（A・B・A・J、一九六七年。初版、安田文庫、一九三七年）。

（2）内閣文庫蔵元禄二年刊本による。

（3）幽斎の息女ははじめ一色義有の室となり、後に吉田兼治に嫁した（『綿考輯録』巻一）。また、盛方院浄慶の兄浄勝の室は、細川家重臣松井正之女でもある。

（4）『朝野旧聞裒藁』慶長七年正月十五日条、『綿考輯録』巻十七、巻二十。

（5）伏見版『吾妻鏡』に慶長十年三月の西笑承兌の跋文が附されていること、また、同年五月十八日に舟橋秀賢が伏見で家康より「東鑑新板」を見せられていることから（『慶長日件録』）。

（6）増補改訂国史大系『徳川実紀』第一篇（吉川弘文館、一九六四年）による。

（7）桑田忠親氏『大名と御伽衆』（青磁社、一九四二年）参照。

（8）福田安典氏「武田科学振興財団杏雨書屋蔵『今大路家書目録』について―お伽の医師の蔵書―」（『芸能史研究』第一二九号、一九九五年）。

（9）往来物大系第二十一巻（大空社、一九九三年）による。

(10) 桑田忠親氏注（7）前掲書参照。
(11) 加美宏氏『太平記享受史論考』第二章第七節「『言経卿記』―戦国公家の『太平記』読み」、第八節「中世から近世へ―浪人・医者らの『太平記』読み」（桜楓社、一九八五年。初出、『甲南国文』第二八～三〇号、一九八一～八三年、『日本のことばと文芸』第四集、一九八二年）。
(12) 若尾政希氏『「太平記読み」の時代―近世政治思想史の構想―』第五章「岡山藩政の確立と「太平記読み」」（平凡社選書、一九九九年）。
(13) 日本古典文学大系『戴恩記　折たく柴の記　蘭東事始』（岩波書店、一九六四年）による。
(14) 山本春正「五十川梅庵悼」（寛文十三年八月下旬撰。『舟木集』所収）に梅庵が寛文十三年（一六七三）七月二十二日、六十二歳で没したことが見える。逆算すると、慶長十七年（一六一二）の生まれとなる。なお、春正と梅庵は姻戚関係で結ばれていた（『国史館日録』寛文八年九月十六日条）。
(15) 『国史館日録』寛文八年二月十八日条に、梅庵が貞徳・尺五に学んだ木下順庵と「膠漆之友」と記されていることから。
(16) 櫻井陽子氏のご教示による。
(17) 田中善信氏『初期俳諧の研究』所収「一華堂乗阿伝小考」（新典社、一九八九年。初出、『武蔵野女子大学紀要』第一九巻、一九八四年）。
(18) 小高敏郎氏『松永貞徳の研究』第四章第二節「古典公開講義への参加」（至文堂、一九五三年）。
(19) 小高道子氏「近世初期の太平記講釈―徳本・宗務の講釈をめぐって―」（『太平記とその周辺』新典社、一九九四年）。
(20) 小高道子氏「和学」（講座元禄の文学第一巻『元禄文学の流れ』勉誠社、一九九二年）、「古典の継承と再生」（岩波講座日本文学史第七巻『変革期の文学Ⅱ』岩波書店、一九九六年）、福田安典氏「秘伝の公開としての講釈―医師の講釈と『徒然草』注釈―」（『伝承文学研究』第四五号、一九九六年）参照。
(21) 内閣文庫蔵寛文二年刊本による。
(22) 加美宏氏注（11）前掲書のうち第八節「中世から近世へ―浪人・医者らの『太平記』読み」参照。
(23) 長谷川泰志氏「羅山と『豊臣秀吉譜』の編纂」（『文教国文学』第三八・三九合併号、一九九八年）。

(24) 加美宏氏『太平記の受容と変容』第五章第三節『太平記理尽鈔』と『本朝通鑑』（翰林書房、一九九七年。初出、『人文学』第一四六号、一九八八年）。なお、『本朝通鑑』には羅山の「藤原藤房ノ伝」「楠正成ノ伝」も史料の一つとして取り込まれている。この点も『本朝通鑑』の歴史叙述の特徴をよく示している。

(25) 史料纂集『国史館日録』第三（続群書類従完成会、一九九八年）による。

(26) 『南塾乗』寛文十一年正月二十九日条。なお、鵞峰の日記として同史料があることは、田中正人氏よりお教えいただいた。

第二章　五十川氏をめぐる一資料

一　五十川剛伯について

京都の医師、五十川了庵（天正元年〈一五七三〉～寛文元年〈一六六一〉）は慶長七年（一六〇二）と八年に二度、古活字版『太平記』を刊行した人物として知られている。さらに慶長十年（一六〇五）には徳川家康の命を受け、所謂伏見版『吾妻鏡』の刊行当事者となり、その功により家康の息、松平忠輝のもとに出仕するにいたった。しかし、元和二年（一六一五）、忠輝が大坂夏の陣に際し配流されると、了庵は京に戻り、再び仕官することはなかった。

了庵には道専・光定・梅庵の三子があった（もと五男五女あったが、男子二人は夭折している）。光定は八木氏の養子となったが、道専・梅庵は医と儒を修めて五十川の家業を継いだ。前章で触れたように、このうち梅庵の寛文八年（一六六八）の動静が、林鵞峰の『国史館日録』に見えており、興味深い。この年二月十八日、梅庵は加賀前田家への仕官の運動をするべく江戸に下り、鵞峰に周旋を依頼している。しかし、この仕官は実現せず、三月十七日、梅庵は鵞峰のもとへ暇乞いに訪れている。その一方でこの年七月、梅庵に代わって息子の剛伯が前田家に召し抱えられることになった。剛伯は金沢で前田綱紀に謁してから江戸に下向し、朱舜水の門に入った。

この五十川剛伯に関しては、日置謙氏編『加能郷土辞彙』(改訂増補版一九五六年、北国新聞社)の記述が要を得ており、参考になる。いまここにその全文を引用してみる。

イカハコウハク　五十川剛伯　通称剛伯、字は済之、鶴皐と号した。洛儒梅庵の子で、平生慷慨にして気を負ふの風があつた。剛伯二十歳の時、寛文八年七月前田綱紀歳俸三十人扶持及び銀三十枚を給し、朱舜水に従遊せしめ、延宝三年五月学略成るを以て、藩の儒員に列して祿三百石を食ましめたが、天和元年舜水歿するに及んで帰藩した。元祿元年十一月剛伯、綱紀の旨を奉じて学聚問弁中の助語集要一部十三巻を撰じ、又詩範一部九冊を編した。剛伯の才学は平岩仙桂と相伯仲し、一時国卿大夫本多政敏・奥村悳輝・津田孟昭・本多政冬の輩其の門に遊んだ。晩年城西の僻陬に山斎を結んで遊息の所となし、梧月軒と名づけた。その詩文集に鶴皐集がある。元祿十一年十二月十四日、剛伯その子源一郎の贋銀の罪に坐して、生駒直政の家に錮せられ、源一郎は前田大膳の家に預けられ、明年五月二十六日剛伯能登の曲村に謫せられ、源一郎は刎首となり、次男当三郎は父と共に流刑となつた。

右の記述は多くを『燕台風雅』巻五によっていると思われる。『燕台風雅』は文政八年(一八二五)、富田景周により編まれたもので、全二十巻。加賀藩の好学の藩主・臣下および学者の伝記を前半八巻に収め、後半の十二巻に彼らの詩文を収めたものである。剛伯の閲歴については、現存資料中同書が最も詳細に記していると見てよいだろう。

二　『名家由緒伝』をめぐって

さて、ここに紹介するのは森田良見編『名家由緒伝』(写一冊)である。金沢市立玉川図書館近世史料館加越能文庫に明治十九年（一八八六）写の自筆本が蔵される（二六・三二／五一）。本書は金沢藩の学者の由緒書を集め、それぞれの略伝を加えたものである。小瀬甫庵・木下順庵・室新助（鳩巣）・五十川剛伯など十四人の由緒書と伝が収載されている。序文に、

吾旧藩国初以来、著名なる勇士、義士、或は有名なる大儒、書家、文人等多き中にも、儒家、書家等の文人か伝は、既に富田景周の燕台風雅に登録すれと、中には聊事実の齟齬するものなきに非す、是世俗の記録に拠れる故ならんか、予年来古書古文を閲する際、名家之人々、其時代自筆にて書出せる由緒書の伝来せしを見るに随ひ、謄写せしもの彼是あり、元より由緒書てふものは、麁略の俗文なれと、其人之実伝にて、其家々の伝言を書出せるものなれは、履歴の事実を校正するに足れり、乍去予か謄写せしもの漸々纔なれと、燕台風雅等の考証にせんと、聊愚按を附して一巻になしたり、元より一時倉卒の愚考なれは、攷案の誤なと粗多かるへけれと、かくはものし候、

明治十九年十一月　柿園森田平次識　（読点私意、以下同）

とあって、『燕台風雅』に事実と異なる記述の少なからぬことを指摘する。そして、長年にわたり謄写・収集した金沢藩儒の由緒書をもとに、本書を編んだと述べている。編者森田良見（通称、平次。柿園と号す）は文政六年（一八二三）に生まれ、明治四十一年（一九〇八）に八十六歳で没している。加賀藩臣茨木忠順に仕え、同家の家譜編纂を行い、明治以後は前田家御家禄編輯職の一員ともなった。廃藩後は県に出仕し、明治九年（一八七六）に官界を去ったあとは、郷土史を中心とした多数の書を著している。

この『名家由緒伝』に五十川剛伯の由緒書が収められていることは、五十川一門の経歴に関心を寄せている身には嬉しいことである。本書は近世儒学史や金沢藩史の研究の上では夙に知られた資料であるが、ここでは筆者の関心に

引き寄せ、五十川剛伯の由緒書ならびに略伝を紹介することを許されたい。

五十川剛伯由緒書

歳廿三

一　三拾人扶持　　五十川剛伯

銀子三拾枚

私義、寛文八年申七月十四日被召出、御合力拝領

仕候、

一　祖父　　五十川了菴

松平上総介殿ニ奉公仕、越度ニ罷在申候、其後京都ニ

居住仕、十一年已前ニ相果申候、

一　父　　五十川梅菴

京都ニ居住仕候、

一　伯父　　五十川道専

松平出羽守殿ニ奉公仕罷在申候、唯今御暇申候而

京都ニ居住仕候、

一　外祖父　　和田元春

京都ニ居住仕、廿八年已前ニ相果申候、

一　母舅　　宇野仁兵衛
京都ニ居住仕候、養子ニ参申候故、和田氏を宇野
氏ニ改申候、
一　母舅　　和田太郎兵衛
江戸ニ居住仕申候、仁兵衛弟ニ而御座候、
一　従弟　　五十川三菴
本多下野守殿ニ奉公仕申候、唯今御暇申候而江戸ニ
罷在申候、
右親類之外、本国他国共ニ諸親類無御座候、
以上
　　廿三歳
寛文十一年亥六月廿日　五十川剛伯　判
不破彦三殿
冨田治部左衛門殿

五十川氏苗字イカハト呼ヘリ、是モ　綱紀卿ノ儒士ニテ字
濟之ト云、後采地三百石賜リ、居第ヲ金沢城西長
町左近橋ノ近所ニ賜フ、左近橋ハ今云図書橋ニテ、
宗叔町ナリト云、鳩巣文集ニ五十川氏梧月軒記

アリ、其記ニ云、賀城之西林薄環焉、清泉激流而若レ玉、絲（緑カ）竹叢生シテ而如レ簀、有下一衡宇隆然トシテ而臨二其上一焉者上、余友濟之之宅也ト、是則チ居室ナリ、又同記ニ、濟之ハ洛之産也、長シテ学二於武一、不レ事二章句一、其為レ人寛簡自養常ニ不レ欲二与レ俗歯一、以レ故不レ遇二於世一、而シテ濟之亦不レ求レ遇ト載タルニテ、其為人ヲ知ルヘシ、然ルニ元禄十一年十二月有故生駒右近へ預ケラレ、翌年五月配流被命ト生駒譜ニアリ、浅香山井ノ十要抜書ニ、元禄十二年五月御儒者五十川剛伯ノ男源市郎、贋銀偽造ノ事露顕シ禁牢刎首、三歳ノ男子同罪ニ命セラル、依之父剛伯及次男某流罪ニ処セラレタリ、博識ト虽子共教授方不行届トノ事ニテ、遂ニ流罪ニ命セラレ、配処ニテ終ト云へリ、実ニ子ノ為ニ終リヲ全クセス、歎息ニ絶タリ、

ここに収められた由緒書は、もともと寛文十一年（一六七一）六月に金沢藩の不破彦三（勝次）・富田治部左衛門

（重持）に宛てて提出されたものである。剛伯が前田家に召し抱えられ、朱舜水門に入ってから三年後のことである。冒頭に、三十人扶持銀子三十枚を賜っていたこと、寛文八年（一六六八）七月十四日に召し出されたことなどが記されているが、これは『燕台風雅』には見られず、注目される。以下は親類書の体で、祖父了庵から書き起こされている。了庵が仕えた「松平上総介殿」とは先述の忠輝のこと。了庵は忠輝の配流により京都に居住し、「十一年已前ニ相果申候」と記されているが、これは彼の死が寛文元年正月二十九日（「老医五十川了庵春意碑ノ銘」『鵞峰先生林学士文集』巻六十七所収）であるのと符合する。

関係系図

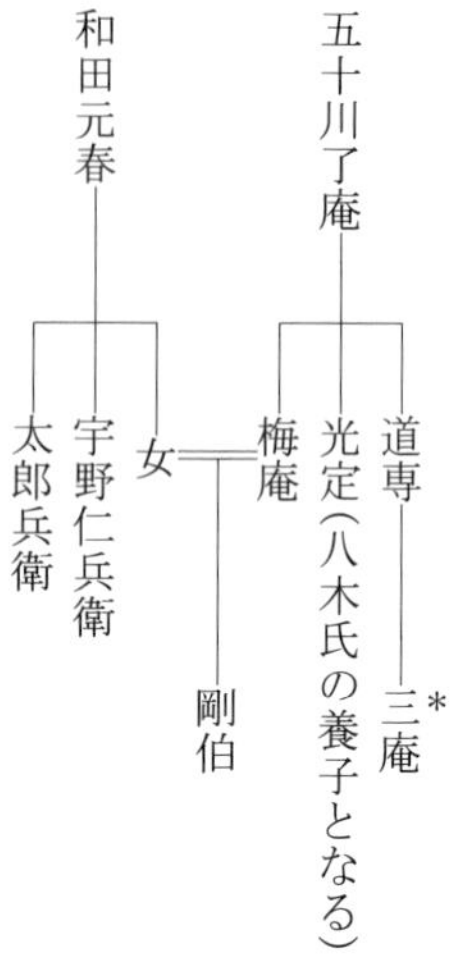

＊三庵は『南塾乗』寛文十一年五月二十八日条、『鵞峰先生林学士詩集』巻九十一に「了庵」とともに名を見せるが、この「了庵」は寛文元年に死んだ了庵の長男道専を指すものと思われる。

父梅庵については「京都ニ居住仕候」としか記されていない。梅庵は前田家への仕官こそ叶わなかったものの、寛文十年（一六七〇）四月、京都所司代としての転任が決まった永井尚庸に仕官することになった（『国史館日録』同年四月十四日条）。この間の経緯については前章にも若干記したが、二百石の祿を得て尚庸に仕えていたことが、林鵞峰の『南塾乗』寛文十一年正月二十九日条に見えている。由緒書がこのことを記さないのは聊か不審である。ちなみに梅庵は延宝元年（寛文十三年。一六七三）七月二十二日に没している。山本春正「五十川梅庵悼」（『舟木集』所収）には、

されはおほやけのかためとなり給ふ、永井の大守まねきとり給ひて、仕官のいとまなく、夜ひるつかふまつりて、程なく人なみ〳〵にも立まさりくはへ給へる、しるよしにもしるきおほえなりける、あるは時につけつゝ祿給はり、或は何くれと常に物かつけ給へることおほかるへし、かくて四とせはかりにもやなりけん、今年立かへる春

のうららかなる比しも、いさゝか心地あしく身にいたつきのいるに物うく、しはしのいとま給はりて、五月のはしめつかた、有馬の湯あみにまかりたりけるに、その比又なき都の火事いてきて、大守の屋かたも焼ぬときゝもあへすいそきのほりて、三日はかりはつとひたてまつりてつかへしかと、例ならぬ心地いとこうしわたれは、薬のこともてあつかひ、おもゆなとすゝむれと、露はかりもみいれ給はす、

と記されており、梅庵が死の直前まで尚庸への忠勤に励んでいたことが知られるのである。

このほか由緒書で注目される点は、剛伯の伯父の家系について触れているところである。伯父道専は了庵の長男で、梅庵の兄にあたる人物である。「松平出羽守殿ニ奉公仕罷在申候」とあるが、この「松平出羽守」とは松江藩主松平綱隆のことであろう。寛文六年（一六六六）、父直政の死により襲封し、侍従兼出羽守に任じた。しかし、寛文十一年（一六七一）の段階では、道専は暇を得て京にあったのである。従弟三庵は道専の息である。かつては「本多下野守殿」（忠平。寛文十一年当時白河藩主。のち大和郡山藩主）に仕えていたというが、これも当時は暇を得て江戸にあった。だが、剛伯がこの由緒書を提出した直後、三庵は岸和田藩主岡部氏へ仕官している（『南塾乗』寛文十一年五月二十八日条）。これは林鵞峰の周旋によるもので、鵞峰は「絶句一章賀ス㆓五十川三庵筮仕事成㆒ヲ」（『鵞峰先生林学士詩集』巻九十一所収）と題して、

三世ノ家伝業有㆑基　山川千里出ツ㆓京師㆒ヲ
来ル時海外遠遊ノ客　帰ル日泉南仕禄ノ医

という詩を贈っている。「三世ノ家伝」の句が、了庵・道専・三庵と伝えられた医業についていっていることは勿論である。同じ五十川氏でも剛伯は儒のみで、医師としての事績が認められないのに対して、三庵は了庵以来の本業を継承していた。このほか由緒書には、剛伯の外祖父和田元春以下の人々（つまり梅庵の妻の家系に連なる人々）に関する

記述があるが、彼らの伝については未勘である。

由緒書につづく森田の記した略伝の部分は、主に『鳩巣文集』前編巻十二「五十川氏梧月軒記」にもとづいている。また、剛伯配流の記述は『生駒譜』と浅香山井の『十要抜書』によるという。しかし、略伝の内容は『燕台風雅』巻五を越えるものではない。ただ、冒頭に「五十川氏苗字イカハト呼ヘリ」とあるのは注目される。『加能郷土辞彙』『国書人名辞典』の五十川剛伯の項もこれに従っている。「五十川」を「いそかわ」と訓む明確な根拠がない以上、もしこの説が正しいとなると、その祖父五十川了庵も「いそかわ」（『名家伝記資料集成』『国書人名辞典』）でなく、「いかわ」と訓むのが相応しいことになる。「老医五十川了庵春意碑ノ銘」によれば、五十川氏本貫の地は近江国五十川村（現滋賀県高島郡新旭町）であるという。同村は『饗庭文書』中の天正二年六月定林坊田畠帳に「いかゝは」と記され、中世末に「いかがわ」と称されていたことが確かめられる（『増補高島郡誌』、日本歴史地名大系『滋賀県の地名』）。やはり「いそかわ」より、「いかわ」乃至「いかがわ」と訓むのが妥当なのではないだろうか。

第三章　内閣文庫本『太平記』と林羅山

一　内閣文庫本『太平記』について

内閣文庫には二種の『太平記』古写本が蔵されている。一つは天正六年（一五七八）、出雲国の武家野尻慶景によって書写された伝本で、野尻本と呼ばれる。巻三十まで天正本系の本文を持つことで知られている。いま一つは林家の旧蔵本で、内閣文庫本と通称される。室町末の書写と推定され、本文は南都本系である。

本章ではこのうち内閣文庫本をとりあげ、林家における『太平記』享受の一端を窺いたい。はじめに書誌を記す。

国立公文書館内閣文庫蔵　太平記　四十巻〔室町末〕写、巻四・二十二〔江戸前期〕補写　大四十冊（一六七／六二）

後補砥粉色表紙（二六・九×二〇・八糎）、ただし第四—七・十・十一・十四・十六—十九・二十三—二十五・二十八—三十・三十二—三十四・三十六冊は後補茶色表紙、第四十冊は後補縹色表紙。左肩直に「太平記巻第一

（二・十四・十五・二十・三十一・三十七・三十九）」、または「太平記　三（六・八・九・十・十三・十六・第十七・二十一・二十二・三十五・三十八）」と書し、巻五・三十三・三十六は「五（三十三・三十六）」と巻次のみ小書す。また、巻四は貼題簽に「太平記　四」、残りは淡縹色題簽に「太平記巻第十二（廿四—廿七・廿九—三十・三十二・三十四）」と書す。なお、巻三十八には巻三十九の表紙が、巻三十九には巻三十八の表紙が誤って附されている。各冊「太平記巻第一（—四十）」と題し、目録一丁を冠す。毎半葉十行。字面高さ、約二三・〇糎。漢字片仮名交、訓点・振仮名を附し、巻二より朱句点を施す。所々朱筆にて校異を記す。尾題「太平記巻第一（—四十終）」。巻四・二十二は補写で、目録題「太平記巻第四（二十二）目録」とし、本文の首に内題「太平記巻第四（二十二）」を据える。字面高さ、約二二・五糎。尾題「太平記巻第四（二十二）終」。巻二十二には前遊紙に「古本幷／薩摩本二十二之巻闕／此一冊以新板本補之然与古本二十三之巻／重複又有異同」との墨書があり、本来欠巻であった巻二十二を板本により書写し、補ったものであることが知られる。鵞峰が薩州本との対校を行った際（後述）、巻四とともに補ったものである。印記「林氏／蔵書」「昌平坂／学問所」「大学校／図書／之印」「大学／蔵書」「浅草文庫」「日本／政府／図書」「図書／局／文庫」「内閣／文庫」。

内閣文庫本は寛文八年（一六六八）、『本朝通鑑』編纂中の林鵞峰が、島津久通所持の『太平記』（薩州本）と校合するために京都より取り寄せた本である。鵞峰はこの本を「古本太平記」と称しており（『国史館日録』寛文八年七月二十一日条）、薩州本と校合した上で、薩州本の異文抜書である『太平記補闕』を編纂させている。また、『本朝通鑑』では「古本」「薩州本」「俗本」（流布本）の三種の『太平記』が引用されており、内閣文庫本は鵞峰の修史事業の中で重要な資料として用いられていた。

これらのことは、既に田中正人氏によって研究が進められてきた[1]。そこで本章では、鵞峰の手許にもたらされる以前の内閣文庫本の来歴について考証していきたい。結論からいえば、内閣文庫本は羅山の手沢本であったという、あまりにも自明な推測を筆者はしているのであるが、本書には羅山の旧蔵たることを示す蔵書印などがなく、これまで羅山の旧蔵書として言及されることがなかった。それゆえ、迂遠ながらもそれを証明することは、必ずしも無意味な作業ではないと思うのである。

二「藤原藤房ノ伝」「楠正成ノ伝」の粉本

羅山は八歳のとき、永田徳本が『太平記』を読むのを傍らで聞き、これを諳んじたという（「羅山先生年譜」天正十八年条）。少年時代より羅山にとって『太平記』は身近な書であったことが知られるが、成年後、五十川了庵や遠藤宗務との交友を通じて、彼はさらに『太平記』への関心を深めていくことになる。五十川了庵は慶長七年（一六〇二）と八年に古活字本『太平記』を二度刊行し、遠藤宗務は慶長八年、羅山や松永貞徳との公開講義にあたり、『太平記』を講釈した。こうした影響を受け、羅山は慶長九年に「藤原藤房ノ伝」と「楠正成ノ伝」（『羅山林先生文集』巻三十八所収）を作っている。

両作品は二人の伝記を『太平記』に取材して漢文化したもので、羅山が座右にした『太平記』の本文系統を探るには恰好の資料である。ただし、「藤原藤房ノ伝」は『太平記』の巻三と巻十三を下敷きとするが、伝の本文には『太平記』諸本の異同を反映する箇所がない。一方、「楠正成ノ伝」は『太平記』の巻三から巻十六までの内容にもとづく長文の作品で、こちらからは依拠した『太平記』の本文系統を割り出すことが可能である。以下、伝の本文とそれに対応する『太平記』の記事に、諸本の異同のある箇所をあげてみる。

まず、正成の出自を紹介する冒頭の、

楠正成《ハ》者河内金剛人《ナリ》也、乳名《ハ》多聞、其《ノ》先敏達天王《ノ》之帛孫左僕射橘諸兄《ノ》之裔《ナリ》也、

という一節と、成就坊律師が後醍醐天皇に正成の素姓を語る、

成就坊律師対《テ》曰《ク》、臣聞《ク》河内州金剛山《ノ》之下楠兵衛正成《ト云》者《ノ》有レ《リ》之《レ》、帝敏達《ノ》之苗裔二《ニシテ》而橘諸兄《ノ》之後胤《ナリ》也、

というくだりに注目する。ここで正成を敏達天皇の流れを汲む橘諸兄の後裔と記すのは、巻三「主上御夢事付楠事」の「是ハ敏達天王四代ノ孫、井手ノ左大臣橘ノ諸兄公ノ後胤タリトイヘトモ、民間ニ下テ年久シ」（内閣文庫本。以下、『太平記』の引用は、特に断らない限り同本による）という記事内容を踏まえている。大方の伝本はこれに同じだが、神田本・西源院本にはこの一節がなく、これら両本は「楠正成《ノ》伝」の典拠たり得ない。

つぎに巻六「楠出張天王寺事」に対応する以下の一節のうち、

是月十七日行二《テ》住吉天王寺一《ニ》而陣二《ス》于渡辺橋《ノ》南一《ニ》、此《ノ》時左将監時益、越州太守仲時代二《テ》駿州太守常範貞一《ニ》居二《ル》六波羅一《ニ》、謂二《フ》之レ《ヲ》両六波羅一《ト》、

傍線を附した部分は、『太平記』の「元弘二年三月五日左近将監時益、越後守仲時、両六波羅ニ成テ関東ヨリ上洛セラル、此三四年ハ常葉駿河守範貞一人両六波羅ノ成敗ヲ司テ有シカ、堅ク辞シ申サレケルニ依也」によっている。ただし、西源院本はこの一節を持たないから、ここでも西源院本系の本文に依拠した可能性は失われることがわかる。

このあとの正成が天王寺の聖徳太子未来記を披見する場面は、

寺僧以二《テ》金軸《ノ》之書一《ヲ》来《リ》、説二《テ》正成一《ニ》曰《ク》、此レ厩戸王子《ノ》之讖文《ナリ》也、其《ノ》詞《ノ》畧《ニ》曰《ク》、当二《テ》人王九十六世一《ニ》天下大《ニ》乱《テ》而主不レ安《カラ》、

とあって、以下未来記の記文がつづく。本条は巻六「楠望見未来記事」によっている。この中で後醍醐天皇は「九十

六代」と記されているが、これに一致するのは神宮徴古館本・南都本・西源院本をはじめとする諸本で、天正本・梵舜本・流布本は「九十五代」とする。慶長七年刊本・八年刊本が「楠正成ノ伝」の記述と異なっている点は、注意してよいだろう。

つづいて正成が湊川合戦に向かう記事を見ていこう。巻十六「新田義貞兵庫取陣事付楠遺言事」に依拠する、正成を兵庫へ下す決定がなされる公卿僉議の場面は、

帝召テ二正成ヲ一曰ク、汝速ニ之テ二武庫ニ一、勠セヨ二力ヲ于新田ニ一、対テ曰ク（中略。正成、後醍醐天皇の叡山臨幸を具申）坊門清忠儳言シテ曰ク、正成カ所レ言ス雖レトモ有リト二其ノ謂ハレ一、節度使未タレスシテ戦ハ而退キ、皇帝再ヒ幸ス二叡山ニ一、皆不可ナリ也、

とあって、正成の献策は傍線部のように、坊門清忠によって退けられる。坊門清忠が正成の策を退ける設定は神田本・神宮徴古館本・南都本・天正本・流布本等に見られるもので、西源院本・梵舜本では後醍醐天皇がこの役を担っている。また、この決定を受け、正成が僉議の場を退出するくだりは、

帝従フレ之レニ、又乃シ勅ス二正成ニ一、正成出テ、而言テ曰ク、我レ必ス死ナンカ哉、即日率ヒテ二兵七百人ヲ一之ク二于兵庫ニ一、

と記される。傍線部の正成の簡潔な述懐は、「正成此上ハサノミ異儀ヲ申ニ及ハス、サテハ討死セヨトノ勅定コサンメレトテ」とある内閣文庫本をはじめとする南都本系諸本や神田本・天正本等に最も近い。神宮徴古館本・西源院本等では正成の辞が長く、逆に梵舜本・流布本にはこれに対応する詞章がない。ちなみに神宮徴古館本には、

正成は、其耳異義を申におよはす、さては大敵をしへたけ、勝負を全せむとの知謀睿慮にてはなく、無貳の戦士を大軍に当てられむと計の仰なれは、討死せよとの勅定御察なれ、義を重して死を顧ぬは忠臣勇士の所存なりとて、

とある。この長文の記事を削って「楠正成ノ伝」のような詞章ができたといえないこともなかろうが、ここでは南都

本系のごとき本文との対応関係を認める方が自然である。

ここまで見てくると、主要な伝本のうち、「楠正成ノ伝」の記事と一貫して同内容の記事を持つのは南都本系のみであることがわかる。このほか巻十一「先帝御入洛事付筑紫合戦事」に相当する、鎌倉幕府滅亡により後醍醐天皇が還幸する場面は、

六月三日正成承レテ詔ヲ先駆ス、越ニオイテ七日帝到二ル二条ノ内中一ニ、

と叙述され、天皇が内裏に入った日付を六月七日としている。「楠正成ノ伝」と同様の日付を有するのは、管見の限り南都本系のみで、他の諸本は六月六日のこととする。これらの点から考えると、羅山がよったのは南都本系の写本であることが確認できるだろう。いま問題にしている内閣文庫本は南都本系の一本であり、「楠正成ノ伝」の本文とも矛盾しない。従って、羅山が慶長九年に「藤原藤房ノ伝」「楠正成ノ伝」を作る際に粉本とした『太平記』は、内閣文庫本であったと推測して間違いないと思われる。

三　林鵞峰と内閣文庫本

羅山は慶長十二年に家康に仕官し、暫くは京と駿府とを往復する生活を送っている。しかし、彼は駿府、さらに江戸へ架蔵の『太平記』写本を携えなかったようだ。このことはこれ以後、羅山が流布本を以て『太平記』を受容していることから窺える。例えば、羅山の「太平記三事」（『羅山林先生文集』巻五十六所収）という作品では、正中の変に際して後醍醐天皇が関東へ告文を下すことを発意する場面が、以下のように叙されている。

帝聞三テ平氏収二フト資朝俊基一ヲ而患レフ之、七月七日ノ夜召二テ冬房一ヲ問フ之、冬房奏シテ曰、臣想フニ資朝俊基敢テ不レ供レセ状ヲ、彼豈ニ酷カランヤ哉、

ここに登場する「冬房」なる近臣は、実は流布本のみその名を「冬房」とし、他本はすべて「冬方」とする人物である（巻一「資朝俊基関東下向事」）。ここにのちの手が加わっていないとするならば、「太平記三事」は流布本に依拠して作られたと見做せよう。『羅山林先生文集』に「太平記三事」は「慶長年中少壮ノ之時所レ作ル也」と補記されるが、その成立は「藤原藤房ノ伝」「楠正成ノ伝」よりあとのことで、恐らくは古活字本をもとにしたのではないかと推測される。

羅山の『太平記』写本はそのまま京都に留め置かれたと見るべきで、それは子息鵞峰の代になって初めて江戸にもたらされた。『国史館日録』寛文八年七月二十一日条には、

古本太平記自京都来、今春薩州家老寄借旧本太平記、多於尋常本故、取寄在京本也、乃使安成・賀璋対校之則薩本稍多、因命命高・賀逐一校、其所不足可別写之、而副京本云云、

と見えている。『本朝通鑑』編纂のため、鵞峰は各方面にわたり精力的な収書活動を行っており、その様子は『国史館日録』に記されている。例えば、書物を借覧したり、稀覯本の新写本を作らせた場合などには、その経緯が記される。また、書物を購入した場合には、『国史館日録』には「求得」「買得」「求」「買」「得」と記されるのが常である。『太平記』については、傍線部のごとく「取寄」とあることから、借覧や購入とは事情が異なっていたと考えるべきだろう。「在京本」とだけ記すのも、京の自家の本だからそう書くのであって、もしこれが他人の本を取り寄せたのならば、その事情が明記されたはずである。

当時、林家の京都の邸宅には、八瀬・二瀬など京都郊外の所領を管理するため、林之賢（理玄）・之盛（善兵衛）父子が留められていた（『国史館日録』寛文五年十二月十六日条ほか）。『太平記』写本はそこに蔵され、寛文八年になって江戸に送られたのである。だが、前述したように、本書には羅山の蔵書印が捺されていない。羅山には幾種かの蔵書

印があり、例えば鵞峰が羅山の手沢本に「江雲渭樹」印を捺したことはよく知られている。[2] 本書にそれがないのは不審だが、このことは永きにわたり京都に留め置かれていたという特殊事情と関連するのではあるまいか。

注

（1）田中正人氏「林鵞峰の『太平記』研究—『国史館日録』とその周辺から—」（『軍記と語り物』第二六号、一九九〇年）。

（2）福井保氏『内閣文庫本書誌の研究』第一部考証篇「『国史館日録』と林家の蔵書」（青裳堂書店、一九八〇年）参照。

第四章　嵯峨本『史記』の書誌的考察

一　はじめに

近世初頭、嵯峨本と称される一群の書が刊行された。これらは雲母刷り表紙や色替わり料紙を用いた豪華な装訂に、光悦流といわれる独特の書風の活字が用いられることを特徴とする。現在、嵯峨本と認定される書は、『徒然草』『伊勢物語』『観世流謡本』などの国書がすべてであるが、このほかにも「伝嵯峨本」と呼ばれる古活字版の『史記』がある。

『史記』に冠された伝嵯峨本の称は、現存本に嵯峨本と同類の表紙が使われている本や、光悦書風の刷題簽を押す本があることなどにちなむものである。確かに、内閣文庫本（別二六／一）・蓬左文庫本の表紙や、同じく内閣文庫本・東洋文庫本（三／B／c／二）の題簽は、嵯峨本としての面目をよく伝えている。また、後述するように、角倉素庵が嵯峨の地で『史記』を開版したことを窺うに足る資料もあるので、嵯峨において『史記』が刊行されたことは事実と認められる。よって、本章では「伝嵯峨本」の「伝」をとり、これを「嵯峨本」と称することにしたい[2]。

嵯峨本の刊行は、京都嵯峨の地にあって巨富を築いた角倉了以の子息、素庵によって主導されたと考えられている。(3)慶長期の嵯峨はわが国の出版事業の中心地であって、和漢様々の書がここで開版された。素庵の出版活動には多くの人材が関与していたらしい。五十川了庵・下村生蔵・下村時房・医徳堂守三・梅寿などの古活字版の印行者たちは、いずれも角倉家と深いつながりを持つ人々であった。

ところが、嵯峨で刊行されたと考えられる本の中で、素庵その人の名を刊記に記すものはない。素庵の名が出版と結びついて現れるのは、「羅山先生年譜」『大和事始』『弁疑書目録』などの、後代の資料においてである。文献資料の上で素庵の出版事業を解明することはなかなか難しく、従来、嵯峨本の制作環境をめぐる論説が、ある程度の推論を織り交ぜなければならなかったのは、このことに起因している。しかし、ここにとりあげる嵯峨本『史記』は、素庵によって刊行されたことがほぼ確実な本である。しかも、現存本が比較的多く、これらを個々に調査することにより、素庵の出版事業の一端が解明される可能性がある。『史記』の刊行は慶長の前半、嵯峨本の「観世流謡本」や『伊勢物語』などが刊行される前にあたる。『史記』の刊行を探ることは、嵯峨における国書刊行の経緯を明らかにすることにもつながるだろう。

本章では、嵯峨本『史記』刊行をめぐる資史料の確認、現存本の整理といった基礎的作業を行い、その上で嵯峨における出版事業の一斑に光をあててみたいと考える。既に和田維四郎氏『嵯峨本考』（一九一六年）、川瀬一馬氏『嵯峨本図考』（一誠堂書店、一九三二年）、同氏『増補古活字版之研究』（A・B・A・J、一九六七年。初版、安田文庫、一九三七年）などの先駆的研究により、紹介された資料や指摘された事実は多い。本稿はそれを遥かに超える材料を持つものではないが、個々の素材を再検討することにより新たな知見を加え、嵯峨本誕生の歴史を見通すことができればと考える。

二　刊行者と刊年

はじめに嵯峨本『史記』の刊行者と刊年について、資史料の伝えるところを確認しておこう。

まずは刊行者の問題から。角倉素庵（本姓吉田氏。通称与一、諱玄之）が『史記』を開版したことを早くに伝える文献として、『羅山林先生集』所収「羅山先生年譜」がある。その慶長四年（一五九九）の条には、つぎのような記述がある。

先生十七歳　頃年借リ二文選六臣註ヲ於永雄ニ一、毎日読ム二一巻ヲ一、六旬ニシテ而畢ル、又タ借ル二前後漢書ヲ於永雄ニ一、数月一二周覧ス之一レヲ、其ノ後吉田玄之新タニ刻ム二史記ヲ於嵯峨ニ一、先生求メテ二一部ヲ一而儆ツテ二旧点本ヲ於東福寺ノ僧ニ一手ラ自ラ写スレ之レヲ、彼ノ僧深ク秘シテレ之ヲ不レ許サ二輙スク借スコトヲ一レ之ヲ、先ツ附ス二一冊ヲ一乃シ点シ了テ返スレ之ヲ、其ノ次逐テレ巻ヲ亦タ然リ、奚奴来往数十回ニシテ而期月終フレ功ヲ、〈此ノ本罹ル二丁／酉ノ之災ニ一〉

慶長四年、羅山は六臣注『文選』を、ついで『漢書』『後漢書』を建仁寺の英甫永雄に借り、これを読破した。その後、彼は『史記』すべてに加点を行うのであるが、傍線部によれば、そのとき点を施した本が嵯峨における素庵の新刻本だったというのである。

この本は明暦三年丁酉（一六五七）の江戸の大火で消失した。だが、林家には素庵が『史記』を刊行したという確かな伝が存在したらしく、「羅山先生年譜」を撰じた羅山の三男鵞峰は、別のところでも素庵所刊の『史記』について触れている。寛文八年（一六六八）八月一日、鵞峰は「嵯峨板」の『史記』に朱句を施す功成った島周（樋口栄清）に、家蔵の『史記』一本（島周がこれまで参照に用いた本[補注1]）を授けるとして跋語を寄せた[4]（『鵞峰先生林学士文集』巻九十八「書下授ル二島周ニ一史記ノ後上ニ」）。その中に、余家二蔵ス遷史数部ヲ一、其ノ中吉田氏カ所ノレ刊スル嵯峨板ノ大本有リ二訓点一、未タレ遑アラレ加ルニレ朱ヲ、丁未ノ之冬侍者島周有リ二一覧ノ之志一、余為ニレ試カ二彼カ之力ヲ一、乃命シテレ之ニ就テ二此ノ本ニ一写サシム二朱句ヲ嵯峨本ニ一、彼レ候スルノ二史館ニ一之暇勤テ而不レ怠ラ、至テ二今年仲秋ニ一全部功成ル、

とあって、島周に朱句を施すことを命じた本が、「嵯峨板」で「吉田氏」の所刊本であることが傍線部のように明記されている。現在、内閣文庫に蔵される昌平坂学問所旧蔵本（二七九／一八。羅山の「江雲渭樹」印を捺す）が、島周による書入本ではないかと推測されるが、もしそうだとすると、ここで嵯峨本と称されたのは、古活字第一種本の『史記』ということになる。

これについで素庵による『史記』開版を伝える文献に、貝原好古の『大和事始』（天和三年〈一六八三〉序）がある。同書巻四の三十九「印レ板書物を板行する事也」には、

亦角倉与市太秦の僧に。史記及謡の本を開版せしむ。嵯峨本と云是也。

と記されている。角倉与市、即ち素庵が太秦の僧に嵯峨本と呼ばれる『史記』と謡本とを刊行させたというのである。太秦の僧については室町以来嵯峨の天龍寺・臨川寺周辺に居住し、出版事業に携わっていた僧俗の集団に関わる人物をさすのではないかと、岡崎久司氏は推論する。[5]また、『史記』とともに名のあがった謡本については、内閣文庫本『史記』（別二六／一）の表紙裏張に反古が見える慶長古活字中本をさすのではないかという説もある。[6]しかし、『大和事始』は素庵の開版書の代表として大冊の『史記』と美麗な「観世流謡本」の二書をあげたのかもしれず、判断は難しい。

つづいて、素庵による『史記』刊行の時期について検討する。第一種本の刊行時期については、これまで慶長四年説、慶長九年頃説、慶長十一年以前説の三説が行われている。刊行を最も早くとる慶長四年説は「羅山先生年譜」に

もとづくもので、羅山研究の立場から唱えられ、書誌学の側からも森上修氏が支持している。(7) しかし、林屋辰三郎氏が注意を促しているように、「羅山先生年譜」の『史記』加点の条は、慶長四年の『文選』『漢書』『後漢書』借覧のあとに、「其ノ後」のこととして記されている。実際には素庵による『史記』刊行と羅山の加点は、慶長四年よりもあとのことであった可能性がある。(8)

そこで林屋氏は慶長九年頃説を唱えたのだが、それは慶長九年の羅山の「既見書目」（「羅山先生年譜」慶長九年条）に『史記』の名があがっていることを第一の論拠とする。つまり、林屋氏は「既見書目」中の『史記』が、素庵の新刻本にあたると推測したのである。また、氏は舟橋秀賢の『慶長日件録』慶長十二年十一月二十七日条に、

次新板史記全本拝領、年来所望之処、無力之故不感得、毎度事欠之処拝領、満足大慶々々、

とあるのを引き、ここで秀賢が新版の『史記』を「年来所望」と述べていることから、その刊行は慶長十二年より三年以上溯る慶長九年頃にあたるのではないかと、自身の考えを補強した。(9)

慶長十一年以前説は川瀬一馬氏によって提示された。これは成簣堂文庫本（四冊本）巻三十二の巻末に、

慶長十一丁未秋八月以東福善恵軒之本新加朱墨倭点者也、

との識語があるのにもとづくもので、刊行の下限によった慎重な見解である。これと同じ識語が栗田文庫本にもあることが指摘されており、(10) さらに同様の識語が台北国立中央図書館本にもある（古活字第三種本。慶應義塾大学附属研究所斯道文庫蔵マイクロフィルムによる）。また、栗田文庫本・台北国立中央図書館本・東京大学総合図書館本（古活字第三種本。A〇〇／五八九八）の巻六十六の巻末には、慶長十三年の年紀を持つ識語がある。(11) これらはいずれも東福寺善恵軒の本を以て加点したという内容で、これらの伝本では、善恵軒本によって加点されたある一本をもとに点が移写されたのだろう。従って、成簣堂文庫本・栗田文庫本・台北国立中央図書館本・東京大学総合図書館本のすべてが慶長十

一年から十三年にかけて加点されたとは限らない。しかし、最初に加点された本は確かに慶長十一年から十三年にかけて点が施されたはずだから（そして、その本は時期的に見て、古活字版であったろう）、『史記』刊行を同年以前とする説は誤らないと思われる。(12)

さて、嵯峨本『史記』の刊行年時を特定する際、『言経卿記』に見逃しがたい記事があることは、かつて小文で触れた。(13)『言経卿記』慶長八年十一月二十日条には、つぎのような記事がある。

一、内蔵頭史記全五十冊取寄了、嵯峨ニ有之云々、残而四冊出来次第可送之由申了、艮子五百十文渡了、

内蔵頭とは山科言経の息言緒のこと。この日、言緒は五十冊本の『史記』を嵯峨より取り寄せた。「嵯峨ニ有之」と記されることや、五十冊本とされることから（原装の古活字版『史記』は五十冊仕立てである）、これが古活字版の『史記』であったことは間違いない。この記事によって我々は、『史記』が嵯峨において刊行されたこと、そして、その刊行時期として、慶長八年という年が指標になることを知るのである。

ここでさらに言経は、五十冊の『史記』のうち、残り四冊を出来次第送るよう申し入れたことを記している。これはどのような事情によるのだろうか。素直に考えれば、この『史記』が刊行途中のものであって、この時点で最後の四冊がまだ仕上がっていなかったからだと解せそうである。しかし、古活字本の場合、後述するように印刷・製本方法の問題から、不足の冊をあとに増刷して補うことも行われた。出来次第送られる四冊とは、そうした理由によって刷り増される予定のものだった可能性もある。この二つの考え方のうち、前者をとるならば、慶長八年十一月はまさに嵯峨本『史記』の刊行の最中だったことになる。また、後者をとるならば、『史記』は慶長八年十一月以前にすでに刊行を終え、このときは補修版の頒布を前にしていた時期だったことになる。いずれをとるかにより、刊行時期の推定が多少前後するが、このことはのちに詳しく触れることにしたい。

最後に、これは少し後の記録となるが、『舜旧記』慶長十二年五月十四日条にも、

史記五十冊、艮子百目令持了、

とあるのをあげておく。梵舜が入手した『史記』は「五十冊」とあることから、古活字版だったと思われる。「艮子百目」とあるのは、『言経卿記』に『史記』の価格を「艮子五十文」として、右傍に「百」と小書しているのと対応する。百匁というのが古活字本『史記』の相場だったのだろう。

三　版種と現存本

川瀬一馬氏は古活字版の『史記』を版式に従って三種に分類した。[14] 第一種本は八行の有界本、第二種本は八行の無界本、第三種本は九行の無界本である（図1～3。ただし、各種とも「年表」にあたる巻は九行有界）。

このうち、第一種本が最も先行することは、川瀬氏も指摘している。そして、川瀬氏は第一種本を慶長十一年以前刊、第二種・第三種本を慶長元和中刊と推定した。[15] 氏の考察に付け加えていうならば、第一種本には誤植を切り貼り訂正した箇所が所々存在し、その訂正箇所が他の二種では正しく印出されていることからも、第一種本が先行することが窺える。

つぎに、第二種本は第一種本と同じ八行本ながら、概ね別の活字を用いるようである。ただし、書風は第一種本のものとよく似ており、一部に第一種本の活字が襲用されている。このほか川瀬氏も指摘するように、京都大学附属図書館本（谷村一太郎氏旧蔵）は所謂光悦書風の刷題簽を持つが、これは第一種本の内閣文庫本（別二六／一）や東洋文庫本（三／B／c／一）のものと同版である。[16] 以て、第一種本との関係が推測されるだろう。

また、第二種本には聊か粗末な、肌色をした原表紙を有する本が複数存在する（大東急記念文庫本〈二二／四〇／五

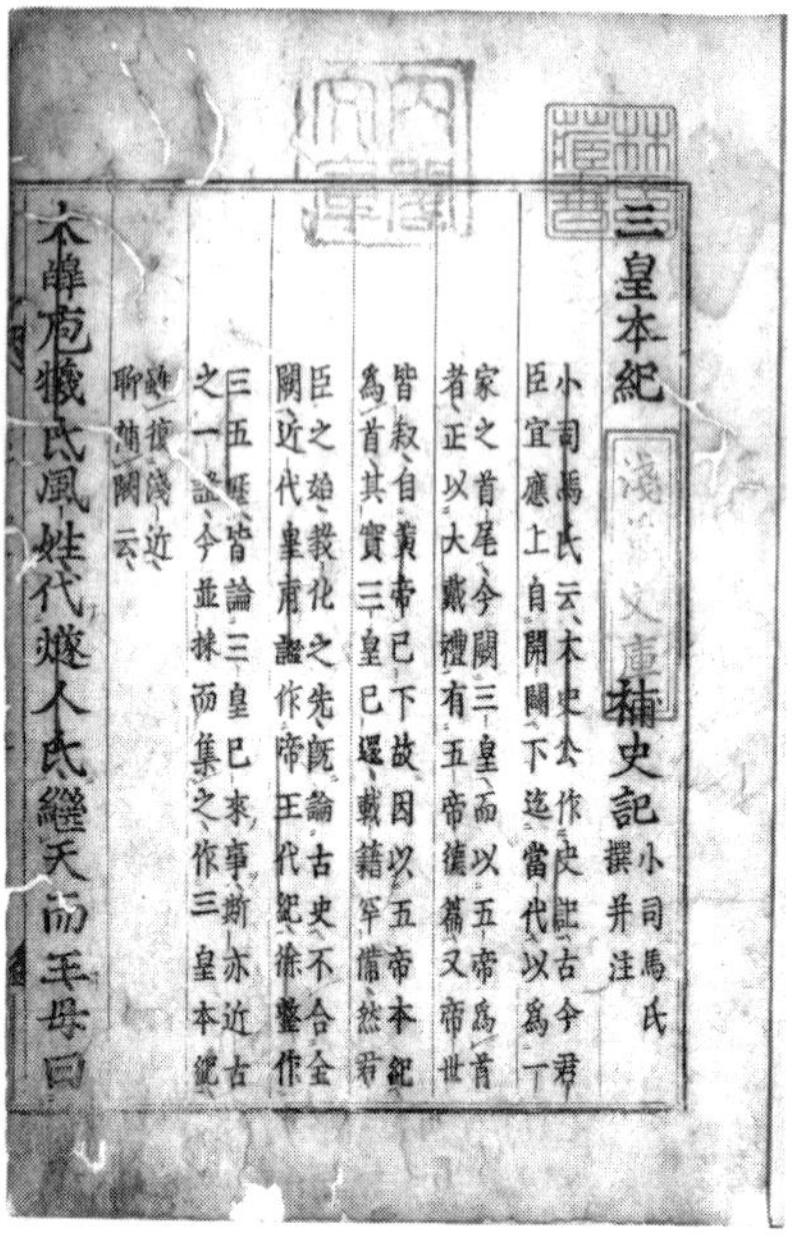

図１　第一種本
（国立公文書館内閣文庫蔵、二七九／一八）

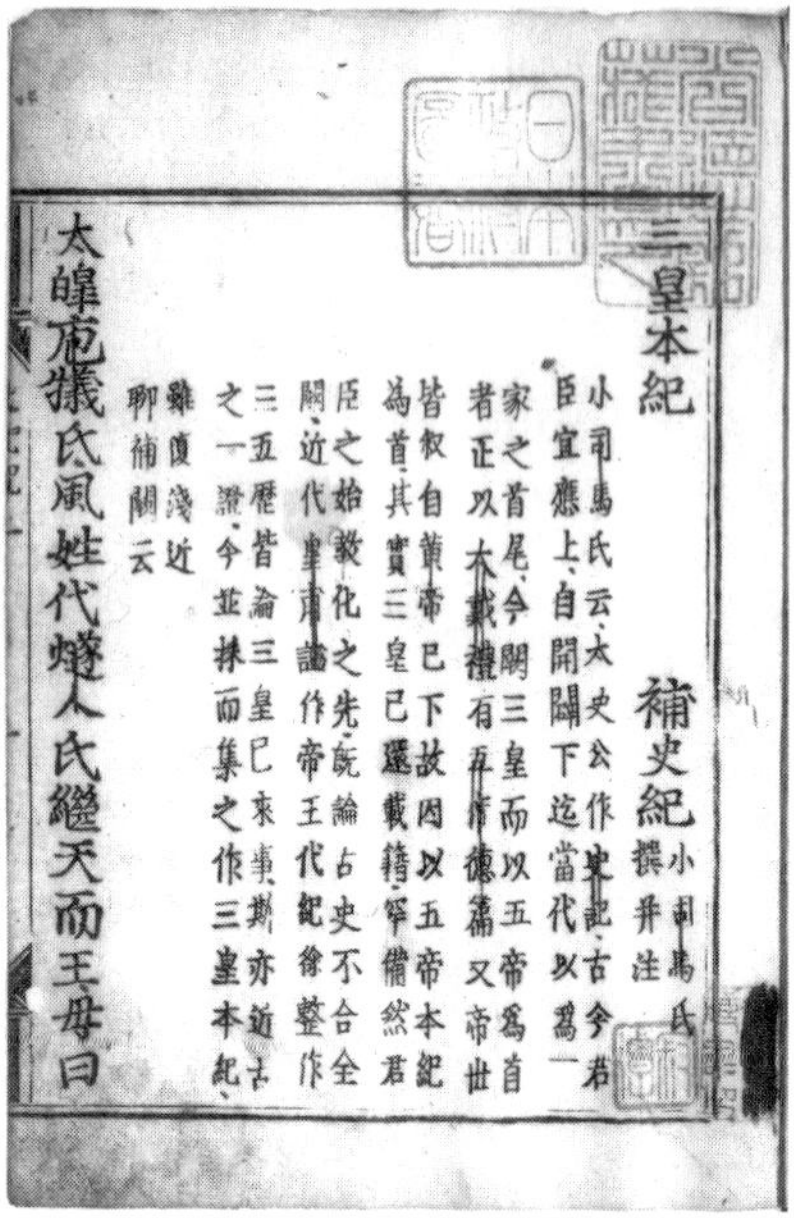

図２　第二種本
（国立公文書館内閣文庫蔵、別二五／一）

七〉・慶應義塾大学図書館本〈一七九／五四／一〉・成簣堂文庫本〈一五冊本〉のほか、第一種本である内閣文庫本〈別二六／一〉と大東急記念文庫本〈三五／一〇／五五六〉に補配された第二種本）。これらは後補表紙と見誤りかねないが、複数の伝本に同じ表紙が用いられていることから、原装と認められる。[17] 実はこの表紙、聊か雅致に欠ける印象を与えるものの、『伊勢物語』や「観世流謡本」など、嵯峨本所用の雲母刷表紙の下地に用いられるものと同一なのである。これら嵯峨本では普通、この上に雲母刷文様を施した表皮を重ねている。雲母刷表紙を持った嵯峨本で表皮に傷のあるものに出会うと、こうした肌色の下地を見ることができる。よって、かかる表紙の存在は『史記』第二種本も第一種本と同様、嵯峨の工房で制作されたことを物語っていよう。

第一種本・第二種本が毎半葉八行であるのに対し、第三種本は九行とする。この点からも、第三種本の後出性を窺うことができる。活字は第一種本のもの

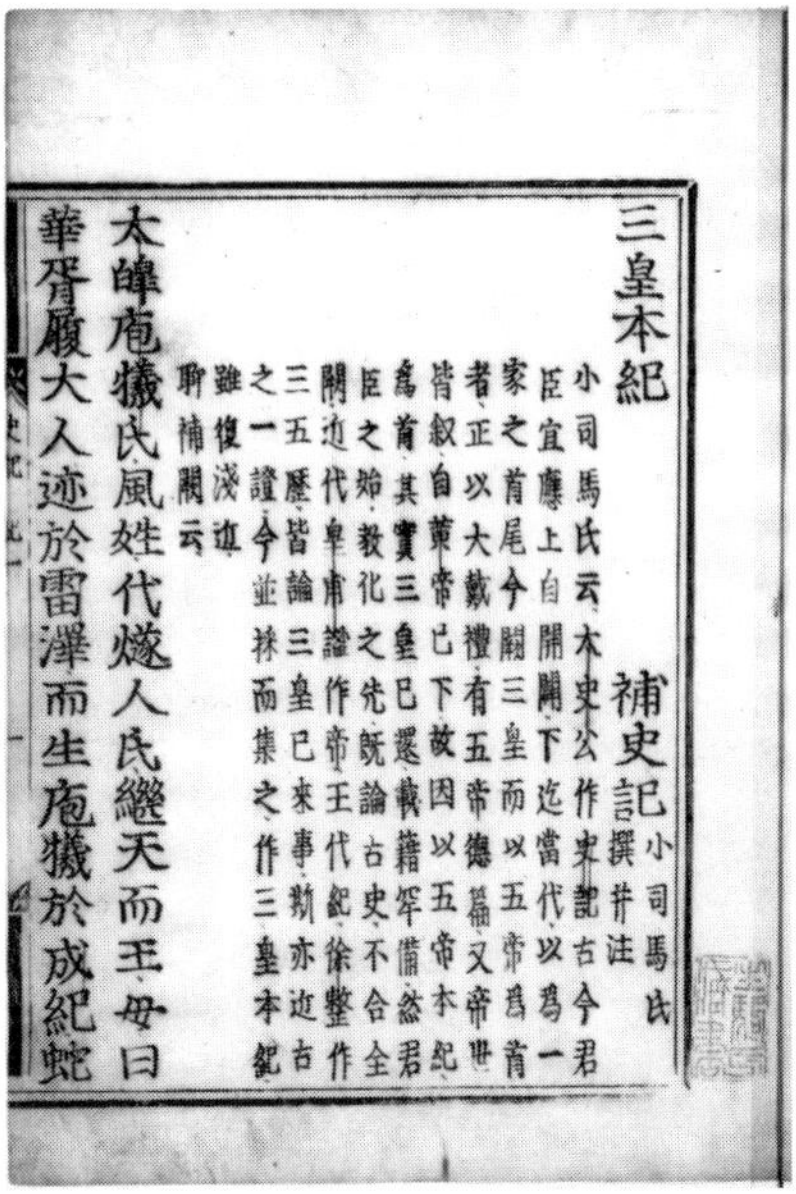

図３　第三種本
（東洋文庫蔵）

とも、第二種本のものとも異なる。しかし、第三種本も第一種本・第二種本と同様、嵯峨の工房で刊行されたものらしい。というのも、東北大学附属図書館蔵の第三種本は十三冊の合綴本ながら、原装の茶色空押雷文繋蓮華唐草文様表紙をとどめ、この表紙が色違いではあるものの、第一種本の京都府立京都学・歴彩館（旧京都府立総合資料館）本にも用いられているからである（こちらは丹色）。恐らく両者の制作環境は同じだったのだろう。従って、三種の古活字版『史記』はいずれも嵯峨で刊行されたものと考えられる。従来、嵯峨本『史記』というと、雲母刷表紙や光悦風の題簽を持つ本の殆どが属する第一種本のことをさしていた。しかし、第二種本・第三種本も嵯峨の地で刊行されたのが実相なのである。

つづいて現存本の一覧を左に掲げる。

第一種本

東洋文庫蔵　五十冊（三／B／c／一）

東洋文庫蔵　五十冊（三／A／h／一三）

東洋文庫蔵　四十九冊　巻百二欠（三／A／h／六）

内閣文庫蔵　五十冊（二七九／一八）
内閣文庫蔵　四十九冊　巻一・八十三―九十二補配第二種本（別二六／一）
東北大学附属図書館蔵　五十冊（阿／六／一二七）
学習院大学図書館蔵　五十冊（四二二／五八）
名古屋市鶴舞中央図書館河村文庫蔵　五十冊（河シ／一）
大谷大学図書館蔵　五十冊（外丙／一三四）
天理図書館蔵　五十冊（一二二一／イ一一）
龍門文庫蔵　五十冊（四九四）
関西大学図書館蔵　五十冊　巻一補写（C／二三二・〇一／S一／一―一／五〇）
京都府立京都学・歴彩館蔵　五十冊　巻二・三補写（特九一六／八五）
広島市立中央図書館蔵　五十冊　巻六十一―六十六補写（四八）
大東急記念文庫蔵　五十冊　序目・巻六十七補配第二種本、巻六十八・六十九補写（三五／一〇／五五六）
蓬左文庫蔵　四十九冊　巻十八補写（一六二／一）
佐賀県立図書館鍋島文庫蔵　二十四冊　巻二十九・三十補写（鍋／九九三・二／九九）
天理図書館蔵　四十冊　巻一―十二欠（二二 二／イ七一）
大阪府立中之島図書館蔵　八冊　存巻四十・四十三・六十一―六十六・八十九―九十二・百十二―百二十一・百
　二十五―百二十八（甲和／一二二六）
成簣堂文庫蔵　四冊　存巻六・三十一・三十二・四十七・四十八・五十四―五十七

成簣堂文庫蔵　三冊　存巻八十三—九十二
静嘉堂文庫蔵　三冊　存巻十八—二十二・三十三—三十六（一〇五／二四）
架蔵　三冊　存巻七・七十四—七十八・九十三—九十六、巻七十四—七十八補写
新村出記念財団重山文庫蔵　一冊　存巻十三—十五（二三二・〇一）
新村出記念財団重山文庫蔵　一冊　存巻百十・百十一（二三二・〇一）
天理図書館蔵　一冊　存巻十六・十七（〇一一／イ一一／五七）
東京大学総合図書館蔵　一冊　存巻百十二—百十六（A〇〇／五八七八）
早稲田大学図書館蔵　一冊　存巻百十七（リ八／一七〇九）
（以下未見）
台湾故宮博物院蔵　五十冊
栗田文庫蔵　四十九冊「原装丹表紙、題簽付。巻三・四の一冊缺」（『栗田文庫善本書目』。ただし、巻三・四とあるのは、巻二・三の誤か）
尊経閣文庫蔵　四十八冊
『弘文荘古活字版目録』所載本　五十冊
『図説光悦謡本　解説』所載若林正治氏蔵本（一六一図）

第二種本
京都大学附属図書館蔵　五十冊（谷村文庫／五—四二／シ／一貴）

慶應義塾大学附属研究所斯道文庫蔵　五十冊（〇九二／ト八五）

内閣文庫蔵　五十冊（別二五／一）

大東急記念文庫蔵　五十冊（二二／四〇／五七）

東京大学東洋文化研究所蔵　五十一冊　巻六・七補写（貴重／甲三〇）

成簣堂文庫蔵　二十九冊

慶應義塾大学図書館蔵　三十冊　巻二十五・二十六・五十八―六十補配第一種本（四一／一／三〇）

成簣堂文庫蔵　十五冊　存巻二―四・七―十一・十八―二十二・二十七―三十・三十七―四十二・五十四―六十・百二―百三十

内閣文庫蔵　二冊　存巻一―三・六十一―六十九（二七九／一九）

内閣文庫蔵　一冊　存巻九十三―九十六（二七九―八一）

静嘉堂文庫蔵　二冊　存巻十六・十七・七十四―七十八（一〇五／二四）

慶應義塾大学図書館蔵　一冊　存巻九十七―百一（一七九／五四／一）

（以下未見）

天理図書館蔵　五十冊　巻二十五・二十六・三十八・四十三・六十一・六十二補写（二二二／イ一七）

第三種本

神宮文庫蔵　五十冊（一一八一）

東洋文庫蔵　五十冊（三／A／h／五）

東京大学総合図書館蔵　五十冊　巻八十三―八十五補写（A〇〇／五八九八）
成簣堂文庫蔵　五十冊
東北大学附属図書館蔵　十三冊　欠巻六十一―六十六（狩／三／五九五四）
国立国会図書館蔵　四十三冊　巻一―五・七・七十―七十三・百十二―百十六欠（WA七／九八）
東京大学総合図書館蔵　一冊　存巻五（A〇〇／五八七九）
東京大学総合図書館蔵　一冊　存巻八（G三〇／四五七）
（以下未見）
台北国立中央図書館蔵　五十冊
台北国立中央図書館蔵　五十冊

以上が現存本の簡明目録である。端本を含め、第一種本三十三点、第二種本十三点、第三種本十点の計五十六点を掲載した。このほか、個人蔵のものも若干あるが掲げなかった。また、古書目録等に掲載されたものは、行論に必要な本に限って載せておいた。〔補注2〕

以下の節では、これら現存本を通覧して指摘される、書誌的な問題について論じていきたい。

四　一冊欠の『史記』をめぐって

現存本を調査していくと、第一種本において、全五十冊のうちの特定の一冊を欠く本が、複数存在することに気がつく。その特定の冊とは、本来の二冊目（三皇本紀・五帝本紀）か三冊目（夏本紀・殷本紀）にあたる一冊である（なお、

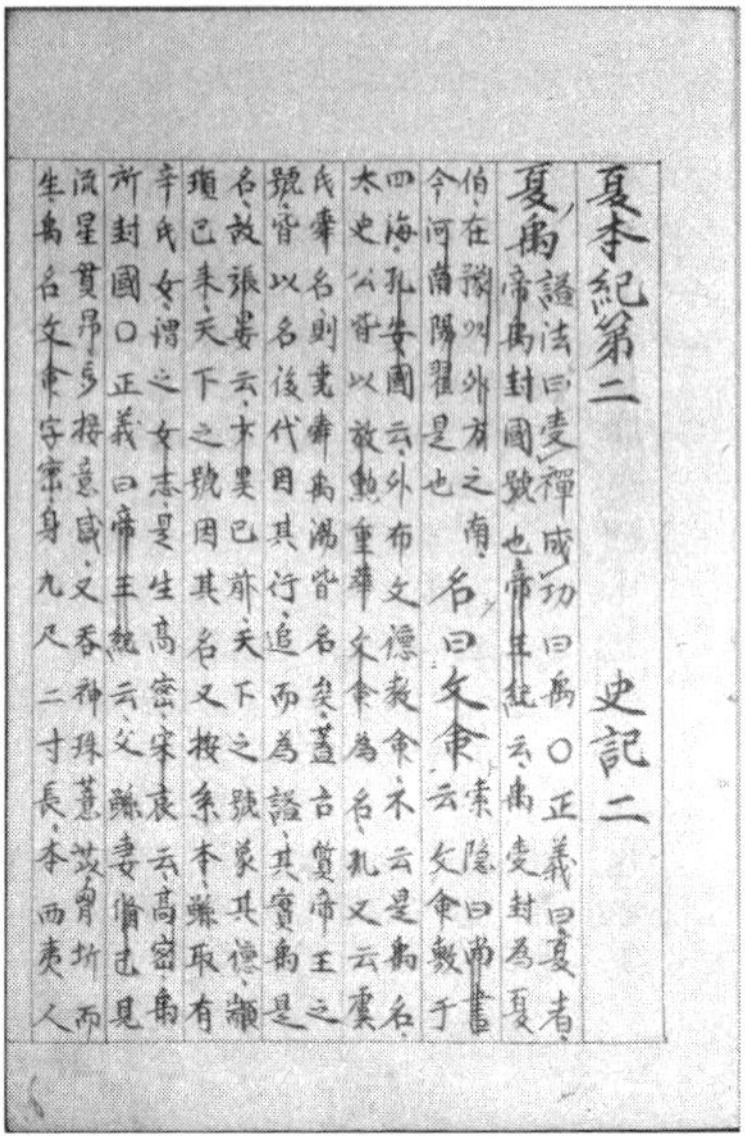

図4　京都府立京都学・歴彩館本
三冊目の首

図5　京都府立京都学・歴彩館本
表紙

第一冊は序目にあたる)。

京都府立京都学・歴彩館本がわかりやすい例である。本書は三冊目にあたる一冊を古活字版としては欠いており、その欠を写本によって補っている(図4)。ところが、この補写の一冊は、他の四十九冊と同じ原装の丹空押雷文繋蓮華唐草文様表紙を備えている(図5。これが原装であることは、前述した東北大学附属図書館本にも同種表紙が用いられていることからもわかる)。このことは、本書の第三冊が古活字本としてはもともと欠けていたこと、補写された第三冊が後代の補配によるものではなく、製本当初より交えられていたことを示していよう。補写された一冊の筆跡はまことに端正というべきで、全体の装訂も堂々としている。恐らくは貴顕に献上、または頒布するため、工房側で欠冊を補ったのだろう。

三冊目にあたる一冊をもとから欠くと思われる本として、ほかに栗田文庫本がある。本書は四十九冊本で、『栗田文庫善本書目』には「原装丹表紙、題簽付。巻三・四の一冊欠」と記される[18]。巻三とは「殷本紀」、巻四とは「周本紀」にあたり、古活字本では「殷本紀」は巻二「夏本紀」とあわせて三冊目に配され、「周本紀」は一巻で四冊目に配される。よって、栗田文庫本が原装なら、「巻三・四の一冊缺」というのは不審で、恐らくこれは巻二・三の一冊を欠いていたものを誤記したのだろう。このように考えれば、栗田文庫本も京都府立京都学・歴彩館本と同様、三冊目相当部を当初から欠く本であったと推測される。ただし、京都府立京都学・歴彩館本は欠冊を写本で補い揃本の体を保ったが、こちらはそこまでする必要はなかったのか、四十九冊本のまま世に送られたのである。

一方、二冊目にあたる一冊を欠く本に関西大学図書館本がある。本書は川瀬一馬氏『増補古活字版之研究』に「大阪府立図書館」所蔵とある本で、「巻一至十二零本十冊、商善院旧蔵、第二冊目江戸初期補鈔あり」と紹介されている。[19]しかし、大阪府立図書館にかつて蔵されたことはなく、川瀬氏の誤認と思われる（ちなみに「商善院」も「高善院」の誤り）。本書は伊藤介夫氏・岡田真氏などを経て、現在では関西大学図書館の蔵するところとなっている。幸いなことに、川瀬氏調査時には十冊の零本であったのが、いまは僚巻の四十冊を備え、旧態に復している。そして、この二冊目にあたる一冊が写本によって補われており、古活字版としては本来欠冊であったことが窺える。この補写の一冊は他の四十九冊と同様、茶色の空押雷文繫蓮華唐草文様表紙を持つが、文様が微妙に異なる。よって、この一冊はのちに補われたものと思われる。書写も江戸初期とはいいがたく、江戸前期とするのが穏当である。

また、二冊目を当初より欠くと思われる本に、嵯峨本『史記』の代表的伝本である内閣文庫本（別二六／一）がある。本書の現在の体裁は、欠巻はないものの全体を四十九冊としている。本書は二冊目にあたる巻一と、巻八十三―九十二とが第二種本三冊によって補配されている。しかし、このうち巻八十三―九十二が、本来なら三冊に仕立てられるべきところを二冊に綴じられているため、全体が四十九冊となっているのである。従って、内閣文庫本は実質四冊分を第二種本によって補ったと理解してよい。そして、このうちの巻八十三―九十二にあたる三冊が、成簣堂文庫に蔵され、現存している。本書には内閣文庫本と同様の菅得庵の書入や蔵書印があって、これが内閣文庫本の僚巻であることは一目瞭然である。だとすれば、内閣文庫本の欠冊のうちその存在が知られないのは、二冊目にあたる一冊のみということになる。今後の調査によってこの一冊が出現する可能性も皆無とはいえないが、関西大学図書館本の例を見ても、内閣文庫本の二冊目が本来の欠であったことは十分推測される。

以上、現存本の調査から、当初より欠冊を持つ第一種本『史記』の存在が知られるが、興味深いことにこのことは史料の上からも確認できる。『慶長日件録』慶長十二年十一月二十七日条は第二節で見たように、舟橋秀賢が宮中より古活字版の『史記』を拝領したことが記されていた。そしてその三日後、十一月三十日の条にはつぎのような記事が見える。

次史記本先日拝領、一冊不足、仍今日他本全本被替下之、即御礼申入退出、

拝領した『史記』のうち一冊が欠けていたことが判明し、秀賢は願い出て全巻完備した本と交換してもらったというのである。一冊欠の『史記』は、予想以上に広まっていたと見るべきではなかろうか。

ところで、長澤規矩也氏は古活字本において、序文や本文の第一葉、あるいは巻末等に異版を交える本が少なくないことを指摘している。そして、それらの箇所は見本として余分に刷られることがあったため、活字を新たに組み替えて増刷されることがあったのではないかと推測している[20]。第一種本の『史記』の場合、欠冊となった第二冊・第三冊は本文の冒頭かそれに近い部分である。長澤氏の説くように『史記』についても、見本刷りのために不足を来したという事情があったのか、そのあたりは定かでない。ただ、たとえそうでなくとも、古活字版による大部の書では、各巻各丁の印刷部数に前後を生じることがあったようだ。中でも刷りはじめに近い巻ほど不足を来すことがあったらしく、その欠を補うため新たに活字を組み、異版を作製することがあったのである。

慶長十五年刊の古活字版『太平記』がそのよい例である。本版には全四十巻、剣巻・目録共二十一冊のうち、巻一から巻四までを異版とするもの（尊経閣文庫本・書陵部本・成簣堂文庫本）、巻五・六を異版とするもの（大東急記念文庫本・河野美術館本）、巻五から巻八までを異版とするもの（ソウル大学校本）、巻五から巻十までを異版とするもの（岩瀬文庫本）、巻七から巻十一までを異版とするもの（福井市立図書館本）、巻五から巻十三までを異版とするもの（国立歴史民俗博物館本）等が存在する。(21) これら異版では活字と匡郭の摩滅が目立っており、全冊が摺刷されたあとにこれらが刷られたことがわかる。製本・頒布の過程で不足を補うため、異版が作製され、交えられたものと見てよい。そして、これらの不足は『太平記』でも、全巻のうちの前半部に現れる。『史記』が本文のはじめにあたる第二冊乃至第三冊に不足を持つのと同じ傾向である（第一冊は序目で、こうした部分は本文よりあとに印刷されたらしい。『太平記』の場合でも、目録・剣巻の一冊は本文よりあとに印刷されるのが常である）。

さてここで、『言経卿記』に見られた四冊不足の『史記』について思い出したい。第二節では、言緒が入手した『史記』のうち四冊が不足だったことの事情としては、その『史記』が四十六冊目まで印刷され、あとの四冊が未刊であったか、一旦印刷を終えたものの、特定の冊に刷り部数の不足があったか、の二つの可能性を指摘した。刊行された第一種本の『史記』が、頒布を進めるうちに第二冊、あるいは第三冊にあたる一冊に欠を持つようになったのは見てきたとおりである。やがて第二冊・第三冊両方を欠く、二冊欠の『史記』も現れたのではなかろうか。そして、こうした考えを進めていけば、四冊欠の本が現れることも想定できる。『言経卿記』に記された四冊不足の『史記』とは、第一種本の頒布の終盤に現れた一本だった可能性をここでは提示しておきたい。

五　表紙と裏張

いまここで一冊欠の『史記』にこだわったのは、これらの本の存在が、現存する第一種本それぞれの製本・頒布の時期を特定する手がかりを与えてくれると考えられるからである。よく知られているように、古活字本の印刷工程は植字・摺刷・解版を一丁ずつ繰り返すものだから、刊行物はまず必要部数を刷りためておいて、需要に応じて表紙を懸けて製本し、頒布された。従って、同版本であっても、製本・頒布の時期には本によって違いがあったのである。[22]

第一種本『史記』の場合、現存本には種々の原表紙が残されているが、それぞれいつの時点で製本されたものだろうか。これらの表紙のうちには、古活字版の刷反古を裏張に持つものもある。これらの制作年代を推定することは、裏張に用いられた古活字版の刊行時期の下限を確定することにもつながる。

ところで、寛永期においては、本屋と表紙屋の分業体制が既に明確になっていることが知られている。[23] そうした体制の萌芽はさらに溯るのかもしれないが、少なくとも嵯峨本の工房では表紙の制作を含め、出版に関わる作業は一貫して内部で行われていたようである。そのことは、嵯峨における出版物の表紙裏張に、嵯峨の地との因縁を示す反古がしばしば見いだせることから窺える。[24] よって、嵯峨本類から現れた刷反古は、嵯峨における出版活動の一端を示す好資料となるわけだ。

第一種本『史記』は『言経卿記』の記述から、慶長八年以前の刊行が確実視される。そして、前節における推測が正しいとするならば、同年の十一月二十日以前に完本のもの、一冊欠のものがすでに世に送られていた。これを念頭に置いて、各本の原表紙について見ていこう。第一種本の原表紙には、現在のところ黒空押雷文繋蓮華唐草文様・淡藤色雲母刷雷文繋牡丹唐草文様・丹空押雷文繋蓮華唐草文様・淡茶色空押雷文繋牡丹唐草文様・焦茶色空押唐草十字

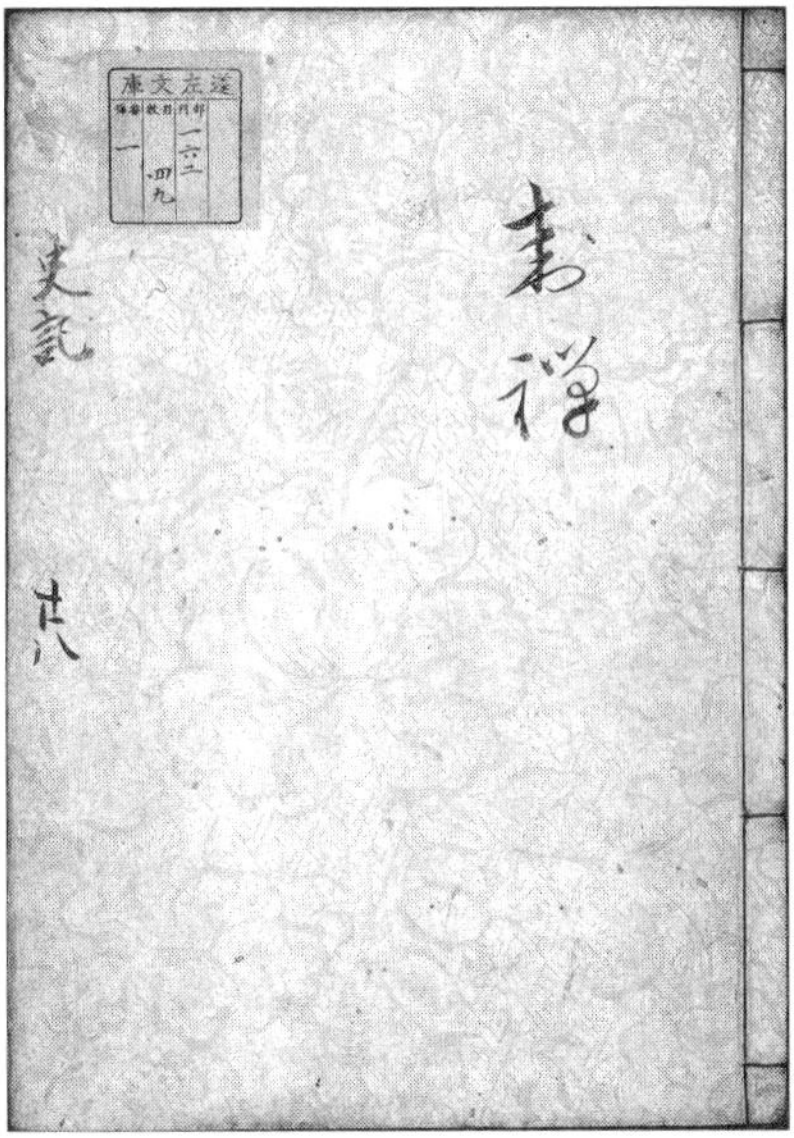

図6　名古屋市蓬左文庫本　表紙

印襷文様・栗皮の六種が確認される。〔補注3〕

まず、完本で原装表紙を備えるのは、黒空押雷文繋蓮華唐草文様表紙の東洋文庫本（三／B／c／二）一本だけである。原題簽を押し、最も正格を保った形態といえるだろう。ただし、同表紙を持つ本はほかに見つかっていない。

つぎに淡藤色雲母刷雷文繋牡丹唐草文様表紙は蓬左文庫本に用いられている（図6）。本書は巻十八を補写し、前冊と合綴しているために四十九冊本となっているが、もとは完本だったと思われる。嵯峨本『史記』の中で唯一、雲母刷文様を持つ表紙である。これと類似した雲母刷表紙は他の嵯峨本にも用いられるが、(25) 完全に同じ文様のものは見いだしていない。しかし、嵯峨本とも関連深い謡本の写本「百番本」（東京芸術大学ほか蔵）に同一の表紙が用いられている（『図説光悦謡本　解説』にいう「雷文蔓牡丹丙」（一七一図））。『史記』の刊行が、嵯峨本の工房と密接な関係を持っていたことを示す一例となろう。表章氏の調査によれば、百番本にはこのほか、蝶にメヒシバ、水に蜻蛉、松山満月をはじめとする嵯峨本「観世流謡本」と同版、あるいは同形異版、左右対称による版など、二十種以上の雲母刷文様表紙があるという。そして、これらと同種の文様を持つ表紙や料紙が、慶長十年奥書の「大原御幸」と同十一年奥書の「後藤本」にも用いられている。表氏は「大原御幸」「後藤本」との関係から推測し、「百番本」の製本時期を慶長十一年から十二年頃と推測している。(26) ただ、これら雲母刷文様の版下自体は、さらに早期に制作されていたという見解もある。中部義隆氏は百番本の表紙を俵屋宗達の初期作品と位置づけた上で、その版下作製時期を慶長七年頃かそれ以前としている。[27] この考えにもとづけば、慶長八年十一月以前に製本された蓬左文庫本『史記』の雲母刷表紙は、そのやや前に作られた版下をもとに作製されたことになる。

丹空押雷文繋蓮華唐草文様表紙は京都府立京都学・歴彩館本に用いられている。『栗田文庫善本書目』によれば、栗田文庫本も「原装丹表紙」と記される。文様の有無は知り得ないが、同書目が他書についても文様の有無・形状を注記しないことに鑑みれば、これも京都府立京都学・歴彩館本と同表紙であった可能性がある。ならば、本表紙は三冊目を欠く本に共通して懸けられていたことになる。ただし、完本である台湾故宮博物院本の表紙も同文様で（慶應義塾大学附属研究所斯道文庫蔵マイクロフィルムによる）、『弘文荘古活字版目録』所載本も同表紙であったようだから、[28] この表紙は完本にも用いられていたと考えられる。また、第三種本の東北大学附属図書館本も茶色表紙ながら、同じ文様を持っている。[29] この表紙が息長く用いられたことがわかる。

二冊目を欠く関西大学図書館本には、淡茶色空押雷文繋牡丹唐草文様表紙が用いられている。零本ながら、大阪府立中之島図書館本・『図説光悦謡本　解説』所載若林正治氏蔵本の表紙も同文様である（一六一図）。本表紙の文様は蓬左文庫本の表紙の雲母刷文様と左右対称になっており、一方が一方を覆刻したものであることがわかる。表氏は百番本表紙（蓬左文庫本『史記』と同）の雲母刷の雷文繋牡丹唐草文様が一時的に現れた孤立的なものだったことから、空押文様の本表紙を先行とし、雲母刷文様の表紙を覆製と推測している。[30] だが、蓬左文庫本がもとは完本であるのに対し、関西大学図書館本が一冊欠の本であったことを考えると、あるいは空押文様の表紙の方が後出であったのかもしれない。微妙な問題であるが、可能性のみ示しておく。

唐草十字印襷文様表紙を持つ内閣文庫本（別二六／一）も、二冊目を欠く本と推定される。本表紙と類似の文様は「観世流謡本」ほかの嵯峨本類に多数見られるが、[31] 同一の版によるものはない。内閣文庫本の表紙でさらに注目され

図7　国立公文書館内閣文庫蔵『史記』表紙裏張の『徒然草』反古

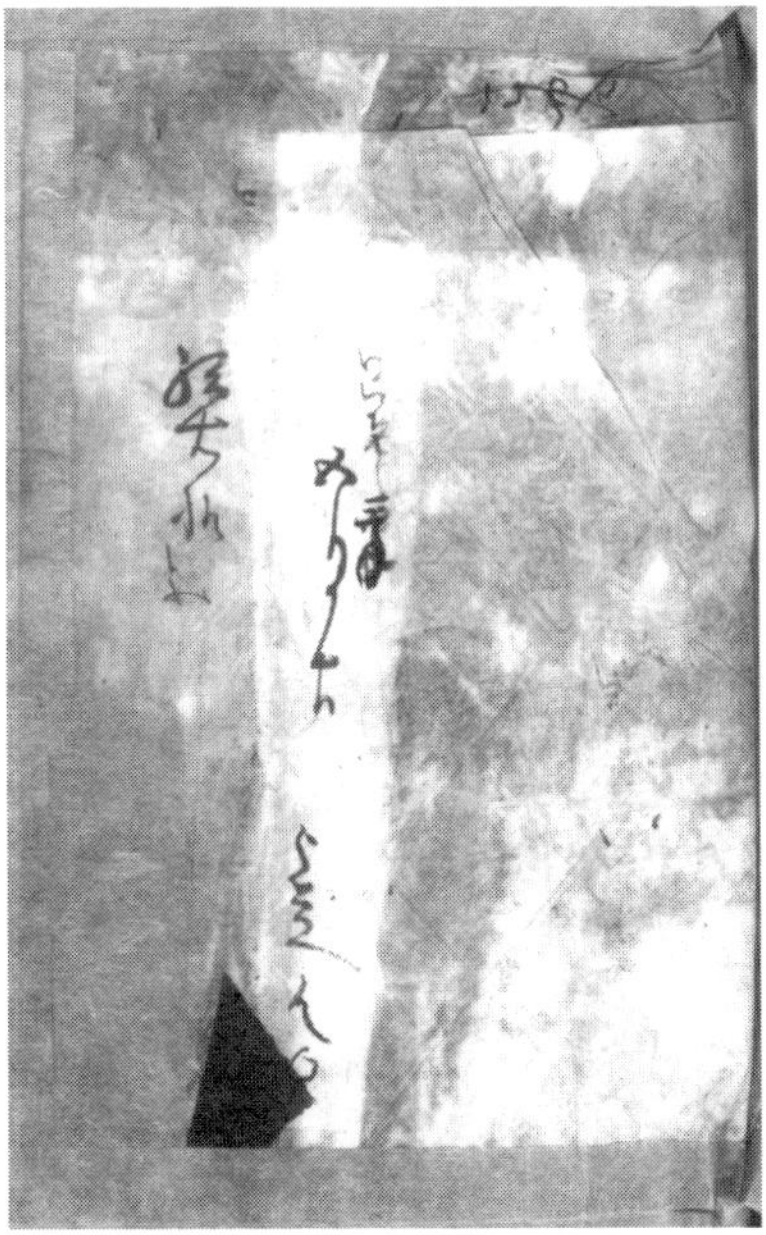

図8　同　表紙裏張の書状

るのは、裏張の存在である。川瀬一馬氏は古活字謡本の反古が用いられていることを指摘し、これと同版本に安田文庫蔵〈八島〉があるとした[32]。その後、表氏は同版本に鴻山文庫蔵〈老松〉ほか四冊八番（一番綴三冊、五番綴一冊）があることを紹介し、これらを慶長古活字中本と名づけた。そして、内閣文庫本『史記』裏張の反古が、〈安宅〉ほかの二十六番であることも明らかにした[33]。さらに近年、竹本幹夫氏はこれに加えて〈源氏供養〉など二番分の反古の存在を紹介し、同時にこれら反古が安田文庫本（早稲田大学坪内博士記念演劇博物館現蔵）〈八島〉・鴻山文庫本（法政大学現蔵）〈老松〉等とは別版であるという注目すべき発言を行っている[34]。

　また、竹本氏はこれら刷反古には謡本だけでなく、嵯峨本『徒然草』の反古も混入していることを報告している（図7。第四十一冊前表紙）[35]。このほか、内閣文庫本『史記』裏張の反古には書状や仏書（写本）の断簡なども見える。例えば、第二十三冊後表紙からは、

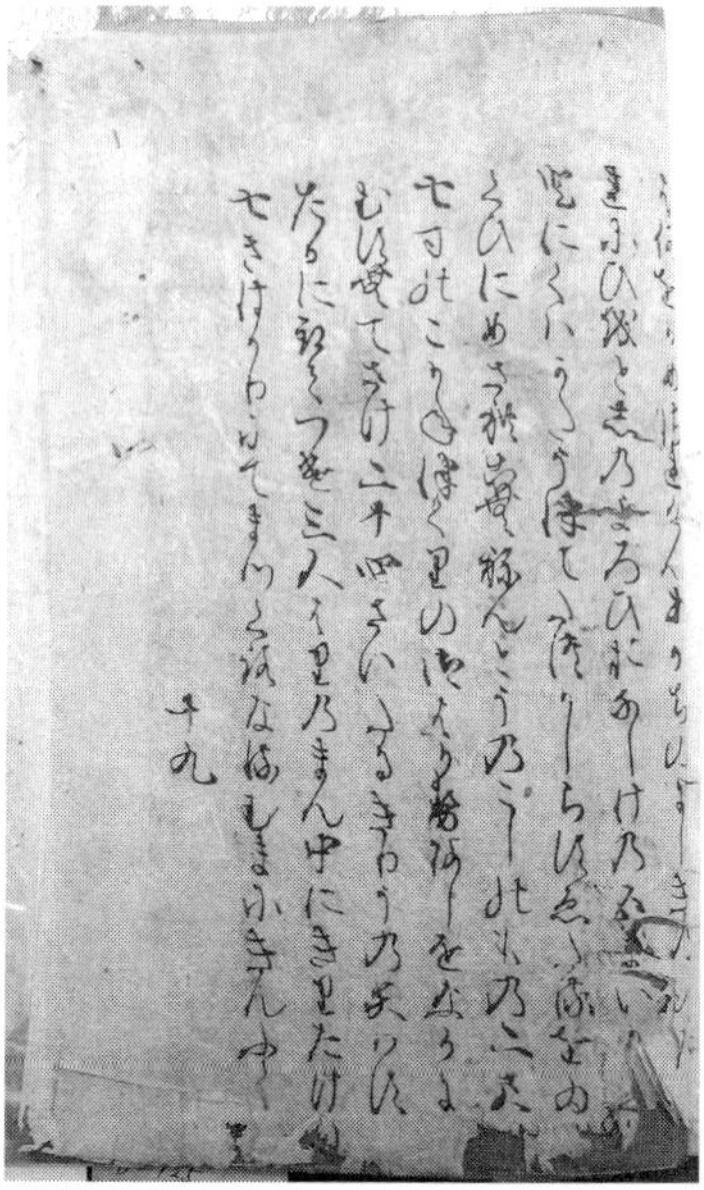

図９　新村出記念財団重山文庫本表紙裏張の「八島」

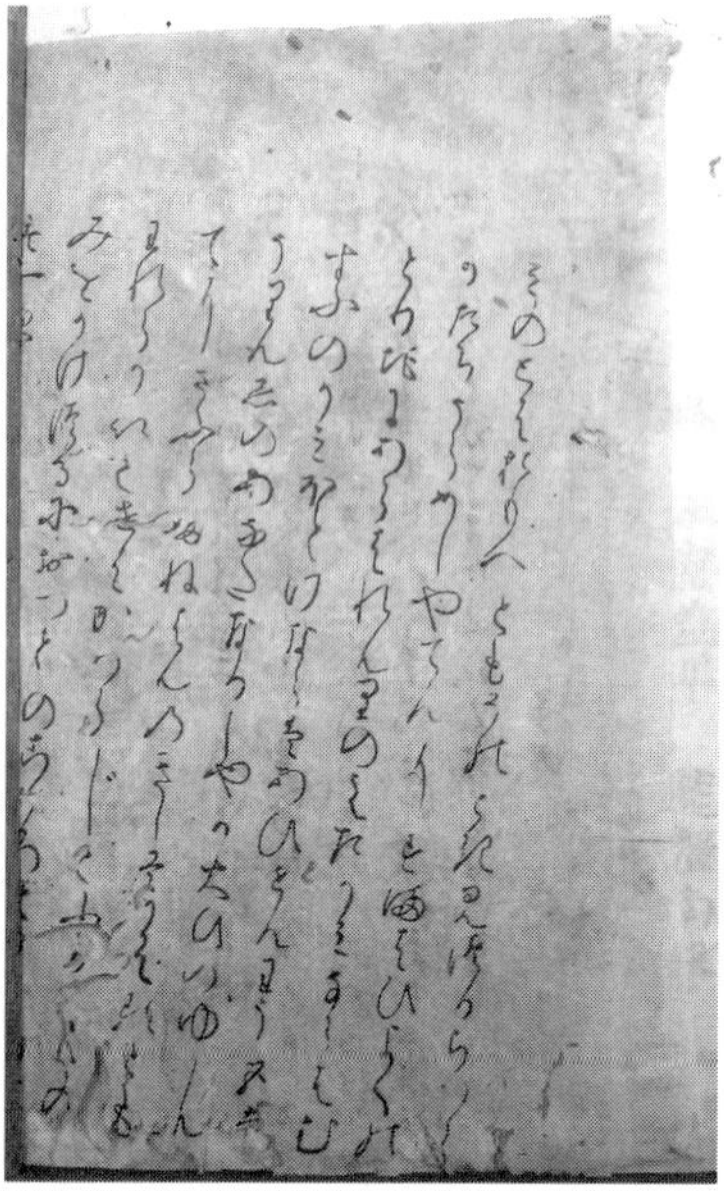

図10　同「伏見常盤」

「御蔵米預り申御事」などと記された書状が見いだされる。本書が角倉のごとき、しかるべき大商人の関与する環境で制作されたことが窺われよう。また、第八冊後表紙には、「けいちやう三年／五月十日」という日付を有する書状の断片が用いられている（図8）。かかる書状がもとから年紀を有していたとは考えがたく、年紀の部分も一見して後筆とわかる。特に「三年」の部分は重ね書きされたと思しく、全体として判読も困難である。本書状の扱いには慎重を期する必要があるが、そうはいっても、この年紀にも記されるだけの必然性があっただろうことも無視できない。仮にこれを慶長三年の書状と認めてよいとするならば、表紙の制作時期を推定する材料の一つになるのだが[36]、いかがであろうか。ここでは紹介するにとどめたい。

　以上が完本および一冊欠の『史記』に用いられた原装表紙である。最後に栗皮表紙本をとりあげる。この表紙を持つ本には完本がなく、よって厳密な意味で製本時期を特定することはできない。ただ、慶長八年十

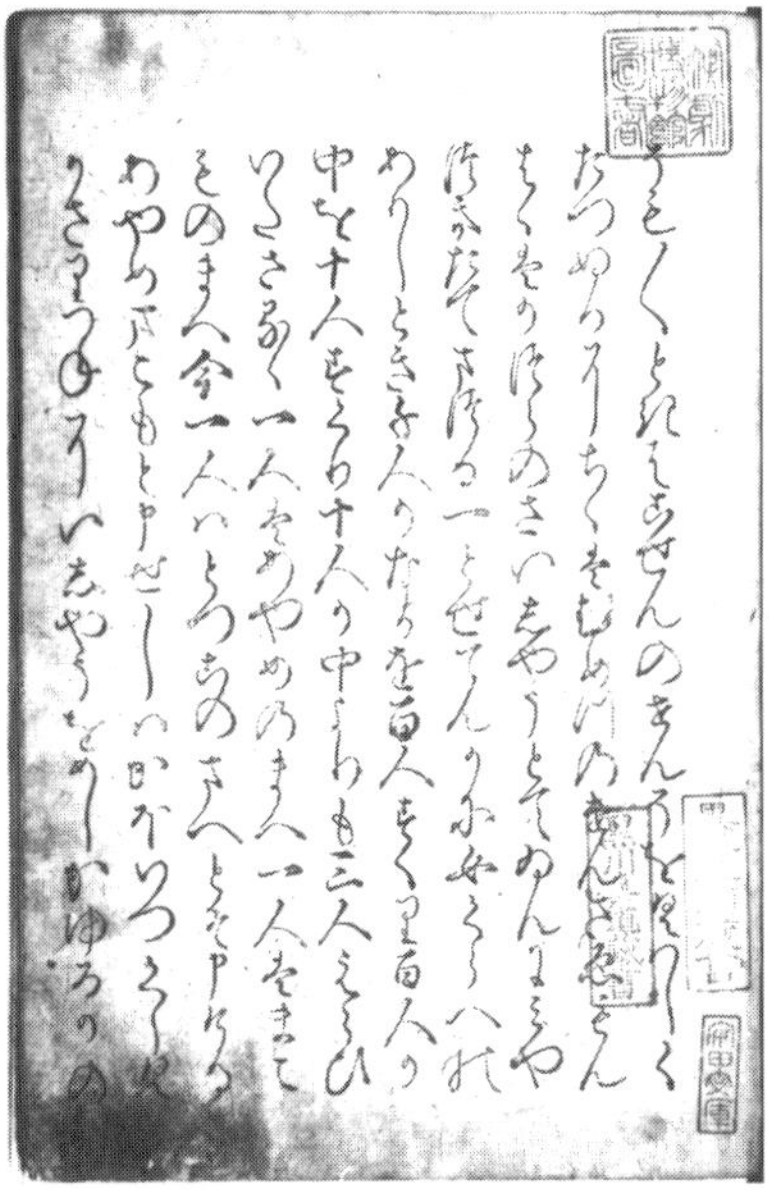

図11　早稲田大学坪内博士記念演劇博物館蔵「伏見常盤」

一月の前後を大きく降ることはないと考えてよいだろう。原装の栗皮表紙を持つ本は、静嘉堂文庫本・新村出記念財団重山文庫本（巻十三―十五と巻百十・百十一を有する零本二部）・天理図書館本（〇一一／イ一一／五七）・早稲田大学図書館本・成簣堂文庫本（四冊本）であるが、いずれも一冊から四冊までの零本である。このうち注目されるのは、静嘉堂文庫本・重山文庫本（巻十三―十五の一本）・天理図書館本の三本である。これらは僚巻の関係にあり、この表紙に裏張として古活字版の反古が用いられている。

夙に川瀬氏は、静嘉堂文庫本の表紙裏張に二種の古活字版舞の本の反古が用いられていることを報告している[37]。一種は安田文庫本「伏見常盤」（早稲田大学演劇博物館現蔵）と同種の活字を用いるもので、もう一種は「光悦の亜流に属する書体の活字」を用いる「高館」等であるという。残念ながら、現在静嘉堂文庫本にはこれらの刷反古は伝わっておらず、実物を確認することはできない。しかし、重山文庫本と天理図書館本から、それぞれ二種の古活字版舞の本の刷反故を見ることができる。この二本に用いられているのは、ともに「八島」「伏見常盤」の二曲の反古である（図９・10）。このうち「八島」の活字が光悦の亜流というべき書体で、静嘉堂文庫本に附されていたという「高館」は、これと同活字であったに違いない。この「八島」の異植字版に龍門文庫蔵の「八島」がある。また、川瀬氏も指摘するように、同種活字を用いた舞の本に「満仲」（大島雅太郎氏旧蔵。大英図書館現蔵[38]）がある。

一方、「伏見常盤」の方は御家流風の書体である。これと同活字を用いる舞の本としては、天理図書館蔵の「伏見常盤」があるが、これも異植字版の関係にある。川瀬氏は刷反古「伏見常盤」の活字を安田文庫本「伏見常盤」のものと同一視しているが、これは誤りである。早大演劇博物館に現蔵される同本を検するに、両者の活字は別であることがわかる。刷反古「伏見常盤」の活字があくまでも御家流の穏やかさを基調としているのに対し、安田本「伏見常盤」の活字は御家流に近い書体ながら、筆画を強調する点に光悦・素庵の書癖に通じるものがある（図11）。従って、天理本「伏見常盤」と安田本「伏見常盤」も全くの別版である。(39) そして、素朴な天理本が先行し、安田本は嵯峨本風に展開する後続の印本と考えてよいだろう。ちなみに安田本は具引色替料紙を使用しており、この点にも嵯峨本との関連が強く感じられる。なお、刷反古および天理本「伏見常盤」と同活字を用いる本に、近時「築島」一冊が現れたことを附言しておく（『奇書　青裳堂古書目録』二〇〇三年五月）。

六　嵯峨本前史の構想

前節でとりあげた本のうち、表紙裏張に刷反古を持つのは唐草十字印襷文様表紙の内閣文庫本と、栗皮表紙の重山文庫本・天理図書館本とであった。特に内閣文庫本は第二冊にあたる一冊を欠くと考えられる本だから、本稿の立場からすると、その表紙の制作時期は慶長八年十一月以前ということになる。従って、この裏張に用いられた慶長古活字中本謡本と嵯峨本『徒然草』の刊行時期も、これ以前と推定される。

さて、嵯峨本の中で刊行年時が明らかにされている本は少ないが、その中でも最古のものは慶長十三年の中院通勝跋を附す『伊勢物語』である（図12）。嵯峨本『伊勢物語』には、このほか慶長十四年・十五年の跋を附すものもある。同様に『伊勢物語聞書（肖聞抄）』には慶長十四年の通勝跋が附されている。また、嵯峨本第一種本『方丈記』

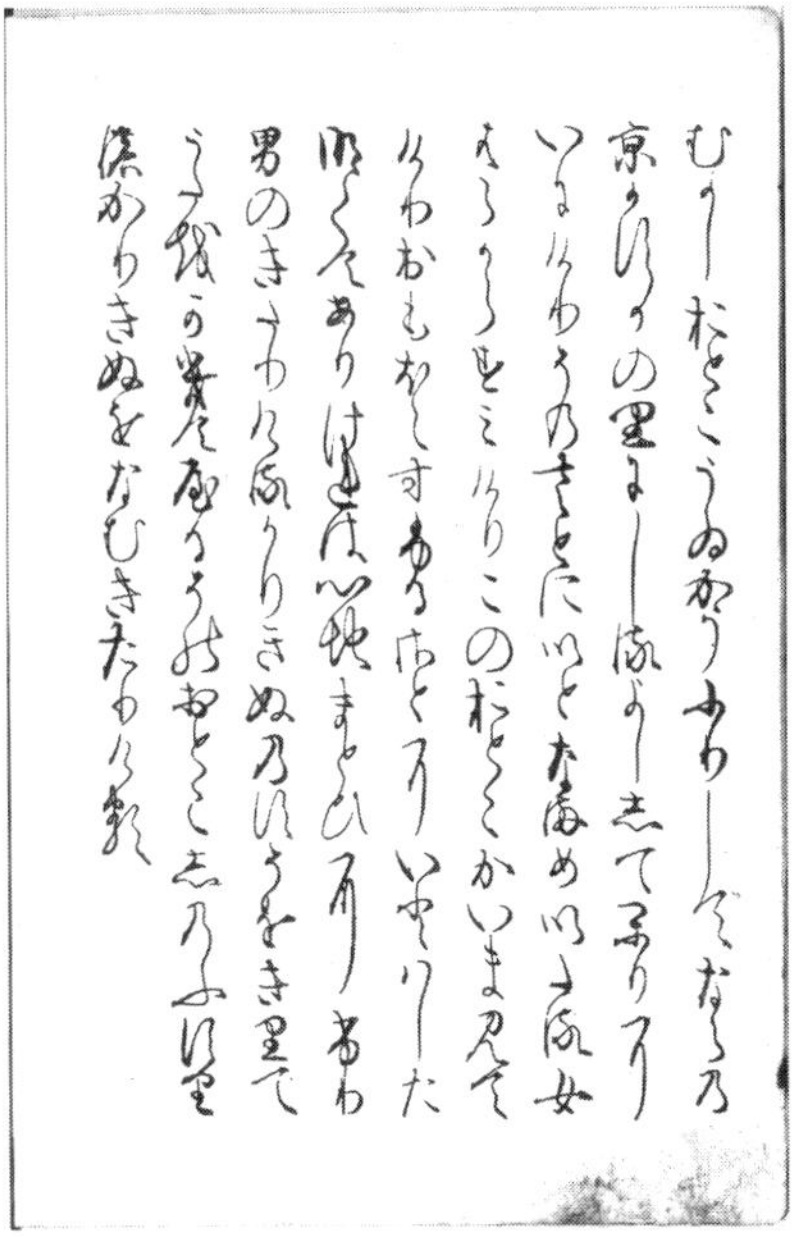

図12　嵯峨本『伊勢物語』
（国立公文書館内閣文庫蔵）

は、東洋文庫本（三／B／a／二六）に慶長十五年七月の識語があることから、それ以前の刊行であることがわかる。「観世流謡本」には刊記の類はないが、表章氏は慶長十年八月の観世身愛奥書の「大原御幸」（写本）の節付・装訂との類似から、最も早く刊行された本は慶長十年まで溯らせることが可能だと説いている。(40) このように嵯峨本の刊行は、およそ慶長十年代に入ってからはじまったもののようである。よって、いま問題にしている慶長古活字中本謡本や嵯峨本『徒然草』は、それ以前の平仮名古活字の刊行書ということになる。

慶長古活字中本をめぐって表氏は、嵯峨本のごとき豪華な本が制作される前に、慶長古活字中本のごときものが刊行されたと考える方が常識的だとしながらも、内閣文庫本『史記』の装訂時が、同書にしたためられた識語の年時である慶長十二年からどこまで溯れるか確定できないとして、嵯峨本との先後関係についての断定を控えている。(41) また、竹本幹夫氏は、嵯峨本（そのうち早期に刊行された帖装本の類）が句点や役の交代を示す肩鉤を手で書き入れているのに対し、慶長古活字中本のうち鴻山文庫本・安田文庫本が肩鉤を印刷し、『史記』裏張の本が句点・肩鉤の両方を印刷していることから、技術的に見て嵯峨本の刊行は慶長古活字中本より先行するとの見解を示した。(42) しかし、内閣文庫本『史記』の製本時期が慶長八年十一月以前ということになると、その表紙裏張に用いられた慶長古活字中本は嵯峨本以前の刊行であったと考えた方がよいのではなかろうか。

また、嵯峨本『徒然草』の刊行も慶長八年十一月以前ということになれば、本書の刊行が他の嵯峨本に対して遙かに早いことになる。ただし、その点は『徒然草』の印面を見れば、ある程度納得できるだろう。そもそも『徒然草』は嵯峨本の一つに数えられるが、その活字の字体は「観世流謡本」や『伊勢物語』をはじめとする他の嵯峨本と多少異なっている。これらの活字の字体が、光悦あるいは素庵のものといわれる書風が顕著であるのに対して、『徒然草』の方は確かにそうした書風につながる字様を有しているが、癖が強く出ていない。そこに双方の時間的隔たりを認めてもよいと思われる。(43)従って、『徒然草』は嵯峨本刊行の最盛期の前段階に誕生した本と位置づけるべきだろう。

一方、栗皮表紙本の製本時期は慶長八年十一月以前と特定できないものの、それを大きく降るものでもないと思われる。栗皮表紙本から現れた刷反古のうち、舞の本「八島」の活字書体は「光悦の亜流に属する」（『増補古活字版之研究』）と説明されたり、同活字を用いる「満仲」は「光悦流の筆癖が顕著だが、伝嵯峨本の古今集の版下と似て、のびやかさを欠き、品格も下がるから、光悦の弟子の手になったものであろう」（『弘文荘古版本目録』一九七四年）とも評されてきた。これらは「観世流謡本」や『伊勢物語』などと比べると確かにのびやかさを欠き、全体に詰まった印象を与える。また、書体も光悦・素庵的な癖がややくどいように見受けられるが、これは筆者だけの主観ではあるまい。(44)こうした「八島」「満仲」の印面に、洗練されきる以前の、嵯峨本前段階の姿を認めてもよいのではなかろうか。

栗皮表紙本から現れた舞の本「伏見常盤」の反古は、「八島」とは書風の異なる御家流風の活字が使用されていた。「伏見常盤」も間違いなく嵯峨の工房で刊行されたものと思われるが、だとすれば、ここでは光悦・素庵流に限らず様々な書風の平仮名活字が試されていたことになる。例えば、前述の安田文庫本「伏見常盤」は、そうした中から嵯峨本が生み出される過程を映し出す一つの姿だったと位置づけられないか。

さて、既に川瀬一馬氏は具引色替料紙を使用する安田文庫本「伏見常盤」や、雲母刷文様の料紙を使用する安田文庫本『徒然草』（嵯峨本とは別）などをあげ、これらが嵯峨本に先行し、嵯峨本の意匠に影響を与えた可能性があることを示唆している。[45]いわゆる嵯峨本前史をめぐっては、川瀬氏によってこのように言及されてきたのであるが、いま『史記』裏張に用いられた諸版の刊行時期が、慶長八年十一月以前またはその頃と特定されたことにより、こうした推測は補強され、より具体的な像を結ぶことになるだろう。「観世流謡本」や『伊勢物語』に代表される嵯峨本は、突如その姿を現したのではない。そこにいたるまでに平仮名古活字本刊行の試行錯誤があり、その延長線上に嵯峨本が誕生したのである。嵯峨本『史記』はそうした慶長期前半の出版事情を考える上で、様々な情報を与えてくれる貴重な資料だといえよう。

注

（1）近年、嵯峨本所用活字の版下筆者を角倉素庵とする説が、林進氏によって提起されている（「角倉素庵の書と嵯峨本」『水茎』第二九号、二〇〇一年。『特別展 没後三七〇年記念 角倉素庵―光悦・宗達・尾張徳川義直との交友の中で―』大和文華館、二〇〇二年。「角倉素庵の書跡と嵯峨本―素庵書『詩歌巻』と嵯峨本『新古今和歌集抄月詠歌巻』の成立について―」『日本文化の諸相』風媒社、二〇〇六年）。

（2）川瀬一馬氏は嵯峨本の定義を、本阿弥光悦自身または光悦の意を受けた門下が版下を書き、美術的意匠を凝らした雕刻書、あるいはその影響を豊富に蒙った雕刻書としているため、『史記』を嵯峨本に数えない（『増補古活字版之研究』上、四一四・四二二頁、A・B・A・J、一九六七年。初版、安田文庫、一九三七年）。しかし、岡崎久司氏は『史記』を含め、嵯峨本の整合性ある定義を再構築すべきだとの主張をしている（「嵯峨本再考」『特別展 光悦と能―華麗なる嵯峨本の世界―』MOA美術館、一九九九年所収）。

（3）素庵と出版をめぐる近年の論考としては、森上修氏「初期古活字版の印行者について―嵯峨の角倉（吉田）素庵をめぐって―」（『ビブリア』第一〇〇号、一九九三年）が詳しい。

（4）『国史館日録』寛文七年十一月十七日条に、
其後因栄清懇請、名之曰周、字之曰維盈、彼本姓樋口、一姓本島、故其名・字共島字而授之、且作其説与之、彼頃日写朱句於左伝全部、奇其志学、而今夕与旧本史記評林一部以励之、而命彼写朱句於家本倭板史記、余家蔵史記四五部故如此、
と見え、さらに同八年八月一日条に、
周史記朱句皆成、乃授跋語、
と見える。
（5）岡崎久司氏注（2）前掲論文。
（6）江島伊兵衛氏・表章氏『図説光悦謡本 解説』一九頁（有秀堂、一九七〇年）、岡崎久司氏注（2）前掲論文。
（7）堀勇雄氏『林羅山』五六頁（吉川弘文館、一九六四年）、鈴木健一氏『林羅山年譜稿』一四頁（ぺりかん社、一九九九年）、森上修氏注（3）前掲論文。なお、筆者もかつて『史記』の慶長四年刊行説をとったことがあるが（「出版文化の周辺」『国文学』二〇〇〇年六月号）、いまは以下に論じるとおり考えを修正する。
（8）林屋辰三郎氏『角倉素庵』一一一頁（朝日新聞社、一九七八年）。なお、後年の林屋氏は慶長四年刊行説に傾いていたようである（『国史大辞典』「角倉素庵」の項）。この点、森上修氏よりご教示いただいた。
（9）本記事への注目は、早く新村出氏によってなされている（『新村出全集』第八巻「典籍叢談」所収「要法寺版の研究」「柱下漫語」筑摩書房、一九七二年。初出はそれぞれ『図書館雑誌』一九二〇年四月号、『冊府』第四巻第二号、一九一九年）。
（10）栗田元次氏『栗田文庫善本書目』二九頁（中文館書店、一九四〇年）。
（11）「慶長十三丁申夷則自恣日、以下所レ模二幻雲師之本一ヲ之善恵翁之本上而加朱之句読、墨之和点、又抄書于其上、豈不欣然乎」とある。
（12）このほか、新村出氏が紹介した新見正路の『賜蘆書院儲蔵志』著録本の識語にも注目しておきたい（注（9）前掲「要法寺版の研究」）。該本には「……于時慶長拾壹暦夷則洛下道春本ニテ新加丹烱者平城西広隆寺桑門知存書之」と、慶長

十一年七月に加点した旨の識語があったという。その版式は「界欄アリ」「八行十七字」とあるから、今日いう第一種本にあたることがわかる。なお、道春（羅山）本をもとに訓点を施した本としては、慶長十二年から十六年にかけて菅得庵により加点された内閣文庫本（別二六／一）とその僚巻である成簣堂文庫本（三冊本）がある。古活字版『史記』への加点については、東福寺善恵軒の彭叔守仙の本が用いられることがあったようで、究明すべき点が多いが、本章では触れ得ない。

(13) 小秋元段「表紙裏の謡本」（『銕仙』第五〇二号、二〇〇二年）。なお、内閣文庫本『史記』の装訂の時期をめぐる問題など、以下の論は該論での考えを補正したところがある。

(14) 川瀬一馬氏注（2）前掲書三八〇・三八一頁。

(15) 川瀬一馬氏注（2）前掲書三八〇・三八一頁。なお、川瀬氏は、第一種本の活字は下村生蔵刊『中庸』の活字を襲用したものと指摘している（同四二八頁）。

(16) 川瀬一馬氏注（2）前掲書三八一頁。

(17)『大東急記念文庫善本書目』（一九五六年）も函架番号「二三二／四〇／五七」の本を「元表紙」と認める。

(18) 栗田元次氏注（10）前掲書二九頁。

(19) 川瀬一馬氏注（2）前掲書三八〇頁。

(20) 長澤規矩也氏『長澤規矩也著作集』第二巻「叡山活字版について」（汲古書院、一九八二年。初出、『書誌学』復刊新六号、一九六六年）、同第六巻「蔵書めぐり（一）内閣文庫」「古書の整理と発見（三）」（同、一九八四年。初出、『日本古書通信』一九五五年一月号、一九六五年十月号）、『図書学辞典』五三・五四頁（三省堂、一九七九年）。

(21) 本書第三部第一章「古活字版『太平記』書誌解題稿」参照。

(22) 林望氏「嵯峨本の夢―『嵯峨本考』の解題にかえて―」（典籍図録集成1『嵯峨本考』名著普及会、一九九二年）参照。なお、こうした問題に関しては、表章氏も注（6）前掲書一八頁において、「謡本零葉を表紙裏貼りに使用している内閣文庫本『史記』の装訂が、必ずしも刊行直後のものとは断定できないであろうから、若干疑義が存するように思われる」と注意を喚起している。

(23) 渡辺守邦氏『古活字版伝説』第二章「寛永時代の出版事情―表紙裏の反古・その二―」（青裳堂書店、一九八七年。初出、『文学』一九八三年四月号）参照。

(24) 例えば、東洋文庫・陽明文庫蔵慶長十三年刊嵯峨本『伊勢物語』から同じく嵯峨本『伊勢物語』の反古が、国立国会図書館・大東急記念文庫蔵嵯峨本『伊勢物語聞書（肖聞抄）』から慶長十年下村生蔵刊『元亨釈書』の反古が現れたのは、その好例。そのほか、高木浩明氏は学習院大学日本語日本文学科研究室蔵の下村本『平家物語』写本の表紙裏張に古活字版『医学正伝』の反古が用いられていることを紹介し（「下村本『平家物語』と制作環境をめぐって」『二松学舎大学人文論叢』第五八輯、一九九七年）、坂巻理恵子氏は高野山大学蔵片仮名古活字三巻本『宝物集』の雲母刷文様表紙裏張に古活字版『医方大成論』の反古が用いられていることを紹介している（説話文学会二〇〇〇年四月二十二日例会発表「『宝物集』片仮名古活字三巻本についての書誌学的報告」）。反古として現れた『医学正伝』『医方大成論』はいずれも版種未詳だが、両氏ともに角倉の出版活動との関連を推定している。

(25) 江島伊兵衛氏・表章氏注（6）前掲書一六二頁参照。

(26) 江島伊兵衛氏・表章氏注（6）前掲書一三九頁。

(27) 中部義隆氏「謡本百番本の木版雲母刷料紙装飾について」（『大和文華』第一〇三号、二〇〇〇年）。なお、注（1）前掲図録八八頁では、百番本の題簽について、筆者を角倉素庵、下絵を俵屋宗達と推定している。

(28)『弘文荘古活字版目録』（一九七二年）に「表紙は赤茶色地に大きく唐草の模様を押し出した原装」とある。

(29) 小秋元段注（13）前掲論文では、東北大学附属図書館本の表紙に一種の補強材として、中本の大きさの謡本〈源氏供養〉の表紙が挟まれていることを報告した。該表紙は栗皮色（二〇・八×一四・六糎）、左肩原題簽（一〇・一×二・六糎）に光悦書風で「源氏供養」と刻す。近世初期刊行の〈源氏供養〉の光悦書風題簽数種と比べたが、筆者の不明か、同一のものを見いだし得ていない。あるいは慶長古活字中本のものか。もしそうであり、さらに〈源氏供養〉の表紙を挟む処置が、装訂当初からとられていたとするならば、これも古活字版『史記』と慶長古活字中本との制作環境の近しさを示す資料となる。

(30) 江島伊兵衛氏・表章氏注（6）前掲書一五二・一六二頁。

（31）江島伊兵衛氏・表章氏注（6）前掲書一六一頁。
（32）川瀬一馬氏注（2）前掲書四〇〇頁。
（33）表章氏『鴻山文庫本の研究』二三六頁（わんや書店、一九六五年）、江島伊兵衛氏・表章氏注（6）前掲書一八・一九頁。
（34）竹本幹夫氏「現存最古の観世流謡版本」（『能楽タイムズ』第五五九号、一九九八年）、『早稲田大学演劇博物館蔵特別資料目録5 貴重書 能・狂言篇』一七頁（一九九七年）。
（35）川瀬一馬氏注（2）前掲書にいう嵯峨本第一種本に相当する。
（36）この点、渡辺守邦氏が注（23）前掲書第一章「版本零葉の種々相―表紙裏の反古・その一―」（初出、『調査研究報告』第七号、一九八六年）において、「表紙裏と本体とが、ともに古活字版である場合、両者の刊年のへだたりは、三、四年以内に限られるもののようである」と述べているのは参考になる。なお、近年渡辺氏は承応・明暦（一六五二―一六五八）頃刊の『闕疑抄』から、寛永九年（一六三二）以前刊行の古活字版『首楞厳義疏注解』の刷反古が用いられている例を報告しており（『表紙裏の書誌学』第一章「表紙裏反古の諸問題」笠間書院、二〇一二年。初出、『ワークショップ 表紙裏反古の諸問題』実践女子大学文芸資料研究所、二〇〇四年）、年代特定の際の反古の役割が必ずしも万能ではないことを示唆している。
（37）川瀬一馬氏注（2）前掲書四〇一頁。なお、小林健二氏『中世劇文学の研究―能と幸若舞曲―』第二部第四篇二「絵入り版本「舞の本」の挿絵の形成」（三弥井書店、二〇〇一年。初出、『幸若舞曲研究』第十巻、一九九八年）参照。
（38）『大英図書館蔵日本古版本目録』五二五頁（一九九三年）参照。
（39）小林健二氏注（37）前掲論文参照。ただし、天理本・安田本の先後関係については、私見と論を異にする。
（40）江島伊兵衛氏・表章氏注（6）前掲書四一頁。
（41）江島伊兵衛氏・表章氏注（6）前掲書一九頁。
（42）竹本幹夫氏注（34）前掲論文。
（43）嵯峨本『徒然草』所用の活字をめぐっては、岡崎久司氏が「本文書風は「光悦様」というが、限りなく御家流にも近い」

と指摘し（注（2）前掲図録・作品解説「17徒然草　古活字版（第一種本）」の項）、森上修氏も五〜七字に及ぶ連彫活字が用いられる『徒然草』の特色を、二〜四字の連彫活字を使用する「観世流謡本」などとの違いとして注目している（『香散見草』第三一号、二〇〇三年）。

（44）近年、林進氏により角倉素庵の筆跡の研究が進んだが、舞の本「八島」所用の活字こそ、素庵の書風をよく示すものではなかろうか。また、下村本『平家物語』の活字書風にもよく似ると思われる（注（1）前掲図録九二頁は、下村本『平家物語』の活字版下の筆者を素庵と推定する）。

（45）川瀬一馬氏注（2）前掲書四〇一・四二六頁。また川瀬氏は、下村本『平家物語』の刊行も早くになされたことを指摘している（四二九頁）。

〔附記〕

再校後、左記の存在を知り、調査を行った。

第一種本　内藤記念くすり博物館付属図書館大同薬室文庫蔵　五十冊（二二〇／五〇八〇七）

第二種本　関西大学図書館内藤文庫蔵　七冊　存巻二―十（一〇〇一）

また、再校後、学習院大学図書館本・名古屋市鶴舞中央図書館河村文庫本を熟覧する機会を得た。学習院大学図書館本は原装茶色表紙、原題簽を備える。河村文庫本は原装茶色空押蓮華唐草文様表紙で、第三十・四十九・五十冊に原題簽をとどめる。同本の空押文様は、東洋文庫本（黒表紙。三／B／c／一）の表紙文様と左右ほぼ対称の形態をなす。加えて、河村文庫本の表紙文様は京都府立京都学・歴彩館本の表紙文様とよく似ており、どちらか一方が一方を覆刻したものと考えられる。

〔補注1〕

加藤陽介氏・高橋智氏「永青文庫所蔵　林羅山自筆訓読『史記』とその周辺―『史記』訓読研究の新出資料―」（『汲古』第

四七号、二〇〇五年）により、林鵞峰より島周へ授けられた家蔵の『史記』は、現在、永青文庫に蔵される明刊本『史記評林』であることが知られる。

〔補注2〕
拙稿「古活字版『史記』覚書—学習院大学図書館蔵本を中心に—」（『言語・文化・社会』第六号、二〇〇八年）において、古活字版『史記』の各伝本の書誌を報告した。また、当該稿では本書初版刊行後に知り得た伝本として、左記のものを紹介している。

第一種本　国立国会図書館蔵　五十冊（ＷＡ七／二五九）
　慶應義塾大学附属研究所斯道文庫蔵　一冊　存巻十九・二十（〇九一／ト二六〇／一）※
第三種本　金沢市立玉川図書館近世史料館蔵　四十九冊　巻一—三欠、巻十三—十五補配和刻本史記評林（漢・補／六）

また、その後、以下の伝本の存在を知り得た。

第一種本　文教大学越谷図書館蔵　二冊　存巻四十四—四十六（二二二・〇一／Ｓｈ一五）
　慶應義塾大学附属研究所斯道文庫蔵　十一冊　存序目・巻一・六・十一・十二・十九・二十・二十三・二十四・七十—七十三・百六—百十六・百二十五—百二十八（〇九一／ト二六〇／一二）※
　東京理科大学近代科学資料館下浦文庫蔵　三冊　存巻十六・十七・二十五・二十六・二十九・三十（九／二九五）※
　慶應義塾大学附属研究所斯道文庫蔵　一冊　存巻三十一・三十二（〇九一／ト三二七／一）
　国文学研究資料館蔵　二冊　存巻四十一・四十二・六十一—六十六（ワ二／二九、ワ二／四六）※
第二種本　鶴岡市郷土史料館　五十冊

文教大学越谷図書館蔵　一冊　存巻四（二二二・〇一／Sh一五）
国文学研究資料館蔵　二冊　存巻七十―七十三・七十九―八十二（ワ二／四八／一～二）
印刷博物館蔵　一冊　存巻六十一―六十六
第三種本　大谷大学博物館蔵　一冊　存巻二・三（外丙／六二）高木浩明氏「古活字版悉皆調査目録稿（四）」（『書籍文化史』第一四号、二〇一三年）参照。

このほか、『神習文庫図書目録』（無窮会）のうち、「土岐僙氏寄託図書」に「史記一百三十巻　幕府初期木活本　二五」が見える。

※印を付した伝本はいずれも黒川春村旧蔵本で、一八九頁所引架蔵本とともに僚巻の関係にある。右に掲出した以外にも、多くの収書家によって分蔵されている。

〔補注3〕

古活字第一種本『史記』の原表紙は、〔附記〕の内容を踏まえ、〔補注2〕前掲拙稿でさらに二種（茶色空押雷文繋蓮華唐草文様・茶色）を加え、計八種とした。

なお、〔補注2〕所引慶應義塾大学附属研究所斯道文庫本（〇九一／ト三二七／一）の原装表紙は蓬左文庫本と同様、雲母刷雷文繋牡丹唐草文様を有する。

第五章　『徒然草寿命院抄』と『本草序例』注釈

――序段を中心に――

一　序段の「誕生」

『徒然草寿命院抄』[1]は京都の医師、寿命院秦宗巴によって著された『徒然草』最初の注釈書である。慶長九年（一六〇四）、如庵宗乾開版の古活字本には、慶長六年（一六〇一）の年紀を有する中院通勝の跋文が附されており、成立時期もほぼこの頃と推定されている。[2]

『寿命院抄』は近世に多数登場する『徒然草』注釈書の祖として重要な位置を占めるとともに、その注釈水準にも無視し得ぬものがある。例えば、『寿命院抄』が施した解釈・引用が、今日の注釈書にいたるまで踏襲されている例は少なくない。さしあたり『徒然草』の形式に注目するならば、各章段に一、二、三、四……と段数を振るあまりにも当たり前の体裁は、文献上確認できる範囲では、『寿命院抄』を以て最も初期の例とすることができる。また、

つれ〴〵なるまゝに、日くらしすゞりにむかひて、心にうつりゆくよしなし事をそこはかとなく書つくれば、あやしうこそものぐるおしけれ、

という冒頭の一文を「序」と特立したことも、『寿命院抄』が最初に試みたものである。よく知られているように、『徒然草』の写本や古活字本には、この一文を序と明示するものがない。写本や古活字本では本文を改行することにより章段の区分を示すのが一般的であるが、殆どの本において今日いう第一段冒頭「いでや此世にむまれては……」の詞章は改行されず、序文に連続して配されている。(3) そもそも冒頭の一文に序文的要素があるのか否かという解釈論はここでは措くとして、兼好にこの一文を後続の文章と区分する意思がなかったことは、最低限いえるのではなかろうか。(4)

さて、『寿命院抄』は以下のように注説して、冒頭の一文を序と定義する。

一つれ〳〵なるまゝに、日くらし硯にむかひて、心にうつりゆくよしなしことを、そこはかとなく書つくれは、あやしうこそ物くるをしけれ、

此マテハ此草子ノ序分也、序トハアマタノ義アレトモ緒也、廊也トテ、蠶ノイトクチ、又ハ堂ヘ入ニマツ廊ヘ入ル如ク、其ノ書ヘ入ノ端ナリ、編集ノ心ヲ概略シテアラハスヲ云也、外アマタノ義アリ、

「つれ〳〵なるまゝに……」の一文を引用し、これまでをこの草子の「序分」と称している。そして以下、序そのものへの注釈として、「廊」「蚕の糸口」「堂へ入るための廊」「書へ入るための端」「編集の心を概略して著すこと」といった説明がつづけられる。『徒然草』の序段はこうして「誕生」し、以後我々の読みを規定していくことになる。今日、この一文を『徒然草』の序と称し、作品に冠された意味深長な一段と認識することに、我々は何ら不自然を感じない。しかし、翻って考えれば、このことは『寿命院抄』の創始した説が、いかに当を得た理解として支持されてきたかを示していよう。ならばなぜ、宗巴は冒頭の一文を「序」と、あまりにもうまく言い当てることができたのか。本稿は『徒然草』に向かう宗巴の学的背景を探る一つの試みである。

二　解釈の揺れ

前述のとおり、『徒然草』の写本や古活字本において、序と第一段の区別はされていなかった。古活字本の『徒然草』は『寿命院抄』の刊行と前後して世に現れたのであるが、どの版も『寿命院抄』の説を本文に反映させることはなかった。つまり、古活字諸版では、底本（写本や先行する古活字本）の体式が専ら襲われていたのである。しかし、この傾向は整版本の時代に入っても大きく変わることはなかった。『徒然草』の整版本にはそれこそ夥しい版種があるが、注釈などを附さない、本文だけの本に限ってみれば、序と第一段を区分する版は少数派である。管見の範囲では、僅かに明暦四年版・寛文十年版（十六行本）・寛文十二年版（ただし、前記寛文十年版の覆刻）・元禄六年版・元禄七年版などがあげられる程度である。(5)

一方、『徒然草』注釈書の世界では、『埜槌』（林羅山、元和七年〈一六二一〉成）、『鉄槌』（青木宗胡、(6)慶安元年〈一六四八〉刊）、『なぐさみ草』（松永貞徳、慶安五年〈一六五二〉自跋）、『徒然草文段抄』（北村季吟、寛文七年〈一六六七〉刊）、『徒然草諺解』（南部草寿、寛文九年〈一六六九〉刊）、『徒然草直解』（岡西惟中、貞享三年〈一六八六〉刊）等、多数の書が『寿命院抄』の説を受け入れている。冒頭の一文を序として特立することは、本文のみの本よりも、むしろ注釈書の分野から定着していくのである。しかし、注釈書のすべてがこれに肯定的だったかというと、必ずしもそうではない。(7)

例えば、加藤磐斎は『徒然草抄』（寛文元年〈一六六一〉刊）の中で、序段について以下のように注している。

古人この一段を一部の序と見られたり、さもあるべきことゝ思ひてあるに、或人のいはく、書籍をみるに、序といふものはおほくは別人が書り、かゝるよりどころもあるにやといへり、それにつきて勘るに、是は仏書に一経の文段を序・正・流通の三段にわけてみるに相似り、神書にも此ごとくに別に序といふものなくて、本文のうち

にいへることあり、此等也、此草子の例になるべき、

勿論、磐斎自身が、冒頭の一文を『徒然草』全体の序と見なすことに異見を有するのではない。しかし、ここでは「或人のいはく」として、この考えに対する懐疑的な説も引いている。それは、序というものは本来別人が書くものなのだから、この一文を序と称する根拠はあるのだろうかという疑義で、磐斎はこれに対して、本文のうちに序文的要素が含まれる先例として経典や神書があることをあげ、この疑いを退けている。

つづいて高階楊順の『徒然草句解』（寛文元年〈一六六一〉刊）を見てみよう。

是まてか一部の序文也、愚按するに、如此序より本段へ直に書つゞくる例、妙楽の釈籤の序、和泉式部か家の集なとにみえたり、又按するに、下の下戸ならぬといふ迄を序文とし、いにしへの聖の御代と云を本段の初とし、下心は源氏品さための例になそらへ、序に人品を論て帝王の事を初にいひたれは、又本段の初にも賀代の事より書出し、末々の事も処々引合見る一説有、是も又捨てかたき義也、

楊順も基本的には冒頭の一文を全体の序と見なす立場に立っている。しかし、ここでは「一説」として、「下戸ならぬこそをのこはよけれ」までの、今日いう第一段までを序文とし、「いにしへの聖の御代」にはじまる第二段を「本段の初」とする説も引かれている。今日いう第一段は帝王以下の身分のことや、容姿、振る舞い、才芸など、あらゆる理想について論じた段である。序が「雨夜の品定め」を模して人品を論じ、まず帝王のことから説くのを受けて、本段の初めでも帝王を讃える記事を配する。序と本段には対応関係があるのだという読みがこの「一説」の論拠になっているのだが、楊順はこの説に「捨てかたき義也」という一定の評価を与えている。

冒頭の一文を序とすることを強く否定するのは、高田宗賢の『徒然草大全』（延宝五年〈一六七七〉刊）である。宗賢はさきに掲げた磐斎の説を引いたあと、以下のように反論する。

問云、これまて序歟、玄旨云、序の心なし、哥なとに序哥あり、それに准ずれは此一段の序なるへし、一部の序とはいはれまじき也、又此一段をつれ〴〵一部の序と見るは、さもあるへし、

真偽は未詳ながら玄旨、即ち細川幽斎の説を引き、冒頭の一文を全体の序と見なすことを不当とする。冒頭の一文はあくまでも第一段の序に過ぎない、また、第一段全体を『徒然草』の序と位置づけるのは適切である、と宗賢は考えている。

このように、『寿命院抄』が提起した『徒然草』の序に関する説は、後続の注釈書のすべてに受け入れられたわけではなかった。そこでは冒頭の一文を第一段の序とする考えや、第一段を全体の序とする考えが、あたかも宗巴の説に対抗するかのようにして唱えられていた。冒頭の一文を『徒然草』全体の序と見なすことは、今日の我々には既に自明なことのように思われるが、近世前期には必ずしも絶対的な説として認知されていたわけではなかったのである。

三　序をめぐる言説

それでは、宗巴はいかなる知識にもとづいて、冒頭の一文を序ととらえたのだろうか。さきにも引用したように、『寿命院抄』では冒頭の一文を序と規定したあと、以下のように序そのものへの注を施している。

序トハアマタノ義アレトモ緒也、廊也トテ、蠶ノイトクチ、又ハ堂へ入ニマツ廊へ入ル如ク、其ノ書へ入ノ端ナリ、編集ノ心ヲ概略シテアラハスヲ云也、外アマタノ義アリ、

ここでは以下、序を蚕の糸口や堂に入るための廊に喩える右のような言説が、何に由来するものなのか検証してみよう。

古く『説文』に序は「東西牆也」と説かれ、『爾雅』においても「東西牆謂之序」と説かれる。『寿命院抄』がしば

しば引用する『韻府群玉』でも、「説文東西牆也、又堂廡也」と『説文』を引き、「堂廡（堂の周りの廊）」とも説く。この点は、『韻府群玉』とともに宗巴が座右にしたと思われる『古今韻会挙要』でも同じである。一方、序を蚕の糸に喩える例としては、『尚書正義』巻一「尚書序」の「周頌曰、継序思不忘、毛伝云、序者緒也、則緒述其事、使相胤続、若繭之抽緒」とあるのが代表的で、『文体明弁』巻三十二にも「按爾雅云、序緒也、字亦作叙、言其善叙事理次第、有序若絲之緒也」と述べられている。わが国の辞書類では、『温故知新書』が「東西壁也」とし、『運歩色葉集』が「次也、緒也」と注するのが、目にとまる程度であろうか。このように序を廊と釈し、蚕の糸に喩える例は既に見られるものであった。しかし、そこではそれぞれの書の性質から、序が必ずしも詳述されているわけではない。『寿命院抄』の注説とこれらが、直接結びつくと想定することは難しい。

その点で注目したいのが抄物の類である。そこでは序に関する事項が、『寿命院抄』に見るごとく詳細に注される例にしばしば出会う。例えば、応永二十七年本『論語抄』には以下のようにある。

序ト云ニハ何三《ママ》叔カ集解ヲ定テ後ニ此序ヲ書ナリ。序ハ緒也。蠶養ノ譬也。アラキ糸ヲハ緒ト云。細キ糸ヲハ、絲ト云。本経ニ委ク義理ヲトキタラハ糸ノイトニタトヘ序ニ木《ママ》経ノ心ヲアラ〳〵アカスヲハ緒ノ糸ニタトヘテ序ハ諸《ママ》也ト尺スル也。麁ヨリ細ニ入ノ心也。又尓雅ニ東西ノ墻、是ヲ序ト云。人ノ家ニ東廊西廊アリ。此廊ヲヘスシテハ堂ヘハ上リカタシ。序ヲヘスシテハ本経ニ入カタシ。故ニ本文ヲ堂ニタトヘ序ヲ廊ニ譬ル也。

序に対する注説が詳しいのみならず、ここでは本経を「糸ノイト」、序を本経の心を粗々明かした「アラキ糸」と「蠶養ノ譬」を以て解説している。また、本文を堂、序を堂に入るための廊に喩える言説も存在しており、『寿命院抄』に共通する。

また、『古文真宝後集抄』にも、

（前略）サテ序字ト叙字トハ同モノソ、叙字ヲカクモ有ソ、説文ニ叙ハ次第也、尓雅叙ハ緒也、孫炎云、端緒也、増匂叙述也、正義云、叙序音モ義モ同、挙二其綱要一、若シ二繭之抽レ絲ヲ、亦通作レ叙ト云ソ、言ハ一部ノ大意ヲソツトハシメノ序テ云出テノヘテヲク事ソ、物ヲ以テタトヘハ、蚕絲ヲソツトロヲアケテ絲ヲクレハ、次第〳〵ニズツト其ノ絲カクリ出サル丶カ如キソ、

と見え、『爾雅』『尚書正義』等を引いたあと、序の意味が蚕から糸を繰り出す糸口に喩えて説明されている。序を蚕の糸に準えて注釈する例は、ほかにも『三体詩幻雲抄』『山谷抄』などにも見られるが、つぎに掲げる『太平記賢愚抄』も、序を蚕の糸口、家に入るための廊と説き、『寿命院抄』の内容によく対応する。

序ハ次也、又緒也、イトクチヲ見テ糸ヲソロユル如ク、序ヲ見テ其書ノ一部ノ大意ヲ知ル如ソ、又廊也、家ニ至ルニハ先廊下ヨリ入ソ、其コトク序ヲ見テ次第ニ奥ニ至ルソ、

『太平記賢愚抄』は近江国の僧乾三が天文十二年（一五四三）に著したという『太平記』注釈書である。乾三が『太平記』の講釈を行ったかどうかは不明だが、文体を見る限り、本書は抄物の形式に似た注釈書といえるだろう。以上、序について詳細に説き、その中で序を蚕の糸口、堂に入るための廊に喩える例が、室町期の抄物の類に顕著に窺えることを確認した。『寿命院抄』で宗巴が示した序に対する知識は、こうした室町期の抄物・注釈書、乃至はその背後にある講釈の地平に通じるものがあると見て間違いあるまい。

そして、ここではもう一点、宗巴の序に対する知識の淵源を示唆する資料として、『本草序例抄』の一節をあげておきたい。『本草序例抄』は『本草序例』の注釈書で、慶長八年（一六〇三）に京都の医師、吉田宗恂によってまとめられた。(8) しかし、宗恂はそれ以前より『本草序例』の講釈を行っており、この『本草序例抄』は講釈を基盤とする、抄物的な注釈書というべきものである。この中の巻一、書名の一部にもなっている「序例」という語に関する注釈を

以下に引用する。

序例、序ハ廊《ナリ》也、始《ナリ》也、次《ナリ》也、

序、一切《ノ》書ニ通シテアルモノソ、其《ノ》書ノ大体ヲシラセタモノゾ、序ハ廊《ナリ》也ト云テ、人ノ家ノ東西ノ廊下ノ心ソ、堂ナトヲ建ルニモ回廊楼門ナト云モノカ無テ不レ叶ソ、堂ガモノ深ミエルゾ、其《ノ》廊ヲ不《シテ》レ経堂ニハ登ラレヌソ、本文ヲハ堂ニ喩、序ヲバ廊ニ喩《ヘ》タリ、是《レ》廊ト云タ心ヲ云也、又説文ニ東西《ノ》牆《ナリ》也、徐《カ》曰《ク》、所レ別二内外《ヲ》一也、人ノ家ニハカキト云モノカナウテハソ、書ノカサリソ、又始也トハ書ノ始ニアル心ソ、始ヲ以終ヲ知ソ、又緒也トハイトクチ也、カイコノアライトソ、糸ノイトハケウラノイトソ、蚕ノ糸ヲ引ニ、マツアライトヲタイテ后、ケウラノホソキ糸ヲ引ヤウニ、一部ノ心ヲアラ〳〵ト云タソ、アライトニ喩、本文ヲハケウラノ糸ニタトユルソ、又序ハ次也ト云タハ次第ノ心ソ、其《ノ》事ノ次第来由ヲアラハス程ニ次也ト云タソ、又次序ト云テ次第ヲ云タ処モアリ、又序ト叙ト字ハ別ナレトモ、心同モノソ、ノフル心ソ、

さきに見たいくつかの抄物の注に対し、ここではさらに詳細に序について解説していることがわかるだろう。無論、先行する抄物・講釈の影響を蒙っていることは疑いなく、ここでもやはり蚕の糸口、堂に入るための廊といった喩えが見えている。しかし、右の記事は他に比べても長文なのが特色で、幾重にも詞を重ねて注を進めていくところが何よりも印象的である。ここからは『寿命院抄』が序を注するにあたり、「アマタノ義アレトモ」といい、「外アマタノ義アリ」というように、序には一言二言ではいいきれない、多くの義があることを強調していたことが思い返されてもよい。『本草序例抄』が『寿命院抄』の典拠であったなどとは、勿論いまの段階ではいえないし、そこまで限定して考えなくてもよいだろう。だが、このような『寿命院抄』の言説および口吻は、例えば『本草序例抄』に見るごとき詳細な注釈を前提に発せられたと想定すると、俄然理解しやすくなるのではなかろうか。

四　「序例」ということ

ここでは『本草序例』および『本草序例抄』がいかなる書であるのかを確認し、『寿命院抄』との関わりについて考えてみたい。(9)

中国の本草書は『神農本草経』にはじまり、以後これを増補するかたちで、所謂正統本草書が編まれていった。正統本草書の系譜は梁の『神農本草経集注』、唐の『新修本草』、宋の『開宝本草』、『嘉祐補注本草』とつづき、同じく宋の元祐年間（一〇八六〜九三）、唐慎微が『嘉祐補注本草』に『嘉祐補注本草図経』を編入し、さらに独自の見識にもとづき、これを大幅に増補して『経史証類備急本草』（『証類本草』）を編纂した。本書は以下に見るように、いくたびか増補改訂が重ねられて大いに流布し、明の李時珍の『本草綱目』が出るまでは、最も重用される本草書となった。

しかし、唐慎微の編んだ『証類本草』は未定稿であって、刊行もされなかったようである。しばらくのち、大観二年（一一〇七）に艾晟が『証類本草』を校正し、『経史証類大観本草』として刊行したのが、刊本としての最初といわれる。つづいて政和六年（一一一六）、曹孝忠が艾晟の『大観本草』を底本に、大幅な改変を加えて『政和新修経史証類備用本草』を刊行した。曹孝忠の刊行本は今日伝わらないが、この系統本は『証類本草』の諸系統の中でも大いに広まった。元代に入り、張存恵が『政和新修本草』を重修し、宋の寇宗奭の『本草衍義』を附して『重修政和新修経史証類備用本草』を刊行した（序に金の太和甲子下己酉〈一二四九〉の年紀を有する）。そして、この書は元代・明代に盛んに刊行され、例えば成化四年（一四六八）刊本（山東第一版本）、嘉靖二年（一五二三）刊本（山東第二版本）などはわが国に伝えられ、大きな影響を与えている。いま問題にしている『本草序例』とは、このうち嘉靖二年版『重修政和新修本草』（『重刊証類本草』）を母体とし、このうち巻首の序文類と「序例」（『証類本草』に先行する本草書の序文を集成した巻頭文）の置かれた巻一・二を抜き出し、一書としたものである。[10]実はこの抜粋は日本においてなされたものであって、そこには当時の医家が本草書の序を重視していたという背景があった。『本草序例』は最古の伝本を文禄五年（一五九六）の古活字版とし、以後も古活字本だけで慶長十四年版、十七年版、元和二年版、六年版があり、整版本にも覆元和六年版ほか複数の版が存在する。

それでは、日本においてなぜ『本草序例』のごとき書が流行したのだろうか。中国の本草書では冒頭に序を冠し、そこでは当該書の成立経緯のほか、本草学の概論的事柄を述べるのが普通であった。また、『神農本草経』にはじまる正統本草書は、いずれも先行する本草書を増補する形式で編纂されたため、序の記述も先行本草書のそれを取り込むかたちで進められた。従って、読者は序を読むことにより本草学の基礎を通史的に知ることができたとされる。それゆえ当時最も重視された本草書である『重刊証類本草』から、冒頭の序例の部分が分離独立して一書とされたことには、一定の意味があったのである。この点を八耳俊文氏はつぎのように明快に説いており、参考になる。[11]

本草書は総論の序と各論の本文とから成る。序においては、著者あるいは編者の本草観を交え、本草の知識の重要性、本草の歴史、当書の成立経緯およびその特徴など、が述べられるのが一般的である。正統本草書では巻首に既存の本草書の序を集めた「序例」を置くのが常であったが、朝鮮から将来された『重修政和本草』山東第二版朝鮮活字本（一五七七頃刊）の場合、中国本草の古典である「神農本経」序から明代の「重刊證類本草序」まで、主要な本草書の序が遺漏なく収載されていた。このためこの部分を読むだけでも本草の概論を理解することができた。

『本草序例』がこのような意義を持つ書であることを考えると、吉田宗恂が『本草序例抄』で序という事項について詞を尽くして注釈し、序の何たるかを周到に解説した理由がわかるだろう。前節で引用した部分は、その最も根幹にあたる「序例」という語の注釈箇所であった。『本草序例』の存在意義に関わる部分を解説したくだりにほかならない。序と本論の関係、即ち『本草序例』と『重刊証類本草』の関係を認識せしめるべく、注釈は詳細を極めたのである。その意味で、先行する抄物の類が序を釈すのとは、また格別の意義を持っていた。

『本草序例』は室町末から近世にかけて大いに流行した。よって、本草の序への認識を深めることは、宗恂のみならず多くの医師たちにとって必須とされただろう。宗巴と『本草序例』の関係については次節で述べるが、結論からいえば、宗巴も『本草序例』を読んでおり、かつ『本草序例』の講釈に近しい位置にいた。だとすれば、こうした機会に養われた序に対する理解を、宗巴は『徒然草』冒頭の一文の解釈に転用したと考えることはできないだろうか。『寿命院抄』と『本草序例抄』が分量はともあれ、序をめぐる言説を共有していることは、偶然ではないと思われる。ただし、先行する抄物類にも共通の言辞があることは、さきにも指摘した。また、そもそも序の存在自体、歌集や仏典をはじめあらゆる書にもあって、別段特異なものでもない。だが、これらの書が、宗巴に『徒然草』の冒頭の一文を序と呼ばせるだけの知見を与えただろうか。やはり宗巴には当代流行の『本草序例』における序への注説の方が、より強いインパクトを与えていたはずである。宗巴の医師としての素養を重視することによって、『徒然草』の冒頭の一文が大胆にも序と称された事情は了解できると思うのだが、いかがであろう。

五　序例講釈と宗巴

『本草序例』が文祿五年刊の古活字版以前に独立した一書となっていたかは不明である。だが、『重刊証類本草』の序例が注目されたのは、それよりも前のことであった。『本草序例抄』巻一には、

同嘉靖二癸未ノ年、廬陵ノ静斉陳鳳梧重二鏤之一ヲ為レ板、一千二百四十有奇、書録合三十一巻、号二重刊証類本草一ト、

此ノ序日本天正十年一溪老師始テ講レ之ヲ、刊本古文也、

とあって、天正十年（一五八二）、一溪老師こと曲直瀬道三が、嘉靖二年版の『重刊証類本草』を以て序の講釈をしたことが記されている。

また、吉田宗恂の『本草序例抄』は慶長八年（一六〇三）に成ったとされるが、宗恂の序例講釈はそれ以前から行われていた。国立国会図書館蔵寛永十八年刊の『本草序例抄』（一一五／一二）には、最後の第七冊の末尾に『大観本草』の艾晟序に対する注釈を補写した斐紙十丁が綴じられている。(12) そして、その中の一丁に、これとは別に宗恂が『重刊証類本草』の序例を比校した旨を記す本奥書が、つぎのように存している。(13)

方技者興乎炎帝盛乎黄帝、故学医之道以二帝之書為祖、本草乃其書也、欲閲於本草者宜先学其序例、夫序者緒也、始也、不学序例者何知読本草之法哉、繇茲我朝加訓点而講之已尚矣、惜乎業医者昧学而失伝説於是乎、東山月舟和尚為俗医所撰之抄有三帙、戩継天香梅屋続増益之、並始補注序終衍義例、予亦従重刊証類之本而去浮辞補漏脱、以要令後学者不失其伝説云、

于時天正第十四歳舎丙戌孟春人日　洛下　意庵宗旬

ここでは本草書における序例の意義が説かれたあと、月舟寿桂・梅屋宗香ら五山僧による『嘉祐補注本草』『本草衍義』の序の注釈があったことに触れ、自らもまた『重刊証類本草』に批正を加えたことが記される。そして、年紀は天正十四年（一五八六）とある。宗恂は曲直瀬道三の序例講釈に触発され、自らも序例の研究をはじめたのだろう。

ところで、『寛永諸家系図伝』によれば、宗巴は天正三年（一五七五）、二十六歳にして初めて医を志し、吉田宗桂に入門したという。(14)[補注] やがて宗桂にその才能を認められた宗巴は、曲直瀬道三に就くよう勧められる。宗巴は道三のもとでも医学の研鑽に励み、医師としての名声を博するようになった。ということは、宗巴は曲直瀬道三の序例講釈を

聴聞する機会にも恵まれたはずである。近年、福田安典氏は曲直瀬道三の医家としての革新性に注目し、和気・丹波を筆頭とする伝統的な医家が、自家の医術を秘説として門外不出としてきたのに対して、新興の医師である道三は人々を前に医書を講釈することにより秘説を開放し、新機軸をうち立てたと論じている。そして、宗巴が『徒然草』の注釈を出版という手段で公開したことも、師道三のこうした方法に影響されたものであったと説いている。[15] 福田氏の見解は近世初頭の学問史を考える上で誠に貴重なものと思われる。もしここで宗巴の『徒然草』研究の一隅に道三の序例講釈が影響を与えていたと考えることが許されるならば、氏の見解を聊かなりとも支えることができるのではなかろうか。

一方、宗巴の最初の師吉田宗桂は、二度の渡明を果たした当時最高の名医であった。そして、その医業は『本草序例抄』を著した次男の宗恂に引き継がれた。このことを考えると、宗巴が宗恂の序例講釈に接した蓋然性もまた高かったといえるだろう。ちなみに宗巴は宗桂の長男角倉了以の女を娶っており（この女性は曲直瀬道三の養女となっていたとされる）[16]、宗巴と吉田家との関係は密接であった。吉田氏は近江佐々木氏の一流で、宗桂の曾祖父徳春の代に嵯峨に居を移し、医と土倉業を営んだ一門である。宗桂の長男了以は南蛮貿易や大堰川等の開削事業により巨富を得たことで有名で、了以の子素庵は学問を愛好し、嵯峨における出版活動にも注力したことでよく知られている。そもそも嵯峨での出版活動は素庵一人によって営まれたものではなく、その近親者、弟子、傘下の工匠などの携わるところが多かった。[17] 素庵には叔父にあたる宗恂も、古活字本出版に興味を抱いた一人で、『言経卿記』慶長三年二月二十一日条ほかには、宗恂が『大学』『中庸』『孟子』を開版したと解される記事が存在する。また、『本草序例』文禄五年版の刊行者如庵宗乾も、角倉に極めて密接な人物と目されている。[18] その後、如庵宗乾は慶長四年に『元亨釈書』を、慶長九年にはほかならぬ『寿命院抄』を印行している。宗巴の著作が角倉の周辺において刊行されたということは、何よりも彼と吉田家との関係を象徴しているといえるだろう。

六　宗巴の『本草序例抄』

『寛永諸家系図伝』によれば、宗巴の著作の一つに「本草序例抄八巻」があるという。宗巴撰述の『本草序例抄』は今日伝存しておらず、あるいはこれは吉田宗恂の『本草序例抄』と混同して記された可能性もある。だが、宗恂の『本草序例抄』は七巻七冊で、八巻と称される宗巴のそれとは巻数の上で異なっており、不審が残る。

この時代、『本草序例』の講釈を行ったのは道三や宗恂だけではなかったらしく、世には宗恂の『本草序例抄』とは別種の『本草序例』注釈書がいくつか伝えられている。まず、宮内庁書陵部には曲直瀬一門の寿徳庵玄由の撰になる自筆の『本草序例抄』（元和三年〈一六一七〉写、二冊。五五八／七二）が蔵される。[19] また、国立国会図書館には天正十六年（一五八八）に成ったと思われる『本草序』（江戸前期写、一冊。特一／三三〇七）がある。道三や宗恂の序例講釈が嘉靖二年版『重刊証類本草』を底本としたのに対し、本書はそれより前の成化四年版を底本にしている点で注目されている。[20] このほか国立国会図書館には、これとはまた別種の『本草序例抄』（写一冊。特一／三三〇五）があり、武田科学振興財団杏雨書屋にも『本草序例抄』（江戸初期写、一冊。杏／二四九六）が存在する。また、専門の医師ではない林羅山も『本草序例註』を成しており、自筆本が内閣文庫に蔵される（写一冊。特一一二／二）。当時影響力を持ったのは、確かに道三の序例講釈や宗恂の『本草序例抄』であったろう。しかし、他の医家においても、これに影響されながら『本草序例』を講釈・注解することがあったのである。当時を代表する医師の一人である宗巴が『本草序例抄』を著していたとしても、不思議なことではない。

また、宗巴が『本草序例』を享受していたことを示す一資料として、京都大学附属図書館富士川文庫蔵『雑記』

（写横中一冊。富士川本／サ／三二）があげられる。本書は薄紅色表紙（一三・〇×二〇・二糎）、左肩に「雑記　寿命院秦氏在家熟（塾カ）時　留菴宗巴書　完」と打付書し、宗巴の撰とされている（「留菴」は宗巴の号「立庵」のことであろう）。墨付は僅かに二十四丁。内容は『本草序例』の抜書のほか、薬種を採取する時期を一覧にした覚書（「元亀第三壬申五月念五／意庵門下生／留庵書之」の識語を有する）や『重刻食物本草』の抜書等から成る、所謂雑抄である。ここで注目したいのは、冒頭に『本草序例』の抜書を有することである。外題にいうごとくこれが正しく宗巴の撰になるものならば、宗巴が『本草序例』を享受したことの明証となるだろう。書写は江戸前期かと思われるが、残念ながら宗巴の時代にまで溯るものとは思われない。しかし、本書には「吉家／氏藏」「稱意館／旧藏」の二種の蔵書印があり、吉田家の旧蔵であることが知られる。外題によれば、『雑記』は宗巴が吉田家の家塾にあったときにまとめたものというが、本書の伝来を考えると、かかる伝承も強ち不当なものとはいえないだろう。

最後に『寿命院抄』における本草書の引用について一言する。そもそも『徒然草』自体、医薬に言及する記事を所々に持ち、当然のことながら、そうしたくだりでは『寿命院抄』は本草書を引用する。例えば、上第三十四段・第九十七段・下第十二段・第三十四段には、「本草図経曰」「本草曰」「本草衍義序曰」等として本草書の引用が見られる。これらの引用文は『重刊証類本草』にも存在することが確かめられるが、宗巴が見たのは他系統の『証類本草』、あるいは『証類本草』に先行する本草書であった可能性もないわけではなく、判然としない。だが、さしあたりここでは宗巴が『本草序例』だけではなく、本草書の本論部分も動員して、『徒然草』に施注している事実を押さえておきたい。しかし、『徒然草』の医薬関係記事に本草書が引用されるということは当然といえば当然で、逆に『寿命院抄』全体を見たときに宗巴の医師としての蘊蓄があまり現れてこないのも事実である。ただ、その点に関する精査は今後も必要で、宗巴の素養は有形無形に『寿命院抄』に現れていると見ることができるのかもしれない。本章で扱った序の特立の問題は、そうしたことを考えるときの一つの手がかりになるのではなかろうか。

注

（1）本書には内題等がなく、本章では暫く「徒然草寿命院抄」の通称に従い、以後「寿命院抄」と略称する。

（2）川瀬一馬氏『日本書誌学之研究』所収「徒然草寿命院抄攷」（大日本雄弁会講談社、一九四三年。初出、『徒然草寿命院抄』松雲堂書店、一九三一年）、藤井隆氏「徒然草寿命院抄の成立」（『後藤重郎教授定年退官記念国語国文学論集』名古屋大学出版会、一九八四年）参照。このほか『寿命院抄』の成立時期を示唆する史料に、以下に掲げる『言経卿記』慶長七年の記事がある。

①一、寿命院ヨリツレ〳〵草抄上給了、白　禁中可有御覧之由申遣之、到来了、
　一、内々番衆出　出御、移刻御雑談了、ツレ〳〵草之抄懸御目畢、（三月九日条）

②一、禁中ヨリ、ツレ〳〵草抄立安へ可返之由、被仰出了、（三月十日条）

③一、寿命院へ罷向、（中略）又つく《ママ》〳〵草之抄従　禁中被返了、始御借用之時、予書状所望之間、書之遣了、如此、
　つれ〳〵草之抄之事、可有　叡覧之由被仰出之間、被参候而可然候也、恐々謹言、
　　三月八日　言経
　　　寿命院
（四月四日条）

慶長七年三月、後陽成天皇は『寿命院抄』を一見せんと欲し、言経は宗巴より上巻を借り受け、叡覧に備えている。翌日これは返却され、四月四日、言経は宗巴の所望に応え、三月八日付の借用状を書いて遣わしている。後年の秦家の伝承に、宗巴が『寿命院抄』を正親町院に献上して叡感を蒙り、中院通勝に清書させた本と御製一首を賜ったというものがある（慶應義塾大学附属研究所斯道文庫浜野文庫蔵『寿命院抄』識語、『官医家譜』等）。もっとも、藤井氏が指摘するように、正親町天皇は文禄二年（一五九三）に没しているので、この伝承は俄に信ずることはできない。しかし、後陽成天皇への進覧という事実は、本伝承の生成に関わるところがあるかもしれない。なお、『言経卿記』は宗巴の伝記

を知る上で貴重な史料で、宗巴が『徒然草』に注釈を施すため、言経に故実を尋ねたことを伝える記事も見受けられる。

（3）高乗勲氏『徒然草の研究』（自治日報社、一九六八年）、齋藤彰氏『徒然草の研究』所収『つれ〳〵草』諸本・徒然草古注の章段区分比較一覧」（風間書房、一九九八年）参照。なお、正徹本は冒頭の一文を三行にわたって記し、最後の「物くるおしけれ」が行末に達している。従って、「いてやこの世に」は次行の行頭から書きはじめられているが、これは書写上の必然によるもので、序を分かって記した例とは見なされない。

（4）高乗勲氏注（3）前掲書、小松英雄氏『徒然草抜書』（講談社学術文庫、一九九〇年）、池田恵美子氏「徒然草の章段配列について—諸本間の章段区分の相違—」（『中央大学国文』第三八号、一九九五年）参照。

（5）『徒然草』の諸版については、浜田啓介氏「徒然草諸版年表」（『国文学解釈と鑑賞』一九五七年十二月号）、齋藤彰氏注（3）前掲書所収「徒然草の近世期刊本・注釈書書目」、池田恵美子氏「『徒然草』享受論—整板本出板状況をめぐって—」（『中央大学国文』第四一号、一九九八年）を参考にした。なお、附言すれば、寛文十年版の後印本に松会衛版・宝暦九年版、寛文十二年版の後印本に享保十五年版・延享五年版・天明九年版、元禄六年版の後印乃至覆刻本に享保二年版がある。

（6）従来、『鉄槌』の編者は青木宗胡とされてきたが、近年、川平敏文氏はこれを島原藩主松平忠房に召し抱えられた歌学者・神道学者の伊藤栄治とする注目すべき研究成果を発表している（『徒然草の十七世紀—近世文芸思潮の形成』Ⅳ1「伊藤栄治—『鉄槌』編者説」岩波書店、二〇一七年。初出、『国語国文』二〇〇二年八月号）。

（7）『徒然草』の注釈書間における序段の認識の差異については、高乗勲氏注（3）前掲書でも論じられている。

（8）白井光太郎氏説。国立国会図書館白井文庫蔵寛永十八年版『本草序例抄』（特一／二六三）第一冊見返添附の白井氏覚書による。巻一に「嘉靖癸未—、嘉—第二八日本人皇百代後柏原院ノ大永三年癸未ナリ也、日本慶長八年癸卯マテハ八十一年ナルソ」とあることにもとづく。

（9）以下は中尾万三氏『漢書芸文志より本草衍義に至る本草書目の考察』（大典記念号薬窓誌第四六号附録、一九二八年）、渡邊幸三氏『本草書の研究』所収「唐慎微の経史証類備急本草の系統とその版本」（武田科学振興財団、一九八七年。初出、『東方学報』第二二冊、一九五二年）、岡西為人氏『本草概説』（創元社、一九七七年）を参考に記したが、とりわけ渡邊氏の論考からは多大な学恩を蒙った。

（10）『本草序例』の形式は以下のとおりである。巻頭に嘉靖癸未冬十月既望陳鳳梧「重刊証類本草叙」、成化四年歳次戊子冬十一月既望商輅「重刊本草序」、歳己酉孟秋望日麻革信「重修証類本草序」、泰和甲子下己酉冬日南至晦明軒（張孫恵の号）「重修本草之記」、政和六年曹孝忠「政和新修経史証類備用本草序」を附し、つづいて『重修政和経史証類備用本草』巻一・二、末尾に大観二年十月朔艾晟「経史証類備急本草序」（『大観本草』の序文）を添える。『本草序例』の底本について、渡邊幸三氏は注（9）前掲論文において万暦五年（一五七七）頃刊の朝鮮活字本であったと指摘する。これは『本草序例』が艾晟の『大観本草』序を有することに基づくもので、本来『大観本草』序は『重修政和新修本草』の系統には附されていなかった。しかし、朝鮮活字本は『重修政和新修本草』の系統に属しながら、本草の系統を考えず『大観本草』の序をあわせて刻していた。ただし、内閣文庫蔵の朝鮮活字本に就いてみるに、本書には成化四年の商輅の序までを有し、嘉靖二年の陳鳳梧の序を持たない。『本草序例』には陳鳳梧の序までがあるから、朝鮮活字本によったと考える場合、ここに一つの疑点が残る。『本草序例』は嘉靖二年版を主な底本としたと考え、『大観本草』序は『大観本草』系の伝本を参照して補ったと考えるべきではなかろうか。ちなみに『本草序例』では『大観本草』序は末尾に存し、いかにも附録的な体を示している。文祿五年版の『本草序例』が「中国・明嘉靖刊本の字様を精刻し、版式のよく整った活字印本として知られている」（森上修氏「初期古活字版の印行者について—嵯峨の角倉（吉田）素庵をめぐって—」『ビブリア』第一〇〇号、一九九三年）とされることも、この問題を考える際に参考となる。

（11）八耳俊文氏『『本草綱目』と江戸初期本草史』（講座科学史３『比較科学史の地平』培風館、一九八九年）。

（12）『本草序例抄』は嘉靖二年版を底本にしており、『大観本草』序の注釈をともなわない。よって、『大観本草』序の注釈がこのようなかたちで補われたのだろう。

（13）この本奥書の存在については、既に下浦康邦氏、近畿和算ゼミナール報告集第三輯『吉田・角倉家の研究』一二頁（一九九九年）にも指摘がある。

（14）ここで一つ疑問なのは、宗桂は元亀三年（一五七二）に没しており、宗巴二十六歳の天正三年とは宗桂の没後にあたることである。この点、『寛永諸家系図伝』の記すところには、伝承の誤りがあるのだろうか。第六節にあげた宗巴撰の

『雑記』中には、元亀三年に宗巴が宗桂門にあったことを示す識語がある。〔補注〕参照。

（15）福田安典氏「秘伝の公開としての講釈―医師の講釈と『徒然草』注釈―」（『伝承文学研究』第四五号、一九九六年）。

（16）安井広迪氏「初代曲直瀬道三の弟子たち」（『THE KAMPO』Vol. 2 No. 2、一九八四年）参照。

（17）森上修氏注（10）前掲論文参照。

（18）森上修氏注（10）前掲論文参照。森上氏はこの人物を吉田宗恂ではないかと推測している。ただし、本書第一部第一章〔補注〕参照。

（19）小曽戸洋氏『日本漢方典籍辞典』（大修館書店、一九九九年）によれば、玄由の『本草序例抄』は宗恂の著述に依拠したものとの由である。

（20）八耳俊文氏注（11）前掲論文参照。

〔補注〕

宮本義己氏は『兼見卿記』元亀四年（天正元年。一五七三）正月五日条に、宗巴が宗桂の弟子で道三の門弟でもあると記述されていることを紹介している（「豊臣政権の番医―秀次事件における番医の連座とその動向―」『国史学』第一三三号、一九八七年）。本章注（14）に述べたとおり、『寛永諸家系図伝』に記す宗巴の修学開始時期には、やはり伝承の誤りがあるらしい。

第六章　杉田良庵玄与の軍記物語刊行をめぐる一、二の問題

一　はじめに

杉田良庵玄与は近世初頭に活躍した代表的書肆である。その活動時期は元和から寛永期。渡辺守邦氏「近世初期版元別出版目録稿（二）―私も書賈集覧―」（『実践国文学』第五九号、二〇〇一年）によれば、元和三年の『下学集』開版から、寛永九年の『二体節用集』刊行までが、刊記上知られる活動時期である。この間、『倭玉篇』『新撰朗詠集』『百人一首抄』『東鑑』（求版）などの出版を手がけているが、中でもその初期に『太平記』（元和八年）や『平家物語』（元和九年）などの大部の軍記物語を刊行したことは、彼の事業の中でも特色ある点といえるだろう。

近世の出版文化の研究は、近年著しく進展している。特に近世初期をめぐっては、前掲渡辺氏の目録や、岡雅彦氏・和田恭幸氏「近世初期版本刊記集影（一）～（五）」（『調査研究報告』第一七～二一号、一九九六～二〇〇〇年）などの充実した基礎文献が備わり、筆者のごとき門外漢がこの分野を窺見する際のよき指標を提供してくれている。また本章の関心からすれば、従来同一書肆と目されていた杉田良庵玄与と杉田勘兵衛尉が、実は別人ではなかったかとの指摘

を行った柳沢昌紀氏「寛永期の江戸の本屋・杉田勘兵衛尉」（『書籍文化史』第三集、二〇〇一年）も貴重な成果といえよう。本章ではこうした学恩に多くを負いながら、杉田良庵の活動に関する落ち穂拾いを試みるものである。彼の軍記物語刊行を中心に、以下、一、二気づいた点を記していきたい。

二　元和八年刊寛永九年印『太平記』の存在

杉田良庵によって刊行された元和八年刊寛永九年印『太平記』は、既に『甲南女子大学図書館所蔵和装本・漢籍目録』（一九九五年）に著録されており、新出本というわけではない。しかし、本書はこれまで『太平記』の伝本研究や近世の出版史研究の場でとりあげられることはなかった。また、本書と同種の本の存在もいまのところ聞かないから、ここに紙幅を割いて紹介することを許されたい。

はじめに書誌を記す。

甲南女子大学図書館蔵　太平記　元和八年刊　寛永九年印（京・杉田良庵玄与）　大二十冊（Z九一三・四／T一／一・一～一・二〇）

後補栗皮表紙（二七・八×一九・八糎）、左肩双辺刷枠題簽に「太平記　□□□（一之二）（五之六・十三之四・十七之□・廿一之二・廿九之□・卅七之□）」と刻す。他冊は貼題簽に「太平記　三之四」のごとく書す。各巻巻頭に目録一丁を附す。内題「太平記巻第一（—四十）」。双辺（二一・五×一六・五糎）無界十二行二十二字内外。漢字片仮名交。版心、粗黒口双花口魚尾、中縫に「太平記巻一（—十）丁附」「太平記十一（—四十）丁附」。尾題「太平記巻第一（—四十）終」。奥附、

此太平記頃類板之一本有之
点画字證之誤尤繁多
也人其不知是非故為乞
善本重亦新刊之者也
　于時寛永九壬申孟春吉辰
　洛陽三条東洞院諏訪町
　　杉田良菴玄与　印（印文「玄／與」）

なお、本書は総目録・剣巻を附さない。元和八年版には存在するから、本書の場合、欠落したものと思われる。〔補注〕

このように本書は元和八年刊本の後印本で、奥附一丁のみ別種のものに改めている。本書の初印である元和八年版は、杉田良庵初期の刊行本の一つで、『太平記』整版本の祖としても位置づけられる。元和八年版は古活字無刊記双辺甲種本（都立中央図書館加賀文庫・天理図書館等蔵）の覆刻で、新たに訓点・送仮名を附刻したものである。

さて、杉田が元和八年に刊行した『太平記』を寛永九年に重印した事情は、刊語冒頭の「此太平記頃類板之一本有之」という一節より窺える。実は元和八年刊本によく似た整版本が、ほかに三種存在するのである。一つは「寛永辛未年孟／春上浣鐫梓／廣之」との奥附を持つ寛永八年刊本。書肆名は記されていない。残りの二種は無刊記版である。日東寺慶治氏「太平記整版の研究」（長谷川端氏編『太平記とその周辺』新典社、一九九四年）によれば、寛永八年刊本は元和八年刊本の覆刻本と位置づけられている。二種の無刊記版はそれぞれ元和八年刊本・寛永八年刊本の覆刻本とされており、覆元和八年刊本・覆寛永八年刊本と称されている。しかし、筆者の調査によれば、寛永八年刊本が元和八年刊本を覆刻したものであることは動かないものの、二種の無刊記版については、一方が寛永八年刊本を覆刻したもの、そしてもう一方がその本をさらに覆刻したものと見られる。従って、筆者は前者を「覆寛永八年刊本甲種本」、後者を「覆寛永八年刊本乙種本」と称している。日東寺氏の説と対照すれば、覆元和八年刊本が覆寛永八年刊本甲種本、覆寛永八年刊本が覆寛永八年刊本乙種本となる（〔附記〕参照）。このように四者の関係には再考が必要なのであるが、さしあたり杉田の問題に関していえば、彼は元和八年刊本を覆刻した寛永八年刊本に対抗して、翌年『太平記』を重印したという事情があったのである。寛永九年印本の奥附に、類版をあげて「点画字證之誤尤繁多也」と激しく批判していることが、杉田側の刊行経緯をよく物語っていよう。

三　『太平記』『平家物語』の刊語を読む

杉田良庵開版の『太平記』『平家物語』は、ともにそれぞれの流布本中重要な位置を占める伝本であるにもかかわらず、これまでその刊行経緯について検討が加えられることは少なかった。例えば、両書には年紀・書肆名のほか、三〜五行の刊語が載せられているが、その読みや解釈の問題は等閑に附されてきた感がある。

まずは、元和八年版『太平記』の奥附を引いてみよう。

此太平記元和五年秋令開
板畢或曰庶幾記其姓名
云故今隼之而已
　于時元和八年壬戌臘月吉辰
洛下三条東洞院諏訪町

杉田良庵玄与　印（印文「玄／與」）

右の冒頭の三行を書き下しにすれば、次のようになろうか。

この太平記、元和五年秋、開版せしめ畢ぬ、あるひと曰く、その姓名を記すことを庶幾すと云ふ、故に今これに隼（「準《ならふ》」の誤であろう）のみ、

この奥書を解釈するならば、杉田は元和八年の『太平記』刊行に先立ち、同五年に本版を開版させていた。そして、元和八年の印出に際して、杉田自らの姓名を記せというある人の要望を受け、この奥附を附した、ということになる。もしこの言が正しいとするならば、『太平記』には元和五年刊整版本が存在し、それは元和八年版の初印本ということになる。また、この刊語からすると、その本には奥附・刊記の類はなかったと考えるのが至当で、仮にこれがあったとしても、元和八年版とは別種の、書肆名の入っていないものであったかと思量される。だが今日、『太平記』には元和五年版と認定される本は見つかっていない。ちなみに元和八年刊本と同版で、奥附を持たない『太平記』は諸処に蔵されるが、管見の限りでは、いずれも元和八年版の後印本と目される。恐らくそれらは、版木が杉田の手を離れてからの印行によるものと思われ、元和八年刊本より早印の本を見いだすにはいたっていない。要するに元和五年版が存在したことは大いに疑問なのである（なおまた、元和五年開版とされる本が、元和八年版の底本となった古活字版をさすのではないかとの見方もできるかもしれない。しかし、元和八年版の底本である無刊記双辺甲種本は、慶長十年以降同十二年以前の刊行であるから、その考えは成り立たない）。

つぎに『平家物語』である。元和九年版の奥附を以下に掲げる。

此平家物語一方検校衆以数
人之吟味改字證加點画句読

元和七孟夏下旬令開版畢
或人曰庶幾記其姓名云々故
今準之而已
于時元和九初秋吉旦
洛陽三条東洞院諏訪町
杉田良庵玄与　印（印文「玄／與」）

右の冒頭五行を書き下しにすれば、以下のようになるだろう。

この平家物語、一方検校衆数人の吟味を以て、字證を改め、點画・句読を加へ、元和七孟夏下旬、開版せしめ畢ぬ、ある人曰く、その姓名を記すことを庶幾すと云々、故に今これに準ふのみ、

ここでも杉田は、元和九年に先がけて同七年に『平家物語』を開版させたと、『太平記』の場合と類似の文言を以て述べている。そして以下、ある人の請いに応じて、自らの姓名を附したという同様の事柄を述べている。『太平記』奥附の言に不審のあることはさきに述べた。それに従えば、『平家物語』のこの文言も注意して扱った方がよい。両書に見られるかかる言辞は、出版の由来を古く見せるための一種の定型句だったのではあるまいか。また、ある人の求めに応じて自身の名を載せた、とするくだりも意味深長だ。なぜ自らの名を記すことに、これだけ遠回しな修辞を必要としたのだろうか。この点、両書が求版本であったかとの疑いも生じるが、いまのところ筆者にはこれを論証する材料はない。ここで最低限いえることは、現存本を徴するに、『平家物語』の場合もまた、元和九年版に先行する七年版なるものは存在しなかった蓋然性が高いのではないかということである。

四　いわゆる元和七年版『平家物語』について

ところが、『平家物語』には「元和七年版」と称する、元和九年版と類似の本が各地の図書館・文庫に蔵される。その奥附は、

此平家物語一方検校衆以数
人之吟味改字證加點画句読
元和七孟夏下旬令開版畢
或人曰庶幾記其姓名云々故
今準之而已

とあって、元和九年版と共通の文言である。ただし、年紀と書肆名は入らない。この奥附を持つ本が元和七年版と称されるのは、三行目冒頭の年紀に起因している。従来、これらの本は『平家物語』整版本の祖と位置づけられることもあった。だが、これを元和七年の刊行本とすることは正しくない。それはこの奥附のあり方があまりにも不自然だからである。例えば、「或人曰庶幾記其姓名云々、故今準之而已」といっておきながら、肝心の姓名が載せられていないのはどうしたことか。また、「元和七孟夏下旬、令開版畢」という表現には、のちの時点から元和七年の事績を振り返って記した雰囲気がある。勿論、現下の刊行を「～開版畢」と表すことが誤りというのではない。しかし、前節で見てきたように、この表現は元和九年の段階で過去を回顧してかく記したと見ることで生きてくるのである。つまるところ、元和七年版という名称は、刊語中の「元和七」の句に引かれて生じただけのものであって、本来の刊行年時に従ったものではない。

ところで、いわゆる元和七年版の版面と元和九年版の版面を注意深く見比べてみれば、両者が別版であることは容易に了解される。既に高橋貞一氏は「(元和七年版は)元和九年版本よりは字形が確実であるが誤刻がある」(新註国文学叢書『平家物語』上、講談社、一九四九年)と、両者の差異について指摘している。また、「国文学研究資料館蔵『平家物語』関係マイクロ資料解題」(『平家物語と語り』所収、三弥井書店、一九九二年)も、元和九年版について「元和七年版の覆刻」との注記を施している。いずれも両者が版を異にすると理解していることがわかる。

では、いわゆる元和七年版と九年版との関係はどのように理解できるのだろうか。近時、横井孝氏は「潮遒舎文庫蔵『平家物語』整版本掌録(二)」(『実践女子大学文学部紀要』第四四集、二〇〇二年)において、基本的には元和九年版を七年版の覆刻と位置づけ、奥附の年紀は新たに加えたものとの見方を示しているが、一方で元和七年版が九年版をもととし、奥附の年紀を削った可能性もあることを示唆している。また横井氏は、元和七年版の灌頂巻尾題が「平家物語灌頂巻　終」とあって、元和九年版の尾題「平家物語灌頂巻畢」と異なる点をあげ、元和七年版の灌頂巻最終丁が「改刻」されたとも推測している。大変慎重な姿勢ながら、氏は潮遒舎文庫の元和七年版を元和九年版の後修本の可能性があるとも見ているようだ。実はこのように、元和九年版がいわゆる元和七年版に先行するのではないかとの見方は何よりも重要で、こうした考えに立たなければ、先述した元和七年版の奥附の不自然さを説明することはできないのである。

さて、結論をいえば単純な話に終わるのであるが、いわゆる元和七年版とは、元和九年版の覆刻である寛永七年版(村上平楽寺開版)の後印本なのである。寛永七年版の奥附には元和九年版と同様の五行の刊語があり、さらに、

惟旹寛永第七庚午孟夏甲子

於二条玉屋町村上平楽寺雕開

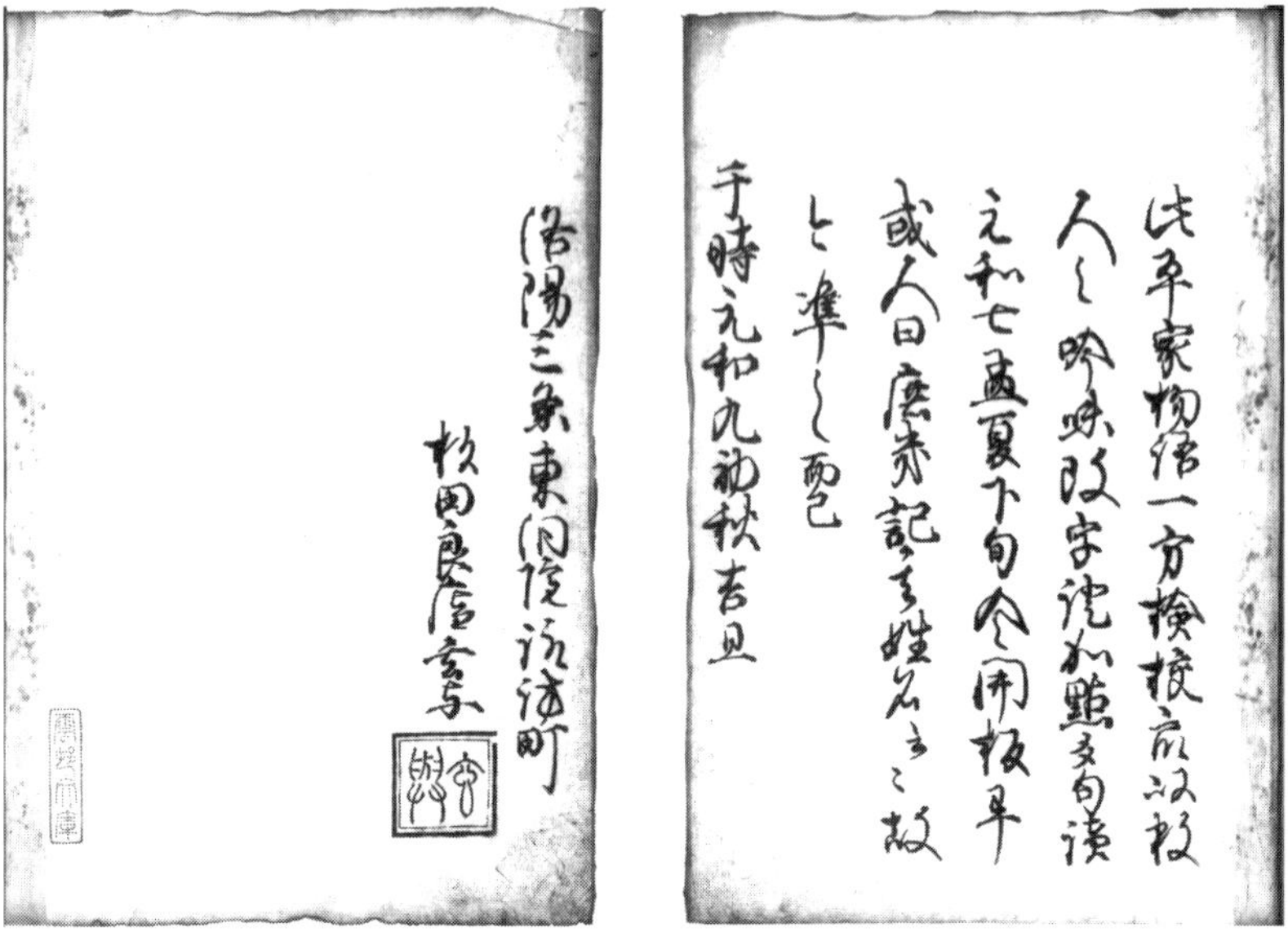

元和九年版（東洋文庫蔵）

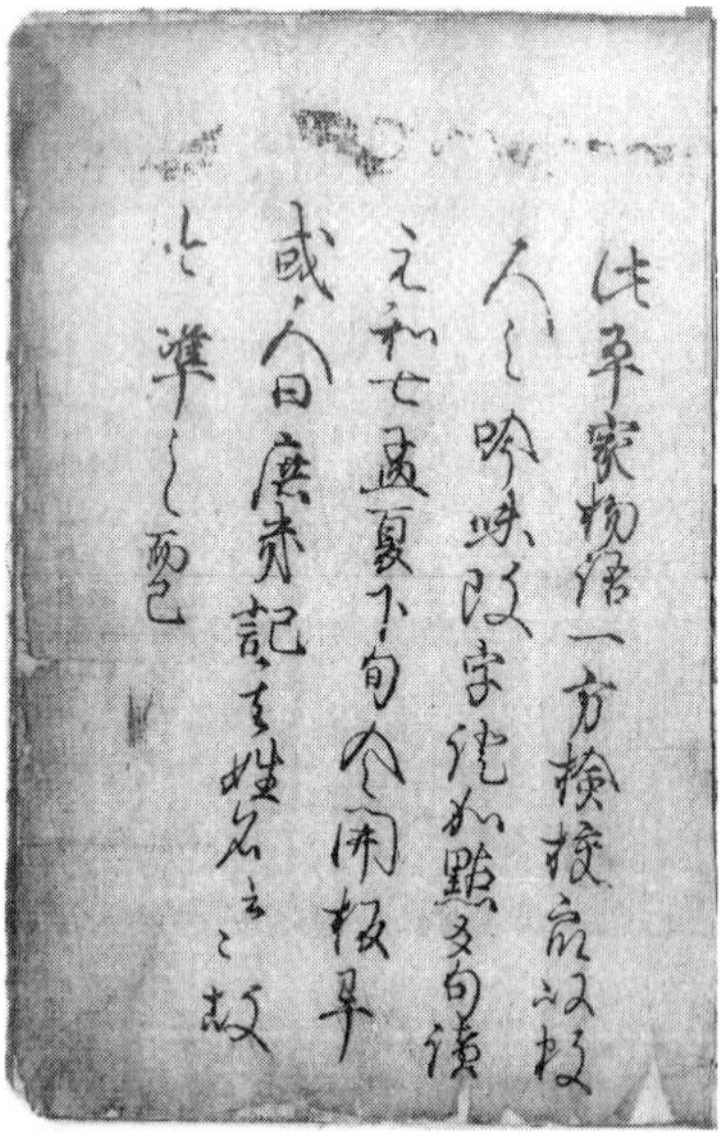

いわゆる元和七年版
（早稲田大学図書館蔵）

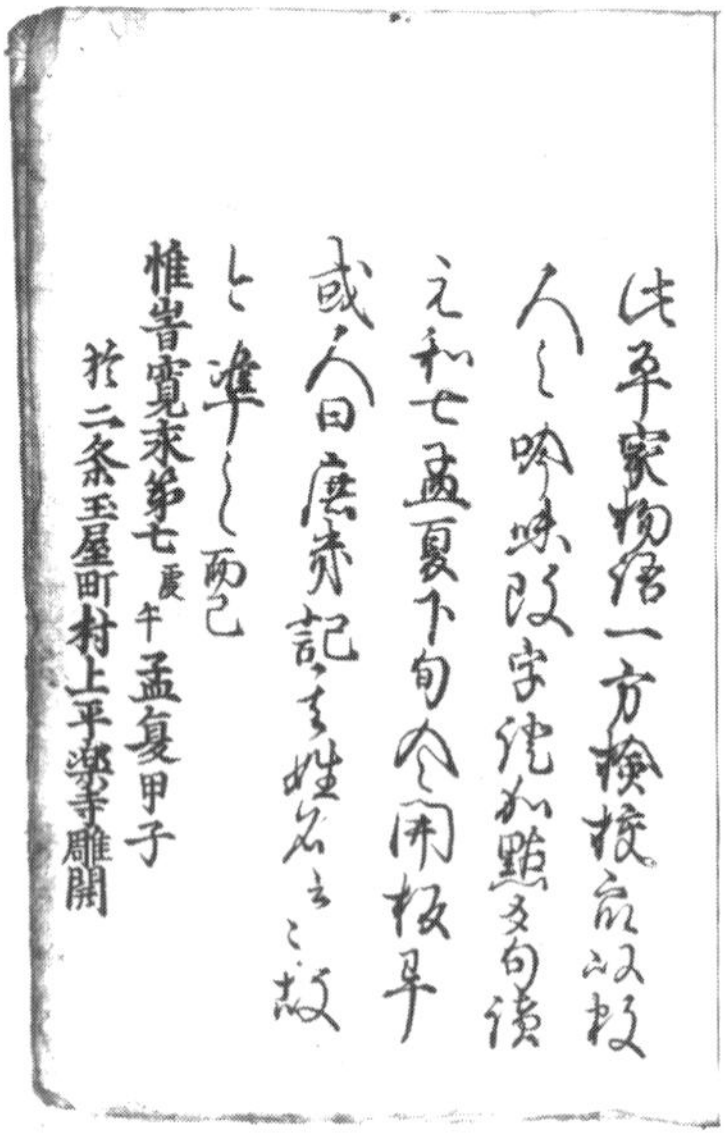

寛永七年版
（今治市河野美術館蔵）

というやや小字の二行が入り、半葉に収まっている。そして、いわゆる元和七年版の奥附は、この二行が削られたものである。いまここに三版の奥附を並べてみる（図参照）。例えば、一行目「平家物語」の「物」の第一・二画、「検校衆」の「衆」の最終画、「数人」の「数」の偏と旁のバランスなどを見れば、元和九年版と寛永七年版が別版で、寛永七年版といわゆる元和七年版が同版であることがよくわかる。また、いわゆる元和七年版は明らかに寛永七年版の後印で、そのことは摺刷を重ねたと思しい版面の字の細り具合から推測できるし、特に四行目「人」の字に共通して見られる欠損が、いわゆる元和七年版において大きくなっていることを見ればよくわかる。

以上、これまでいわれてきた元和七年版が元和七年の刊行ではないとすると、元和九年版の奥書にいう元和七年開版本の存在は大いに疑う必要が出てくるのである。

〔附記〕

先般、筆者は『調査研究報告』第二六号所収「国文学研究資料館蔵『太平記』および関連書マイクロ資料書誌解題稿」（二〇〇六年）において、元和八年刊本の覆刻本たる寛永八年刊本の二種の覆刻本を、ともに寛永八年刊本からの覆刻と述べた。しかし、これら諸版の振仮名の異同を精査していくと、異同のあり方は元和八年刊本と寛永八年刊本が一致し、覆寛永八年刊本甲種本と乙種本が一致するケースと、元和八年刊本が孤立し、他の三版が一致するケースの二パターンがあることがわかった。甲種本と乙種本が一致し、ともに寛永八年刊本と一致しないケースがあるということは、甲種本と乙種本のそれぞれがともに寛永八年刊本より生じたのではなく、甲種本・乙種本のいずれか一方が寛永八年刊本を覆刻し、他の一方がこれをさらに覆刻したことの証左になると考えるべきだろう。そして、匡郭を見るに、甲種本の方が乙種本より一回り大きいことから、乙種本が甲種本を覆刻したと見当をつけることができる。よって、さきの見解をこのように訂正することをお断りしておく。

なお、近年の『平家物語』版本の研究動向については佐伯真一氏・出口久徳氏に、『平家物語』『太平記』の刊語の読みをめぐっては堀川貴司氏にご教示いただいた。また、横井孝氏は本稿初出後、卑見を検討され、「潮廼舎文庫蔵『平家物語』整版本掌録（二）」（『実践女子大学文学部紀要』第四五集、二〇〇三年）において最新の考察を発表されていることをあわせて附言しておく。

〔補注〕

元和八年刊寛永九年印『太平記』は『新村堂書店古書目録』第八八号（二〇〇七年）にも掲載された。それによれば、「剣巻二十一冊内四冊写本ニテ補配」とある。図版として総目録・剣巻の部分が掲出されており、元和八年刊寛永九年印本が元来、総目録・剣巻をともなうものであったことが知られる。

第七章　古活字版の淵源をめぐる諸問題
―― 所謂キリシタン版起源説を中心に ――

一　日本における活字印刷のはじまり

日本における活字版の濫觴は、文禄二年（一五九三）に刊行された後陽成天皇による勅版『古文孝経』とされている。本書の刊行の経緯は『時慶記』文禄二年閏九月二十一日条から同年十一月十六日条にかけて記されるものの、原本は見いだされていない。それゆえ、所用活字が木製なのか金属製なのか、朝鮮製なのか日本で模造されたものなのか、知ることができない。古活字版の淵源に不分明な余地が残る所以である。

文禄勅版ののち、早くも民間では本国寺版『天台四教儀集解』『法華玄義序』（以上、文禄四年〈一五九五〉）、小瀬甫庵版『補注蒙求』『十四経発揮』、如庵宗乾版『証類備用本草序例』（以上、文禄五年〈一五九六〉）等が開版された。つづく慶長年間に入ると、後陽成天皇は再び数種の勅版を刊行させる。慶長二年（一五九七）刊『錦繡段』『勧学文』、同四年（一五九九）刊『日本書紀神代巻』『古文孝経』「四書」『職原抄』、同八年（一六〇三）刊『白氏五妃曲』『長恨歌琵琶行』である。このうち、『錦繡段』『勧学文』『古文孝経』「四書」には、匡郭の固定された植字盤が用いられていて、その印面には古活字版によく認められる、匡郭の四隅の空隙が見えない。これに対して、『日本書紀神代巻』『職原抄』『白氏五妃曲』『長恨歌琵琶行』には、四辺の匡郭を組み合わせる四注式が採用されている。一般に日本の古活字版は四注式を採用しており、慶長勅版で固定式・四注式が併用されたことは、古活字版の淵源をめぐる議論に若干の影響を与えた。

古活字版が興る時期、日本には朝鮮版とキリシタン版の二つの活字印刷技術がもたらされていた。これまで日本の活字印刷技術は文祿の役（一五九二〜九三）の際、朝鮮より掠奪されてきたという考えが通説となってきた。朝鮮版の活字の字体や表紙の文様などが古活字版と類似するほか、古活字版の技法が朝鮮に由来することを窺わせる記録も複数ある。中でも慶長勅版『勧学文』の以下の刊記は重要だ。

命工毎一梓鏤一字、棊布之一版、印之、此法出朝鮮、甚無不便、茲摸寫此書、

慶長二年八月下澣

ここには活字印刷の技法が、朝鮮に由来するものであることが明記されている。同様の文言は、同年に刊行された勅版『錦繍段』にも見られ、こちらには南禅寺玄圃霊三の手による刊語の中に、「此規模頃出朝鮮、伝達天聴、乃依彼様使工摹写焉」とある。このほか、『慶長日件録』慶長十年七月二十八日条には、禁裏へ銅活字十万個を進上することを申し入れた徳川家康が、その見本として借り受けていた「高麗銅一字印」を宮中に返納した旨が記されている。この高麗製銅活字が実際に使用されたのかは不明だが、日本における活字印刷発祥の地である宮中に、かの国の活字が収蔵されていたことは無視できない。また、小瀬甫庵が寛永の末頃に著したとされる『永祿以来出来初之事』には、

一字版　是はからい入有し故也、

と見えている。秀吉の朝鮮出兵を契機に活字印刷がはじまったことが、ここでは明言されているのだ。やや後年の記

録であるとはいえ、文禄・慶長の交に自ら活字印刷を手がけた甫庵の言であってみれば、重視しないわけにはゆくまい。

その一方で、キリシタン版の活字印刷技術は文禄の役よりも早く日本に導入されていた。天正十八年（一五九〇）、イエズス会巡察使アレッサンドロ・ヴァリニャーノは活字印刷器具一式を日本にもたらし、肥前国加津佐の学林に設置した。翌年、『サントスのご作業のうち抜書』を刊行し、以後、布教活動や宣教師たちの学習のために、教義書・文学書・辞書の類を世に送り出した。現存するものは三十種を超え、そこではローマ字・国字両種の活字が使用されている。キリシタン版は現存本の数こそ少ないが、実際の刊行実績は大きかった。ただ、その基盤を加津佐・天草・長崎などの九州の地としていたことや、古活字版との関連を裏づける文献上の証跡を持たないことから、古活字版への影響が想定されることは少なかったのである。

ところが近年、キリシタン版を古活字版の起源として認識しようとする動きが強まっている。古活字版と朝鮮版との間には技法上の差異が存在し、むしろ古活字版とキリシタン版との間にこそ連続性があるという考えが支持を得つつある。また、初期古活字版の刊行者である角倉素庵に関する研究が進み、彼がキリシタン版を容易に受容し、木活字印刷に応用し得る立場にあったという推論が立てられたことも、こうした論調を支えている。しかし、古活字版の起源をキリシタン版に認める考え自体は、近時俄に注目されたのではない。今から百年前、新村出がキリシタン文献を探究する中で、これに通じる重要な発言を残しているのだ。そこで小稿では、古活字版のキリシタン版起源説の来歴をたどるとともに、近年の学説を紹介し、これを書誌学上の問題としてどのようにとらえるべきか、聊か私見を述べることとしたい。

二　アーネスト・サトウによるキリシタン版の紹介

キリシタン版の存在を世に紹介する魁となったのは、レオン・パジェスが一八五九年にパリで刊行した *Bibliographie Japonaise*（『日本図書目録』）であるが、実質的な研究の祖としてはアーネスト・サトウの名をあげるべきだろう。文久二年（一八六二）、イギリスの外交官として来日したサトウは、日本の地誌・文化史・神道・キリスト教史にかかわる論考を *Transactions of the Asiatic Society of Japan*（『日本アジア協会紀要』）に発表し、やがてその考察対象を印刷・出版史へと広げた。明治十五年（一八八二）、"On the Early History of Printing in Japan" "Further Notes on Movable Types in Korea and Early Japanese Printed Books" の二編を同紀要第十号に発表しているが、この段階でサトウはまだキリシタン版の存在を知らなかった。サトウが欧州の図書館でキリシタン版の調査を行うのは明治二十年（一八八七）から二十一年にかけてのことであり、二十一年には私家版として *The Jesuit Mission Press in Japan, 1591-1610*（『日本耶蘇会刊行書志』。大正十五年〈一九二六〉、警醒社書店より復刊）を刊行することになる。本書には十四種のキリシタン版の書誌と考察が収録されており、新村出をはじめとする研究者に多大な影響を与えた。なお、明治三十二年（一八九九）、サトウはこの追補として、"The Jesuit Mission Press in Japan" を『日本アジア協会紀要』第二十七号に発表している。

サトウは古活字版とキリシタン版との関係をどのように考えていたのであろうか。残念ながら、この問題への言及は『日本耶蘇会刊行書志』の PREFACE（序言）で、一言なされているだけである。ここでサトウは、日本の活字印刷技術は二世紀半以上前からこれを用いていた朝鮮よりもたらされたとするのが、かつての自身の結論であったと述べる。そして、その時点では、日本の古活字版より数年早く刊行されたローマ字のキリシタン版が、欧州の図書館に存在することに気づかなかったとも述べたうえで、日本の活字印刷におけるキリシタンの関与の可能性をつぎのように記す。

It seems possible therefore, though perhaps not very probable, that the Japanese may have learnt the advantages of typography from the missionaries, and not from the Koreans.

（それゆえ、日本の人々は活字の利点を朝鮮の人々からではなく、宣教師たちから学んだかもしれないということが、確実性は高くないものの、可能性としてはあるように見うけられる。）

後述する新村出はこの部分をとりあげて、サトウが古活字版の起源をキリシタン版に認めたものと受けとめた[1]。だが、ここで注意すべきは、サトウはその可能性はあるとしつつも（It seems possible）、その蓋然性は高くないと考えていた（not very probable）ことである。実は引用文の直前で、サトウはキリシタン版の国字本の最古のものが一五九八年のものであり（『落葉集』）、一五九四年の書翰に現れる国字版教義書も整版であったろうと述べ、国字によるキリシタン版の誕生は古活字版よりもあとだったことを示唆している（サトウは刊記から知られる最古の古活字版を一五九六年の『補注蒙求』としている）。つまり、サトウは古活字版の起源が朝鮮にあることは動くまいと考えていたのだろう。こうした序言の文脈を考えてみると、上記の一文は、キリシタン版の刊行が古活字版の誕生よりいかに早かったかを強調するために記されたものと思われる。これを以て、サトウが古活字版の起源をキリシタン版に認めていたと見ることはできないのだ。

三　新村出のキリシタン版研究

日本におけるキリシタン版研究の道は、新村出によって開かれた。音韻の分野から言語学研究に入った新村にとって、室町末期の口語を伝えるキリシタン版は重要な資料であった。明治四十一年（一九〇八）から四十二年にかけて、欧州留学中の新村がオックスフォード大学ボドレアン文庫と大英博物館でこれら資料を閲覧し、その価値を認識したときの感激は、『薩道先生景仰録―吉利支丹研究史回顧―』（ぐろりあそさえて、昭和四年〈一九二九〉）に詳しく記されている。

新村のキリシタン版研究は多岐にわたるので、ここでは古活字版とのかかわりに関する言説に限定して論を進めたい。帰朝後、新村がはじめてこの問題に言及したのは「天草出版の平家物語抜書及び其編者について（一）（二）」（『史学雑誌』明治四十二年〈一九〇九〉九月号・十月号）においてである。ここで新村はキリシタン版と古活字版の関係をつぎのように述べている。

> 翻って本邦に於る活字伝来の歴史を按ずるに、諸説未だ一定せず、其由来或は古く足利時代にあらんも、記録と実物即ち現存活字版本との明証によれば文祿慶長の年代を以て濫觴とすべく、活字又は其術の朝鮮より伝来しけんことも亦蓋し信ずべきが如し。唯、[1]之を以て征韓役の副産物とせんこと頗る疑ふべし。『時慶卿記』に見ゆる文祿二年閏九月起工の勅版『古文孝経』の活字を、征韓役に出でしとするは不可能にはあらざるも、年代稍々早きに過ぐるの感あればなり。そはともかくも、本邦活字版の権輿と西洋印刷術の伝来とが、略々年代を同じうすること、即ち同時代に活字印刷術が南蛮と高麗との両方より伝はりしことは、実に千載の一遇といはざるべからず。[2]英のサトウ氏、独の某氏（ミュンステルベルヒ氏と覚ゆ）等が、日本活字の起源は西洋にありと考へ得べしとのやうに説きたるは謂れなきにもあらず。（圏点新村）

新村は、活字印刷技術が朝鮮から伝来したことについては認めつつも、傍線部1のように、それが秀吉の朝鮮出兵によってもたらされたとする考えには疑義を挟んでいる。文祿の役と文祿勅版『古文孝経』刊行の間があまりにも近接しているからである。その一方で、古活字版の創始期に西洋の活字印刷術が伝来していたことを圏点部のように強調し、傍線部2において「日本活字の起源は西洋にありと考へ得べし」と説いたというサトウらの考えに共感を示した。前節で確認したように、サトウは古活字版の技術がキリシタン版に由来するものと考えていたわけではなかった。しかし、新村はサトウが古活字版の起源をキリシタンに由来するものと見なして、これに一定の賛意を示したのである。この時点での新村は、古活字版の起源を西洋に求める考えに惹かれるものを持っていた。

ところが、この姿勢は少しあとに発表された「活字印刷術伝来考」(『藝文』大正元年〈一九一二〉九月号)では弱まることになる。本論ではキリシタン版のみならず、朝鮮活字版の技法が日本へ流入する経緯についても詳細に説かれている。その中で新村は、朝鮮陣からの活字の献上を受け、文禄勅版の事業がはじまったと想定することは時間的に見て可能だとして、前稿の軌道修正を行っている。そして、活字印刷には朝鮮系と南蛮系の二つの源流があると述べ、両系統と古活字版の関係をつぎのように説いた。

要するに慶長十三年の整版『伊勢物語』と同十四年の『太平記』とを目安として論ずれば、我国の平仮名本は同元年の活字暦本を除けば、吉利支丹版の平仮名本に後れること六七年乃至十年である。[1]慶長二年朝鮮活字に摹して『錦繡段』が出来た様に、慶長十年以後の平仮名活字は其以前の吉利支丹活字に何も負ふ所がなかつたろうか。欧洲の刮字工は既に後藤登明の如き長崎の邪宗徒に其術を伝へた様である。而して其術が宗徒以外に何等の影響を与へずに済んだか。昔の堺や博多の位置に当る長崎から京洛辺に此の遠西の奇器を、運用することが伝はらずに終つたか。慶長以来邪宗禁制の政策は次第に峻厳を加へたけれども、寛永以後の思想殊に鎖国時代の考方を以て広く智識を海外に求めた慶長時代の文化を観察するのは当を失する。[2]嵯峨本を弄する好書家は素庵が、乃父に安南渡航船を管した了以を、祖父に策彦と共に入明した宗桂を有したことを念頭に置かば、海運王の子、大工業家の子たるを知らば、以て略此間の消息を察する事が出来よう。然し素庵自身を以て直ちに伝来者と目するのではない。要は欧西の技の九州の一端より東漸したことは、其時代の風潮より察すればpossibleだといふに止まる。

傍線部1のように新村は、真名活字本は朝鮮活字版に由来すると位置づける一方で、それより遅れて現れた平仮名古活字本―この時点で新村は、平仮名古活字本の最古のものを慶長十四年（一六〇九）版『太平記』と見ていた―にはキリシタン版からの影響があると考えた。実際、平仮名活字の使用の先蹤はキリシタン版の方に認められる。それゆえ、海外交易と嵯峨本出版の交点に位置する角倉素庵のごとき人物が活躍した当時の文化交流の道筋を考えれば（傍線部2）、長崎の技術は容易に京都にもたらされる可能性があったと推測したわけだ。さらに付け加えれば、新村は上記の引用文のあとで連続式の平仮名活字について触れ、西洋にも同様のものが存在したと述べている。連続式の平仮名活字の創出が西洋の技法によったものと、新村は考えたのだろう。

だが、これらの考えも、このあとさらに修正される。「我国旧時の活字本」（『六条学報』大正十年〈一九二一〉一月号）には、つぎのような発言が見られるのだ。

かくの如く朝鮮系と西洋系との二つの活版術が我国に入つた差は僅か三年であります故に、西洋の一二の学者は日本の古代の活字印刷術は西洋人から入つたものだと云つてゐます。先の英国の公使サー・アーネスト・サトーは婉曲に其の意を洩らしてゐます。又独逸のミュンステルベルヒ氏はもつと明かに、此の印刷文明は西洋から日本に入つたと云つてゐます。けれども朝鮮系の活版術の発達を調べ又文禄年代の記録をたどつて見れば、それは誤りであることが知られます。西洋系のものは二三年前にはひる事ははひつたが九州の一角に止まつて慶長十年以前には京都にはひらなかつた事は明かであります。

ここでは日本の活字印刷技術が西洋より入ったとする考えを完全に退け、朝鮮に由来することを説いている。平仮名古活字版の問題に触れていないのは、これも朝鮮の技術によると考えるにいたったからだろう。この時期、新村は平仮名古活字版の誕生を「慶長八九年から十年以後」と考えていた（同論文）。そして、傍線部のように、西洋系の技術が慶長十年（一六〇五）以前には京都に入らなかったともとらえていた。従って新村は、西洋の技術が平仮名古活字版に影響を与えることもなかったと認識するようになっていたのである。

こうして新村の考えは、古活字版の起源を朝鮮活字版に見る定説に落ち着いていった。しかし、新村はこの考えに完全に納得していたわけではなかった。昭和四年（一九二九）、サトウの死に接し、その足跡を回顧した一編、『薩道先生景仰録―吉利支丹研究史回顧―』には、つぎのような一節がある。

最後に一言しておきたいのは、石田幹之助氏も既に、『書志』解説の九頁に述べられた如く、明治十五年の一八八二年に発表した「日本印書史考」及び「日鮮活字版考」に於ては、未だ考へ及ばれなかつた所の日本活字と南蛮活字との関係についての考察は、サトー氏はほんの一言だけ一八八八年の『書志』の序言に述べただけであるが、私は大正元年以来今日までなほ半信半疑の問題として取扱ひ、今なほ未練を持つてゐると云ふことである。

「日本印書史考」「日鮮活字版考」とは、サトウが『日本アジア協会紀要』第十号に発表した論考である（前掲）。サトウがキリシタン版の存在を知るのはそのあとのことであったが、前節で確認し、また右の引用部にもあるとおり、キリシタン版と古活字版との関連をめぐるサトウの言及は『日本耶蘇会刊行書志』でも僅かなものであった。新村はここでもその言説をサトウがキリシタン版起源説を示唆したものと受けとって、「半信半疑の問題として取扱ひ、今なほ未練を持つてゐる」というのである（「大正元年」とあるのは、前掲「活字印刷術伝来考」をさす）。実際、これよりあと、『日本吉利支丹文化史』（東京地人書館、昭和十六年（一九四一））第二章第二節「活字印刷術の伝来」では、平仮名古活字版にキリシタン版の影響を認める説とこれを否定する説とが併記されており、「なほ詳しくは後考を俟ちたい」とも述べている。

そもそも、新村の研究はキリシタン版との出会いを契機として、一気に「南蛮学」へと進んだ。新村は明治四十年（一九〇七）三月に京都帝国大学助教授に任じられ、併せて欧州へ留学し、そこでキリシタン版を調査する機会に恵まれた。同四十二年三月に帰国すると、関連する論著として、六月に「勧善鈔」（『禅宗』）、九・十月に「天草出版の平家物語抜書及び其編者について（一）（二）」（『史学雑誌』）、四十三年七月に「落葉集」（『國學院雑誌』）、四十四年一月に「金句集」（『藝文』）、六月に『文祿旧訳伊曽保物語』（開成館）、大正元年（一九一二）八月に「活字印刷術伝来考」（『藝文』）を発表した。そして、その間、ポルトガル国印度副王が豊臣秀吉に奉呈した親書が京都妙法院より出現するという出来事にも際会し[2]、新村の「南蛮研究熱はますます高まって来た」のである（『薩道先生景仰録―吉利支丹研究史回顧―』）。こうして新村はキリシタン版のみならず、室町・江戸期の東西文化交流全般を研究対象に広げていく。新村が当初、日本の活字印刷技術の由来を西洋に求め、後年にいたってもその考えに「未練」を持っていたのは、このような経緯を考えれば納得できよう。

なお、新村がキリシタン版に関する諸論を発表した明治四十年代は、文壇では「南蛮趣味」が興る時期でもあった。明治四十年（一九〇七）、与謝野鉄幹・北原白秋・吉井勇・平野万里・木下杢太郎ら新詩社同人は九州地方を旅行し、異国情緒をたたえた詩を『明星』に発表する。新村が帰国する明治四十二年（一九〇九）には、二月に杢太郎が第一作戯曲「南蛮寺門前」を『スバル』第二号に発表し、三月に白秋が『邪宗門』を公刊している[3]。この時期の新村が南蛮趣味に理解を示していたことは、一例をあげれば、白秋の詩を高く評価した「抒情小曲集『思ひ出』（北原白秋著）」（『藝文』明治四十四年〈一九一一〉七月号）などからよく窺える。こうした背景も、新村における古活字版の起源説をめぐる問題を考えるとき、見落としがたいものとなってくるのではあるまいか。

四　キリシタン版起源説の復活

しかし、書誌学研究の進展の中で、古活字版の技法は朝鮮に由来するものであるという考えが揺るぎないものになっていく。小稿ではその一々を紹介することはできないが、例えば、昭和に入り、この分野の研究を牽引した川瀬一馬は、『古活字版之研究』（安田文庫、昭和十二年〈一九三七〉）の中で新村の「活字印刷術伝来考」を引き、平仮名古活字版がキリシタン版の影響を受けて成立したという考えを批判している（第二編第二章「西欧活字印刷術の伝来と吉利支丹版」）。川瀬は西洋の技法を経なくても連続式の平仮名古活字を調製することは可能で、キリシタンの印刷術自体、宗教的・地理的制約から中央にもたらされることはなかっただろうと説いている。また、戦後のキリシタン版研究では天理大学附属天理図書館が中心的な役割を担った。その研究は活字の同定や材質の調査、版式の考察などを通じて、キリシタン版の全体像を明らかにするという壮大なものであったが、そこには古活字版の起源をキリシタン版に認めようとする言説は窺えない（天理図書館編『きりしたん版の研究』天理大学出版部、一九七三年、富永牧太『きりしたん版文字攷』富永牧太先生論文集刊行会、一九七八年、ほか）。

古活字版の起源にキリシタン版を想定する動きが出てくるのは、一九八〇年代後半になってからである。その端緒を開いたのは、大内田貞郎・高部萃子「朝鮮古活字版に想うこと―特に活字の形状と植字版を中心に―」（『ビブリア』第八十九号、一九八七年）であった。ここで大内田は、東洋における活字印刷には、植字盤に松脂・蠟・紙灰などで製する固着剤を敷き、そこに活字を並べる畢昇の技法（『夢渓筆談』）と、均一な大きさの木製活字を並べて匡郭で締めつける王禎の技法（『農書』）があることを示し、朝鮮の活字印刷は畢昇の方式によっていると指摘する。そして、これを高麗末期の活字版『白雲和尚抄録仏祖直指心体要節』の印面の特徴や、李朝初期の官版の開版において蠟を使用したことが明記される『世宗実録』の記事をもとに論証していく。そのうえで、日本の古活字版については、現存しない文禄勅版や、「此法出朝鮮」との刊記を持つ慶長勅版『勧学文』などは固着剤を使用する朝鮮活字版の技法によったが、連綿体を表す必要がある平仮名古活字本には、腰高の活字を組み立てるキリシタン版の技法が影響を与えたのではないかと論じたのである。

その後、大内田は「本館所蔵『君臣図像』の版種について」（辻本雅英と共著。『ビブリア』第九十三号、一九八九年）において、上記の問題を匡郭の形状から論じた。即ち、畢昇の方式に由来する朝鮮活字版では四周の固定された匡郭が用いられるのに対して、日本の古活字版は四注式を一般とする。そうした中、慶長勅版『錦繡段』『勧学文』では固定式が採用されており、大内田はこれを朝鮮活字版の方式によるものであると再論し、そのうえで両書の刊語中の「此規模頃出朝鮮」「此法出朝鮮」の文言は、当時の古活字版の技法全般について述べたものではなく、両書の技法が一般の古活字版とは異なり、朝鮮のものによることを強調して記したものだと指摘した。そして、日本の古活字版に用いられた四注方式は、西欧の組版技法にヒントを得て、独自に開発されたと推測したのである。前稿では平仮名活字本に限定していた論説が、四注式をとる古活字版全体の問題として提議し直されたわけだ(4)。

大内田とほぼ時を同じくして、森上修の論考が発表される。森上も大内田と同様、朝鮮活字版と古活字版の組版方式の差異に注目して、古活字版の起源にキリシタン版を想定した。「慶長勅版『長恨歌琵琶行』について（下）―わが古活字版と組立式組版技法の伝来―」（『ビブリア』第九十七号、一九九一年）では、まず薄手の台形活字と固着剤を用いる朝鮮活字版の「付着方式」（大内田論にいう畢昇の方式）の特徴を指摘し、それが自立式の腰高活字による「組立方式」（同じく王禎の方式）をとる日本の古活字版の組版技法と根本的に異なることを強調する。そして、古活字版の刊行期にあたる十六世紀末から十七世紀半ばまでの李朝古活字版の印刷技法はいずれも付着方式で、日本の組版技法にはつながらないと論じる。さらに、慶長勅版に関する緻密な印面調査を行い、慶長勅版では固定式匡郭の用いられた『錦繡段』『勧学文』を含め、すべてが組立方式で組版がなされていることを実証し、大内田の説を補正する。一方、キリシタン版ではインテルなどの「込め物」が用いられた組立方式がとられたことを明らかにして、これが日本の古活字版に共通することを指摘した。

右のように、森上の説くところには大内田の論と重なる部分がある。だが、その研究は膨大な量の印面調査を行い、朝鮮活字版・キリシタン版・古活字版の活字・匡郭・インテルの形状や使用状況を究明したところに特徴があった。さらに同論考では、キリシタン版から古活字版への技術伝承の背景に、豊臣秀次を中心とした文化圏の存在を想定しており、こちらも独自の指摘となっている。文事を好んだ秀次のもとには、小瀬甫庵・閑室元佶・曲直瀬玄朔・吉田宗恂・要法寺日性・秦宗巴ら、古活字版の刊行実績のある人物が側近として集まっていた。秀次はキリシタンに理解を示し、宣教師たちと交流を持っていたことから、側近らはこうした環境のもとで西欧の活字印刷技術を知り、実用化につなげていったというのである。この考えは、森上「初期古活字版の印行者について―嵯峨の角倉（吉田）素庵をめぐって―」（『ビブリア』第百号、一九九三年）においてさらに深められることになる。本論では吉田宗恂の甥角倉素庵に注目し、文禄・慶長期の古活字版の刊行者や刊行書がいずれも素庵とのつながりを持つことを指摘し、彼を西欧活字の技術導入の中心人物ではなかったかと推測している。豊富な資産を背景に、素庵は天正の末年より金属活字に代わる木製活字を試作し、文禄勅版以降の出版の需要に応えていったというのが、その見通しであった。

五　古活字版の淵源を探るための課題

岩波書店より一九九九年に刊行された『日本古典籍書誌学辞典』では、大内田が「キリシタン版」「慶長勅版」の項目を担当し、前節に見てきたとおりの考説を記述している。また、『本と活字の歴史事典』（柏書房、二〇〇〇年）、『活字印刷の文化史―きりしたん版・古活字版から新常用漢字表まで―』（勉誠出版、二〇〇九年）でも、大内田の考察は進展を見せている。いまや、古活字版のキリシタン版起源説は一つの有力な見解として認知されるにいたったといってよい。大内田と森上の研究は、朝鮮活字版・キリシタン版・古活字版三者の印刷技法を明らかにすることを通じて相互の関係を探る点に新しさがあり、古活字版の誕生を世界的な視野からとらえる点に魅力があった。また、文禄・慶長期の活字出版事業の背景に角倉素庵の存在を見すえる森上の考察は卓見といえ、近世初期の出版文化史に新たな光を与えるものであった。こうした近年の学説に多大な意義を認めつつも、僭越なことではあるが、なお残る疑問点を提示して小稿の結びとしたい。

大内田・森上の論によれば、朝鮮の活字印刷技術はすべて固着剤を使用した付着方式によったとのことであるが、果たしてそうなのだろうか。この問題の究明のためには、朝鮮活字版の技法を伝える『世宗実録』所収記事の解釈が、重要な意味を持ってくる。以下、当該の条として、李朝初期の官版に用いられた癸未字（太宗三年〈一四〇三〉）・庚子字（世宗二年〈一四二〇〉）・甲寅字（世宗十六年〈一四三四〉）の特徴や鋳造の経緯に触れた記事を引用する。

A『世宗実録』巻十一、世宗三年（一四二一）三月丙戌日条

前此印冊、列字於銅板、鎔写黄蠟堅凝然後印之、故費蠟甚多、而一日所印、不過数紙、至是、上親自指画、命工曹参判李蔵、前小尹南汲、改鋳銅板与字様相准、不暇鎔蠟、而字不移、却甚楷正、一日可印数十百紙、

B『世宗実録』巻六十五、世宗十六年（一四三四）七月丁丑条

召知中枢院事李蔵議曰、太宗肇造鋳字所、鋳大字時、廷臣皆曰難成、太宗強令鋳之、以印群書、広布中外、不亦違歟、但因草創、制造未精、毎常印書、必先以蠟布於板底、而後植字於其上、然蠟性本柔、植字未固、纔印数紙、有遷動、多致偏倚、随即均正、印者病之、予念此弊、曾命卿改造、卿亦以為、難予強之、卿乃運智、造板鋳字、並皆平正牢固、不待用蠟、印出雖多、字不偏倚、予甚嘉之、

C『世宗実録』巻六十九、世宗十七年（一四三五）八月癸亥条

本国鋳字用蠟功頗多、後改鋳字、四隅平正、其鋳字体制二様矣、

まず、記事Aは庚子字の完成を受けて、癸未字の不備と庚子字の改善点を述べたものである。癸未字の段階では固着剤として黄蠟を多量に使用するとともに、印刷の効率は上がらなかった。よって、世宗は李蔵らに植字盤と活字の改鋳を命じ、庚子字が生まれた。その結果、活字の配植に蠟を使用することはなくなり、字も整然と並び、効率も上がったと記される。記事Bは甲寅字の鋳造を命じたときのもので、李蔵に対する世宗の言葉が記録されている。かつて太宗は群臣の反対を押し切って癸未字の鋳造を成し遂げたものの、固着剤として用いた蠟が柔らかかったため、摺刷のたびに活字が動いてしまった。そのため、世宗はさきに李蔵に命じて庚子字を鋳造させたところ、彼の工夫によって活字は整然と並び、蠟を用いるには及ばなくなったという内容である。大内田はこれを甲寅字の特徴を述べたものと解釈するが（「朝鮮古活字版に想うこと―特に活字の形状と植字版を中心に―」）、文脈から判断して、ここは庚子字についての言及とするのがよい。つまり、記事AとBは癸未字と庚子字について共通の内容を記しているのだ。

このほか、李朝初期の活字印刷術に関する記述としては、十五世紀後半を生きた官僚成俔（一四三九〜一五〇四）の『慵斎叢話』巻七の記事が知られている。同書には活字印刷の工程が詳細に記されているが、ここでは植字をめぐる

一節を引用する。

始者不知列字之法、融蠟於板、以字着之、以是庚子字、尾皆如錐、其後始用竹木塡空之術、而無融蠟之費、

庚子字では植字盤に敷いた蠟に固定するため、活字が尾の尖った形状をしていたという。その後―甲寅字からということになる―、活字間の空隙に竹木を込めることになったので、植字盤に蠟を融かす手間はなくなったと伝えている。記事A・Bでは蠟を使用したのは癸未字までで、庚子字からは活字の遷動がなくなったと記されていたから、『慵斎叢話』の右の記事とはずれがあり、多少の問題を残す。(5)

だが、それよりもこれらの記事で注目されるのは、庚子字ないし甲寅字からは蠟を使用しなくても活字の配植が可能になったと記されることだ。記事Aでは「不暇鎔蠟」、記事Bでは「不待用蠟」、『慵斎叢話』では「無融蠟之費」と見えており、字義どおりに解釈すれば、固着剤を用いない印刷技法が現れたことになる。この点について大内田は、蠟は植字盤に敷くだけでなく、植字終了後や印刷途中にも活字の動きを止めるために注ぎ込んだのであり、これらの記述は後者の用途の蠟について述べたもので、植字盤に敷く蠟まで不要になったわけではないと解釈している（「朝鮮古活字版に想うこと―特に活字の形状と植字版を中心に―」）。しかし、金子和正「〔講演〕古活字本の印刷技法について―慶長勅版を中心として―」（『ビブリア』第六十七号、一九七七年）、韓国図書館学研究会編、千惠鳳氏代表執筆『韓国古印刷史』（同朋舎、一九七八年）などには、込め物を使った組版では蠟を使用することはなかったとの見方が示されている。また、実際に朝鮮活字版の中には、日本の古活字版と同様の四注式によったものも多数存在している。(6)

固着剤を使用する印刷技法が、朝鮮活字版の大きな特徴であることは紛れもない事実である。しかし、ここで意識しておきたいのは、朝鮮活字版は付着方式で、キリシタン版は組立方式という二元論を立ててしまうと、日本の古活字版の淵源はたどれないのではないかということだ。つまり、記事A・Bや『慵斎叢話』からは、蠟を使用せず、込

め物によって活字を固定する印刷技法が、朝鮮でも行われたと読むことができる。図らずも記事Cには、蠟を用いる活字と「四隅平正」の活字の「二様」が朝鮮にはあると謳われている。「二様」というからには、相応の違いを有する印刷技法が世宗期の朝鮮では並行して存在していたのではなかったか。だとしたら、議論の前提は大幅に変わってこよう。

以上が筆者の抱いている疑問である。筆者がこれまで調査し得た活字版の数は、大内田・森上に遠く及ばないであろう。また、両氏が究めた活字印刷の技法に関する知見には計り知れぬものがある。そうした中、あえて卑見を提示してみたのは、『世宗実録』や『慵斎叢話』を読むかぎり、そして現存する朝鮮活字版を見るかぎり、李朝活字版の印刷技法を付着方式一つで説明することが適切なのかという、素朴な疑問が生じるからだ。今後の課題として提示させていただけたらと思う。

注

（1）新村は「活字印刷術伝来考」（『藝文』大正元年〈一九一二〉九月号）において、サトウ氏は『書志』の緒言に於て、「日本人は活版の便利を宣教師等より伝へたので、朝鮮人から学んだのではあるまいと考へ得られよう」（It seems possible therefore, though perhaps not very probable.）と述べたが、二つの源流があつて、朝鮮系と南蛮系とは、全く異流である事は上述の通りである。
と述べ、『日本耶蘇会刊行書志』序言の一節への解釈を示している。「possible」と「perhaps」のニュアンスが十分訳出されていないように思われる。

（2）その内容については、「印度副王より秀吉に送った書状」（『藝文』明治四十四年〈一九一一〉六月号）参照。

（3）南蛮趣味に関しては、井出洋一郎「明治末年から昭和初期の文芸・美術にみる南蛮趣味に就て」（『山梨県立美術館研究紀要』第三号、一九八一年）、畑中佳恵「「長崎」のイメージとしての「南蛮趣味」序論（下）」（『敍説Ⅱ』第三号、二〇〇二年）、「近代文学における「南蛮趣味誕生」の「同時代」」（『文献探究』第四十一号、二〇〇三年）、日高由貴「「キリシタン」をめぐる言述―新村出と名づけえぬもの―」（『大阪大学日本学紀要』第二十四号、二〇〇五年）を参照した。

（4）上記の大内田の見解は、「「古活字版」のルーツについて」（『ビブリア』第九十八号、一九九二年）、「「古活字版」のルーツ、そして終焉（消滅）」（『ビブリア』第百十三号、二〇〇〇年）にも示されている。

（5）韓国図書館学研究会編、千惠鳳代表執筆『韓国古印刷史』（同朋舎、一九七八年）は両記事を勘案し、庚子字では活字同士の接する面は平正になったが、下面の錐型はそのままであったと解釈し、この段階では蠟は印刷中は不要になったが、組版時にはまだ必要であったと解釈する。そして、甲寅字の段階で活字は四隅平正になり、蠟も一切使用されなくなったと受けとめている。一つの合理的な見方であるが、『慵斎叢話』にいう「庚子字」が「癸未字」の誤りであったという可能性も検討してよいのではなかろうか。

（6）例えば、『韓国古印刷史』所収の古活字標本、二八二、二九二、二九四、三〇四、三〇六頁参照。

〔補記〕

卑見を受けた論考に、이재정（李載貞）氏「조선 활자 인쇄술이 일본 古活字本 인쇄에 미친 영향」（『동북아역사논총』第四十六号、二〇一四年。日本語訳「朝鮮活字印刷術が日本古活字印刷に及ぼした影響」、小秋元段編『科学研究費補助金（挑戦的萌芽研究）報告書　朝鮮活字版研究の最前線』所収、李章姫訳、二〇一八年）、佐々木孝浩氏「キリシタン版国字本の造本について―平仮名古活字本との比較を通して―」（『斯道文庫論集』第五十一輯、二〇一七年）がある。

李氏は日本の古活字版が朝鮮銅活字版を模倣して創始されたことを、組版技法と書体の面から豊富な事例をあげて指摘する。加えて、朝鮮活字には見られない、日本古活字の薬研彫りの特徴について、既存の木版からの影響ではないかと推測する点も注目される。

佐々木氏は古活字版の漢字本は朝鮮版の忠実な再現であるとする一方で、平仮名本についてはキリシタン版国字本からの影響があるのではないかと推測する。佐々木氏は書物文化の重要要素としての装訂・版式に注目しており、技術の根幹をなす組版方式に注目する拙稿とは考究する対象を異にする。

第八章　要法寺版をめぐる覚書

一　はじめに

要法寺版と呼ばれる一群の書がある。慶長年間（一五九六〜一六一五）、京都の日蓮宗要法寺において、日性（円智・世雄坊）の関わりのもと刊行された本をいう。当時は古活字版刊行の始発期であり、要法寺版も『論語集解』を除き、すべてが活字本である。既にこの時期、後陽成天皇による勅版や徳川家康の伏見版をはじめ、京都の本国寺、小瀬甫庵、如庵宗乾などの開版本が世に現れていた。そうした中、刊行点数の多さ、バラエティーの豊かさにおいて、要法寺版の存在は無視しがたい。だが、その全容と実態の解明は、川瀬一馬氏『増補古活字版之研究』(1)以後、さほど進んでいないのが実状である。そこで本稿では、要法寺版をめぐる一、二の小発見を報告し、刊行背景を探る手がかりを提示したい。

二　要法寺版概観

はじめに要法寺版の全体像を眺めてみることにしよう。従来、要法寺版と称される本は、つぎのような根拠によって要法寺版たることが認定されてきた。

（イ）刊記に「要法寺」の名や、日性が住した塔頭「本地院」の名を記すもの。

（ロ）巻頭や巻末に日性が編纂・校訂・刊行したことを示すもの。

（ハ）要法寺または日性の刊行が外部資料により推測・認定できるもの。

（ニ）他の要法寺版と同じ活字を用いているもの。

これらの根拠を勘案し、要法寺版の先駆的な研究を行った新村出氏は、以下の九点を要法寺版乃至その可能性のあるものと認定した。(2)

『論語集解』（慈眼・正運刊）……（イ）

『大学』（今関正運刊）

『中庸』（今関正運刊）

『文選』（直江版）……（ハ）

『重撰倭漢皇統編年合運図』……（ロ）（ハ）

『沙石集』……（ロ）

『元祖蓮公薩埵略伝』……（イ）（ロ）

『法華経伝記』……（イ）

『謡抄』

書名に附した（イ）（ロ）（ハ）の記号は、前記した認定根拠である。記号が附されない『大学』『中庸』は、刊行者今関正運が『論語集解』の刊記に名前を見せていることからの類推で、今日、この二点は要法寺版とは見なされていない。また、『謡抄』をあげるのも、その注解に日性が関与していたことからの推測である。こちらも現在のところ、要法寺版と特定できる本は存在しない。

これにつづく川瀬一馬氏の研究では、以下の十点十八種が要法寺版の項にあげられる。

『法華経伝記』……（ロ）（ニ）
『重撰倭漢皇統編年合運図』（七種）……（ロ）（ニ）
『元祖蓮公薩埵略伝』……（イ）（ロ）
『沙石集』（二種）……（ロ）（ニ）
『日本書紀神代巻』……（ニ）
『太平記』……（ニ）
『文選』（直江版）……（ハ）（ニ）
『論語集解』（慈眼・正運刊）（整版・乱版）……（イ）
『天台四教儀集註』……（イ）
『金剛錍』……（イ）

川瀬氏は要法寺版を「圓智自撰の開版書と要法寺内開版の刊語、及び証拠ある刻本」と定義する。そして、日性の刊行事業を「自撰の書の開版を主とし、引いて先人撰述の書にも及んでゐる」と述べ、その初期には『法華経伝記』

『重撰倭漢皇統編年合運図』『元祖蓮公薩埵略伝』『沙石集』などの自撰・自校の書が中心であることを説明づけている。この点は、要法寺版に対する川瀬氏の見解の特徴あるところと見なせよう。しかし、後述するように、『法華経伝記』と『元祖蓮公薩埵略伝』は日性の撰述書と認めるべきではないから、こうした理解には修正の余地がある。一方、ここで『日本書紀神代巻』『太平記』『天台四教儀集註』『金剛錍』の四点が、新たに要法寺版に加えられた。殊に『日本書紀神代巻』『太平記』を活字の同定という手段で要法寺版と特定したことは、大きな成果といえるだろう。

つづいて右の川瀬氏の整理にもとづき、若干の補足をしておこう。

まず、『法華経伝記』は慶長五年の刊行で、十巻五冊。国立国会図書館蔵本のみが知られる。巻末に刊行にあたっての跋語が見え、その末尾に「慶長庚子載季春望日　洛陽　釈圓智誌」とある。新村氏・川瀬氏はこれを日性の編書に数えるが、実際の編者は跋語の冒頭に記される「唐僧祥公」なる人物であろう。同じく跋語中には「愈考愈質」して刊行した旨が記されるから、日性は校訂のみを行ったものと思われる。[3]本書は現存する要法寺版の中で最古の本である。しかし、所用活字には摩滅したものが多く含まれ、これ以前にも要法寺で活字出版が行われていたのか、他所で用いられた活字を襲用したのか、判然としない。ただし、所用活字中には新彫のものも含まれる。また、本書に用いられた活字は後続の要法寺版にも使用されている。一例をあげれば、巻一・十二ウ・九行目の「龜」字は、『重撰倭漢皇統編年合運図』〈慶長五年〉刊本の下冊・五十九丁ウ・三行目の「龜」と同活字である。しかも、『法華経伝記』に使用されたものの方が遙かに摩滅が少ない、といった具合だ。

『重撰倭漢皇統編年合運図』は和漢対照の年代記で、上下二冊仕立てである。内題の下に「洛下埜釋　圓智　撰」と刻され、何らかの依拠本はあったにせよ、一応、日性の編書と認めてよい。本書には複数の版種が存在し、年代記中の記事の最終年を以て刊行年とされる。[4]これらは川瀬氏の調査によれば、以下のようにまとめられる。

初版・再版　慶長五年刊本〈第一種・第二種〉
三版・四版　慶長八年刊本〈第一種・第二種〉
五版　　　　慶長十年刊本
六版・七版　慶長十六年刊本〈古活字本・覆活字整版本〉

しかし、この分類には聊かの修正が必要だ。まず、〔慶長五年〕刊本は二種に分けられるが、国立国会図書館蔵本〈第一種〉と尊経閣文庫蔵本〈第二種〉によって見れば、両者は下冊最終丁のみ版を異にするだけである(5)。そして、両者の関係は、第一種本の記事内容の誤りを第二種本が正していることから、後者は前者の補修版として現れたと位置づけられる。第一種・第二種という通称は、版自体が別であるかのような印象を与えるので、用いない方がよかろう。一方、〔慶長八年〕刊本の両種〈第一種、内閣文庫蔵本〈二四一／二三六〉。第二種、同〈特一二二／二二〉〉は活字を異にするらしい。第一種本は〔慶長五年〕刊本と同活字を使用する。そのことは、〔慶長五年〕刊本中の欠損活字が、〔慶長八年〕刊第一種本のいたるところに用いられていることからも証明できる。これに対して第二種本は別種の活字を用いているようで、文字が全体に鮮明である。ただし、巻頭の「大日本國帝系略圖」〈整版。匡郭のみ活字〉は両者同版であるため、第二種本は要法寺版の制作環境と無縁だったわけではないようだ。〔慶長十年〕刊本は安田文庫蔵本のみがあげられ、現在存否不明。〔慶長十六年〕刊本には栗田文庫蔵本・岩瀬文庫蔵本・天理図書館蔵本が知られ、活字・系図とも〔慶長五年〕刊本とは別種である。要法寺の刊行書と認められるか、留保が必要だろう。さて、このうち栗田文庫蔵本は上巻のみの零本ながら、慶長十六年までの記事を有する覆刻整版本の底本となったことが窺える点と、巻末に慶長十七年の識語が存在する点から、慶長十六年の刊行と認定されてきた。一方、岩瀬文庫蔵本と天理図書館蔵本は、慶長十六年を記事の最終年とするものの、さらに一丁を追加し、元和元年までの年号を刻している。これについて川瀬氏は、最終丁のみ元和に入って附加植版したものととらえている。なお、川瀬氏は覆刻本をも慶長十六年刊行の要法寺版としているが、そう考える必要があるだろうか。後年の覆刻ととらえる余地もあるように思われる。ところで、日性が『重撰倭漢皇統編年合運図』を舟橋秀賢にもたらした『慶長日件録』慶長十年十一月六日条は、新村氏の指摘以来よく知られている。このほか、『時慶記』の慶長七年の記事にも同書のことが出てくるので、紹介しておこう。

一世雄坊来入、年代記板校二冊給、又扇子五本給也、少納言方ニテ酒アリ、（慶長七年七月十二日条）[6]

世雄坊（日性）が西洞院時慶にもたらした「年代記」が、『重撰倭漢皇統編年合運図』であることに間違いはあるまい。関連記事が同年八月十八日・二十日・二十三日・十一月八日の各条に見られる。

『元祖蓮公薩埵略伝』は日蓮の伝記で、一冊。内題の下に「埜釋　承慧　撰」とある。「承慧」は日性のことと考えられてきたが、本文の末尾に永禄九年（一五六六）の撰と記される。これでは日性が撰述するには早いといえよう（日性は天文二十三年〈一五五四〉の生まれ）。『国書人名辞典』に承慧は日脩の字とあり、本書を彼の著に数えているから、これに従うのがよい。本書については、永らく古活字覆刻と思われる整版本のみが知られてきた（岩瀬文庫・叡山文庫等蔵）。そして、その刊記に「慶長第六辛丑歳季冬下浣三日／本地院中　板行」とあることから、慶長六年刊の古活字版の存在が想定されてきたのである。事実、『弘文荘古活字版目録』（一九七二年）一五四頁には、これの底本と思しき古活字版が掲載されている。同目録の解説は刊記のことに触れず、しかも「慶長頃刊」と記すのみだが、書影を見るに『重撰倭漢皇統編年合運図』（慶長五年）刊本と同活字が使用されているようだから、これこそ要法寺古活字版の『元祖蓮公薩埵略伝』と推定してよいだろう。

『沙石集』は成簣堂文庫等に蔵される。[補注]慶長十年の刊。巻末の刊語につづいて、「慶長十乙巳年仲春下浣八日　圓智校讎」とある。漢字片仮名交で、仮名活字は新彫、真字活字はそれ以前の要法寺版に使用したものを襲うと川瀬氏は述べるが、いかがであろう。『沙石集』所用の活字には他の要法寺版のものと比べると、扁平な字形のもの（八・人・入・之・王・此など）や、旁に対して偏の大きな字形のもの（御・候など）など、独特な古朴の風を感じさせるものが混じっている。精細な調査は今後に委ねるが、印面より受ける印象はだいぶ異なることを指摘しておく。

『日本書紀神代巻』は二巻二冊。刊記に「慶長十乙巳年三月上旬二日」とある。『増補古活字版之研究』に安田文庫蔵本と成簣堂文庫蔵本のみを著録する。安田文庫蔵本の存在は永らく不明であったが、近年、『一誠堂古書目録』第九十四号（二〇〇二年）に現れた。成簣堂文庫蔵本は『増補古活字版之研究』に完本で、刊記のない本であるかのように記されているが、こちらは上巻のみの零本で、下巻を欠く[7]。なお、本書の所用活字について、川瀬氏は匡郭・黒口・魚尾にいたるまで、『沙石集』のものを襲用したと述べている[8]。

『太平記』は四十巻附目録。刊記に「慶長十乙巳年九月上旬日」とある。漢字片仮名交だが、真字活字には『重撰倭漢皇統編年合運図』〔慶長五年〕刊本所用のものが認められる。また、仮名活字は『沙石集』所用のものと別であると、川瀬氏は述べている。ところで、活字の同定とはなかなか困難な作業で、書風が同じで同一の特徴を持った字であっても、同活字と断定することがためらわれるときがしばしばある。その際、同定の決め手になるのは欠損活字の存在だ。彫刻時の傷や使用時の欠けは偶然に生じるものだから、その傷や欠けを頼りに活字の同定を行うことになる。ここで一例をあげれば、『重撰倭漢皇統編年合運図』〔慶長五年〕刊本の上冊・三丁ウ・下段十行目の「康」字には、第三画の中央やや下部に一本の傷が入っている（図1）。これと同一の活字が『重撰倭漢皇統編年合運図』〔慶長八年〕刊第一種本の上冊・三丁ウ・下段十行目、『太平記』巻三十八・一丁オ・三行目、

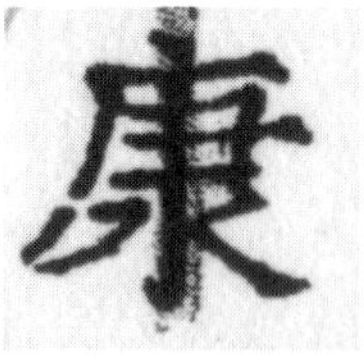

図1　『重撰倭漢皇統編年合運図』〔慶長八年〕刊第一種本の「康」（国立公文書館内閣文庫蔵）

『文選』巻三・四丁ウ・九行目などにも使用されている。これらの諸書では、新彫の活字を継ぎ足しつつも、概ね同一の活字グループが用いられたものと見てよいだろう。

『文選』六十巻附目録は、慶長十二年に直江兼続が要法寺で開版した書で、直江版と通称される。刊記には「慶長丁未沽洗上旬八蓂　板行畢」とあるのみだが、所用活字が他の要法寺版と同じであることは前述した。

『論語集解』は整版（内閣文庫等蔵）と乱版（東洋文庫等蔵）が存在する。刊記に「慈眼刊／正運刊／洛汭要法寺内開版」とある。ここに名を記す慈眼は伏見版の刊行当事者であり、正運も『大学』『中庸』『孟子』などを開版した今関正運のことと考えてよい。整版と乱版との関係については、乱版を先行とする川瀬氏と(9)、整版を先行とする長澤規矩也氏(10)との間で論争があったが、近年の高橋智氏の研究では、乱版は整版の一部に古活字版を交えて成立したもの（つまり長澤説を補強する）という見解が示されている。(11)

『天台四教儀集註』は三巻三冊。叡山文庫に所蔵される。刊記に「慶長十八癸丑年　八月　日／於京師要法精舎板行焉」とある。活字はこれまでの要法寺版所用のものと異なる。

『金剛錍』一冊も同じく叡山文庫の所蔵。刊記は小字で「於要法寺板行」とある。川瀬氏は寛永後半の刊行と推定し、『増補古活字版之研究』上巻二七五・二七六頁の要法寺版書目に収めていない。これも活字は他の要法寺版とは別である。

このほか、川瀬氏は要法寺版に数えていないが、慶長十五年刊古活字版『太平記』と、これと同活字を以て共時に刊行されたと思われる『太平記鈔』『太平記音義』も、広い意味での要法寺版に含まれる。(12) 慶長十五年刊『太平記』には「慶長十五暦庚戌二月上旬日　春枝開版」との刊記があって、開版者名として春枝の名が記される。『太平記鈔』『太平記音義』は無刊記で、こちらにも要法寺版としての徴証はない。しかし、慶長十五年刊『太平記』の本文は慶長十年刊要法寺版を基底とし、その誤脱の訂正と、天正本系統の本文による増補を試みるという特徴を持つ。一方、『太平記鈔』は日性の手による『太平記』注釈書で、注釈内容は慶長十五年刊『太平記』に準拠している。両者が共時の刊行なら、『太平記鈔』の編纂と『太平記』の改訂増補作業は並行して進められたと考えられることから、慶長十五年版『太平記』と『太平記鈔』『太平記音義』の刊行は、日性の発意のもとなされたものと推測できよう。つまり、これらの刊行者はあくまでも日性で、春枝はその意を受けて刊行当事者の役割を果したものと考えられるのである。

要法寺版が持つ、こうしたある種の広がりにも注意を払う必要があるだろう。そもそも要法寺版『論語集解』は刊記の中に、刊行者として慈眼・正運の名を記していた。これについて川瀬氏は慈眼が伏見版の刊行にも携わり、正運が鉄山叟宗鈍の『大広益会玉篇』や涸轍の『周易』の刊行当事者となったことをとりあげて、彼らが「工匠として諸方の要求に応じてゐたものと解す可きであらう」と述べている。また、長澤氏は「「要法寺内」とある出版物は、要法寺の直接の出版物でなく、後世の印刷所的な要素と見ることも出来よう」と述べており、直江版『文選』にもその傾向が窺えるとした[13]。このように要法寺における出版活動の担い手を日性一人に帰するのではなく、様々な工匠がその都度大きな役割を果たしていたと推測するのが、適切なのであろう。

三　嵯峨本との関係

さて、こうした前置きをしたうえで紹介する第一の新たな材料は、要法寺版と嵯峨本との関連を示す、東洋文庫所蔵、〔慶長中〕刊古活字十一行本『徒然草』（三Ｂａ21）である。

本書は二冊本で、新補水色覆表紙（二七・三×二〇・二糎）、左肩に金切箔題簽を貼附する。上・下取り合わせ本で、

図2　〔慶長中〕刊古活字十一行本『徒然草』上冊後表紙（東洋文庫蔵）

上冊のみ桃色地雲母刷文様表紙を附しているが（図2）、これは原装ではなく、ある段階で本書を古雅に装うために補ったものであろう。(14) そして、この表紙は嵯峨本所用のもので、江島伊兵衛氏・表章氏編『図説光悦謡本 解説』(15)にいう「籬の花乙ィ」に一致する。同書の解説によれば、同様の表紙が後藤本謡本・若林正治氏蔵『古今集』・百番本謡本・『貞永式目』・『月の和歌巻』に用いられているという。このうち後藤本謡本から『貞永式目』までは写本だが、装訂・筆跡ともに嵯峨本との関連が注目されている。『月の和歌巻』は嵯峨本の整版本である。

そして、東洋文庫所蔵『徒然草』の表紙には、裏張に二種の刷反古が用いられている。僅かな隙間から窺い得た本文を記せば、つぎのとおりである（二〇〇三年五月七日の調査による）。

A　前表紙裏張

……變化ノ兵歸去レハ是ヲ防ツル者……

……不死手負ト見ツルモ恙ナシコハ……

B　後表紙裏張

……やうのもの〻くとりい……

……きせ申中門にた〻せ……

……候そたゝのふまいりて候そ……

……いまをかきりのしやう……

……せたまひて二人のよ……

……御らんしてそのいに……

……みはかりにて……

……月のなこりはこさ……

……四月のなこり……

まず、裏張Aは慶長十五年刊古活字本『太平記』巻三十三・十六丁オにあたる。裏張Bは古活字版舞の本「八島」に相当する。先述のとおり、慶長十五年版『太平記』は日性の意向のもと春枝が開版した、広義の要法寺版である。その反古が嵯峨本所用の表紙から現れたということは、要法寺と嵯峨の出版活動の連関を示唆するのではなかろうか。(16)

一方、裏張Bに用いられた「八島」は、龍門文庫所蔵、〔慶長中〕刊の「八島」の異植字版と見られる。半葉十一行で、角倉素庵の書風の平仮名活字を使用しており、嵯峨本の前形態にあたる本ではないかと、以前推測した。(17)天理図書館・新村出記念財団重山文庫に所蔵される嵯峨本『史記』の表紙裏張にも、龍門文庫蔵本と異植字版の関係にある「八島」の刷反古が用いられている。これらと、いま問題にしている『徒然草』裏張の「八島」は同版の可能性もある。そして、いうまでもなくこちらは嵯峨生粋ともいうべき刷反古で、これが慶長十五年版『太平記』の刷反古と一緒に現れたということは、要法寺版と嵯峨との関係の深さをさらに物語るものとなるであろう。

四　本国寺版との関係

つぎに紹介する資料は吉川史料館所蔵、慶長十年刊要法寺版『太平記』である（図3）。同館所蔵の『太平記』としては、吉川元春書写本（重要文化財）が有名だが、いま問題にする要法寺版は総目録一冊のみの零本で、現状では元春書写本に添えて木箱に収められている。

本書は焦茶色空押網代牡丹唐草文様（二八・二×二二・三糎）の原装表紙を備え、左肩打付「太平記目録」。巻頭に「太平記巻第一目録」と題す。双辺（二二・九×一六・六糎）無界十二行で、版心は粗黒口双花口魚尾、中縫に「太平記目録（丁附）」と刻す。尾題は「太平記惣目録終」とし、全十六丁である。この表紙裏張にも刷反古の存在が認められ、その本文を掲出すれば以下のとおりとなる。

A　前表紙裏張

……持中有止持今
……不□絶□縁是□持中無止持也
□無上持□成別犯□有□持故云單持也言
又止
□具者則有闕也下文云或可未具□此思之
□□自行従制事必不廢
前云報法作行或□□□
單持別犯或□□具□□

□□容有少違今則一向□不許犯故云從制□□
□□即單持中不可別犯豈□□法心念止作□□
□□方合自行順於制教須知□□□法作行□□
□□猶尚寛容次文謂之單持別犯或當未具□□
□□至今文中自行從制事
爲物從開或可未□□
□□廢一向不通微有所犯
□□□事有妨是故爲物從開未具此亦約於□□
□□事中從開耳又爲物從開即經當三寶導□□
□□未具耳若公□則三時無樂及忘犯
又理□□
□□□是爲物從開者恐非今文之意也
闕名之爲寛故前四品通名爲緩
理觀若全□□□
闕第三篇夫□□

B

後表紙裏張

隨界攝非諸他愛執為巳有是故九地道□□□□
而展轉為因由同類故然唯得與等勝為□□□□

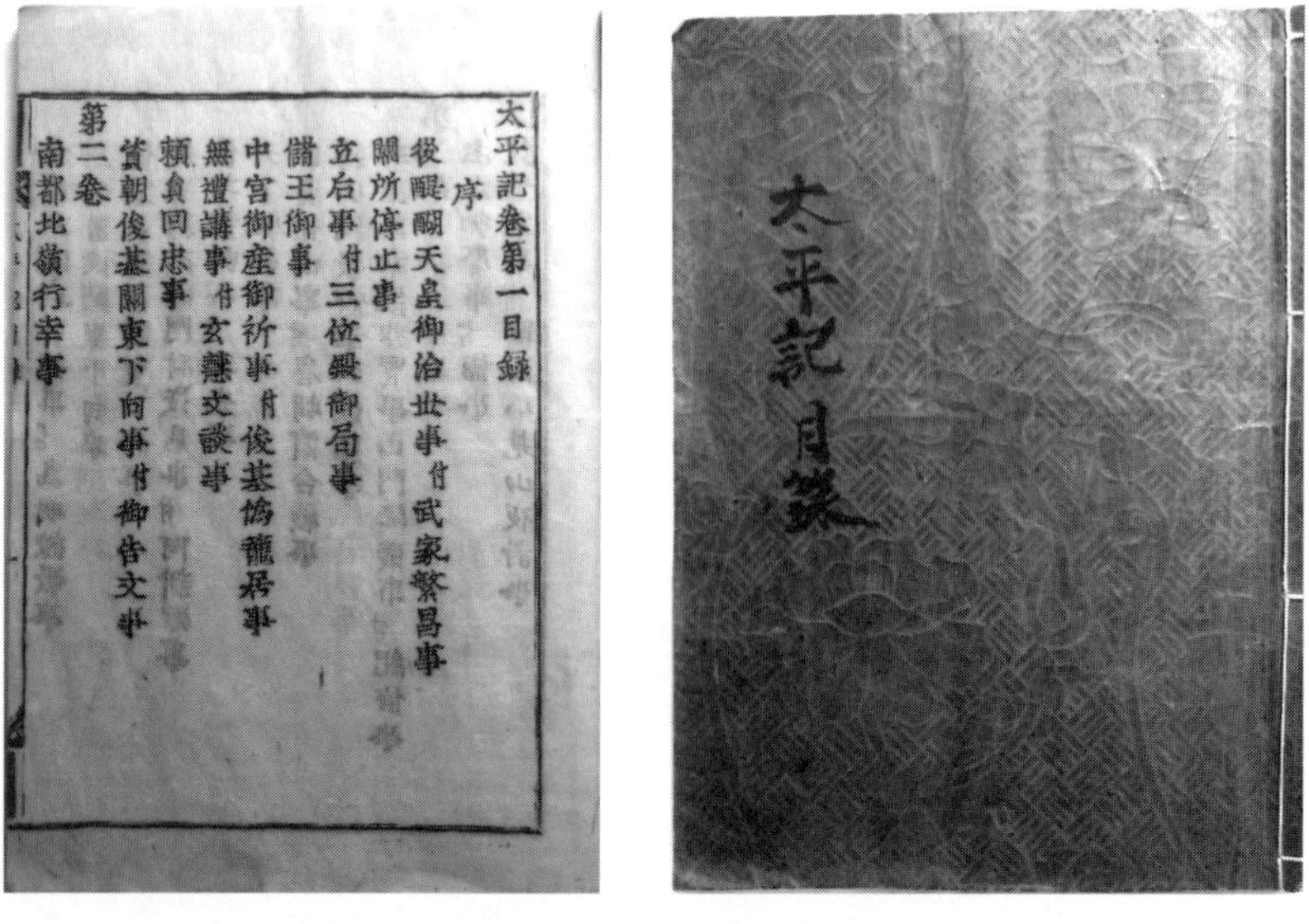

図3　要法寺版『太平記』総目録（吉川史料館蔵）

□五輪禪 行人□止制□一處則發五輪□□□□
波則□□現矣言五輪者一地□□□□
三風輪四金□輪五金剛輪此五悉是從□□□□
者轉也如輪□□□□至按禅定亦爾□□□□
至上地一地□□□□□養一住時不動□□□□
物行人因止□□□□□定惣然湛□□□□□
泯然入定定□□□□不動如地住持故也□□□□
出生初禪種種□□如水出生萬物故也□□□□
亦有二義一□□生長二躰性柔輭行人□□□□
若證水輪發□禅定定水潤心自覺身中□□□□
名為潤漬因得定故身心柔輭折伏高心者□□□
三風輪者風有三義一遊空無礙二鼓動萬□□□
破壊行人所發風輪三昧亦尓若發禪定相似□□

版式は単辺有界九行注小字双行で、古活字版である。また、その本文は『天台三大部補注』巻十四のものである。同書の古活字版には従来、寛永三年刊の本能寺版（京都大学附属図書館谷村文庫等蔵）と寛永四年刊の洛陽尾張町河面半衛門版（成簣堂文庫等蔵）とが知られてきた。(18) しかし、前者は単辺有界八行で、裏張の有界九行とは異なる。また、後者は双辺有界九行で、やはり裏張の単辺とは違っている。このほか、近年存在が明らかになった古活字版に、元和二年（一六一六）刊行の本国寺版がある（西教寺蔵）。国文学研究資料館所蔵のマイクロフィルムによって確認したところ、裏張Aは同書巻十四・三十六丁ウ、裏張Bは巻十四・三十三丁オにあたることがわかった。

そもそも日蓮宗本国寺では、要法寺よりも早くから活字出版が行われていた。本国寺の一輪坊日保によって刊行された『法華私記縁起（法華玄義序）』（京都大学附属図書館等蔵）や同活字による『天台四教儀集解』（国立国会図書館蔵）は、ともに文禄四年（一五九五）の刊行で、現存する古活字版のうち刊年のわかる最古のものとして著名である。ただし、このあと本国寺における刊行事業は空白期間を迎えたらしく、再び同寺の刊記を持つ本が現れるのは、慶長十七年（一六一二）の『仏祖歴代通載』（東洋文庫・成簣堂文庫等蔵）を待たねばならない。その後は寛永期の古活字版が存在しているが、刊行点数の上では要法寺版よりやや劣る。

さて、慶長十年刊の要法寺版『太平記』の原装表紙から、元和二年刊の本国寺版『天台三大部補注』の刷反古が出現したことを、どのようにとらえたらよいのか。要法寺版の工房と本国寺版の工房の関連の深さを物語る材料だとは理解できるが、『太平記』よりも十年以上ものちに刊行された本の刷反古が表紙に用いられたのはなぜなのか。ここで想起されるのは、関西大学図書館に所蔵される要法寺版『太平記』である（高木文庫旧蔵）。本書の原装表紙の裏張には慶長十二年刊の直江版『文選』の刷反古が使用されている。この現象を川瀬氏は、慶長十年九月の『太平記』刊行より前に、『文選』の出版事業が着手されていたことの徴証ととらえている。確かに『文選』の開版にあたっては相応の年月を要したものと思われ、川瀬氏の指摘した事情もあったのかもしれない。しかし、慶長十年九月に印刷を終えた『太平記』のうち、当該本が『文選』の刊行以後に製本され、表紙を掛けられたという可能性もあるだろう。もともと古活字版には、印刷と製本の間に時差のあることが多いのである。(19)

こうした事情を想定すれば、『太平記』の表紙裏張に『天台三大部補注』の刷反古が用いられたことも、説明できるのではなかろうか。即ち、一旦印刷を終えた『太平記』は、すべてが即時に製本・頒布されたのではなく、十年以上の歳月をかけて、徐に世に送り出されたのである。この考えが成り立つとするならば、少なくとも元和年間に入ってからの要法寺版の制作環境とは、本国寺版の工房より刷反古の提供を受けることが可能であったということになる。このことが具体的に何を意味するのか、現時点では未詳とするほかない。要法寺における印刷物が本国寺に移譲されたのか、逆に本国寺版といわれる書が実際には要法寺内で摺刷されていたのか、あるいは工匠の移動か、それとも単純に反古の融通だけの問題なのか……。加えて、日性が慶長十九年（一六一四）に没していることも、要因として関係しているのか気になるところである。残念ながら、これらの問題の解明は、今後の課題とせざるをえない。

以上、本稿では川瀬一馬氏による要法寺版の研究に再検討を加え、あわせて表紙裏張を通じて要法寺版と他版との関連を探ってみた。その結果、要法寺版とゆかりある春枝の刊行書が当時、民間において最も精力的な出版活動を展開していた嵯峨本の工房と関連していたことが窺えた。[20]また、少なくとも元和以後の要法寺の活動が、同じ日蓮宗の本国寺とも関連を有していることも見えてきた。寥々たる資料ではその具体像までを明らかにすることはできないが、当時の印刷工房を理解するためには工房間の相互関係、あるいは流動の相をとらえることが肝要なのではあるまいか。

注

（1）川瀬一馬氏『増補古活字版之研究』（ＡＢＡＪ、一九六七年）。本稿での要法寺版に関する川瀬氏の指摘は、特に断らない限り同書上巻第二編第五章第一節一「要法寺の開版事業」、中巻補訂篇七〇一～七〇九頁による。

（2）新村出氏『新村出全集』第八巻「典籍叢談」所収「要法寺版の研究」（筑摩書房、一九七二年。初出、『図書館雑誌』一九二〇年四月号）。
（3）『国立国会図書館漢籍目録』（一九八七年）、長澤規矩也氏『図解和漢印刷史《解説篇》』四三頁（汲古書院、一九七六年）ほか参照。
（4）これまで『重撰倭漢皇統編年合運図』の各版は、年代記中の最終記事の年を刊行年にあてて理解・呼称されてきた。しかし、最終記事は刊年そのものを示すとは限らず、刊行の上限を示すに過ぎない場合もあることを考慮すべきだろう。よって、筆者としてはこれに代わる呼称の提案をしたいところであるが、諸版の整理とともに別稿に譲ることとする。本稿ではひとまず従来の称に従い、筆者の言及箇所に限って推定括弧〔 〕を附した。
（5）なお、国立国会図書館蔵本は下冊第一丁のみ〔慶長八年〕刊第一種本を補綴。
（6）時慶記研究会編『時慶記』第二巻（臨川書店、二〇〇五年）による。
（7）川瀬一馬氏『新修成簣堂文庫善本書目』五八四頁（石川文化事業財団お茶の水図書館、一九九二年）参照。
（8）川瀬一馬氏「要法寺版「神代巻」の発見」（『椎園』第一輯、一九三七年）に詳しい。
（9）川瀬一馬氏注（1）前掲書、および「要法寺版論語（乱版）について長澤博士に答ふ　附、説無垢称経賛疏の乱版」（『書誌学』復刊新二十二号、一九七一年）。
（10）長澤規矩也氏「要法寺版論語は整版か乱版か」（『書誌学』復刊新二十号、一九七〇年）、同氏注（3）前掲書四四・四五頁。
（11）高橋智氏「慶長刊論語集解の研究」（『斯道文庫論集』第三十輯、一九九五年）。
（12）本書第一部第四章「日性の『太平記』研究と出版」。
（13）長澤規矩也氏注（3）前掲書四五頁。
（14）東洋文庫日本研究委員会編『岩崎文庫貴重書書誌解題Ⅱ』（東洋文庫、一九九八年）は原装とするが、本書が嵯峨本ではないことから、後補表紙と見たい。なお、本書が取り合わせ本であることは表紙の有無のほか、料紙の焼け具合、上冊・下冊で印が異なること（上冊「江風山／月荘」「尚壺中」。下冊「□散／風轉／□章」「鍋菴／之章」）からわかる。和田維四郎のもとで取り合わされた。

（15）江島伊兵衛氏・表章氏『図説光悦謡本 解説』一四〇・一七一頁（有秀堂、一九七〇年）。
（16）後述するように、要法寺版『太平記』の表紙裏張からは直江版『文選』の刷反古が現れている。また、嵯峨本の表紙裏張からは嵯峨本および嵯峨関連の文書の反古が出てくることが多い（本書第二部第四章「嵯峨本『史記』の書誌的考察」）。表紙裏の刷反古は当該書の印刷工房の活動を窺うえで好資料たり得ている。ただし、近年、渡辺守邦氏は承応・明暦頃の表紙裏張に、それより二十年以上前にあたる〔元和・寛永中〕刊の古活字版の刷反古が用いられる例を報告しており（『表紙裏の書誌学』第一章「表紙裏反古の諸問題」笠間書院、二〇一二年。初出、『ワークショップ 表紙裏反古の諸問題』実践女子大学文芸資料研究所、二〇〇四年）、本の出版年時を特定する手がかりとして反古が決め手にならないケースを紹介している。
（17）小秋元段注（16）前掲論文。
（18）本国寺版については、川瀬一馬氏注（1）前掲書第二編第三章「朝鮮活字印刷術の伝来と極初期の活字開版」、第五章第一節二「本国寺の開版事業」参照。
（19）本書第二部第四章「嵯峨本『史記』の書誌的考察」。
（20）このほか、春枝が慶長十五年に刊行したと考えられる『太平記鈔』（東北大学附属図書館漱石文庫所蔵）の裏張には今関正運刊行の『中庸』の刷反古が、その異植字版『太平記鈔』（国文学研究資料館所蔵）の裏張には『庭訓往来』（有訓本）『四体千字文』『扇の草子』の刷反古が現れている（小秋元段注（12）前掲書第三部第二章「『太平記鈔』『太平記音義』書誌解題稿」。初出、『古典資料研究』第六・七号、二〇〇二・〇三年）。逆に、春枝版『太平記鈔』の刷反古を表紙裏張に有するものとして、『大坂物語』第二種本・第三種本（成簣堂文庫所蔵。川瀬一馬氏注（7）前掲書五八九・五九七頁。ただし、本書の表紙には後補の可能性が残る）や〔慶長中〕刊『毛詩』（京都大学附属図書館清家文庫所蔵。川瀬一馬氏注（1）前掲書中巻八一五頁）がある。春枝の活動範囲の広さと対応するか。

〔補注〕
要法寺版『沙石集』については、高木浩明氏が「本文は刊行者によって作られる—要法寺版『沙石集』を糸口にして—」

(『中世文学』第六十二号、二〇一七年)において詳細に考察している。そこでは、要法寺版の『沙石集』には慶長十年の刊記をもち、匡郭を備える本と無刊記で匡郭のない本があり、両者は別版のように見えるものの、巻二から巻五前半までを除き同版で、同版部分は前者に存した匡郭を後者が外したものにすぎないことが立証されている。後者の巻二から巻四までは、新たに「裏書」を本文に組み込む操作などが行われており、日性は慶長十年版刊行時に、二種の本文をもつ本を同時に刊行することを企てたと、高木氏は指摘する。

第九章　『吾妻鏡』刊本小考

一　『吾妻鏡』刊本をめぐる先行研究

江戸時代、『吾妻鏡』は刊本としておびただしく流布した。まず、古活字版としては、慶長十年（一六〇五）跋刊の伏見版をはじめ、三種類が存在する。整版本は寛永三年（一六二六）に開版された。版木は一種類のみだが、この一版をもって長期にわたり、刷られつづけた。

『吾妻鏡』刊本をめぐる先行研究は多くはない。川瀬一馬氏は『増補古活字版之研究』[1]において、古活字版に三種類の本があることを指摘し、これを以下のように分類した。

（一）伏見版
（二）慶長末元和初刊本
（三）寛永中刊本

川瀬氏の研究において何よりも重要なことは、（一）の種別の本を伏見版と特定した点にある。（一）の本には巻頭の「新刊吾妻鏡目録」の末に「富春堂新刊」という刊記が存する。川瀬氏は林鵞峰撰文の「老医五十川了庵春意碑銘」（『鵞峰先生林学士文集』巻六十七所収）を通じて、この「富春堂」が京都の医師、五十川了庵であること、了庵が徳川家康の命により『吾妻鏡』を刊行したことを明らかにし、（一）の本が伏見版に該当すると指摘した。一方、（二）については、伏見版が有界であるのに対して、「無界なるの他、配字等は全く同一」と述べ、（三）についても、「前本の飜印本であつて、配字等も全く同一」と指摘する。（一）に比べると、その記述は簡略といわざるをえない。後述するが、（二）（三）の配字に関するこの指摘には、問題も含まれている。

その後、『吾妻鏡』刊本の考察を進めたのは阿部隆一氏である。まず、阿部氏は『振り假名つき吾妻鏡　寛永版影印』所収「解題―吾妻鏡刊本考―」[2]において川瀬氏と同じく、古活字版を三種に分類する。

（一）慶長十年跋刊伏見版
（二）〔慶長元和間〕刊
（三）〔元和末〕刊

阿部氏のいう（一）（二）（三）は、川瀬氏のそれに対応している。一方、版種としては一つでありながら、多数の求版後印本をもつ整版本については、以下のように整理する。

（一）初印丹表紙献上本
（二）早印丹表紙本
（三）杉田良菴玄与求板印本
（四）野田庄右衛門寛文元年求板印本
（五）寛文元年野田庄右衛門求板後印本（双辺単辺混合）

（六）寛文元年野田庄右衛門求板後修本（単辺）

このうち、（一）は内閣文庫蔵本（一四八／三二）、（二）は慶應義塾大学附属研究所斯道文庫蔵本をあげている。巻末には寛永元年（一六二四）の林道春（羅山）の跋文が付されており、そこには、土師（菅）玄同の弟の聊卜が、これまで読解に困難をともなった『吾妻鏡』に訓点と和訓を施し、これを上梓する旨が記されている。そして、この跋のあとに、「寛永三年三月日／菅聊卜刊正」との刊語がつづいている。なお、この形式は（一）（二）とも同様であることから、両者を区別する必要はないように思われる。

菅聊卜によって刊行された『吾妻鏡』は、その後、（三）杉田良菴玄与によって求版本が出される。さらにその後、（四）野田庄右衛門によって求版される。当初は刊記に埋木を施す以外、版木に手を加えることはなかったが、のちには四周双辺であった匡郭の内側の枠を削り、四周単辺とする本が現れた。その際、羅山の跋の末尾と刊記のある半葉のみを新刻している。それが（六）の寛文元年野田庄右衛門求板後修本（単辺）である。匡郭を双辺から単辺に改めた理由は不明で、阿部氏も「どうしてこうした無用と思われる様な手間をわざわざかけたのか不思議である」と述べている。そして、訓点が匡郭の内枠にかかっていることが多く、版の摩滅が進むと印面が汚く見えるので、内枠そのものを削ったかと推測している。このほか、阿部氏は野田庄右衛門の刊記をもつ本で、双辺の巻と単辺の巻の混合した本、すなわち（五）寛文元年野田庄右衛門求板後印本（双辺単辺混合）の存在を指摘する。阿部氏はこれを、双辺から単辺へ移行する過程の刷りか、単なる寄せ本（取合本）か判定しがたいとしている。この点は本稿でも検討を加えたい。

『吾妻鏡』刊本をめぐる先行研究は上記二氏によるものに尽きるといってよい状況であったが、近年、柳沢昌紀氏が市立米沢図書館に（三）杉田良菴玄与求版印本で、「江戸本町三町目／杉田勘兵衛尉開板」との刊記のある本を紹介したことは特筆される。(3) このことにより、従来ともすれば同一書肆として認識されることもあった杉田良菴玄与と杉田勘兵衛尉が別人であることが判明した。また、それだけでなく、杉田勘兵衛尉が江戸に出店をもっていたと考えられることや、他店の出版物に自らの名を付して販売することもあったことなど、書肆としてのその性格が明らかになったのである。

これらの先行研究を踏まえ、本稿では阿部氏によって整理されてきた整版本『吾妻鏡』の諸問題について主に考察してゆきたい。阿部氏の研究は全体を的確に俯瞰しており、その評価は揺るぎないものと考える。だが、古活字版から整版への移行をめぐっては、その考えに修正が必要な点や、いくつかの新事実を付け加えうる点がある。また、寛文元年野田庄右衛門求板後印本（双辺単辺混合）の存在をめぐっては、判断が保留されている。この点については、双辺単辺混合の本を広く実見し、そのような本が生まれる理由を考察しなければならない。およそ以上のような問題を本稿では扱い、『吾妻鏡』刊本のより精確な理解を導きだしたいと考える。

二　古活字版から整版へ

阿部隆一氏は整版本『吾妻鏡』の底本を伏見版と特定する。阿部氏の「解題—吾妻鏡刊本考—」では、そのことが以下のように繰り返し述べられている。

・本版はテキスト・行格共に伏見版によったもので、……
・本版は伏見版と行格を等うする重刊で、首目及び首尾題の体式を同うする。
・承允の跋は伏見版のそれの覆刻である。

確かに、伏見版は現存する古活字版『吾妻鏡』のなかでも現存本が多く、最も流布した版種であると推測できる。

整版本の開版者、菅聊卜が最も入手しやすい本であったといえるであろう。阿部氏の指摘以降、整版本の底本を伏見版とする考えは受け継がれており、すでに定説化しているといってよい状況である。(4)

しかし、はたして伏見版は本当に整版本の底本だったのか。残念ながら、阿部氏の論ではそのことが論拠を示すかたちでは述べられていない。その一方で、整版本が伏見版以外を底本にしたとする見解も提示されている。『中京大学図書館蔵国書善本解題』(5)に所収された寛永三年版『吾妻鏡』の解題がそれで、そのなかで項目担当の森まさし氏は、「本書は前項（二）慶長元和中刊古活字版を底本にして寛永三年に刊行された整版本である」と明確に述べている。ここでいう慶長元和中刊古活字版とは、阿部氏の分類による〔慶長元和間〕刊本のことである。善本解題という限られた字数のなかでの解説であるため、森氏がそのように判断した根拠は書かれていない。だが、筆者は森氏の慧眼に脱帽するものである。私見でも〔慶長元和間〕刊本こそが整版本の底本になったと考えるからだ。以下にその根拠を述べよう。

まずは伏見版と〔慶長元和間〕刊本の字詰めである。(6)両者とも毎半葉十二行二十字、注小字双行であることに変わりはない。前述のとおり、川瀬一馬氏は配字等は同一であると指摘した。しかし、実際には両者の配字には微妙な違いが存在する。そして、そのような箇所で整版本は〔慶長元和間〕刊本に一致を見せるのだ。**図1**を参照されたい。巻一・本文第一丁オの図版である。七行目に注目すれば、伏見版は行末を「海」にするのに対して、〔慶長元和間〕刊本と整版本は行末を「入」にする。これは同行で伏見版が「廿四日」とするところを、〔慶長元和間〕刊本と整版本が「二十四日」に作ったため、一字分増えたことによっている。

このほか、**図1**の四行目の「廿／二十」、九行目の「条／條」の違いからも、〔慶長元和間〕刊本と整版本の一致がわかるだろう。また、八行目で伏見版が安徳天皇の享年を「八」としか記さず、「歳」を欠く点も目を引く。このような差異が伏見版と〔慶長元和間〕刊本には全体を通じて散見され、その際、整版本は〔慶長元和間〕刊本に一致を見せるのだ。さらに、**図1**に注目すれば、整版本の字体は〔慶長元和間〕刊本のそれによく似ることに気づくであろう。すなわち、整版本は〔慶長元和間〕刊本に筆で訓点・振仮名・送仮名を書き入れた本をそのまま版下にして、開版されたものと推定されるのだ。

『吾妻鏡』は和風漢文体で記述されるが、書状の引用等の部分では漢字平仮名交の文体も登場する。当然そこでは平仮名活字と行書体活字が使用される。**図2**に巻四第一丁ウの図版を掲げた。伏見版は古拙な印象を強く与える字体である。それに対して、〔慶長元和間〕刊本の字体は筆癖の強い、個性的な書風である。注目されるのは、整版本がこの書風をそのまま引き継いでいることで、整版本が明らかに〔慶長元和間〕刊本の印面そのものを版下に用いてい

図1　『吾妻鏡』巻一第一丁オ

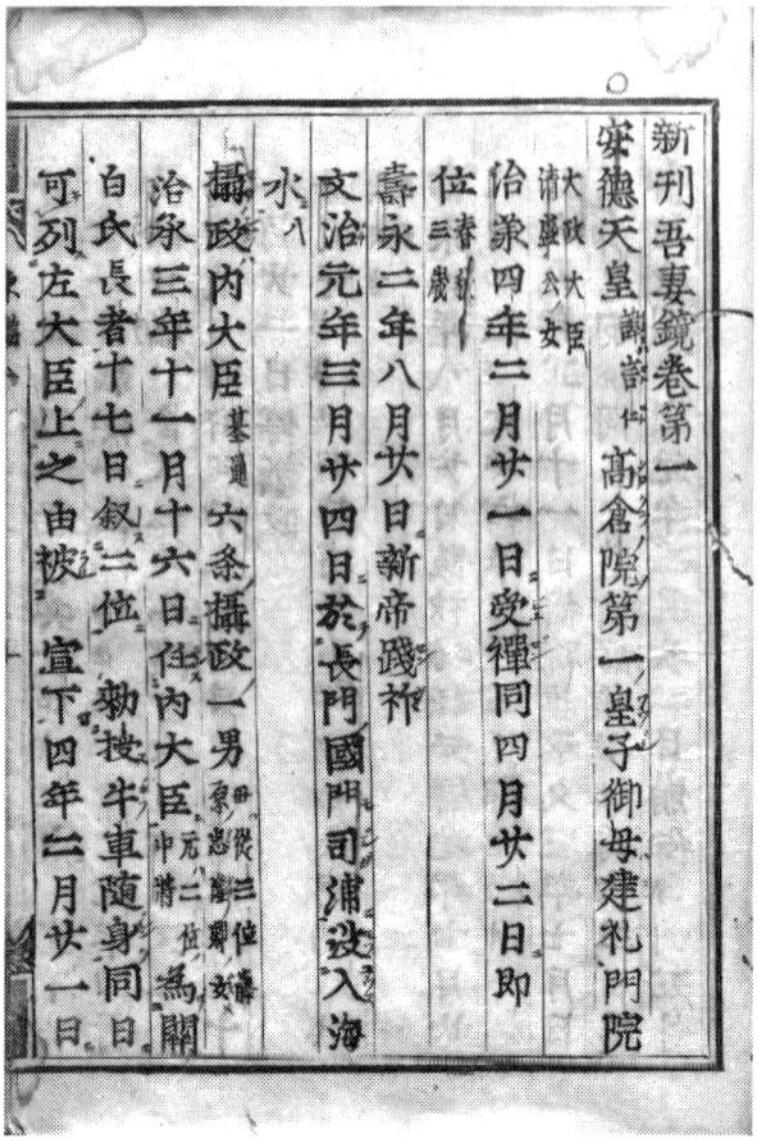

新刊吾妻鏡巻第一
安徳天皇 高倉院第一皇子御母建礼門院
治承四年二月廿一日受禅同四月廿二日即
位
寿永二年八月廿日新帝践祚
文治元年三月廿四日於長門国門司浦没入海
水
摂政内大臣 六条摂政一男
治承三年十一月十六日任内大臣
自氏長者十七日叙二位 勅授牛車随身同日
可列左大臣上之由被宣下四年二月廿一日

伏見版（国立公文書館内閣文庫蔵）

図2　『吾妻鏡』巻四第一丁ウ

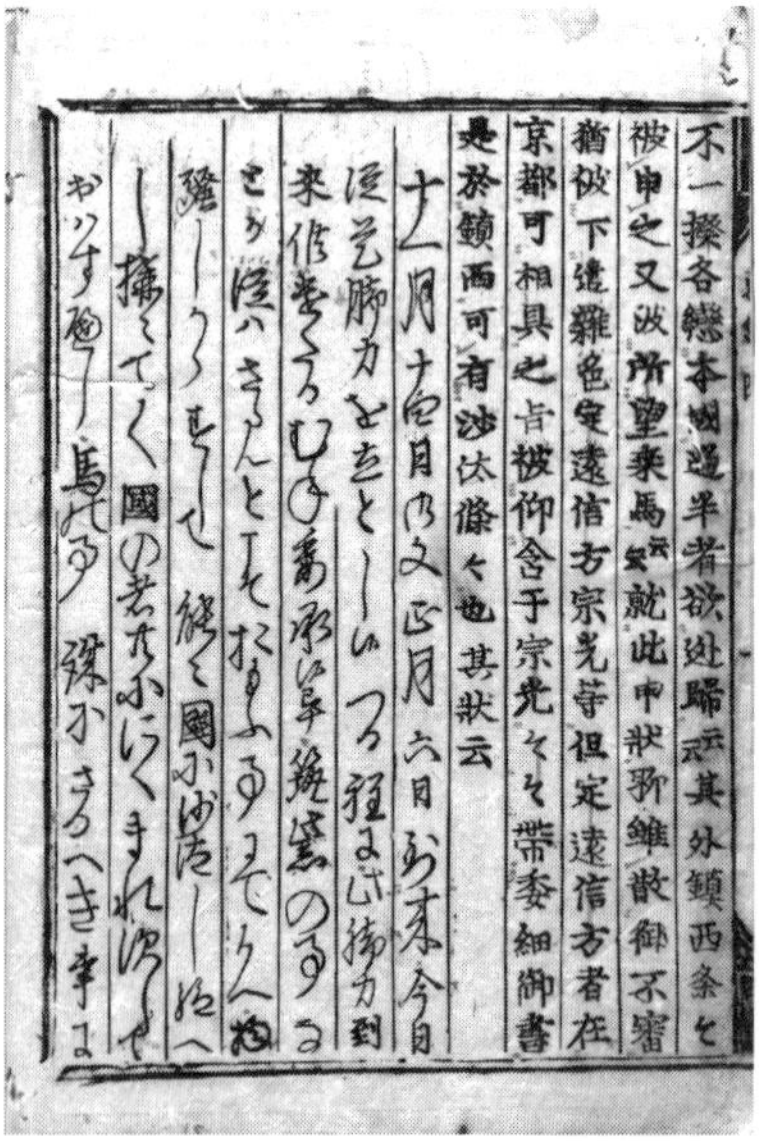

不一揆各総本国遂半者欲逃帰云其外鎮西条々
被申之又波所望乗馬云々就此中状雖散鬱不審
猶被下遣雑色安遠信方宗光等但定遠信方者在
京都可相具之旨被仰含于宗光々々帯委細御書
是於鎮西可有沙汰条々也其状云

伏見版（国立公文書館内閣文庫蔵）

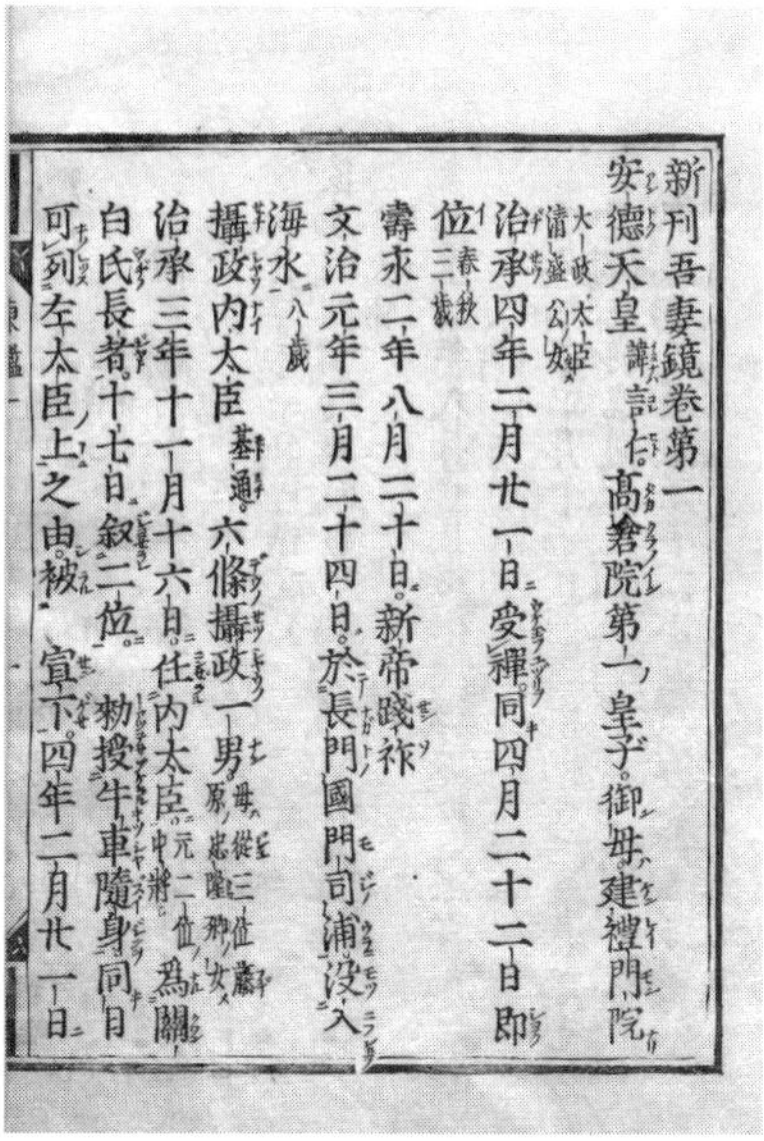

整版本（国立公文書館内閣文庫蔵）

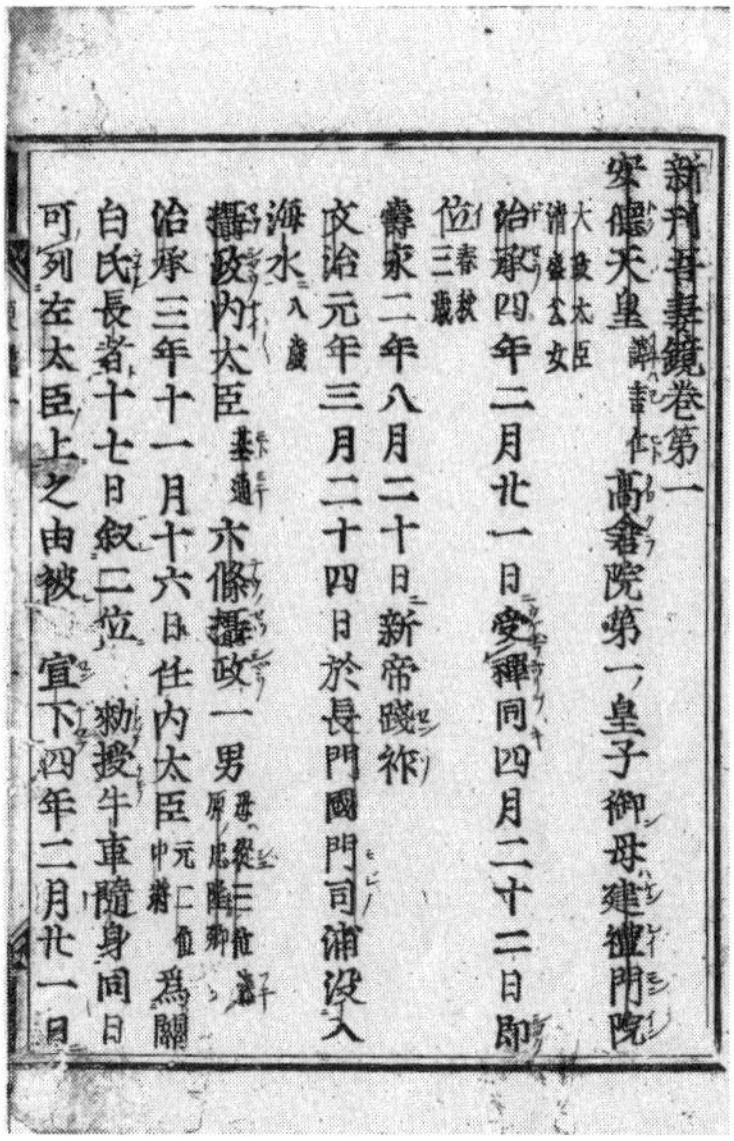

〔慶長元和間〕刊本（東洋文庫蔵）

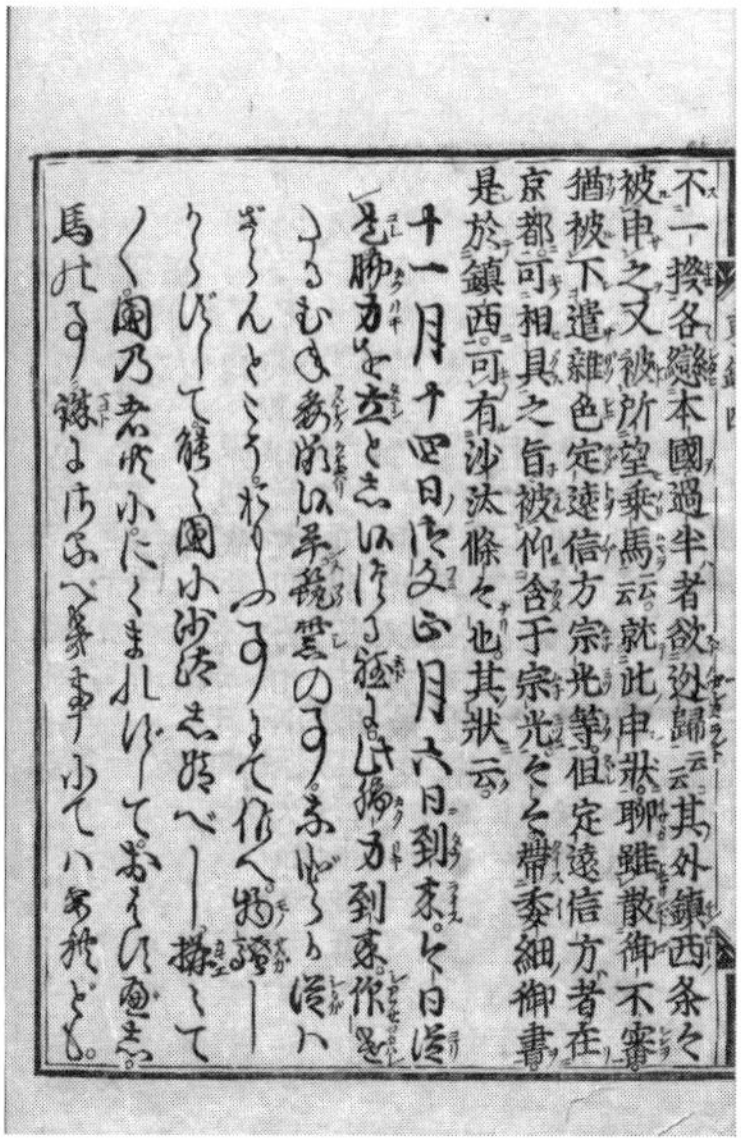

整版本（国立公文書館内閣文庫蔵）

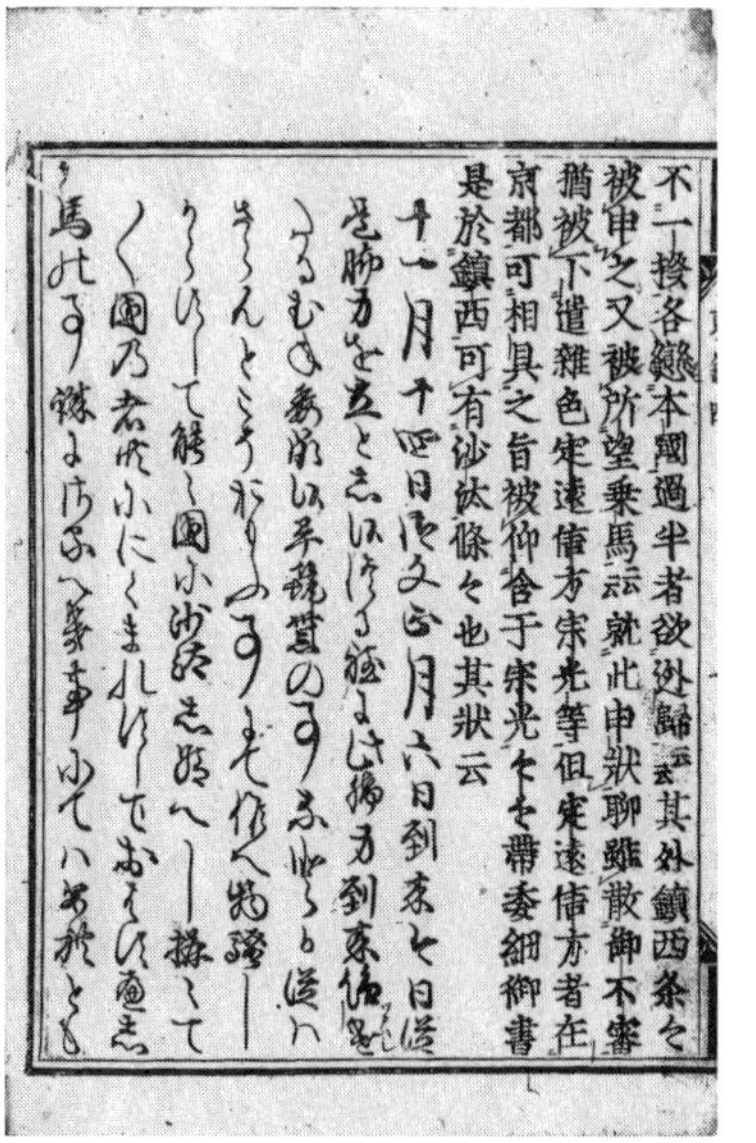

〔慶長元和間〕刊本（東洋文庫蔵）

たことがわかるであろう。

そもそも伏見版は有界本である。本文に訓点・振仮名・送仮名を書き入れるには、行間の罫線が邪魔になる。その点でも、無界本である〔慶長元和間〕刊本の方が底本に採択されるにふさわしい。ちなみに、書誌的な側面にふれれば、整版本の匡郭内法（巻一巻頭）は二三・三×一七・三糎で、〔慶長元和間〕刊本の二二・五×一七・四糎に近い。伏見版は二二・七×一七・〇糎だから、整版本に比べて印面が縦長である。なお、古活字版の三種目にあたる〔元和末〕刊本は他本と同様、十二行でありながら、一行の字詰めは二十二字であるので、整版本との関係はないものと認められる（川瀬氏が慶長末元和初刊本と「配字等も全く同一」としたのは誤認）。

三　〔慶長元和間〕刊『吾妻鏡』の制作環境

ここで〔慶長元和間〕刊本の平仮名活字・行書体活字について一言する。

これらの活字は筆画を強調するほか、御家流の書体に比べてわざとバランスを崩す字形を志向するなどの特徴をもつ。この斬新な書体は嵯峨本所用の活字を想起させるものだが、より厳密にいうならば、嵯峨本『伊勢物語』（慶長十三年〈一六〇八〉初刊）のごとき典型的な嵯峨本の誕生の前段階に現れるいくつかの古活字版と共通するものである。(7)具体的には慶長の前半に刊行されたと推測される舞の本がそれに該当し、新村出記念財団重山文庫・天理大学附属天理図書館所蔵『史記』（零本で僚巻の関係にある）表紙裏張に用いられた「八島」（**図3**）、これと異植字版の関係にある龍門文庫所蔵「八島」、大英図書館所蔵「満仲」が残存している。

〔慶長元和間〕刊『吾妻鏡』と重山文庫所蔵『史記』表紙裏張の舞の本「八島」の活字を比較してみると、**図4a**「二十四」の「二」の第一画、左斜め上から入筆する点、「十」の第一画を左斜め下から持ち上げるようにして筆を運

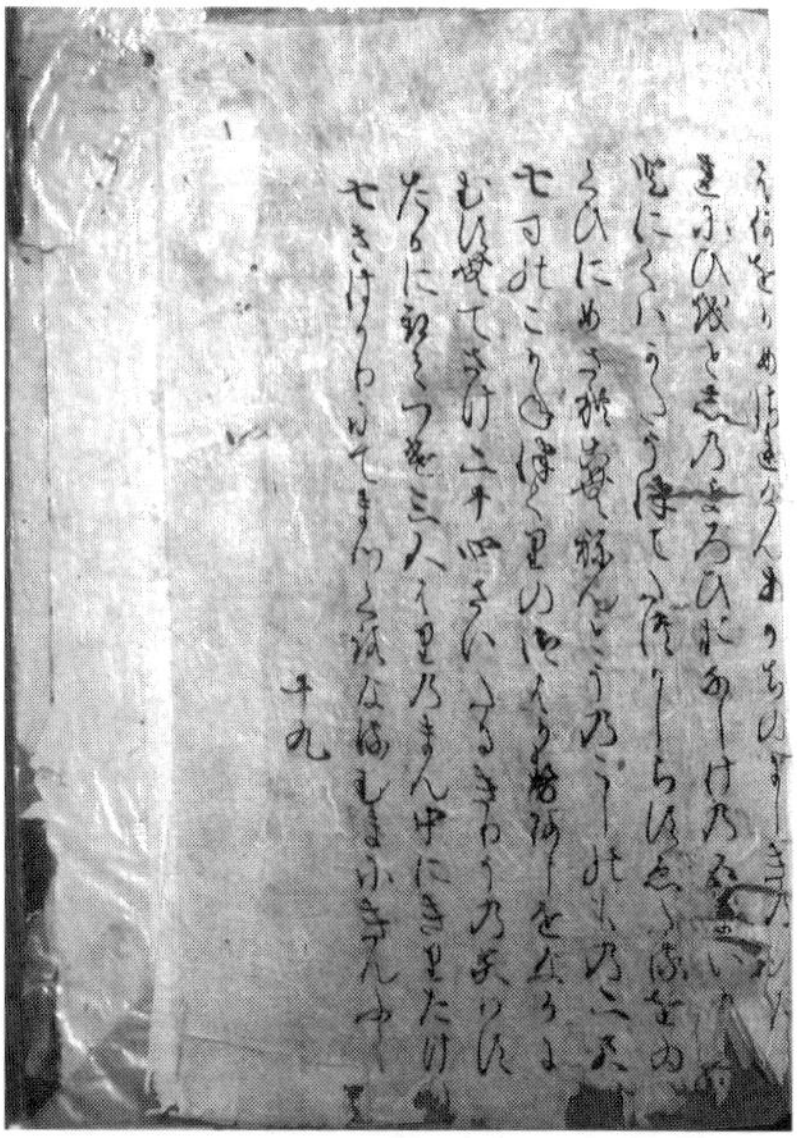

図3　新村出記念財団重山文庫蔵
『史記』表紙裏張の「八島」

び、右下へ向けて筆を押さえ、さらに第二画への連綿を僅かに見せる点、「四」の第二画の波打つようなデザイン的な筆の動きなど、その共通性が一目瞭然である（同一筆者の版下によるものではないかという思いを抱かせるほど、両者は酷似している）。それは**図4b**の「三人」でも同様であろう。第一画と第二画の入筆の角度が、**図4a**の「二」に通じる。平仮名の書体もよく似ており、**図4c**の「に」は、第一画でにんべんの名残を屈折で示す点が特徴的だ。**図4d**の「な」では、最終画を大きくとる書

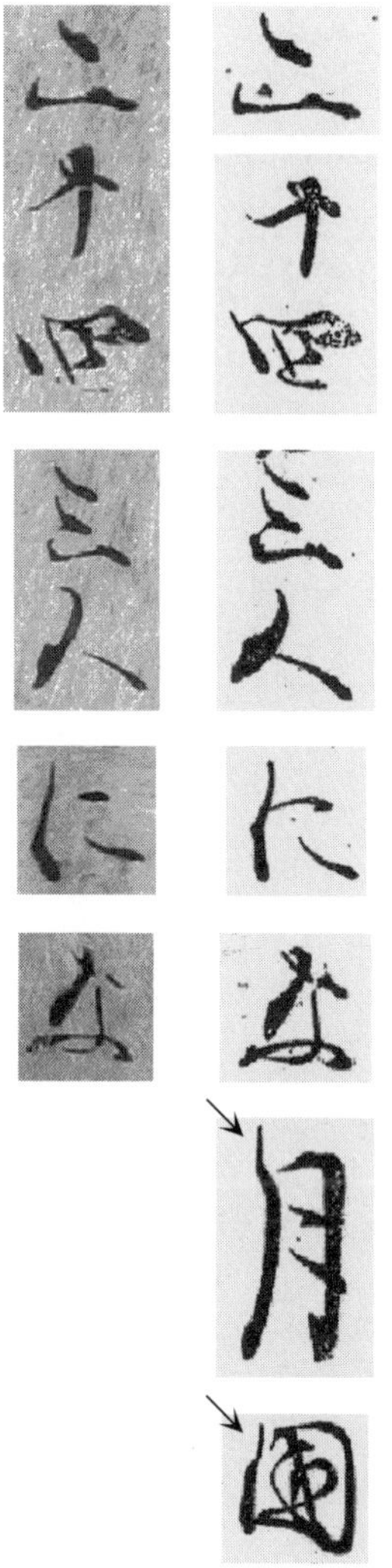

図4　右〔慶長元和間〕刊『吾妻鏡』巻四（東洋文庫蔵）
左『史記』表紙裏張「八島」（新村出記念財団重山文庫蔵）

a　一ウ6　一ウ6
b　五オ2
c　四ウ1
d　三ウ6
e　一ウ6　一ウ11

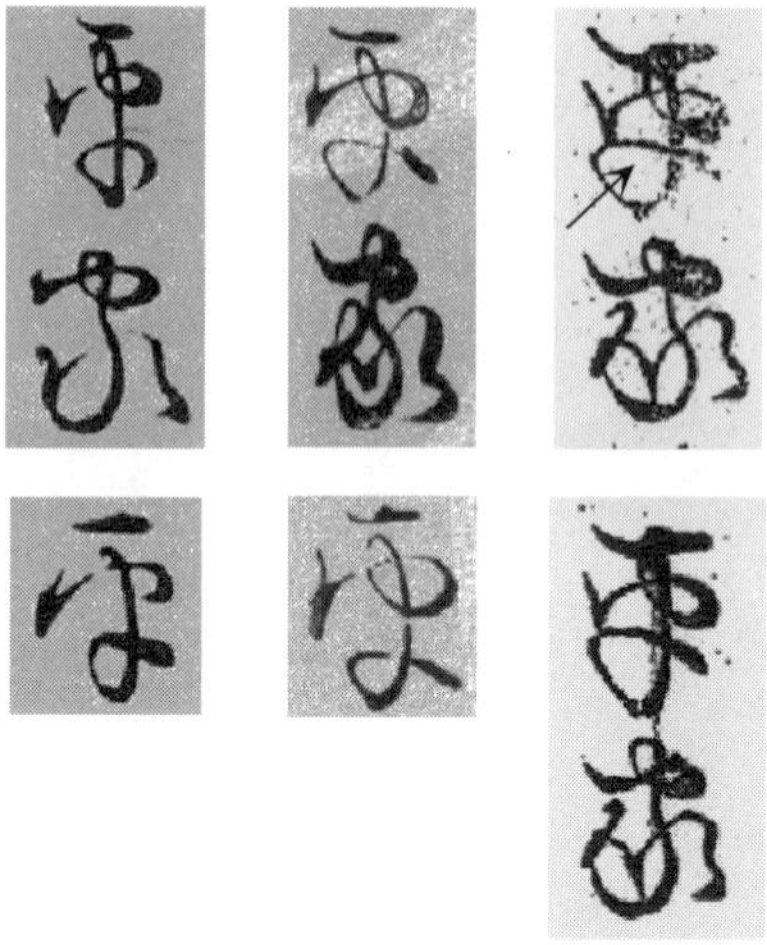

図5　右　〔慶長元和間〕刊『吾妻鏡』巻四（東洋文庫蔵）
中　光悦謡本特製本〈鞍馬天狗〉（法政大学鴻山文庫蔵）
左　光悦謡本上製本〈鞍馬天狗〉（同右）

七オ1　七ウ2

体がともに個性的といえるだろう。また、〔慶長元和間〕刊『吾妻鏡』と大英図書館所蔵「満仲」とを比較しても同様のことがいえる。(8)「満仲」の書影をここに掲げることはできないが、**図4**eの「月」「國」で、第一画を軽く入筆し、しかるのち、勢いよく線を降ろす書体が共通している（矢印参照。「満仲」では第九丁ウに「月」、第一丁ウに「國」が見える）。また、「月」の第三画・第四画をともに右下がりに打つところも特徴的といえようか。

　これら舞の本の特徴ある書体の周辺には、さらに雰囲気を同じくする活字印本がある。その代表が光悦謡本の特製本である。数多くの版種をもつ光悦謡本では、その活字書体は特製本のものと上製本のものとに大別される。そして、表章氏の研究により、上製本の誕生が特製本に対して先行すること、上製本の書体が後続の光悦謡本諸版に影響を与え、特製本の書体は孤立することが明らかにされている。(9)〔慶長元和間〕刊『吾妻鏡』の書体はこの特製本に類似する。試みに『吾妻鏡』、特製本、上製本を比較するため、**図5**に三者の活字を並べた。ここに示したとおり、「平」字の第四画から第五画への連綿で生じる空間（矢印参照）を大きくとるところが、『吾妻鏡』と特製本の共通点として指摘できる。上製本ではその空間が小さく、シャープな印象を与える。同丁の別活字を見ても同様のことがいえ、『吾妻鏡』と特製本の字形がやや重い印象を与えるのに対して、上製本の字形は洗練され洒脱な感じのものとなっている。

〔慶長元和間〕刊『吾妻鏡』の平仮名活字・行書体活字の書体が慶長年間刊古活字版舞の本や光悦謡本特製本のものと共通することは、何を意味するのであろうか。舞の本「八島」は嵯峨本『史記』の表紙裏張に用いられていたことからわかるように、角倉素庵の嵯峨の印刷工房と深い関係にある。また、光悦謡本特製本は光悦謡本中特殊な位置にあるとはいうものの、その装訂は嵯峨本を代表するものの一つであることに変わりはない。〔慶長元和間〕刊『吾妻鏡』の平仮名活字・行書体活字の版下筆者は、これら嵯峨にゆかりある本の書体をものにしていた。そのことは、〔慶長元和間〕刊『吾妻鏡』も嵯峨の地とかかわりをもちながら開版されたのではないか、という推測を導く。

もともと『吾妻鏡』の初の古活字版である伏見版も、嵯峨ゆかりの刊行物と位置づけることができる。徳川家康の命を受け、刊行の事に当たった五十川了庵は、角倉素庵のいとこに当たる女性を妻としていた。了庵という人物が、資力の面でも技術の面でも大部の古活字版を開版しえた背景には、嵯峨の印刷工房との関係があったのである。(10) また、『吾妻鏡』の大尾に整版で付された西笑承兌の跋文は、伏見版・〔慶長元和間〕刊本とも同版である。つまり、了庵のもとから、〔慶長元和間〕刊本の刊者のもとへ版木が譲られたものと見なされる。ここにも両版の緊密さをうかがうことができ、〔慶長元和間〕刊本が嵯峨との関係のなかで開版されたという推測が補強できるのだ。

四　整版本の特殊な丁をめぐって

話を整版本に戻す。

整版本が〔慶長元和間〕刊本を覆刻し、その字体をよく保存していることは、述べてきたとおりである。だが、そこには僅かではあるが、明らかに書風を異にする丁も存在している。巻九では一丁から八丁にかけてがそうした丁であり、**図６ａ**に図版を掲げた。古活字版の重厚な字体を引き継ぐ他丁に比べ、文字が小さく細く、右上がりな点が特徴だ。他に、巻十第四十一丁、巻十一第三十〜三十二丁が同様である。巻十第四十一丁は漢字平仮名交で書状が引用される丁だが、あの特色ある書風は影を潜めている。当該丁において、本文としては整版本と〔慶長元和間〕刊本に異同があるわけではない。なぜ、このような丁が混じっているのであろうか。これは原本ならずとも、影印本を繙いたことのある人なら、共通に抱く疑問のはずである。

整版本の本文を〔慶長元和間〕刊本と比較してみると、稀にではあるが本文を校訂した箇所のあることがわかる。巻一を例としてあげれば、第十丁オ十二行目〜ウ一行目、〔慶長元和間〕刊本が「為前武衛於大将軍、欲顕叛逆之志者、読終忠清之、斯事絶常篇」とするくだり、整版本は「之」を「云」に改めている。同様に、第二十二丁オ二行目〜三行目、〔慶長元和間〕刊本が「定綱等云、令誘引之処、称有存念、不伴来者、重国之、存子息之儀、已年久」とするくだり、整版本は「之」を「云」に改めている。この二箇所、伏見版もその底本となった北条本もともに「之」に作るから、〔慶長元和間〕刊本はそれを忠実に覆刻したわけだ。だが、整版本では意味が通るようにこれを「云」に改めたのである（吉川家本等も「云」）。

つぎに、第二十三丁オ十一行目〜十二行目、〔慶長元和間〕刊本が「仍最前被遣御書、其旨趣令厳密之上者、相催在庁等、可令参上」とするくだり、整版本は「令」を「令旨」とする。この部分、北条本は「其趣、令旨厳密之上者」とあったが、伏見版が〔慶長元和間〕刊本と同様に誤刻した。整版本は「令旨」の語を復活させ、文意の通るように改めたのである。第二十六丁ウ三行目〜四行目、〔慶長元和間〕刊本が「此名字衆人未覚称悟不可然由、再三雖令書改」とするくだり、整版本は「衆人未覚悟、称不可然由」と改めている。「称悟」も伏見版にはじまる誤りである。第四十四丁ウ十行目〜十一行目、〔慶長元和間〕刊本が「偏存関東一味之儀、頻緒平相国禅閤威之故、今及此攻云云」とするくだり、整版本は「緒」を「忽緒」としている。むろん、「緒」では意味をなさず、「忽緒」が正しい。ここで

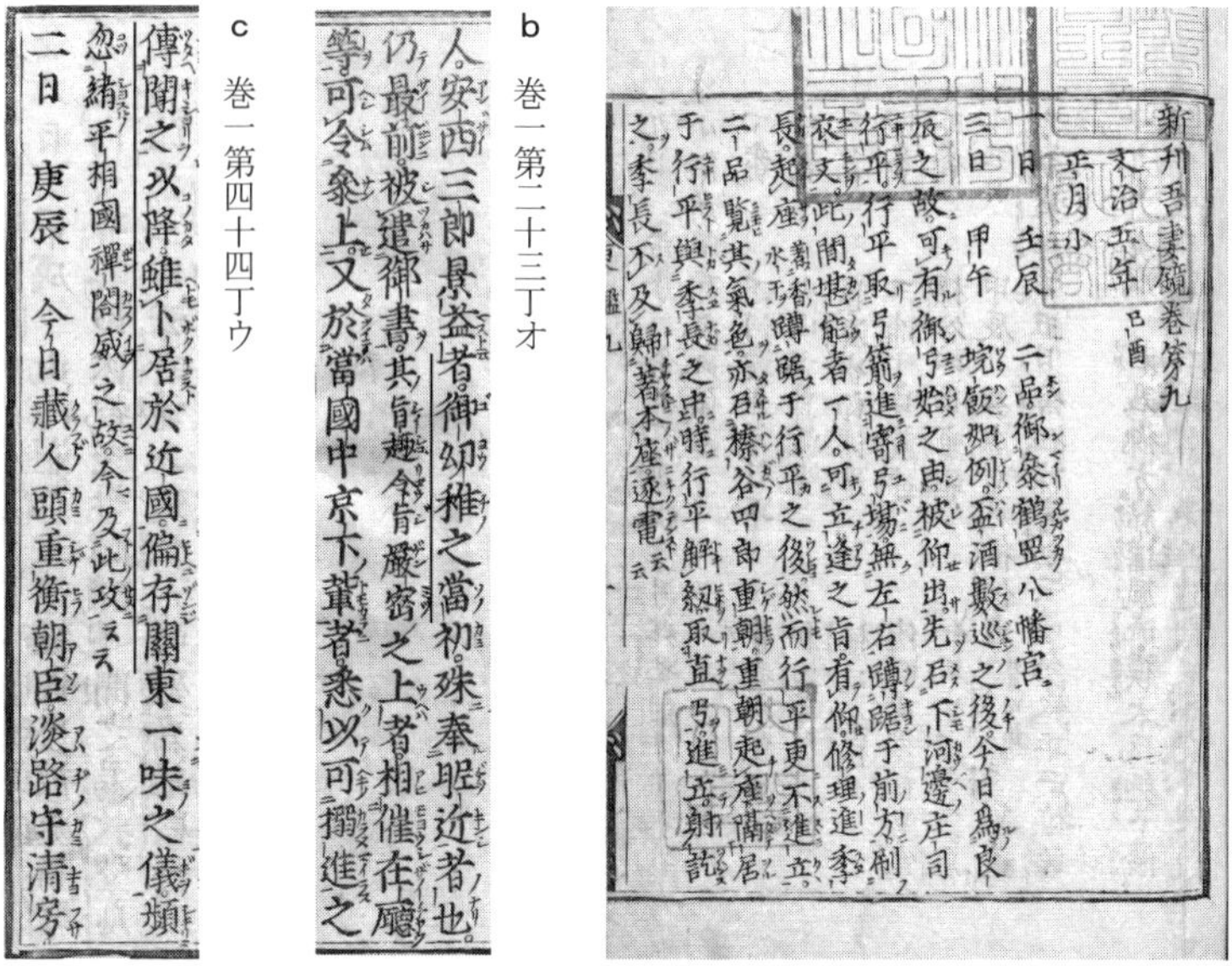
新刊吾妻鏡巻第九
文治五年　己酉
正月小
一日　壬辰　二品御參鶴岡八幡宮。
三日　甲午　垸飯如例。盃酒數巡之後、今日爲良辰之故、可有御弓始之由、被仰出。先召下河邊庄司行平、行平取弓箭進寄、弓場無左右蹲踞于前方、剛衣文、此間堪能者一人、可立逢之旨、有仰。修理進季長起座、求弓箭蹲踞于行平之後。然而、行平更不進立。二品覧其氣色、亦召榛谷四郎重朝。重朝起座蹲居于行平與季長之中。時行平解紐取直弓、進立射詰之。季長不及歸著本座、逐電云々

人。安西三郎景益者、御幼稚之當初、殊奉昵近者也。仍最前被遣御書。其旨趣令旨嚴密之上、者相催在廳等、可令參上。又於當國中、京下輩者、悉以可搦進之

傳聞之、以降、雖卜居於近國、偏存關東一味之儀、頻忽緒平相國禪閤威之故、今及此攻云々
二日　庚辰　今日藏人頭重衡朝臣淡路守清房

図6　整版本『吾妻鏡』（国立公文書館内閣文庫蔵）
a　巻九第一丁オ
b　巻一第二十三丁オ
c　巻一第四十四丁ウ

も〔慶長元和間〕刊本は、伏見版にはじまる誤刻を引き継いだのである。

　これら〔慶長元和間〕刊本の誤刻を改訂した部分は、底本の文字を版下に使用できないわけだから、補筆したものが版下となる。実は本節の冒頭に言及した整版本に見られる書風を異にする丁の筆跡は、これら〔慶長元和間〕刊本の改訂部分の筆跡と同じなのである。**図6b**に第二十三丁オの改訂部分の図版を載せた。〔慶長元和間〕刊本の「令」を「令旨」に改めるにあたり、版下の修正を最低限に収めるべく、「其旨趣令旨厳密」の七文字をやや小さめに彫っている。そして、この七文字の筆跡が書風を異にする丁の筆跡と同じであるということも了解されよう。同様に**図6c**として第四十四丁ウの図版も掲げた。整版本は〔慶長元和間〕刊本に対して「忽」一字を加えただけであるが、当該行には十分な余白があったため、行全体の版下を改めている。その筆跡はやはり書風を異にする丁のものと同じであることが確認できる。

　整版本『吾妻鏡』の本文校訂は羅山の跋や刊語からわかるように、菅聊卜によって行われたものと考えられる。校訂箇

所の筆跡も聊卜のものと判断してよいだろう。だとすると、それと同一の筆跡の巻九第一〜八丁、巻十第四十一丁、巻十一第三十〜三十二丁の版下は、いずれも聊卜が書いたということになる。なぜ、このような部分が存在するのか。これらの丁の本文には〔慶長元和間〕刊本との異同はない。だから、同本の印面を使うのが最も合理的だったはずである。それができなかったということは、聊卜が底本としていた本に、これらの丁が欠けていたと考えるのが自然であろう。他本を参看し、聊卜自ら欠丁部分の版下を書き下ろした結果、書風を異にする丁が混じったものと思われる。

五　寛文元年野田庄右衛門求板後印本（双辺単辺混合）の存在

最後に、阿部隆一氏が整版本の（五）としてあげた寛文元年野田庄右衛門求板後印本（双辺単辺混合）の存在について検討したい。

それに先だち、筆者の調査にもとづく整版本の分類を示すこととする。整版本『吾妻鏡』は全国各地の図書館・文庫に所蔵されており、そのすべてを確認することは今のところできていない。よって、以下は現時点での中間報告となる。

（一）寛永三年刊本（菅聊卜刊）

内閣（一四八／三二。献上本）（一四八／三五。林家献納本）（一四八／三三）（一四八／三四）、斯道、早大（リ五／四〇二）、成簣堂（二点あり）、米沢（ア一五）、中京大、府立総合（ト二一四・二／A九九。二点あり）、龍門

（二）寛永三年刊後印本（刊記の「菅聊卜刊正」の前行に「蒲田屋」と刻す）

国文研

（三）杉田良菴玄与求版本

a旧式の冊編成
内閣（一四八／三二）（一四八／三七）、国会（二一〇・四二／A九九八／H）、早大（リ五／六一〇六）、米沢（ア一六）（林泉文庫／一七）、京大谷村、府立総合（ワ二三三／一〇）、堺市
b新式の冊編成
内閣（一四八／三六）、明大（欠巻六―十五）、北大（農学校／九五一／AZU）、豊橋（二一〇・四／八、刊記欠）、大和文華、臼杵
（四）野田庄右衛門寛文元年求版本（双辺本）
内閣（一四八／三八）、国会（W二一七／N九）、早大（リ五／四八五四）、北大（九五一・〇二一／AZU）、諏訪、高遠、岐阜大、京大吉田南
（五）寛文元年野田庄右衛門求版後修本（単辺本）
内閣（一四八／三九）（一四八／四二、有欠）（一四八／四三）、国会（一三三／四一）、国文研鵜飼、慶大、法大、福島県図、埼玉県文書、鶴舞、刈谷村上、金沢稼堂、府立京都学・歴彩館（ワ二一四・二／A九九）、陽明、岩国徴古（三点あり）、多和、鹿児島大玉里

阿部氏の分類との違いを示せば、阿部氏のいう（一）初印丹表紙献上本と（二）早印丹表紙本は区別せず、一括してまとめた。ただし、菅聊卜の刊行本のなかには、「寛永三年三月日／菅聊卜刊正」とある刊語のうち、年紀と刊者名の間に「蒲田屋」と附刻する本がある。これは菅氏の出身地、播磨国飾磨郡蒲田にちなむものである。今のところ、国文学研究資料館蔵本一本を確認している。他の菅聊卜刊行本より、僅かながら後印と思われる。つぎに、（三）杉田良菴玄与求版本には冊の編成を異にする二種類の本がある。ともに二十五冊としながら、一つは第四冊に巻六、第

六冊に巻九、第七冊に巻十の一巻を充てるものである。当該の三巻の分量が多いための措置で、その分、十二・十三・十五・二十・二十二の各冊は三巻分を収めている。もう一つは、第二十二冊に巻四十二から巻四十四、第二十五冊に巻五十から巻五十二の三巻を充て、あとは各冊二巻ずつ収める本である（以上、表1参照）。前者は先行する菅聊卜刊行本の冊編成と一致し、後者は後続の野田庄右衛門求版本の冊編成と一致する。よって、杉田良菴玄与求版本には前期と後期の本があったものと思われるため、a旧式の冊編成、b新式の冊編成の区分を設けた。

さて、問題の寛文元年野田庄右衛門求板後印本（双辺単辺混合）について、阿部氏は以下のように述べる。

或る巻は双辺、或る巻は単辺（双辺の内わく削除）であるが、同一巻内に単辺と双辺の葉が混合していることはない。内閣文庫蔵本（148 40）がそれで、次掲本の如く全て単辺になる過程の刷りであるか、それとも寄せ本であるか、断定し難い。斯道文庫には同様に単辺と双辺の巻が混るが、刊記が杉田良菴のそれである本がある。承兌の跋はないが、首目巻一が単辺の本なので、歓失か否かは明かでない。内閣文庫本と同様、表紙から見ると寄せ本らしくないが、単辺・双辺両者の料紙がやゝ違っているから、後の合せらしい。此については、同様の本がさらに出て来なければ、判定し難いから後攷を俟ちたい。

阿部氏は双辺単辺混合本として内閣文庫蔵本をあげ、これが双辺本から単辺本に移行する過程での誕生か、単なる取合本か、判断しがたいとしている。また、双辺単辺混合の本で杉田良菴玄与の刊記をもつものとして斯道文庫蔵本があるとする。こちらについては取合本らしいとするものの、最終的な結論はさらに同様の本の出現を待ってからとして、結論を保留する。

表1　諸本の巻次編成、双辺単辺混合の状況（巻45は原欠）

冊	旧式	新式	a内閣	b斯道	c国会	d国会	e豊橋	f中京大	g光丘
一	目・1	目・1	目・1 単	目・1 単	目～2 単	目・1 単	目・1 双	目・1 単	目・1 単
二	2・3	2・3	2・3 単	2・3 双	3 双	2・3 双	2・3 双	2・3 古活	2・3 双
三	4・5	4・5	4・5 単	4・5 双	4・5 単	4・5 双	4・5 双	4・5 単	4・5 単
四	6	6・7	6 双	6・7 単	6・7 単	6・7 単	6・7 単	6・7 単	6・7 双
五	7・8	8・9	7・8 単	8・9 単	8 双（早印）	8・9 単	8・9 単	8・9 単	8・9 双
六	9	10・11	9 単	10・11 双	9 双（早印）	10・11 単	10・11 単	10・11 単	10・11 単
七	10	12・13	10 単	12・13 双	10・11 単	12・13 双、14・15 単	12・13 単	12・13 単	12～14 単
八	11・12	14・15	11・12 単	14・15 双	12・13 単	16 双、17 単	14・15 単	14・15 双	15～17 単
九	13・14	16・17	13・14 単	16・17 双	14・15 双	18・19 単	16・17 双	16・17 単	18～20 単
十	15・16	18・19	15・16 単	18・19 双	16・17 単	20・21 単	18・19 双	18・19 単	21～23 単
十一	17・18	20・21	17・18 単	20・21 双	18・19 単	22～24 単	20・21 双	20・21 単	24～26 単
十二	19～21	22・23	19～21 単	22・23 双	20・21 単	25 古活、26・27 双	22・23 双	22・23 単	27～30 単
十三	22～24	24・25	22～24 単	24・25 単	22・23 双（早印）	28・29 古活、30・31 写	24・25 双	24・25 単	31～33 単
十四	25・26	26・27	25・26 単	26・27 単	24・25 双	32～35 双	26・27 双	26・27 単	34～36 単
十五	27～29	28・29	27～29 双	28・29 単	26～29 単	36・37 古活、38・39 単	28・29 双	28・29 単	37～39 単
十六	30・31	30・31	30・31 双	30・31 単	30・31 単	40・41 双	30・31 双	30・31 単	40・41 単
十七	32・33	32・33	32・33 単	32・33 単	32・33 単	42～44 双	32・33 双	32・33 単	42～44 単
十八	34・35	34・35	34・35 単	34・35 双	34・35 単	46・47 双	34・35 双	34・35 単	46・47 単
十九	36・37	36・37	36・37 双	36・37 双	36・37 単	48・49 双	36・37 双	36・37 単	48・49 単
二十	38～40	38・39	38・39 双	38・39 双	38・39 単	50～52 双	38・39 双	38・39 単	50～52 単
二十一	41・42	40・41	40 単	40・41 双	40・41 単	（双辺部は野田版）	40・41 双	40・41 単	
二十二	43～46	42～44	41・42 単	42～44 双	42～44 単		42～44 双	42～44 単	
二十三	47・48	46・47	43～46 単	46・47 双	46・47 単		46・47 双	46・47 単	
二十四	49・50	48・49	47・48 単	48・49 双	48・19 単		48・49 双	48・49 単	
二十五	51・52	50～52	49・50 単	50 単、51・52 双	50～52 単		50 双	50～52 単	
二十六			51・52 単	（双辺部は杉田版）			51・52 双		
							（双辺部は野田版）		

実は、このような双辺単辺混合の本は、少なからぬ点数が各地に所在している。これまで筆者が実見したものはつぎの九点である。

a内閣文庫蔵本（一四八／四〇）
b慶應義塾大学附属研究所斯道文庫蔵本（ヒ二一〇／二四／二五）
c国立国会図書館蔵本（W二一七／N一〇）
d国立国会図書館蔵本（八三九／六）
e豊橋市中央図書館羽田八幡宮文庫蔵本（二一〇・四／七）
f中京大学豊田図書館蔵本（二一〇・四二／A九九）
g酒田市立光丘文庫蔵本（二五九三）
h北海学園大学北駕文庫蔵本（国史／二一一〜二一六）
i鶴見大学図書館蔵本（二一〇・四二A）

このうちh北海学園大学北駕文庫蔵本とi鶴見大学図書館蔵本は、双辺・単辺の冊が装訂を異にしているため、取合本であることが容易に判断できる。他は同一の装訂であるため、検討が必要である。なお、**表1**として、a内閣文庫蔵本からg酒田市立光丘文庫蔵本までの、諸本の取り合わせの状況をまとめた。

まず、阿部氏もとりあげたa内閣文庫蔵本は、鼠色空押卍繋文様表紙の二十六冊本である。表紙は改装であり、原装時から双辺単辺混合であったとは断定できない。**表1**に示したとおり、各冊の巻次編成は旧式のものをとりながらも、第二十一冊に巻四十の一巻を充て、全体を二十六冊に仕立てるという、他に類例を見ないものとなっている。注意されるのは、第四冊（巻六）のみ補修が加えられていて、この冊だけに「蘭／□」の陰刻方形朱印があることだ。

明らかに後の補配と考えてよい。このことを踏まえれば、本書は単辺の冊を主体に、第四冊を除く双辺の冊、第四冊の三種を取り合わせたものといえるだろう。印面に注目すれば、第四冊を除く双辺の冊は刷りがよく、単辺の冊は摩滅が顕著である。双辺から単辺への移行の過程で生まれた本であるならば、印出の時期は近接していたはずで、このような落差は生まれないものと思われる。なお、表紙が原装でないもの、冊編成が旧式・新式のどちらにもあてはまらないものは、取合本である確率が高いことを付言しておく。

つぎにb慶應義塾大学附属研究所斯道文庫蔵本である。本書は後補淡縹色型押花菱文様表紙に原題簽をとどめる。杉田良菴玄与の刊記をとどめることから、双辺の諸巻は杉田良菴玄与求版本であることがわかる。そもそも杉田求版本は、野田庄右衛門の求版本に先行する本である。野田の双辺本ではなく、杉田の本が野田の単辺本と原装時より一具で製本されることはありえまい。したがって、取合本と判断される。なお、第二十五冊は一冊のうちで単辺と双辺が混合している。これも改装時の取り合わせによる処置だろう。

他本も検討してみよう。c国立国会図書館蔵本（W二一七／N一〇）は後補の香色表紙をもつ。第二・五・六・九・十三・十四冊が双辺本だが、このうち第五・六・十三冊は他の三冊に比べて早印で、しかも紙質がよい。単辺本に二種類の双辺本を混合して成った取合本と判断される。d国立国会図書館蔵本（八三九／六）は後補青表紙に刷題簽を存する（ただし、巻数の表記は墨書）。**表1**のとおり、本書は双辺本・単辺本だけでなく、〔元和末〕刊古活字本と補写の巻も交える。様々な本を取り合わせ、さらに不足する巻を書写によって補った本と判断される。二十冊に仕立てるのも、取り合わせの一端を示していよう。e豊橋市中央図書館羽田八幡宮文庫蔵本は後補縹色表紙に刷題簽を存する（ただし、巻数の表記は墨書）。本書で目を引くのは、単辺本の第四冊（巻六・七）のうち、巻六第三十丁のみを双辺本で補っている点だ（本丁のみ紙高を異にし、虫損の箇所も前後の丁と合わない）。取り合わせ時に、欠丁を別本で補ったものだろう。なお、第二十五冊に巻五十の一巻を充て、全体を二十六冊にするのも異例。f中京大学豊田図書館蔵本は後補淡縹色空押七宝繋文様表紙に原題簽をとどめる。本書は単辺本を主体とするが、第二冊に〔慶長元和間〕古活字本、第八冊に双辺本を交える。不足する冊を二種の別本で補った取合本である。第二冊のみ双辺刷枠題簽に書名・巻次を墨書するのは、もともとこの冊が題簽をもたなかったためであろう（古活字版にはもともと題簽を有さない本が多い）。

g酒田市立光丘文庫蔵本は原装と思しき縹色表紙に、原題簽を残す（ただし、巻数には補筆を交える）。現状では二十冊だが、多くの冊の後見返に「廿五冊ノ内／松屋源右衛門」との識語があり（ただし墨滅）、二十五冊本から改装されたことがわかる。その際、原表紙・原題簽を流用し、題簽のうち、巻数の合わない冊については補筆を行ったのであろう。取り合わせも改装時に行われたものか。

右のように、双辺単辺混合の本は内閣文庫蔵本、斯道文庫蔵本のほか複数存在するが、いずれも取合本と認定される。したがって、これが野田庄右衛門のもとで双辺本から単辺本に移行する過程で生まれたと考えることはできない。なお、付け加えれば、『吾妻鏡』において、これだけ多くの取合本が存在することは興味深い現象ではなかろうか。取り合わせを行い、表紙を改めて同一のものとし、さらには原題簽をとどめるものや刷題簽を付すものもある。欠巻のある本に対して不足分を補い、それを一揃いのものとして販売するという営為のあったことが確認できるのである。誰が、どこで、どのようにしてそれを行っていたのか、気になるところだ。

六　むすび

以上、『吾妻鏡』刊本をめぐり、いくつかの小発見を報告した。まず、整版本の底本は通説の伏見版ではなく、〔慶長元和間〕古活字本であると特定される。〔慶長元和間〕刊本は平仮名・行書体活字に、慶長年間刊古活字版舞の本や光悦謡本特製本と同様の書体をもつことから、嵯峨の印刷工房とのかかわりが想定できる。整版本はこの〔慶長元和間〕刊本に訓点・振仮名・送仮名を付して精確に覆刻したものである。だが、欠丁も存在したらしく、その丁については刊行者の菅聊卜自身が本文を書写し、版下を作成した。現在、整版本で目にする書風を異にする丁は、聊卜の補った部分である。最後に、阿部隆一氏がその存在を指摘した寛文元年野田庄右衛門求板後印本（双辺単辺混合）は、すべて取合本であることを確認した。これを双辺本から単辺本への移行期に現れた本と見なすことはできないのである。

版本『吾妻鏡』をめぐっては川瀬一馬氏・阿部隆一氏により網羅的な研究が行われたが、右の諸点を付け加えることで、実像はより明らかになるのではなかろうか。

注

（1）川瀬一馬氏『増補古活字版之研究』上巻二二〇～二二六頁（A・B・A・J、一九六七年。初版、安田文庫、一九三七年）。

（2）阿部隆一氏『振り假名つき吾妻鏡　寛永版影印』所収「解題―吾妻鏡刊本考―」（汲古書院、一九七六年）。

（3）柳沢昌紀氏「寛永期の江戸の本屋・杉田勘兵衛尉」（『書籍文化史』第三号、二〇〇二年）、「近世前期の書肆・杉田勘兵衛尉をめぐる諸問題」（『中京大学図書館学紀要』第二十四号、二〇〇三年）。

（4）例えば、佐藤和彦氏・谷口榮氏編『吾妻鏡事典』二九七頁（東京堂出版、二〇〇七年）。

（5）中京大学図書館編『中京大学図書館蔵国書善本解題』（新典社、一九九五年）。

（6）〔慶長元和間〕刊本は東洋文庫、東京大学史料編纂所、京都大学附属図書館、東大寺図書館に所蔵される。また、近時、高木浩明氏は金光図書館・宮内庁書陵部にも所蔵されていることを紹介している（「古活字版悉皆調査目録稿（六）（八）」

『書籍文化史』第十六・十八集、二〇一五・一七年)。

（7）本書第二部第四章「嵯峨本『史記』の書誌的考察」参照。

（8）大英図書館蔵日本古版本集成四八〇「MANJŪ　満仲」(マイクロフィッシュ、本の友社、一九九六年)による。

（9）江島伊兵衛氏・表章氏『図説光悦謡本　解説』第二章一「特製本（イ）と特製異植本（ロ）」、二「上製本（ハ）と追加本（ト）」(有秀堂、一九七〇年)。

（10）本書第一部第一章「五十川了庵の『太平記』刊行―慶長七年刊古活字本を中心に―」参照。

第三部　古活字版『太平記』『太平記鈔』『太平記音義』書誌解題稿

第一章　古活字版『太平記』書誌解題稿

ここでは現存する古活字版『太平記』の分類、ならびに書誌の報告を行う。

『太平記』の古活字版は慶長七年（一六〇二）、五十川了庵によって開離されたものを最初とし、慶安三年（一六五〇）の荒木利兵衛版までつづいた。これは近世初頭、古活字版が世に行われた時期全体に等しく、この間、十五種に及ぶ『太平記』が刊行された。『太平記』こそ古活字を以て実に熱心に印出された作品といえ、その全体像の究明は、古活字本文化そのものを明らかにすることにも通じると思われる。そして、そのためには原本を披閲し、諸本の形態的特色を把握することが、不可欠の作業となるだろう。

さて、古活字版『太平記』を網羅的に、そして精密に分類整理したものに、川瀬一馬氏『増補古活字版之研究』（A・B・A・J、一九六七年。初版、安田文庫、一九三七年）があることは、最早いうまでもない。本書は『太平記』のみならず、古活字版研究全体にとっての金字塔ともいうべき書であるが、筆者はまず、川瀬氏の分類に導かれ、『国書総目録』『古典籍総合目録』をはじめ、各図書館・文庫の目録類から、古活字版『太平記』の現存本を拾いつつ、原本の閲覧を開始した。しかし、その過程で、特に版種の審定をめぐり、目録類の記述に疑問を感じることがしばしばあった。そうした経験から、古活字版『太平記』の統一的な目録の必要性を強く感じたのである。
現在確認されるところの古活字版『太平記』は、全部で十五種である。これを私に分類すると以下のとおりとなる。

片仮名本

一、慶長七年刊本
二、慶長八年刊本
三、慶長十年刊本
四、慶長十二年刊本
五、慶長十五年刊本
六、元和二年刊本
七、無刊記双辺甲種本
八、無刊記双辺乙種本
九、無刊記双辺丙種本
一〇、無刊記双辺丁種本
一一、無刊記単辺本（慶長十二年以前刊本）
一二、乱版

平仮名本

一三、慶長十四年刊本

一四、寛永元年刊本
一五、慶安三年刊本

これはいうまでもなく川瀬氏の分類を基盤とするものではあるが、微細な違いもあることは本書第一部第五章「古活字版『太平記』の諸版について」において述べた。また、無刊記版は推定される刊年を冠しては呼称せず、版式（匡郭の形状）によって分類・呼称した。その結果、聊か無味乾燥にして煩雑の感が拭えないことを反省しているが、これは推定刊年による先入観を極力避けるための処置である。

以下の解題では、版種ごとに本文・版式上の特色を最初に述べ、つづいて各伝本の書誌を記した。しかし、紙幅に限度もあり、遺憾ながら当然記すべき事柄であっても省略したものもある。また、川瀬氏『増補古活字版之研究』や各種目録（含古書販売目録）に著録されながら、現在存否不明の伝本も少なくない。これらについても原則として記述を割愛した。なお、本章の初出は『法政大学文学部紀要』第四七号（二〇〇二年）においてであるが、本書の初版およびこの増補版を出す過程で多くの方のご教示により、いくつかの未収録の伝本に出会うことができた。今回はその分を増補している。今後も伝本の所在等に関する情報を収集し、より完全な目録を成すことを期したい。

片仮名本

一　慶長七年刊本

五十川了庵所刊本。本版は無刊記で、刊行者・刊行時を明示しないが、慶長七年五十川了庵所刊本であることは、既に川瀬一馬氏によって証されている。『鹿苑日録』慶長七年十一月四日条に見える印本『太平記』は本版のことと思われ、同年十一月以前の刊と考えられる。本文は梵舜本を基底とし、西源院本系・神宮徴古館本系・南都本系の異文を随所に増補して成り立ったものである。各巻巻頭に目録一丁を附し、内題「太平記巻第一（―四十）」。単辺（二二・七×一六・五糎）無界十二行二十一字内外。「序」の配された巻一第一丁表のみ九行十七字にて大型活字を使用（文禄五年刊『本草序例』、慶長四年刊『元亨釈書』、慶長九年刊『徒然草寿命院抄』と同種の活字）。版心、粗黒口双花口魚尾、中縫に「太平記巻一（―十）丁附」「太平記十一（―四十）丁附」。尾題「太平記巻第一（―四十）終」。巻十八のみ上下に分かち、上の尾題を「太平記巻第十八上之終」、下の内題を「太平記巻第十八下」とする。

石川武美記念図書館成簣堂文庫蔵　二十冊

後補水色表紙（二六・四×一九・〇糎）、双辺刷枠題簽に「太平記　壹之弍（―卅九之四拾）」と書し、「竹田文庫」の朱印捺さる。各冊前後に遊紙一丁を附す。ただし、第九冊後遊紙なく、第十三冊前遊紙二丁を附す。第一冊遊紙に「明治三十七年臘月念六夕　蘇峰愛玩」との墨書あり。印記「紫川館／竹田氏／圖書記」「獨逸學協／會學校／圖書之印」のほか、「徳富／猪弌郎／之章」「須愛護／蘇峰／囑」等の徳富蘇峰の蔵書印計十五種あり。

天理大学附属天理図書館蔵　二冊　存巻二十五・三十一（〇二一／イ二一／二二・二三）

後補縹色表紙（二七・四×一九・五糎）、ただし、殆ど表皮を欠く。「太平記　巻廿五（巻三十一）」と打付書。巻二十五最終丁裏に「吉方村／源六」と墨書。印記「殘花書屋」「賓／南」（陰陽二種。戸川濱男）。

長谷川端氏蔵　一冊　存巻二
後補砥粉色覆表紙（二七・七×二〇・五糎）、前表紙欠損し、後のみ後補香色表紙を残す。

二　慶長八年刊本

これも五十川了庵の所刊本。刊記の「冨春堂」は了庵の号とされる。本文は慶長七年刊本を基底に、西源院本系・南都本系等の異文を増補する。慶長七年刊本で行った異文の集成作業をさらに進めた態で、了庵の本文整定に向けた熱意のほどが窺える。各巻巻頭に目録一丁を附し、内題「太平記巻第一（―四十）」。単辺（二一・九×一六・六糎）無界十二行二十一字内外。版心、粗黒口双花口魚尾、中縫に「太平記巻一（―四十）丁附」。巻十六第三十七丁の次丁の丁附のみ「卅七次補入」と墨書（早稲田大学図書館蔵本・鎌田共済会郷土博物館蔵本）。これは当該巻摺刷後、「小山田太郎高家刈青麦事」の一段を新たに刷り、補入したことによる処置。尾題「太平記巻第一（―四十終）」。刊記「慶長癸卯季春既望　冨春堂　新刊」。

早稲田大学図書館蔵　二十冊（リ五／一二五六三）
後補黒色空押卍繋牡丹唐草文様表紙（二五・八×一九・〇糎）、貼題簽に「太平記一二（―卅九四十終）」と書す。墨筆の訓点施され、稀に朱訓あり。第一冊後見返に「ノタモ／弘化二年巳六月朔　永之」、第三冊見返に「加茂町／須川屋」と墨書。印記「越後／亀田屋／五泉」（黒印）「月明／荘」「アカキ」「赤木文庫」「横山家蔵」。横山重旧蔵にて二帙に収められ、第一帙には〔昭和十九年〕六月十八日消印横山重宛十字屋書房酒井嘉七の葉書一葉挿まる。第二帙の帙底には横山重筆の覚書貼附さる。

東洋文庫蔵　四十冊（三／A／d／二六）
原装薄茶色空押雷文繋蓮華唐草文様表紙（二七・三×一九・八糎）、「太平記一（～四十）」と打付書。各冊前後に遊紙一丁。巻十六第三十七丁の次丁、版心中縫の丁附の部分に「卅七次補入」の墨書なく、空白とする。巻五第二丁裏に押紙あり。当該箇所の典拠たる『文選』巻二十、曹植「上責躬応詔詩表」の一節を記す。巻五・六・十三・十四・二十一・二十二に朱引・朱句点、墨筆の訓点・振仮名施され、巻二十五には朱筆の校字あり。印記「雲邨文庫」（和田維四郎）。表紙裏打補修され、全丁に入紙を施す。

鎌田共済会郷土博物館蔵　二十冊（史籍・史料（日本）五三）
後補茶色表紙（二六・八×一九・七糎）、「太平記　一、二（三、四・五之六・七之八・一七之八―廿一之二・卅一之二・卅七之八・卅九之四十）」と打付書、また双辺刷枠題簽に「太平記　九之十　九、十（―十五之六　十五、十六）」「太平記廿三之四（―廿九之卅・卅三之四・卅五之六）」と書す。墨筆にて稀に振仮名施す。巻十一・十七・二十に朱傍点あり。印記「虚受庫」「荻田元／廣藏書」。

和田琢磨氏蔵　二冊　存巻二十三・二十四・三十五・三十六
原装薄茶色空押雷文繋蓮華唐草文様表紙（二六・七×一九・七糎）、「太平記巻第廿三四目録」「太平記巻第三拾五同六」と打付書。後表紙は後補栗皮表紙。第一冊見返に「泉龍寺什物」と墨書。巻二十四第三十四丁（最終丁）欠。墨筆の訓点・訓仮名施さる。

中西達治氏蔵　二冊　存巻二十七—三十

原装薄茶色空押雷文繋蓮華唐草文様表紙（二六・七×一九・七糎）、「太平記巻第貮拾七／同八（二十九／三十）」と打付書。後表紙は後補栗皮表紙。第一冊見返に「泉龍寺什物」と墨書。前記和田琢磨氏蔵本の僚巻。

岡山県立図書館蔵本　三冊　存巻三十七—三十九（W二一〇／五／三七—三九）

原装薄茶色空押雷文繋蓮華唐草文様表紙（二六・七×一九・六糎）、原双辺刷枠題簽に「太平記卅七」と刻す。ただし、第二・三冊は題簽欠。墨筆の訓点・振仮名のほか、僅かに朱筆の訓点・振仮名あり。

京都大学附属図書館蔵　一冊　存巻九・十（五—〇八／タ／三）

原装薄茶色空押雷文繋唐草文様表紙（二七・五×一九・三糎）。巻九第十三丁表・裏の尊氏願書の部分のみ墨筆で訓点・振仮名を施す。虫損多く、表紙裏打補修され、全丁に入紙施さる。

龍門文庫蔵　一冊　存巻三十一・三十二（四二八）

原装薄茶色表紙（二七・〇×一九・八糎）、原双辺刷枠題簽に「太平記卅一之二」と刻す。墨筆の訓点・振仮名施さる。

長坂成行氏蔵　一冊　存巻三十一

原装薄茶色空押雷文繋牡丹唐草文様表紙（二七・〇×一九・八糎）、「後代太平記　第三十一」と打付書。見返に「此本何方

へ御持参候共／再備之儀は偽と御断申上候」と墨書。朱引・朱句点・墨訓点施さる。茶釜型朱印「幽／□」捺さる。

第一丁表のみ墨筆。

慶應義塾大学図書館蔵　一冊　存巻四十（二一〇Ｘ／五三六／一）後補焦茶色表紙（二六・六×一九・五糎）、貼題簽に「太平記第□□」と書す。朱筆の振仮名・連合符施さる。ただし、第一丁表のみ墨筆。

このほか、未見の伝本に栗田文庫蔵本がある。高木浩明氏のご教示によれば、十九冊、巻十一・十二補配無刊記双辺丁種本。茶色空押雷文繋牡丹唐草文様表紙（二七・〇×二〇・〇糎）、左肩貼題簽左肩に「太平記　幾」。二巻一冊仕立てで、巻三—六のみ四巻を一冊に合綴するとの由。

三　慶長十年刊本

本版は要法寺版と認定されている。刊記には刊行年時しか載せないが、所用活字が慶長五年刊『法華経伝記』（慶長五年）初刊『重撰倭漢皇統編年合運図』、慶長十年刊『沙石集』、慶長十二年刊『文選』（直江版）等の要法寺版のものと共通するところから、要法寺版と認められている。本文は慶長八年刊本を底本とし、慶長七年刊本による補訂が行われている。また、一部に日性撰『太平記鈔』の記述と対応する独自の補訂箇所もあり、本版が要法寺で日性の手により刊行されたことを裏づける。各巻巻頭に目録一丁を附し、内題「太平記巻第一（—四十）」。双辺（二二・八×一六・六糎）無界十二行二十一字内外。版心、粗黒口双花口魚尾、中縫に「太平記巻一（—十三）丁附」「太平記十四（—四十）丁附」。巻十「千壽王殿被落大蔵谷事」（第一丁表）「新田義貞謀叛事付天狗催越後勢事」（第一丁裏）のみ魚尾を標識とし、その下に章段名を配す。尾題「太平記巻第一（一―四十）」。刊記「慶長十年乙巳九月上旬日」。なお、現存本から考えるに、目録一冊を附すのは本版を嚆矢とするらしい。

石川武美記念図書館成簣堂文庫蔵　目録共二十一冊
原装薄茶色空押雷文繋蓮華唐草文様表紙（二八・二×二〇・六糎）。第一・二・九・二十一冊のみ洋紙製覆表紙を附す。貼題簽に「太平記一二（一―卅七之八）」と書す。第二十一冊、題簽欠。各冊遊紙一丁を附す。朱引・朱句点、朱墨の訓点、墨筆の振仮名施さる。また、眉上・欄脚に注記、書き入れらる。印記「洒竹文庫」（大野洒竹）「徳富氏／圖書記」（徳富蘇峰）。

松浦史料博物館蔵　目録共二十一冊（乙一五六／一九五八）
後補渋引刷毛目文様布目表紙（二八・二×二〇・七糎）。朱引・朱句点を施す。巻一序のみ墨筆で訓点・振仮名を施す。印記「白雲書庫」（野間三竹）「平戸藩／藏書」「子孫／永寳」「樂歳堂／圖書記」（以上松浦静山）。

慶應義塾大学図書館蔵　目録共二十冊（二一一X／二／二〇）
後補薄茶色表紙（二七・六×一九・三糎）、双辺刷枠題簽に書名記さず左下小字で「一二（一―卅九四十止）」と書す。刊記部分は欠損。巻十まで朱引・朱句点あり。印記「殘花書屋」「賓／南」「月明／莊」。

関西大学図書館蔵　目録共二十一冊　巻二十三・二十四補写（C／九一三・四六／一―一／二一）

原装茶色空押雷文繋牡丹唐草文様表紙（二八・三×二〇・五糎）、貼題簽に「太平記　目録（一之二―卅九之四十 大尾）」と書す。各冊前遊紙一丁。墨筆の訓点・振仮名のほか、稀に朱引きあり。また、所々朱筆の注記あり。第五冊前・第七冊後・第十二冊前・第十四冊前・第十六冊前の表紙裏張に慶長十二年刊古活字本（直江版）『文選』の刷反故を使用する。第十三冊（巻二十三・二十四）は補写にて、他冊と同寸の斐紙表紙に、他冊と同じ貼題簽。十二行。巻二十四尾題下に「享保二丁酉十一月十一日此太平記／二十三二十四二冊寫」と朱書。印記「于水／艸堂／之印」「素石／園印」「苔香／山房／之印」（木村素石）「杉浦氏／蔵書記」「高木家蔵」（高木利太）「横山家蔵」「赤木文庫」。帙装。帙底に横山重の覚書貼附さる。

尊経閣文庫蔵　二十冊

後補水色表紙（二八・五×一九・九糎）、「太平記一之二（一―卅九之四十 終）」と打付書。その下に各冊「花」と朱書。巻一目録・第一―八丁、巻三第一丁に朱引・朱訓点・朱句点を施す。印記「金澤學校」「學」。

大谷大学図書館蔵　目録・剣巻共十冊　目録・剣巻補配寛永八年刊後印本（外／甲／一二）

後補縹色布目地に小葵襷花菱文様表紙（二七・二×一九・六糎）。巻二、第三十一丁補写。朱引・朱句点、墨筆の訓点・振仮名施さる。また、行間・眉上・欄脚に墨筆の校字・異本注記あり。例えば、巻四には後醍醐天皇隠岐配流記事の異文、巻十一末には工藤左衛門入道詠歌の記事、巻十三には藤房遁世記事の異文、石原定円注進状の記事等天正本系の独自記事が書き入れられている。このほか、巻二「南都北嶺行幸事」の章段名下に「異本ニハ此マヘニ石清水行幸賀茂行幸後宇多院崩御ノ事アリ」、巻二十一「法勝寺塔炎上事」の章段名下に「異本此條下二十三巻就二直義病脳一上皇御願書之事ノ次ニアリ」、巻二十八「義詮朝臣御政務事」の章段名下に「異本此マヘニ童ノ首ヲ犬クハヘテ禁中ノ大床ニ眠ルコト在登卿夭死ノ事五月廿日大地震ノ事アリ」等の注記もあり、天正本系の記事配列と対応する。筆跡は江戸前期を下ることはないものと思われ、該期の天正本系本文の流通を示す一資料たり得る。また、別筆で第三冊後見返に「長き夜やまたとりいたす太平記」と墨書。巻三十九最終丁裏に「記／慶長活版太平記　一部／右先祖傳來ノモノ今回鷲尾山へ寄／贈シ永世ノ保存ヲ依托致候也／大正九年十二月回旦日／門末妙見／大塚伴平（朱印、印文「大塚／伴平」）」との施入識語がある。

大東急記念文庫蔵　三十九冊　巻一欠、巻二十三・二十四・三十三・三十四補配覆寛永八年刊本乙種後印本（七／二一／一九二五）

後補黄土色空押唐草文様表紙（二六・五×一八・九糎）、後表紙は渋引刷毛目文様。第二十冊以降後補赤茶色空押唐草文様表紙、第二十―二十九冊は縹色の後表紙。貼題簽に「本朝太平記初篇貳（―第四拾四篇）」と書す。さらに第十・二十・三十冊には「二篇（三篇・末篇）拾冊」「南閣堂」「千五百五十七番（―千五百五十九番）」と書せる小紙を貼る。朱引・朱句点のほか、朱墨の訓点・振仮名施され、稀に眉上・行間に墨筆の書入あり。印記「山輿丹岩」「虎金丹福」「富蕃」（以上黒印）。

新潟大学附属図書館蔵　一冊　存巻三十五・三十六（九一三・四三五／Ｔａ一二）

後補斐紙銀箔文様表紙（二九・一×二〇・六糎）、中央貼題簽に「太平記　十八」と書す。僅かに墨筆の振仮名、朱引あり。

吉川史料館蔵　一冊　存目録
原装茶色牡丹唐草菱形文様表紙（二八・二×二一・三糎）、「太平記目録」と打付書。遊紙一丁。表紙裏張に古活字版仏書の刷反古用いらる。

四　慶長十二年刊本

古活字版『太平記』唯一の有界本。本文は慶長十年刊本を底本としたもので、殆ど違いはない。各巻頭に目録一丁を附し、巻一のみ目録の裏丁に「太平記巻第一／序」として序文を配す。本文第一丁は「太平記巻第一／○後醍醐天皇御治世事付武家繁盛事」とはじまり、内題重複す。双辺（二二・五×一七・五糎）有界十二行二十一字内外。版心、大黒口双花口魚尾、中縫に「太平記巻一（―十二）　丁附」「太平記十四（―四十）　丁附」。尾題「太平記巻第一（―四十）」。刊記「慶長十二丁未年上元日」。

国立国会図書館蔵　二十冊（WA七／二四）
原装薄茶色二重花襷に花菱文様表紙（二八・六×二一・〇糎）、朱地金草文様題簽（原題簽か）に「太平記一二并序（―三十七八）」と書す。第五・十三・二十冊、題簽欠。第十冊後補題簽。巻一第二丁補写。墨筆の句点・訓点・振仮名施さる。印記「竹州／藏」「板倉氏圖書印」。第九冊後見返に「元祿四年丁未駿州府中御城番ニ付／遠藤新六郎常就伽ニ相勤夫レより江府迄／被為伴翌年中夏下旬帰寺其節此本／給畢」との識語あり（ただし、元祿四年は辛未）。遠藤常就は常昭男。書院番・火事場目付・御使番を歴任。二千石。享保十一年没、七十三歳。

広島大学附属図書館蔵　十六冊　巻一―八欠（大国／二〇六〇）

原装薄茶色空押雷文繋蓮華唐草文様表紙（二八・二×二〇・八糎）、左肩に題簽跡ありて、そこに「太平記九ノ十（―卅九ノ四十）」と小書す。僅かに朱引・朱句点・朱墨振仮名・朱筆校字あり。第一冊見返に「杢井量薫／定賢」、第二冊以降各冊見返に「松井定賢／量薫」と墨書。ただし、第八冊見返のみ「當主／松井定賢（印）」、同後見返「松井儀右衛門定賢」と墨書。

長谷川端氏蔵　二冊　存巻三・四・二十三・二十四

後補薄茶色空押雷文繋蓮華唐草文様表紙（二八・四×二〇・九糎）、第一冊中央に題簽跡が残る。第一冊に朱引・朱句点、墨筆の訓点・振仮名施さる。表紙裏張に『重撰倭漢皇統編年合運図』（整版本）の刷反故用いらる。「山村藏書」の墨識語あり。印記「寶玲文庫」（フランク・ホーレー）「斑山／文庫」（高野辰之）。

天理大学附属天理図書館蔵　一冊　存巻七・八（〇二一／イ一一／二一）

後補小豆色表紙（二八・〇×二〇・六糎）、左肩打付「古活字版片カナ十二行有界／太平記　第七　零本　二冊ノ内／（第三）」（戸川濱男筆）。僅かに墨筆の訓点・振仮名が施されるほか、眉上に墨筆の書入あり。背に「金藏寺什物」と墨書。印記「殘花書屋」「月明莊」。

五　慶長十五年刊本

慶長十年刊本を底本に、随所に天正本系（教運本のごとき本）の異文を増補した特異な本文を持つ本。刊記より春枝なる人物が刊行に携わったことが知られるが、本文整定には要法寺日性の深い関与が想定され、実際には日性が春枝をして刊行せしめた本と思われる。本版と同活字を使用する『太平記鈔』『太平記音義』（第一種本）と共時の刊行と考えられており、剣巻を附すのも本版を以て最初とする。ただし、現存本には目録・剣巻一冊を附すものと、目録のみの一冊を附すものとがあり、すべてが剣巻を備えるわけではない。

各巻巻頭に目録一丁を附し、内題「太平記巻第一　（―四十）」。単辺（二三・一×一六・七糎）無界十二行二十三字内外。版心、粗黒口双花口魚尾、中縫に「太平記　（―四十）　丁附」。尾題「太平記巻第一（―四十）終」。刊記「慶長十五暦庚戌二月上旬日　春枝開板」。ただし、斯道文庫蔵本・布施美術館蔵本は巻一第一丁のみ異版。排字は同じだが、表丁の序文の冒頭の「蒙」字の字体や、裏丁九行目の「総追捕使」（他本「総追補使」）などを見ると違いが了解される。かかる一葉を持つものは上記二本しか確認されないことから、これらははじめに少数刷られたものと思われる。のちに他本に見るごとき一葉に活字を組み直し、再び刷印が行われたのであろう。

また、尊経閣文庫蔵本の巻一―四は同活字を使用するものの、異版である。匡郭が著しく摩滅していることから、全冊が刷印されたあと、再度排植・摺刷されたものと推測される。巻二第二丁、巻三目録・第八・十三・十七丁が他本と同版であることは、残葉を流用したものと窺え、この推測を裏づけよう。同種の異版を有する伝本として、宮内庁書陵部蔵本・成簣堂文庫蔵本があり、やはり巻一―四を異版とし、巻三目録・第八・十三・十七丁に残葉を用いている。また、国文学研究資料館蔵双辺丙種本に補配された慶長十五年刊本巻一・二・五・六のうち、巻一・二も同様の異版で、巻一第十七丁に残葉が用いられている。さらに大東急記念文庫蔵本・河野美術館蔵本の巻五・六、ソウル大学校蔵本の巻五―八、岩瀬文庫蔵本の巻五―十、福井市立図書館蔵本の巻七―十一、国立歴史民俗博物館蔵本の巻五―十三も同種の異版と認められる（いずれも所々残葉を交える）。これら異版はいずれも前半の巻に存しており、これらは慶長十五年刊本刊行時、前半の諸巻に不足を来たしたため、刷り増しして生じたものと思われる。

なお、古活字本『太平記』中、本版が現存本の数で最も多い。安易な推測は危険であるものの、本版の印刷部数は他を超えるものであったのではなかろうか。以下、（イ）巻一第一丁のみ異版を交えるもの、（ロ）異版を交えないもの、（ハ）巻一から巻十三の間に異版を交えるもの、に分けて諸本をあげる。

（イ）　巻一第一丁のみ異版を交えるもの

慶應義塾大学附属研究所斯道文庫蔵　目録・太平記鈔・太平記音義共三十一冊　巻十七・十八補配無刊記双辺丁種本（〇九二／ト四三／三二）

安田文庫旧蔵本。原装茶色空押麻の葉蓮華唐草文様表紙（二八・五×二〇・五糎）、「太平記　目録　全（一　二―三十九四十）」と打付書。朱引、墨筆の訓点・振仮名施されるほか、眉上に所々注記あり。巻一第二丁は巻二第二丁が誤って綴じられたもので、全文朱線で抹消され、その右傍に墨筆で本来の本文を書き入れる。本丁版心中縫は「太平記一二」と誤り、その結果誤綴を生じたのだろう（巻二第二丁も同葉で、柱刻も「太平記一　二」のまま）。なお、無刊記双辺丁種本補配の第十冊（巻十七・十八）は後補茶色空押雷文繋牡丹唐草文様表紙（二八・五×二〇・四糎）。また、本書は『太平記鈔』八冊、『太平記音義』二冊を添えるが、こちらは原装茶色空押雷文繋蓮華唐草文様表紙（二八・二×二一・〇糎）、「太平記鈔　一（―七）」、「太平記鈔」（第八冊）、「太平記音義　上（下）」と打付書。第七・八冊を除く各冊に、遊紙一丁を附す。川瀬一馬氏のいう第一種本。『太平記鈔』『太平記音義』の表紙は慶長十五年刊本のうち天理図書館蔵本（零本）・架蔵本と同じで、『太平記』と『太平記鈔』『太平記音義』が表紙を共有していたことが窺える。印記、各冊に「仙北郡／冨樫／小貫高畑」（黒印。冨樫氏は出羽国仙北郡小貫高畑村〈現秋田県大曲市〉の肝煎）。ただし、補配の第十冊にはない。また、『太平記鈔』第七・八冊にもなく、代わりに両冊には「斑山／文庫」印あり。即ち、『太平記鈔』のうちこの二冊のみ、「冨樫」氏所蔵以前より別伝来し、安田文庫において再び一具に帰したらしい。

布施美術館蔵　二十冊　巻七・八・二十九・三十補配寛永八年刊後印本（一一五一）

後補渋引刷毛目文様表紙（二六・一×一八・五糎）、貼題簽に「太平記　一二（一卅九四十）」と書す。巻一―六・九―十六に墨筆の訓点・振仮名、巻十一・十二には朱引・朱句点も施さる。巻二十三のみ朱墨の振仮名僅かにあり。印記「利／嵩」「小森／氏」「美濃／小森／大矢田」（元禄年間、美濃国武儀郡大矢田村に美濃紙商小森氏あり）。なお、『増補古活字版之研究』は巻一―六・九・十を元和寛永頃刊の別版補配とするが、そう見る必要はなく、該巻も慶長十五年刊本と同版である（前記参照）。

（ロ）　異版を交えないもの

大阪府立中之島図書館蔵　目録共二十一冊（甲和／五）

原装薄茶色空押雷文繋蓮華唐草文様表紙（二七・八×二〇・四糎。ただし、文様は同じ慶長十五年刊本の斯道文庫蔵本・天理図書館蔵本・架蔵本等の原表紙とは異なり、雷の紋がやや大ぶり）、「大平記目録（巻第一二―巻第三十九□□）」と打付書。僅かに墨筆の訓点・振仮名施さる。印記「たか／まさ」（大国隆正）。

天理大学附属天理図書館蔵　目録・剣巻共二十一冊（二一〇・四／イ五）

後補栗皮表紙（二五・六×一八・七糎）。朱引・朱句点・朱傍点のほか、朱墨の振仮名、墨訓点施さる。また、ほぼ全丁の眉上・欄脚・行間に墨筆の書入あり。天地裁断されたため文意不通なるもの多きも、例えば、巻三十三目録の「将軍御逝去事」の下には「延文三年ヨリ慶長廿マテ三百五十八年ソ」、巻三十九第十八丁裏「高麗人来朝事」の下には「元朝ノ至正廿三癸卯本朝貞治二年ニ当ル慶長『十七年マテ』（押紙）／『二百四十九』（押紙）也人王九十九后光厳院ノ御宇也」等と見え、慶長末頃の書入なるを知る。印記「仙臺／信濃屋／國分町」（黒印）のほか、浮線蔦型の黒印。

筑波大学附属図書館蔵　目録・剣巻共二十一冊（ル一四〇／八五）

後補焦茶色表紙（二七・四×一九・九糎）。ごく僅かに墨筆の訓点・振仮名を附す。印記「高木家藏」「東京文理科／大學附屬／圖書館印」。総裏打施さる。

石川県立金沢泉丘高等学校蔵　目録・剣巻共二十一冊

後補浅緑色表紙（二八・〇×二〇・一糎）、「太平記目録剱巻（一之二―卌九之四十終）」と打付書。その下に「梅」と朱書。各冊前後に遊紙一丁。墨筆で訓点・振仮名を施し、巻一から巻二十までと、巻二十三・二十四・二十七の一部とに朱引・朱句点を施す。眉上・欄脚にごく僅かに字注あり。印記「金澤學校」「石川縣／尋常中學校／藏書章」。

国文学研究資料館蔵　目録・剣巻共二十一冊　巻十三・十四・二十三・二十四・三十九・四十補配元和八年刊後印本

（タ四／三一／一—二一）

後補鬱金色表紙（二六・七×一九・二糎）、貼題簽に「大平記　序（一二—卅九　四十終）」と書す。墨筆の訓点・振仮名施され、ごく稀に朱筆の訓点・振仮名あり。

立命館大学図書館蔵　二十冊（Ｌｄ／九一八・四六／Ｔ）

後補焦茶色表紙（二七・八×二〇・四糎）。各冊前後に遊紙一丁を附す。第五冊、巻九の前に巻十を誤って綴じる。朱引、朱墨の訓点・振仮名、墨句点を附す。眉上・欄脚・行間に墨筆による注記あり。『太平記鈔』によるものが多い。印記「玩古／亭／図書」。総裏打。虫損多し。

長崎県立対馬歴史民俗資料館宗家文庫蔵　目録・剣巻共十八冊　欠巻一—六（宗家文庫／和書／日本刊本／Ｅ／九）

後補薄茶色表紙（二七・七×一九・二糎）、「太平記　壱（—卅九四十）」と打付書。右下に「共十八」と墨書。巻二十に引用される牒状・御教書・詩の類に朱引・朱句点、墨筆の訓点・振仮名を施す。

東京大学史料編纂所蔵　目録共十八冊　巻十一—十六欠（〇一七八／一）

後補茶色覆表紙（二八・三×二〇・六糎）、双辺刷枠題簽「太平記　首（巻一、二—巻卅九、四十）」と書す。後補薄小豆色表紙、「太平記惣目録（一之二—卅九之四十）」と打付書。朱引のほか、朱墨の訓点・振仮名施さる。また、本書は狩谷棭斎旧蔵にて、巻二一「俊基被誅事幷助光事」まで棭齋による朱筆校合が施される。印記「棭齋」（狩谷棭齋）「不存蔵書」（鈴木真年）「福田文庫」（福田敬同）。第一冊見返に「狄齋者湯嶋三丁目／津輕屋三右衛門事也／後に?／至り永富町橘や丶丶丶蔵印アリ」（橘屋は鈴木真年の屋号）、第十八冊後見返に「慶應元乙丑年十二月収之」と墨書。

石川武美記念図書館成簣堂文庫蔵　目録共十五冊　巻一―四・九―十二・二十七・二十八・三十三・三十四欠
原装茶色表紙（二九・〇×二一・四糎）、ただし第一・二冊のみ後補茶色表紙。貼題簽に「太平記　惣目録（五ノ六・七ノ八……）」のごとく書す。朱引・朱句点のほか、墨筆の訓点・振仮名、丹念に施さる。印記「蘇峰／審定」「徳富／護持」。第十五冊後見返に「是書與成簣堂舊儲同一板矣但是雖零本存本来之面目亦足嘉賞耳／大正三九月十七日／蘇峰一校」と墨書。

慶應義塾大学図書館蔵　八冊　存巻一・二・二十五―二十八・三十一―四十（二一〇X／五三七／八）
後補焦茶色表紙（二七・九×二〇・〇糎）、貼題簽に「太平記第一二巻（第廿五六巻・第廿七八之巻・□□二二□・第卅三四之巻・第卅五六巻・第卅七八巻・巻三十九四十）」と書し、その下に「壹貳（廿五六・廿七八・卅一二・卅三四・卅七八・三十九四十）」と巻数を記した小紙（第六冊のみ欠）を貼る。僅かに墨筆の訓点・振仮名あり。刊記に続き「信州佐久郡伴野庄／下海瀬村土屋氏」と墨書。印記「信州佐久海瀬土屋」（黒印）「春翠／文庫」（佐藤仁之助）。

天理大学附属天理図書館蔵　二冊　存巻七・八・三十七・三十八（〇一一／イ一一／二四・二五）
原装茶色空押雷文繋蓮華唐草文様表紙（二八・四×二〇・三糎）、原双辺刷枠題簽「太平記七□□」「太平記（以下補筆）卅七之八 卅□□十」と刻す。墨筆の訓点・振仮名施され、僅かに朱引施さる。また、眉上・欄脚に僅かに校字あり。印記「殘花書屋」「賓／南」（陰陽二種）。

鶴見大学図書館蔵　一冊　存巻二十九・三十（九一三・四三五／丁）
後補香色表紙（二七・七×二〇・〇糎）。巻二十九、目録・第一丁―第三丁欠、巻三十、第十九丁以下欠。印記「春翠／文庫」。

架蔵　一冊　存巻三十五・三十六
原装薄茶色空押雷文繋蓮華唐草文様表紙（二八・〇×二〇・〇糎）、ただし後表紙欠。「大平記　卅五ノ六」と打付書。

（八）　巻一から巻十三の間に異版を交えるもの

尊経閣文庫蔵　目録共二十一冊
後補縹色表紙（二八・三×二一・〇糎）、中央金紙貼題簽にて第一冊（目録）「大平記巻第一」、第二―七冊「大平記巻第一（―十二）書写了」、第八―二十一冊「大平記巻第十三（―三十九）」と書す。全巻、丹念に朱引・朱句点、墨筆の振仮名施さる。また、巻十五まで漢文体の箇所、故事金言、熟語等に墨圏点を施す。第一冊から第八冊までの後見返、または尾題下に「右一巻黒圏点了」と書さる。このほか、第二冊見返及び巻一第一―七丁表までの眉上・欄脚・行間に、墨筆の注記書き入れらる。『太平記大全』によったものなどが見られる。第四冊見返には有沢弥三郎・熊内弥助の書状貼附さる。両者はともに金沢藩士。『諸士系譜』によれば、有沢弥三郎は名を致遠。俊澄の三男で、次兄俊参の養子となる。二百石、書物奉行にいたり、享保十八年、八十二歳で没。長兄は軍学者として著名な永貞。熊内弥助は与市郎の息。二百石。元文二年没、七十三歳。巻一―四に異版。

宮内庁書陵部蔵　目録共二十一冊（五五九／四）

後補渋引刷毛目文様表紙（二八・一×二〇・四糎）、「太平記　目録（一二―卌九四十）」と打付書。墨筆の訓点、振仮名施さる。巻一目録の余白に「大平トハ天下静謐ノ語也何トテ四海ノ乱逆ナル事ヲ記シテ大平トハ云ヘルソヤ此ハ底／意ハ代ノ乱ヲソシリタル義也此ヲ風スルト云也異朝ニモ此ニ似タル事アリ唐ノ玄宗／ノ國ヘ潜／幸アツタソ諸人ノ歎キ深カリケレトモ大平ノ天子ナト詩ニモ作レリ是モ底心ハ譏タ／義ナリ」と墨書。『太平記鈔』によったもの。また、眉上稀に「修義曰／誅正ニ弑ニ／改ム可シ」（巻一第七丁表）、「明忠云免ノ字作／兎ベシ」（巻一第十二丁表）、「脩義曰／岐ハ屹ニ作ル／可シ。土ノ字／ヲ加ユル者反テ／誤ヲ添フ」（巻一第十三丁表）等の墨筆の書入あり。印記「大澤侍従兼／下野守藏書」（大沢基季）「松岡文庫」（松岡辰方）。巻一―四に異版。

石川武美記念図書館成簣堂文庫蔵　剣巻共二十一冊

後補淡縹色表紙（二七・七×二〇・三糎）。左肩に「太平記　一」のごとく打付書する冊、貼題簽に「太平記（右傍に「己巳ノ年」、左傍に「ふんか六年」と小書）　七第八目録」のごとく書す冊などあり。墨筆の振仮名を附す。印記「徳富／所有」「蘇峰／清賞」等、徳富蘇峰印六種。巻一―四に異版。

大東急記念文庫蔵　目録共二十冊（七／二三／一九二六）

後補薄茶色表紙（二八・〇×二〇・六糎）、貼題簽に「太平記　一（―二十終）」と書す。巻一目録欠。巻九目録・第一―十二丁補写。墨筆の訓点・振仮名施され、巻一等数巻に朱引・朱句点施さる。第一冊見返に「水屋山人（印）（印）」、

「佐田弥七郎　蔵／武繁（花押）」等、旧蔵者識語あり。印記「萩原／藏書」「細弥」（黒印）「細物屋」（黒印）「山田」（黒印）。総裏打施さる。巻五・六に異版。

今治市河野美術館蔵　目録・剣巻共二十一冊（二七八／三五九）

後補栗皮表紙（二七・三×一九・四糎）、双辺刷枠題簽に「太平記　剣巻（一ノ二―三十九　四十）」と書す。目録のみ朱引あり。僅かに墨筆の訓点・振仮名を附す。ただし、巻十一のみ朱筆。印記「横山重雄慰書」（黒印）。巻五・六に異版。

ソウル大学校中央図書館蔵　目録・剣巻共二十一冊　巻三・四補配無刊記双辺丁種本、巻十一・十二補配元和八年刊後印本（貴／三三〇／四五）

後補栗皮表紙（二八・五×二〇・四糎）、見返に「吉野葛」の包装紙を使用。第二―四・六冊（巻三―八・十一・十二）のみ別種の後補栗皮表紙。第一冊（巻一・二）のみ墨筆の訓点・振仮名僅かにあり。印記「京城帝／國大學／圖書章」。第二冊のみ「蠶種製造人／信濃国／更級郡／大豆島村／滝澤重助」印あり。現状では目録・剣巻を二十一冊目に配している。巻五―八に異版。

西尾市岩瀬文庫蔵　目録・剣巻共二十一冊（一一七／五九）

後補黄土色表紙（二八・〇×二〇・三糎）、淡紅地貼題簽に「太平記總目劔巻（一―三十九　二―□□）」と書す。ごく僅かに朱筆の訓点・振仮名・校字あり。第一・二冊巻首に「津山退藏院」の朱印ありて墨滅さる。巻五―十に異版。

福井市立図書館蔵　目録・剣巻共二十一冊（別／五一一三）
後補縹色表紙（二八・二×二〇・三糎）、双辺紅色刷枠題簽に「太平記巻□目録（自一至二—自卅九至四十終）」と書す。巻一—十四・三十九・四十に朱句点、墨筆の訓点・振仮名を施す。巻七—十一に異版。

国立歴史民俗博物館蔵　目録・剣巻共二十冊（H／七七六）
原装焦茶色空押草の葉文様表紙（二八・五×二〇・六糎）、「太平記　[一]（三一三十九）」と打付書。第十三冊後表紙に慶長十五年版『倭玉篇』の刷反故を用いる。慶長十五年版『倭玉篇』には覆刻関係により複数の別版があるが、本書裏張に使用のものは「於洛陽二條通二王門町開版」の刊記を附すものと同版。印記「筑前／□曽／内野」「山内／慶重」。巻五—十三に異版。

新潟大学附属図書館蔵　存巻一・二　一冊（九一三・四三五／Ｔａ二一）
原装茶色空押雷文繋蓮華唐草文様表紙（二八・四×二〇・二糎）、原題簽僅かに残り「□平記□□□」と刻す。ただし、後表紙欠。墨筆の訓点・振仮名を施す。巻一・二異版。

このほか、未見の伝本にカリフォルニア大学バークレイ校三井文庫蔵本・大英図書館蔵本がある。三井文庫蔵本は国文学研究資料館蔵の紙焼写真によれば、二十冊で目録等は附さない。大英図書館蔵本は『大英図書館所蔵和漢書総目録』によれば、四十巻十冊の由。

六　元和二年刊本

慶長十五年刊本をもとに翻印した本。本文・用字・字詰等、殆ど慶長十五年刊本に一致し、活字は別種ながら、慶長十五年刊本所用のものによく似せて彫刻している。慶長十五年刊本を模したものであることは一目瞭然であるが、乱丁・欠丁を持つ本が少なくない。各巻巻頭に目録一丁を附し、内題「太平記巻第一（―四十）」。単辺（二三・八×一六・八糎）無界十二行二十三字内外。版心、粗黒口双花口魚尾、中縫に「太平記一（―四十）　丁附」。尾題「太平記巻第一（―四十）終」。刊記「時丙辰歳次元和二孟秋上旬日」。

東洋文庫蔵　目録・剣巻共二十一冊（三／A／d／二五）
後補青色覆表紙（二八・〇×二〇・三糎）、貼題簽に「太平記　一（―二十一）」と書す。原装茶色表紙、原双辺刷枠題簽に「太平記　一之二（―卅九之終）」と刻す。第一冊、原題簽欠。中央には「一二（―卅九之終）」と大書し、左下に「洪」と書せる小紙を貼る。巻六第十七・十九丁、巻十三第九丁補写。巻二十六第十二丁、巻三十三第三十丁、巻三十五目録欠。巻十二第五丁は重複。巻二十まで墨筆で訓点・振仮名を施す。第五冊後見返「主鐵史（黒印、印文「福」）」、第六冊後見返「宗洗」、第十冊後見返「主宗洗（花押）」と識語あり。印記「雲山」（壺型）。

臼杵市立臼杵図書館蔵　目録・剣巻共二十一冊（四門／軍／一九）
原装焦茶色表紙（二七・八×二〇・六糎）、貼題簽に「太平記一目録（自一至二―自卅九至四十）」と書す。印記「大正十年／稲葉家／六月六日／寄贈」（小槌型朱印、年月日を示す漢数字のみペン書）。

龍門文庫蔵　目録・剣巻共二十一冊（四二九）

原装茶色表紙（二七・五×二〇・一糎）、第三冊以降左肩に「三四（一三十九四十）」と小書す。巻四第十二丁破損。巻六第十七丁、巻八第十丁―第十九丁欠。墨筆の訓点・訓仮名・送仮名施さる。印記「白木氏／□□印」（黒印）。

天理大学附属天理図書館蔵　目録・剣巻共二十一冊（二一〇・四／イ七一）

後補小豆色表紙（二七・二×一九・一糎）、「新刻太平記目録并剱（三之四―卅九之四十）」と刻せる整版本用の双辺刷枠題簽を貼附。第二・八・十一・十四・十六―十九冊は題簽欠。巻四最終丁の次に巻六の最終丁が重複して綴じられ、巻十三は第九―十七丁を重複して綴じる。朱引・朱句点、墨筆の訓点・振仮名施さる。第八冊、虫損部に裏打を施し、本文を補筆。第二冊後見返に「南條氏」と淡墨で書し、第十九冊見返に「尊恵法師著」と墨書す。

東京大学文学部国文学研究室蔵　目録・剣巻共二十一冊　巻二十一・二十二補配無刊記双辺乙種本（国文学／中世／三四／七／一）

原装焦茶色表紙（二八・〇×二〇・四糎）、貼題簽に「太平記　目録（二一―卅七卅八）」と書す。第十一・十二・十四・十五・十八・十九・二十一冊、題簽欠損。目録・剣巻・巻一―六に墨筆の振仮名、巻一・二に朱引・朱句点、巻十五―十八に朱引施さる。第一・三―十一冊の見返に「石橋半右衛門」、第二冊見返に「石橋半右衛門／享保二十歳乙卯正月吉祥日」、第九冊後見返に「石橋氏」、第十七冊後表紙に「此主石州美濃地村／石橋半右衛門」と墨書。石州美濃地村は現在の島根県益田市美濃地町。石橋氏は美濃地村の庄屋を務めた。また、第二冊表紙に「従三位下前権中納言高

倉神祇大副左兵衛門督源朝臣」「従四位下左近衛権中将高倉前左馬権佐源朝臣芳満」、第二十冊後表紙に「大永元年乙丑十月廿一日／相国院殿前高?州大守州□?□?草葺?大居士／?高倉左兵衛門督源朝臣芳満公　行歳九十七才」と墨書。この人物、未勘。なお、第十二冊（巻二十一・二十二）に補配された無刊記双辺乙種本は焦茶色表紙（二七・七×二〇・四糎）。

国立公文書館内閣文庫蔵　二十冊（特一二七／一）

茶色表紙（二七・六×二〇・三糎）、左肩に「太平記」、左下に「一ノ二（―十五ノ六・十七八―三十九四拾）」、右下に「軍記十二号／共廿本」と打付書。後表紙は後補砥粉色表紙。巻三十二第三十一丁補写。巻四十第十一丁（最終丁）は裏丁欠損し、裏打紙のみ残り、刊記を欠く。朱引・朱句点、墨筆の訓点・振仮名施され、眉上・欄脚・行間には朱墨の校字・注記書き入れらる。巻七第九丁裏、押紙に「此時高氏／早瀬右衛門／方へ矢文ヲ／イコミ給ヘドモ／是モ事不成」、第十一丁表、押紙に「此時正成方／ナンキタルニヨテ／観心寺ヨリ／正氏和田和／泉守等／夜討ニ出也」等と墨書。『太平記秘伝理尽鈔』の所説を記したもの。印記「昌平坂／學問所」「文政壬午」「大学校／圖書／之印」「淺草文庫」「圖書／局／文庫」「日本／政府／圖書」。

東北大学附属図書館蔵　二十冊　巻三・四補配無刊記単辺本、巻三十七・三十八補配元和八年刊後印本（丁B／一一八／二九）

原装焦茶色表紙（二七・九×二〇・四糎）、双辺刷枠題簽に「太平記三之四（九之十、十一之十二、十五之十六、十九之廿、廿三之四、廿七之八、卅一之二、卅三之四）」と刻す（東洋文庫蔵本の題簽とは別）。ただし、他は双辺刷枠題簽に「太平記　一～二（五～六・七～八・十七・廿一・廿五・廿九・卅五―卅九／十八・廿二・廿六・卅・卅六―四〇）」と書し、第七冊のみ直に「太平記巻之十三／十四」と白書。朱引、朱墨の訓点・振仮名施さる。

防衛大学校附属図書館有馬文庫蔵　二十冊　巻一・二・七・八補配覆寛永八年刊本乙種後印本、巻三・四補配天和元年刊後印本、巻九・十補配寛文十一年刊後印本（A―Ｔａ二二）

後補縹色表紙（二六・三×一八・九糎）、双辺刷枠題簽に「太平記　五ノ六（―卅五ノ卅六）」と刻す。ただし、巻数部分は墨書。第一・二冊題簽欠し、「太平記　壱ノ弐（三ノ四）」と打付書。第五・十九・二十冊は貼題簽に「太平記十九（卅七卅八・卅九ノ四十）」と書す。巻二十二第二十丁補写。墨筆の訓点・振仮名を附し、巻三十七のみ朱引あり。印記「清利」「中銀」「本重」（以上黒印）、「有馬氏／珍蔵」（有馬成甫）。

福島県立図書館蔵　目録・剣巻共十五冊　巻一―十・二十五・二十六欠（カ／四七）

後補茶色表紙（二七・五×一九・三糎）、貼題簽に「太平記釼之巻（十一之二―卅九之□□）」と書す。朱墨の訓点・振仮名を施す。印記「金銀不要□田屋」（黒印）。

尊経閣文庫蔵　十三冊　巻一―十四欠

後補砥粉色唐草花文様表紙（二七・六×一九・九糎）、「太平記十五之十六（―卅九之四十畢）」と打付書。その下に各冊「開」と朱書。各冊前後に遊紙一丁。巻十九第十七丁・巻三十三目録・巻三十四第二十六丁（最終丁）を欠き、各々匡郭のみ墨書せる料紙一丁を綴じる。印記「金澤學校」「學」「石川縣勧／業博物館／圖書室印」。

慶應義塾大学図書館蔵　九冊　存巻十三―二十・二十三・二十四・三十一―三十六・三十九・四十（二一〇X／五三八／九）
後補茶色表紙（二七・四×二〇・〇糎）、双辺刷枠題簽に「新刻太平記　十三之四（十五之□・十七之八・十九之□・廿三之四・卅一之二・卅三之四・卅五之六・卅九之四十）」と刻す。整版本のものを流用。朱引、墨筆の訓点・振仮名あり。印記「黄《?》堂《?》」。

天理大学附属天理図書館蔵　目録・剣巻一冊（〇二一／イ一一／一九）
後補茶色表紙（二七・三×一九・九糎）、直に「太平記　巻一目録剣巻」と朱書。ただし、後表紙は後補焦茶色表紙。剣巻第二十三丁欠。朱引、朱墨の訓仮名・送仮名、墨訓点施され、眉上に僅かに書入あり。印記「殘花書屋」、「賓／南」（陰陽二種）、「横」（黒印）。

架蔵　一冊　存巻二十一・二十二
表紙欠損。二七・五×二〇・〇糎。墨筆の訓点・振仮名施さる。印記「木村」「義松亭」。

架蔵　一冊　存巻三十七・三十八
表紙欠損。二七・五×二〇・〇糎。朱引、墨筆の訓点・振仮名あり。印記「黄《?》堂《?》」。前記慶應義塾大学図書館蔵本の僚巻。

七　無刊記双辺甲種本

慶長十年刊本を底本に、慶長八年刊本を以て若干の校訂を施した本文を持つ本。後述する無刊記単辺本（慶長十二年以前刊）の直前に刊行されたものと思われ、慶長十年九月以後慶長十二年以前の刊と特定できる。各巻巻頭に目録一丁を附し、内題「太平記巻第一（—四十）」。双辺（二一・八×一六・八糎）無界十二行二十二字内外。版心、粗黒口双花口魚尾、中縫に「太平記巻一（—十）丁附」「太平記十一（—四十）丁附」。尾題「太平記巻第一（—四十）終」。なお、整版本の祖である元和八年刊本は本版の覆刻本。

東京都立中央図書館加賀文庫蔵　二十冊　巻十一・十二補配無刊記双辺乙種本（一六九四）

原装薄茶色空押雷文繋牡丹唐草文様表紙（二八・二×二〇・五糎）、原双辺刷枠題簽に「太平記一之二（—卅九之終）」と刻す。ただし、第五・八・十・十一冊は貼題簽に「太平記九之十（十五ノ十六・十九ノ二十・廿一ノ二十二）」と書す。なお、無刊記双辺乙種本補配の第六冊（巻十一・十二）は後補渋引刷毛目文様表紙（二七・三×一九・九糎）、貼題簽に「太平記十一十二」と書し、全文にわたり端正な書風で朱引、朱筆の句点・訓点・振仮名を施す。墨筆の訓点・振仮名も僅かにある。後記天理図書館蔵無刊記双辺甲種本の補配本の僚巻。

天理大学附属天理図書館蔵　二十冊　巻十五・十六補配無刊記双辺乙種本（二一〇・四／イ二三）

原装薄茶色空押雷文繋牡丹唐草文様表紙（二八・五×二〇・四糎）、原双辺刷枠題簽に「太平□□□（—卅九之終）」と刻す。第二・五・七・十・十一・十六—十八冊は題簽欠にて、「大平記三四（九・拾三・十九・三十一—三十五　十・十四・二十・三十二—三十六）」と打付書。第十二・

十九冊は題簽欠き、外題なし。朱引のほか、墨筆の訓点・振仮名施さる。巻一第七丁表、押紙に「私曰、見於近來之本儲王伯叔多失緒、矣今不足改之／且挙系圖、以示之、第一、尊良親王（下略）」と書す。慶長十年刊本・十五年刊本・元和二年刊本の「儲王御事」の末に存する注記を記したもの。各冊本文末に「三箇所村／喜田栄祐」（第一―七冊）、「志州三ヶ所村／本主栄祐」（第九―二十冊）と旧蔵者墨識語があるも、墨滅さる。第二十冊本文末に「志陽英虞郡甲賀邑／栩原伊兵衛所持」と墨書。印記「三重県志摩國／松井仙右衛門／志摩郡波切村」「高木家藏」。なお、無刊記双辺乙種本補配の第八冊（巻十五・十六）は前記加賀文庫蔵本補配巻十一・十二の僚巻にて装訂同じ。朱引・朱訓等同様に施され、後見返に同筆で「正徳二歳二月十三日（花押）」と朱書。「高木家藏」印のみあり。

青山学院大学図書館蔵　十九冊　巻二十五・二十六欠（九一三／四三五／T一／一―一、一―二〇）

原装薄茶色空押雷文繋牡丹唐草文様表紙（二八・〇×二〇・三糎）、原双辺刷枠題簽に「太平記一之二（―冊九之終）」と刻す。第十八冊は題簽欠。朱句点のほか、墨筆の訓点・振仮名施され、眉上に校字僅かにあり。印記「小畑町／嶋屋（黒印）のほか、印文不明の黒印一種捺さる。

京都府立京都学・歴彩館蔵　十三冊　巻七・八・十三・十四・二十一―二十四・三十一―三十六欠、巻十五―十八補配慶長十年刊本、巻二十七・二十八補配慶長十五年刊本（特九二三／一）

後補茶色覆表紙（二八・〇×二〇・六糎）。原装薄茶色空押雷文繋唐草文様表紙（表紙、裏打施されているため、空押の花文様、牡丹か蓮華か判別困難。ただし、他本の例より推せば、牡丹唐草文様か）。第五・八冊、原表紙なし。左肩に「太平記巻一之二（―冊九四十）圓光常住」と打付書。中央やや下に「端本共十三冊／一（―十三終）」と白書。このほか、各冊「圓光常住／三之四／太平記　圓光常住」（第二冊）、「山城国受岩郡《ママ》／一乗寺村／圓光寺常住／大平記／大平記　圓光常住」（第三冊）のごとく墨書され、円光寺の旧蔵本であることを知る。前後に遊紙一、二丁。朱引のほか、朱筆の句点・訓点・振仮名施され、第一冊には墨筆の訓点・振仮名あり。第八冊後遊紙表に「雲霞白晝孤鶴風雨深山／臥龍閉戸過思古典著述／巳足三分」と墨書。なお、第六・七冊（巻十五―十八）は慶長十年刊本補配。同様の覆表紙を有し、後補渋引表紙に外題、他冊に準ず。両冊とも前遊紙二丁を附し、それぞれ遊紙第一丁表には古活字版『釈氏要覧』中巻第十二丁表が貼附さる。加えて、両冊とも後遊紙一丁を附し、その裏丁にそれぞれ『釈氏要覧』中巻第十二丁裏が貼附さる。本来の表紙に存した刷反古が転用されたものか。この二冊、朱引・朱句点のほか、墨筆の訓点・振仮名施さる。また、慶長十五年刊本補配の第十冊（巻二十七・二十八）は同様の覆表紙を有し、原装薄茶色空押雷文繋文様表紙（慶長十五年刊本の原表紙によく見られる雷文繋蓮華唐草文様か）。朱引・朱句点のほか、墨筆の訓点・振仮名施され、眉上に書入あり。

八　無刊記双辺乙種本

無刊記双辺甲種本をもとに翻印した本。本文は双辺甲種本に一致し、字詰もこれと同じになるよう努力が払われている。活字も双辺甲種本を模して彫刻したもののようだが、やや稚拙な感じで、それがかえって愛すべき風合いを醸し出している。各巻巻頭に目録一丁を附し、内題「太平記巻第一（―四十）」。双辺（二一・一×一七・〇糎）無界十二行二十二字内外。版心、粗黒口双花口魚尾、中縫に「太平記一（―四十）　丁附」。尾題「太平記巻第一（―四十）終」。

中京大学図書館蔵　二十冊（貴一九）

原装茶色表紙（二六・七×一九・一糎）、第十八・二十冊に僅かに原双辺刷枠題簽「太平□□□□□」と刻せるを残す。僅かに墨訓施さる。巻二第五丁に日野資朝辞世頌を書下文にして記した紙片、巻十二第十六丁に賢聖障子に描かれた人名を記せる紙片等を挿む。印記「秋元／圖書」「月明莊」。

大東急記念文庫蔵　目録共二十一冊　目録補配慶長十五年刊本、巻十五・十六補配無刊記双辺甲種本（七／二四／一九二七）

原装焦茶色表紙（二九・〇×二〇・三糎）、原双辺刷枠題簽に「□平□□□（一卅九之四十）」と刻す。巻十四第四十二丁（最終丁）欠。墨筆の訓点・振仮名施さる。第二冊後見返に淡墨で「倚松軒」と書す。なお、慶長十五年刊本補配の第一冊（目録）は後補砥粉色表紙（二八・七×二〇・三糎）、貼題簽に「太平記　目録」と書す。ただし、後表紙は原装薄茶色空押麻の葉唐草文様（傷みのため鮮明ならぬも、斯道文庫蔵慶長十五年刊本のものと同表紙と思われる）。また、無刊記双辺甲種本補配の第九冊（巻十五・十六）は原装薄茶色空押雷文繋牡丹唐草文様表紙（二八・六×二〇・三糎）、原双辺刷枠題簽に「太平記十五之六」と刻す。朱引のほか、墨筆の振仮名施さる。帙に「古梓堂文庫」のラベル貼られる。

市立米沢図書館蔵　二冊　存巻十七―二十（米沢善本／一九九／二）

後補素紙表紙（二八・四×二〇・三糎）、第一冊後・第二冊は新補白表紙。貼題簽に「零本古活字太平記／十七―十八巻（十九―二十巻）」と書す（ただし、第二冊題簽は欠し、コピーを添附する）。巻十八目録欠、白紙一丁を補う。印記「林泉文庫」（伊佐早謙）。

天理大学附属天理図書館蔵　一冊　存巻五・六（〇一一／イ／二〇）
後補薄茶色空押雷文繋蓮華唐草文様表紙（二八・五×二〇・四糎）、左肩に「大平記　五ノ六」と書し、右肩に「太平記古活字版／寛永中刊／十二行本」と記せる小紙を貼附。朱点のほか、朱筆の訓点・振仮名施さる。全丁欄脚部分を切除し、別紙を継いで補う。後表紙見返に戸川濱男の筆にて「昭和十八年四月／同種本同一人ニ収蔵セラレタル巻十九、廿、ヲ得タリ」「昭和十五年一月／戸川濱男」と墨書さる。印記「殘花書屋」、「賓／南」（陰陽二種）。

このほか、未見の伝本に日本大学総合学術情報センター蔵本がある。『日本大学総合学術情報センター所蔵古典籍資料目録―中古・中世散文編―』によれば、二十冊の由。

九　無刊記双辺丙種本

無刊記双辺甲種本と共通の本文を持つが、数箇所にわたり慶長十五年刊本・元和二年刊本の有する異文を増補する。各巻巻頭に目録一丁を附し、巻一冒頭は無刊記単辺本（慶長十二年以前刊本）同様、目録の裏丁に「太平記巻第一／序」として以下序文を配し、本文第一丁を「太平記巻第一／〇後醍醐天皇御治世事付武家繁盛事」とはじめ、内題重複す。双辺（二二・〇×一六・八糎）無界十二行二十四字内外。版心、粗黒口双花口魚尾、中縫に「太平記一（―四十）丁附」。尾題「太平記巻第一（―四十）終」。

国文学研究資料館蔵　目録・剣巻共二十一冊　巻一・二・五・六補配慶長十五年刊本（九九／三四／一―二一）
後補焦茶色表紙（二八・一×二〇・一糎）。朱引・朱句点のほか、墨筆の訓点・振仮名施さる。眉上・欄脚に墨筆の校字あり。「本主／相原徳充／求」（第十冊後見返）、「本主相原氏齋」（第十九冊後見返）等の旧蔵者識語あり。

石川透氏蔵　目録・剣巻共五冊　存巻一・二・五・六・九―十二、剣巻補配慶長十五年刊本
後補淡縹色表紙（二八・一×二〇・〇糎）、双辺刷枠題簽に「太平記□□（一―十二）」と書す。第三冊、題簽欠。

本版は現存するものがごく稀だが、ほかに『玉英堂稀覯本書目』第二五一号所載本がある。目録・剣巻共二十一冊の完本で、原装黒表紙を備う。

一〇　無刊記双辺丁種本

無刊記双辺甲種本の系統本。本文には無刊記双辺丙種本から取り込んだと思われる増補文が僅かにある。巻頭に目録一丁を附し、巻一冒頭は目録の裏丁に序文を配すが、内題の置かれるべき第一行を空白とし、第二行に「序」と題する。また、本文第一丁の首は「太平記巻第一／〇後醍醐天皇御治世事付武家繁盛事」とあり、結果として内題の重複は避けられている。双辺（二三・二×一七・二糎）無界十二行二十三字内外。版心、粗黒口双花口魚尾、中縫に「太平記一（―十）丁附」「太平十一（―四十）丁附」とあり、巻十一以降柱題を「太平」とするのが特徴である。尾題「太平記巻第一（―四十）終」。完本は平成十三年度東京古典会古典籍展観大入札会にて一見せるもののみ（目録五六七。二十冊）。他は零本および他本中の補配本として伝存。

架蔵　二冊　存巻三十一・三十二・三十九・四十

原装茶色表紙（二七・七×二〇・六糎）、原双辺刷枠題簽「太平記　卅□□□」と刻す。朱引・朱句点・朱傍点のほか、墨筆の訓点・振仮名を施す。眉上・欄脚・行間には『参考太平記』によると思しき異本注記、『太平記綱目』による注、校字等書き入れらる。後表紙見返に以下の如く、書入等に関する三種の識語あり。

(1)元祿九年丙子暦季夏十六日加朱終誠窓知三六十六歳／三月廿九日始執筆至／今日七十六日歟／全部廿冊之中自首巻至四巻摩耶合戰之條者往歳伊／勢國桑名仕官之時於彼城下内堀之愚巷加朱（以上朱筆）

(2)此傍之書加者、借平田三左衛門所持之太平記綱目、讀之／書加也、彼書、以朱、本文之側、為書加者也、余亦一字一點、不／殘漏而加筆、時元祿十四年、辛巳暦、仲冬十五日、開巻、翌年壬／午暦、仲夏十二日、全部六十巻、讀畢、誠翁七十二歳、

(3)予壯歳南京郷ニ嚴父家兄同住ノ時難読文字并史書／傳記ノ語ヤ書簡ノ文章ニハ□□ヲ以テ訓點ヲ加フ今又／老後ノ日暮ニ讀難キ文字ノ類ニハ不漏訓點ヲ加フ假／名遣ノテニヲハ誤リアルヘシ老ノ疲レ改メ正ス事ヲセザル也／筆ヲ執ハ旧□ナリ終□元祿十六年癸未暦二月十二日／参州岡崎城下誠翁七十／三歳

印記「兒嶋／道意」「慶」（黒印）の他、糸印一顆捺さる。

一一　無刊記単辺本（慶長十二年以前刊本）

無刊記双辺甲種本をもとに翻印した本。本文は同じだが、双辺甲種本が仮名表記する部分を漢字に改めるなどして、丁数の節約に努めている。活字も双辺甲種本のものと共通するものが確認されるが、すべて双辺甲種本のものを襲用したかは未確認。各巻頭に目録一丁を附し、巻一は目録の裏丁に「太平記巻第一／序」として序文を配す。本文第一丁は「太平記巻第一／○後醍醐天皇御治世事付武家繁盛事」とはじまり、内題重複す。単辺（二二・八×一七・〇糎）

無界十二行二十三字内外。版心、粗黒口双花口魚尾、中縫に「太平記一（一四十）丁附」。ただし、「太平記巻一一（六・十・十四）」「太平記巻二　三（八・十三・十七・廿二・廿八）」と、「巻」字の入ったものもあり。尾題「太平記巻第一（一四十）終」。龍門文庫蔵本の墨識語から、慶長十二年以前の刊であることがわかる。

龍門文庫蔵　二十冊（四三〇）
原装焦茶色表紙（二七・五×二〇・三糎）、原双辺刷枠題簽に「太平記九之十（十一之二・十五之六・十九之廿・廿一之二・廿七之□・廿九之卅・卅五之六・卅七□□・卅九之□□）」と刻す。ただし、巻数部分は墨書。墨筆の訓点・振仮名僅かにあり。第一冊見返に「北畠三品僧都玄恵記之九十義貞高氏書。十三四五六巻藤房書　七八巻赤松則祐書　一二巻山門來賢法印書／一ヨリ十マテ玄恵皆記之／……」と、『太平記秘伝理尽鈔』等に存する「名義幷来由」によると思しき書入が全面に施される。第一冊後見返・第二冊後見返にも同種の書入あり。旧蔵者識語、第一冊は巻一目録の左下余白に「主亮愛」、第二冊以降見返に「主亮愛」とあり。第二十冊後見返に「慶長十二年／主亮愛」とあるも、墨滅さる。また、第四冊見返には「春福（花押）」とあり、「主亮愛」の下に「改」と書す。第六冊見返にも「佐藤氏春福（花押）」とあり、第七冊後見返には亮愛とは別筆にて「亮愛主」「宝永六年己丑四月五日貰者也」とある。第十六冊後見返には「寛延貳歳／未八月吉旦」とあるも、墨滅さる。巻四目録裏丁に「米沢／佐藤伊之介／座頭町」の黒印二顆捺さる。なお、表紙裏張に易林本（平井休与版）『節用集』と今関正運刊古活字本『孟子』（高橋智氏「古活字版趙注孟子校記」〈『斯道文庫論集』第二八輯、一九九三年〉にいうA種b本）の刷反古が用いられている。第二冊表紙には『節用集』下第五十三丁裏、第四冊後表紙には『節用集』下第十五丁裏、第五冊後表紙には『節用集』下第十五丁表、第九冊表紙には『節用集』上第二十三丁表、第十一冊後表紙には『節用集』下第三十三丁裏、第十四冊表紙には『孟子』巻七第六丁裏、第十四冊後表紙には『節用集』下第五十三丁表、第十八冊後表紙には『孟子』巻七第六丁表、第十九冊表紙には『節用集』上第二十三丁裏が用いられている。

慶應義塾大学附属研究所斯道文庫蔵　二十冊（〇九一／ト五一／二〇）

原装焦茶色表紙（二七・六×二〇・〇糎）、原双辺刷枠題簽に「太平記　一之二（―卅九之終）」と刻す。印記「徳」（増田徳兵衛）「月／明／荘」。

陽明文庫蔵　二十一冊　剣巻補配慶長十五年刊本（近／タ／一八）

後補栗皮表紙（二七・八×二〇・六糎）、双辺刷枠題簽に「太平記　釼巻第一冊（―卅九、四十第二十一冊）」と書す。印記「陽／明／藏」。

長谷川端氏蔵　一冊　存巻三・四

原装茶色表紙（二八・〇×二〇・七糎）。朱引・朱句点施され、僅かに朱墨の訓点・振仮名あり。

一二　乱版

各巻巻頭に目録一丁を附し、内題「太平記巻第一（―四十）」。双辺（二一・二×一六・八糎）無界十二行二十二字内外。附訓・句点・訓点。版心、粗黒口双花口魚尾、中縫に「太平記巻一（―十）丁附」「太平記十一（―四十）丁附」。尾題「太平記巻第一（―四十）終」。活字は乱版『源平盛衰記』と同一のものを使用。整版部分は寛永八年刊本と同版である。古活字と整版の取り合わせは以下のとおり（天理図書館蔵本による）。

目録　整版
剣巻　古活字
巻一　整版
巻二　整版
巻三　整版
巻四　整版
巻五　整版
巻六　整版
巻七　目録　古活字、本文　整版
巻八　整版
巻九　整版
巻十　整版
巻十一　目録　古活字、本文　整版
巻十二　整版
巻十三　目録　古活字、本文　整版
巻十四　目録　古活字、本文　整版
巻十五　目録　古活字、本文　整版
巻十六　整版

巻十七　整版
巻十八　目録 古活字、本文 整版
巻十九　古活字
巻二十　目録 整版、一―四丁 古活字、五・六丁 整版、七―二十九丁 古活字、三十丁 整版
巻二十一　目録・一・二丁 整版、三―二十四丁 古活字、二十五丁 整版、二十六―二十八丁 古活字
巻二十二　目録 整版、一―八丁 古活字、九丁 整版、十―十八丁 古活字、十九―二十一丁 整版
巻二十三　目録 整版、本文 古活字
巻二十四　目録 整版、一―四丁 古活字、五―七丁 整版、八―十九丁 古活字、二十・二十一丁 整版、二十二丁 古活字、二十三・二十四丁 整版、二十五―三十二丁 古活字
巻二十五　目録 整版、本文 古活字
巻二十六　古活字
巻二十七　古活字
巻二十八　目録 整版、本文 古活字
巻二十九　目録 整版、本文 古活字
巻三十　古活字
巻三十一　目録 整版、一―三丁 古活字、四丁 整版、五―十三丁 古活字、十四丁 整版、十五―二十七丁 古活字
巻三十二　古活字

巻三十三　目録・一―十八丁 古活字、十九丁 整版、二十―三十三丁 古活字
巻三十四　目録・一―五丁 古活字、六丁 整版、七―二十七丁 古活字
巻三十五　目録 整版、本文 古活字
巻三十六　目録 整版、本文 古活字
巻三十七　古活字
巻三十八　目録 整版、本文 古活字
巻三十九　目録・一―十九丁 古活字、二十丁 整版、二十一―三十五丁 古活字
巻四十　目録・一―三丁 古活字、四丁 整版、五丁 古活字、六丁 整版、七丁―十一丁 古活字

右のとおり、本版は巻十八まで整版を主体とし、巻十九より古活字を主体としている。また、古活字を主体とする巻のうち、巻二十・二十一・二十二・二十四・三十一・三十三・三十四・三十九・四十では古活字と整版が混然としているかのごとく見えるが、実際には漢文や人名列挙など、漢字を多く含む丁に限って整版が用いられている。これらは『源平盛衰記』乱版と同様の特徴である。『源平盛衰記』乱版の成立理由については、既に藤井隆氏「古活字版及び乱版に関する二・三の考察」(『帝塚山短期大学紀要』第六号、一九六九年)、大内田貞郎氏「古活字本乱版考―源平盛衰記の場合―」(『ビブリア』第八一号、一九八三年)、同氏「源平盛衰記整版本について」(『ビブリア』第八二号、一九八四年)に考証がある。この中で大内田氏はかかる乱版の成立をめぐり、整版を主体としながらも、出版を早めるために活字版も併用されたこと、活字主体の巻でも漢文体の部分は振仮名・送仮名・返点等の配植が困難なので整版が採用されたこと、等を指摘しているが、適切な見解といえる。『太平記』乱版も『源平盛衰記』と同一の工房において、同様の方途を以て印出されたのであろう。ただ、『源平盛衰記』乱版は元和寛永中刊とされる古活字本を底本にする由で

あるが、本版は元和八年刊の整版本を底本とする。整版部分は元和八年刊本の覆刻である。のちに古活字部分を整版で追刻し、全巻整版で刊行したものが寛永八年刊本である。追刻部分は古活字の覆刻ではなく、元和八年刊本の覆刻である。従って、本版の刊行は元和八年以降、寛永八年以前ということになる。

天理大学附属天理図書館蔵　目録・剣巻共二十一冊（二二〇・四／イ八一）

後補黄土色表紙（二七・一×二〇・〇糎）、貼題簽に「太平記　目録（壹—三十九 貳—四十）」と書す。印記「石田文庫」（朱護謨印）。

園部町教育委員会小出文庫蔵　目録・剣巻共十一冊　目録・剣巻・巻一—六・十三—二十・二十三・二十四・二十七・二十八補配覆寛永八年刊本甲種本後印本、巻七・八補配寛文十一年刊後印本、巻二十五・二十六補配万治三年刊本

後補黄色空押七宝文様表紙（二五・五×一八・一糎）、貼題簽に「太平記目録幷劔（壹之四—卅七之四十）」と書す。朱引のほか、墨筆の訓点・振仮名施さる。本来の乱版の部分は巻九—十二（整版部）、巻二十一・二十二・二十九—四十（古活字部）のみで、「晴雲舎／藏書記」印を捺す。また、覆寛永八年刊本甲種本補配部には「渡邊家／藏圖書」印を捺す。明治期の園部の教育者、上野盤山旧蔵。

愛知県立大学附属図書館蔵　二冊　存巻三十五—三十八（貴九一三・四／一〜二／三四）

原装茶色表紙（二七・六×二〇・一糎）、第一冊貼題簽に「□冊五之六」と書し、第二冊「□冊七之八」と打付書。他本と異なり、巻三十五第二十九丁を整版とする。ただし、この一丁は元和八年刊本と同版である。

法政大学文学部日本文学科蔵　一冊　存巻三十五・三十六
後補淡縹色表紙（二六・三×一九・九糎）。

架蔵　一冊　存巻三十七・三十八
後補茶色表紙（二七・五×二〇・一糎）、双辺枠題簽に「太平記卅七卅八」と書す。

平仮名本

一三　慶長十四年刊本

古活字版『太平記』のうち、平仮名本として最初の本。本文は慶長十年刊本乃至慶長十二年刊本のものを平仮名化したもの。真名活字には訓を附すものもあって、川瀬一馬氏によれば、かかる活字の使用は古活字本中、本版において初めて試みられたという。各巻巻頭に目録一丁を附し、内題「太平記巻第一（―四十）」。無辺無界十行。印面高さ、約二三・五糎。裏丁書脳中央下部に「幾之幾」と巻次・丁附刻さる。尾題「太平記巻第一（―四十）」。巻十七のみ尾題なし。巻末に、

修己治人之道無如察古典故慎徽五典賓興天下／之達道而建民五教四書六経亦閲見往聖之規模／而起立來學之標準者多矣蓋此書讀者講究商確／而見賢思齊焉見不賢而内自省也使天下之人皆／躬行心得則自然太平也是以名之曰太平記敷近／來頒布天下之簡籍或漢字或片假字為漢字之／扶故不童蒙愚婦所暁今既幸政可正以假字令工／鋟梓行世自王宮國都至村閭巷愚夫懸帰皆有以／案観而習聞披現此書想形容躰情性以感發其同〳〵然之善心豈不嘆慕激勵哉

慶長己酉陽月既望／存庵跋　　才雲刊之

との跋文・刊記がある。存庵は大坂に住し、豊臣秀頼に仕えた人物か（慶長日件録）。

国立公文書館内閣文庫蔵　四十冊（一六七／六二）

原装薄茶色空押雷文繋蓮華唐草文様表紙（二八・〇×一九・九糎）、左肩に「一（一―四十）」と墨書。墨筆の振仮名施さる。印記「町田久成獻納之章」「書籍／館印」「淺草文庫」「日本／政府／圖書」。なお、表紙裏張には反古が用いられている。殊に第三十二冊後表紙に慶長九年叡山版『法華玄義科文』巻九第四十七裏の刷反古が用いられていることが目を引く。

西尾市岩瀬文庫蔵　四十冊（一〇／一三）

後補縹色表紙（二七・五×一九・五糎）。墨筆の振仮名を施す。巻三十五のみ同版の別本を補配。原装茶色表紙（二八・〇×一九・八糎）、「太平記巻第卅五」と打付書。

東北大学附属図書館蔵　三十五冊　巻十五・二十一・二十八・二十九・三十五欠（阿／一五／一一八）

後補焦茶色表紙（二八・一×一九・九糎）、中央やや左よりに「太平記巻第一（一―四十）」と大書、右端に「一（一―四十終）共四十」と書す。巻四のみ朱引・朱点あり。このほか、墨筆にて振仮名を施す巻、若干あり。巻十四後表紙見返に「中川氏」と墨書。巻三十六表紙右下に淡墨で「西村」と書す。印記「荒井泰治氏ノ寄附金ヲ／以テ購入セル文學博士／狩野亨吉氏舊藏書」。

東京国立博物館蔵　三十冊　巻一・三・五・六・十四・二十・二十一・二十九・三十五・三十九欠（と／一〇三三〇）後補鳶色空押卍繫文様覆表紙（二七・三×一九・三糎）、原装薄茶色空押雷文繫蓮華唐草文様表紙。巻十一第三十八丁（最終丁）補写。墨筆の振仮名施さる。各冊見返に「高木主水左門」と墨書。総裏打施さる。

石川武美記念図書館成簣堂文庫蔵　十六冊　存巻十八—二十五・二十七・三十—三十二・三十四・三十七・三十九・四十

原装茶色表紙（二八・八×二〇・八糎）、貼題簽に「太平記十九」のごとく書す。第一冊表紙右側に「慶長己酉新刊平仮名活字版／共拾六冊」と朱書。墨筆の振仮名施さる。巻四十刊記の末に「この書平假名活版の初なり（花押）」と墨書（吉澤義則）。印記「生野福島」（黒印）、「徳富氏／圖書記」。

東京大学総合図書館蔵　目録・剣巻共七冊　存巻一・二・五・六・十九・二十・二十三—二十六・三十九・四十、目録・剣巻補写（A〇〇／四五一八）

後補鳥の子色表紙（二八・二×一九・九糎）。印記「造化堂」「南葵／文庫」。補写された目録・剣巻一冊は、貼題簽に「太平記　劔巻」と書す。十行、漢字平仮名交附訓。

一四　寛永元年刊本

慶長十四年刊本につづく平仮名古活字本であるが、本文は無刊記双辺甲種本の系統で、これを平仮名化したものである。本版でも附訓の真名活字が使用される。各巻巻頭に目録一丁を附し、内題「太平記巻第一（一―四十）」。無辺無界十一行。印面高さ、約二四・〇糎。表丁書脳中央に「一（一―四十）丁附」と刻さる。尾題「太平記巻第一（一―三十九）」。巻九・四十に尾題なし。刊記「于時寛永元年南呂下旬　開版之」。装訂は丹表紙の上製本と焦茶色表紙の並製本に分かれるらしい。

京都大学附属図書館蔵　目録共四十一冊（近衛本／五―〇八／タ／一七）
原装丹空押石畳文様表紙（二九・一×二〇・六糎）、原双辺刷枠題簽に「太平記　目録（一―四十）」と刻す。印記「陽／明／藏」「近衛本」。

京都大学文学部国文学研究室蔵　目録共四十一冊（国文学／ＯｍＩ／二）
原装焦茶色表紙（二九・〇×二〇・一糎）、原双辺刷枠題簽に「太平記　一（一―四十）」と刻す。第一冊（目録）は題簽欠。巻十八第六十五丁（最終丁）欠。目録、巻頭目録及び本文中の章段名の上に朱の〇印を施す。巻一―十・三十四は〇の中に墨筆で章段番号を振る。印記「青木／家藏／之印」「横地氏／珍藏記」「靄限文庫」（横地石太郎）。

中京大学図書館蔵　目録共四十一冊（貴二〇）
原装焦茶色表紙（二八・三×二〇・一糎）、原双辺刷枠題簽に「太平記　目録（一―四十）」と刻す。印記「西荘文庫」（小津桂窓）「岡田眞／之藏書」（岡田真）「定」。

国文学研究資料館蔵　目録共四十一冊　巻六補写（九九／一八／一―四一）

原装焦茶色表紙（二九・一×二〇・六糎）。巻二十七・三十四のみ後ろは後補薄茶色表紙。中央に原双辺刷枠題簽「太平記　目録（一―四十）」と刻す。印記「春翠／文庫」。補写された巻六は茶色表紙（二八・五×二〇・五糎）、中央貼題簽「太平記　六」と書す。十一行、漢字平仮名交附訓。

九州大学附属図書館蔵　四十冊（五四六／タ／六）

原装丹空押雷文繋牡丹唐草文様表紙（二八・九×一〇・八糎）、金地金銀泥草花模様題簽に「太平記第一（―四十）」と書す。朱引・朱句点、章段名の上に朱の〇印を附す。僅かに朱の振仮名あり。巻四十後見返に「境知貞／此書境家秘物也／但四拾冊物一ヨリ四拾冊目迄」と墨書。印記「境／知貞」「熊本上通二丁目書舗川口屋只次郎」。

甲南女子大学図書館蔵　目録共四十冊　巻三十二欠

後補茶色表紙（二八・三×二〇・五糎）、左下に「日（一―四十）」と墨書。印記「岡田眞／之藏書」「耕文／社章」。

石川武美記念図書館成簣堂文庫蔵　四十一冊　巻一補配慶安三年刊本、巻三十一同版別本重複、巻三十八補写

原装栗皮表紙（二九・七×二一・三糎）、原題簽に「太平記一（―四十終）」と刻す。ただし、巻数部分は墨書。慶安三年刊本補配の巻一は原装縹色空押卍繋文様表紙（二九・〇×二一・〇糎）、中央原題簽に「太平記一」と刻す。重複せる巻三十一の同版別本は新補渋引表紙（二九・八×二一・一糎）、「太平記　三十一」と打付書。右肩に「活字本珎本」と朱書し、つづいて章段名を墨書する。この一冊のみ別時点での購入。補写せる巻三十八は栗皮表紙（二八・九×二一・

四糎）、貼題簽に「大平記三十八」と書す。十一行、漢字平仮名交附訓。印記「徳富／猪弌郎／之章」ほか、徳富蘇峰の蔵書印四種。

天理大学附属天理図書館蔵　四冊　存巻十・三十六・三十七・三十九（〇一一／イ一一／二六―二九）
後補縹色空押卍繋牡丹唐草文様表紙の上に黄土色表紙を貼る（二八・〇×二〇・二糎）、中央に淡縹色貼題簽「太平記巻拾（巻三十六・巻三十七・巻三十九）」と書す。旧蔵者識語「大平記／拾／むさしや／孫太」（巻十見返裏）、「大平記／武蔵や／孫太／持用」「桒原久太郎」（同後見返）、「大平記／三拾六／虫の村武蔵屋／孫太／持用」「子久太郎遊之」（巻三十六見返）、「虫野村」（巻三十六後表紙裏）、「大平記／三拾七／武蔵屋／孫太／持用」（巻三十七見返）、「我聚案開墾地明治十年従棹等／安途須臾無民塗炭実可／悲天帝不可知大臣早稟議安全／与民宜敷永世保證乞天中罰／無悖軍慢心不懐禁中静也／／越後國南魚沼郡／虫野村／不葉書之／明治十九年五月廿一日」（巻三十七最終丁裏・後見返）、「太平記／参拾九本／武蔵屋孫太／持用」（巻三十九見返裏）、「むしの村／太左衛門」（巻三十九見返）、「太左衛門／名左衛門」（巻三十九後表紙裏）。印記「殘花書屋」「岡田眞／之蔵書」。

東洋文庫蔵　一冊　存巻三十二（三／A／d／二七）
原装焦茶色表紙（二八・九×二〇・〇糎）、貼題簽に「太平記古活字版巻三十二」と書す。印記「雲邨文庫」。

京都大学附属図書館蔵　一冊　存巻三十八（五―〇七／タ／一）
後補焦茶色表紙（二八・八×二〇・〇糎）。

一五　慶安三年刊本

慶安三年荒木利兵衛開版本。寛永元年刊本を底本とする。川瀬一馬氏によれば、本版では寛永元年刊本の附訓活字と慶安二年荒木利兵衛開版の『鴉鷺合戦物語』の片仮名附訓真名活字が襲用されているという。各巻巻頭に目録一丁を附し、内題「太平記巻第一（〜四十）」。無辺無界十一行。印面高さ、約二三・五糎。漢字平仮名交附訓。表丁書脳中央に「一ノ（〜三十）丁附」「三十一（〜四十）丁附」と刻さる。尾題「太平記巻第一（〜四十）終」。刊記「慶《きやう》安《あん》三年庚寅《かのへとら》五月吉日　荒木利兵衛開」。

大東急記念文庫蔵　目録・剣巻共四十一冊（七／二七／一九二八）

原装縹色表紙（二八・一×一九・六糎）、中央に原金泥草花文様丹色題簽に「太平記目録并剣（一—四十）」と刻す。印記「愛岳麓蔵書」（大久保忠寄）「半原書屋蔵」「寛《？》／本」。帙に「古梓堂文庫」のラベル貼らる。

高知県立図書館蔵　目録・剣巻共四十一冊（二一〇／二六四）

原装縹色空押卍繋牡丹唐草文様表紙（二八・〇×二〇・一糎）、中央に原金泥草花文様題簽に「太平記目録并剣（一—四十）」と刻す。印記「尚□子」「森氏／文庫」（緑印）「岡／本」。

宮内庁書陵部蔵　四十冊（二〇七／六〇八）

後補縹色空押菊花文様表紙（二七・九×一九・九糎）、双辺刷枠題簽に「太平記　一（—四十）」と書す。巻十五・三十

二のみ目録を欠く。巻二十四まで朱引施さる。印記「帝室／圖書」。

京都大学附属図書館蔵　二冊　存巻六・七（五―〇八／タ／二）

後補刷毛目文様表紙（二七・五×一九・五糎）、中央に原題簽「太平記六（七）」と刻す。ただし、巻数部分は墨書。

中西達治氏蔵　一冊　存巻一

後補茶色表紙（二八・〇×一九・九糎）、貼題簽に「太平記　一」と書す。

このほか『狂詩狂歌　青裳堂古書目録』（二〇〇四年）所載本がある。原装表紙の裏張に同版本の刷反故が使用されている。興味深い事例なので、附記しておく。

〔附記〕

再校後に左記の資料の存在を知り得た。

慶長十年刊本　内藤記念くすり博物館付属図書館大同薬室文庫蔵　一冊　存目録・巻二（九一三／四五六四九）

後補素紙表紙（二七・六×一九・四糎）。青鉛筆による傍線・丸印、上層には僅かに鉛筆による注記、施される。

慶長十五年刊本　大阪大学附属図書館蔵　二冊　存巻十九・二十・二十三・二十四（五五六）

原装茶色空押雷文繋蓮華空文様表紙（二八・〇×二〇・〇糎）、「太平記　十九ノ廿（二十三ノ四）」と打付書。第一冊のみ、後表紙欠。

また、『狂詩狂歌　青裳堂古書目録』所載慶安三年刊本は、その後、国立国会図書館の蔵に帰した（『国立国会図書館月報』第五四四号〈二〇〇六年七月〉所収「新指定貴重書および準貴重書について―第三八回貴重書等指定委員会―」参照）。

〔補記〕

本書初版刊行以後に知り得た伝本の書誌を以下に記す。

二　慶長八年刊本

国立国会図書館蔵　二十二冊　巻十九・二十補配無刊記双辺丁種本、附巻十九―二十二慶長八年刊本別本（WA七／二七八）
原装薄茶色空押雷文繋牡丹唐草文様表紙（二六・七×一九・九糎）、右下に「三四」のごとく書す冊あり。巻十六・第三十七丁の次丁の丁附「卅七次補入」と墨書。墨筆の訓点・振仮名、僅かに施さる。補配の第十冊、同表紙を用いる（補配の冊に原装の同表紙が用いられた経緯については、一考を要す）。朱引・朱句点あり。附属せる同版別本の二冊、原装薄茶色空押雷文繋蓮華唐草文様表紙（二七・〇×一九・七糎）、原双辺刷枠題簽に「太平記十九・廿（廿一之二）」と刻す。墨筆の訓点・振仮名施さる。

跡見学園女子大学図書館蔵　三十四冊　欠巻一―五・二十二（九一三・四三五／Ｔａ二二／六―四〇）
原装茶色空押雷文繋蓮華唐草文様表紙（二六・七×一九・六糎）、原双辺刷枠題簽に「太平記　六」のごとく刻す冊、貼題簽に「太平記　八」のごとく書す冊、「太平記　十二」のごとく打付書とする冊などがある。巻十六、第三十七丁の次丁の丁附は空白。朱引・朱句点・墨筆の振仮名を施す巻あり。

架蔵　一冊　存巻二十五・二十六

原装薄茶色空押雷文繋蓮華唐草文様表紙（二六・八×一九・七糎）、貼題簽に「太平記廿五之六」と墨書す。後表紙欠。前表紙見返に「泉龍寺什物」と墨書。和田琢磨氏蔵本・中西達治氏蔵本の僚巻。

五　慶長十五年刊本

神戸大学附属人文科学図書館蔵　目録共二十一冊（九一三／四三五／TA一）
原装焦茶色表紙（二八・五×二〇・五糎）、「太平記目録（一之二―卅九之四十）」と打付書。朱句点、墨筆の訓点・振仮名施さる。また、巻一・二のみ、それより古い朱振仮名あり。第二冊後表紙見返に手習い跡ありて、「七十五翁書　奥村秀貞書」とあり。巻六第十一丁欠にて、十丁・十二丁の間に「三百七十餘箇日……不思議ナリシ讖文也」と墨書せる紙片を挟む。第二十一冊後遊紙に書状添付。本書は釜田喜三郎氏旧蔵にて、二帙に収める。第二帙には①昭和三十三年七月十七日付、思文閣「発送御案内」葉書（本書送付時のもの）、②昭和三十一年六月十九日消印、琳琅閣書店葉書（後記元和二年版送付時のもの）、③昭和三十三年三月二十三日消印、鎌田共済会郷土博物館西山光衛氏書状（慶長八年刊本との校異についての回答）が収められる。
（八）種にて、巻一・二・七―十に異版。巻一第九丁・巻二第九丁に残葉。

駒澤大学図書館沼澤文庫蔵　一冊　存剣巻（沼／T／三一）
原装薄茶色空押雷文繋蓮華唐草文様表紙（二七・五×二〇・三糎）、左肩打付「劒巻」。印記「神淵寺／永藏書」。後表紙見返に「澄阿」と墨書。

このほか、未見の伝本に正宗文庫蔵本（二点）がある（正宗文庫調査班「正宗文庫目録（五十音順、典籍編）」『調査研究報告』第二十九号、二〇〇九年）。

六　元和二年刊本

神戸大学附属人文科学図書館蔵　目録・剣巻共二十一冊（九一三／四三五／ＴＡ一）
栗皮表紙（二八・〇×二〇・二糎）、双辺刷枠題簽に「太平記　一之二（一卅九之四十）」と刻す。墨筆の訓点・振仮名僅かにあり。
第一冊後表紙見返に「畑久右衛門」と墨書。印記「西荘文庫」。

駒澤大学図書館沼澤文庫蔵　五冊　存巻一―十（沼／T／四六）
後補茶色表紙（二七・六×二〇・一糎）、双辺刷枠題簽に「新刻太平記一二（―九十）」と刻す。ただし、巻数部分は墨書。印記「□陵／藏書」「松宇文庫」（伊藤松宇）。

八　無刊記双辺乙種本

駒澤大学図書館沼澤文庫蔵　二十冊　（沼／T／四五）
後補縹色表紙（二七・二×一九・七糎）、銀切箔題簽に「太平記　一之二（一三拾九之四十）」と書す。ただし、第十一・十七・十八・二十冊は同版別本を補配。当該の四冊、朱引、朱句点、朱筆の訓点・振仮名を施される。東京都立中央図書館加賀文庫蔵・天理大学附属天理図書館蔵無刊記双辺甲種本補配無刊記双辺乙種本、後記架蔵本の僚巻。第十一冊「正徳二歳三月三日（花押）」、第十七冊「于時正徳貳歳中夏上旬第三日書之」、第十八冊「于時正徳貳歳中夏中旬第一日著之訖ヌ」と各後表紙見返に朱筆の識語あり。印記「泉屋／大藏」（壺型黒印。ただし、上記四冊にはなし）。

架蔵　二冊　存巻二十三・二十四・三十一・三十二
後補渋引刷毛目文様表紙（二七・七×一九・九糎）、貼題簽に「太平記　巻第二十三 巻第二十四」と墨書。第二冊題簽欠。朱引、朱句点、朱筆の訓点・振仮名施さる。ただし、巻三十二第二十七丁以降は墨筆の振仮名のみ施さる。第二冊後表紙見返に「于時正徳貳歳卯月中旬第九日此書化字着申」との識語あり。東京都立中央図書館加賀文庫蔵・天理大学附属天理図書館蔵無刊記双辺甲種本補配無刊記双辺乙種本の僚巻。

九　無刊記双辺丙種本

國學院大學図書館蔵　目録・剣巻共二十一冊（三五六五／三五八五）

原装黒表紙（二七・三×一九・七糎）。墨筆の訓点・振仮名施さる。印記「長澤商／松平印」。各冊、後見返に「此主／松平氏／廾一冊之内」と墨書あり。『玉英堂稀覯本書目』第二五一号所載本。

架蔵　二十冊　巻一・二補配元和八年刊本

後補縹色表紙（二六・〇×一九・七糎）、双辺刷枠題簽に「太平記　壹弐（―四十三十九）」と刻す（ただし、巻数部分は墨書）。印記「月／堂」。

一〇　無刊記双辺丁種本

法政大学文学部日本文学科蔵　二十冊（W／九九）

後補縹色表紙（二五・〇×一九・五糎）、貼題簽に「太平記巻之一二（―九十）」「太平記巻十一十二（―卅九四十）」と書す。墨筆の訓点・振仮名施さる。第二十冊後表紙見返に「天保三年壬辰之春求之其ノ先キ幾年ヲ経ル歟不レ知／表紙悉ク及二大破一ニ依レ之此ノ度表帋ヲ改メ畢／天保四年癸巳正月　所持之主／海内久五郎庫亮（花押）」との識語あり。印記「越劦海内本庄庫亮什物」。

平成十三年度東京古典会古典籍展観大入札会に出品。

明治大学図書館蔵　三冊　存巻三十一―三十六（〇九二・一／一八／H）

後補丹表紙（二七・四×二〇・四糎）、双辺刷枠題簽に「太平記卅一卅二（―卅五卅六）」と書す。朱引・朱句点のほか、僅かに朱墨の訓点・振仮名あり。印記「大田／垣氏／印」。

一三　慶長十四年刊本

和洋女子大学図書館蔵　四十冊（九一三・四三五／Ｔａ二二／一―四〇）

原装茶色表紙（二八・二×二〇・〇糎）、原水色地雲母刷題簽に「太平記一（―四十終）」と書す。筆跡は角倉素庵風。朱引・朱句点、墨筆の振仮名施さる。印記「種／徳」。

一四　寛永元年刊本

成城大学図書館蔵　四十冊（九一三・四六／ＴＡ二二／一―四〇（Ｗ）（Ｒ））

後補縹色表紙（二八・一×二〇・二糎）、金地題簽に「太平記　一（―四十終）」と書す。各冊之末に「安田六　印（印文「柏」）」の識語あり。印記「高木家藏」。

法政大学文学部日本文学科蔵　一冊　存巻十（Ｊ―Ａ／六六）

原装焦茶色表紙（二九・〇×二〇・四糎）。右下に「十」と朱書。

九州大学附属図書館蔵　一冊　存巻二十一（春日文庫／三〇）

原装焦茶色表紙（二八・五×二〇・一糎）、右下に「二十一」と朱書。後表紙見返に「巻第四十奥書云／于時寛永元年南呂下旬　開板之」と墨書。印記「雲出鳥／還処所臧」（春日政治）。

一五　慶安三年刊本

北海道大学附属図書館蔵　目録・剣巻共四十一冊（九五一／Ｔａｉ）

後補淡縹色表紙（二七・三×一九・五糎）、中央草木文様題簽に「太平記目録并剱（一―四十）」と書す。原装を模した表紙・題簽である。第四十一冊後表紙見返に「嘉永二年己酉中秋望得之」と墨書。印記「久須美／家藏書」。

国立国会図書館蔵　四十冊（ＷＡ八／六）

原装淡縹色表紙（二八・〇×二〇・〇糎）、中央に原金地草花文様題簽（第三十三―三十六は原装朱題簽）に「太平記一（―四十）」と刻す。ただし、巻数部分は墨書。第二・五・七―十・十六―十九冊の後表紙見返に同版の刷反故を用いる。『狂詩狂歌　青裳堂古書目録』所載本。

法政大学文学部日本文学科蔵　二冊　存巻三十一・四十（Ｗ／一二九）

原装縹色表紙（二七・九×一九・七糎）。ただし、巻四十は表紙欠。中央に原題簽「太平記　卅一」と刻す。

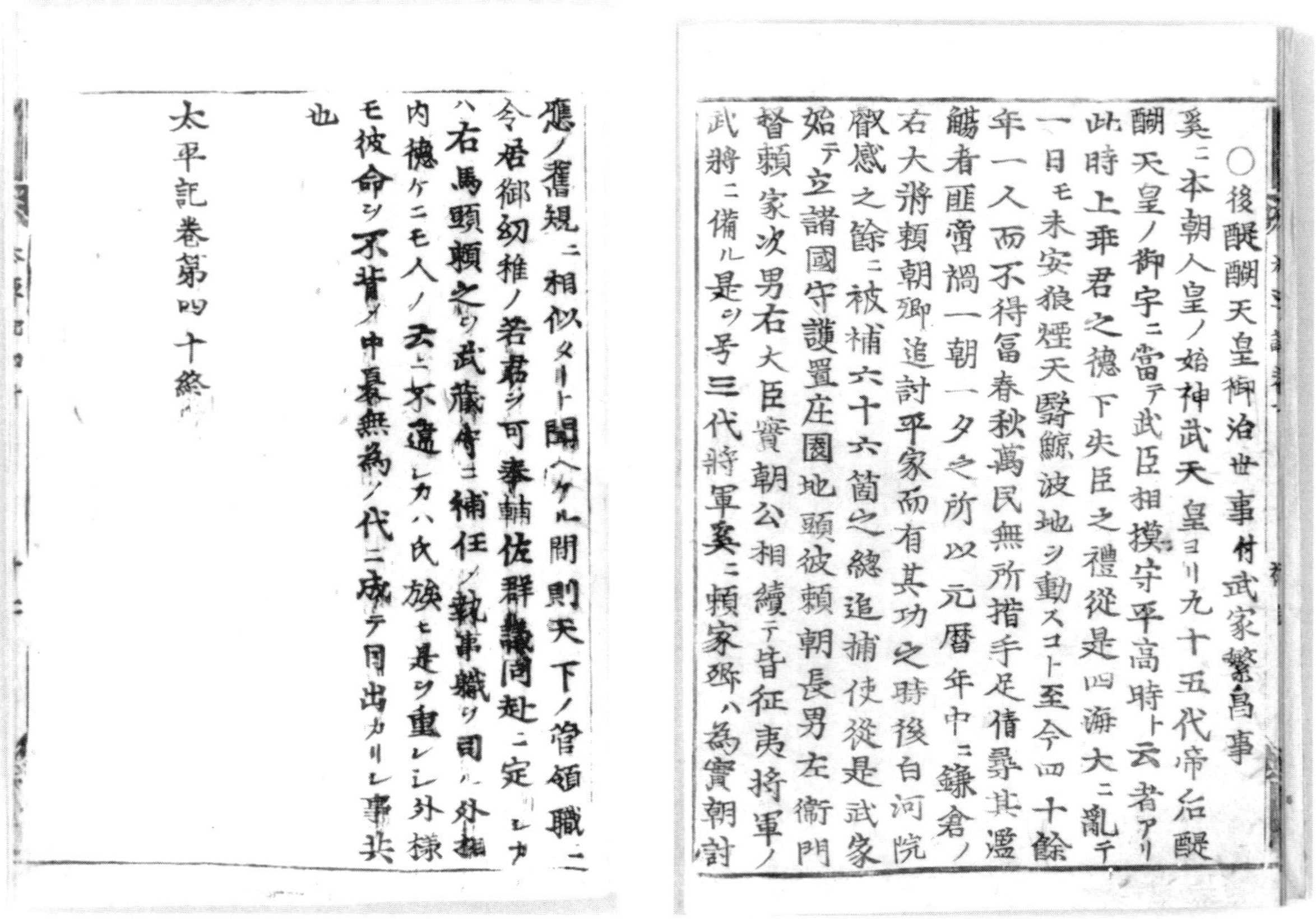
○後醍醐天皇御治世事付武家繁昌事
爰ニ本朝人皇ノ始神武天皇ヨリ九十五代帝后醍
醐天皇ノ御宇ニ當テ武臣相摸守平高時ト云者アリ
此時上乖君之德下失臣之禮從是四海大ニ亂テ
一日モ未安狼煙天翳鯨波地ヲ動スコト至今四十餘
年一人而不得富春秋萬民無所措手足倩尋其濫
觴者匪啻禍一朝一夕之所以元暦年中ニ鎌倉ノ
右大將頼朝卿追討平家而有其功之時後白河院
叡感之餘ニ被補六十六箇之總追捕使從是武家
始テ立諸國守護置庄園地頭彼頼朝長男左衛門
督頼家次男右大臣實朝公相續テ皆征夷將軍ノ
武將ニ備ル是ヲ号三代將軍爰ニ頼家卿ハ為實朝討

應ノ舊規ニ相似タリト聞ヘケル間則天下ノ管領職ニ
令居御幼稚ノ若君ヲ可奉輔佐群議同赴ニ定レカ
ハ右馬頭頼之ヲ武藏守ニ補任ノ執事職ヲ司ル外相
内德ケニモ人ノ云ニ不違レカハ氏族モ是ヲ重レレ外様
モ被命ヲ不背ノ中夏無為ノ代ニ成テ目出カリレ事共
也
太平記巻第四十終

慶長七年刊本（石川武美記念図書館成簣堂文庫蔵）

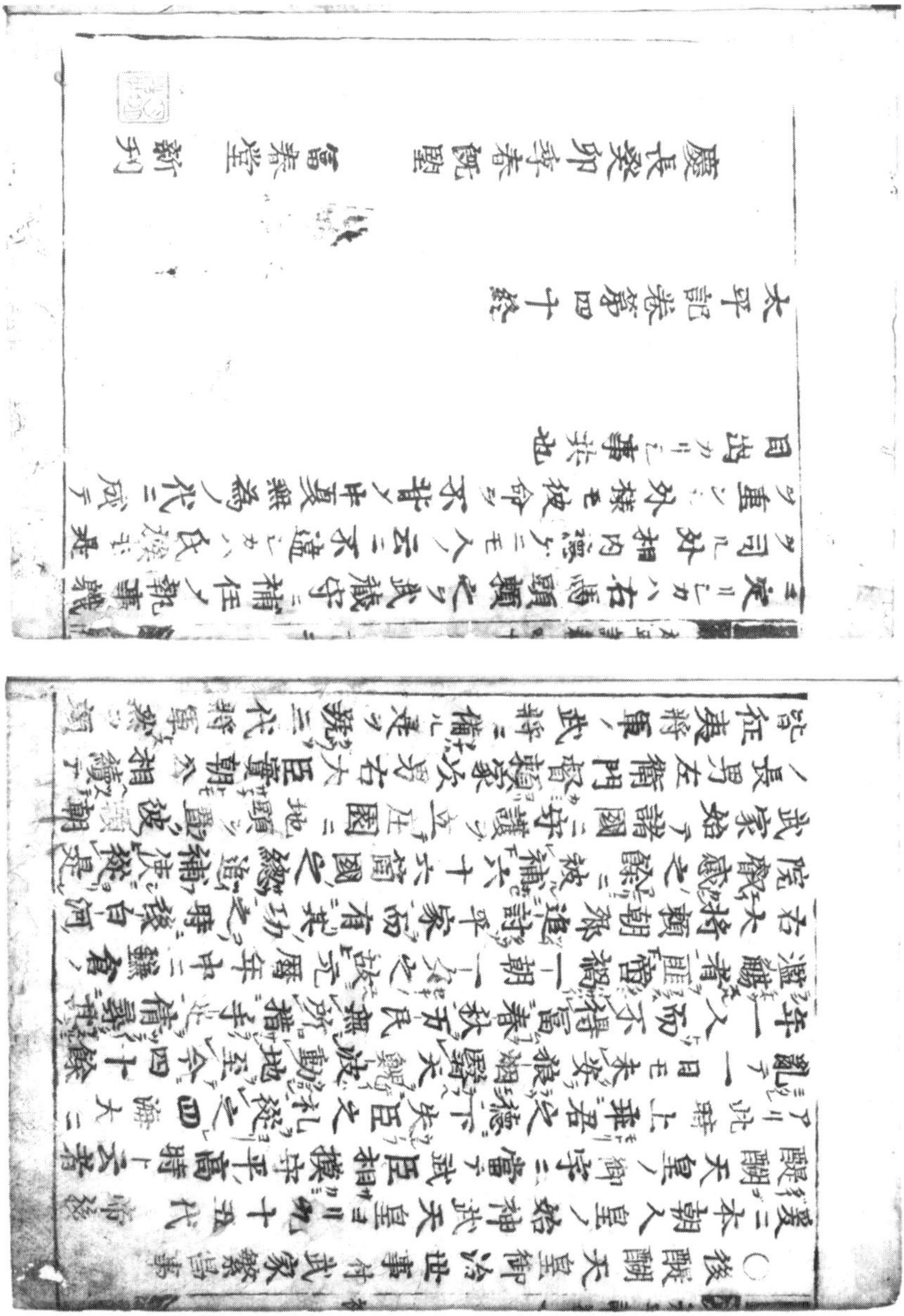

慶長八年刊本（早稲田大学図書館蔵）

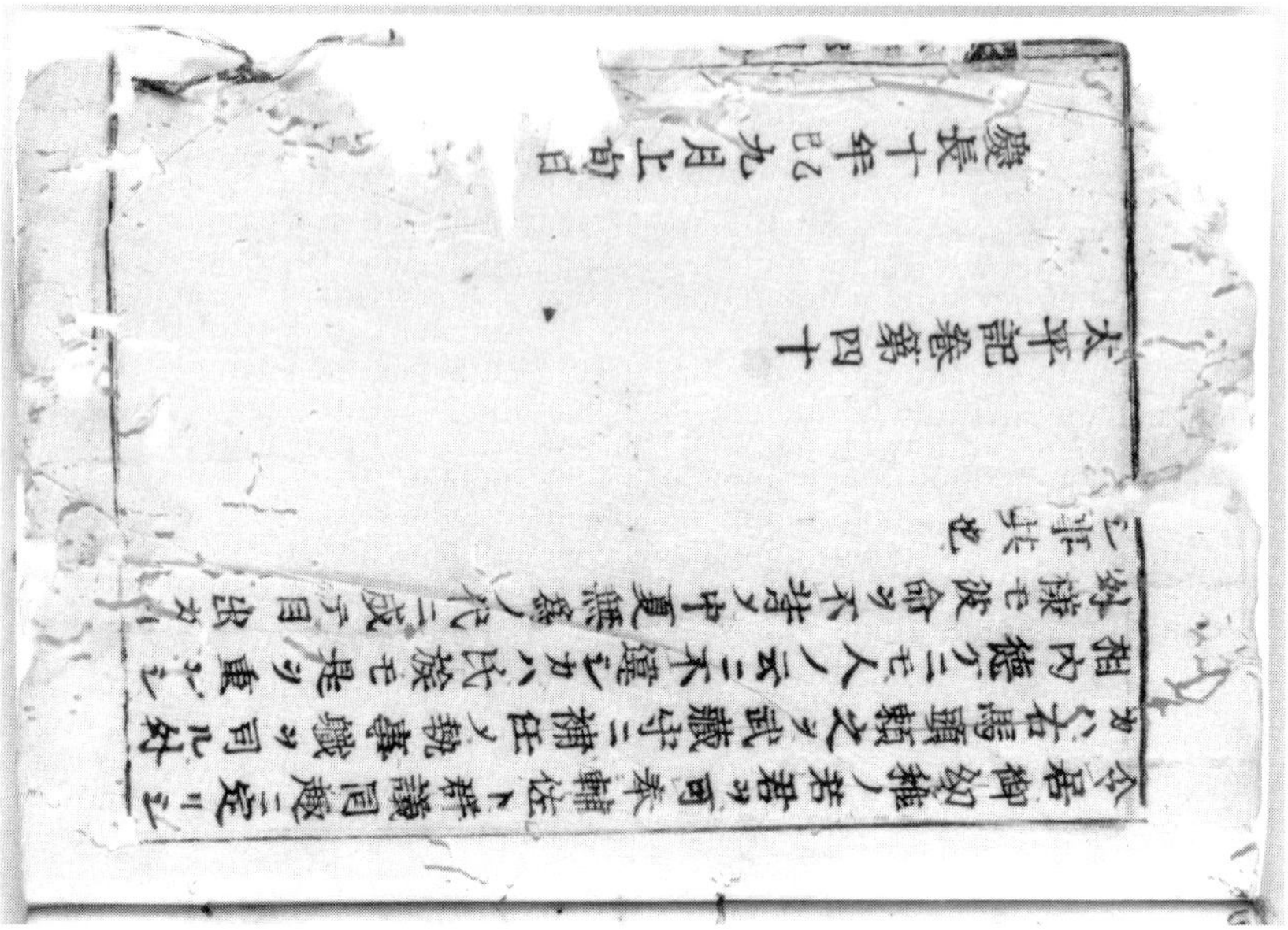

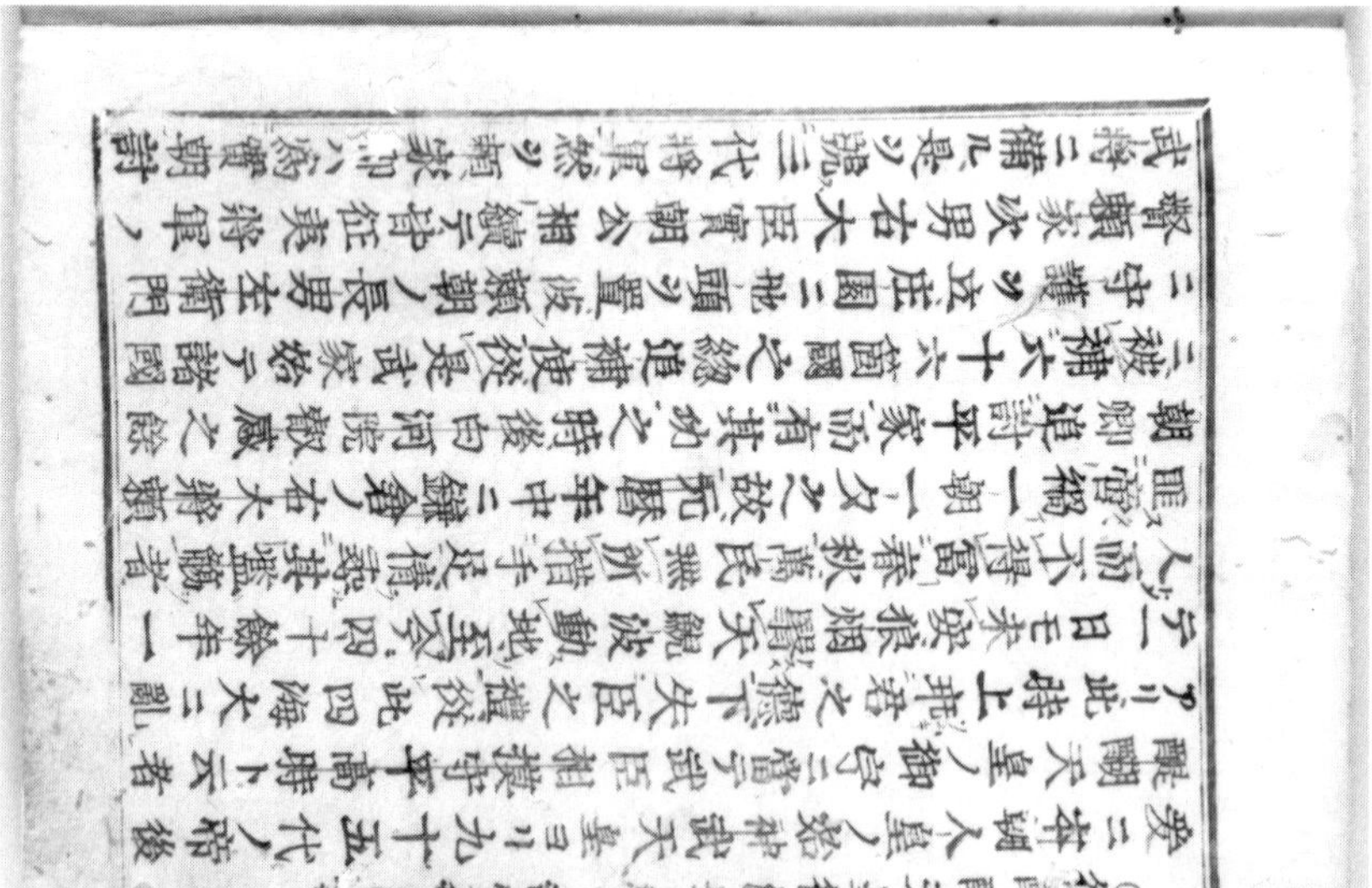

慶長十年刊本（石川武美記念図書館成簣堂文庫蔵）

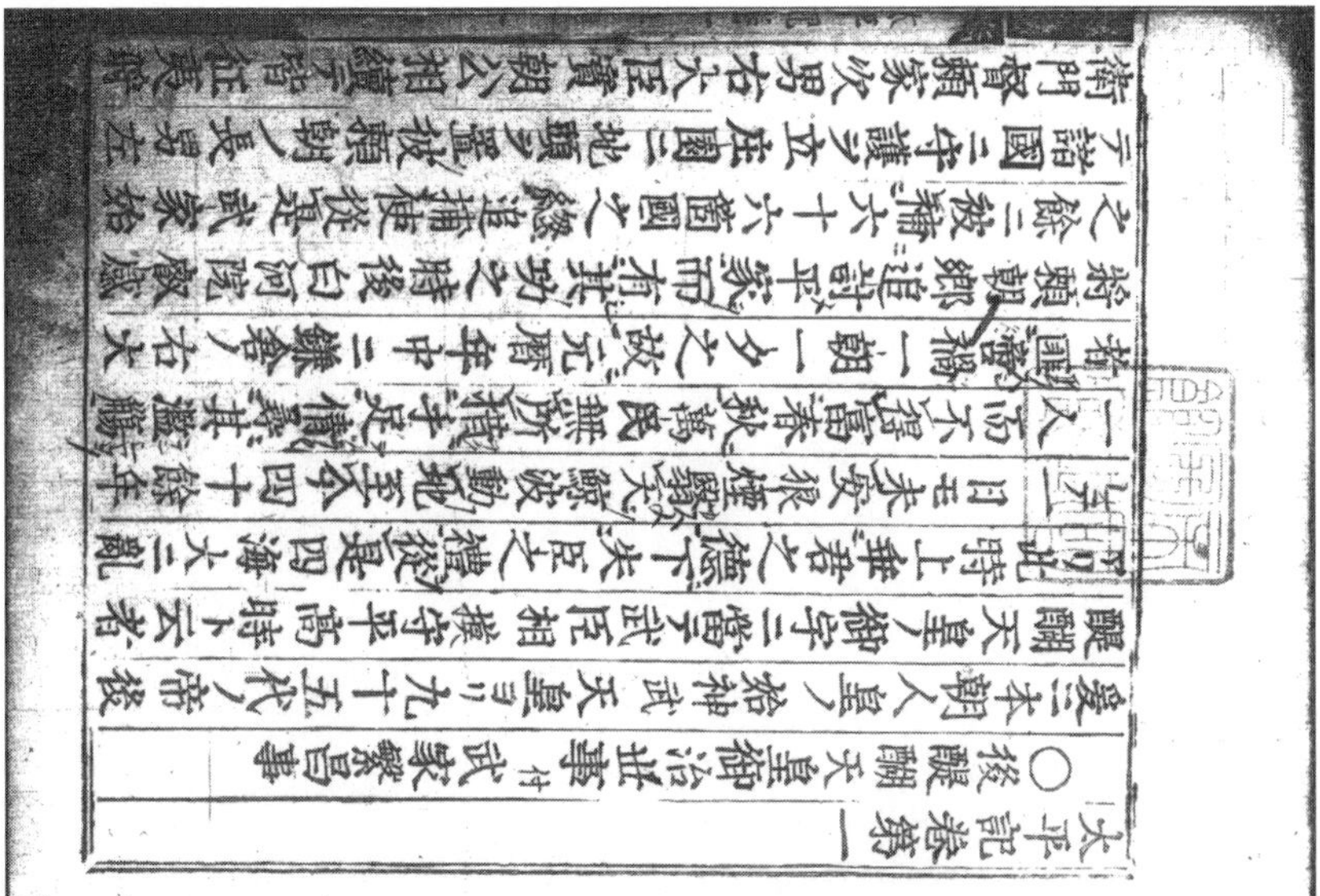
太平記巻第一
○後醍醐天皇御治世事 付 武家繁昌事
爰ニ本朝人皇ノ始神武天皇ヨリ九十五代ノ帝後
醍醐天皇ノ御宇ニ當テ武臣相摸守平高時ト云者
有リ此時上乖君之徳下失臣之禮從是四海大ニ亂
テ一日モ未安狼煙翳天鯨波動地至今四十餘年
一人而不得富春秋萬民無所措手足倩尋其濫觴
者匪啻禍一朝一夕之故元暦年中ニ鎌倉ノ右大
將頼朝卿追討平家而有其功之時後白河院叡感
之餘ニ被補六十六箇國之總追捕使從是武家始
テ諸國ニ守護ヲ立庄園ニ地頭ヲ置彼頼朝ノ長男左
衛門督頼家次男右大臣實朝公相續テ皆征夷將

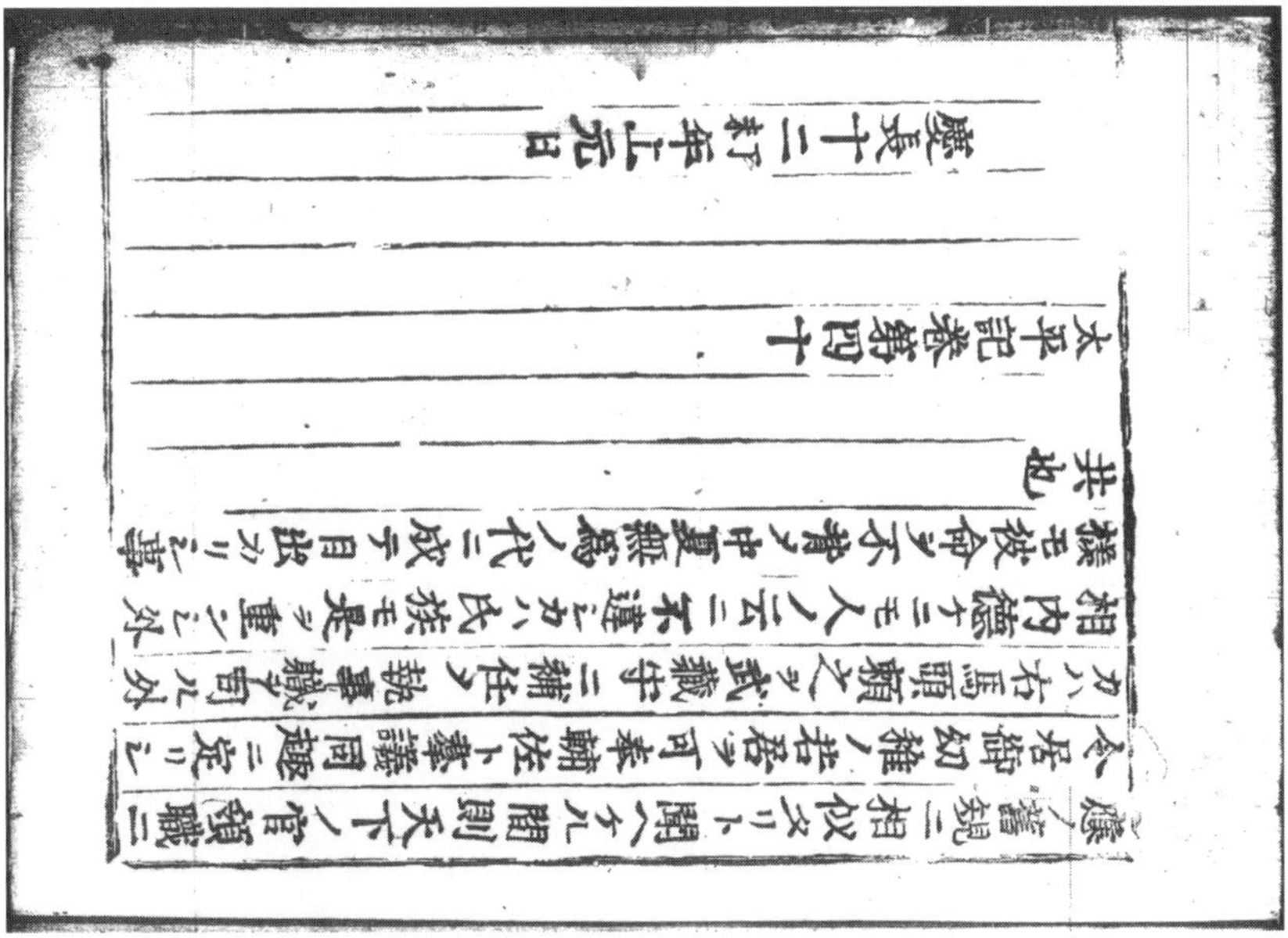
縢ノ舊規ニ相似タリト聞ヘケル間則天下ノ官領職ニ
令居御幼稚ノ若君ヲ可奉輔佐ト群議同趣ニ定リシ
カハ右馬頭頼之ヲ武藏守ニ補任ヲ執事職ヲ司ル外
相内徳ケニモ人ノ云ニ不違シカハ氏族モ是ヲ重シ外
様モ彼命ヲ不背ヲ中夏無爲ノ代ニ成テ目出カリシ事
共也
太平記巻第四十
慶長十二丁未年上元日

慶長十二年刊本（国立国会図書館蔵）

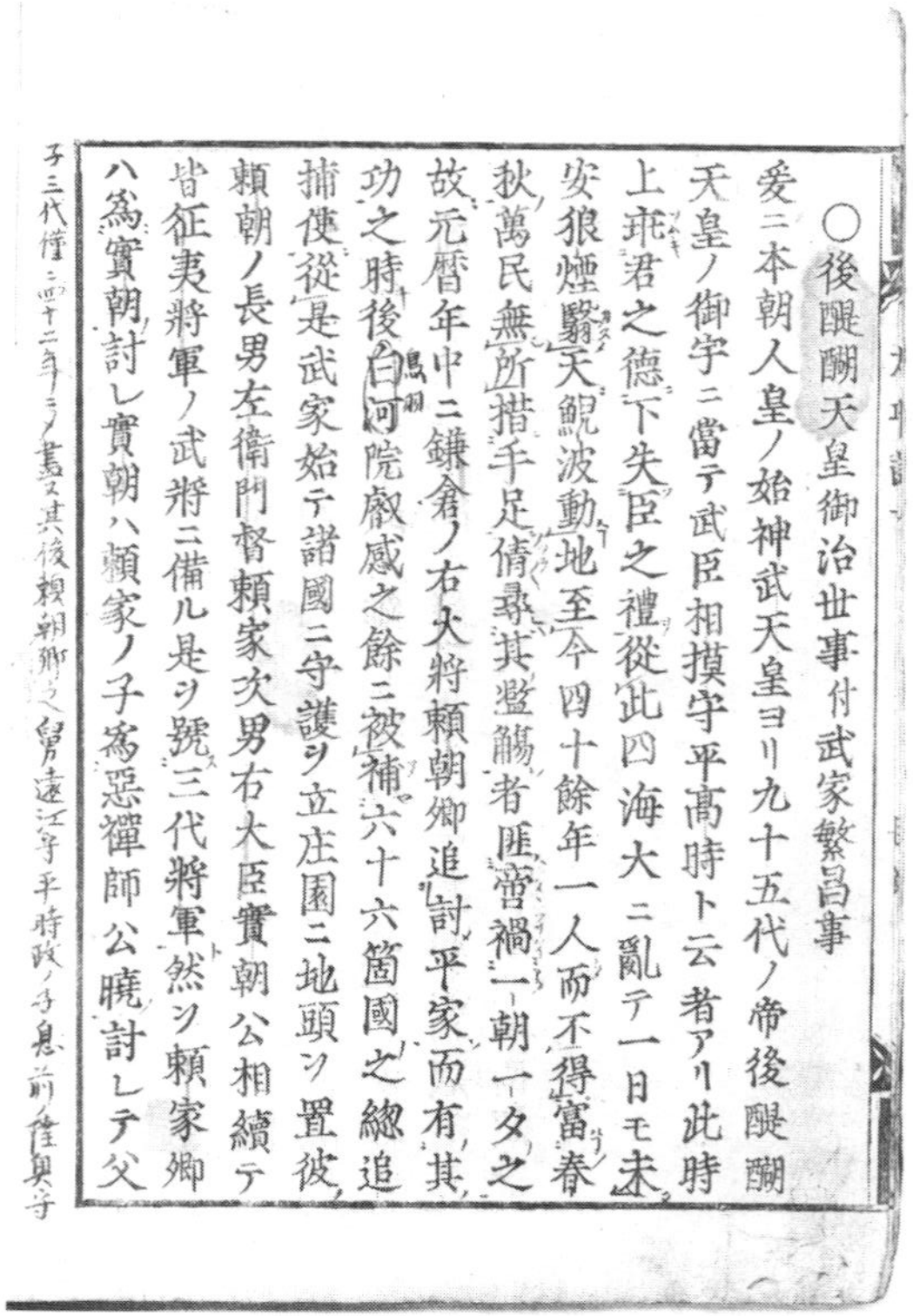

○後醍醐天皇御治世事付武家繁昌事
爰ニ本朝人皇ノ始神武天皇ヨリ九十五代ノ帝後醍醐天皇ノ御宇ニ當テ武臣相摸守平高時ト云者アリ此時上乖君之徳下失臣之禮從此四海大ニ亂テ一日モ未安狼煙翳天鯢波動地至今四十餘年一人而不得富春秋萬民無所措手足倩尋其濫觴者匪啻禍一朝一夕之故元暦年中ニ鎌倉ノ右大將頼朝卿追討平家而有其功之時後白河院叡感之餘ニ被補六十六箇國之總追捕使從是武家始テ諸國ニ守護ヲ立庄園ニ地頭ヲ置彼頼朝ノ長男左衛門督頼家次男右大臣實朝公相續テ皆征夷將軍ノ武將ニ備ル是ヲ號三代將軍然ヲ頼家卿ハ爲實朝討レ實朝ハ頼家ノ子爲惡禪師公曉討レテ父
子三代僅ニ四十二年ニシテ盡ヌ其後頼朝卿ノ舅遠江守平時政ノ子息前陸奥守

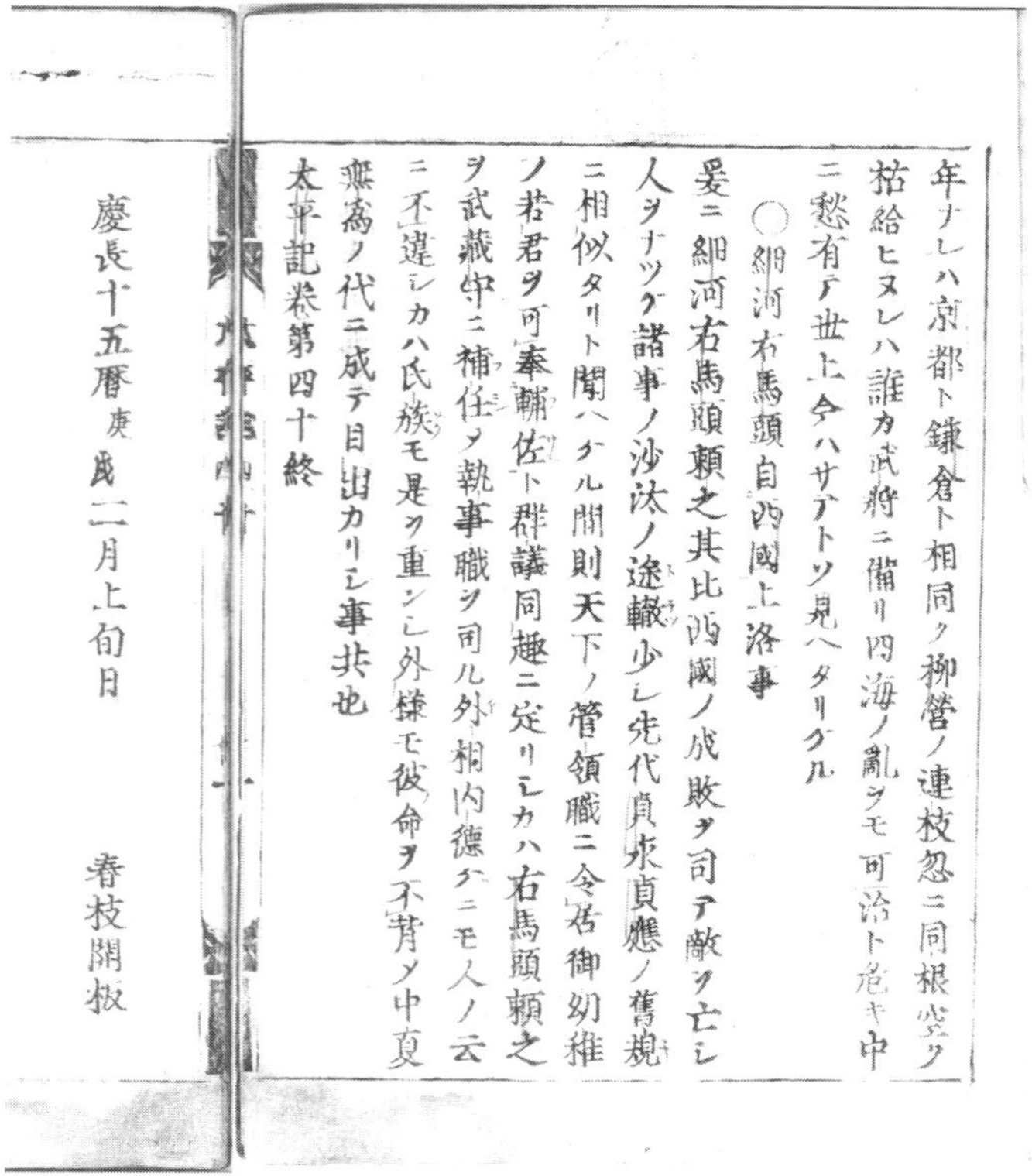

年ナレハ京都ト鎌倉ト相同ク柳營ノ連枝忽ニ同根空ク枯給ヒヌレハ誰カ武將ニ備リ四海ノ亂ヲモ可治ト危キ中ニ愁有テ世上今ハサテトソ見ヘタリケル
○細河右馬頭自西國上洛事
爰ニ細河右馬頭頼之其比西國ノ成敗ヲ司テ敵ヲ亡シ人ヲナツケ諸事ノ沙汰ノ途轍少シ先代貞永貞應ノ舊規ニ相似タリト聞ヘケル間則天下ノ管領職ニ令居御幼稚ノ若君ヲ可奉輔佐ト群議同趣ニ定リシカハ右馬頭頼之ヲ武藏守ニ補任シテ執事職ヲ司ル外相内徳ゲニモ人ノ云ニ不違シカハ氏族モ是ヲ重シ外様モ彼命ヲ不背メ中夏無爲ノ代ニ成テ目出カリシ事共也
太平記巻第四十終

慶長十五暦庚戌二月上旬日
春枝開板

慶長十五年刊本（イ）版（慶應義塾大学附属研究所斯道文庫蔵）

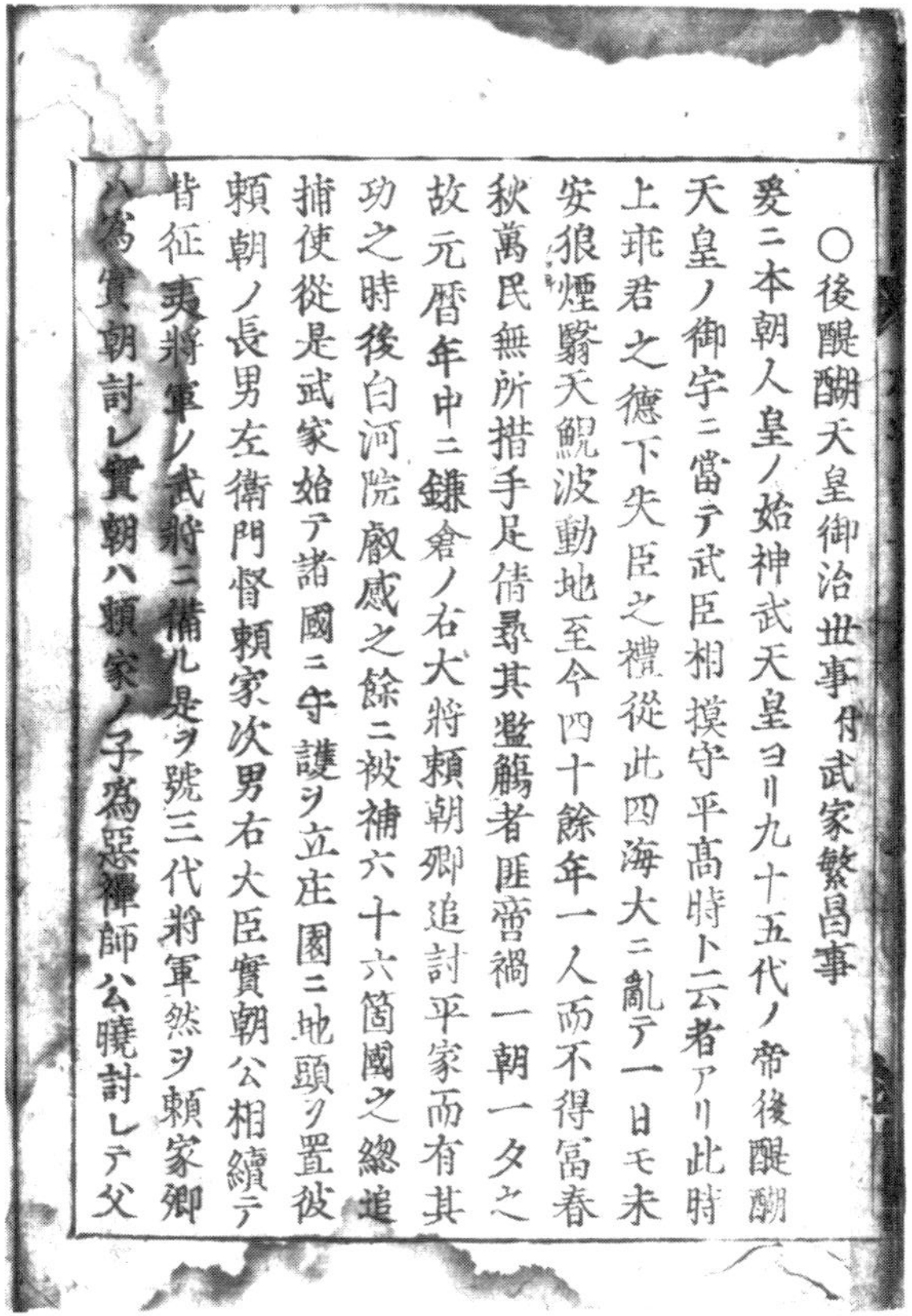
○後醍醐天皇御治世事付武家繁昌事
爰ニ本朝人皇ノ始神武天皇ヨリ九十五代ノ帝後醍醐
天皇ノ御宇ニ當テ武臣相模守平高時ト云者アリ此時
上乖君之徳下失臣之禮從此四海大ニ亂テ一日モ未
安狼煙翳天鯢波動地至今四十餘年一人而不得富春
秋萬民無所措手足倩尋其濫觴者匪啻禍一朝一夕之
故元暦年中ニ鎌倉ノ右大將頼朝卿追討平家而有其
功之時後白河院叡感之餘ニ被補六十六箇國之總追
捕使從是武家始テ諸國ニ守護ヲ立庄園ニ地頭ヲ置彼
頼朝ノ長男左衛門督頼家次男右大臣實朝公相續テ
皆征夷將軍ノ武將ニ備ル是ヲ號三代將軍然ヲ頼家卿
ハ為實朝討レ實朝ハ頼家ノ子為悪禪師公曉討レテ父

慶長十五年刊本（ハ）版（国文学研究資料館蔵）

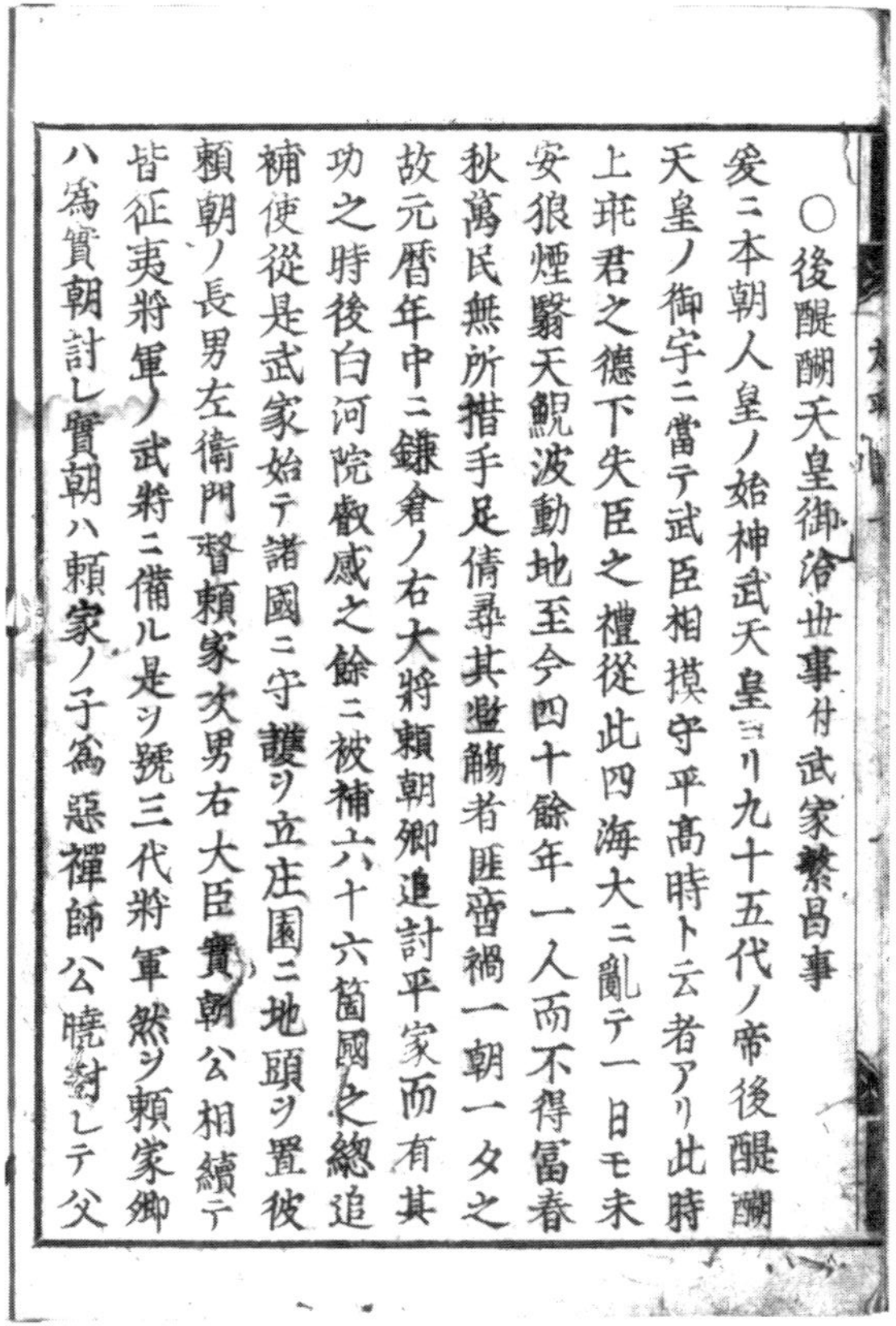
○後醍醐天皇御治世事付武家繁昌事
爰ニ本朝人皇ノ始神武天皇ヨリ九十五代ノ帝後醍醐
天皇ノ御宇ニ當テ武臣相模守平高時ト云者アリ此時
上乖君之徳下失臣之禮從此四海大ニ亂テ一日モ未
安狼煙翳天鯢波動地至今四十餘年一人而不得富春
秋萬民無所措手足倩尋其濫觴者匪啻禍一朝一夕之
故元暦年中ニ鎌倉ノ右大將頼朝卿追討平家而有其
功之時後白河院叡感之餘ニ被補六十六箇國之總追
捕使從是武家始テ諸國ニ守護ヲ立庄園ニ地頭ヲ置彼
頼朝ノ長男左衛門督頼家次男右大臣實朝公相續テ
皆征夷將軍ノ武將ニ備ル是ヲ號三代將軍然ヲ頼家卿
ハ為實朝討レ實朝ハ頼家ノ子為悪禪師公曉討レテ父

慶長十五年刊本（ロ）版（筑波大学附属図書館蔵）

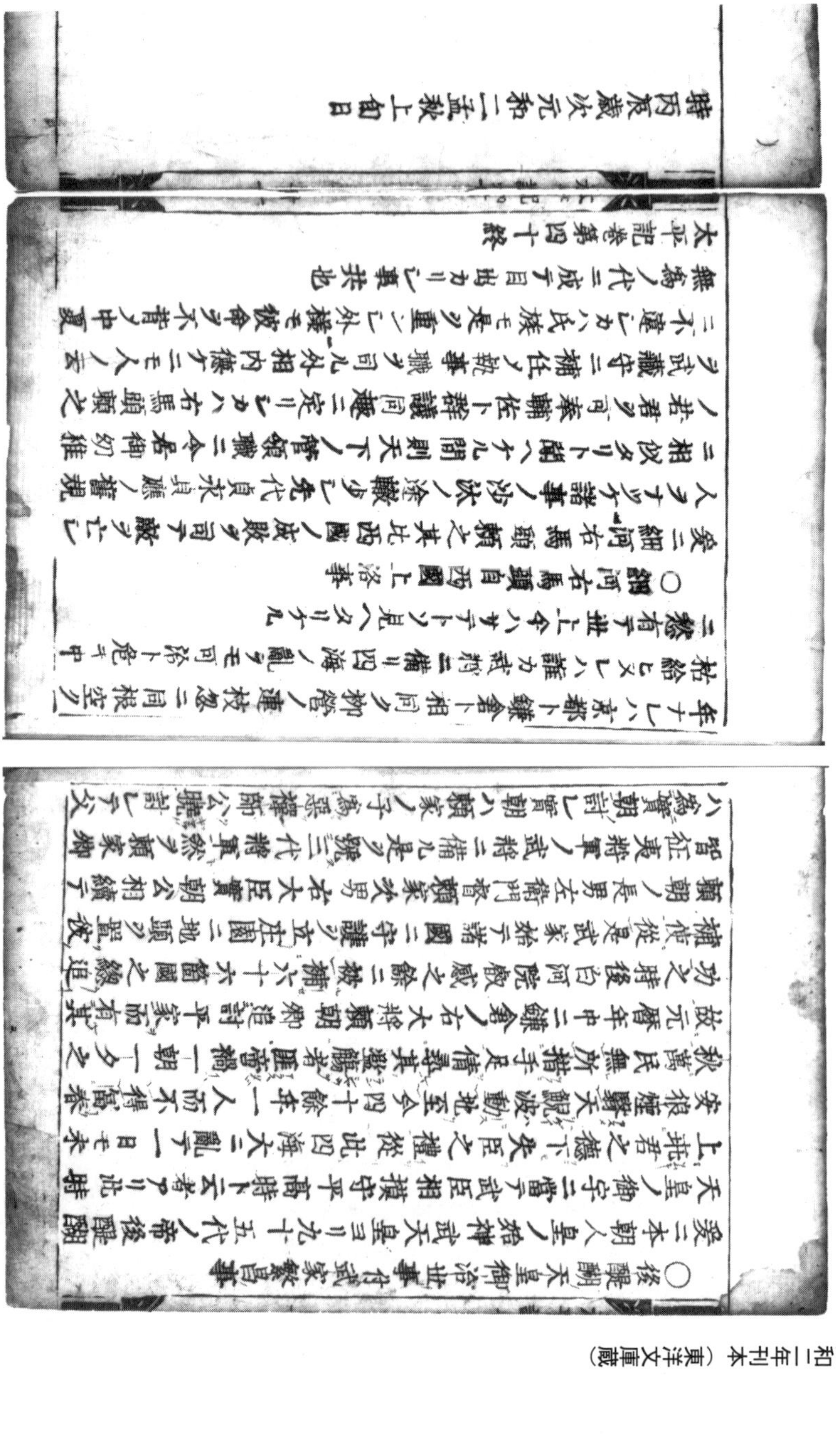

元和二年刊本（東洋文庫蔵）

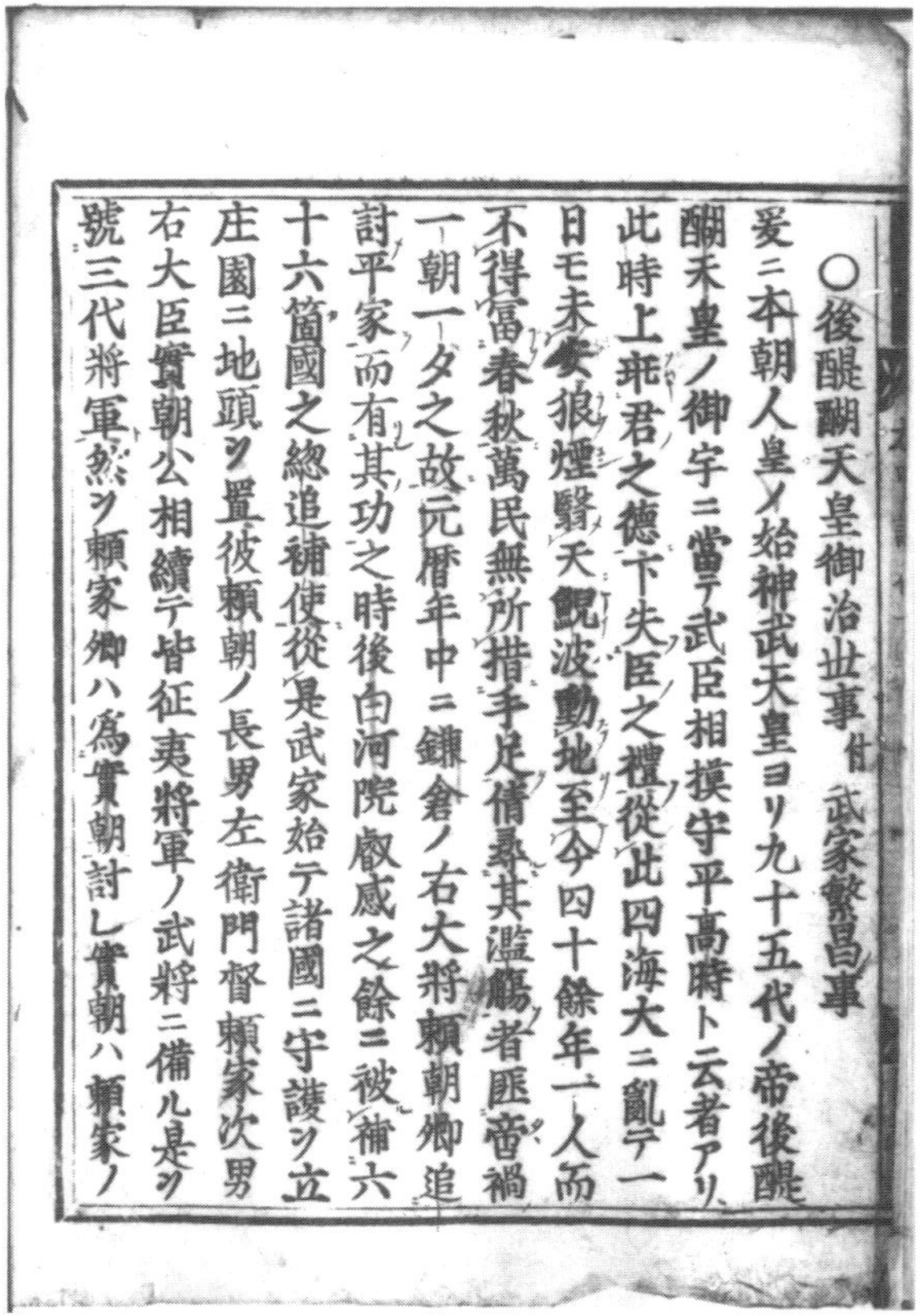

○後醍醐天皇御治世事付武家繁昌事
爰ニ本朝人皇ノ始神武天皇ヨリ九十五代ノ帝後醍
醐天皇ノ御宇ニ當テ武臣相摸守平高時ト云者アリ
此時上乖君之徳下失臣之禮從此四海大ニ亂テ一
日モ未安狼煙翳天鯢波動地至今四十餘年一人而
不得富春秋萬民無所措手足倩尋其濫觴者匪啻禍
一朝一夕之故元暦年中ニ鎌倉ノ右大將頼朝卿追
討平家而有其功之時後白河院叡感之餘ニ被補六
十六箇國之總追捕使從是武家始テ諸國ニ守護ヲ立
庄園ニ地頭ヲ置彼頼朝ノ長男左衛門督頼家次男
右大臣實朝公相續テ皆征夷將軍ノ武將ニ備ル是ヲ
號三代將軍然ヲ頼家卿ハ為實朝討レ實朝ハ頼家ノ

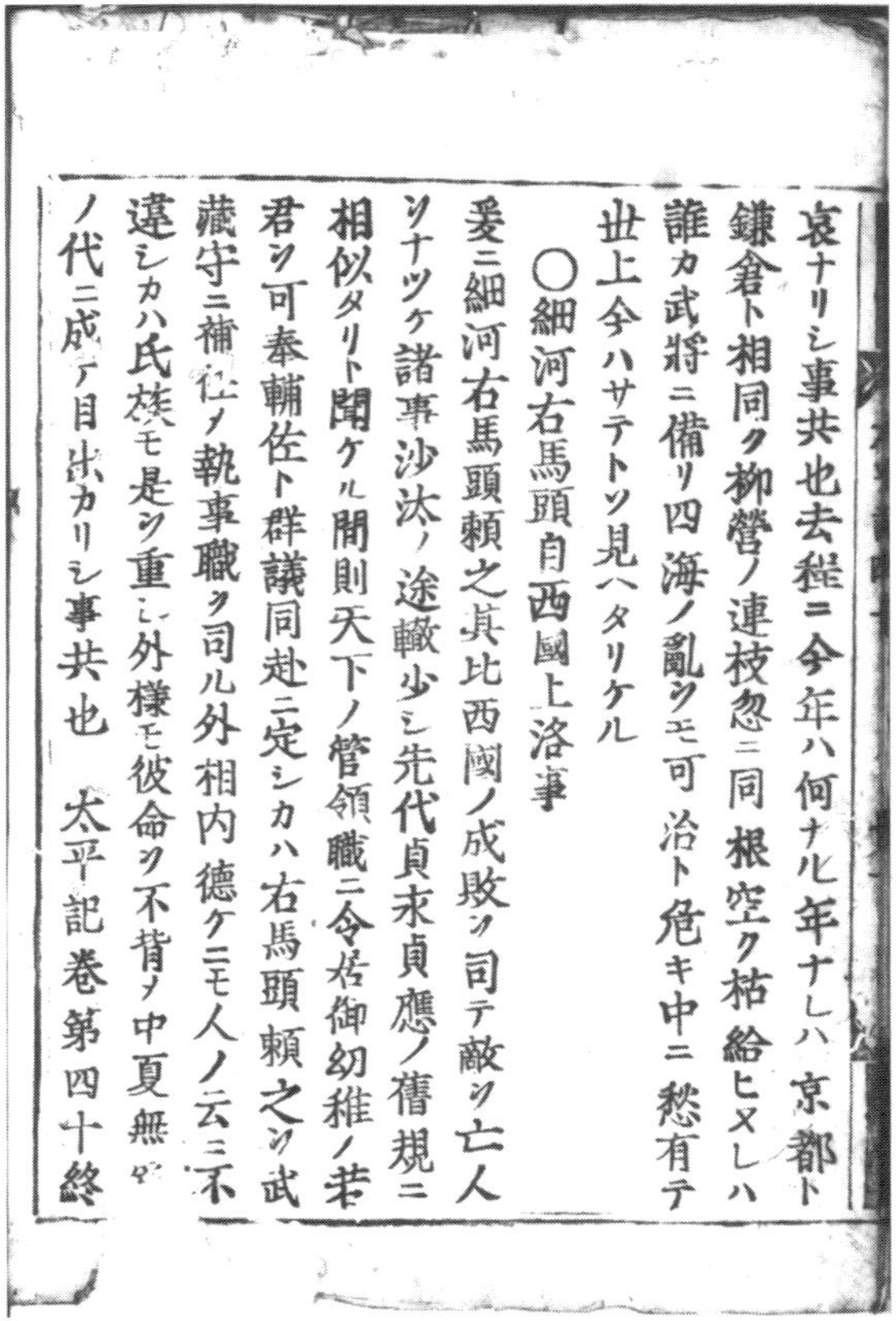

哀ナリシ事共也去程ニ今年ハ何ナル年ナレハ京都ト
鎌倉ト相同ク柳營ノ連枝忽ニ同根空ク枯給ヒヌレハ
誰カ武將ニ備リ四海ノ亂ヲモ可治ト危キ中ニ愁有テ
世上今ハサテトソ見ヘタリケル
○細河右馬頭自西國上洛事
爰ニ細河右馬頭頼之其比西國ノ成敗ヲ司テ敵ヲ亡人
ヲナツケ諸事沙汰ノ途轍少シ先代貞永貞應ノ舊規ニ
相似タリト聞ケル間則天下ノ管領職ニ令居御幼稚ノ若
君ヲ可奉輔佐ト群議同赴ニ定シカハ右馬頭頼之ヲ武
藏守ニ補任ノ執事職ヲ司ル外相内徳ケニモ人ノ云ニ不
違シカハ氏族モ是ヲ重ンシ外様モ彼命ヲ不背メ中夏無為
ノ代ニ成テ目出カリシ事共也　太平記巻第四十終

無刊記双辺甲種本（京都府立京都学・歴彩館蔵）

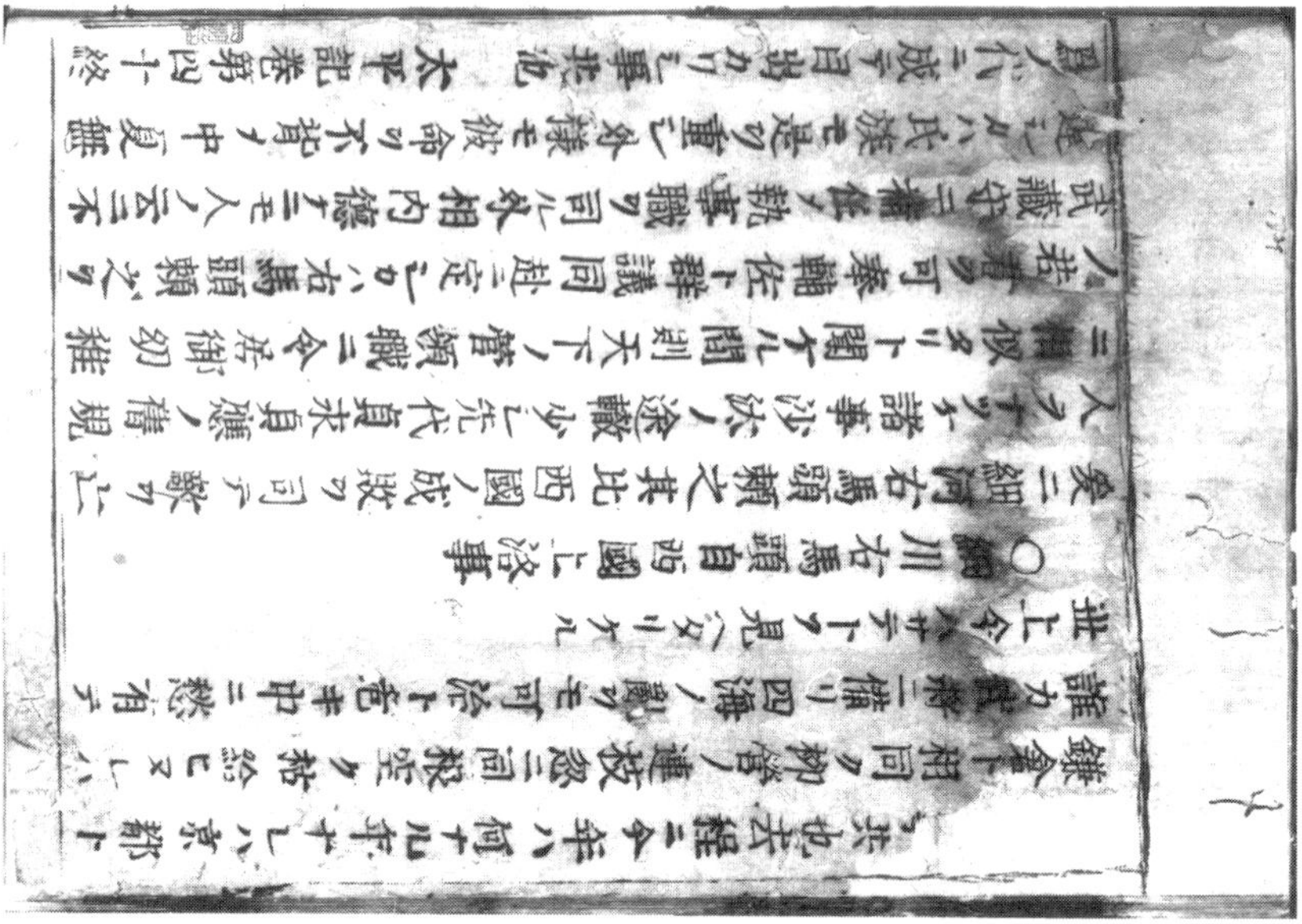

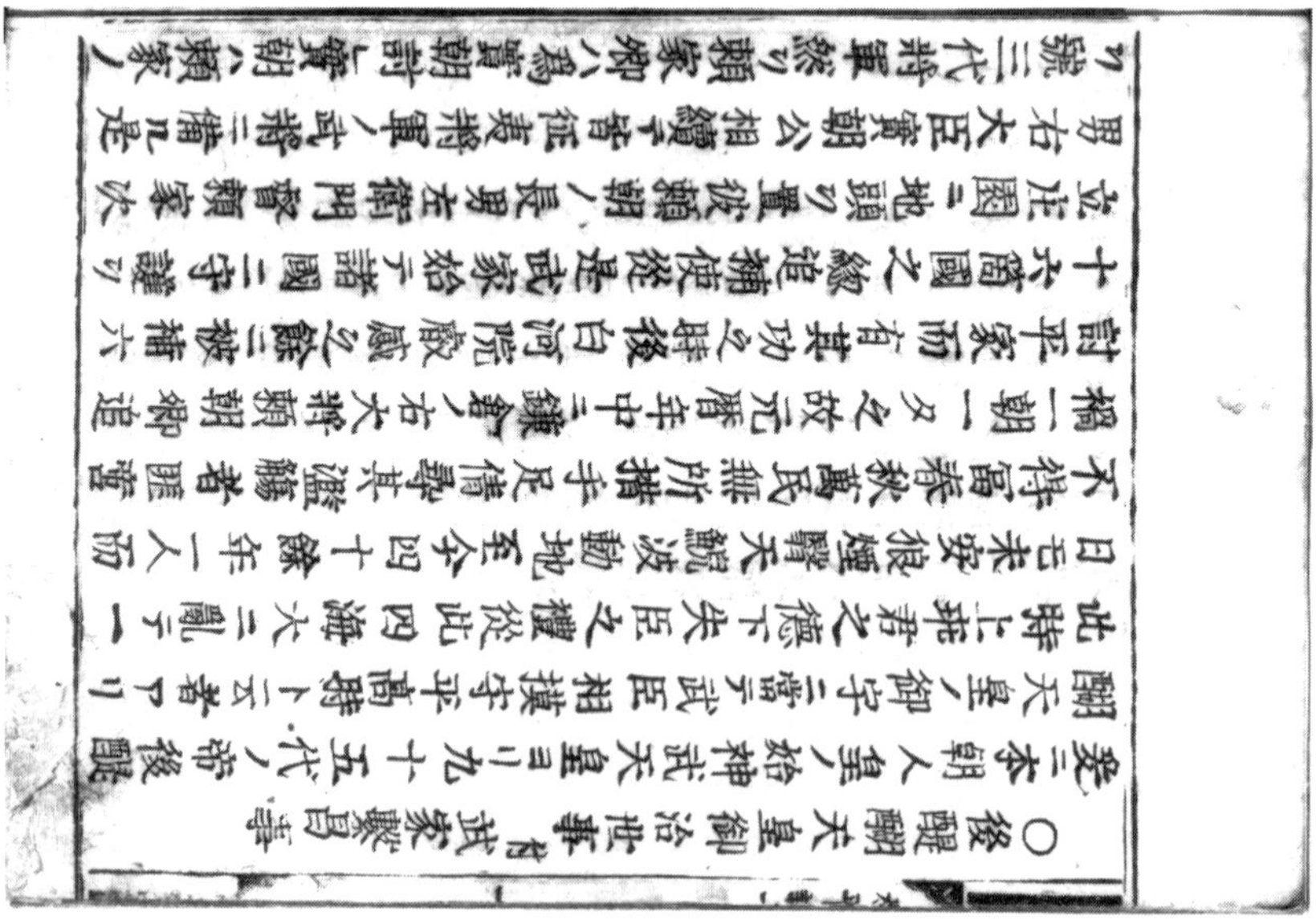

無刊記双辺乙種本（中京大学図書館蔵）

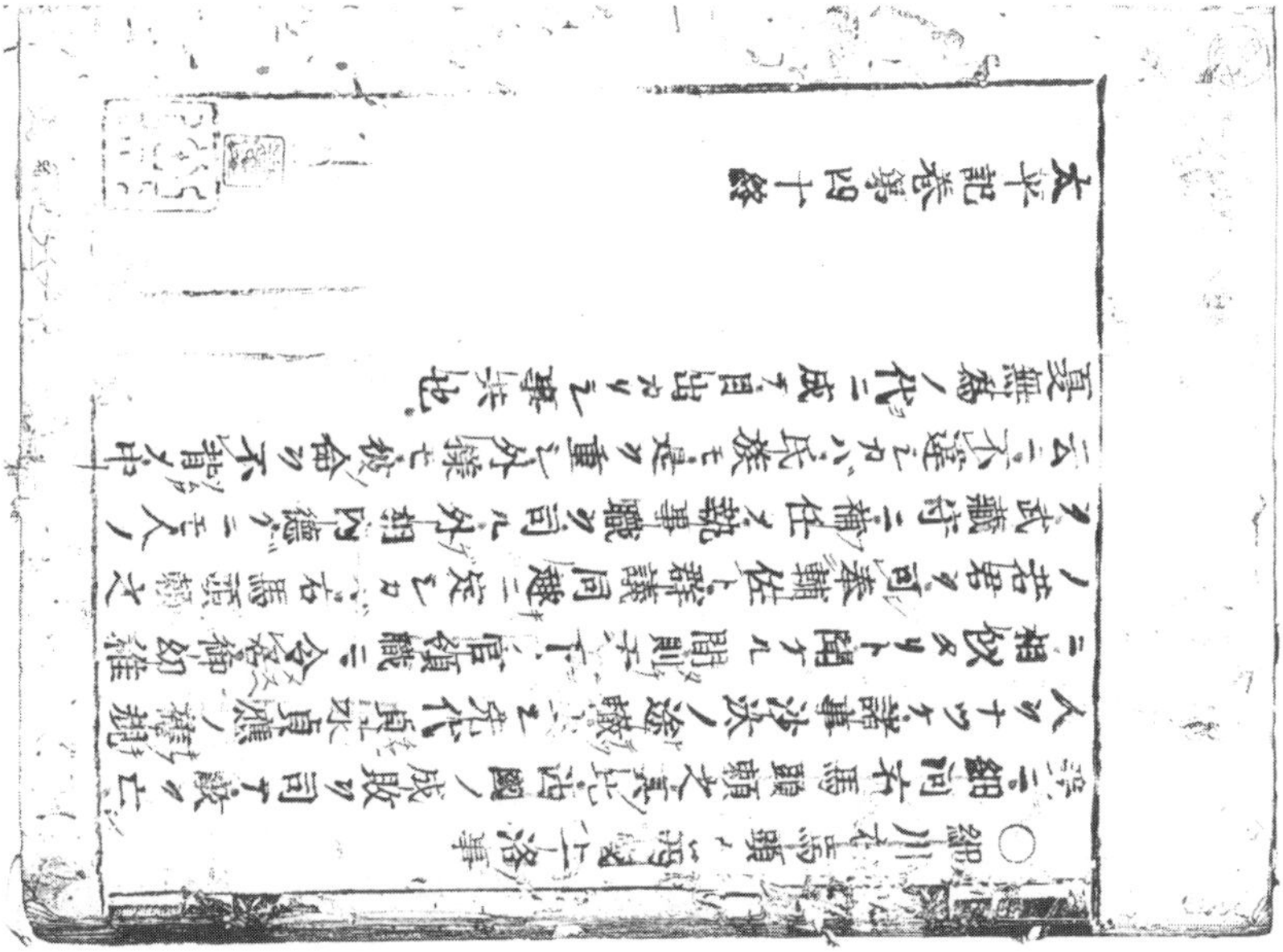

無刊記双辺丁種本（架蔵）

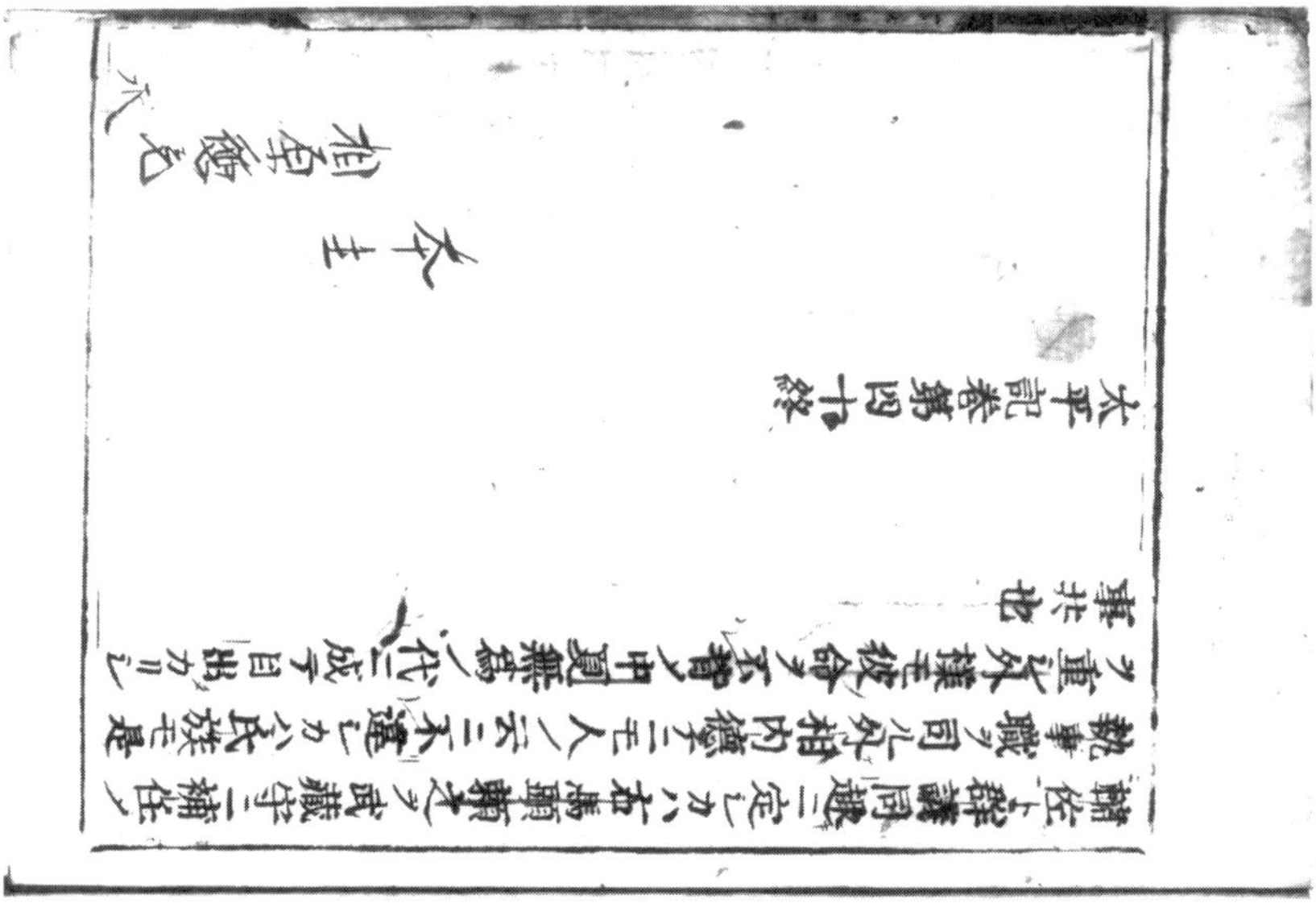

無刊記双辺丙種本（国文学研究資料館蔵）

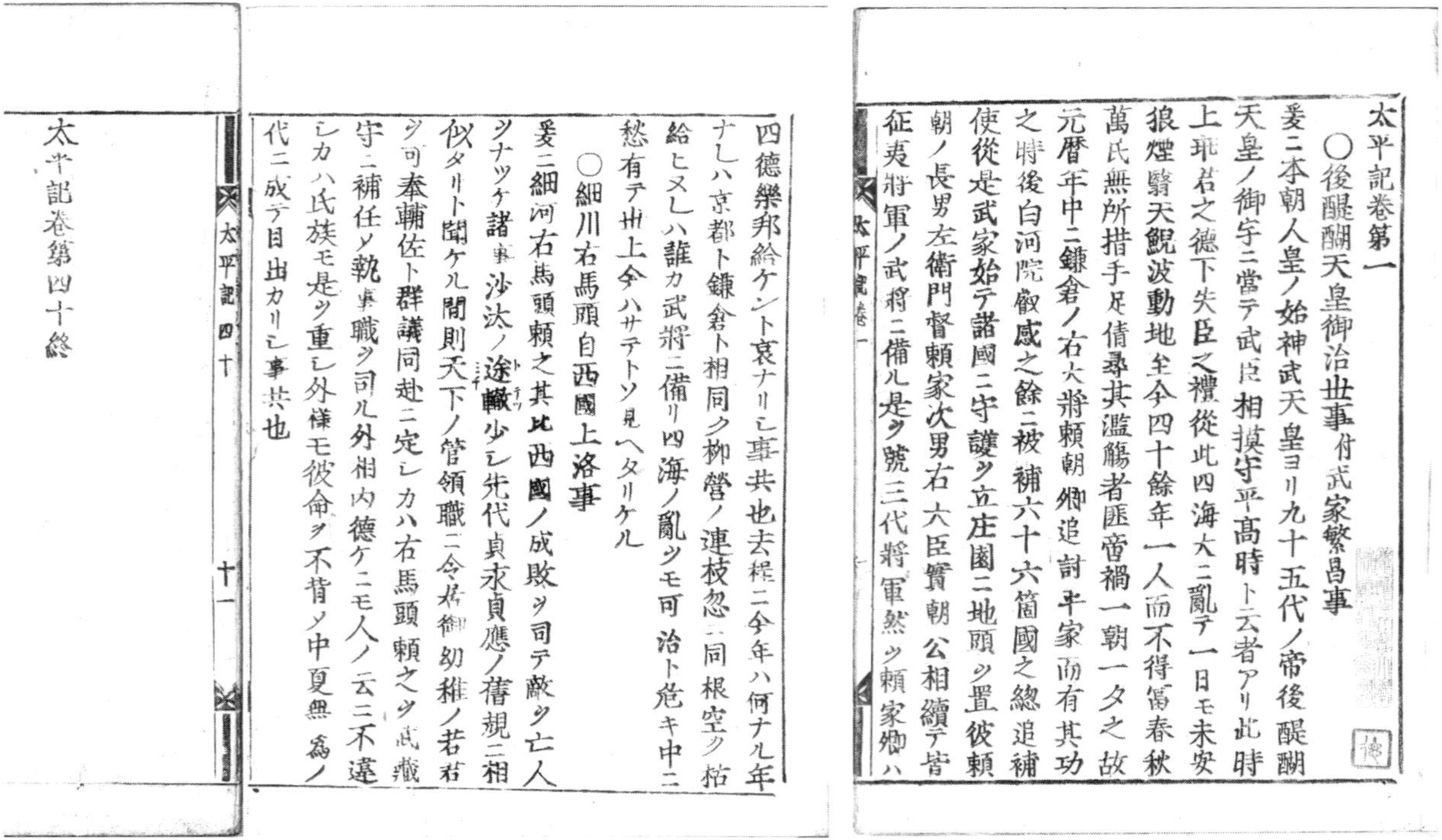

太平記巻第一
○後醍醐天皇御治世事付武家繁昌事
爰ニ本朝人皇ノ始神武天皇ヨリ九十五代ノ帝後醍醐
天皇ノ御宇ニ當テ武臣相模守平高時ト云者アリ此時
上乖君之徳下失臣之禮従此四海大ニ亂テ一日モ未安
狼煙翳天鯢波動地至今四十餘年一人而不得富春秋
萬民無所措手足倩尋其濫觴者匪啻禍一朝一夕之故
元暦年中ニ鎌倉ノ右大將頼朝卿追討平家而有其功
之時後白河院叡感之餘ニ被補六十六箇國之總追補
使従是武家始テ諸國ニ守護ヲ立庄園ニ地頭ヲ置彼頼
朝ノ長男左衛門督頼家次男右大臣實朝公相續テ皆
征夷將軍ノ武將ニ備ル是ヲ號三代將軍然ヲ頼家卿ハ

太平記巻一

四徳樂邦給ケント哀ナリシ事共也去程ニ今年ハ何ナル年
ナレハ京都ト鎌倉ト相同ク柳營ノ連枝忽ニ同根空ク枯
給ヒヌレハ誰カ武將ニ備リ四海ノ亂ヲモ可治ト危キ中ニ
愁有テ丗上今ハサテトソ見ヘタリケル
○細川右馬頭自西國上洛事
爰ニ細河右馬頭頼之其比西國ノ成敗ヲ司テ敵ヲ亡人
ヲナツケ諸事ノ沙汰ノ途《ト》轍《テツ》少シ先代貞永貞應ノ舊規ニ相
似タリト聞ケル間則天下ノ管領職ニ令居御幼稚ノ若君
ヲ可奉輔佐ト群議同赴ニ定シカハ右馬頭頼之ヲ武蔵
守ニ補任ノ執事職ヲ司ル外相内徳ケニモ人ノ云ニ不違
シカハ氏族モ是ヲ重シ外様モ彼命ヲ不背ノ中夏無為ノ
代ニ成テ目出カリシ事共也

太平記 四十　十一

太平記巻第四十終

無刊記単辺本（慶應義塾大学附属研究所斯道文庫蔵）

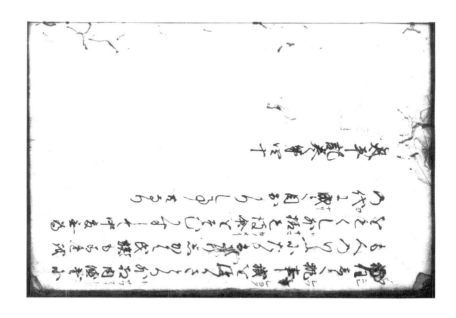

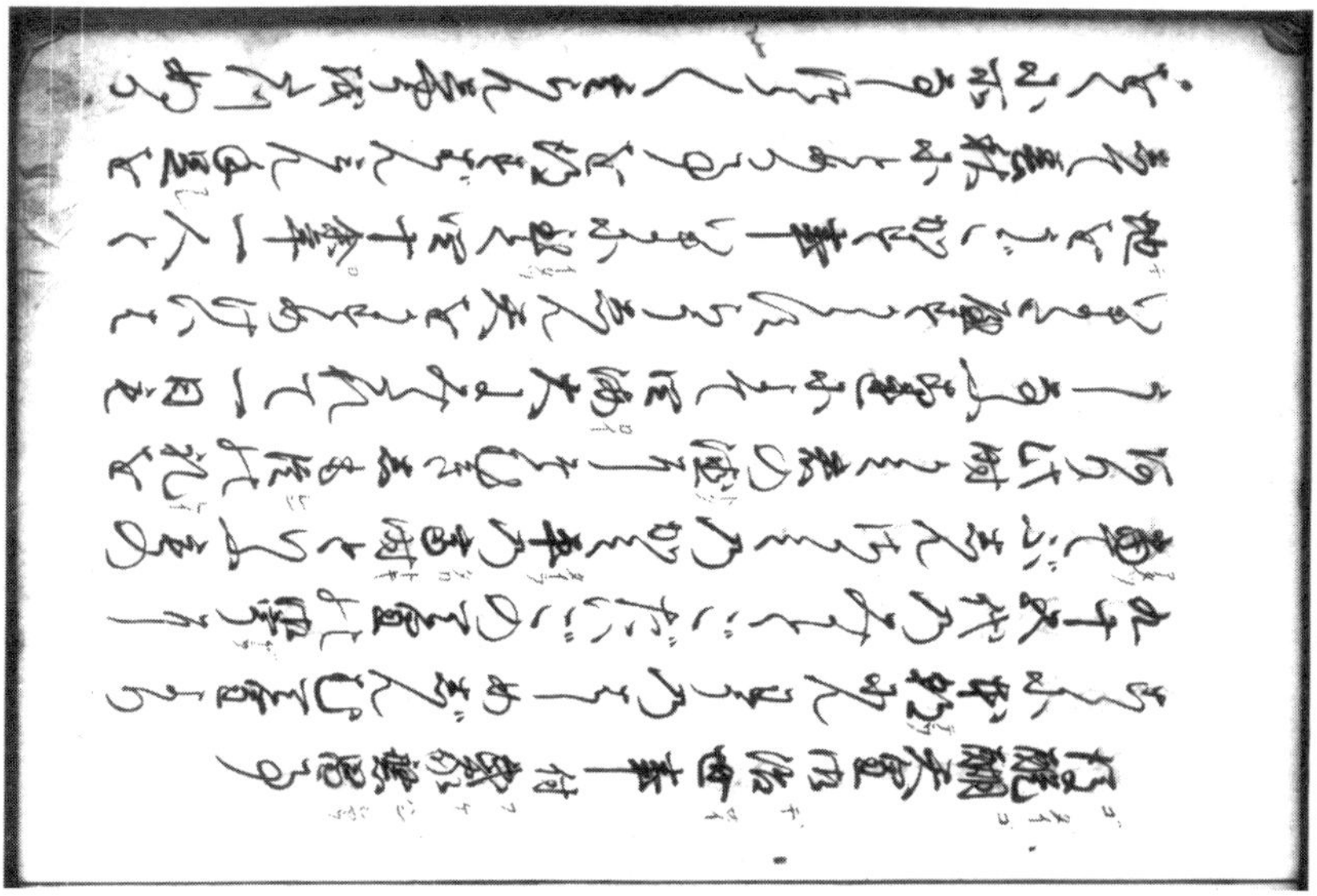

慶長十四年刊本（国立公文書館内閣文庫蔵）

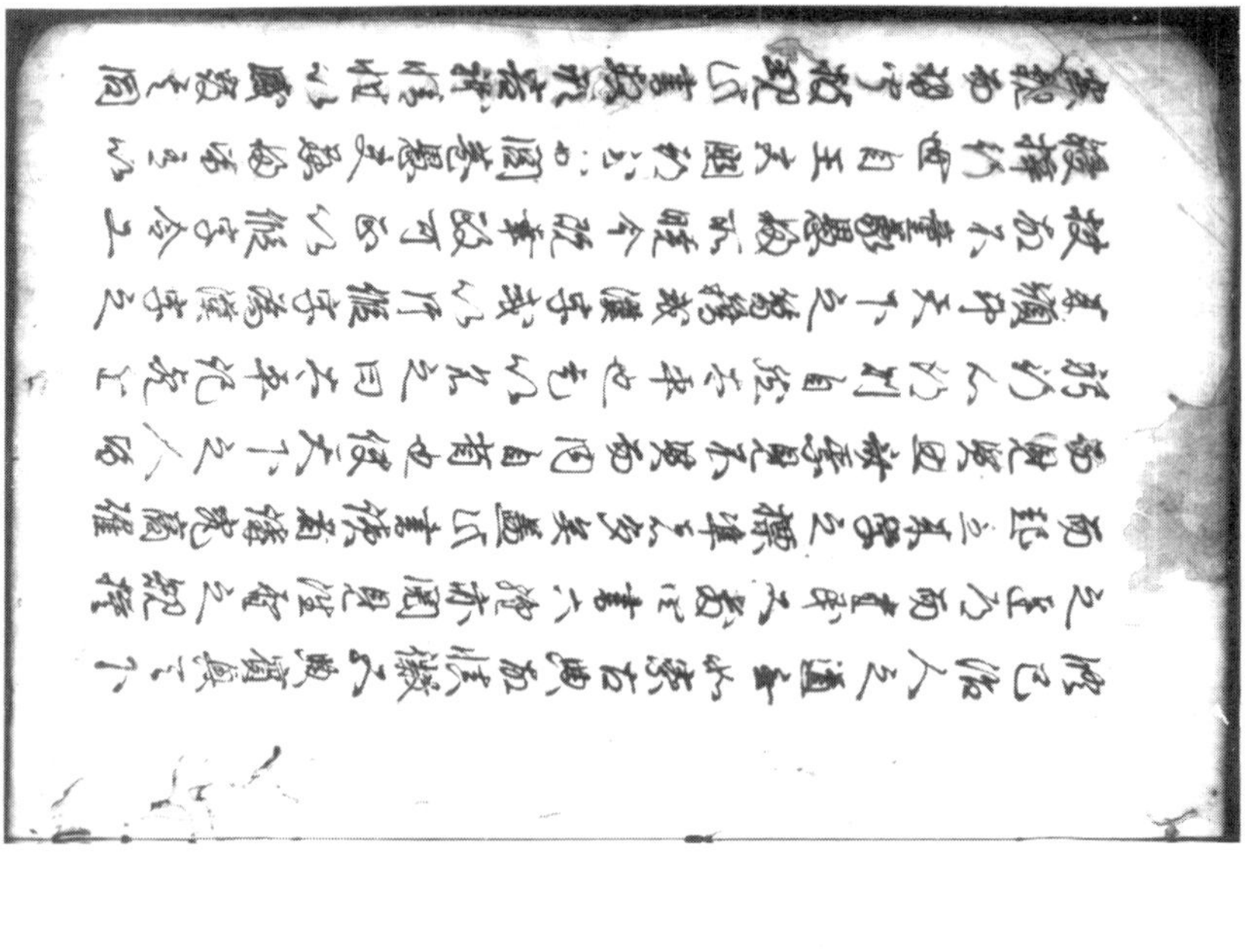

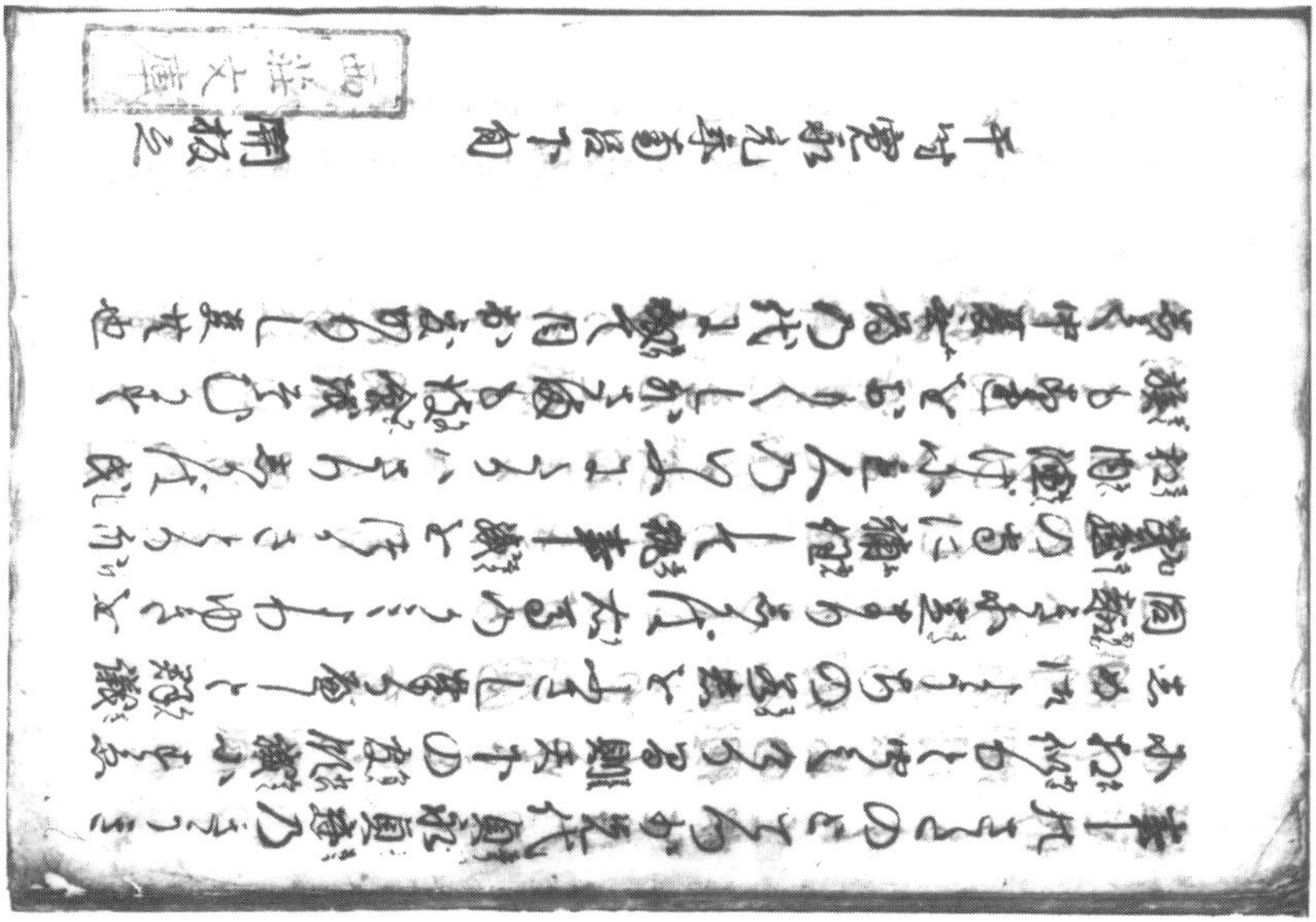

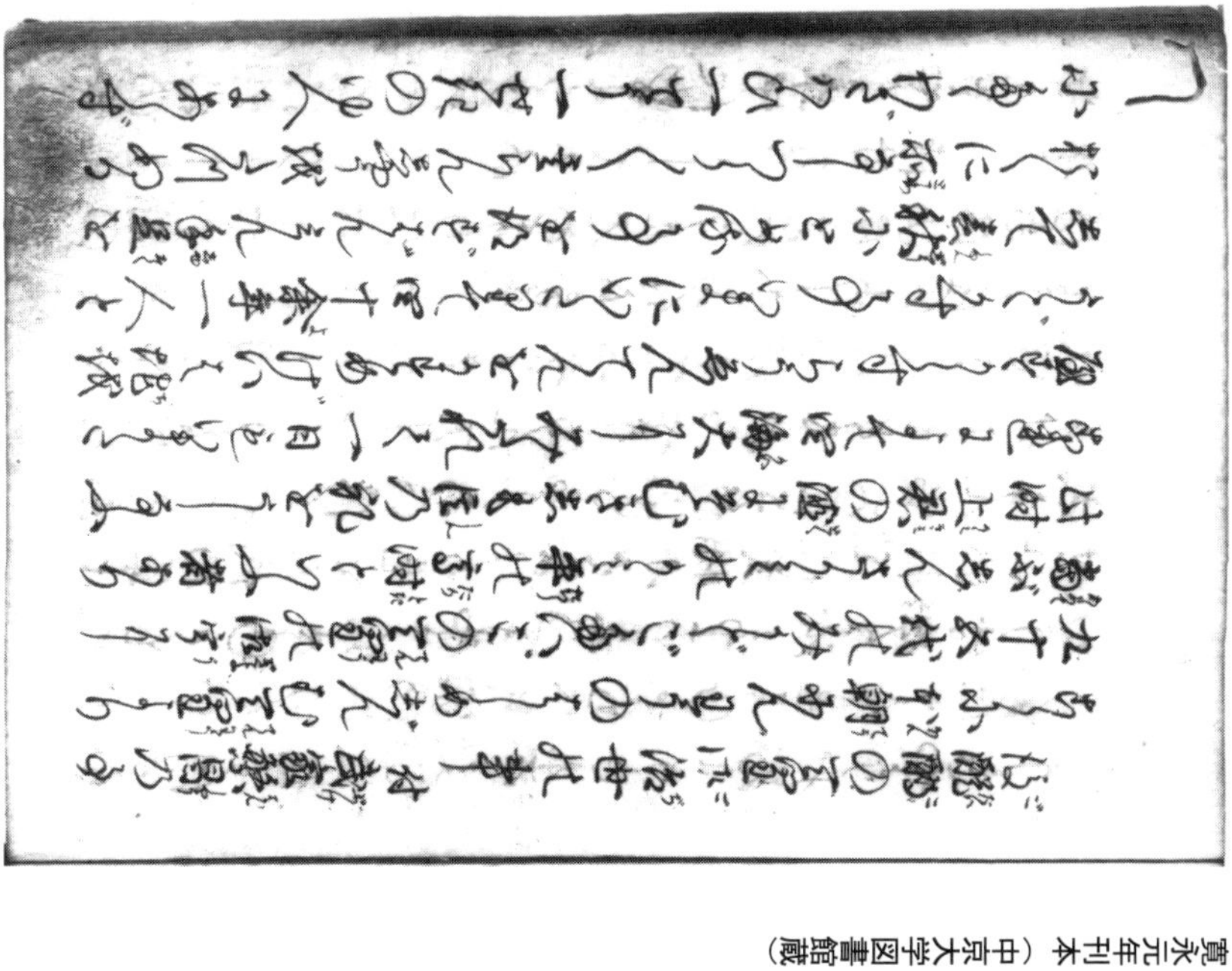

寛永元年刊本（中京大学図書館蔵）

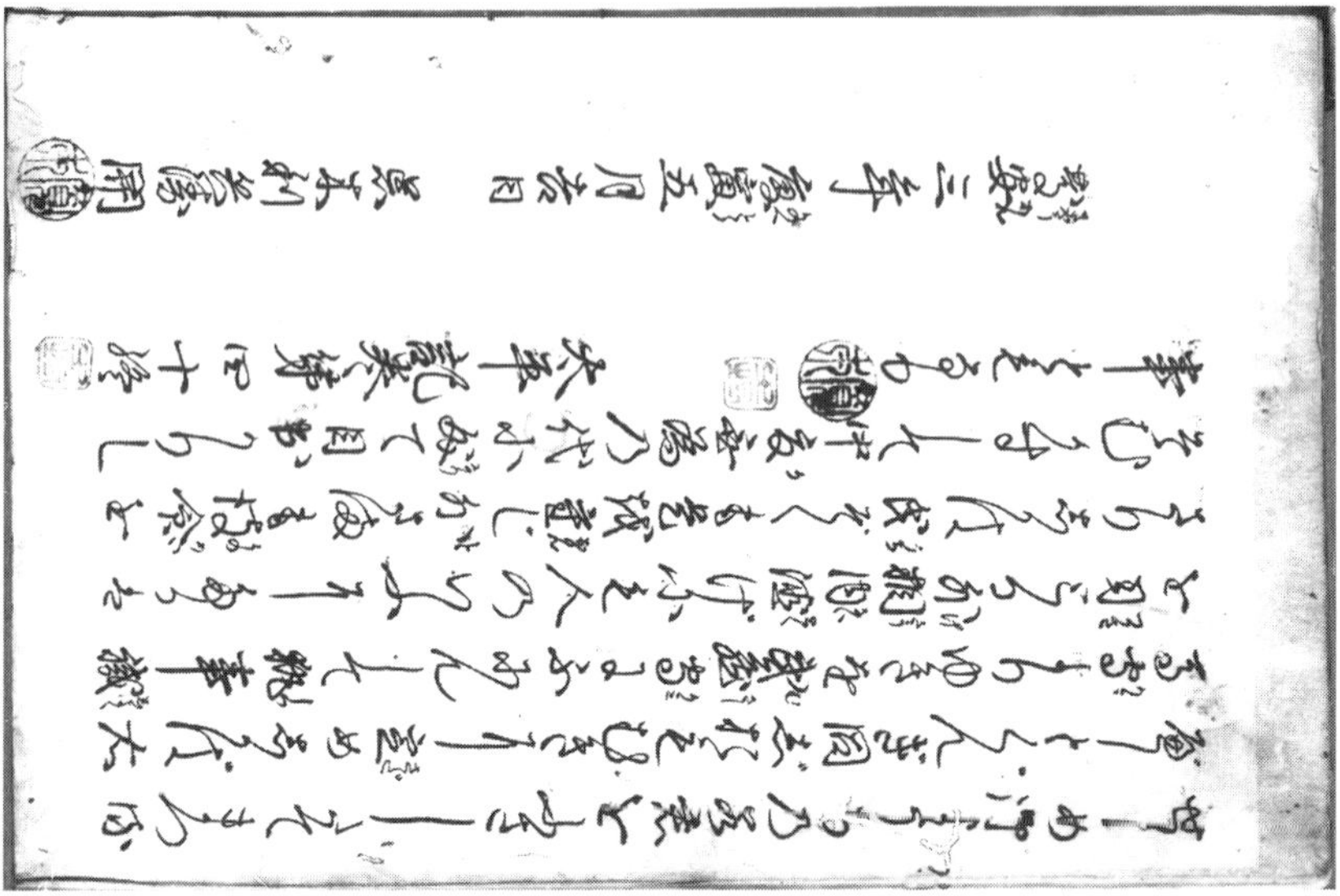

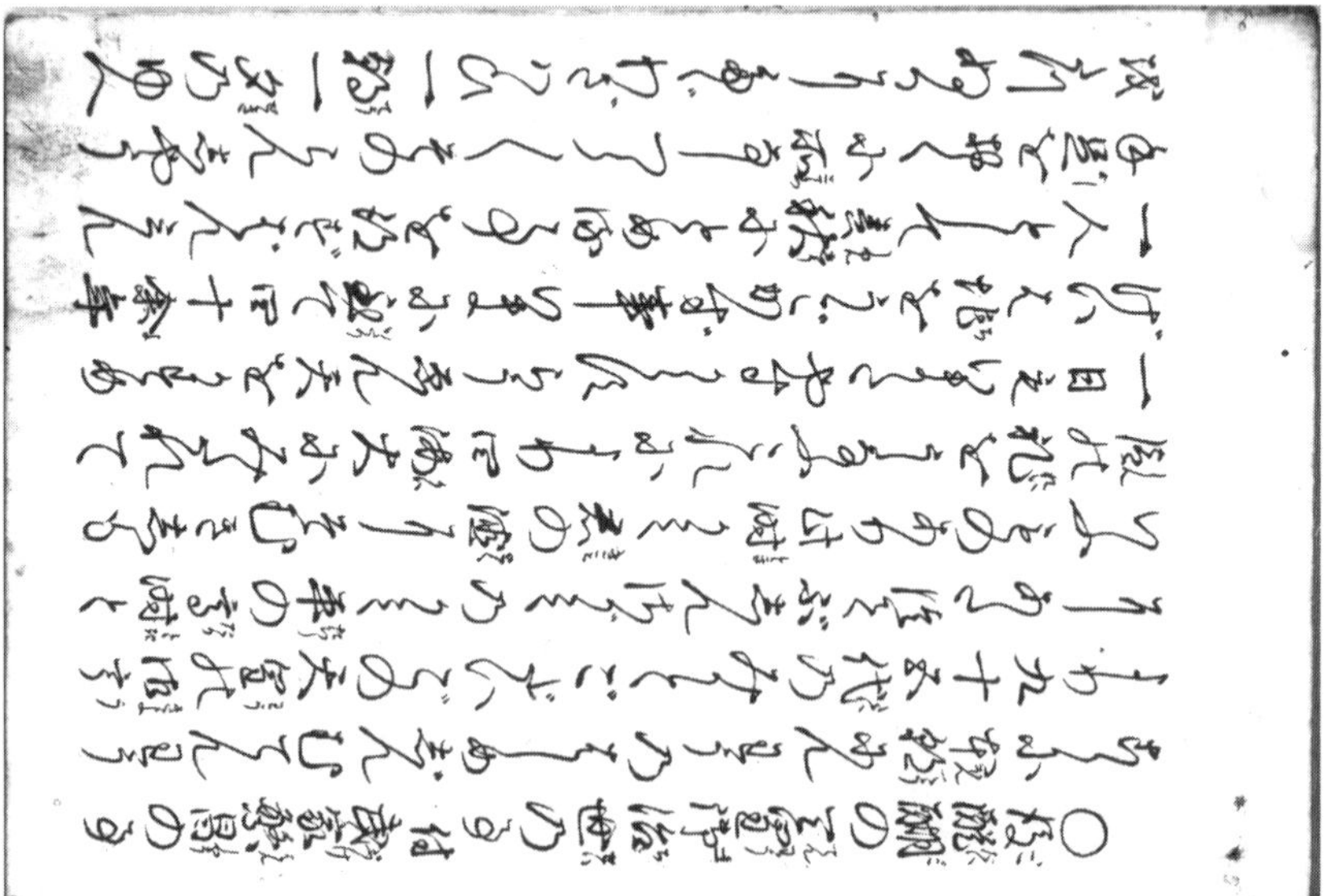

慶安三年刊本（大東急記念文庫蔵）

第二章　『太平記鈔』『太平記音義』書誌解題稿

『太平記鈔』は要法寺の本地院日性（世雄坊、円智）によって編纂された『太平記』注釈書である。本書が日性の編になることを示す明証は乏しいが、例えば『要法寺文書』が「太平記抄八冊」を彼の編著としてあげており（『大日本史料』慶長十九年二月二十六日条）、川瀬一馬氏も高木文庫本（関西大学図書館現蔵）の巻首に「世雄坊日雅述記」との墨書があることを紹介している（『増補古活字版之研究』A・B・A・J、一九六七年。初版、安田文庫、一九三七年。なお、日雅は日性の別号、または誤伝か、という）。筆者も日性による『太平記』刊行と注釈活動の関連に注目し、慶長十年（一六〇五）および十五年の二度の『太平記』の刊行と『太平記鈔』の編纂・刊行は、いずれも日性の手になり、彼の強い指導のもとなされたであろうことを推測した（本書第一部第四章「日性の『太平記』研究と出版」）。

『太平記鈔』の成立時期について亀田純一郎氏は、巻三十一の「闘諍堅固」の項に「……天文二十年カ第二千五百年ニアタレリ、夫ヨリ已來タ慶長十五年マテハ五十九年ニ成ルナリ」とあるのをあげ、慶長十五年頃であることを論じている（「太平記・増鏡研究史」『国語と国文学』一九三五年四月号）。また、川瀬氏は慶長十五年版『太平記』と一具で伝わる安田文庫蔵（慶應義塾大学附属研究所斯道文庫現蔵）『太平記鈔』『太平記音義』が、『太平記』と同活字・同装訂であることを指摘し、両者が共時に刊行されたという見解を示した（装訂に関しては書誌の項参照）。ただ、第一部第四章でも論じたように、日性は当初、慶長七年版『太平記』を底本に『太平記鈔』の編纂を進めていた。しかし、慶長十五年版『太平記』の刊行にあわせ、同本が新たに増補した異文に含まれる要語にも注を加え、最終的な増訂を行っている。この点に注目すれば、『太平記鈔』は慶長十五年より前に、一旦成立していた可能性も高いといえるのではないか。

古活字本の『太平記鈔』は四十巻八冊、さらに『太平記音義』二冊をともない、十冊本で伝わるものが多い。原装本の装訂は一揃いで、両者が元来セットで刊行されたことを窺わせる。『太平記音義』の編者は未詳だが、加美宏氏も指摘するように、これも日性と考えておくのが穏当なようである（『太平記の受容と変容』第四章第一節「『太平記鈔』翰林書房、一九九七年。初出、『同志社国文学』第二九号、一九八七年）。『弘文荘古活字版目録』（一九七二年）は、『太平記音義』巻十に「一黄石公カ虎ヲ縛スル手ト云事ヲ注セサル故ニ今コレヲ云フ、……」と、『太平記鈔』と相補関係にあることを窺わせる記述があることから、『太平記音義』が『太平記鈔』と同じ著者の手になることを推測している。

『太平記音義』が日性により編纂されたのではないかということは、『太平記音義』そのものの成立過程を考えることによっても窺える。そもそも『太平記音義』も『太平記鈔』同様、慶長七年刊本を底本としていたらしい。例えば、慶長七年刊本の巻十一は、多くの本が巻末に配する「金剛山寄手等被誅事」の一段を巻の半ば、「正成参兵庫事付還幸事」と「筑紫合戦事」の間に置くという特徴を持つ。『太平記音義』における語の掲出はこれに対応しており、「正成参兵庫事付還幸事」中の語である「輦輅」のつぎに、「金剛山寄手等被誅事」中の語「議」「縲紲」……「溝壑」「挻楚」がつづく。その後は「英時」「覿面」……と、「筑紫合戦事」中の語がくる。つまり、ここでは『太平記音義』が慶長七年版『太平記』にもとづくことが明白である。また、『太平記音義』も『太平記鈔』と同じように、慶長十五年版『太平記』の刊行にあわせ、同本の異文中の語を取り込み、増訂を図っている。例えば、巻三末尾の「翔」「御嵩」「醜」「(二) 言主」「斗藪」という語は、慶長十五年刊本巻三末尾に増補された「楠搆金剛山城由緒事」の一段にあらわれる語である。このように見てくると、『太平記音義』編纂の経緯も『太平記鈔』と同じであることがわかり、その編者も『太平記鈔』と同一人、即ち日性であることが推測されるのである。

さて、『太平記鈔』『太平記音義』には古活字本と整版本とがある。古活字本の分類・整理は既に川瀬氏によって行われており、『増補古活字版之研究』から氏の所説をまとめると、つぎのようになる。

第一種本 (イ)　内閣・蓬左・高木・安田
第一種本 (ロ)　小汀・国会
第一種本 (ハ)　陽明
第二種本　内閣・尊経
第三種本　高木
(傍線を附したのは、『太平記音義』のみ存する伝本)

筆者もこの分類を参考に現存本の調査を行った。その結果、川瀬氏が第三種本とした高木文庫本(関西大学図書館現蔵)は、『太平記鈔』第一種本(イ)と『太平記音義』第一種本(ロ)の取合本であることが判明した。同本には寛永二年の識語があることから、それに引かれて後年の開版本と認定したのだろうか。しかし、その一方で『増補古活字版之研究』上、二七六頁には同じ高木文庫本が内閣文庫・安田文庫蔵本、即ち第一種本(イ)と同種とされている。

『太平記鈔』についてはこの方が正しいといえるが、いずれにせよ整理に聊か混乱がある。また、第一種本（イ）とされる高木文庫本（筑波大学附属図書館現蔵）は第一種本（ロ）、第二種本とされる尊経閣文庫本も第一種本（ロ）とするのが適切である。他は概ね川瀬氏の説に従うべきであると考える。以上を踏まえると、古活字版の版種は、第一種本（イ）（ロ）（ハ）と第二種本に分類でき、さらに整版本として慶安三年版が存するということになる。

以下、現存本の書誌解題を載せる。ただし、未見の伝本もあり、今後の調査を待って内容の充実を図っていきたい。また、これを機に、未紹介の伝本等につきご教示いただければ幸いである。

一　古活字第一種本（イ）

慶長十五年刊古活字本『太平記』と共時の刊行で、同種活字を使用。第一種本には後述のとおり、二種の異植字版があるが、本版斯道文庫本（安田文庫旧蔵）の装訂は、慶長十五年版『太平記』と一具で刊行されたときの面影をとどめ、以て本版種を『太平記鈔』『太平記音義』の最古版と推し得る。『太平記鈔』は巻頭「太平記鈔第一巻」と題し、次行より「惣シテ此一部ノ來歴ヲ明メントナラハ……」にはじまる巻頭文と、「一關東将軍次第事」「一關東執權次第」計五丁を置き、つづいて「一太平記序」と題し、序の注釈四丁を配す。次丁、再び「太平記鈔第一巻」と題し、本文部分の注釈がはじまる。以下、内題「太平記鈔第二（—四十）巻」。単辺（二三・一×一七・二糎）無界十二行二十五字内外。版心、粗黒口双花口魚尾、中縫に「太平鈔一（—四十）丁附」。ただし、巻二第九丁のみ「太平二鈔　九」と誤る。巻二第十七丁裏の「七大寺」の項、寺名の頭に○印を附す本と附さぬ本とがある。版面全体の活字は殆ど組み替えず、後から○印の活字のみ排植したようである。内閣文庫本（特一二六／三）などはこの○印を有さない。『太平記音義』は内題「太平記音義第一巻并序」、以下「第二（—四十）」。ただし、巻十・二十一は「太平記音義第十（二十二）巻」。『太平記鈔』同様の単辺匡郭内に、漢字・熟語とそれに対する訓み（片仮名表記）を二段にわたり列記する。版心、粗黒口双花口魚尾、中縫に「太平記音義上（下）丁附」。巻四十末尾に「太平記音義畢」。

慶應義塾大学附属研究所斯道文庫蔵　十冊（〇九二／ト四三／三一）

安田文庫旧蔵。慶長十五年刊古活字本『太平記』（目録共二十一冊、巻十七・十八補配無刊記双辺乙種本）と一具で伝来。原装茶色空押雷文繋蓮華唐草文様表紙（二八・二×二一・〇糎）、「大平記鈔　一（―七）」、「大平記鈔」（第八冊）、「大平記音義　上（下）」と打付書。第七・八冊を除く各冊に遊紙一丁を附す。印記、各冊に「仙北郡／冨樫／小貫高畑」（黒印。冨樫氏は出羽国仙北郡小貫高畑村〈現秋田県大曲市〉の肝煎）。ただし、第七・八冊にはなく、代わりに両冊には「斑山／文庫」印（高野辰之）あり。即ち、この二冊のみ、「冨樫」氏所蔵以前より別伝来し、安田文庫において再び一具に帰したらしい。なお、川瀬氏は本書と『太平記』が同装訂であると指摘したが、より厳密にいえば、『太平記』は茶色空押麻の葉蓮華唐草文様表紙で、文様を異にする。ただ、これは完全な別種の表紙というのではなく、慶長十五年版の『太平記』と『太平記鈔』『太平記音義』には、もともとこの両種の表紙が用いられていたのである。

東北大学附属図書館漱石文庫蔵　十冊（漱／五／一四三〇）

黄土色卍繋に「東北帝國／大學圖書」と空押せる覆表紙（二七・七×二〇・三糎）、双辺刷枠題簽に「太平記鈔　一（―八）」「太平記音義　上（下）」と書す。原装焦茶色表紙。各冊表紙には古活字版『大学』『中庸』刷反古が用いられる。即ち、第一冊後に『大学』、第一冊前・第二冊前・第三冊前・第四冊後・第五冊後・第六冊後・第七冊前・同後・第九冊後・第十冊前に『中庸』。その版種には、高橋智氏「慶長刊大学中庸章句の研究」（『斯道文庫論集』第三二輯、一九九八年）にいう今関正運刊本乙種に一致するもの（第七冊表等）や、現存の古活字諸版に一致を見ぬもの（第七冊後等）などがある。後者は試し刷りされたものが、裏張に用いられたのだろうか。本書は朱引・朱句点のほか、墨筆の訓点・振仮名を附し、見返・本文部分に多数の書入を持つ。例えば、第一冊前表紙見返には、「一玄恵法印真筆ノ太平記　大坂ノ津川左近殿ニアリ秀頼様御所持ノ本也」のごとき、頗る興味を惹くものがある。各冊後表紙見返には「徳運」との識語があり、これらの書入はこの人物によるものと思われる。また、第一冊巻一第二丁と第三丁の間には、同筆で「後将軍次第」と題する、鎌倉幕府以後の歴代将軍の在任期間を記した紙片が綴じ込まれている。この記載が、「同（新田ノ末孫）家光　元和九年八月六日／癸亥　任将軍」で終わっており、さらに紙片末尾に「尾州中納言／義直」と記されることから、徳運による一連の書入は元和九年（一六二三）以降、徳川義直が権大納言に昇る寛永三年（一六二六）以前になされたとの推測が成り立つ。なお、徳運は宮内庁書陵部蔵古活字版『保元物語』にも、同じように周密な書入を行っている。また、『増補古活字版之研究』上、四四〇頁には、嵯峨本『伊勢物語』第五種本、正宗敦夫氏蔵本にも徳運の綿密な書入が施されている由が記される。印記「漾虚／碧堂／圖書」（夏目漱石）。

国立公文書館内閣文庫蔵　十冊（特一一六／三）

後補渋引刷毛目文様表紙（二七・八×二〇・〇糎）、貼題簽に「太平記抄　一（一八止）」「太平記抄音義上（下）」と書す。印記「秘閣圖／書之章」「秘閣／圖書／之章」「日本／政府／圖書」。総裏打施さる。

国立公文書館内閣文庫蔵　十冊（一六七／七八）

後補水色表紙（二七・七×一九・九糎）、貼題簽に「太平記抄　自一至二（自三十一至四十）」「太平記音義　上（下廿二）」と書す。

所々に考証を記した紙片貼附さる。例えば、巻一第二十五丁裏「第四宮御同腹」の項に、「第四宮、此抄ノ説ニモ、極メ難シ、参考ニ、衆説極メ難キ由ニ見ユ」とあるごとし。印記「淺草文庫」「日本／政府／圖書」。

名古屋市蓬左文庫蔵　十冊（一〇五／一一）

後補薄鳶色表紙（二七・六×一九・六糎）、貼題簽に「太平記鈔自壹至貳（—自卅一至四十一）」「太平記音義上（下）」。印記「御／本」。

関西大学図書館蔵　太平記鈔のみ　八冊（Ｃ／九一三・四六／Ｔ一）

高木文庫旧蔵の一本。原装茶色表紙（二八・〇×一九・八糎）、貼題簽に「太平記鈔一二合一巻（—三十一ヨリ四十迄合八）」と書す。巻一内題下に「世雄坊日雅述記」、巻二十四内題下に「世雄坊日雅述」と墨書。第一冊第一—五丁のみ朱引あり。印記「石原文庫」（古銭型朱印。那須資明）「崎房／文庫」（秋葉義之）「高木家藏」（高木利太）「アカキ」「赤木文庫」「横山家蔵」（横山重）。

京都大学文学部国文学研究室蔵　太平記鈔のみ　八冊（国文学／Ｏｍ Ｉ／四）

（後補カ）茶色くるみ表紙（二七・七×二〇・三糎）、貼題簽に「大平記抄一之二（—卌一之四十）」と書す。印記「竹裏館文庫」（竹中重門）「月明荘」。

国立国会図書館蔵　太平記鈔のみ　八冊（ＷＡ七／一七二）

後補茶色表紙（二七・九×二〇・八糎）、貼題簽に「太平記鈔　一（—八終）」と書す。

東京大学文学部国語研究室蔵　巻三―九・二十四・音義上欠　七冊（太平記鈔二一C／四、太平記音義二一C／三）
原装焦茶色表紙（二七・二×一九・六糎）、「太鈔　一之二（―三十一之四十）」「太音義　宙」と打付書。印記「瑞／岩?」（黒印。陰刻）。

高鍋町立図書館蔵　太平記鈔のみ　存巻一―九　三冊（三七六一／一～三）
後補茶色表紙（二七・八×二〇・一糎）、「太平記抄　一（―三）」と打付書。僅かに朱引・朱句点あり。虫損多し。

青山学院大学図書館蔵　太平記音義のみ　二冊（〇九三／T一〇／七―一～二）
原装淡茶色表紙（二八・〇×二〇・八糎）、貼題簽（原装カ）に「太平記音義　乾（坤）」と書す。

中京大学図書館蔵　太平記音義のみ　一冊（貴二三）
後補茶色表紙（二八・六×二〇・六糎）、貼題簽に「太平記音義自一四十迄上下」と書す。印記「熊本上通二丁目書舗川口屋只次郎」「斑山／文庫」「寶玲文庫」（フランク・ホーレー）。

二　古活字第一種本（ロ）

第一種本（イ）の異植字版。『太平記鈔』の巻頭の形式・内容は第一種本（イ）と同じ。ただし、巻一本文部の内題は「太平鈔第一巻」とし、「記」字を脱落す。単辺（二三・〇×一六・七糎）無界十二行二十五字内外。排字も第一種本（イ）に同じ。版心、粗黒口双花口魚尾、中縫に「太平抄一（一―四十）丁附」。第一種本（イ）が「太平鈔」とするのと異なる。巻二、「七大寺」の項、寺名の標識として用いられる○印なし。『太平記音義』の版式、内・尾題等は第一種本（イ）と同じ。ただし、版心中縫、第一種本（イ）同様「太平音義上（下）丁附」とするが、上冊第三―六丁は「太平抄音義上　三（―六）」とし、下冊第十五丁は「太平抄　十五」とする。本版は第一種本（イ）に比べて誤植が多く、現存本には誤植部を胡粉で塗抹し、上から墨筆で訂正を行っている箇所が共通して散見される。

国文学研究資料館蔵　十冊（太平記鈔　九九／七五／一～八、太平記音義　九九／四八／一～二）

原装栗皮表紙（二七・七×二〇・〇糎）、左肩「太平記鈔自一至二（自三十一至四十終）」「太平記音義上（下）」と白書。また、第一冊表紙右下に「總十」と白書。表紙裏張に整版本の刷反古が用いられている冊がある。第二・三冊前に『庭訓往来』（有訓本）、第六冊前・後に『四体千字文』、第八冊後に『扇の草子』がそれぞれ用いられている。ちなみに裏張に用いられた『四体千字文』は、慶長九年涸轍版とは異なり、慶長十一年版（春枝・金宣・讃開版本がある）に近いが、版心の意匠に特徴があり、現存慶長十一年版に一致するものをいまだ見いだし得ない。あるいは試し刷りの反古が用いられたものか。なお、『四体千字文』の刊行者の一人春枝は、慶長十五年版『太平記』の刊記に名を残す人物でもある。『太平記鈔』『太平記音義』第一種本（イ）は『太平記』同様、日性の指導のもと春枝が刊行の実務を請け負ったと推測されるから、その異植字版たる本書から『四体千字文』の刷反古が出てきたことは注意を引く。印記、『太平記鈔』には「河本／氏／臧書」「寶玲文庫」（墨印）「月明荘」、『太平記音義』には「河本／氏／臧書」「寶玲文庫」（墨印）「小汀氏臧書」「をばま」（小汀利得）「月明荘」とある。備前の医家河本氏ののち、『太平記鈔』と『太平記音義』は別々に伝来した模様で、現蔵者のもとで再び一具に帰した（『弘文荘待賈古書目』三三・四二・四五等参照）。なお、本書については、『国文学研究資料館特別展示目録』七・一三にも詳しい。

筑波大学附属図書館蔵　太平記鈔のみ　巻一・二欠　七冊（ル一四〇／八四）

高木文庫旧蔵の一本。原装茶色表紙（二七・一×一九・四糎）。ただし、第二・三・五冊は後補茶色表紙。第一・三冊、左肩に「十一二三」「廿五六七八九三十」、第五冊中央に「廿四」と打付書。また、第三冊右上に「かすならぬ身はうき草の人ならて／つれなき君をしのふかなしさ」と書す。巻四十巻末に「右太平記四十巻畧鈔者」と墨書あり。第五冊（巻二十四）第十一丁まで本文一部欠損し、欠損部を補筆。印記「高木家藏」「東京文理科／大學附屬／圖書館印」。

関西大学図書館蔵　太平記音義のみ　二冊（C／九一三・四六／T一―二）

高木文庫旧蔵の一本。原装栗皮表紙（二七・五×一〇・一糎）、貼題簽に「□□□音□　□」「□□記音義　坤」と書し、「平田／氏記」印（平田篤胤）捺さる。下巻末尾に「于時寛永貳年　板出来」との識語あり。ただし、川瀬氏も記しているが、この識語には信を置きがたい。本版の刊行をいうのなら、寛永二年は少し遅くないだろうか。印記「平田／氏記」「石原文庫」（古銭型朱印）「崎房／文庫」「高木家藏」。帙底に横山重筆の覚書添附さる。本書は、早くより前記関西大学図書館蔵『太平記鈔』（第一種本（イ））と一具で伝来した。しかし、両者は版種を異にするから、のちの取り合わせによるものである。

尊経閣文庫蔵　太平記音義のみ　二冊

後補水色表紙（二七・一×一九・六糎）、「太平記音義乾（坤）」と打付書。印記「學」「石川縣勸／業博物館／圖書室印」。

東京大学総合図書館蔵　太平記音義のみ　五冊（A〇〇／五九二八）
後補黄土色唐草に桐の葉・四目結刷出文様表紙（二五・一×一八・四糎）、双辺刷枠題簽に「太平記音義　一（—五止）」と書す。朱引あり。印記「朽木文庫」（朽木綱泰）「陽春／盧記」（小中村清矩）「南葵／文庫」。総裏打施さる。

国立国会図書館蔵　太平記音義のみ　存上　一冊（WA七／八九）
新補黄土色に「帝國圖書館藏」と空押せる表紙（二六・六×一九・七糎）、貼題簽に「太平記音義　完」と書す。前後遊紙一丁。印記「故榊原芳埜納本」「東京／圖書／館藏」。

三　古活字第一種本（ハ）

本版に該当するのは陽明文庫蔵の『太平記音義』二冊のみである。版式・排字全てにわたり第一種本（イ）と同じで、直接これをもとに翻印したものと思われる。ただし、巻十内題は「太平音記義第十巻」と誤り、巻二十一内題は「太平記音義二十一巻」とする。単辺（二二・五×一七・〇糎）。版心中縫も「太平音義上（下）丁附」とあって異なる。第一種本（イ）（ロ）の誤植を訂した箇所があり、また活字も新彫のものを混じているようである。

陽明文庫蔵　太平記音義のみ　二冊（近／タ／一八）
原装焦茶色表紙（二八・五×二〇・九糎）、双辺刷枠題簽に「太平記　音義上（下）　第廿二（廿三）」と書す。現状では古活字無刊記単辺本二十一冊と一括されているが、もとは別書である。

四　古活字第二種本

第一種本とは別活字を使用。『太平記鈔』の巻頭の形式・内容、内題は第一種本（イ）に同じ。単辺（二一・七×一七・一糎）無界十二行二十五字内外。排字、第一種本（イ）に大略同じ。版心、粗黒口双花口魚尾、中縫に「太平一（—四十）丁附」。巻一第七丁のみ「太平一巻　七」と誤る。巻二、「七大寺」の項、寺名の標識の〇印あり。『太平記音義』も版式、内・尾題等は第一種本（イ）と同じ。ただし、版心中縫は「太平音上（下）丁附」。

国立公文書館内閣文庫蔵　十冊（特一二六／二）

原装焦茶色表紙（二八・二×二〇・三糎）、双辺刷枠題簽に「太平記鈔　一（—八）」「太平記音義　九（十止）」と書す。太平記鈔巻九まで朱引・朱句点あり。また、太平記鈔巻十まで所々墨筆の訓点・振仮名あり。印記「大日本／帝國／圖書印」「日本／政府／圖書」。

中京大学図書館蔵　太平記鈔のみ　巻十—二十四欠　四冊（貴一二一）

後補茶色表紙（二八・〇×二〇・一糎）、左肩打付「一二（—卅一ヨリ至四十）」と打付書。

五　慶安三年刊整版本

古活字第一種本（ロ）をもとにした整版本。『太平記鈔』のみで、『太平記音義』は附さない。巻頭の形式・内容は古活字本に同じ。巻一本文内題は「太平鈔第一巻」とし、古活字第一種本（ロ）に一致する。以下、内題「太平記鈔第二（一四十）巻」。単辺（二二・七×一六・六糎）無界十二行二十三字内外。附訓・句点・訓点。本文中、引用書名には（　）のごとき標識を附す。版心、粗黒口双花口魚尾、中縫は「太平抄一（一四十）丁附」とあって、古活字第一種本（ロ）と同。尾題「一（十七・十八・三十一・三十二・三十四・三十五・三十九）巻終」「十四（十五）之巻終」、巻二十六は「終」とのみある。刊記「慶安三暦仲夏／野田弥兵衛新刊」。

九州大学文学部図書室蔵　十冊（国文／一一／四一）
原装栗皮表紙（二八・一×二〇・四糎）、原双辺刷枠題簽に「太平記鈔一（一自冊一四十）」と刻す。巻十八あたりまで朱引・朱句点を施す。

尊経閣文庫蔵　十冊
後補縹色表紙（二六・八×一九・四糎）、原双辺刷枠題簽に「太平記鈔一（一自冊一四十）」と刻す。印記「金澤學校」。

中西達治氏蔵　九冊
原装栗皮表紙（二八・〇×二〇・二糎）、原双辺刷枠題簽に「太平記鈔一（一自冊□四□）」と刻す。第一冊表紙右上に「花六十八全九　印（印文「西荘文庫」）」と書した紙片を貼る。印記「西荘文庫」。

大阪大学附属図書館蔵　二冊（五五七）
淡縹色表紙（二七・八×二〇・〇糎）、右肩貼題簽に「太平記抄自一至十六／慶安三年合弐巻ノ内」、「太平記抄自十七至四拾／

慶安三年合弐巻ノ内　止」と書す。また、第二冊に僅かに原題簽の跡あり。印記「斎藤文庫」（斎藤雀志）「洒竹文庫」（大野洒竹）「物集／文庫」（物集高見）。

古活字第一種本（イ）（国立公文書館内閣文庫蔵、特一二六／三）

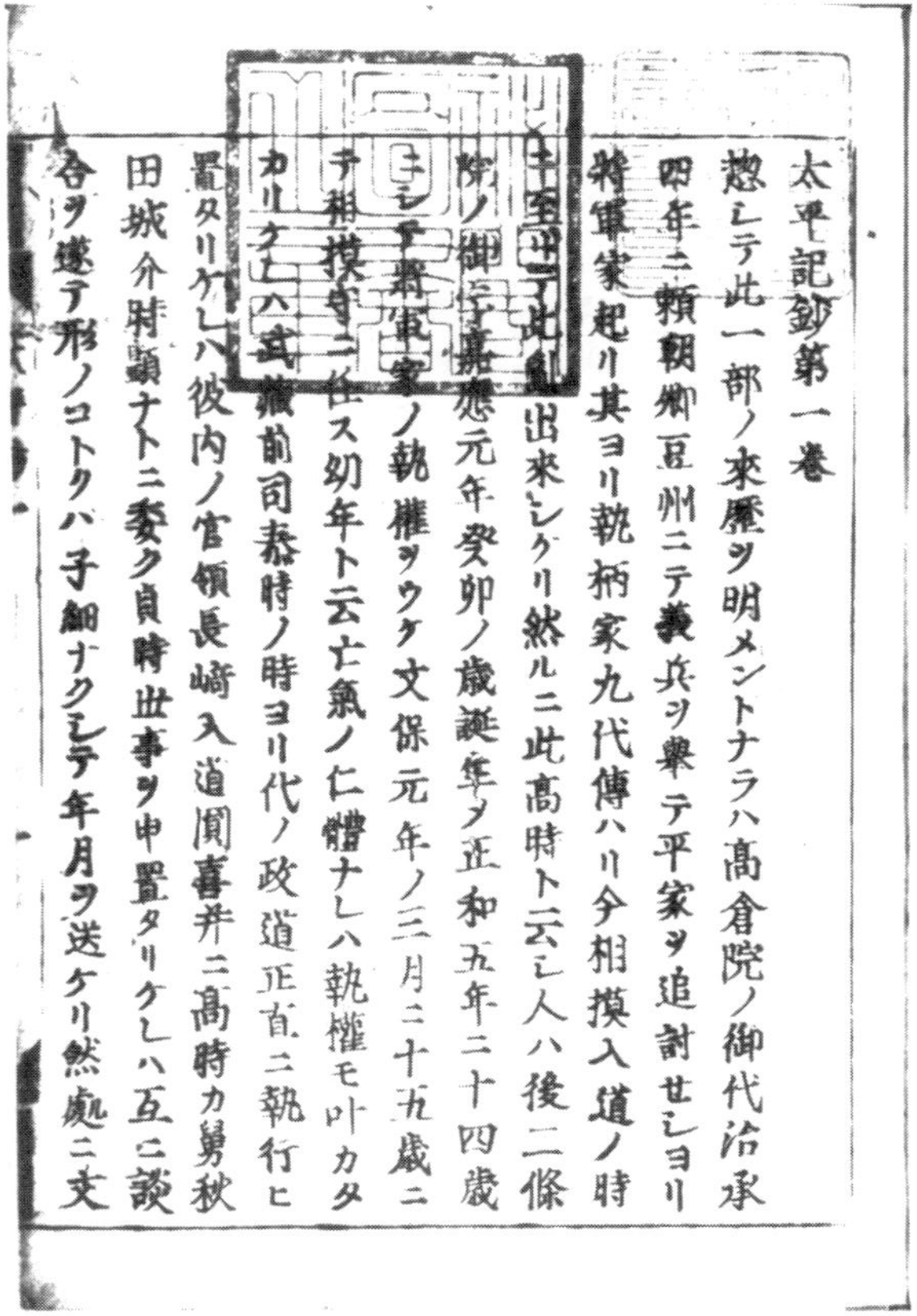

太平記鈔第一巻

揔シテ此一部ノ来歴ヲ明メントナラハ高倉院ノ御代治承四年ニ頼朝豆州ニテ義兵ヲ挙テ平家ヲ追討セシヨリ将軍家起リ其ヨリ執柄家九代傳ハリ今相摸入道ノ時[illegible]出来シケリ然ルニ此高時ト云シ人ハ後二條院ノ御宇嘉元元年癸卯ノ歳誕生ス正和五年二十四歳ニシテ将軍家ノ執権ヲウケ文保元年ノ三月二十五歳ニテ相摸守ニ任ス幼年ト云亡氣ノ仁體ナレハ執権モ叶カタカリケレハ武藏前司泰時ノ時ヨリ代ノ政道正直ニ執行ヒ置タリケレハ彼内ノ官領長崎入道圓喜并ニ高時カ舅秋田城介時顕ナトニ委ク自時出事ヲ申置タリケレハ互ニ談合ヲ遂テ形ノコトクハ子細ナクシテ年月ヲ送ケリ然處ニ文

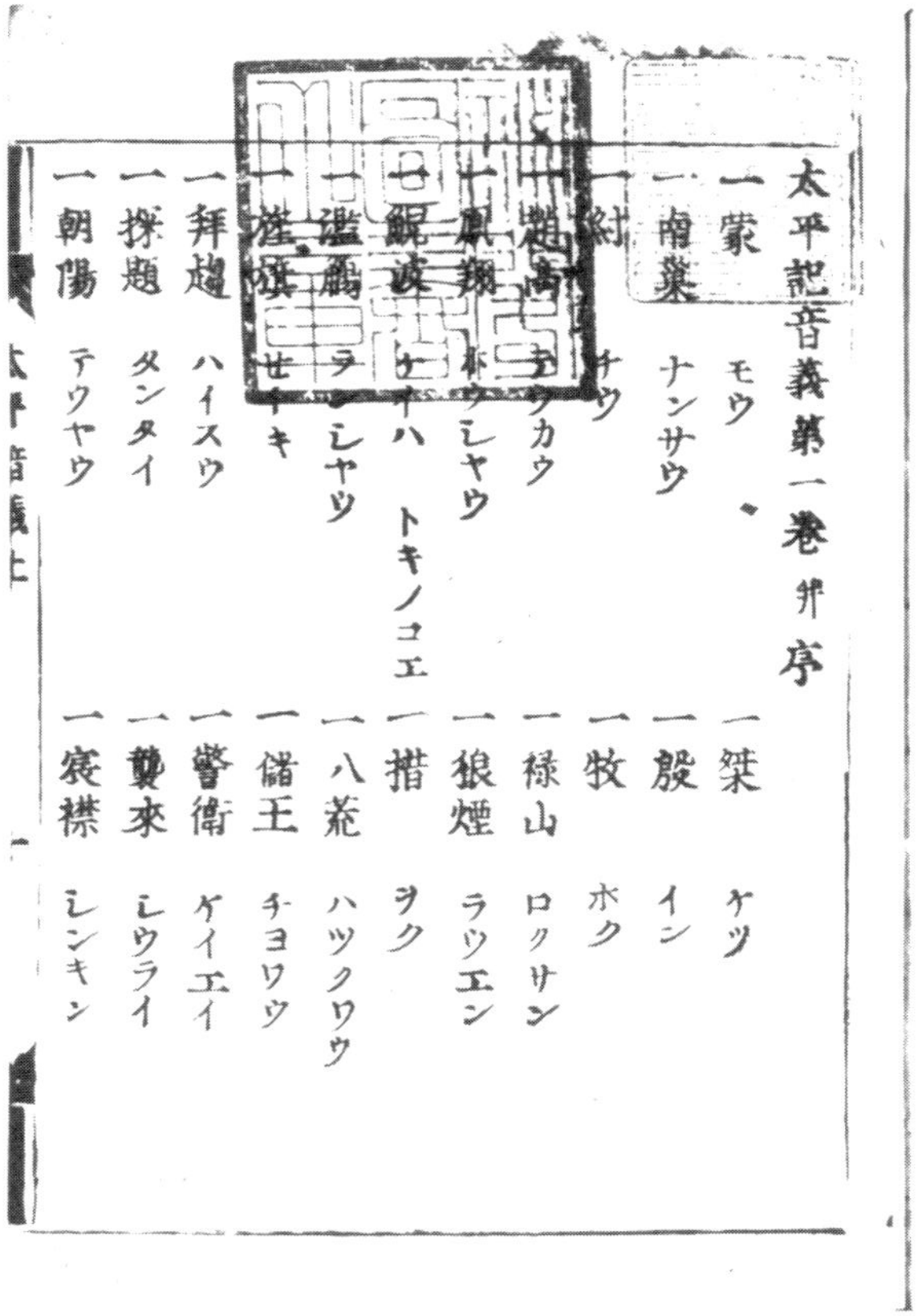

太平記音義第一巻并序

一蒙　モウ
一南巣　ナンサウ
一紂　チウ
一趙高　テウカウ
一鳳翔　ホウシヤウ
一鯢波　ケイハ　トキノコエ
一濫觴　ランシヤウ
一[illegible]　セキ
一拝趨　ハイスウ
一探題　タンタイ
一朝陽　テウヤウ
一桀　ケツ
一殷　イン
一牧　ホク
一禄山　ロクサン
一狼煙　ラウエン
一措　ヲク
一八荒　ハツクワウ
一儲王　チヨワウ
一警衛　ケイエイ
一襲来　シウライ
一宸襟　シンキン

太平音義上

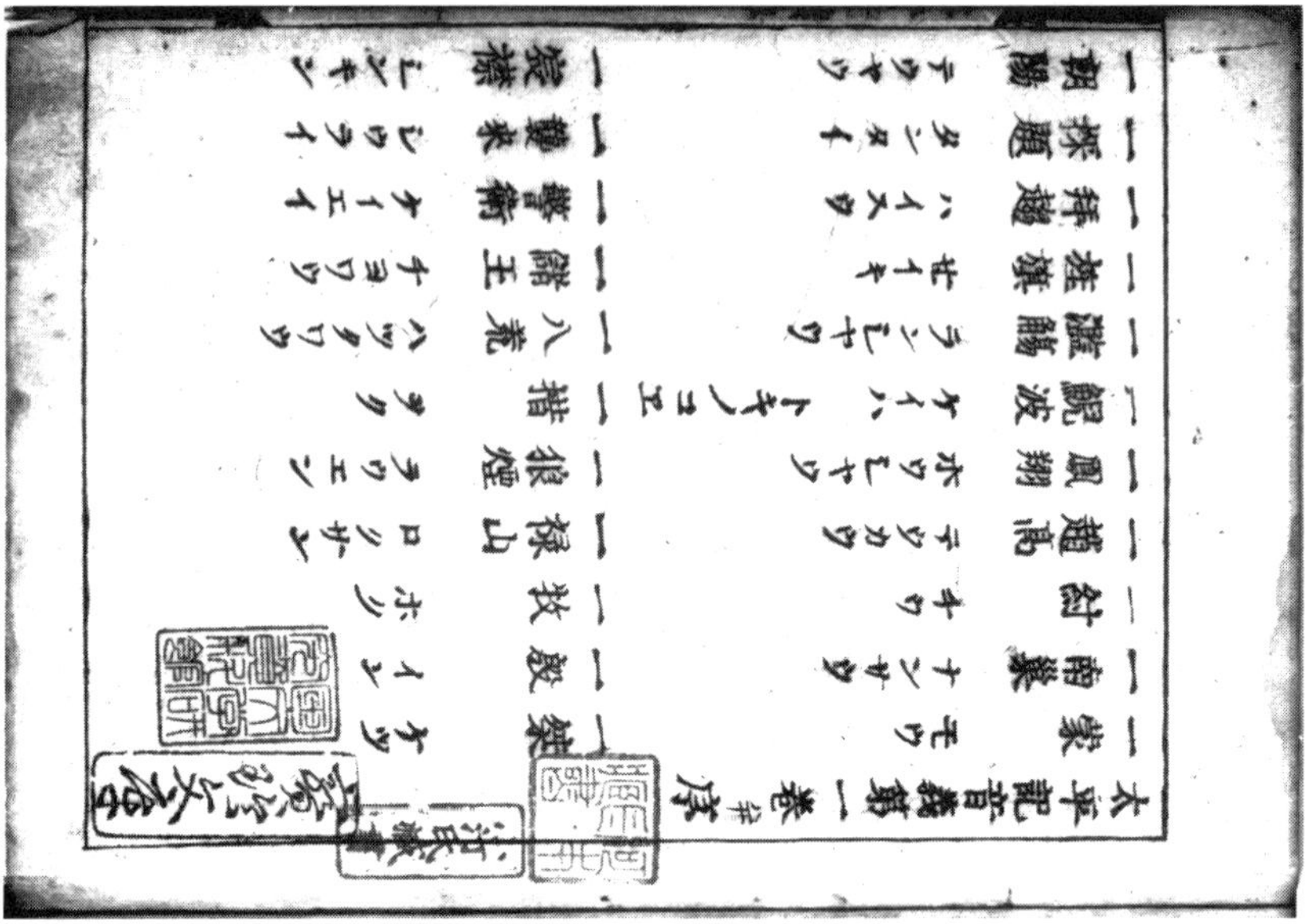

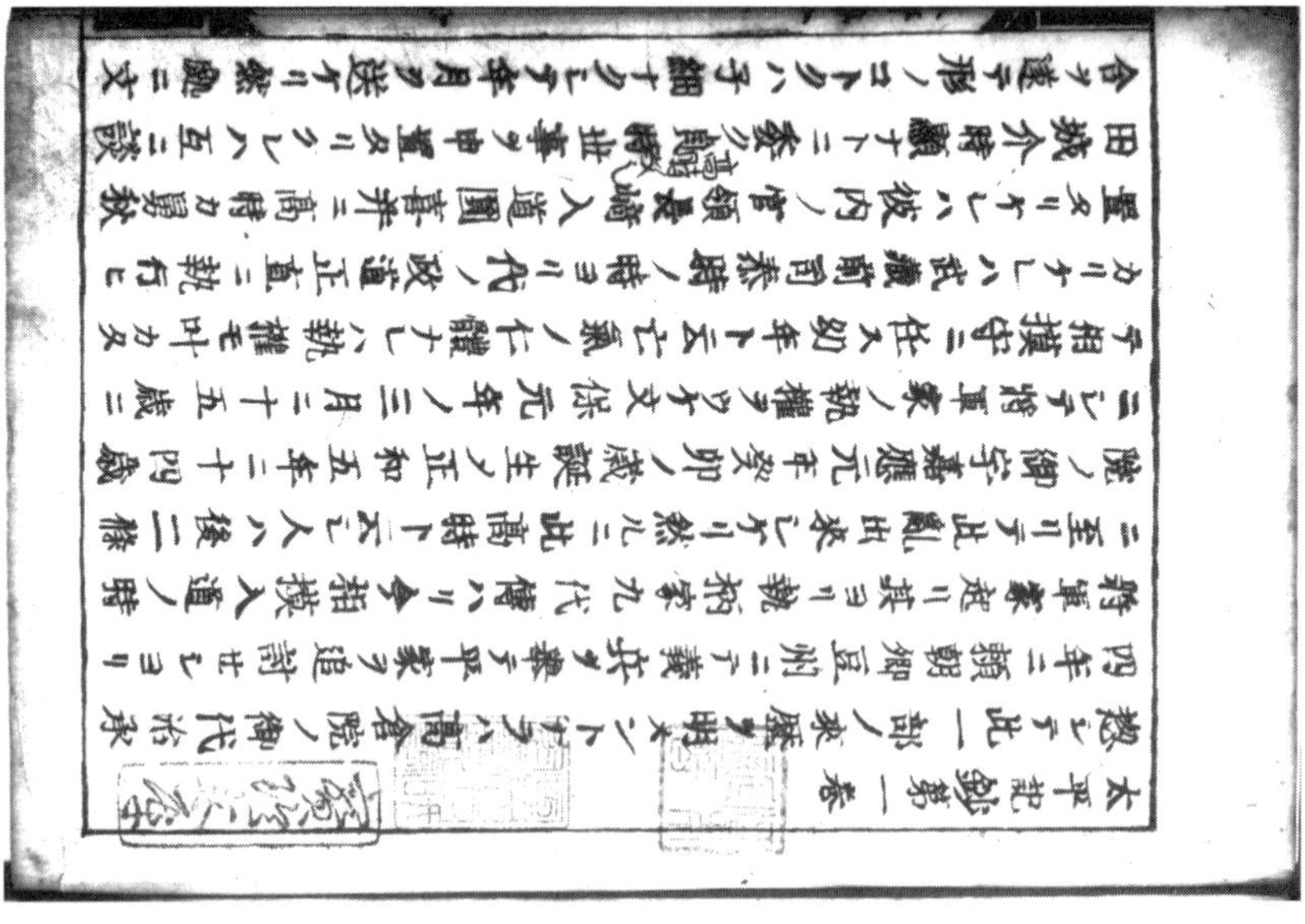

古活字第一種本（ロ）（国文学研究資料館蔵）

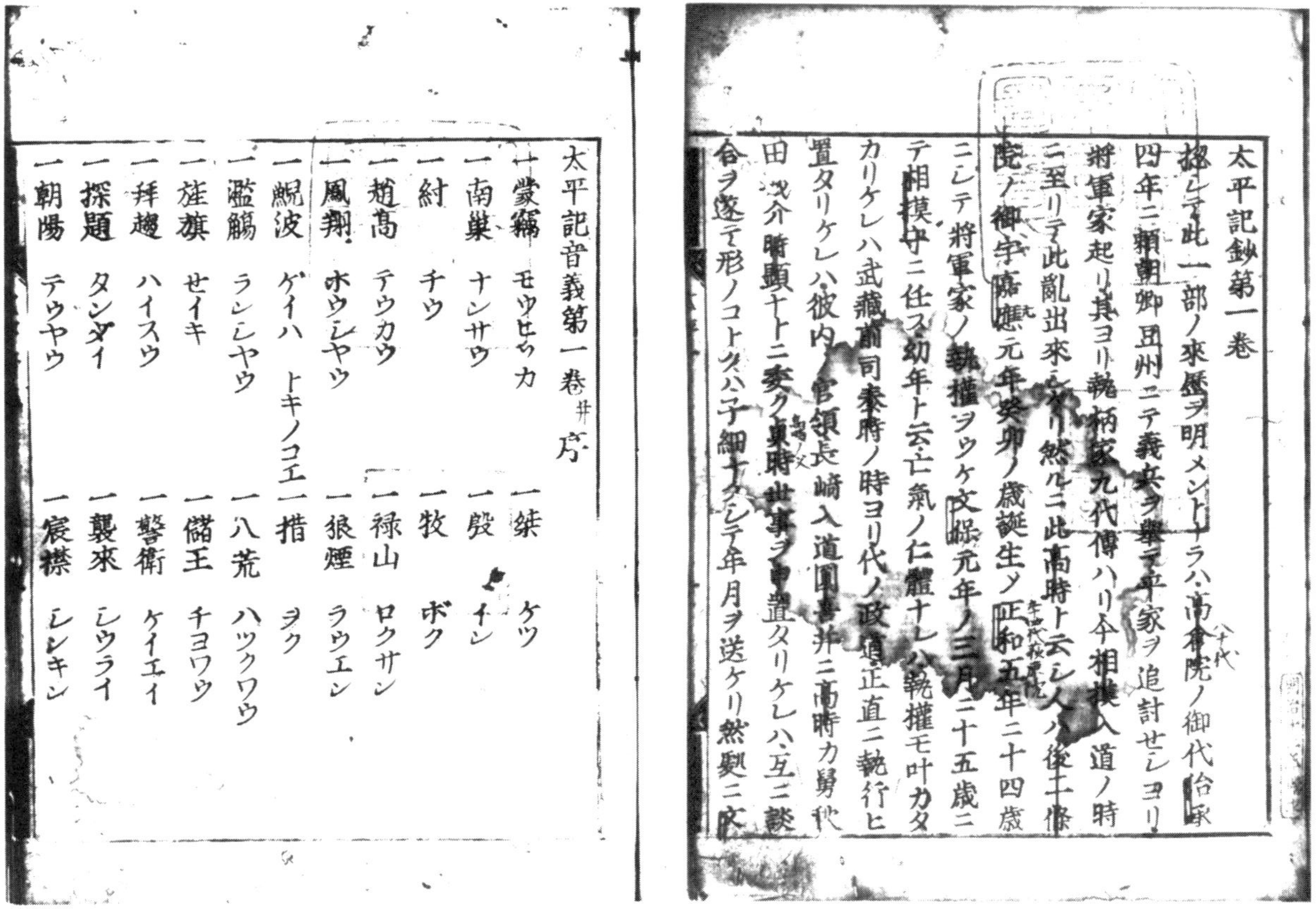

太平記鈔第一巻
摠シテ此一部ノ來歴ヲ明メントナラハ高倉院《八十代》ノ御代治承
四年ニ頼朝卿豆州ニテ義兵ヲ擧テ平家ヲ追討セシヨリ
將軍家起リ其ヨリ執柄家九代傳ハリ本相模入道ノ時
ニ至リテ此亂出來セリ然ルニ此高時ト云シ人ハ後二條
院ノ御宇嘉元元年癸卯ノ歳誕生シ正和五年ニ十四歳
ニシテ將軍家ノ執權ヲウケ文保元年ノ三月ニ十五歳ニ
テ相模守ニ任ス幼年ト云亡氣ノ仁體ナレハ執權モ叶カタ
カリケレハ武藏前司泰時ノ時ヨリ代ノ政道正直ニ執行ヒ
置タリケレハ彼内官領長崎《高資父》入道圓喜并ニ高時カ舅秋
田城介時顕ナトニ委ク東時世事ヲ申置タリケレハ互ニ談
合ヲ遂テ形ノコトクハ子細ナクシテ年月ヲ送ケリ然處ニ宋

太平記音義第一巻并序
一蒙霧　モウセウカ
一南巣　ナンサウ
一紂　チウ
一趙高　テウカウ
一鳳翔　ホウシヤウ
一鯢波　ゲイハ　トキノコヱ
一濫觴　ランシヤウ
一旌旗　セイキ
一拜趨　ハイスウ
一探題　タンダイ
一朝陽　テウヤウ
一桀　ケツ
一殷　イン
一牧　ボク
一禄山　ロクサン
一狼煙　ラウエン
一措　ヲク
一八荒　ハツクワウ
一儲王　チヨワウ
一警衛　ケイヱイ
一襲來　シウライ
一宸襟　シンキン

古活字第二種本（国立公文書館内閣文庫蔵）

初出一覧（各章のタイトルは原題による）

第一部　古活字版『太平記』の成立

第一章　五十川了庵の『太平記』刊行―慶長七年刊古活字本を中心に―（『文学・語学』第一六四号、一九九九年）

第二章　流布本『太平記』の成立（長谷川端氏ほか編、軍記文学研究叢書９『太平記の世界』汲古書院、二〇〇〇年）

第三章　慶長七年刊古活字本『太平記』覚書（上）（下）（『日本文学誌要』第六一・六二号、一九九九・二〇〇〇年）

第四章　日性の『太平記』刊行をめぐって（池田利夫氏編『野鶴群芳　古代中世国文学論集』笠間書院、二〇〇二年）

第五章　古活字版『太平記』の諸本について（『かがみ』第三六号、二〇〇三年）

第二部　古活字版『太平記』の周辺

第一章　近世初期における『太平記』の享受と出版―五十川了庵と林羅山を中心に―（山田昭全氏編『中世文学の展開と仏教』おうふう、二〇〇〇年）

第二章　五十川氏をめぐる一資料（『古典資料研究』第三号、二〇〇一年）

第三章　内閣文庫本『太平記』と林羅山（『古典資料研究』第二号、二〇〇〇年）

第四章　嵯峨本『史記』の書誌的考察（『法政大学文学部紀要』第四九号、二〇〇四年）

第五章　『徒然草寿命院抄』と『本草序例』注釈―序段を中心に―（関西軍記物語研究会編『軍記物語の窓』第二集、和泉書院、二〇〇二年）

第六章　杉田了庵玄与の軍記物語刊行をめぐる一、二の問題（『古典資料研究』第五号、二〇〇二年）
第七章　古活字版の淵源をめぐる諸問題―所謂キリシタン版起源説を中心に―（『国際日本学』第八号、二〇一〇年）
第八章　要法寺版をめぐる覚書（『藝文研究』第九五号、二〇〇八年）
第九章　『吾妻鏡』刊本小考（日下力氏監修、鈴木彰氏・三澤裕子氏編『いくさと物語の中世』汲古書院、二〇一五年）

第三部　古活字版『太平記』『太平記鈔』『太平記音義』書誌解題稿
第一章　古活字版『太平記』書誌解題稿（『法政大学文学部紀要』第四七号、二〇〇二年）
第二章　『太平記鈔・音義』書誌解題稿（上）（下）（『古典資料研究』第六・七号、二〇〇二・〇三年）

図版一覧

240頁　元和九年版『平家物語』奥附（東洋文庫蔵）
寛永七年版『平家物語』奥附（今治市河野美術館蔵）
いわゆる元和七年版『平家物語』奥附（早稲田大学図書館蔵）
268頁　『重撰倭漢皇統編年合運図』〔慶長八年〕刊第一種本（国立公文書館内閣文庫蔵）
271頁　〔慶長中〕刊古活字十一行本『徒然草』上冊後表紙（東洋文庫蔵）
274頁　要法寺版『太平記』総目録（吉川史料館蔵）
286頁・287頁　『吾妻鏡』巻一第一丁オ・巻四第一丁ウ　伏見版（国立公文書館内閣文庫蔵）・〔慶長元和間〕刊本（東洋文庫蔵）・整版本（国立公文書館内閣文庫蔵）
289頁　新村出記念財団重山文庫蔵古活字本『史記』表紙裏張の「八島」〔慶長元和間〕刊『吾妻鏡』巻四（東洋文庫蔵）
290頁　〔慶長元和間〕刊『吾妻鏡』巻四（東洋文庫蔵）
光悦謡本特製本・上製本〈鞍馬天狗〉（法政大学鴻山文庫蔵）
293頁　整版本『吾妻鏡』（国立公文書館内閣文庫蔵）
360頁　慶長七年刊古活字本『太平記』（石川武美記念図書館成簣堂文庫蔵）
361頁　慶長八年刊古活字本『太平記』（早稲田大学図書館蔵）
362頁　慶長十年刊古活字本『太平記』（石川武美記念図書館成簣堂文庫蔵）
363頁　慶長十二年刊古活字本『太平記』（国立国会図書館蔵）
364頁　慶長十五年刊古活字本『太平記』（イ）版（慶應義塾大学附属研究所斯道文庫蔵）

あとがき

『太平記と古活字版の時代』の刊行にあたり、成書の経緯について聊か記しておきたい。

本書は二〇〇五年度に慶應義塾大学に提出した博士論文「『太平記』の成立・諸本・出版に関する総合的研究」を母体とする。この論文は二部構成をとり、第一編を「『太平記』の成立と諸本の展開」、第二編を「『太平記』と近世初期出版文化」と題した。即ち、この第二編が本書に相当するものである。既に第一編の方は、二〇〇五年十二月に汲古書院より『太平記・梅松論の研究』として刊行した。二書に分けたのは、それぞれのテーマがそれぞれにおいて、それなりの完結を保っているからである。

思えば、私と古活字版『太平記』との出会いは、一九九五年の八月、鈴木登美恵先生とお茶の水図書館成簣堂文庫に赴き、慶長七年刊本を閲覧したときに溯る。その後、諸版の書誌や本文の検討を細々とではあるがつづけ、さらにその関心は古活字版『史記』などにも飛び火した。この間、調査にうかがった機関の数は百を超えるだろう。一点一点調査するごとに新たな発見をもたらしてくれる訪書の旅は、それだけで楽しいものであった。加えて、各機関で賜ったご懇情も忘れられない。調査にご協力いただいた機関、ご所蔵資料の写真掲載をお許しくださった機関の関係各位には、心より御礼を申しあげる。

本書を成すにあたりご高配に与った方々をあげれば限りがないのだが、とりわけ学位論文に厳正な審査を加えてくださった関場武先生・岩松研吉郎先生・長谷川端先生には、この場を借りて感謝の念を捧げたい。また、本書に多少なりとも学問的意味があるとするならば、大学院時代より勉強の機会を与えてくださった慶應義塾大学附属研究所斯道文庫の存在が大きい。そして、長年にわたり研究書の刊行をお勧めくださった株式会社新典社の皆さんには、丁寧でスピーディーな仕事をしていただいた。さらに前著につづき本書でも、データ入力や校正で法政大学大学院生の深野明子氏の協力を得た。記して御礼申しあげる。

なお、本書は独立行政法人日本学術振興会平成十八年度科学研究費補助金（研究成果公開促進費）の交付を受けて刊行される。

二〇〇六年八月

小秋元　段

増補版あとがき

『太平記と古活字版の時代』は二〇〇六年十月に刊行されてから、幸いにも少なからぬ読者に恵まれ、比較的早期に絶版となった。その後、新たにこの分野に関心をもつようになった若手の方々が、本書の再版を望む声を寄せてくれるようになった。せっかく再版するのであれば、初版刊行後に行った書誌調査の成果を反映させたいし、ほそぼそと書きつづけた古活字版関連の論文も収載したいということで、増補版を刊行することとした。

増補部分の編集方針は、「はじめに」の末尾、「増補版の刊行にあたり」に記したとおりである。初版部分に対して、字句の僅かな修正は行ったものの、大幅な改編は行わなかった。そのため、初版部分と増補部分の表記において、統一のとれていないところがある。また、各伝本の所蔵者のうち、初版刊行後に名称変更になったところがいくつかある。だが、今回は図版を借用した機関以外、表記の更新は行わなかった。さらには、初版刊行時にご助言をいただきながら、それを生かせなかった点もある。いずれも時間をかけて善処すべきであったとは思うが、あれこれ考えたすえでの判断である。ひとえにご海容を乞う。

本版を世に送りだせるのも、株式会社新典社のご理解によるところが大きい。データ入力や校正にあたっては橋口明子氏の協力を得た。韓国語要旨は法政大学大学院生李章姫氏の手による。また、本研究の一部は JSPS 科研費 JP16K13195 の助成を受けた。感謝申しあげる。

二〇一八年一月

小秋元　段

索　　引

本索引は本書中の要語のうち、人名・書名・『太平記』伝本・研究者・所蔵者を抽出し、分類・配列したものである。なお、所蔵者の部は本書第三部を対象とする。

採録は本文・引用文・注より行い、図表は対象外とした。また、書名・論文名・章段名・印文等に含まれる要語は、原則として採録しなかった。

書名の部において、「太平記」の語は採録しなかった。研究者名の部では、本書の研究内容と関連する業績を有する研究者を対象とし、それ以外の研究者や蒐書家等は人名の部に収めた。

人　名　の　部

あ　行

か　行

さ　行

た　行

な　行

は　行

ま　行

や　行

ら　行

わ　行

書　名　の　部

あ　行

か　行

さ　行

た　行

な　行

は　行

『太平記』伝本の部

あ 行

か 行

さ 行

た　行

な　行

は　行

ま　行

や　行

ら　行

研究者の部

あ 行

か 行

さ 行

た 行

な　行

は　行

ま　行

や　行

ら　行

わ　行

所蔵者の部（第三部を対象とする）

あ　行

か　行

さ　行

た　行

な　行

は　行

ま　行

や　行

ら　行

わ　行

본서의 의도와 개요

일본 근세 문화의 난숙은 '출판'이 뒷받침 한 것이었다. 奈良시대의 '百萬塔陀羅尼'로 거슬러 올라가는 일본의 출판은 室町시대에 이르기까지 대체로 사찰 문화권에서 영위한 것으로, 印出의 대상도 佛經과 佛書 등을 중심으로 하는 것이었다. 이러한 가운데 文祿年間(1592-96)에 이뤄진 활자 인쇄의 창시는 출판 활동의 확대에 크게 기여했다.

이 기술의 연원을 조선활자본으로 볼지, 키리시탄판(キリシタン版)으로 볼지에 대한 논의가 나뉘는데 後陽成天皇에 의해 간행된 慶長 2년(1597) 勅版 『錦繡段』『勸學文』의 刊記에는 이 기법이 조선의 것을 따른 것이라고 전하고 있다. 이보다 앞서 後陽成가 文祿 2년 『古文孝經』을 출판하게 했다는 기록이 있지만, 원본은 전하지 않는다. 하지만 後陽成의 출판열이 상당한 것이었음은 현존 책이나 기록을 통해 충분히 가늠해볼 수 있다.

이와 함께 德川家康도 출판 사업을 왕성하게 전개했다. 그 초기의 것은 伏見版으로 불리며, 伏見圓光寺가 초빙한 足立學校 제9대 庠主 閑室元佶가 慶長 4년(1599) 이후 家康가 내린 목활자로 『孔子家語』『六韜』『三略』『貞觀政要』『周易』등을 개판했다. 그리고, 京都의 의사 五十川了庵도 家康의 명을 받아 慶長 10년에 『吾妻鏡』를 출판했다.

활자의 인쇄 기술은 위정자에게만 독점된 것은 아니다. 豊臣秀次의 侍醫 小瀨甫庵은 文祿 5년(1596)에 『標題徐狀元補注蒙求』를, 如庵宗乾이라는 인물도 그해 『証類本草序例』를 간행했다. 민간의 출판 활동

은 京都의 嵯峨에서 가장 성행했으며, 慶長 8년(1603)보다 조금 앞서 角倉素庵은 『史記』를 간행했다. 이 시기 嵯峨에서는 히라가나本의 國書 출판도 시도된걸로 보이며 謠本과 舞の本, 『徒然草』와 『平家物語』가 간행되고 慶長 10년 이후 '觀世流謠本'과 『伊勢物語』로 대표되는 美裝本, 이른바 '嵯峨本'이 탄생한다.

이렇게 시작된 활자 출판은 이후 寬永年間(1624-44)까지 성행한다. 元和年間(1615-24)에는 목판(整版)인쇄가 상업 출판에 이용되어 활자에 의한 출판을 점차 압도해갔던 것이다. 그리고 편의적으로는 慶安 무렵(1648-52)까지의 활자본을 古活字本이라 부르며 이후의 근세 목활자본과 구분한다.

본서가 다루고 있는 것은 이 근세초 50년간에 이르는 고활자판의 시대이다. 이 시대를 『太平記』의 출판을 기축으로 하여 논하고자 하는 것이 목적이다. 『太平記』를 기축으로 잡은 이유는, 첫째로 『太平記』의 初刊이 慶長 7년(1602)으로 거슬러 올라가는 고활자본의 國書로는 가장 먼저 출간된 출판물이라는 점을 꼽을 수 있다. 慶長 7년판 『太平記』는 五十川了庵에 의해 개판되었으며 이듬해인 慶長 8년에도 간행됐다. 『太平記』의 간행에 따른 底本의 입수, 본문 교정, 간행을 가능하게 했던 인적 환경을 좇아 연구함으로써 초기 고활자본 출판의 실태와 배경을 밝힐 수 있지 않을까. 그리고 了庵의 출판 활동은 嵯峨本을 간행한 角倉 가문의 출판 사업의 일환으로 규정된다. 당시의 角倉家는 상층민의 리더로서 의학, 유학, 문예를 비롯한 다양한 학예의 거점이기도 했다. 이러한 신흥 계급의 학문 선호 취향은 학문의 개방을 실현하는 출판 사업과 밀접하게 연결되어 있다는 점에서도 간과할 수

없는 부분이다. 了庵및 주변인들의 활동을 이러한 문화권의 동향속에서 이해하는 것이 무엇보다 중요한 점이라 생각된다.

그리고 두번째 이유는 『太平記』는 고활자판의 시대 속에서 다수의 판을 거듭해 왔다는 점이다. 『太平記』에는 모두 15종의 고활자판이 있어, 이는 동일 작품의 版種의 수로서는 가장 많은 부류에 속한다. 게다가 첫 간행은 慶長 7년, 마지막 판은 慶安 3년(1650)에 이루어진 것이다. 즉 『太平記』는 고활자판의 전 시대를 관통하여 간행되어 갔다. 그 판종의 분류와 선후 관계의 판정은 고활자판의 세계를 규명하기 위한 필수적인 기초작업일 것이다. 일찍 이 분야에서는 川瀬一馬씨가 『古活字版の研究』(安田文庫, 1937년.증보판, A·B·A·J, 1937년)를 저술해 종합적이고 망라적인 조사가 이뤄졌다. 이 저서는 모든 고활자판의 연구에 있어서 필독의 문헌이라 할 수 있지만 앞으로 개개의 작품을 대상으로 조사를 심화할 필요가 있다. 川瀬씨 이후 출현한 傳本을 기존의 연구에 더해 그의 조사 결과를 재검토하는 것이 후진의 연구자에게 부과된 역할이라 할 것이다. 이러한 작업에 있어 많은 판을 갖춘 『太平記』는 절호의 소재인 것이다.

이러한 관점에서 이하 『太平記』와 고활자판의 시대를 연구한다. 각 장의 개요는 다음과 같다.

이책은,

제1부 고활자판 『太平記』의 성립

제2부 고활자판 『太平記』의 주변

제3부 고활자판 『太平記』『太平記鈔』『太平記音義』書誌解題稿

이상의 3부로 구성되어 있다. 제1부는 고활자판『太平記』의 성립과 諸

版의 전개를 따라간 것이다. 川瀬一馬씨 『古活字版の研究』는 고활자판 『太平記』의 시조인 慶長 7년 五十川了庵本의 규명을 시작으로, 이후 출간된 14종의 고활자본을 분류하고 정리했다. 제1부에서는 川瀬씨의 성과를 인정하면서도 그 각각의 주장을 재검토해 고활자판『太平記』의 전모를 밝힌다. 먼저 제1장 '五十川了庵本의 『太平記』 간행 -慶長 7년 간행 고활자본을 중심으로-'에서는 五十川了庵에 의한 慶長 7년 간행본의 발간 경위를 추적하고자 한다. 여기서는 慶長 7년 간행본의 본문 조사에 의거해 그 본문이 梵舜本을 따르고 있다는 것을 밝힌다. 그리고 간행자 五十川了庵을 梵舜의 조카 盛方院浄慶이 기른점에 주목해 梵舜이 了庵에게『太平記』를 대여했을 것으로 추측한다. 또 了庵이 角倉 가문의 吉田宗恂의 조카와 결혼했다는 사실로부터 그의 『太平記』 개판에는 角倉가의 영향과 협력이 상정될 수 있음을 지적한다. 제2장 '流布本『太平記』의 성립'에서는 了庵所刊의 慶長 7년 간행본과 慶長 8년 간행본의 본문 개정에 대해서 고찰한다. 『太平記』의 異本 연구에서 流布本이라 하는 것은 慶長 8년 간행본에서 비롯된 이본들을 가리킨다. 流布本 본문의 성립 과정에 관해서는 梵舜本에서 慶長 7년 간행본으로, 慶長 7년 간행본에서 慶長 8년 간행본으로 이어지는 두 단계를 파악함으로써 정확하게 이해할 수 있다. 여기서는 慶長 7년 간행본, 8년 간행본의 본문을 검토하고 각각에 西源院本 계통, 神宮徴古館本 계통, 南都本 계통 등 여러 계통의 본문이 보강에 이용되고 있음을 지적하며 了庵에게는 두번의 『太平記』 간행을 통해서 본문을 정비·집성하려는 강력한 의도가 있었음을 논한다. 이어서 제3장 '慶長 7년 간행 고활자본 본문을 둘러싸고'에서는 제1장, 제2장에서 다 소개할 수 없었던 慶長 7년 간행 고활자본 본문의 특징을 상세하게 지적한다. 제4장 '日性의 『太平記』 연구와 출판'에서는 五十

川了庵에 이어 『太平記』의 출판을 시작한 要法寺의 日性에 대해서 논한다. 日性은 慶長期에 다양한 고활자본을 펴냈는데 그것들은 要法寺版으로 알려져있다. 여기서는 慶長 10년(1605)에 간행된 要法寺版『太平記』의 본문을 다룬다. 日性은 『太平記』의 주석서 『太平記鈔』의 편찬자로, 要法寺版『太平記』의 본문을 검토해보면 주석 작업의 성과가 본문에도 반영되어 있음을 알 수 있다. 이러한 점에서 그의 주석 활동은 본문 간행과 불가분의 관계에 있음을 지적한다. 또한 종래의 日性所刊本으로 인정되지 않은 慶長 15년 간행 고활자본도 要法寺版이나 『太平記鈔』와 밀접한 관계를 가지고 있다는 점에서, 이 역시 日性의 간행서로 추정해 그의 출판 활동 실태를 밝힌다. 제5장 '고활자판 『太平記』의 諸版에 대해서'에서는 현재 확인할 수 있는 15종의 고활자판 『太平記』의 본문을 검토해 각각의 선후관계를 규명하고 諸版의 계통화를 시도한다.

제2부에서는 고활자판『太平記』의 고찰을 통해서 엿볼수 있었던 근세초기 출판과 문예에 관련된 여러 문제를 논한다. 우선 제1장 '근세초기의 『太平記』의 향유와 출판 -五十川了庵과林羅山을 중심으로-'에서는 五十川了庵의 인간관계에 대해서 조금 더 깊게 살펴본다. 了庵의 본업은 의사로 角倉 가문의 吉田宗恂에게 사사한것으로 알려져있다. 당시 吉田宗恂과 宗恂의 조카 角倉素庵 밑에는 유학, 의학을 배우는 많은 문인이 있어 嵯峨에 모인 이들은 신흥 학문 계급을 구성하고 있었다. 林羅山도 이와 관련된 인물중 하나로 그들이 개최한 소위 '慶長 8년 공개 강의'에서는 『太平記』도 텍스트의 하나로 채택됐었다. 嵯峨의 이러한 학문 동향을 고려하지 않고는 了庵의 『太平記』 간행을 이해하는 것은 불가능하다. 본 장에서는 이점에 주목해 당시『太平記』

간행이 맡은 의미를 논하고 향유의 역사의 일단을 밝힌다. 제2장 '五十川氏를 둘러싼 한 자료', 제3장 '内閣文庫本『太平記』와 林羅山'은 1장의 보론적 성격을 지닌다. 제2장에서는 了庵의 후손 五十川氏의 동향을 森田良見編 『名家由緒傳』을 통해 살펴보고 제3장에서는 林羅山이 소장한 『太平記』의 문제에 대해서 고찰한다. 제4장, 제5장에서는 『太平記』를 조금 벗어나 嵯峨의 출판과 문예 문제를 논하려고 한다. 우선 제4장 '嵯峨本『史記』의 서지적 고찰'에서는 角倉素庵이 간행한 『史記』를 다룬다. 素庵의 간행물로는 미장본 '嵯峨本'이 유명한데 이것들은 慶長 10년대에 들어와 세상에 출현한다. 그러나 그 이전에 『史記』도 개판됐었다. 여기서는 현전하는 嵯峨本『史記』를 서지적으로 고찰하고, 그 위에 嵯峨本이 탄생하기 전에 嵯峨 땅에서 다양한 출판 활동이 존재했던 것을 논한다. 제5장 '『徒然草壽命院抄』와 『本草序例』주석-序段을 중심으로-'에서는 角倉家와 인연이 깊은 의사 壽命院秦宗巴를 다룬다. 宗巴는『徒然草』주석서의 효시로 꼽히는『徒然草壽命院抄』를 찬술했는데 그 방대한 내용은 후대에 『徒然草』를 향유하는데 지대한 영향을 주었다. 또 『徒然草』의 머리말 'つれづれなるままに、日くらしすゞりにむかひて(이렇다 할일도 없이 무료한 상태로 온종일 벼루 앞에 앉아)'라는 문장을 '서문'이라 부르고, 그 이하 각 단락에 단락 번호를 붙인 것도 宗巴가 창안한 것으로 보았다. 여기서는 그가 머리말의 첫 문장을 들어 '서문'이라고 명명한 점에 착안해 이러한『徒然草』해석의 새로운 방법은 당시 의사들이 널리 강의한 본초서 『本草序例』 서문의 해석에 연원하는 것이 아닐지 고찰한다. 宗巴의 『徒然草』연구는 嵯峨에 모인 의사들의 학문 동향과 무관하지 않았던 것이다. 이렇게 제4장, 제5장에서는『太平記』를 벗어난 문제를 다루고 있지만 고활자판『太平記』의 간행은 嵯峨 땅과 깊은 관계가 있었다. 이

와 마찬가지로 이 시기의 출판과 문예는 어떤 형태로든 嵯峨와 관계를 맺고 있었던 것이다. 출판, 문예, 의학, 유학이 다양하게 엇갈리는 慶長期 嵯峨의 위상을 밝히는 것이 불가결하기에 여기서는 두장을 할애했다. 마지막 제6장 '衫田良庵玄與의 군담 소설 간행을 둘러싼 한두 문제'에서는 整版本『太平記』의 시조인 元和 8년 간행본을 간행한 衫田良庵玄與의 활동의 일단을 소개한다. 元和 말년에 들어서면『太平記』는 이미 整版本으로 간행되어 널리 향유된다. 여기서는 寛永期의 치열한『太平記』출판 경쟁과『平家物語』와『太平記』에 존재하는 衫田의 간행 기록 문제를 논하려고 한다.

제2부 제7장부터 제9장 까지는 본 증보판에서 새롭게 덧붙인 장이다. 제7장 '고활자판의 연원을 둘러싼 문제 -키리시탄판 기원설을 중심으로-'에서는 일본의 고활자판의 기원을 둘러싼 문제를 다룬다. 최근 고활자판의 기원을 조선활자판보다 키리시탄판으로 인정하는 견해가 강해지고 있다. 여기서는 키리시탄판 기원설을 일찍부터 주창한 新村出의 견해를 돌이켜보고 최근의 키리시탄판 기원설의 성행을 언급하며 이러한 견해에 대한 문제점을 제기한다. 제8장 '要法寺版을 둘러싼 覺書'에서는 要法寺版과 관계 깊은 春枝의 출판 활동이 嵯峨本의 제작 환경과 관계를 가지고 있었고 元和年間 이후 要法寺의 활동이 本國寺의 출판 활동과 관련을 갖고 있음을 지적한다. 慶長·元和期의 고활자본의 간행 주체가 각처의 출판 활동과 제휴해 이뤄진 것을 미루어본 시도의 하나이다. 제9장 '『吾妻鏡』 간행본 소고'에서는『吾妻鏡』의 고활자판부터 整版本까지의 전개를 따라간다. 여기서는『吾妻鏡』의 慶長元和間 간행 고활자본이 嵯峨本의 공방과 깊은 관계속에서 간행된 점, 寛永 3년(1626) 간행의 整版本이 이 慶長元和間 간행 고

활자본을 版下에 이용하고 있는점 등을 지적한다.

마지막으로 제3부에서는 고활자판 『太平記』『太平記鈔』『太平記音義』의 서적해제를 실어 지금까지의 논술을 자료면에서 보강한다. 여기서는 고활자판『太平記』『太平記鈔』『太平記音義』의 版種마다 傳本을 배열해 각권의 서지적 특징을 기술한다.

대략 이상과 같은 점에서 출판을 중심으로한 근세 초기 문화의 한 양상을 살펴보는 것이 본서의 지향점이다.

(李章姫訳)

小秋元　段（こあきもと　だん）
1968年2月　東京都に生まれる
1990年3月　慶應義塾大学文学部文学科国文学専攻卒業
1995年3月　慶應義塾大学大学院文学研究科博士後期課程単位取得退学
学　位　博士（文学）
現　職　法政大学文学部教授
主　著　『校訂 京大本 太平記』（共編，勉誠出版，2011年），『太平記・梅松論の研究』（汲古書院，2005年），日本文学研究論文集成14『平家物語・太平記』（共編，若草書房，1999年）

新典社研究叢書298

増補
太《たい》平《へい》記《き》と古《こ》活《かつ》字《じ》版《ばん》の時《じ》代《だい》

二〇一八年三月一日　初版発行

著　者　小秋元　段
発行者　岡元学実
印刷所　惠友印刷㈱
製本所　牧製本印刷㈱
検印省略・不許複製

発行所　株式会社　新典社
東京都千代田区神田神保町一―四四―一一
営業部＝〇三（三二三三）八〇五一番
編集部＝〇三（三二三三）八〇五二番
ＦＡＸ＝〇三（三二三三）八〇五三番
振　替　〇〇一七〇―〇―二六九三二番
郵便番号一〇一―〇〇五一番

ISBN978-4-7879-4298-2 C3395
http://www.shintensha.co.jp/　E-Mail:info@shintensha.co.jp

新典社研究叢書

（本体価格）

258 古典論考 ――日本という視座 前田雅之 一三六〇〇円
259 和歌構文論考 中村幸弘 一二〇〇〇円
260 源氏物語続編の人間関係 付 物語文学教材試論 有馬義貴 一〇六〇〇円
261 冷泉為秀研究 鹿野しのぶ 一六〇〇〇円
262 源氏物語の音楽と時間 森野正弘 一四二〇〇円
263 源氏物語〈読み〉の交響Ⅱ 源氏物語を読む会 九九〇〇円
264 源氏物語の創作過程の研究 呉羽長 一一〇〇〇円
265 日本古典文学の方法 廣田收 一三六〇〇円
266 信州松本藩崇教館と多湖文庫 山本英二・鈴木俊幸 九二〇〇円
267 テキストとイメージの交響 ――物語性の構築をみる―― 井黒佳穂子 一一五〇〇円
268 近世における『論語』の訓読に関する研究 石川洋子 一五〇〇〇円
269 うつほ物語と平安貴族生活 ――史実と虚構の織りなす世界―― 松野彩 八八〇〇円
270 『太平記』生成と表現世界 和田琢磨 一四二〇〇円
271 王朝歴史物語史の構想と展望 加藤静子・桜井宏徳 二〇〇〇〇円
272 森鷗外『舞姫』 本文と索引 杉本完治 七七〇〇円
273 記紀風土記論考 神田典城 一四〇〇〇円
274 江戸後期紀行文学全集 第三巻 津本信博 八〇〇〇円
275 奈良絵本絵巻抄 松田存 八二〇〇円
276 女流日記文学論輯 宮崎莊平 二六八〇〇円
277 中世古典籍之研究 ――どこまで書物の本姿に迫れるか―― 武井和人 一九八〇〇円
278 愚問賢注古注釈集成 酒井茂幸 一三五〇〇円
279 萬葉歌人の伝記と文芸 川上富吉 一三〇〇〇円
280 菅茶山とその時代 小財陽平 一四二〇〇円
281 根岸短歌会の証人 桃澤茂春 ――『庚子日録』『曾我蕭白』―― 桃澤匡行 一三〇〇〇円
282 平安朝の文学と装束 畠山大二郎 一一五〇〇円
283 古事記構造論 ――大和王権の〈歴史〉―― 藤澤友祥 七四〇〇円
284 源氏物語 草子地の考察 ――「桐壺」～「若紫」 佐藤信雅 一〇二〇〇円
285 山鹿文庫本発心集 神田邦彦 一二四〇〇円
286 古事記續考と資料 ――影印と翻刻 付解題―― 尾崎知光 六五〇〇円
287 古代和歌表現の機構と展開 津田大樹 一二四〇〇円
288 平安時代語の仮名文研究 阿久澤忠 一二六〇〇円
289 芭蕉の俳諧構成意識 ――其角・蕪村との比較を交えて―― 大城悦子 一五一〇〇円
290 二松學舍大学附属図書館蔵 奈良絵本 保元物語 平治物語 小井土守敏 一〇八〇〇円
291 未刊 江戸歌舞伎年代記集成 倉橋・桑原・小池・齋藤・光延 二八〇〇〇円
292 物語展開と人物造型の論理 ――源氏物語〈二層〉構造論―― 中井賢一 一一五〇〇円
293 源氏物語の思想史的研究 ――妄語と方便―― 佐藤勢紀子 七八〇〇円
294 春画論 ――性表象の文化学 鈴木堅弘 一七六〇〇円
295 『源氏物語』の罪意識の受容 古屋明子 一三六〇〇円
296 袖中抄の研究 紙宏行 九七〇〇円
297 源氏物語の史的意識と方法 湯淺幸代 一一五〇〇円
298 増補 太平記と古活字版の時代 小秋元段 一二六〇〇円